村上春樹クロニクル

)BOOK2(2016–2021

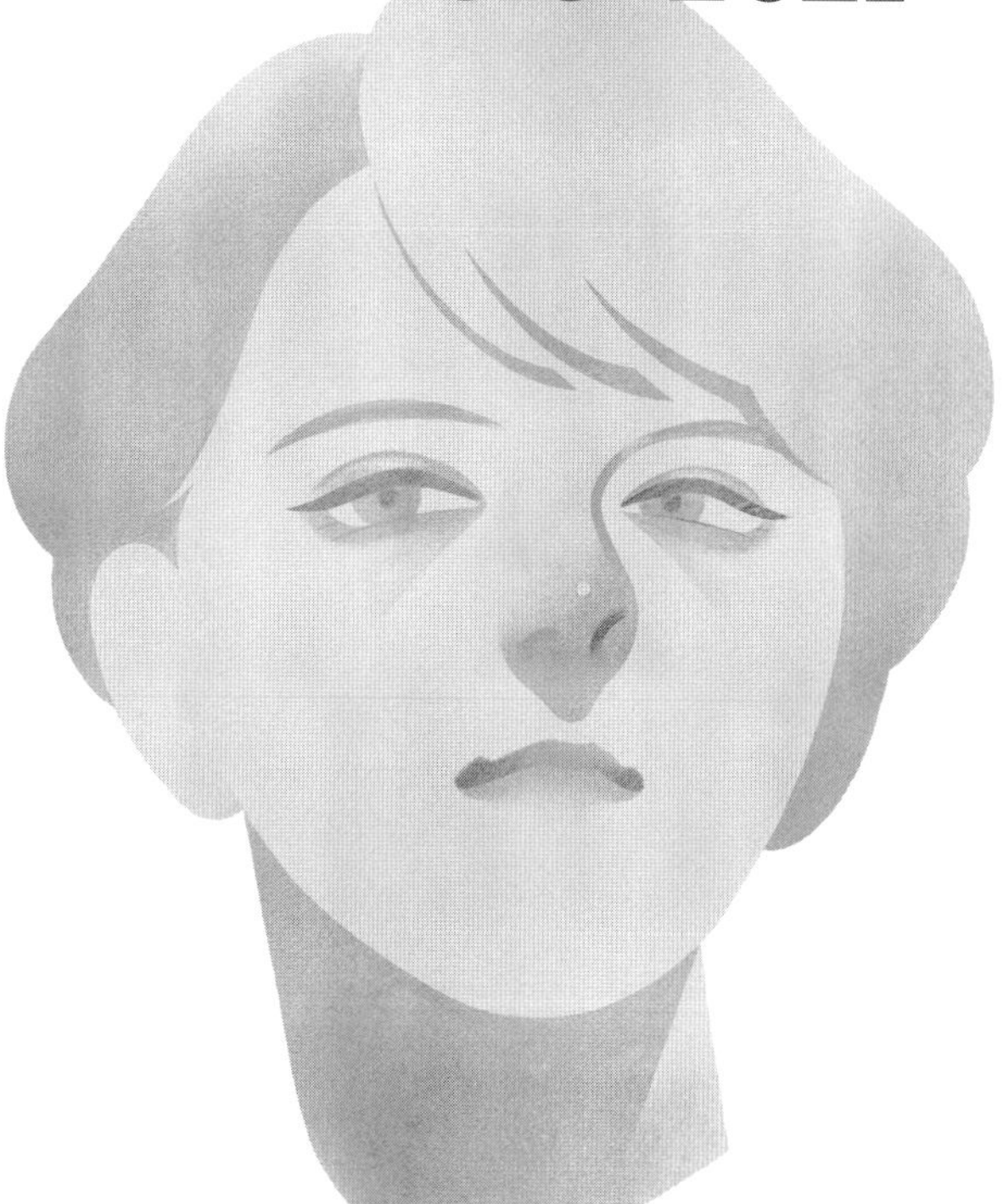

小山鉄郎

『アンダーグラウンド』の衝撃　「まえがき」に代えて

オウム真理教信者による地下鉄サリン事件の被害者たち六十二人への村上春樹のインタビュー集『アンダーグラウンド』の刊行を知ったときの驚きを忘れることができません。

『アンダーグラウンド』は、一九九五年三月二十日に起きた地下鉄サリン事件から、ちょうど二年後の一九九七年三月二十日に刊行されています。当時、村上春樹が、何か大きな仕事をしていることは噂になっていましたが、まさかそれがオウム真理教信者による地下鉄サリン事件の多数の被害者たちへのインタビュー集だとは思ってもいませんでした。

その事実を知って、アッという叫びのようなものが、私の身体の中を駆け抜けました。死者十三人（二〇二〇年三月十日、同事件で二十五年間も重い後遺障害があった浅川幸子さんが五十六歳で死去。浅川さんは十四人目の死者となりました）、重軽傷者六千人以上という未曾有の事件の被害者たちにインタビューしたノンフィクションです。その被害者たちが体験したことを詳しく調べて書くことを、ほとんど誰もやってこなかったのです。それを村上春樹という一人の作家が行ったことは衝撃でした。その仕事は私たちジャーナリストがまずやるべきことでした。私の驚きには、そのことに対する思いもありました。

この村上春樹の『アンダーグラウンド』の取材は外部に伏せられて行われていましたが、刊行の前月、その事実を知り、緊急の長い電話取材を村上春樹に行い、同書が刊行されるという記事を一九九七年の二月七日に書きました。それが他社に先がけた報道であったため、日本語の記事ともに英文記事で世界に同時配信されました。

配信直後、村上春樹に急ぎ問い合わせたいことが出てきて、お宅に電話をしたのですが、海外メディアからの電話が殺到していて、すぐには私の電話には出られないという状態でした。電話を繋いだまま、村上春樹が電話に出るまで待ちましたが、海外メディアの村上春樹と地下鉄サリン事件への高い関心を感じました。

そして、村上春樹を待つ間は、まるで村上春樹文学のように「ブーメランな世界」の中にいるようでした。自分の書いた記事がぐるっと地球を一周し、自分が投じたものが、まるでブーメランのように戻ってきて、自分が攻められているような感覚の時間だったのです。

☆

二〇一一年五月から二〇二一年三月までの十年間、全国の新聞社と共同通信社とのニュースサイト「47NEWS」に「村上春樹を読む」というタイトルで毎月コラムを書いてきました。本書はそのコラムのうち、後半の二〇一六年四月から二〇二一年三月までの五年分をまとめたものです。

休むことなく、旺盛な執筆活動を続ける村上春樹らしく、その五年間にも長編小説『騎士団長殺し』（二〇一七年）を、短編小説集『一人称単数』（二〇二〇年七月）を刊行しています。また父親の中国従軍体験と自らのルーツを初めて綴った「猫を棄てる――父親について語るときに僕の語ること」を「文藝春秋」二〇一九年六月号に発表（単行本は『猫を棄てる　父親について語るとき』として二〇二〇年刊行）したことも大きな話題となりました。

それらが発表されると同時に本コラムで取り上げて、私の読みを書いてきました。でも通信社の記者として書いた連載ですから内容は決して難しいものではありません。具体的で、わかりやすいものを心がけたつもりです。本書の気になる章の幾つかを少し読んでいただければ、それがわかっていただけるかと思います。

そして、本書に収録したコラムを連載中の二〇一八年七月六日、オウム真理教による事件で死刑が確定していた松本智津夫死刑囚＝教祖名・麻原彰晃ら七人の死刑が執行され、同月二十六日には残る六人の刑が執行されました。その二十六日は本書の「082」を「47NEWS」にアップする日で、原稿を書いている時に、そのニュースに接しました。死刑制度の是非はここでは記しませんが、凶悪な犯行に及んだ人間たちとはいえ、いっぺんに七人と六人という人間が死刑となると、人間の命の重みというものが伝わってきて気持ちがふさがれてしまいました。

記したように『アンダーグラウンド』の刊行を速報したこともあって、機会あるごとに同書を読み返しておりましたが、このオウム真理教の死刑囚たちへの刑の執行の前後のほぼ一年間をかけて、『アンダーグラウンド』という仕事が、その後の村上春樹文学に与えた影響を実際の小説作品を読み返すことで考えてみたいと思い、このコラムの中で書いていきました。本書のコラムが百回を超えて、計百十四回にまでなったことには、その再読の影響もあるかもしれません。

☆

『村上春樹クロニクル』のBOOK1の「楽しい惑星直列　「まえがき」に代えて」でも、村上春樹作品の特徴として「ブーメラン的思考」を最初に挙げました。『アンダーグラウンド』刊行後、最初の長編小説である『スプートニクの恋人』（一九九九年）にも「この文章は自分自身にあてたメッセージだ。それはブーメランに似ている。それは投じられ、遠くの闇を切り裂き、気の毒なカンガルーの小さな魂を冷やし、やがてわたしの手の中に戻ってくる。帰ってきたブーメランは、投げられたブーメランと同じものではない。わたしにはそれがわかる。ブーメラン、ブーメラン」という言葉が記されています。

村上春樹の小説は相手のことを考えると、同じ問題がぐるっと回って自分の問題となるように書かれています。「相手」と「自分」、「向こう側」と「こちら側」は深く繋がっていて、その両側を同時に問わないと本当の問題は解決しないというように書かれているのです。これが「ブーメラン的思考」です。

そして『アンダーグラウンド』の巻末には「『目じるしのない悪夢』というとても長い「あとがき」に代わる文章が付いているのですが、そこには「「こちら側」＝一般市民の論理とシステムと、「あちら側」＝オウム真理教の論理とシステムとは、一種の合わせ鏡的な像を共有していたのではないか」と書かれています。

合わせ鏡の世界では、オウム真理教の「あちら側」の奥に一般市民の「こちら側」が見え、「こちら側」の一般市民の奥に「あちら側」のオウム真理教の世界が見えます。つまり村上春樹はオウム真理教の「あちら側」と、一般市民の「こちら側」とはよく似ていて、「あちら側」と「こちら側」は繋がっているということを述べているのだ思います。「あちら側」を追及するばかりでなく、「こちら側」も同時に追及しないと本当の問題は解決しないと考えているわけです。ここには、村上春樹独特の「ブーメラン的思考」の姿があります。

本書の中でも紹介しましたが、『風の歌を聴け』（一九七九年）の中に「優れた知性とは二つの対立する概念を同時に抱きながら、その機能を充分に発揮していくことができる、そういったものである」という言葉が記されています。村上春樹がデビュー以来、同じ考えを抱いて、その世界を広げ続けてきたことがよくわかる言葉です。そして二〇一九年、村上春樹の編訳で『ある作家の夕刻――フィッツジェラルド後期作品集』が刊行されたのですが、その本によって『風の歌を聴け』の中に記された言葉が、スコット・フィッツジェラルドの「壊れる」というエッセイの中のものであることが村上春樹の訳文をもってわかります。そのことも本書の中で紹介しました。

☆

前記したように、私は速報の記事を書くために単行本で上下二段七百ページを超える『アンダーグラウンド』を一日で読んだのですが、大冊を一気に読んで、一番、私に迫ってきたことは、次のような言葉の数々でした。「僕はとにかく会社に行かなくてはならない」「なんといっても会社に行かなあかん」「会社に遅れてはいけない」「とりあえず会社に行かなくては」……。猛毒のサリンガスの異臭がしたり、身体に変調を感じていても、「会社」を目指す人がたいへん多くいたのです。

きっと私も例外ではなく、その地下鉄に乗り合わせていれば、同様に異臭を我慢していたかもしれません。たまたま座れていれば、よりその可能性が高いです。

会社に行けば、何か安心するものがあります。会社や組織に身や心を預けて、我々は生きているわけです。麻原彰晃という教祖に自分の魂を預けて行動している「あちら側」と、「こちら側」は「合わせ鏡」のように似ているということだと思います。

☆

私たち一人ひとりに個性があり、それぞれに固有の特徴があるわけですが、日本が近代化していく中で人間一人ひとりの個性を認めず、全体を一つの視点から見通せるように人びとを効率よく整列させる社会が作られていきました。そのような効率優先社会に身を預けて生きていたことの行き着いたところが戦争でした。

その効率優先社会に抗する作品を、デビュー作以来、書き続けてきたのが村上春樹です。

本書に収録したコラムの連載中に刊行された長編『騎士団長殺し』にナチス・ドイツによるオーストリア併合の話も出てきますし、日中戦争の中の日本軍の南京戦のことも出てきます。同作には『騎士団長殺し』という絵から抜け出てきた身長六十センチぐらいの「騎士団長」というものが現れて、主人公の「私」にいろいろなことを話します。そしてこの「騎士団長」は二人称単数が存在しないように「諸君」という言葉で話します。例えば「今日の昼前に、諸君に電話がひとつかかってくる」と「私」に語っています。

この「二人称単数」を認めない話しぶりに、人間一人ひとりの個性を認めない存在としての「騎士団長」の姿を感じることができます。『騎士団長殺し』はその「騎士団長」を出刃包丁で殺す物語です。本書の連載中に刊行された小説の本である、その『騎士団長殺し』と『一人称単数』の「主人公」がいずれも「一人称」で語る人であることは、村上春樹作品が初期の「僕」に代表される一人称に回帰したのではなく、二十一世紀の現代の、人間一人ひとりの個性を認めない効率優先社会に対して、「一人称」の場所から、個性豊かな各自の「一人称」の場所から、抗することの表れではないかと思います。

☆

『アンダーグラウンド』という題名は地下鉄の中で起きた事件なので、それに対応する「地下」という意味ですが、「目じるしのない悪夢」には「自分自身の内なる影の部分（アンダーグラウンド）」という言葉あります。さらに「「あちら側」が突き出してきた謎を解明するための鍵は（あるいは鍵の一部は）、ひょっとして「こちら側」のエリアの地面の下に隠されているのではあるまいか？」との言葉も書かれています。

村上春樹作品は、相手と結びつく時、横に横に手を伸ばしていくのではなく、自分の心の地下の奥深くまで下りていって、そこで成長して繋がり、この世に戻ってくるというものが多いのですが、この『アンダーグラウンド』の言葉もそんな物語の在り方に繋がっているように感じます。「あちら側」の謎を解明するためには、「こちら側」（自分）の心の地下深く下りて行かなくてはならないのです。『騎士団長殺し』でも、主人公の「私」が地下の世界を歩んでいく場面が深く印象に残りますし、『一人称単数』の最後に置かれた表題作も地下のバーでの物語でした。また『海辺のカフカ』（二〇〇二年）について、私と湯川豊さんが聞き手となって村上春樹にインタビューした時に、村上春樹が自分の物語世界を人が暮らす建物にたとえて非常にわかりやすく話してくれたました。それは「地下二階の物語」の世界に下りていく物語論です。その「地下二階の物語」についても本書で詳しく紹介してあります。

そしてオウム真理教が作った物語が現実世界に復帰できない閉じられた物語だったの対して、村上春樹の物語は暗い心の地下二階に下りていく物語ですが、それが現実の世界に戻ってこられる開かれたオープンな物語として書かれていることも具体的に紹介しました。

このように『アンダーグラウンド』を読んだ後の驚きは、それが単なるインタビュー集ではなく、優れた日本社会論、日本人論であり、物語論でもあることでもありました。

☆

この「『アンダーグラウンド』の衝撃」という文章では、なにやら、日本人、日本社会の在り方を問い直すところばかりに触れて書いたような感じもします。でもそうではないのです。『アンダーグラウンド』には通勤途中に現場の惨状を目の前にして、「これはなんとかしなくては」と思い、会社に向かわず長時間にわたり被害者の救助にあたった当時二十八歳の青年の話も詳しく紹介されています。

☆

『アンダーグラウンド』から受けた衝撃を通して書きたかったことは以上でほぼ尽きていますが、本書のために、あと少しだけ加えておきたいと思います。

村上春樹作品には動物がたくさん登場します。その動物好きは作品のタイトルにもよく表れていて、長編小説だけでも『羊をめぐる冒険』（一九八二年）、『ねじまき鳥クロニクル』（一九九四、九五年）、『海辺のカフカ』はみな動物の名前を含んでいます。ちなみに「カフカ」はチェコ語でカラスのことです。短編にも

「カンガルー通信」（一九八一年）、「かえるくん、東京を救う」（一九九九年）など、動物を含んだ作品は本当にたくさんあります。

本書の中では『一人称単数』の中に収録された「品川猿の告白」（二〇二〇年）を取り上げて、人間と動物が話せる日本人の言語感覚について考えてみました。

そしてまた村上春樹作品にはたくさんの食べ物が出てきます。これも村上春樹作品を読んでいく大きな楽しみの一つです。「品川猿の告白」では群馬県の温泉旅館の部屋で「僕」と「猿」が、横並びに座って、壁に背中をもたせかけて、さきイカと柿ピーをつまみに、一緒にビールを飲む場面があります。『風の歌を聴け』でも「僕」と友人の「鼠」が「ジェイズ・バー」のカウンターで横並びで大量のビールを飲み、ピーナツの殻を床いっぱいにまちちらす場面がありますが、これはそのパロディでしょうか……。

また『ノルウェイの森』（一九八七年）には「僕」が大学の同級生の「緑」と一緒に彼女の父親が脳腫瘍で入院している病院に行くのですが、そこで「キウリの海苔巻き」という「うまい」食べ物を作って食べさせます。これは村上春樹作品の中でも屈指の食の名場面です。

さらに村上春樹には「牡蠣フライ理論」という文学理論があります。それは『村上春樹　雑文集』（二〇一一年）の中に収録された「自己とは何か（あるいはおいしい牡蠣《かき》フライの食べ方）」というエッセイに詳しく書かれています。これはオウム真理教的なるものに対抗する「牡蠣フライ理論」なのです。それら食の場面についても本書の中で紹介しています。

☆

村上春樹作品には簡単に読み解けない謎のようなものがたくさん記されています。この謎を解読することもまた、村上春樹文学の魅力ともなっていますが、本書では、村上春樹が読者に投げかけている多くの謎を避けることなく、私なりにそれらの謎の解読を考えて記しました。私の見るところ、村上春樹の謎には解答がないわけではなく、よく考えると、答えがしっかり記されている場合がほとんどだと思います。本書連載中の二〇一八年八月から、村上春樹が始めたラジオ番組の「村上ＲＡＤＩＯ」についても何回か記しました。

そして、大きな反響を読んだ「猫を棄てる——父親について語るときに僕の語ること」は今後、村上春樹作品を論じる際に必ず言及される、たいへん重要な文章ですので、本書の中で繰り返し論じでいます。

かつて読んで、気になっている村上春樹作品があれば、その部分から読めるように、巻末に作品名、人名、項目別に詳しい索引も付いています。楽しんでいただけたらと思います。

村上春樹クロニクル　BOOK2　2016―2021〔目次〕

2018

2021

2016

3月	［翻訳］カーソン・マッカラーズ『結婚式のメンバー』（新潮文庫）刊行
4月	雑誌「クレア（CREA）」の公式サイトで、熊本地震の被災地を支援し、募金を呼びかけるメッセージを発表
6月	雑誌「文藝春秋」に「ベルリンは熱狂をもって小澤征爾を迎えた：マエストロの華麗なマジックを追った二夜」掲載
9月	ヤクルト・スワローズのHPに、村上春樹さんメッセージ「第4回　東京音頭と猫の尻尾」が掲載される
10月	神奈川近代文学館で「安岡章太郎展――〈私〉から〈歴史〉へ」の図録に「「サクブンを書くのだって」 安岡章太郎さんのこと」を寄稿
	「ハンス・クリスチャン・アンデルセン文学賞」を受賞
12月	［翻訳］レイモンド・チャンドラー『プレイバック』（早川書房）刊行

056 「それだけでは、大切な何かが足りない」

記憶の力の物語

2016.4

〈主人公は、悪い人間ではないけれど、いやどちらかと言えば、ちゃんとした人間だけど、でもそれだけでは大切な何かが足りない〉

　村上春樹の作品には、そんなことを主人公に気づかせる、またその気づきを促すような場面があって、このことについて書こうとしていました。私がそういう力を感じる幾つかの作品について考えていたのですが、その中の一つの短編で、主人公に、この気づきが訪れるホテルのある場所が熊本でした。そこに、熊本地震が起きて、驚きました。

▼熊本地震と支援活動

　熊本地震（M七・三）については、被災地を支援するメッセージを村上春樹が、女性誌「クレア（CREA）」（文藝春秋）の公式サイトで発表し、募金を呼びかけていることがニュースになりました。

　その「CREA〈するめ基金〉熊本へのメッセージ」という村上春樹の言葉を紹介すると、

少し前に雑誌「クレア」のために熊本を旅行し、いろんなところに行って、いろんな方にお目にかかりました（その記事は単行本『ラオスにいったい何があるというんですか？』に収められています）。とても楽しい旅でした。そのときにお目にかかったみなさんが、今回の大地震でどのような被害に遭われたのか、心配でなりません。

と書き出されています。

　村上春樹は、都築響一さん、吉本由美さんと、「東京するめクラブ」というものを結成していて、この三人で『東京するめクラブ 地球のはぐれ方』（二〇〇四年）という本も出しています。

　そのメンバーである「吉本由美さんも、しばらく前から猫たちとともに熊本に住んでおられます。僕としても、被災されたかたがたの、何か少しでもお役に立てればという気持ちでいっぱいです。〈するめ基金〉といってもべつに本物のするめを送るわけではありません。するめを嚙むみたいに、じっくりたゆまず支援を進めていきましょう、ということです。もしよろしければ、熊本をはじめとする九州各地で被害に遭われた方々をサポートするこの支援活動に参加してください」と、今回の熊本地震で被災した人びとへの支援を訴えています。

　一九九五年一月十七日に、村上春樹が育った神戸、兵庫県を、阪神大震災（M七・三）が襲い、六四〇〇人以上もの人が亡くなりました。同地震の発生時には、村上春樹は米国滞在中だったのですが、帰国後、それまで日本ではほとんどやってこなかった朗読会を被災地で二度、村上春樹は開いています。その頃、まだ本屋の店員だった作家の川上未映子さんが、その朗読会に両方とも行ったことなどを、柴田元幸さん責任編集の雑誌「MONKEY」第7巻に掲載された川上未映子さんによる村上春樹へのインタビューの冒頭で川上さんが話しています。このことは本書の「BOOK1」でも紹介しました。

今回の熊本地震はマグニチュードが七・三で、これは阪神大震災と同じです。村上春樹も、阪神大震災のことも考えたのではないでしょうか。雑誌「クレア（CREA）」のために熊本を旅行した際にも、こぢんまりとした朗読会を催しているようです。そんなふれあいで知り合った人たちへの思いがこもった呼びかけでしょう。

バルセロナでのカタルーニャ国際賞授賞式の際の東日本大震災（M九・〇、二〇一一年三月十一日）と東京電力福島第一原子力発電所の爆発事故について語ったスピーチも印象深く残っていますね。

私も日本中の災害の歴史と文学作品の関係について書いた『大変を生きる――日本の災害と文学』という本を二〇一五年秋に刊行しましたので、それまでの二、三年、日本の古代からの災害史料をずっとみてきました。ですから、これまでにあまりないパターンの熊本地震の激しい余震ぶり、震源の移動・広がりぶりに驚いています。

亡くなった方々には、心が痛みますし、また本震と思われていた揺れが前震で、次にそれを上回る本震がやってきて、それまでの本震が前震に訂正されるとなると、無事だった人たちも、もしかしたら、次の三回目の本震がくるのではないか……と不安でならないのではないかと思います。なんとか、地震が落ち着くことを祈りたいです。

「CREA〈するめ基金〉熊本」を通しての支援ではありませんが、私も健康チェックをしてもらっているクリニックの募金箱（段ボール製）に少額の支援金を入れました。早く激しい揺れがおさまって、復興への道が始まってほしいと願っています。私も夜のお酒などを少しひかえて、また募金を考えたいと思います。

▼小説というのは記憶に似ている

さて、冒頭にも記しましたが、今回書きたいと思っているのは、地震のことではありません。

村上春樹の作品の中に、主人公は一見受け身な人間のように見えますが、その人間に自分の弱点への気づきがやってきて、読者の心を静かに深く動かし、本来の人間の生へと向かわせる小説があります。私はそういう作品、また作品のそういう場面が好きで、村上春樹の小説を読んできました。

今回は、その〈ちゃんとした人間だけど、でもそれだけでは大切な何かが足りない〉ということに、自分が気づく、そんな作品について書いてみたいと思います。もちろん、熊本が出てくる小説も紹介いたします。

最初に述べてみたいのは、第一短編集『中国行きのスロウ・ボート』（一九八三年）に入っている「午後の最後の芝生」（一九八二年）です。これは非常に多くのファンを持つ初期短編ですね。

この短編の主人公である大学生の「僕」は遠距離恋愛の費用捻出のために芝刈りのバイトをしていたのですが、ある日、恋人から別れの手紙がきて、バイトは不要となってしまいます。その最後の仕事に訪れた家で、芝生を刈るのです。その一日のことを十四、五年後に、小説家の「僕」が回想する話です。

この作品の冒頭近くに「記憶というのは小説に似ている、あるいは小説というのは記憶に似ている」という印象的な言葉があって、この作品が「記憶」を巡る物語であることが述べられています。村上作品では「記憶」が重要な役割を果たしていますが、この作品はその代表的な短編です。

でも、その最後の日のバイトで「僕」が依頼された庭を見ると、刈る必要もないほど芝は短いのです。それでも、キッチンドリンカー寸前の依頼主の女性は「もっと短くしてほしい」と言います。

そして、「僕」が、家の庭の太陽が照っているところで綺麗に芝を刈ると、依頼主のアルコール依存症の女性が出てきます（彼女はすでに夫を亡くしているのですが、それに加えて、おそらく娘も失っているような感覚が濃厚にあります）。

▼湿っぽい闇の世界に入っていく

その依頼主のアルコール依存症の女性が、娘の残していったものを「僕」に見てくれと言うのです。その依頼主の家の中に入っていく場面は、湿っぽくて「水でといたような淡い闇が漂っていた」というように書かれています。まるで燦々と太陽の光がそそぐ世界から、湿っぽい闇の世界に入っていくような場面です。

そして家の中で、娘の着ていたものとか、持っていたものを見せられて、それについて何か感想を言えと言われます。「どう思う?」「彼女についてさ」と依頼主の女性から聞かれるのです。

村上作品では、主人公が現実の世界（生の世界）から、向こう側の闇の世界（死の世界）に入っていって、ある体験をして、そこで成長して、また現実世界に戻ってくるというような形になっている小説が多いですが、「午後の最後の芝生」は、その原型のような作品です。

その闇のような世界で、依頼主の娘について、「僕」が「とても感じのいいきちんとした人みたいですね」「あまり押しつけがましくないし、かといって性格が弱いわけでもない」などと感想を述べたあと、そこからまた「僕」と依頼主の女性は同じ階段を下りて同じ廊下を戻り、玄関に出てきます。「廊下と玄関は往きと同じように冷やりとして、闇につつまれて」います。

「子供の頃の夏、浅い川を裸足でさかのぼっていて、大きな鉄橋の下をくぐる時にちょうどこんな感じがした」と村上春樹は書いています。私が育った家も田舎の川沿いにありましたので、村上春樹の文章から喚起される記憶があります。

その大きな鉄橋の下をくぐる時に、まっ暗で突然水の温度が下がり、そして砂地が奇妙なぬめりを帯びるのです。

玄関でドアを開けると、日の光が「僕」のまわりに溢れ、風に緑の匂いがします。蜂が何匹か眠そうな羽音を立てながら垣根の上を飛びまわっていました。「蜂」は村上春樹の作品では、現実世界の側を表す動物として登場してくると思われますので、これは現実に戻ってきたということでしょう。

▼恋人にふられた理由がわかる

太陽の下の庭から「水でといたような淡い闇」を通過して「古い洋服や古い家具や、古い本や、古い生活の匂い」の世界に入り、そこである体験をして、また現実世界に戻ってくると、「僕」は成長しているのです。

どんな成長かというと、こんなことです。

「僕」は自分がなぜ恋人にふられたかがわからない人間として、最初、存在しているのですが、アルコール依存症の女性と家の闇の中に入って、その娘さんの服を見て、「僕」は感想を述べているうちに、自分が恋人にふられた理由がわかるのです。

「僕」は別れた恋人をきちんと「記憶」していない自分に気づくのです。アルコール依存症の女性の、不在の娘の部屋で、娘の服などを見せられた「僕」は、自分の恋人のことを考えるのです。

「彼女がどんな服を着ていたか」「彼女の顔は」……と自分から去っていった恋人のことを思い出そうとするのですが、「ほんの半年前のことなのに何ひとつ思い出せなかった」のです。

「あなたは私にいろんなものを求めているのでしょうけれど」と手紙を書いてきた恋人は、さらにまた「私は自分が何かを求められているとはどうしても思えないのです」と書いていたことに気づくのです。その手紙には（あなたは）「やさしくてとても立派な人だと思っています。でもある時、それだけじゃ足りないんじゃないかという気がしたんです」ともありました。

芝刈りの仕事が終わったあと、帰る途中で入ったドライブインで、そんな恋人の言葉を思い出した「僕」は、車の中で呆然とします。

「僕」という人間は〈何事もきちんとやり遂げる人間なのですが、それでは大切な何かが足りない〉のです。そのことに気づくのです。

彼は芝を刈るという仕事をかっちりすることはできる人

間です。「すごく綺麗に刈られてるよ」と依頼主のアルコール依存症の女性も、「僕」が刈った庭の芝生を眺めながら、そう言います。「かなり僕はきちんとやる。これは性格の問題だ。それからたぶんプライドの問題だ」とも書いてあります。

でも「僕」という人間が〈本当に生きていく〉には、それだけでは〈大切な何かが足りない〉のです。「僕」は、アルコール依存症の女性の家の闇の中に入っていって、そこから出てくるという体験を通して、そのことにハッと気づくところが、私はすごく好きです。

その気づきが、別れた恋人のことについての「記憶」の力でなされていることが、印象的ですね。同作冒頭近くにある「記憶というのは小説に似ている、あるいは小説というのは記憶に似ている」という言葉と対応した終わり方です。

▼彼、礼儀正しいだけなのよ

「BOOK1」の「054」で、村上春樹作品の中の数字の「五」の意味について考えました。その回で『ノルウェイの森』(一九八七年)で「直子」が森の中で首を吊ってしまうと、八月の末の葬儀の後、「僕」(ワタナベ・トオル)はアルバイトも休み、新宿駅から列車に乗って一人旅に出る場面があることを紹介しました。

「僕」はあちこちを放浪して、ある時、山陰の海岸にいます。鳥取か兵庫の北海岸のあたりです。流木をあつめてたき火をして、魚屋で買ってきた干魚をあぶって食べ、ウイスキーを飲み、波の音に耳を澄ませながら、「僕」は「直子」のことを思うのです。

思いださないわけにはいかなかったのだ。僕の中には直子の思い出があまりにも数多くつまっていたし、それらの思い出はほんの少しの隙間をもこじあけて次から次へと外にとびだそうとしていたからだ。

とありますので、これも「記憶」を巡る物語です。

死んだ「直子」は「大丈夫よ、ワタナベ君、それはただの死よ。気にしないで」「ほら大丈夫よ、私はここにいるでしょ?」などと話します。

そして漁師がやってきて、その漁師と「僕」は話します。この漁師との会話はとても重要ですが、それは「054」に記しましたので、それを読んでください。

『ノルウェイの森』では、森の中で死んでしまう「直子」が「死」の世界を象徴する女性だとすれば、それと対照的な生命力に満ちた「生」の世界の象徴のような「緑」という女性が出てきます。

その「緑」が登場する場面では、「僕」が大学近くの小さなレストランでオムレツとサラダを食べていると、「ワタナベ君、でしょ?」と「緑」が話しかけてきます。そして「僕」の席の向かいに「緑」が座ります。

その「緑」はひどく短い髪で、濃いサングラスをかけて、白いコットンのミニのワンピースというファッションです。「緑」は「僕」と大学で同じ「演劇史Ⅱ」の授業を受けている一年生ですが、夏休み前とはがらりとヘア・スタイルが変わってしまっていたので、最初は誰だかわかりません。肩から十センチくらい下まであった髪が、長さ四、五センチの〝坊主頭〟になっていたのです。

「でも全然悪くないよ、それ」と「僕」は言います。さらに「うん、とても良く似合ってると思うな」とも言います。すると「緑」が「ねえ、あなた嘘つく人じゃないわよね？」と聞きます。それに「僕」は「まあできることなら正直な人間でありたいとは思っているけどね」と答えています。

その活発な「緑」の印象を「まるで春を迎えて世界にとびだしたばかりの小動物のように瑞々しい生命感を体中からほとばしらせていた」と村上春樹は書いています。

そして『ノルウェイの森』の「直子」のほうの話に、この場面と対応していると思われるところがあるのです。それは「僕」が京都のサナトリウム・阿美寮にいる「直子」をたずねて、宿泊する場面です。夜、目を覚ますと、「直子が僕のベッドの足もとにぽつんと座って、窓の外をじっと見ている」のです。

この場面が、なぜ「僕」と「緑」の初対面の場面と対応しているのではないかというと、その「僕」のベッドの足もとに座っている「直子」について「直子は同じ姿勢のままぴくりとも動かなかった。彼女はまるで月光にひき寄せられる夜の小動物のように見えた」と村上春樹が書いているからです。

「緑」は「春を迎えて世界にとびだしたばかりの小動物」のような人です。「直子」は「まるで月光にひき寄せられる夜の小動物」のような人なのです。

その「直子」は「僕」の前で裸になります。身につけているのは「蝶のかたちをしたヘアピン」だけです。でも「彼女は寝る前には髪どめを外していた」ので、この場面は、夢なのか、現実なのかは、不分明のように描かれています。

そして朝、「僕」が起きると、「ねえ、目が赤いわよ。どうしたの？」と「直子」が言います。「夜中に目が覚めちゃってね、それから上手く寝られなかったんだ」と「僕」が言うと、「私たちいびきかいてなかった？」と「直子」と同室の「レイコさん」が言います。「かいてませんよ」（僕）「よかった」（直子）に続いて、「レイコさん」が「彼、礼儀正しいだけなのよ」と、あくびをしながら言っています。

▼『ノルウェイの森』、最大の危機

この「彼、礼儀正しいだけなのよ」の言葉は、普通に解

釈しますと、「直子」と「レイコさん」はいびきをかいていたかもしれないのですが、「礼儀正しい」という「僕」が「かいてませんよ」と答えたということかと思います。でも「レイコさん」は「僕」と出会ったばかりの人ですから、「彼、礼儀正しいだけなのよ」という物言いは、それまでの会話から、少しジャンプした言葉遣いで、その意味することが、いま一つ摑み難いものではないでしょうか。女性に向かっていく力が、いま一つ積極的ではないということでしょうか……。でも、それだけの意味とも思えないのです。

でも、これも、もしかしたら「緑」の「ねえ、あなた嘘つく人じゃないわよね？」という言葉に対して、「まあできることなら正直な人間ではありたいとは思っているけどね」と「僕」が言った言葉と対応したものかもしれません。その「できることなら正直な人間ではありたいとは思っている」「礼儀正しい」だけの「僕」に、たいへんな危機が訪れます。

「彼、礼儀正しいだけなのよ」の十行ほど後に「彼、誰かに恋してるのよ」と「レイコさん」が言うのです。この「彼、誰かに恋してるのよ」の語り口は「彼、礼儀正しいだけなのよ」というものと同じですね。ですから、「レイコさん」の「彼、礼儀正しいだけなのよ」という言葉は、次の「彼、誰かに恋してるのよ」を導く言葉でしょう。そして「あなた誰かに恋してるの？」と「直子」が「僕」に聞くのです。

そうかもしれないと言って僕も笑った。そして二人の女がそのことで僕をさかなにした冗談を言いあっているのを見ながら、それ以上昨夜の出来事について考えるのをあきらめてパンを食べ、コーヒーを飲んだ。

と村上春樹は書いています。

これは『ノルウェイの森』の「僕」にとって、最大の危機の場面かもしれません。読者は「僕」が「直子」と「緑」の間を行ったり来たりしていることを知っていますので、ここで「恋してる女なんかいないよ」と「僕」が言ったら、もう、この物語の先を読んでいくことができないでしょう。だって「僕」は「できることなら正直な人間ではありたいとは思っている」人間なのですから。

また「実は……」と「緑」のことをべらべらと詳しく話してしまったら、物語が破壊されてしまうと思います。「僕」は礼儀正しく「できることなら正直な人間ではありたい」という価値観をぎりぎり保っています。

むしろ「緑」との会話で述べられた「できることなら正直な人間ではありたいとは思っている」というのは、この場面に向けて放たれた言葉かもしれませんね。そして、その正直さが、当然、「直子」を傷つけているはずですが、「僕」は、この危機をなんとか回避しています。つまり読者が物語の先を読んでいける力を持続させているのです。

▼どれほどひどいことをしてしまったか

このように「僕」は「礼儀正しい」し、「できることなら正直な人間ではありたいとは思っている」人間ですが、でも、それだけでは駄目なのです。

村上春樹は、そのことがきっとよくわかっているのでしょう。それゆえに「直子」の死後、「僕」をあちこち放浪の旅に出しているのだと思います。

その海岸線を巡る旅の中、夜の闇の中で「直子」のことを思い出し、「直子」との対話を通して、「僕」は「高校三年のときに初めて寝たガール・フレンドのことをふと考えた」のです。

「自分が彼女に対してどれほどひどいことをしてしまったかを思って、どうしようもなく冷えびえとした気持」になり、「彼女はとても優しい女の子だった。でもその当時僕はそんな優しさをごくあたり前のものだと思って、殆んど振りかえりもしなかったのだ。彼女は今何をしているんだろうか、そして僕を許してくれているのだろうか」というように、「僕」は、その別れたガール・フレンドとの「記憶」が回復して、「記憶」をちゃんと持つ人間に成長しているのです。

おそらく、我々が生きる世界がもう一度、新しく、しっかり構築されるためには、一人一人の人間が、ちゃんと「記憶」を持ち、その「記憶」を大切にして生きていることが重要だということなのでしょう。そのように村上春樹は考えているのではないかと思います。

『ノルウェイの森』の冒頭の章で「直子」は「私のことを覚えていてほしいの」としきりに「僕」に告げていますし、最終章の最後に「直子」の分身的女性である「レイコさん」も「私のこと忘れないでね」と「僕」に言っています。これも、この長編が「記憶」を巡る物語であることを語っているのだと思います。

▼これもまあ仕方ないことだろう

さて、もう一つ紹介したいのは、冒頭に記したように「熊本」が出てくる作品です。

それは短編集『女のいない男たち』（二〇一四年）の中の「木野」という小説です。

木野はスポーツ用品を販売する会社に十七年間勤務していました。たまたま出張で一日早く戻らなくてはいけなくなって、旅先から直接、葛西のマンションに帰ったら、妻が、自分の同僚の男と寝ていたのです。木野は寝室のドアを閉め、旅行バッグを肩にかけたまま家を出て、家には戻らず、翌日、会社を辞めてしまいます。

青山の根津美術館の裏手で喫茶店を経営していた伯母から、店の経営から手を引くので、その店を引き継ぐ気はないかという話が数カ月前にあったので、木野は伯母に月々の家賃を払って、バーを開くことにしました。

「木野」は「無口な性格だった」と書かれていますし、「別れた妻や、彼女と寝ていたかつての同僚に対する怒りや恨みの気持ちはなぜか湧いてこなかった。もちろん最初のうちは強い衝撃を受けたし、うまくものが考えられないような状態がしばらく続いたが、やがて「これもまあ仕方ないことだろう」と思うようになった」とあります。

彼が開いたバー「木野」は、奥行きと重みを失った木野の心を繋ぎとめておく場所でしたが、それは結果的に「奇妙に居心地の良い空間」となったのです。

灰色の長くて美しい尻尾を持った若い雌の野良猫が「木野」に居着くようになり、少しずつですが客が「木野」を訪れるようになります。「繁盛するというにはほど遠いが、売り上げから毎月の家賃を払うくらいはできるようになった。木野にはそれで十分だった」とあります。美しい野良猫が眠り、そこそこの客が来てくれて穏やかに過ぎていく日々が続いていきます。

でも、それがずっと続いていくようには、物事はうまく運んでいかないのです。ある時、店に暴力団ふうの客が来たり、猫がいなくなったり、そして、店の周辺に、蛇が出るようになったりします。一週間に三度も蛇が現れるようになるのです。木野は伯母に電話で、蛇が一週間に三度も現れたことを話したりしています。

伯母もよく知っている「カミタ（神田）」という坊主頭の三十代前半ぐらいの男がやってきて、「こんなことになってしまって、僕としては残念でならないのです」「この店を閉めざるを得なくなった」と客のカミタのほうから言い出します。

その理由については「静かに本を読めたし、かかっている音楽も好きだった。この店がこの場所にできたことを喜んでいました。でも残念ながら多くのものが欠けてしまったようです」と言うのです。

木野はカミタの「しばらくこの店を閉めて、遠くに行くことです」という忠告に従って、「木野」の店を閉めて、長い旅に出るのです。まず高速バスに乗って、高松に行き、四国一周をして、その後に九州に行きます。

▼ドアは内側から木野自身の手によって

そして、それは、熊本駅近くにある安いビジネス・ホテルに泊まっていた時に起きました。三泊目の夜のことです。木野は消えた猫のことや、現れた蛇のことなどを考えています。

木野はホテルの売店で熊本城の絵葉書を買い求め、伊豆にいる伯母に葉書を書きました。絵葉書の熊本城の写真には、青空と白い雲を背景に堂々と聳える天守閣が写っています。説明には「別名銀杏城。日本三名城のひとつとされている」とありました。

そして木野は「僕はまだこうして一人であちこち旅を続

けています。ときどき自分が半分ほど透明になった気がします。とれたての烏賊《いか》のように、内臓まで透けて見えてしまいそうです。でもそれを別にすればおおむね元気です」というようなことを伯母に書きます。私も熊本で、透明な烏賊を食べたことがあります。透明な烏賊では佐賀の呼子の烏賊が有名ですが、「木野」も九州を移動するうちに、するめではなく、生の透明な呼子の烏賊を食べたということでしょうか。

三日目の夜に、木野が午前二時十五分に目を覚ますと、誰かがドアをノックしています。強いノックではありませんが、簡潔で凝縮されたノックです。

でも「その誰かには外からドアを開けるだけの力はない。ドアは内側から木野自身の手によって開けられなくてはならない」と書かれています。木野のドアをノックする「誰かには外からドアを開けるだけの力はない」のです。「ドアは内側から木野自身の手によって開けられなくてはならない」のです。これは、どういうことでしょうか。

木野は無口な性格で、別れた妻や、彼女と関係していたかつての同僚に対する怒りや恨みの気持ちもなぜか湧いてこないような人間です。「これもまあ仕方ないことだろう」と思って、静かに暮らしている人間です。すべてを諦めたような存在でもあります。

でも、それで、人間は生きていると言えるのでしょうか。木野が〈本当に生きていく〉には〈大切な何かが足りない〉のではないでしょうか。

妻がかつての同僚と関係していたことの「記憶」は消すことができるのでしょうか。人は「記憶」から逃げることはできないのです。

▼真実と正面から向かい合うことを回避

バー「木野」に暴力団ふうの客たちが来た際、カミタとその客たちが、言いあうような場面があります。暴力団ふうの客たちが、「おたく、名前はなんていうんだ？」と聞くと、「神様の田んぼと書いて、カミタと言います。カンダではなく」とカミタが答えると、「覚えておこう」と言われるのですが、カミタは「いい考えです。記憶は何かと力になります」と応じています。ついに「表に出よう」と暴力団ふうの客たちから、カミタは言われるのですが、それからのことは「木野」を読んでもらうとして、この小説の中で、カミタの「記憶は何かと力になります」は三度も繰り返して記されているのです。やはり同作の中でも「記憶」は大切なものとしてあるということだと思います。

別れた妻が謝罪のために、木野を訪ねてきて、「傷ついたんでしょう、少しくらいは？」と彼に聞きます。その時「僕もやはり人間だから、傷つくことは傷つく」と木野は答えたのですが、熊本のビジネス・ホテルで、ドアのノックの音を聞きながら、「でもそれは本当ではない。少なくとも半分は嘘だ。おれは傷つくべきときに十分に傷つかなかったんだ」と認めるのです。「本物の痛みを感じるべきときに、おれは肝心の感覚を押し殺してしまった。痛切なものを引き受けたくなかったから、真実と正面から向かい合うことを回避し、その結果こうして中身のない虚《うつ》ろな心を抱き続けることになった」と思うのです。

　そして、ノックの音はビジネス・ホテルのドアではなく、「それは彼の心の扉を叩いているのだ。人はそんな音から逃げ切ることはできない」と村上春樹は書いています。

　物語の最後、木野は、熊本のビジネス・ホテルで、「そう、おれは傷ついている、それもとても深く」と自らに向かって言います。その少し前に「木野の内奥にある暗い小さな一室で、誰かの温かい手が彼の手に向けて伸ばされ、重ねられようとしていた」と村上春樹は記しています。木野も「記憶」の力によって、再び生きる力を得たのです。

　木野は「忘れる」のではなく、起きたことをしっかり見つめて「赦す」ことを覚えなくてはいけないことにも気づくのです。

▼正しからざることをしないでいるだけでは足りない

　また、この作品ではカミタがこんなことを木野に言っています。

「木野さんは自分から進んで間違ったことができるような人ではありません。それはよくわかっています。しかし正しからざることをしないでいるだけでは足りないことも、この世界にはあるのです」


　それに対して、木野は「カミタさんが言うのは、私が何か正しくないことをしたからではなく、正しいことをしなかったから、重大な問題が生じたということなのでしょうか？」と聞いています。これにカミタは肯いています。

　ここに、初期から持続する村上春樹の一貫した姿勢を感じることができると思います。

　さらにカミタは、バー「木野」が「きっと誰にとっても居心地の良い場所だったのでしょう」と語っています。「木野」の問題は、誰にとってもあることだということでしょう。いま「木野」は世界の問題であると、村上春樹は書いているのです。

057 「ふかえり」と「そとおり」

古代神話と長い因縁話①

2016.5

読者からのメールによる質問に村上春樹が答えた『村上さんのところ』（二〇一五年）の中に、『1Q84』（二〇〇九、一〇年）の続編（BOOK4）についての質問があり、それに村上春樹が答えたものがありました。

『1Q84』の続編（BOOK4）は書こうかどうしようか、長いあいだずいぶん迷ったんだけど、そのためには前に書いた三冊を読み返して、いちいちメモとかをとらなくてはならず、とても複雑な話なので「それもちょっと面倒かな」と二の足を踏んでいます。僕はあまり準備をしてものを書くというのが好きではないので。可能性をいろいろと探っているところです。結論はまだ出ていません。僕の印象では『1Q84』にはあの前の話があり、あのあとの話があります。いわば長い因縁話みたいになっています。それを書いた方がいいのか、書かないままにしておいた方がいいのか……。

このことは、本書「BOOK1」の「049」でも紹介しました。とても率直な発言で、自分の作品への読者からの質問に、村上春樹が直接答えるという行為のよさが、よくあらわれた村上春樹のつぶやきだと思いました。

以前に紹介した時は「読者にとっては、とても気になる村上春樹の正直な発言ですね。『1Q84』を面白く読んだ読者としては、ぜひ続きを読んでみたいです」とだけ記したのですが、「とても気になる」部分が、その後も私の中で増殖していますので、もし『1Q84』の続編（BOOK4）があるとしたら、どういう問題があるのかという点を、私なりに、少し考えてみたいと思います。

▼神話的な交わり

村上春樹への質問者のメールは『1Q84』の続編（BOOK4）についての執筆は今後考えているのでしょうか？」という十八歳の学生からのものですが、多くの人が『1Q84』にBOOK4が、もしかしたらあるかもしれない……と思うのは、女主人公・青豆が男主人公・天吾の子を身ごもっているところで、『1Q84』のBOOK3が終わっているからでしょう。簡単に言えば、「あの青豆と天吾の子供はどうなるのだろう……？」という思いです。

そこで、その子はどういうふうにして、生まれてきたかということから、このコラムを書いてみたいと思います。

青豆が〈天吾の子だ〉と確信している子供は、青豆と天吾が関係してできた子供ではありません。

天吾と性的に関係したのは「ふかえり」です。ふかえりは十七歳の美少女作家で、塾の数学講師をしながら小説家を目指している天吾が、ふかえりの小説『空気さなぎ』をリライトしてベストセラーになるのです。

そのふかえりと天吾は、雷鳴が鳴り響き、大雨が降り続いて、洪水のように水が溢れ、地下鉄がとまる夜に、関係します。

天吾が、この十七歳の少女と関係することを現実の倫理から考えて、いけないことと読んだ読者もいるようですが、これは雷鳴、大雨、洪水……の中での話ですので〈神話的な交わり〉だと思います。実際、その場面で「ノアの洪水」のことなどが繰り返し出てきますし、作中ふかえりも「オハライをする」と巫女のような言葉で、その交わりを呼んでいます。

そうでなければ、天吾とふかえりが交わって、青豆が天吾の子を妊娠するという、ねじれのある結果を物語の展開上、理解し、受け取っていくことが難しいと思います。これは「１９８４」年の世界の出来事ではなくて、『１Ｑ８４』でのことなのです。

▼ちょうど君くらいの体格だ

そして、私は、この天吾とふかえりは、実は兄と妹の関係にあるのだろうと考えています。

例えば、天吾はふかえりとの初対面の時に、こんなふうに感じています。

ふかえりという十七歳の少女を目の前にしていると、天吾はそれなりに激しい心の震えのようなものを感じた。それは最初に彼女の写真を目にしたときに感じたのと同じものだったが、実物を目の前にすると、その震えはいっそう強いものになった。恋心とか、性的な欲望とか、そういうものではない。おそらく何かが小さな隙間《すきま》から入ってきて、彼の中にある空白を満たそうとしているのだ。そんな気がした。それはふかえりが作り出した空白ではない。天吾の中にもともとあったものだ。彼女がそこに特殊な光をあてて、あらためて照らし出したのだ。

この「恋心とか、性的な欲望とか、そういうものではない」何かが、自分の中にある空白を満たそうとしていると天吾は、ふかえりを見て思うのです。でも「それはふかえりが作り出した空白ではない。天吾の中にもともとあったものだ。彼女がそこに特殊な光をあてて、あらためて照らし出したのだ」ということは、天吾とふかえりが兄と妹であれば、ちゃんと受け取ることができる言葉ではないでしょうか。

『１Ｑ８４』の最初のほうに「天吾」には「兄弟はいない」とありますが、でも「妹」がいないとは書かれていません。

母親が、天吾を育ててくれた父親ではない、他の若い男と関係しているという幻影は、『１Ｑ８４』の中で繰り返し書かれています。その「若い男が、自分の生物学的な父親ではないのか、天吾はよくそう考えた」とありますし、「自分の父親ということになっている人物」とは「あらゆる点で天吾は似ていなかった」とも記されています。

つまり、天吾の父親は、青豆が、雷鳴と大雨と洪水の夜に、ホテルで殺害したリーダー（深田保）ではないか……と、私は考えているのです。

天吾とふかえりの二人が、ふかえりの育ての親である戎野先生を訪ねる場面がありますが、そこで戎野先生は深田保について「身体も大きい。そうだな、ちょうど君くらいの体格だ」と天吾に語っています。

以上だけでは、証拠不足で、天吾とふかえりが、兄と妹であると断定することはできないと思う人もいるかと思います。そこで漢字学者の白川静さんの文字学を通して『1Q84』の文章を読んでいくと、天吾がふかえりの「兄」であることを述べているのではないかと思われる場面があって、そのことを具体的に考察したこともあります。

その点については、「BOOK1」の「018」で詳しく書きましたので、興味があったら、それを読んでください。

▼「ふかえり」と「そとおり」

さて、仮に天吾とふかえりが、兄と妹だとすれば、二人が関係することは、男性が十七歳の少女と関係するということだけでなく、近親相姦の関係となることだと思います。これは「1984」年の世界の倫理では、許されるものではないでしょう。

でも村上春樹が言う「長い因縁話」というものを、古代まで遡って考えてみたいのです。ふかえりの本名は「深田絵里子」ですので、深キョン（深田恭子さん）、サトエリ（佐藤江梨子さん）を合わせたような感じもありますが、私は「長い因縁話」をずっと古代まで遡って、『古事記』や『日本書紀』に出てくる衣通姫《そとおりひめ》と対応した命名ではないかと考えています。つまり「ふかえり」は「そとおり」ではないかと思うのです。

ふかえりは美少女作家ですが、「衣通姫」のほうも古代を代表する美女です。『古事記』によると允恭天皇の後継者・軽太子《かるのみこ》は実妹の軽大郎女《かるのおおいらつめ》（衣通姫）と道ならぬ恋をしてしまい、四国・伊予の道後温泉に追放されてしまいます。古代でも実の兄妹の近親相姦はタブーだったのです。

「天飛ぶ鳥も使そ鶴《たづ》が音《ね》の聞えむ時は我が名問はさね」（空を飛ぶ鳥も使者なのだ。鶴の声が聞こえたら、私の名を言って、私のことを尋ねておくれ）という歌などを残して、軽太子は追放されていくのですが、想いがつのる軽大郎女（衣通姫）が四国まで追いかけていって、そのまま二人で自害してしまいます。

この衣通姫とふかえりの共通点はただ美しいだけではありません。衣通姫は「美しい肌の色が衣を通して輝いた」という美女ですが、新人文学賞の記者会見の場で撮られた、夏物のセーターを着ている「ふかえり」には「ある種の輝きがうかがえた」と『1Q84』にあります。

また「ふかえり」は、新人文学賞を受けた後、失踪して、天吾のアパートの部屋に潜んでいるのですが、『日本書紀』のほうの「そとおり」も身を隠す美しい姫です。

衣通姫伝説は『古事記』と『日本書紀』では異なってて、『日本書紀』の「そとおり」は允恭天皇の皇后の妹である弟姫《おとひめ》のことです。天皇から寵愛を受けた弟姫は、姉の嫉妬を避けるため、遠く離れた土地に住むのです。でも姉の皇后は妹の住む土地への天皇のお出まし数を減らすようにと言い、天皇のお出ましは稀になっていきます……。

そして、天吾のアパートに身を隠している「ふかえり」の首筋の姿は「陽光をふんだんに受けて育った野菜のように艶やかに輝いている」と記されているのです。

このように美少女作家「ふかえり」と日本の古代を代表する美女「そとおり」にはいくつかの対応性をもって、『1Q84』の中で描かれているように、私は思います。

▼口承文学と同じだ

『1Q84』では、ふかえりは『空気さなぎ』の作者であるにもかかわらず、ディスレクシア（読字障害）を持っていて、本は文字で読まずに、声を通して理解してきた人だと説明されています。『空気さなぎ』という作品は、ふかえりが語ったものを戎野の実の娘・アザミが書き取ったものという設定です。

この『空気さなぎ』の成立の仕方も実に古代的だと思います。「ふかえりはただ物語を語り、別の女の子がそれを文章にした。成立過程としては『古事記』とか『平家物語』といった口承文学と同じだ」と村上春樹は書いています。そして物語を語ったふかえりと、それをリライトした天吾は『古事記』における稗田阿礼と太安万侶の関係と同じだといえます。つまり、この『1Q84』という作品は、古代的、神話的な世界としての側面を強くもっているのです。

ふかえりは『平家物語』の「壇ノ浦の合戦」の安徳天皇入水の場面を暗唱していて、その場面を長々と語るところがありますし、その章の名は「気の毒なギリヤーク人」というものです。ふかえりの「壇ノ浦の合戦」の語りの後、天吾がチェーホフの『サハリン島』に描かれたギリヤーク人の暮らしぶりについて、ふかえりに話すのです。

ギリヤーク人はロシア人が植民してくるずっと前からサハリンに住んでいた〈先住民〉です。元々はサハリン島の南のほうに暮らしていましたが、北海道から渡ってきたアイヌの人たちに押されるようにして、サハリン島の中部に住んでいたことなどが記されています。チェーホフはサハリンのロシア化で、急速に失われていくギリヤーク人たちの生活文化を観察して、書き残そうとしていました。

ふかえりは、天吾が読んでくれたチェーホフの『サハリン島』にこころ動かされることがあったようで、ギリヤーク人について、アザミ（ふかえりが語った『空気さなぎ』を文字化してくれた女性で、戎野の実の娘）に調べてもらいます。その結果が録音テープに吹き込んだふかえりの手紙として、天吾のもとに届けられるのです。

「ギリヤークじんはサハリンにすんでいてアイヌやアメリカ・インディアンとおなじでジをもたない。キロクものこさない。わたしもおなじ。いったんジになるとそれはわたしのはなしではなくなる」と、録音テープの手紙の中で、ふかえりは語っています。

つまりふかえりの「壇ノ浦の合戦」の語りと、ギリヤーク人と、ふかえりの『空気さなぎ』という小説は、語りであること、口承であることで、みな繋がっているということを村上春樹は述べているわけです。

しかもギリヤーク人はサハリン島の〈先住民〉です。「壇ノ浦の合戦」は日本歴史の古代、中世、近世、近代などの区分でいうと、古代の最後の最後の部分に相当する時代です。これらはみな同じ古代的な側面が反映したものだと、私は思っています。

書き言葉が苦手なふかえりが、手紙もカセットテープで天吾に届けるという場面は、村上春樹の初期の短編「カンガルー通信」を思い起こさせる場面ですね。デパートの苦情処理担当の主人公が、どうしても書き言葉が頭に浮かんでこないゆえにカセットテープにメッセージを吹き込んで郵送するという作品です。このように、村上春樹は、文字で統一的に表記される前の言葉が持っていた力（口承文学）を深く愛しているのですが、『１Ｑ８４』にも、似たような古代的なふかえりの力と、それを受けとめる天吾がいると思います。

▼〈声を聴くもの〉

天吾とふかえりが兄と妹であり、天吾は、雷鳴と大雨と洪水の夜に、青豆がホテルで殺害したリーダー（深田保）の子供であると考えると、天吾とふかえりが交わり、青豆が妊娠している天吾の子は、リーダー（深田保）の血を受け継ぐ存在です。ですから、天吾の子供の妊娠を知ったカルト教団「さきがけ」のメンバーたちが、リーダーを殺害した青豆の追跡をやめてしまうのでしょう。

「青豆」を護るために「牛河」を殺したあと、電話で連絡してきた「タマル」に対して、さきがけのメンバーは「青豆さんをこれ以上追及するつもりはありません。我々が今求めているのは彼女と語り合うことです」と言います。さらに「我々は声を聴き続けなくてはなりません」とさきがけの人たちは言うのです。

これらの会話は、天吾とふかえりが兄妹であり、二人ともリーダー（深田保）の子供であれば意味を明瞭に受け取ることができます。リーダーは〈声を聴くもの〉だったのですから。

リーダーは青豆に殺害される前に「古代の世界においては、統治することは、神の声を聴くことと同義だった」と言っています。青豆が「そしてあなたは王になった」と聞くと、リーダーは「王ではない。〈声を聴くもの〉になったのだ」と答えているのです。

これは、ちょっと入り組んだ会話です。「古代の世界においては、統治することは、神の声を聴くことと同義」なのですから、「王ではない。〈声を聴くもの〉になったのだ」との発言は一見矛盾した表現とも言えますね。つまりこれは世俗的・世襲的な王ではなく、「古代の王になった」という意味と受け取るべき言葉なのでしょう。

そして、ふかえり（深田絵里子）こそ、はっきりとしたリーダー（深田保）の子供ですから、ふかえりも〈声を聴くもの〉になる有資格者のはずです。

だから「深田絵里子はどうなんだ、あんた方は彼女をもう必要とはしていないのか？」とタマルは、さきがけたちに問うています。それに対して、「我々は深田絵里子を今の時点でとくに必要とはしていません。彼女がどこにいて何をしようとかまわない。彼女はその使命を終えました」と、さきがけは答えています。

次にタマルは青豆へ電話連絡をしてきて、「ひょっとして、あんたのお腹《なか》の中にいる胎児がリーダーの子供だという可能性は考えられないか？」と青豆に話しかけてもいます。それに対して青豆は「そんなことはあり得ない。これは天吾くんの子供なの」と述べるのです。

「彼らは最初のうちはあんたを捕まえて厳しく罰しようとしていた。しかしある時点で何かが起こった。あるいは何かが判明した。そして彼らは今ではあんたを必要としている」ともタマルは述べています。さらにタマルは「しかしいったいどのような理由で、川奈天吾とあんたとのあいだにできる子供が、そんな特別な能力を身につけることになるのだろう？」と自問のような言葉を発していますが、青豆は「わからない」と応じるだけです。

この「しかしいったいどのような理由で、川奈天吾とあんたとのあいだにできる子供が、そんな特別な能力を身につけることになるのだろう？」は、村上春樹が読者に、その謎を考えてくださいと記しているように感じます。

そして、それは、私が考えているように〈天吾とふかえりが兄と妹である〉と考えれば、その謎はほぼ解消するのではないかと思うのです。

▼意識の底の方でみんな繋がっている

さきがけのメンバーが、ある時点で青豆が身ごもっているのは天吾の子であることを知って、その子供に伝えられた血脈がほしいと願い、青豆の追及・殺害をあきらめてしまうということは、天吾の母とリーダー（深田保）との関係を、さきがけのメンバーたちも何かの部分で、知っていたということになるかと思います。

「僕の印象では『1Q84』にはあの前の話があり、あのあとの話があります」と村上春樹は、読者からのメールの質問に答えていますが、天吾の母親が「あの前の話」で、さきがけのメンバーたちと何らかの関係をもっていたのかもしれない……と、私は思います。もうこれ以上は合理的な推測の域を超えて、妄想の領域に入ってきますので、このあたりでやめますが、そのような妄想が湧いてくるほどの「長い因縁話」のようにして『1Q84』という長編小説があるのです。

『村上さんのところ』には、こんな質問もありました。

村上さんはじめまして。
村上さんの小説はほとんど読みました。というより、なぜだか読んでしまうのです。それがとても不思議なのです。村上春樹は現代において神話を紡いでいるのである、と何かで読みましたがそういうことなのでしょうか。だから読んでしまうのでしょうか。

それに対して、村上春樹は次のように答えています。

世界にはいろんな神話がありますが、どこの国の神話にも「共通する部分」がとても多いんです。同じような成り立ちの話がとても多いです。それについてはジョーゼフ・キャンベルという人が『生きるよすがとしての神話』『神話の力』の中で詳しく語っています。なぜ「共通する部分」が多いのか？　それは人というのは、言語や文化の違いを超えて、時間を超えて、意識の底の方でみんなしっかりと同じ水脈に繋がっているからだ、というのがキャンベルの考え方です。無意識下のイメージはだいたいみんな似ているんです。
僕が小説を書くときも、そのような無意識下のイメージをできるだけ繋げていきたいという思いがあります。あなたは僕のそのような思いにうまく感応してくださっているのかもしれません。だとしたら、僕としても嬉しいです。

この答えは、村上春樹が、神話というものを大切に考えて物語を書いていることを、率直に述べたものだと思います。ですから、私のように天吾とふかえりを、そとおり・衣通姫の伝説とつなぎ、軽太子、軽大郎女の神話とつなげて考えてみることも、それほど無謀な考えではないと思っています。

今回はここまでとして、次に「どこの国の神話にも「共通する部分」がとても多い」と村上春樹が語っていることについて、今回述べたことの延長として、考えてみたいと思います。

058 ワーグナー『ニーベルングの指環』

古代神話と長い因縁話②

2016.6

『1Q84』に出てくる「天吾」と、天吾がリライトしてベストセラーとなる『空気さなぎ』の作者「ふかえり」は、実は兄と妹の関係にあるのではないだろうか……。そんな考えを、前回紹介しました。

もし、天吾とふかえりが兄妹だとすると、天吾はカルト宗教集団・さきがけのリーダー（深田保）の子ということになります。物語の最後、天吾の子を青豆が妊娠しているわけで、その子は、リーダーの血を引き継ぐことができる存在でもあります。

だからこそ、それまでリーダーの殺害者である青豆を追跡していたカルト宗教集団・さきがけのメンバーが「青豆さんをこれ以上追及するつもりはありません。我々が今求めているのは彼女と語り合うことです」と語っているのだと思います。

さらに「我々は声を聴き続けなくてはなりません」とさきがけの人たちは言うのです。さきがけのリーダーは〈声を聴くもの〉でした。そして青豆のお腹に宿っている天吾の子供は〈声を聴くもの〉となる有資格者なのでしょう。そのような子供を青豆が妊娠しているところで、この物語は終わっています。

▼対応する『ねじまき鳥クロニクル』と『1Q84』

『1Q84』では、雷と洪水の日の夜に、ふかえりと天吾が交わることで、なぜか青豆のほうが天吾の子供を妊娠するという、村上春樹らしい〝ねじれのある展開〟になっているわけですが、私のように考えると、天吾とふかえりの交わりは近親相姦の場面とも言えるので、やはり天吾とふかえりを兄と妹だとすることには、ちょっと、飛躍があると思う人もいるかと思います。

でも『ねじまき鳥クロニクル』（一九九四、九五年）と『1Q84』との関係を考えてみると、そんなに突飛な考えとも言えないと思うのです。

『ねじまき鳥クロニクル』と『1Q84』はいくつかの対応を有する作品です。例えば『ねじまき鳥クロニクル』の作品の時代設定が「1984年」から「1985年」ぐらいです。『1Q84』は現実の「1984」年から時間・空間が少しねじれて、「1Q84」年の世界へ主人公たちが導き込まれるのですから、ほぼ同じ頃に時代が設定されています。

最初に二冊が刊行され、その翌年に三冊目が刊行されるというのも同じです。さらに細かいことを言いますと、『ねじまき鳥クロニクル』で、自分の前から失踪してしまっている妻からの温かい手紙が来る章の名前は、「ねじまき鳥クロニクル#17」（クミコの手紙）ですし、『1Q8

４』で青豆と天吾が二十年をかけて結ばれるホテルの部屋は「十七階」にあります。

この二つが、なぜ「#17」と「十七階」なのかについては、「４」という数字は村上春樹作品では「死」や「異界」を表していて、その「４」（死・異界）と「４」（死・異界）が掛け合わされた世界が「16」であり、その「16」の世界を脱出してきた数として「17」（16＋１）があるのだろうと、私は考えています。

この他にも幾つか、『ねじまき鳥クロニクル』と『１Ｑ８４』に重なるディテールがあります。「牛河」という人物が両作に共通して登場することも特徴的です。

そして『ねじまき鳥クロニクル』では、「僕」と「牛河」のこんな会話があります。

「僕」が「牛河」に言います。「つまり、あなたは綿谷ノボルとクミコとのあいだに性的な関係みたいなものがあると言いたいわけですか？」

「牛河」は「いや、何もそんなことは言ってません」と否定していますが、『ねじまき鳥クロニクル』の中で、「僕」の妻・クミコと、その兄・綿谷ノボルの兄妹の近親相姦的な関係が考えられている会話です。

『ねじまき鳥クロニクル』の「僕」の「牛河」への「つまり、あなたは綿谷ノボルとクミコとのあいだに性的な関係みたいなものがあると言いたいわけですか？」という、この言葉を横に置いてみれば、『１Ｑ８４』の天吾・ふかえりが兄と妹で、その二人が「お祓い」の儀式のようにして性的に交わるという考え方も、それほど突飛なものとは言えないのではないかと思うのです。

前回は、この「兄と妹が性的に結ばれる」という問題について、日本の古代神話である『古事記』の軽太子《かるのみこ》と実妹の軽大郎女《かるのおおいらつめ》（衣通姫《そとおりひめ》）との道ならぬ恋を反映しているのではないかと書きました。衣通姫と呼ばれた軽大郎女の「そとおり」と「ふかえり」というネーミングが似ているのではないかという指摘をしたわけです。

▼ワーグナーの『ニーベルングの指環』

『１Ｑ８４』における、この「兄」と「妹」の性的な関係について、今回はもう一つ別な面から考えてみたいのです。それはリヒャルト・ワーグナー作曲の楽劇『ニーベルングの指環』との関係です。

『ニーベルングの指環』は『ラインの黄金』『ワルキューレ』『ジークフリート』『神々の黄昏』を合わせた楽劇ですが、『神々の黄昏』のことが、『１Ｑ８４』ＢＯＯＫ３の中に出てきます。それは第24章で天吾の父親が亡くなって、その葬儀の模様が描かれる場面です。天吾の父親はＮＨＫの集金人でしたから、最後はきれいにアイロンのかかったＮＨＫの集金人の制服に包まれて簡素な棺におさめられます。父親の遺体は死んでいるようには見えず、仕事の合間に仮眠でもとっているように見えます。

ＮＨＫのマークが縫い込まれた制服は「彼が最後に身につける衣服として、それ以外のものは天吾にも思いつけなかった。ヴァーグナーの楽劇に出てくる戦士たちが鎧《よろい》に包まれたまま火葬に付されるのと同じことだ」とあり、さらに父の遺体が乗せられたのはいちばん安あがりな霊柩車だったらしく「そこにはおごそかな要素はまったくなかった。『神々の黄昏《たそがれ》』の音楽も聞こえてこなかった」と書かれています。

　この『１Ｑ８４』は、高速道路を行く、タクシーの中で、青豆がヤナーチェックの最晩年の管弦楽作品『シンフォニエッタ』を聴く場面から始まっていますし、作中にたくさんの音楽が出てきますが、『神々の黄昏』の音楽も聞こえてこなかった」という否定形の表記ながら、音楽の固有名詞が記されているのは、この『神々の黄昏』が最後です。

　村上春樹の初期三部作の一つ『羊をめぐる冒険』（一九八二年）にも「鼠も羊もみつからぬうちに期限の一ヵ月」が過ぎ去ることになれば「あの黒服の男は僕を彼のいわゆる「神々の黄昏《ゲッテルデメルング》」の中に確実にひきずりこんでいくだろう」とありました。その黒服の秘書の男は「僕」と最初に会った際、男の先生が作った組織は、もし先生が死ねば「先生の死によって組織は遅かれ早かれ分裂し、火に包まれたヴァルハラ宮殿のように凡庸の海の中に没し去っていくだろう」と語っています。ヴァルハラ宮殿は『神々の黄昏』の最後に火に包まれる神々の宮殿です。このように、村上春樹は初期の頃から、ワーグナーに興味を抱いていたと思われるのです。

　そのような関心からワーグナー『ニーベルングの指環』を見てみると、双子の兄（ジークムント）と妹（ジークリンデ）が結ばれて、妹（ジークリンデ）が「ジークフリート」を身ごもり、産んで亡くなるという展開の楽劇になっています。

　天吾とふかえりという兄・妹の性的な交わりの場面は、ワーグナー『ニーベルングの指環』の双子の兄（ジークムント）と妹（ジークリンデ）の交わりの場面とも呼応して読めるのではないかと思うのです。そうだとすると、天吾とふかえりという兄・妹が交わって、青豆が身ごもっている天吾の子供とは、『ニーベルングの指環』の「ジークフリート」に相当する子供だということになりますね。

▼処女戦士「ワルキューレ」

　このような考えで、『１Ｑ８４』を読んでみますと、いくつかの部分で、『１Ｑ８４』とワーグナー『ニーベルングの指環』が、呼応しながら書かれているのではないかと思えてくる部分があるのです。

　例えば、物語の最後に天吾の子を妊娠している青豆は、女性の殺し屋ですが、殺し屋となっていく動機は次のようなものでした。

　青豆には大塚環《たまき》という友だちがいました。二人は同い年で、都立高校のソフトボール部のチームメート。青豆は投手で四番打者、文字通り投打の中心でしたし、大塚環は二塁手でチームの要でキャプテンをつとめていました。そんな「環は青豆が生まれて初めてつくった親友だった。どんなことでも隠さずに打ち明けあうことができた。環の前にはそんな友だちは一人もいなかったし、彼女のあとにも一人も出てこなかった」とあります。

環は二十四歳の時に二歳上の男と結婚しますが、彼女は二十六歳の誕生日を三日後に控えた、風の強い晩秋の日に自宅で首を吊って死んでしまうのです。環は夫の絶え間ないサディスティックな暴力によって、身体的にも精神的にも傷だらけになっていたのです。青豆は鋭い針で瞬間的に相手を死に至らしめる力を身につけて、環の夫を殺害してしまいます。

そして、まだ環の不幸が起きる前の記述の部分ですが、頻繁に「処女」という言葉が繰り返されるのです。例えば「環は大学一年生の秋に処女を失った」「それは処女性の喪失とか、そういう表面的な問題ではない」「恋人もつくらないで、ずっと処女のままでいるつもり?」「青豆は二十五歳になっていたが、まだ処女のままだった」……という具合です。

これは、もしかしたら、青豆が「ワルキューレ」であることを述べている部分なのではないかと、私は思います。「ワルキューレ」は戦場において戦死した勇士たちを選び、運ぶ「処女戦士」のことです。そしてよく読めば、青豆の親友・大塚環の名前も「指環」に繋がる「環」です。

他にもまだあります。『1Q84』にはリトル・ピープルというものが出てきます。ふかえりの小説『空気さなぎ』にもリトル・ピープルは出てきますが、ふかえりの育ての親である戎野先生は「リトル・ピープルは目に見えない存在だ。それが善きものか悪《あ》しきものか、実体があるのかないのか、それすら我々にはわからない。しかしそいつは着実に我々の足元を掘り崩していくようだ」と語っています。

もちろんジョージ・オーウェルの『一九八四年』(一九四九年)の中に出てくる、ビッグ・ブラザーに対応するものとして、リトル・ピープルがあります。

でも、これもワーグナー『ニーベルングの指環』に出てくる地底に住むニーベルング族のこびと、また地上に住む巨人族との対応関係を考えてもいいのではないでしょうか。

▼「とねりこの木」と「東の森」

ワーグナー『ニーベルングの指環』や、そのもとの一つとなったと思われる北欧神話などへの興味から村上春樹作品を見ていくと、他作品にもたくさん関連性を見ることができます。

例えば、『世界の終りとハードボイルド・ワンダーランド』(一九八五年)の「世界の終り」のほうの物語に「門番」が出てきて、彼は大小様々の手斧やなたやナイフを持っています。手斧の柄は「十年もののとねりこの木を削って作るんだ」「東の森に行くと良いとねりこがはえているんだ」と「門番」が「僕」に話しています。この「とねりこ」は『ニーベルングの指環』や北欧神話に「世界樹」としてある木です。

また良いとねりこがはえている「東の森」というものも、村上春樹作品には、しばしば出てくるものです。『世界の終りとハードボイルド・ワンダーランド』では、他にも「東の森にぽっかりとあいた野原に座り、古井戸に背をもたせかけて風の音に耳を澄ませていると、僕は門番の言ったことばを信じることができるような気がした」とあるし、『羊をめぐる冒険』には羊男が「ごそごそと身をよじって羊の衣裳に体をなじませてから、足早に草原を東の森に向けて突っ切っていった」と記されています。

この「東の森」も『ニーベルングの指環』の中に出てくるものなのです。

逃げるジークリンデが「どちらへ向かったらよいのかしら？」と聞くと、ワルキューレたちは「東に向かっては森が広がっている」「森がジークリンデを護ってくれる」「権威ある神も森は恐れ、あの辺りを敬遠する」「急いで、東へ進みなさい！」と言うのです（『オペラ対訳 ワーグナー ニーベルングの指輪（上）』音楽の友社、二〇〇二年より）。

▼ワグナーの指環みたいにな

二〇一六年時点で最新長編作品といえる『色彩を持たない多崎つくると、彼の巡礼の年』（二〇一三年）にも、「緑川」と「灰田の父」とのこんな会話が記されています。


「もし緑川さんが死んだらそのトークンはどうなるのでしょう？」

「さあな。それは俺にもわからん。はて、どうなるんだろう？ 俺と一緒にあっさり消滅してしまうのかもしれない。あるいは何かのかたちであとに残るのかもしれない。そして人から人へとまた引き渡されていくのかもしれない。ワグナーの指環みたいにな」


村上春樹が『ニーベルングの指環』に興味を抱いて、作品を書いていることが伝わってきますね。そのもとになっている北欧神話などにも、きっと初期から関心を抱いていたのだろうということも伝わってきます。

天吾とふかえりが、実は兄と妹ではないか。それは日本の古代神話である『古事記』の軽太子《かるのみこ》と実妹の軽大郎女《かるのおおいらつめ》（衣通姫《そとおりひめ》）の話と関係しているのではないかと、私は思いますし、リヒャルト・ワーグナー作曲の楽劇『ニーベルングの指環』の双子の兄（ジークムント）と妹（ジークリンデ）が結ばれて、ジークフリートが生まれてくることとも、私の中では響き合っています。

ドイツや北欧の人たちは、このような村上春樹作品をどのように受けとめているのでしょうか。そして、当然、青豆が身ごもっている天吾の子供は、どんな子供に成長していくのだろうという興味も、私の中で持続しているのです。

059

歴史から目をそむけるな

「皮剝ぎと原爆」

2016.7

村上春樹には、昭和二十年八月へのこだわりがずっとあります。一番はっきりと、それが記されているのは、『ねじまき鳥クロニクル』（一九九四、九五年）です。

この作品の第3部に赤坂ナツメグという女性が出てくるのですが、昭和二十年八月、幼い彼女が母親と一緒に中国から引き揚げてくる輸送船の甲板にいると、突然、海の底から米海軍の潜水艦が現れます。潜水艦は「正確に十分後に砲撃を開始する」と伝えてくるのですが、砲撃する直前に〈総員甲板退去〉のサイレンが鳴り響き、大きな白い泡を立てながら潜水を開始して、潜水艦は再び海にもぐっていってしまうのです。日本の無条件降伏を知った潜水艦が、司令部からの命令を受けて戦闘行為を休止したのです。

その10章の最後に「輸送船は覚束《おぼつか》ない足取りで、翌日の八月十六日の午前十時過ぎに佐世保港に入港した」と記されていて、その出来事が八月十五日にあったことがわかります。

また『スプートニクの恋人』（一九九九年）では、ローマ発の「すみれ」から「ぼく」に届いた手紙の追伸に「たぶん8月15日頃に帰国します」と記されてあるのですが、その五日後にフランスから来た二通目には「ところで、8月15日に日本に戻るという当初の予定はどうやら変更になりそうです」とあり、そして「すみれは8月15日になっても戻ってこなかった」とあります。すみれはギリシャで失踪し、「あちら側」の世界に行ってしまうのです。

これも、日本の近現代史の中で、多くの死者と生者を分かつ日である昭和二十年八月十五日という日にちを意識した表現だと思います。

▼日本の敗戦後の一週間を意識して

デビュー作『風の歌を聴け』（一九七九年）には「この話は1970年の8月8日に始まり、18日後、つまり同じ年の8月26日に終る」と一行だけ記されている第2章があります。この作品は時間の記述が入り組んでいて、登場人物たちが「1970年8月8日―同年8月26日」の間のどの時間に存在しているのかが、あまりよくわからないように書かれています。

その時間を計算してゆく起点は、毎週土曜の夜に放送されている「ポップス・テレフォン・リクエスト」というラジオ番組です。

この話が始まるという「1970年8月8日」は土曜日で、この土曜の夜にも、そのラジオ番組があって、「犬の漫才師」と呼ばれるDJから「僕」に電話がかかってきます。つまり『風の歌を聴け』は「1970年8月8日」の

「ポップス・テレフォン・リクエスト」の場面から物語の実際の時間が動き出しているということになります。

この「犬の漫才師」が登場するラジオ番組は終盤にもう一度出てきて、その場面が終わると、物語も終わりに向かい始めます。それは「1970年8月22日」の土曜の夜のことと思われます。

もちろん同年の「8月15日」の土曜にも「犬の漫才師」の番組はあったはずなのですが、なぜか作中に記されていません。そして、その「8月15日」と思われる日あたりから一週間、「僕」が「ジェイズ・バー」で知り合った左手の「小指のない女の子」は旅をすると言って、その間に彼女は堕胎の手術を受けています。さらに「僕」の分身的な相棒である「鼠」も「8月15日」ごろから一週間ばかり「調子はひどく悪かった」と記されています。

その後、「僕」は「鼠」を誘って、ホテルのプールに行くのですが、そうすると空にジェット機が飛行機雲を残して飛び去っていくのが見え、二人は昔見た米軍の飛行機のことや港に巡洋艦が入ると街中がMPと水兵だらけになったことを話しているのです。

このように敗戦後の風景のことが記されていて、その一方で放送されたはずの「8月15日」の「ポップス・テレフォン・リクエスト」が記されていないのです。

つまり、これは『風の歌を聴け』が、日本の敗戦後の一週間を意識して書かれていることを示しているのではないだろうかと、私は考えています。

▼日本の敗戦後の一カ月を意識して

「一九七三年九月、この小説はそこから始まる」という言葉が、村上春樹の第二作の『1973年のピンボール』(一九八〇年)にはあって、これは紹介した『風の歌を聴け』の「この話は1970年の8月8日に始まり……」という言葉と対応したものです。おそらく第二作『1973年のピンボール』は、日本の敗戦から一カ月間のことを意識しながら、書かれた作品ではないかと私は考えているのです。

この『1973年のピンボール』には「208」と「209」という数字が書かれたトレーナー・シャツを着た双子の女の子が登場します。私は、これは「昭和20年8月」と「昭和20年9月」のことを表しているのではないかと思います。

でもこれだけでは、論拠が不足した断定となるかもしれませんね。しかし、例えば『ねじまき鳥クロニクル』では、妻クミコの兄・綿谷ノボルと「僕」が対決して、野球のバットで兄を殴り倒すという有名な場面ありますが、その場面で、「僕」が綿谷ノボルと闇の中で対決する場所はホテルの「208」号室となっています。

その場面は赤坂ナツメグや彼女の父親を巡る「一九四五年八月の物語」と交互に語られていく場面です。「208」と「209」のうち、綿谷ノボルとの対決の場として「2

08」の番号の部屋が選ばれたということは、この「208」は「一九四五年八月の物語」と対応した「昭和20年8月」と考えてもいいのではないかと思います。

そうやって、第一作『風の歌を聴け』と第二作『1973年のピンボール』は「昭和20年8月」で繋がっていますし、旧満州のことなども含んで書かれた第三作『羊をめぐる冒険』とも繋がっているのだと、私は考えています。初期三部作は、そのような一貫性をもって書かれた作品ですし、『ねじまき鳥クロニクル』をはじめ村上春樹の物語は、そうした歴史意識で貫かれた作品なのだと、私は思います。

これらのことは、『村上春樹を読みつくす』（講談社現代新書、二〇一〇年）や雑誌「文學界」（二〇一五年七月号）の「村上春樹の『歴史認識』」などで記しましたので、興味のある人は、そちらも読んでください。

▼あまりに残酷な皮剝ぎ

今回、考えてみたいのは、こんなことです。

「村上春樹作品で最も記憶に残る場面は何か」。もし、そんな調査をすれば『ねじまき鳥クロニクル』に出てくる〝皮剝ぎ〟と呼ばれる場面を挙げる人も多いのではないかと思います。それは昭和十三年（一九三八年）、旧満州・モンゴル国境のノモンハンで情報活動していた山本という男が、モンゴル・ソ連軍に捕まり、生きたまま全身の皮を羊用のナイフで剝がされて殺される場面です。あまりに残酷で、世界中の村上春樹作品の翻訳者があそこを訳したくないと言う、血なまぐさい場面です。

〈この皮剝ぎの場面とは、何なのだろう〉

そんなことを〈「昭和二十年八月」に、こだわり続けている村上春樹〉という視点から考えてみたいのです。

『ねじまき鳥クロニクル』は、突然行方不明になってしまった妻クミコを夫の「僕」が捜し求めて、取りかえす物語です。「僕」と妻の結婚は妻の実家の反対に遭っていたのですが、妻の実家が信頼する老霊能者の本田さんが、結婚に反対したら非常に悪い結果になると断言してくれたので、二人は結婚できました。

こんな「僕」たち夫婦の恩人の本田さんは、ノモンハン事件の生き残りです。その本田さんが死んで、形見分けのために元戦友の間宮中尉が「僕」のところにやってくるのです。そうやって語られるのが、あの皮剝ぎの話です。間宮中尉も本田さんも山本とともに行動していたのです。

▼広島出身の間宮中尉

その皮剝ぎのことを「僕」に語った後、間宮中尉は、続けて、こんなことを話しています。

私は片腕と、十二年という貴重な歳月を失って日本に戻りました。広島に私が帰りついたとき、両親と妹は既に亡《な》くなっておりました。妹は徴用されて広島市内の工場で働い

ているときに原爆投下にあって死にました。父親もそのときちょうど妹を訪ねに行っていて、やはり命を落としました。母親はそのショックで寝たきりになり、昭和二二年に亡くなりました。

つまり皮剝ぎというショッキングな、思わず目をそむけたくなるような残酷な出来事を目撃した間宮中尉は広島出身で、原爆による、これまた残酷な傷を受けた広島から上京して、「僕」に戦争の歴史を語ったのです。

今回の冒頭に記したように、『ねじまき鳥クロニクル』の第3部になって、「赤坂ナツメグ」という女性が登場して、「僕」と赤坂ナツメグが東京・青山のイタリア・レストランで話をするようになります。

そこで、赤坂ナツメグは昭和二十年八月十五日、日本へ向かう途中、自分が乗った輸送船が米国の潜水艦に沈められそうになったことなどを話すのです。

赤坂ナツメグは自分の父親が満州の新京動物園の主任獣医であったことを話しますが、その主任獣医の右の頬に「僕」と同じような青黒いあざがありました。つまり赤坂ナツメグの父は「三十代後半の背の高い男で、顔だちは整っていたが、右の頬《ほお》に青黒いあざがついていた」のです。

「僕」のほうにも「青いあざ」があります。その「青いあざ」は、ある日、「僕」が井戸の中に入っていて、出てくると突然、右頬にあざが出来ているというものです。その井戸はノモンハンに繋がっていたりする「歴史」の通路のような井戸なのですが、そこから出てくると僕の頬に突然、青黒いあざが出来ているのです。

▼右の頬に現れた青いあざのこと

この『ねじまき鳥クロニクル』第3部の第1章は「笠原メイの視点」というもので、「僕」のことを「ねじまき鳥さん」と呼ぶ少女・笠原メイから「僕」に手紙がきます。ちょっと、長いですが、笠原メイの手紙の中から「僕」の「青いあざ」についての部分を引用してみます。

ねじまき鳥さんと会わなくなってからも、私はねじまき鳥さんの顔のあざのことをよく考えていました。突然ねじまき鳥さんの右の頬《ほお》に現われたあの青いあざのこと。ねじまき鳥さんはある日穴ぐまみたいにこそこそと宮脇さんの空き家の井戸の中に入って、しばらくして出てきたらあのあざがついていたのよね。今思いだしてみるとなんだかウソみたいなのだけれど、でもそれはほんとうに私の目の前で起こったことなのね。そして私は最初に見たときからずっと、そのあざのことをなにかとくべつなしるしなんじゃないかと思っていました。そこにはたぶん何か、私にはわからない深い意味があるんだろうって。だってそうでなければ、急に顔にあざができたりしないものね。

笠原メイの手紙には、そんなことが書いてあるのです。

笠原メイが「そのあざのことをなにかとくべつなしるしなんじゃないかと思っていました。そこにはたぶん何か、私にはわからない深い意味があるんだろう」と言う「僕」の「青いあざ」について、以前も少し考えてみたことがあるのですが、「僕」に「急に顔にあざができた」のは広島の原爆のことと関係しているのではないかと、私は思っています。そのことの理由を以下、記しておきたいと思います。

▼井伏鱒二『黒い雨』

広島の原爆の惨禍を描いた作品では、井伏鱒二『黒い雨』(一九六六年)が有名です。『黒い雨』の主人公は閑間重松ですが、その閑間重松の被爆の瞬間は次のように記されています。

そのとき、発車寸前の電車の左側三メートルぐらいのところに、目もくらむほど強烈な光の球が見えた。同時に、真暗闇になって何も見えなくなった。瞬間に黒い幕か何かに包み込まれたようであった。


閑間重松は朝の出勤で、電車に乗るために横川駅にいて、ちょうど発車間際の時に原爆に遭いました。「目もくらむほど強烈な光の球」を浴びた後、閑間重松が横川駅から三滝公園に通じる国道を歩いていると、知り合いの夫人から「閑間さん、顔をどこかで打たれましたね。皮が剝《む》けて色が変わっております」と言われます。閑間が両手で顔を撫でると、「左の手がぬらぬらする。両の掌《てのひら》を見ると、左の掌いちめんに青紫色の紙縒《こより》状のものが着いている」のです。「僕は顔をぶつけた覚えはなかったので不思議でならなかった」「べつに痛みはなかったが、薄気味わるくて首筋のところがぞくぞくした」と『黒い雨』には書いてあります。『黒い雨』の閑間重松の顔の青紫色の傷は、被爆の象徴のように繰り返し出てきます。

例えば『黒い雨』は当初「姪の結婚」という題名でしたが、その姪の矢須子と閑間重松が被爆後、再会する時にも、矢須子は閑間重松の顔を見て、「まあ、おじさんの顔、どうしたんでしょう」と言っています。

さらに閑間重松が洗面所に行って、水を飲んだり、体じゅうを濡手拭で拭う場面では、「しかし火傷を布で覆っている左の頰は拭えない。ねっとりと布が傷に貼りついているような気持である」とあります。

そして閑間重松は、傷を受けて以来、ちっとも痛みを感じないので、布を当てがって置いたままにしていたのですが、汗拭きを兼ねて今日は手当をしようと思って、救急袋を取って来て洗面所の鏡に向かいます。

布で留めた絆創膏を剝がし、そろそろと布を取除くと「左の頰は一面に黒みを帯びた紫色になって、焼けた皮膚が撚《よ》れ縮まって附着しながら段々の層状をなしている」のです。
『ねじまき鳥クロニクル』の「僕」の青いあざは右の頰、『黒い雨』の閑間重松の青紫色の傷は左の頰の違いはありますが、ここには一つの関連性があるのかなと、私は考えています。

▼鏡に向かって自分の顔を眺めてみた

『ねじまき鳥クロニクル』の第2部の16章は「笠原メイの家に起こった唯一の悪いこと、笠原メイのぐしゃぐしゃとした熱源についての考察」という長い題名の章ですが、そこには、こんなことが書いてあります。それは「僕」がシャワーを浴びる場面です。

それに続いて「シャワーを出てタオルで体を拭《ふ》いてから、歯を磨《みが》き、鏡に向かって自分の顔を眺めてみた。右の頰《ほお》にはまだ青黒いあざが残っていた」と記されているのです。

これは閑間重松が、体じゅうを濡手拭で拭い、洗面台の鏡で顔の傷を見る場面と同じように、私には感じられます。

また、『ねじまき鳥クロニクル』のその章では笠原メイがじっと僕の顔を見て、「何か心あたりはないの？　どこでどうやってそういう風になっちゃったのか」と「僕」に聞きます。

「心あたりはまったく何もない」と答えた「僕」は「井戸を出てきてしばらくしてから鏡を見たらできてたんだ。本当にそれだけだよ」と加えています。

笠原メイは「痛い？」と聞きますが、「僕」は「痛くもないし、痒《かゆ》くもない。少し熱をもっているだけだよ」と答えています。

「心あたりはまったく何もない」「痛くもない」と「僕」は「青いあざ」について述べているのですが、これも閑間重松の「僕は顔をぶつけた覚えはなかったので不思議でならなかった」「べつに痛みはなかった」という言葉と重なって感じられるのです。

▼あの奇妙な鮮烈な光の中で

さて、旧満州・モンゴル国境のノモンハンで、情報活動していた山本が生きたまま全身の皮を羊用のナイフで剝がされて殺される際、予知能力のある本田さんは直前に逃げて近くに隠れているのですが、間宮中尉は山本と一緒にモンゴル・ソ連軍に捕まってしまいます。そして間宮中尉は山本が生きたまま全身の皮を剝がされて殺されるところを見るのです。その後、間宮中尉は馬の鞍に縛りつけられて、北に二、三時間進んだところの砂漠にある深い涸れた井戸に連れていかれます。彼らはその涸れた井戸の中に間宮中尉が飛び込むように強いるのです。

間宮中尉は「世界の果ての砂漠の真ん中の、深い井戸の底にひとりぼっちで残されて、真っ暗な中で激しい痛みに襲われる」のです。そして、どれくらい時間が経ったのか、わかりませんが、思いもかけぬことが起きます。

太陽の光がまるで何かの啓示のように、さっと井戸の中に射《さ》し込んだのです。その一瞬、私は私のまわりにあるすべてのものを見ることができました。井戸は鮮やかな光で溢《あふ》れました。それは光の洪水《こうずい》のようでした。私はそのむせかえるような明るさに、息もできないほどでした。暗闇と冷やかさはあっというまにどこかに追い払われ、温かい陽光が私の裸の体を優しく包んでくれました。

『黒い雨』では「目もくらむほど強烈な光の球が見えた。同時に、真暗闇になって何も見えなくなった。瞬間に黒い幕か何かに包み込まれたようであった」と原爆の光を浴びた瞬間を井伏鱒二は書いています。『ねじまき鳥クロニクル』のこの場面では、洪水のような、むせかえるような明るい光で暗闇と冷やかさはあっというまにどこかに追い払われています。

光の果たす役割が反転しているようにも読めますが、でもここにも閑間重松と間宮中尉とに重なるものを、私はやはり感じるのです。

また『ねじまき鳥クロニクル』の第3部には「加納マルタの尻尾、皮剥ぎボリス」という章があって、モンゴル人兵士に山本の皮を剥がさせたロシア人将校ボリスと、ロシア人の捕虜となった間宮中尉が、戦後に出会います。

間宮中尉は「僕」への手紙の中で「私は、ロシア人将校とモンゴル人による地獄のような皮剥ぎの光景を目撃し、そのあとモンゴルの深い井戸の底に落とされ、あの奇妙な鮮烈な光の中で生きる情熱をひとかけら残らず失ってしまっていたのです」と書いています。

▼原爆で皮膚が剥がされてしまった被爆者

さてそこで、今回の問いについて、考えたいと思います。あの地獄のような皮剥ぎとは何でしょうか。

『黒い雨』の閑間重松が、洗面所の鏡で、黒みを帯びた紫色になった左頬を見る場面には、さらにこんなことが書かれています。

撚れた皮膚の一端を爪先で摘まみ、そっと引張ると少し痛いので、自分の顔ではあるなと思った。そう思いながら、次から次に剥ぎとって行った。(……)あらかた僕は撚じれた皮を剥がした。最後に、小鼻のわきの固形化した膿を爪の先で摘まんで引くと、上の端から剥脱《はくだつ》して、こっぽりと剥げ、黄色い膿の汁が手首に落ちた。

この「あらかた僕は撚じれた皮を剥がした」というのも、見方によっては、皮剥ぎのことです。

広島の爆心地周辺では、原爆の光熱を浴びた人びとの衣服は瞬時に消え去って、皮膚は剥がれて垂れ下がってしまいました。被爆直後、皮膚がなくなってしまったので被爆者が、腕の肉と腹の肉がくっつかないようにするために手を前に出して歩いていたそうです。皮膚がなくなったので、手を下げると腕と腹がくっついてしまうからです。そうやって、被爆者たちは亡くなっていきました。

『ねじまき鳥クロニクル』で、全身の皮膚を剝がされて、死んでいった情報将校・山本の姿は、原爆によって皮膚が剝がされてしまい、亡くなっていった被爆者の姿と重なって描かれているのではないか。そのように、私には思えてくるのです。

だからこそ、広島出身で、妹と父が原爆投下で亡くなり、そのショックで寝たきりになって、昭和二十二年に母親が亡くなったという間宮中尉が〝皮剝ぎ〟という残虐でショッキングな戦争中での出来事を「僕」に語りに来るのではないかと思います。

『ねじまき鳥クロニクル』第2部の16章の「笠原メイの家に起こった唯一の悪いこと、笠原メイのぐしゃぐしゃとした熱源についての考察」の「熱源」という言葉や笠原メイに「痛い?」と聞かれて、「僕」は「痛くもないし、痒《かゆ》くもない。少し熱をもっているだけだよ」と答えるのですが、その「少し熱をもっている」という「僕」の言葉にも、原爆に繫がるものを感じるのです。

『黒い雨』の当初の題名「姪の結婚」と「笠原メイ」の「姪《めい》」「メイ」の関係も気になります。

▼長崎で大勢の人を前に演説した後

そして、『ねじまき鳥クロニクル』には、長崎の原爆のことも記されています。

例えば、赤坂ナツメグとその母親を乗せた輸送船が、覚束ない足取りで、昭和二十年八月十六日に佐世保港に入港したことが記された場面では「十五日の正午に、天皇の終戦の詔《みことのり》がラジオから流されていたのだ。七日前に、長崎の街は一発の原子爆弾によって焼きつくされていた」と書かれています。

そして、物語の終盤、「僕」は宮脇さんの空き家にある井戸を通って、異界の世界に出て、綿谷ノボルと戦います。綿谷ノボルは、日本を戦争に導いた精神の象徴のような人ですが、「僕」はその綿谷ノボル的なるものと異界で戦い、バットで叩きつぶすのです。

すると現実の綿谷ノボルは突然、脳溢血のような症状で、意識不明となってしまいます。綿谷ノボルは「長崎で大勢の人を前に講演して、そのあとで関係者と食事をしているときにとつぜん崩れ落ちるように」倒れたと『ねじまき鳥クロニクル』の中で村上春樹は記しています。

「皮剝ぎ」を語りにきた間宮中尉は広島出身、日本を戦争に導いた精神の象徴のような綿谷ノボルは長崎で倒れているわけですから、村上春樹が『ねじまき鳥クロニクル』の中で、原爆について、物語りたかったことは間違いないでしょう。

そんな視点から、残酷で目をそむけたくなる「皮剝ぎ」のことを考えてみると、これも原爆の惨禍について、村上春樹が書いているのではないかと思えてならないのです。

山本の皮が剝がされていくとき、それを横で見ている間宮中尉について、「私は目を閉じました。私が目を閉じると、蒙古人の兵隊は銃の台尻《だいじり》で私を殴りました。私が目を開けるまで、彼は私を殴りました」と村上春樹は記しています。

今回記した内容から、その言葉を読むと、原爆の惨禍から、目を閉じるな、歴史から目をそむけることなく、よく見なくてはいけないと、村上春樹が述べているような気がしてなりません。

*「2020年8月」のカレンダーは奇しくも「1970年の8月」と全く同じで、「8月15日」の終戦記念日は土曜日でした。村上春樹も自身のラジオの番組「村上RADIO」（TOKYO　FMなど全国38局）のサマースペシャル放送として、「2020年8月15日」の午後四時から一時間ほどDJを務めていました。その日から七十五年前の「昭和20年8月15日」は日本のラジオ放送として最も有名な敗戦の玉音放送があった日です。そのラジオの番組のDJを務める村上春樹の声を聴き、デビュー作『風の歌を聴け』から持続する深い思いを感じていました。

060 「脈絡もなく一直線に並べる新幹線」

「冥界と現実を結ぶ」

2016.9

村上春樹の『色彩を持たない多崎つくると、彼の巡礼の年』（二〇一三年）の主人公である多崎つくるは、小さい時から鉄道の駅が大好きで、大学も東京の工科大学に進みます。そして鉄道の駅をつくることを仕事にしています。

当然、この作品は鉄道オタク（鉄オタ）、鉄ちゃん、あるいは鉄女という鉄道好きの人たちからも読まれたでしょうし、この点から同作を論じる記事や評論もありました。さらに、でもその割には新幹線のことなどが詳しく書かれていないので、村上春樹は、それほど鉄道オタクでもないのではないか……という意見もありました。

村上春樹が鉄道オタクであるか、そうではないかはさておいて、今回は『色彩を持たない多崎つくると、彼の巡礼の年』の中にも何回か出てくる「新幹線」と「村上春樹作品」の関係という問題を考えてみたいと思います。

▼東京とは新幹線なら一時間半くらいの距離だ

まず『色彩を持たない多崎つくると、彼の巡礼の年』の中に「新幹線」がどのように出てくるかを紹介するところから、書き始めてみましょう。

この物語は名古屋の高校の仲良し五人組の話です。彼らは名古屋市の郊外にある公立高校で同じクラスでした。その五人のうち、多崎つくる以外の四人は、名古屋の大学に進み、多崎つくるだけが、東京の大学に進んだのです。ですから、多崎つくるが東京─名古屋間を移動する時に「新幹線」が出てきます。

幼い時から、多崎つくるは「一貫して鉄道駅に魅了されてきた。新幹線の巨大な駅であれ、田舎の小さな単線駅であれ、実用一筋の貨物集積駅であれ、それが鉄道駅でありさえすればよかった。駅に関連するすべての事物が彼の心を強く惹きつけた」という人です。大学進学前、多崎つくるが高校三年生になった時、仲良し五人で進路の相談をするのですが、多崎つくる一人だけ、東京の工科大学にいる駅舎建築の第一人者として知られる教授のゼミで学びたかったので、東京へ行く決心をしています。その多崎つくるの気持ちが堅いことを知ると、他の四人も「東京とは新幹線なら一時間半くらいの距離だ。いつだってすぐ帰ってこられるじゃないか」と言っています。

そして大学に進学した多崎つくるは、東京では友人ができないのですが、でも彼には「まだ戻れる場所があった。東京駅から新幹線に乗って一時間半ほどすれば、「乱れなく調和する親密な場所」に帰り着くことができた」という気持ちがあったのです。

その多崎つくるたち五人組に異変が起きるのは、大学二年生の夏休み。多崎つくるは「いつものように、大学が休みに入るとすぐに荷物をまとめ（たいした荷物はない）、新幹線に乗った。そして名古屋の実家に帰って一息つくと、すぐに四人の家に電話をかけた」のです。でも誰とも連絡がつきません。そして、多崎つくるは他の四人から、突然仲間はずれにされ、絶交されてしまうのです。理由もわからないままにです。

思えば、この前グループの全員が集まったのは五月の連休の時。「つくるが新幹線に乗って東京に戻るとき、四人はわざわざ駅まで見送りに来てくれた。そして列車の窓に向けてみんなで大げさに手を振ってくれた」のでした。それは「まるで遠い辺境の地に出征する兵士を見送るみたい」だったとも記されています。

四人からきっぱりとはねつけられた多崎つくるは「明くる日の朝、家族には適当な理由をつけ、そのまま新幹線に乗って東京に帰った。何はともあれそれ以上一日も名古屋に留まりたくなかった」のです。

以上、紹介したように、『色彩を持たない多崎つくると、彼の巡礼の年』には、物語の冒頭近く、文庫本で二十数ページの間に六回も「新幹線」という言葉が出てきます。これはやはり村上春樹にとって意識的な「新幹線」の登場だといえるでしょう。

▼「あの世」と「この世」を結ぶ乗り物

この「新幹線」とは、村上作品の中で、どのような意味を持っているのかということを考えてみたいのです。

本書でこれまでに紹介した作品の中から、新幹線が特徴的に出てくる長編を紹介すれば、まず『ノルウェイの森』（一九八七年）かと思います。

同作で直子という女性が、京都のサナトリウムの森の中で自死してしまうと、サナトリウムで直子と同室だった「レイコさん」が、東京にいる「僕」に会いにきます。その時にレイコさんは、死んだ直子の服、ツイードの上着と素敵な柄のマドラス・チェックの半袖のシャツを着てやってきます。直子とレイコさんは服のサイズがほぼ同じで、直子は自分の服をレイコさんにあげることを遺言していました。

レイコさんは、直子からもらった洋服を着て、新幹線に乗って、東京にやって来ます。その新幹線のことを「棺桶みたいな電車」とレイコさんは語っています。

この窓が開かない「棺桶みたいな電車」である新幹線に乗って、死んだ直子の服を着て「僕」に会いに来るレイコさんとは、直子のお化けでしょう。そして「レイコさん」とは「霊子さん」あるいは「霊魂」のことではないかと、私は考えています。

つまり、この場合の「新幹線」は京都のサナトリウムという霊界・冥界である「あの世」と、東京という現実の「この世」を結ぶ乗り物として、描かれていると思います。

▼なんとか、現実の世界に戻らなくちゃな

さらに『ノルウェイの森』には、もう一つ大事な場面で「新幹線」が登場します。

直子が自死してしまった後、八月末の直子の葬儀の後、「僕」はアルバイトも休み、新宿駅から列車に乗って、一人旅に出ます。「僕」は各地を放浪していくのですが、ある時、山陰の海岸にいます。そこで「僕」はウイスキーを飲みながら、波の音に耳を澄ませ、直子のことを思い、死んだ直子と対話を重ねます。すると、若い漁師がやってきて、親切にしてくれます。そして「僕」は、その漁師からもらった「五千円札」で東京に帰ってくるのです。

この漁師とは何か。直子の霊との対話とは何か。それらについては、「ＢＯＯＫ１」の「０５４」で記しました。そして「僕」は漁師からもらった「五千円札」を持って、「国鉄の駅まで歩き、今から東京に帰りたいのだがどうすればいいだろうと駅員に訊いて」みるのです。すると駅員は「夜行をうまくのりつげば朝には大阪に着けるし、そこから新幹線で東京に行ける」と教えてくれます。

「僕」は駅員に礼を言って、漁師の「男からもらった五千円札で東京までの切符」を買います。そうやって、「僕」は東京に戻ってくるのです。大阪から「新幹線」に乗って、「僕」は東京に戻ってきています。「僕」が山陰の海岸の町の駅で、列車を待つ間に新聞を買って日付を見ると「一九七〇年十月二日」で、ちょうど一カ月旅行を続けていたこ

とを知るのですが、そのとき「なんとか現実の世界に戻らなくちゃな、と僕は思った」とありますので、この「新幹線」は死んだ直子との対話の世界、つまり霊界・冥界の世界から、「現実の世界」である東京へ戻る乗り物としてあるのでしょう。

▼感情を取り戻した成長のしるし

さらにもう一つ、長編で「新幹線」が出てくる作品を紹介すると、『海辺のカフカ』（二〇〇二年）の最後にも「新幹線」が出てきます。

主人公の「僕」は十五歳の少年ですが、その「僕」が四国の香川県高松の甲村記念図書館という私設図書館や高知県の森の闇の中で、自分と闘い、成長していく物語が『海辺のカフカ』です。

最後に「僕」は甲村記念図書館の大島さんに「東京に戻ろうと思います」「たぶん学校に戻ることになると思います」と話します。大島さんは「君は成長したみたいだ」と応じています。物語の最後、成長した「僕」が高松駅まで行って「駅の窓口で東京行きの切符を買う」のです。そして「橋を越え、海を渡り、岡山駅で新幹線に乗り換える」と書かれています。

「新幹線」が名古屋を過ぎたあたりから雨が降り始め、「僕は暗い窓ガラスに線を描いていく雨粒を眺め」、いろいろな場所に降る雨のことを思ううちに、「ほとんどなんの予告もなく、涙が一筋流れる」のです。物語の最後に降る雨は再生の恵みの雨、頬をつたう「僕」の涙は感情を取り戻した成長のしるしの涙でしょう。

そうやって「僕」は「新幹線」で、東京に戻ります。この『海辺のカフカ』の「新幹線」も四国・死国という霊界・冥界から、東京という現実に戻る乗り物として、あると思います。

▼まるで巨大な墓標のように

さて、今度は村上春樹の短編で「新幹線」が出てくる作品を紹介してみましょう。それは短編集『カンガルー日和』（一九八三年）の中の「5月の海岸線」です。

この作品の主人公は友人からの結婚式への招待状をもらって故郷に帰ります。「晴れわたった五月の朝、僕はアタッシェ・ケースに身のまわりの品を詰め、新幹線に乗り込む」のです。これまで紹介した長編とは違って、ここには新幹線の車内の様子も少し記してあります。

「窓際の席に座り、本のページを開き、そして閉じ、缶ビールを飲み干し、ほんの少し眠り、それからあきらめて外の風景を眺める」とあります。

さらに「十二年前と何もかもが同じだ」ともあります。「十二年前、僕は「街」に恋人を持っていた。大学の休みがやってくると僕はスーツケースに荷物を詰め、朝いちばんの新幹線に乗った。窓際の席に座り、本を読み、風景を眺め、ハム・サンドウィッチを食べ、ビールを飲んだ」のです。

この「5月の海岸線」には、冒頭部に「新幹線」という言葉が、三度記されていますが、私はこの記述も、村上春樹は意識的であると思います。

友人の結婚式で帰った「僕」が、街に降り立つと「海の匂いがする。微《かす》かな海の匂い」を感じます。「もちろん本当に海の匂いがするはずはない。ふとそんな気がしただけのことだ」ともあります。

村上春樹にとって、「海」「海岸線」は非常に重要なものです。そして、帰京した「僕」が海の匂いへの思いに誘われ、タクシーで移動して、かつての海岸に立ってみると「海は消えていた」のです。「いや、正確に表現するなら、海は何キロも彼方に押しやられて」いて、古い防波堤の名残だけが、何かの記念品のように残されていたのです。

その向こう側には、波の打ち寄せる海岸ではなく、コンクリートを敷きつめた広大な荒野がありました。「その荒野には何十棟もの高層アパートが、まるで巨大な墓標のように見渡す限りに立ち並んでいた」のです。

現実的には、これは村上春樹が育った、昔の芦屋浜を埋め立てて、その土地に建てた芦屋浜シーサイドタウンのことだと思います。この埋め立て後、芦屋川河口に、たった「五十メートル」となってしまった砂浜が残されています。長編『羊をめぐる冒険』（一九八二年）は、その芦屋川の河口にたった「五十メートル」になって残された砂浜に腰を下ろして、「僕」が二時間も泣く場面で終わっています。私も「五十メートル」になってしまった砂浜に何度か立ちましたが、それは本当に荒涼とした風景でした。

「5月の海岸線」の「僕」にとって、二十年前には、夏になると毎日泳いでいた海なのでした。

砂浜で犬を放してぼんやりしていると何人かのクラスの女の子たちに会えた。運がよければ、あたりがすっかり暗くなるまでの一時間くらいは彼女たちと話しこむことだってできた。長い丈のスカートをはき、髪にシャンプーの匂いをさせ、目立ち始めた胸を小さな固いブラジャーの中に包み込んだ一九六三年の女の子たち。彼女たちは僕の隣りに腰を下ろし、小さな謎に充ちた言葉を語り続けた。

と書かれています。その海が消えていたのです。

「巨大な墓標のように」立ち並ぶ何十棟もの高層アパート群に対して、村上春樹は「僕は預言する。君たちは崩れ去るだろう」と、激しい呪詛のような言葉を作中に記しています。

▼脈絡もなく一直線に並べたてられた風景

そして、このことと、冒頭三度も記される「5月の海岸線」の「新幹線」はどのように関係しているかということを考えてみたいと思います。

まだ海岸が、損なわれてはいない二十年前の海岸では「何人かのクラスの女の子たちに会えた」し、「運がよければ、あたりがすっかり暗くなるまでの一時間くらいは彼女たちと話しこむことだってできた」のですが、その女の子たちは「一九六三年の女の子たち」と書かれています。

「東海道新幹線」が東京オリンピック開催に合わせて開業したのは一九六四年十月のことです。

「5月の海岸線」の冒頭「新幹線」に乗った「僕」が外の風景を眺めると、

新幹線の窓に映る風景はいつも同じだ。それはむりやりに切り開かれ、脈絡もなく一直線に並べたてられたかさかさとした風景だ。まるで建て売り住宅の壁に飾られた額縁の絵のように、そんな風景は僕をうんざりした気分にさせる。


と記されています。

村上春樹は効率性を求めて、人間個々の存在を一直線に並ばせるような力に対して、そのような考え方に対して、闘い続けてきた作家です。「5月の海岸線」の「新幹線」は「むりやりに切り開かれ、脈絡もなく一直線に並べたてられたかさかさとした」ものなのです。「建て売り住宅の壁に飾られた額縁の絵」のような風景を作り出した乗り物なのです。


七年もかけて「山を切り崩して、ベルト・コンベアで運んだその土で海を埋めたんだよ。そして山を宅地にして、海にアパートを立てた」というものが、巨大な墓標のように立ち並ぶ何十棟もの高層アパートですが、この高層アパート群と同じように「むりやりに切り開かれ、脈絡もなく一直線に並べた」線路を走る「新幹線」は、効率性を求める考え方の具現として「5月の海岸線」の中で描かれているということなのでしょう。

その「新幹線」が開業した一九六四年以降、何か、大切なものが損なわれてしまったのです。効率を求めて、人間の生活の匂いまで、消し去っていくような乗り物が「新幹線」というものなのです。「新幹線」が登場する前年の「一九六三年の女の子たち」とともに、損なわれていない海岸が一九六三年には、まだあったということなのだと思います。そういう考えの延長線上に『ノルウェイの森』のレイコさんが乗ってきた「棺桶みたいな電車」である「新幹線」も、重ねて読む必要があるかもしれません。

『カンガルー日和』に収録された短編は、いずれも「トレフル」という雑誌に掲載されたものです。その中で「5月の海岸線」は「トレフル」連載の最初に書かれた短編で一九八一年四月号の掲載です。このことは村上春樹が作家デビューから間もない頃から「新幹線」というものを意識的に書いてきたことをよく示していると思います。効率を求めて、人間の個性、生活の匂いを消し去って、一直線に人間を並ばせる力に対して、ずっと村上春樹が意識的に闘ってきたことをよく示していると思うのです。

『ノルウェイの森』や『海辺のカフカ』の「僕」が「新幹線」に乗って帰っていく「現実」の東京という場所も、人間の個性や生活の匂いを奪い、一直線に人間を並ばせる力に充ち満ちたところであり、その効率性追求社会に対して、よりタフな闘いが「僕」には待っているということも「5月の海岸線」は示していると、私は思います。

▼カーブが多く、派手なスピードは出せない

ここで『色彩を持たない多崎つくると、彼の巡礼の年』に戻りましょう。その最終の第19章に、多崎つくるがJR新宿駅を眺める場面があります。「多崎つくるはJRの新宿駅を眺めるのが好きだった」と記されています。「新宿駅に行くと、彼は券売機で入場券を買って、だいたいいつも9・10番線のプラットフォームに上がる。そこには中央線の特急列車が発着している。松本行きか甲府行きの長距離列車だ」と同書にあります。

そして、その日も、仕事を終えた多崎つくるは、JRの新宿駅に向かいます。9番線では松本行きの最終の特急列車が出発の準備をしています。多崎つくるは数え切れないほど多くの松本行き特急列車を眺めてきたにもかかわらず、自分自身は松本や甲府や塩尻に行ったことがありません。多崎つくるは今から松本に向かうところを想像したりもしています。でも「多崎つくるには向かうべき場所はない」のです。

そうやって、多崎つくるは、高校の仲良し五人組の時代のことや自分の父親のこと、これまでの自分の人生のことを思い出していきます。駅舎をつくる仕事についている自分のことや、恋人の沙羅のことなどを考えるのです……。

同作最後の文章は「意識の最後尾の明かりが、遠ざかっていく最終の特急列車のように、徐々にスピードを増しながら小さくなり、夜の奥に吸い込まれて消えた。あとには白樺の木立を抜ける風の音だけが残った」というもので、これは最終の松本行き特急列車が新宿駅を離れていく場面と重なったエンディングです。

さて、この場面と「新幹線」とは、どのように関係しているのでしょうか。

『色彩を持たない多崎つくると、彼の巡礼の年』には、紹介したように、冒頭に近い部分で、六回も「新幹線」という言葉が出てくるにもかかわらず、途中、三十六歳になった多崎つくるが名古屋を訪れて、かつての親友たちに会っていく場面には「新幹線」は出てきません。でもこの最終章に、一度だけ「新幹線」が出てくるのです。それは、松本行きの最終特急列車を紹介する場面です。

列車は見慣れたE257系だ。新幹線の列車のように人目を惹く華麗さはないが、彼はその実直で飾りのないフォー

> ムに好感を持っていた。塩尻まで中央本線を進み、それから松本までは篠ノ井線を走る。列車が松本に到着するのは真夜中の五分前だ。八王子までは都市部を走るので、騒音を抑えなくてはならないし、そのあともおおむね山中を進み、カーブが多いこともあって、派手なスピードは出せない。距離のわりに時間がかかる。

「新幹線の列車のように人目を惹く華麗さはない」という松本行きの最終特急列車のE257系の「実直で飾りのないフォーム」への好感を記す文章です。否定形の「新幹線」の使われ方ですが、今回紹介してきたことから考えてみれば、この否定形の「新幹線」によって、松本行きの特急列車に強い肯定が記されていることがわかってもらえると思います。

「新宿駅」は村上春樹作品にとって、とても重要な場所です。それは『世界の終りとハードボイルド・ワンダーランド』（一九八五年）や『1Q84』（二〇〇九、一〇年）を読めば、よくわかります。「新宿駅」は巨大な駅で、JR新宿駅を「世界で最も乗降客の多い駅」としてギネスブックも認定しているほどです。私鉄も含めて、非常に多くの路線が交差している駅です。でも、そんなに巨大な駅であるのに、「新幹線」が通っていない駅でもありますね。

その「新宿駅」から発車する松本行き特急列車は、都市部を走る間は騒音を抑制しなくてはならないですし、その後はおおむね山中を進み、カーブが多いために、派手なスピードでは走らない乗り物です。「カーブが多い」鉄路を行く松本行き特急列車は「むりやりに切り開かれ、脈絡もなく一直線に並べた」ような「新幹線」の対極にある乗り物として、描かれているのだと思います。ここに村上春樹のデビュー以来、貫かれた考えが反映していると思います。

▼「新幹線小説」の「品川猿」

最後に、一つだけ、新幹線と村上作品のことを考えた評論を紹介しておきたいと思います。それは加藤典洋さんの『村上春樹の短編を英語で読む　1979～2011』（講談社、二〇一一年。のちにちくま学芸文庫）です。この中で、『東京奇譚集』（二〇〇五年）の中の短編「品川猿」について、加藤典洋さんが「新幹線小説」という視点で、同作を考察した部分があります。そこには、この小説がなぜ「品川猿」と名づけられたのかという点にもかかわる重要な指摘が記されています。村上作品と「新幹線」の関係について興味を抱かれた人は、この考察を読んでみることもお勧めしたいと思います。

061

雨ふりをじっと見ているような

ボブ・ディランと『世界の終りとハードボイルド・ワンダーランド』 2016.10

ボブ・ディランがノーベル文学賞と発表された時に、村上春樹の『世界の終りとハードボイルド・ワンダーランド』(一九八五年)のことを思いました。なぜなら、同作にボブ・ディランのことが繰り返し出てくるからです。

私が村上春樹を初めて取材したのが、この『世界の終りとハードボイルド・ワンダーランド』ですし、村上春樹はこの作品で谷崎潤一郎賞を受けました。今はちがってきているかもしれませんが、当時は谷崎賞を受けると〈芥川賞選考委員の資格あり〉と言われていた時代でした。三十六歳の村上春樹が、その賞を戦後生まれの作家として初めて受賞したので、同作で、もう一度、村上春樹にインタビューしています。

本書では、インタビュー中に聞いた村上春樹の発言によらず、村上作品を読んで、私が感じたり、考えたりしたことを記していますが、でも村上春樹への最初のインタビューと二回目のインタビューが『世界の終りとハードボイルド・ワンダーランド』なのです。ですから、村上作品を考える時、繰り返しこの作品に帰ってきて、考える自分がいます。

▼「Bob Dylan」と記されて

『世界の終りとハードボイルド・ワンダーランド』は「世界の終り」という閉鎖系の物語と、「ハードボイルド・ワンダーランド」という開放系の物語が、交互に進んでいく小説です。その二つが、読むうちに響き合ってきて、読む者の心を動かしていくのです。

ボブ・ディランのことがたくさん出てくるのは「ハードボイルド・ワンダーランド」の物語のほうです。最初の単行本版の「ハードボイルド・ワンダーランド」の話の各章が始まるところに、カットのような人物の絵が描かれているのですが、その人物の横に「Bob Dylan」と英語で記されているので、この「ハードボイルド・ワンダーランド」のほうの物語全体がボブ・ディランに捧げられているのかもしれません。

その「ハードボイルド・ワンダーランド」のほうの物語の最終盤、主人公の「私」は新宿駅近くのレンタ・カーの代理店で「カリーナ　1800GT・ツインカムターボ」を借ります。ちなみに「カリーナ　1800GT・ツインカムターボ」という言葉が、この後、繰り返し記されていますが、これは「世界の終り」と「ハードボイルド・ワンダーランド」という〈ツインターボ〉で進んでいく同作の推進エンジンのことを意味しているのかなと思います。

レンタ・カーの電話予約をした後、「私」はレコード店に行って、カセット・テープを六本買っています。その中に『ライク・ア・ローリング・ストーン』の入ったボブ・ディランのテープも入っていました。

　そして「私」はレンタ・カー会社に行って、書類にサインをして「カリーナ　１８００ＧＴ・ツインカムターボ」を借りると、自動車のデッキにテープを突っ込んでボブ・ディランの『ウォッチング・ザ・リヴァー・フロー』を聴くのです。

　すると、「私」の応対をしてくれた感じの良い若い女性が事務所から出てきて、「これボブ・ディランでしょ？」と聞きます。その時、車の中のボブ・ディランは『ポジティヴ・フォース・ストリート』を唄っていました。「二十年経《た》っても良い唄というのは良い唄なのだ」とあります。

▼小さな子が雨ふりをじっと見つめているような

レンタ・カー会社の彼女は「ボブ・ディランって少し聴くとすぐわかるんです」と言いますし、その理由は「声がとくべつなの」だそうです。「まるで小さな子が窓に立って雨ふりをじっと見つめているような声なんです」と言うのです。それに対して、「私」は「良い表現だ」と言って、応えています。

「私はボブ・ディランに関する本を何冊か読んだがそれほど適切な表現に出会ったことは一度もない。簡潔にして要を得ている」という「私」に対して、彼女のほうは「よくわからないわ。ただそう感じるだけなんです」と言うだけですが、「私」は「感じたことを自分のことばにするっていうのはすごくむずかしいんだよ」と話しています。さらに「みんないろんなことを感じるけど、それを正確にことばにできる人はあまりいない」とも加えています。

　すると突然、彼女は「小説を書くのが夢なんです」と話すのです。

「私」は「きっと良い小説が書けるよ」と応えていますし、さらに「君みたいに若い女の子がボブ・ディランを聴くなんて珍しいね」と「私」が言うと、「古い音楽が好きなんです。ボブ・ディラン、ビートルズ、ドアーズ、バーズ、ジミ・ヘンドリックス――そんな」とレンタ・カー会社の事務員は話します。

　このやりとりの後、彼女に礼を言って、車を「私」が発進させた時には、車内でディランが『メンフィス・ブルーズ・アゲイン』を唄っていますし、さらにディランが『ライク・ア・ローリング・ストーン』を唄い始めると、「私」は「ディランの唄にあわせてハミングした。我々はみんな年をとる。それは雨ふりと同じようにはっきりとしたことなのだ」と村上春樹はその章の最後を結んでいます。

　ここで、注目すべきことは、ボブ・ディランと「雨ふり」が組み合わされて記されていることでしょう。

「まるで小さな子が窓に立って雨ふりをじっと見つめているような声なんです」というレンタ・カー会社の事務員の彼女の言葉に対して、「私はボブ・ディランに関する本を何冊か読んだがそれほど適切な表現に出会ったことは一度もない」と村上春樹は記していますし、そのようにボブ・ディランのことを語った彼女は「小説を書くのが夢なんです」と言っているのです。

この言葉に対して「私」は「良い小説が書けるよ」と彼女に述べています。これは、村上春樹が自分の小説のことを語っているのではないでしょうか。自分の小説も「まるで小さな子が窓に立って雨ふりをじっと見つめているような声」で書かれたものであると。

▼『激しい雨』を唄いつづけていた

この「雨ふり」というものが、『世界の終りとハードボイルド・ワンダーランド』の「ハードボイルド・ワンダーランド」の物語にとって、とても大切なものであることは、幾つかの点から指摘することができます。

レンタ・カー会社の事務員の彼女が登場する『世界の終りとハードボイルド・ワンダーランド』の第33章のタイトルは「雨の日の洗濯《せんたく》、レンタ・カー、ボブ・ディラン」というものです。雨とボブ・ディランが章名に含まれています。

その章は「雨の日曜日ということで、コイン・ランドリーの四台の乾燥機はぜんぶふさがっていた」という言葉から始まっていて、「細かい雨はまるで何かの状況を世界に示唆《しさ》するように朝とまったく同じ調子で延々と降りつづいて」います。

「私」が街を歩いているうちに、洗濯屋の前を通ると、その店先には「〈雨の日にお持ちになりますと一割引きになります〉」という看板が出ています。そして、その洗濯屋の店先には縁台のようなものが置いてあって、「縁台にはかたつむりが一匹這《は》っていた」のです。こうやって、「私」は雨の一日を歩きながら、カセット・テープを買い、レンタ・カーを借りていくのです。

「ハードボイルド・ワンダーランド」のほうの物語は、第39章が最後ですが、その最後の文章をまず記してしまえば、「私は目を閉じて、その深い眠りに身をまかせた。ボブ・ディランは『激しい雨』を唄いつづけていた」というものです。

「私」はどこまでもボブ・ディランと「雨」にこだわっているのでしょう。

「私」は晴海埠頭に「カリーナ　１８００ＧＴ・ツインカムターボ」をとめて、車のデッキの再生をオート・リピートにしてボブ・ディランのテープを聴き続けながら、深い眠りにつくのです。でも、ボブ・ディランは『風に吹かれて』も唄っていますし、そうすると「私」はレンタ・カー会社の事務員の彼女のことを考えたりもしています。

彼女はボブ・ディランの古い唄を聴き、雨ふりを想《おも》うのだ。
私も雨ふりのことを考えてみた。私の思いつく雨は降っているのかわからないような細かな雨だった。しかし雨は

たしかに降っているのだ。そしてそれはかたつむりを濡《ぬ》らし、垣根《かきね》を濡らし、牛を濡らすのだ。誰にも雨を止めることはできない。誰も雨を免《まぬが》れることはできない。雨はいつも公正に降りつづけるのだ。

そう村上春樹は書いています。この言葉の五行あとで「ハードボイルド・ワンダーランド」の物語は終わっています。

▼当初は「雨の中の庭」という題名

さて、このボブ・ディランと強く結びつけられた「雨ふり」とはいったい何でしょうか。この「雨ふり」とは、世界を再生させる力ではないでしょうか。そのように考えています。

「ハードボイルド・ワンダーランド」の物語の第37章「光、内省、清潔」に「私」が洗濯屋の店先で見たかたつむりのことを、図書館の司書をしている女性に話す場面があります。「私」がかたつむりのことを言うと図書館司書の女性は「ヨーロッパではかたつむりは神話的な意味を持っているのよ」と言い、さらに「殻《から》は暗黒世界を意味し、かたつむりが殻から出ることは陽光の到来を意味するの。だから人々はかたつむりを見ると本能的に殻をたたいてかたつむりを外に出そうとするのね」と語っています。かたつむりに、そんな再生への神話的な力があることが、ここに述べられていると思います。

日本人にとって、かたつむりのイメージは、陽光ではなく、「雨」かと思いますが、私は村上春樹のキーワードの一つは、この「雨」ではないかと考えています。村上春樹作品のキーワードに「雨」という視点について述べると、意外に思う人もいるかと思いますので、少しだけ加えておきましょう。

レンタ・カー会社の事務員の彼女は「古い音楽が好き」で、ボブ・ディランの次に「ビートルズ」を挙げていますが、『世界の終りとハードボイルド・ワンダーランド』の次に発表された村上春樹の長編がビートルズの曲名をタイトルにした『ノルウェイの森』(一九八七年)です。その『ノルウェイの森』は、当初「雨の中の庭」という題名で書き始められたそうです。

『「ひとつ、村上さんでやってみるか」』(二〇〇六年)という読者との応答集の中で「僕はドビュッシーの『雨の中の庭』というピアノ曲が昔から好きで、そういう雰囲気を持った、こぢんまりして綺麗でメランコリックな小説を書きたいと思っていました。この小説を書き始めたとき、そういう題が内容的にぴったりしているかなと思っていたのですが……」と、『ノルウェイの森』の前の題名の候補について記しています。そう思って『ノルウェイの森』を読んでいくと、雨の場面がかなり出てきます。

ちなみに、『ノルウェイの森』で「直子」が京都のサナトリウムの森の中で自死した後、直子とサナトリウムで同室だった「レイコさん」が東京の「僕」を訪ね、何十曲もギターを弾く場面がありますが、そこでレイコさんが「ボブ・ディランやらレイ・チャールズやらキャロル・キングやらビーチボーイズやら」を演奏しています。

また『国境の南、太陽の西』（一九九二年）の最後はこんな文章で終わっています。

僕はその暗闇の中で、海に降る雨のことを思った。広大な海に、誰に知られることもなく密やかに降る雨のことを思った。雨は音もなく海面を叩き、それは魚たちにさえ知られることはなかった。

誰かがやってきて、背中にそっと手を置くまで、僕はずっとそんな海のことを考えていた。

さらに『海辺のカフカ』（二〇〇二年）の主人公の「僕」は、物語の最後に新幹線で東京に帰るのですが、名古屋を過ぎたあたりから雨が降り始めています。「僕」は車窓の雨粒を見ているうちに、目を閉じて身体の力を抜き、こわばった筋肉を緩めると、「ほとんどなんの予告もなく、涙が一筋流れる」のです。これは「僕」が成長して、感情を取り戻したことを表しているところであり、再生の場面だと思います。

そして、単行本で全三巻の『1Q84』では、洪水のような雷雨の場面が出てきます。その雷鳴と大雨の中で「天吾」と「ふかえり」が交わり、さらに「青豆」が「リーダー」と対決して「リーダー」を殺害するのです。この大雨の中で「青豆」が「天吾」との子を身ごもっていますので、ここにも「再生」が託されていると思います。

この他にも村上春樹と「雨」の関係を示す作品はありますが、ともかく「ハードボイルド・ワンダーランド」の物語の終盤にボブ・ディランの曲がたくさん出てくるだけでなく、それが「雨ふり」のことと結びつけられて、「ボブ・ディランは『激しい雨』を唄いつづけていた」ことは、その後の村上春樹作品の展開を考えていくうえでも、重要なことではないかと考えています。

▼雨はいつも公正に降りつづける

雨はどんなに阻止しようとしても、世界に平等に降るものです。この世がどれだけ、再生不可能のように見えたとしても「降っているのかわからないような細かな雨」は降り続けています。「雨はいつも公正に降りつづける」のです。そのような、世界の再生へのイメージが託されて、村上春樹作品の「雨」はあると、私は思っています。

ボブ・ディランのノーベル文学賞を機会に、村上春樹の『世界の終りとハードボイルド・ワンダーランド』を読むのもいいでしょう。それ以外にも「雨」が出てくる村上春樹作品を楽しんでみるのもいいと思います。

ボブ・ディランのノーベル文学賞受賞決定は大きな話題

となりましたが、その後の展開はかなり迷走しました。

選考にあたったスウェーデン・アカデミー側が何度もボブ・ディランに連絡を試みましたが、レコード会社の関係者たちに接触できただけで、本人との連絡はできず、これに対して、アカデミーのメンバーの一人が「無礼かつ傲慢だ」と批判したことが報道で伝えられました。さらにこの発言について、アカデミーも「個人的な見解でアカデミーの公式の立場ではない」とする声明を、急ぎ発表したそうです。

アカデミーがいくら連絡しても、応答しないというボブ・ディランも確かにかなり変わった人だと思いますが、「ノーベル賞を欲しくないのだろう。自分はもっと大物だと思っているのかもしれない。あるいは反抗的なイメージのままでいたいのかもしれない」と述べたというスウェーデン・アカデミーのメンバーの一人もずいぶん偉そうですね。だって、候補になっているかどうかも秘密にしておいて、急に〈授ける〉と発表して、それに返答がないとなると、「ノーベル賞を欲しくないのだろう」というのは……。

どこの国、どこの組織にも、こういうタイプの人はいるかと思いますが、ちょっとどうかと思いますね。やれやれ。

＊ボブ・ディランは二〇一六年十二月のノーベル賞授賞式を欠席。翌年の二〇一七年四月一日、訪問したスウェーデン・ストックホルムで、同賞のメダルと賞状を受け取りました。直後に開いたコンサートでも、同賞については一言も話しませんでした。

062 カーブするもの
異界へ入る道・成長して出る道

2016. 11

村上春樹の最初の短編集『中国行きのスロウ・ボート』（一九八三年）に「午後の最後の芝生」という短編があります。読者の中でも、愛する人が多い作品として知られています。私もこの短編が好きで、本書でも何度か取り上げて書いています。

その「午後の最後の芝生」の冒頭にビートルズの「ザ・ロング・アンド・ワインディング・ロード」（The Long And Winding Road）のことが出てきます。

「僕が芝生を刈っていたのは十八か十九のころだから、もう十四年か十五年前のことになる。けっこう昔だ」という文章で「午後の最後の芝生」は始まっているのですが、それに続いて「十四年か十五年なんて昔というほどのことじゃないな、と考えることもある。ジム・モリソンが「ライト・マイ・ファイア」を唄ったり、ポール・マッカートニーが「ロング・アンド・ワインディング・ロード」を唄っていたりした時代――少し前後するような気もするけれど、まあそんな時代だ――がそれほど昔のことだなんて、僕にはどうもうまく実感できないのだ。僕自身あの時代から比べてそれほど変っていないんじゃないかとも思う」と記されているのです。

この私もこの「ザ・ロング・アンド・ワインディング・ロード」が好きですが、今回はビートルズの歌そのものではなく、そのタイトル「長く曲がりくねった道」というものを考えてみたいと思います。

それは村上春樹作品を読む際に、作中の「曲がっている」こと、「カーブしている」ことをどうとらえるかということが、大切なような気がしているからです。

「曲がっている」ことや「カーブしている」ことをどうとらえるかということは、反対に「直線的なもの」をどう考えるかということに繋がっています。前々回で「脈絡もなく一直線に並べる新幹線」という問題を考えましたが、今回は、その問題を「曲がっている」「カーブしている」ことの側から考えてみたいと思います。

▼すごく嫌なカーブなんだ

いろんな村上春樹作品に「曲がっている」ことや「カーブしている」ことが出てきます。

「午後の最後の芝生」(一九八二年)と同じ年に発表された『羊をめぐる冒険』にも第八章に「不吉なカーブを回る」という項がありますので、この作品のことを紹介してみましょう。

『羊をめぐる冒険』の終盤、主人公の「僕」が、「羊」と、行方不明となっている友人の「鼠」を捜して、「十二滝町」という北海道の果てにある町へ向かいます。泊まっていた札幌の「ドルフィン・ホテル」(いるかホテル)から、十二滝町へ向かうのですが、それは「旭川」の先にあるところです。

「我々は旭川で列車を乗り継ぎ、北に向って塩狩峠を越えた。九十八年前にアイヌの青年と十八人の貧しい農民たちが辿ったのとほぼ同じ道のりである」と同作にあります。僕と耳のモデルをしている彼女は、列車をさらに乗り継いで、十二滝町に着いて、その町の緬羊管理人の古いジープに乗って、山を登っていきます。

「山の勾配《こうばい》が少しずつ急になり、それとともに道路も大きなS字形のカーブ」を描き始めます。目指す方向は「谷に沿った道の前方に奇妙なほどつるりとした円錐形の山」の裏までまわったところにあります。

緬羊管理人は「唇をしっかりと結んだまま右へ右へと大きなカーブを切りつづけ」て、カーブの道を登っていくのですが、不吉なカーブのところでは「これはすごく嫌なカーブなんだ」「地面ももろい。でもそれだけじゃねえんだ。なにかこう、不吉なんだよ。羊でさえここではいつも怯《おび》えるんだ」と話しています。

そして「我々は急ぎ足で〈嫌なカーブ〉を通り抜けた。管理人が言うとおり、そのカーブにはたしかに不吉なところがあった。まず体が漠然とした不吉さを感じ取り、その漠然とした不吉さが頭のどこかを叩いて警告を発していた。

川を渡っている時に急に温度の違う淀みに足をつっこんでしまったような感じだった」と村上春樹は『羊をめぐる冒険』に記しています。

この『羊をめぐる冒険』の場面の紹介だけでも、村上春樹にとって「カーブ」というものが、何かとても大切な意味を含んでいることがわかってもらえるかと思います。

▼廊下が右に曲がっていた

物語的には『羊をめぐる冒険』の続編にあたる『ダンス・ダンス・ダンス』（一九八八年）にも、カーブが出てきます。『羊をめぐる冒険』の「ドルフィン・ホテル」（いるかホテル）が、『ダンス・ダンス・ダンス』では二十六階建ての巨大なビルディングに変貌していますが、そのホテルに勤務する「ユミヨシさん」という女性が十六階でエレベーターを降りると「真っ暗」で、エレベーターのスイッチ・ランプも消えています。

彼女は仕方なく、手探りで廊下を進んでみたのですが、「壁沿いにしばらく進む」と「廊下が右に曲がっていた」のです。

その話を聞いた「僕」が、別な時にエレベーターを降りると「恐ろしいほどの完璧な暗闇」でした。「これはあの女の子が遭遇したのとまったく同じ事態」です。「僕は腹をきめて、暗闇の中を手探りでゆっくりと右に向けて歩き始めた」のですが、するとやはり「廊下が右に折れていた」のです。「彼女の言ったとおり」だと、「僕」は思っています。

この『ダンス・ダンス・ダンス』の「廊下が右に曲がっていた」のは『羊をめぐる冒険』の緬羊管理人がジープで「右へ右へと」不吉なカーブを登っていくことと対応した場面です。なぜなら『羊をめぐる冒険』の「僕」は、ジープで登った広い台地の上にあるアメリカの田舎家風の古い木造二階建ての家で「羊男」と出会っていますし、『ダンス・ダンス・ダンス』の「僕」は「ドルフィン・ホテル」（いるかホテル）の十六階の細長く狭い部屋で「羊男」と再会しているからです。

「羊男」は、村上春樹が自分にとって永遠のヒーローであると考える存在ですが、その「羊男」に会うためには、右に〈曲がった道〉を歩むことが必要のようです。

▼雨の中を見事な弧を描いて

この「カーブする」こと、「曲がっている」ことについて、『羊をめぐる冒険』の前作『１９７３年のピンボール』（一九八〇年）はどうでしょうか。この場面はそうではないかと思うところがありますので、それも紹介しておきましょう。

『１９７３年のピンボール』には「２０８」と「２０９」というトレーナー・シャツを着た双子の女の子が出てきます。その彼女たちと日曜日に貯水池に、古くなった〈配電盤のお葬式〉に出かける場面があります。

配電盤は電話の回線をつかさどる機械のことです。その配電盤を新型へ交換するために電話局員が「僕」の部屋に来たので、「僕」が「今ので不自由ない」と言っても、それは旧式で困ると言うのです。配電盤はすべて本社のコンピューターに接続されているので、お宅だけがみんなと違った信号を出すと困ると言います。「ハード・ウェアとソフト・ウェアの統一」のために交換に来たと言うのです。

配電盤を新しいものに交換後、電話局員は古い配電盤を忘れていってしまいます。そして、古い配電盤は弱って死にかけていきます。「死なせたくない」と「僕」は思うのですが、あきらめざるを得ません。それに続いて〈配電盤のお葬式〉という奇妙な、でも非常に印象的な場面があるのです。

その日は朝から雨が降り続いています。前回で、村上春樹作品と雨の関係を記しましたが、「雨」は村上春樹作品にとって、大切なものです。

「僕」は土曜日の夜に、翻訳事務所の共同経営者から空色のフォルクス・ワーゲンを借りてきて、日曜日、双子の一人を助手席に、もう一人はショッピング・バッグに入れた配電盤と魔法瓶を抱えたまま後部座席に乗せて、雨の中を出かけます。

「雨は永遠に降り続くかのよう」でしたし、「雨は休みなく貯水池の上に降り注いで」いました。

そして「僕」は双子たちにうながされて、配電盤を貯水池に投げます。その前に「何かお祈りの文句を」と言われます。「僕」は「お祈り?」と驚いて叫びますが、双子の一人は「お葬式だもの、お祈りは要るわ」と言うのです。

「僕」は頭から爪先までぐっしょり雨に濡れながら適当な文句を捜して、「哲学の義務は、」と、カントを引用して「誤解によって生じた幻想を除去することにある。……配電盤よ貯水池の底に安らかに眠れ。」と祈りをささげて、思い切りバック・スイングをさせてから、配電盤を四十五度の角度で力いっぱい放り投げます。

そこには、次のように記されています。

配電盤は雨の中を見事な弧を描いて飛び、水面を打った。そして波紋がゆっくりと広がり、僕たちの足もとにまでやってきた。

双子たちも「素晴しいお祈りだったわ」と言っています。

この「配電盤は雨の中を見事な弧を描いて飛び、水面を打った」の「見事な弧を描いて」という言葉に、私は、初期からの村上春樹の「カーブしたもの」に対するこだわりを感じます。

「そして波紋がゆっくりと広がり、僕たちの足もとにまでやってきた」という文章もいいですね。祈ること、霊的なものに触れることは、その心の動きとして「僕たちの足もとにまでやって」きて、祈る者を成長させるのです。
ちなみに、この〈配電盤のお葬式〉の場面より前に、「僕」は双子の女の子たちとビートルズの「ラバー・ソウル」を聴いたり、カントの『純粋理性批判』を読んだりしていますが、祈りの言葉にある「哲学の義務は、誤解によって生じた幻想を除去することにある」というのはカント『純粋理性批判』の第一版序文の中にある言葉です。

▼みんなと違った信号を出すと困る

『羊をめぐる冒険』と『ダンス・ダンス・ダンス』に登場する「羊男」ですが、彼は戦争忌避者でした。『羊をめぐる冒険』の十二滝町は、かつて「これより先には人は住めない」という所でした。「僕」が「どうしてここに隠れて住むようになったの?」と質問すると、「羊男」は「戦争に行きたくなかったからさ」と答えています。戦争忌避者である「羊男」だから、人の往来も途絶えるような場所に隠れ住んでいるのです。

その戦争忌避者である「羊男」には、日露戦争をはじめとする戦争の死者の姿が重なってきます。羊は日露戦争のための防寒具用に、明治政府によって振興されて飼育された動物ですが、その日本の兵隊たちが使った羊毛の防寒具が旭川には残っています。私も旭川を取材する機会に、その日本兵が着た羊毛の防寒具を見ました。

旭川は戦前、陸軍第七師団があった軍都でした。第七師団は日露戦争に参戦、ノモンハン事件にも出動しています。『羊をめぐる冒険』の僕たちが、十二滝町へ向かう際、「我々は旭川で列車を乗り継ぎ、北に向って塩狩峠を越えた」と書いていますが、それはかつて軍都であった「旭川」(戦争の死者、霊魂の世界への入り口)を越えて、さらに北へ向かい、死者の世界や霊魂の世界に入ったということでしょう。

このように『羊をめぐる冒険』や『ダンス・ダンス・ダンス』の「羊男」は戦争による死者や霊魂のイメージに満ちています。

〈配電盤のお葬式〉という奇妙な儀式にも〈配電盤の死〉と〈配電盤の霊魂〉と言ってもいいようなものがあります。その〈配電盤の死〉は何を表しているかというと、おそらく、これは言葉の死というものでしょう。

今の若い世代、携帯電話世代には少し理解しにくいかもしれませんが、電話の配電盤は言葉と言葉を繋ぐ装置です。それが本社の一つのコンピューターに接続される状況になり、「お宅だけがみんなと違った信号を出すと困る」と電話局員が配電盤を交換にきたのです。

本社のコンピューターにすべて接続されて統一されるということは、言葉というものが近代的なシステムの中で、個々の特徴を許さない統一的で直線的な言語に変換されていくということです。電話局員が忘れていった古い配電盤というのは、例えば、動物と会話ができるような、かつて個々の日本人にあった言語感覚を表しているのではないかと思います。そういう言語感覚が衰弱し、死んでいくということだと思います。
〈配電盤のお葬式〉は、そんな日本人にかつてあった生き生きとした言語感覚の死に対するお葬式でしょう。

▼目的地に向けて一直線にひた走っていく

村上春樹作品で、大切なものが〈カーブしている〉のは、何も初期も作品だけではありません。
『色彩を持たない多崎つくると、彼の巡礼の年』（二〇一三年）の最後は「意識の最後尾の明かりが、遠ざかっていく最終の特急列車のように、徐々にスピードを増しながら小さくなり、夜の奥に吸い込まれて消えた。あとには白樺の木立を抜ける風の音だけが残った」というものでした。これは中央線の松本行き特急列車が新宿駅を離れていく場面と重なっています。

このことは前々回でも紹介しましたが、その中央線について「八王子までは都市部を走るので、騒音を抑えなくてはならないし、そのあともおおむね山中を進み、カーブが多いこともあって、派手なスピードは出せない。距離のわりに時間がかかる」と村上春樹は記しています。

この文章のうち「カーブが多いこともあって」ということが、私は大切ではないかと思っています。
『色彩を持たない多崎つくると、彼の巡礼の年』の前作『1Q84』（二〇〇九、一〇年）には、主人公が都市部を走る中央線に乗る場面があります。

主人公の天吾とふかえりという美少女作家の二人が中央線に乗っている場面で、次のようなことを天吾は考えています。

中央線はまるで地図に定規で一本の線を引いたように、どこまでもまっすぐ延びている。（……）だから人が感知できるようなカーブも高低もなく、橋もなければトンネルもないという路線ができあがった。（……）電車は目的地に向けて一直線にひた走っていくだけだ。

こんな中央線に乗って、レールの立てる単調な音に耳を澄ませていると「知らないうちに天吾は眠って」しまうのです。直線的なものは、天吾は苦手で、眠るしかないのです。

簡単に言うと（簡単に言ってはいけませんが）「カーブも高低もなく」「目的地に向けて一直線にひた走っていく」中央線はダメで、「カーブが多いこともあって、派手なスピードは出せない。距離のわりに時間がかかる」中央線はよいのです（ただし塩尻駅から松本駅までは篠ノ井線です）。ここにも村上春樹の「カーブ」好きは反映していると言っていいと思います。

▼カーブが多い線路を行く特急列車

村上春樹の作品は、簡単に言うと（これも、なかなか簡単には言えませんが、あえて言うと）死や霊魂の世界に主人公が入って行き、そこで重要な体験をして、主人公が成長し、その異界から出てくるという形をしていると思います。

『羊をめぐる冒険』も「僕」が「これより先には人は住めない」という異界に入っていって、「僕」がそこで「羊男」や羊男の姿で「僕」の前に現れた友人の「鼠」と再会して成長し、「僕」が外の世界に出てくるという物語ですし、『ダンス・ダンス・ダンス』も新しい「ドルフィン・ホテル」（いるかホテル）の十六階という異界で「羊男」と再会して、「羊男」との対話を通して、成長して、死や霊魂の世界から出てくるという形をしています。

きっと『1973年のピンボール』での〈配電盤のお葬式〉の場面も、同じような、死や霊魂の世界に触れて、その体験を通して成長していくという意味を持っているのではないかと思います。

『色彩を持たない多崎つくると、彼の巡礼の年』の多崎つくるも例外ではないでしょう。「僕」はフィンランドの「森」の中にいるエリ（黒埜恵理）と再会して成長し、東京に帰ってきます。「森」は村上春樹の主人公たちを成長させる場所です。

『ノルウェイの森』でも「森」に囲まれたような京都のサナトリウムにいる直子と再会し、死や霊魂の象徴である直子と話すことで「僕」が成長して、東京の現実世界に戻ってきます。

同じように多崎つくるもフィンランドの「森」で、エリ（黒埜恵理）と再会することによって成長して、東京の現実世界に戻ってきているのです。

意識の最後尾の明かりが、遠ざかっていく最終の特急列車のように、徐々にスピードを増しながら小さくなり、夜の奥に吸い込まれて消えた。あとには白樺の木立を抜ける風の音だけが残った。

紹介したように、『色彩を持たない多崎つくると、彼の巡礼の年』の最後の一文は、中央線の松本行き特急列車が新宿駅を離れていく場面と重なっています。その特急は「おおむね山中を進み、カーブが多いこともあって、派手なスピードは出せない」列車です。

このカーブが多い線路を行く特急列車のイメージは、成長した多崎つくるにとって、異界から出て、現実の中で出合うものに対しても、きっとよき予兆として描かれていると思います。

例えば『羊をめぐる冒険』で、「僕」は不吉なカーブをジープで登った広い台地の上に建つ別荘で捜していた「鼠」と再会した後、その別荘を去り、山をくだるのですが、この場面は「不吉なカーブ再訪」と題されています。

今度は車ではなく、歩いて山を下ります。「長い長い白樺林を抜け、橋をわたり、円錐形の山に沿ってぐるりとまわって、嫌なカーブに出た」のですが、その次には「カーブに積った雪はうまい具合に凍りついてはいなかった」と記されています。

カーブは、異界に入る危険な道ですが、その異界で成長した者にとっては、そのカーブをうまく越えていけるものとして描かれているのです。

多崎つくるもカーブの多い山道を行く、特急列車のことを思いながら眠りにつくのですから、きっといい意味で、異界から抜け出すことができたのではないかと思います。

▼「弓吉」(カーブよし)

以上のように、村上春樹作品の「カーブした」ものや「曲がった」ものは、主人公の異界への入り口であり、異界(死の世界や霊魂の世界)で成長した主人公が、現実世界に出てくる道なのだと思います。

最後に一つだけを加えておきましょう。

『ダンス・ダンス・ダンス』に「ユミヨシさん」という札幌の「ドルフィン・ホテル」(いるかホテル)の「ホテルの精」のような女性が登場します。その「ユミヨシさん」について「彼女の実家は旭川の近くで旅館を経営」していると村上春樹は書いています。

村上春樹作品の「旭川」は春樹作品においては、「死や霊魂の世界」への入り口です。ですから「ユミヨシさん」も「羊男」がいる「ドルフィン・ホテル」(いるかホテル)の十六階の暗闇の中に入る人物として同作で描かれているのでしょう。

この「ユミヨシ」という名前は、『ダンス・ダンス・ダンス』の読者になかなか明かされず、彼女が「ユミヨシ」という名字であることが記されるのは、下巻に入ってからです。そして「僕」は「ユミヨシ」をどんな字で書くのかがわからないので、東京の電話帳を片っ端から繰って名前を捜します。

「東京都内には二人のユミヨシ氏がいた」そうですが、一人は「弓吉」という字になっていて、もうひとりは写真屋で「ユミヨシ写真館」とあったそうです。

これは「ユミヨシ」が「弓吉」である可能性を示しています。この「弓吉」というのは「カーブよし」という名づけではないかと思うのですが……。考えすぎでしょうか。

危なく、不吉なカーブを通って死者の世界・霊の世界に入っていけて、そこから出てこられる人として「ユミヨシ」は「弓吉」(カーブよし)でもあるのかなと考えているのです。

063 曖昧な心の空白

「納屋を焼く」

2016.12

村上春樹作品の中で、あれは何だろうと気になっている、そんな作品について、今回、また次の回と書いてみたいと思います。

今回、考えてみたいのは「納屋を焼く」という作品です。これは『螢・納屋を焼く・その他の短編』(一九八四年)に収められた比較的初期の短編と言えますが、この〈納屋を焼く〉ということは何のことだろう……と考え続けています。

「納屋を焼く」の愛読者は多く、「名短編」という人も多いと思います。ともかく非常に強い印象を残す作品であると思います。ですから、この作品を愛する人に会うたびに、〈納屋を焼く〉行為は、何のことだと思いますか? という質問をしますが、答えはそれぞれに、みな異なります。私も何回か読みましたが、作品との距離がなかなか狭まらないのです。その「納屋を焼く」について、もう一度、考えてみたいと思います。十二月のことが出てくる作品でもありますし。

▼「彼女」と二人でいると「僕」はとてものんびりとした

『螢・納屋を焼く・その他の短編』の「あとがき」よると、この短編集に収められた作品では「納屋を焼く」が一番古く書かれた短編で、一九八二年十一月のことのようです。でも「螢」とともに「納屋を焼く」が短編集の題名に記されているわけですから、村上春樹にとっては、重要な作品だということです。

語り手の「僕」は小説家です。「僕」は、三年前に、知り合いの結婚式のパーティーで顔を合わせた女性と親しくなります。「彼女」は二十歳。「僕」は三十一歳。「僕」は結婚していましたが、月に一回か二回くらい、食事をしてから、バーに行ったり、ジャズクラブに行ったり、夜の散歩をしたりしています。「彼女」と二人でいると、「僕」はとてものんびりとした気持ちになることができたのです。

そして二年前に、「彼女」の父親が心臓病で亡くなり、少しまとまった額の現金が、「彼女」に入ると、その金で、「彼女」は北アフリカのアルジェリアに行きます。三カ月後に「彼女」は日本に帰ってきましたが、新しい恋人を連れていました。二人はアルジェのレストランで知り合い、恋人になったようです。

「彼」は二十代後半で、背が高く、いつもきちんとした身なりをして、丁寧な言葉づかいをしていました。幾分表情には乏しいですが、まあハンサムな部類だし、感じも悪くありませんでした。

以来、「僕」と「彼女」がデートをする時、待ちあわせの場所まで、「彼」が車で送ってきたりします。その車は銀色のドイツ製のスポーツ・カーです。「僕」が「きっとすごくお金持なんだね」と、「彼女」に尋ねると「そうね」と「彼女」は応えています。「僕」が聞いたところによると、「彼」は貿易の仕事をしているのだそうです。

▼二カ月にひとつくらいは納屋を焼きます

「納屋を焼く」は、この「彼女」の恋人の「彼」が語る話です。

十月の日曜日の午後に、「彼女」から「僕」の家に電話がかかってきて「今、おたくのわりと近くにいるんだけれど、これから二人で遊びにうかがっていいかしら?」と言い、「僕」のガール・フレンドと、その恋人がやってきます。「僕」の妻は朝から親戚の家に出かけていました。

最初は、レコードなどを聴いていたり、食事をとったりしているのですが、ガール・フレンドの恋人の「彼」が「グラスがあるんだけど、よかったら吸いませんか?」と言って、みんなでマリファナを吸います。「僕」のガール・フレンドである「彼女」は、マリファナを一本吸っただけで、眠くなってしまい。二階の部屋で寝てしまいます。

すると、「彼女」の恋人が「時々納屋《なや》を焼くんです」と言うのです。

「僕」が「納屋の話を聞きたいね」と応じると、彼は「簡単な話なんです。ガソリンをまいて、火のついたマッチを放るんです。ぼっといって、それでおしまいです」と言います。

「どうして納屋なんて焼くわけ?」と聞くと、「彼」は「変ですか?」と言うのですが、さらに「二ヵ月にひとつくらいは納屋を焼きます」と言っています。

「彼」は、自分の納屋は焼かず、他人の納屋を焼くので、「だから要するに、犯罪行為です。あなたと僕が今こうして大麻煙草を吸っているのと同じように、はっきりとした犯罪行為です」と述べていますし、「彼女」のほうはそのことを何も知らないようです。「そんなの、誰にしゃべったこともないんです」とも「彼」は加えています。

「どうして僕にしゃべるの?」と聞くと、「小説家というものは物事に判断を下す以前にその物事をあるがままに楽しめる人じゃないかと思っていた」から話したと、「彼」は言っています。

▼久し振りに焼きがいのある納屋です

このようにして〈納屋を焼く〉という行為が語られていくのですが、この〈納屋を焼く〉ことがいったい何を示しているのか、具体的には、最後まで何も記されていません。

この前に納屋を焼いたのはいつかを尋ねると「夏、八月の終りですね」と「彼」は答えています。「次に焼く納屋はもう決まっているのかな?」と質問すると、「とても良い納屋です。久し振りに焼きがいのある納屋です。実は今日も、その下調べに来たんです」と答えます。

さらに「ということは、それはこの近くにあるんだね」と聞くと「すぐ近くです」と言って、「彼」と「僕」のガール・フレンドは、「僕」の家から帰っていくのです。

その後、十二月のなかばに、「僕」が東京・乃木坂あたりを歩いていると、偶然、あの銀色のスポーツ・カーを見つけて、「彼」に再会します。その彼に「納屋のこと」を聞くと、「納屋ですか？　もちろん焼きましたよ。きれいに焼きました。約束したとおりね」と「僕」に答えています。「この前、おたくにうかがってから十日ばかりあと」だそうです。

そして「ところであれから彼女にお会いになりました？」と「彼」が聞くので「いや、会ってないな。あなたは？」と言うと、「僕も会ってないんです。連絡がとれないんです。アパートの部屋にもいないし、電話も通じないし、パントマイムのクラスにもずっと出てないんです」と答えています。

「彼女」は一文なしで一カ月半も行方不明になっているようです。「彼」がこう言います。「僕はよく知っているんだけれど、彼女はまったくの一文なしです。友だちもいません。住所録はぎっしりいっぱいだけど、あの子には友だちなんていないんです。いや、でもあなたのことは信頼してましたよ。お世辞じゃなくてね」。そう言い残して、「彼」は去っていきました。

▼非常に冷たいものに触れたような

「僕」はそれから、何度も彼女に電話をかけてみたのだけれど、電話は止められています。彼女のアパートまで行ってみますが、部屋は閉まったまま。つまり「彼女は消えてしまったのだ」と記されています。それは一年近く前の話とのことです。

「僕」は、自分の家のまわりにある五つの納屋の前を走りながら、見まわっていますが、うちのまわりの納屋はいまだにひとつも焼け落ちていません。

また十二月が来て、冬の鳥が頭上をよぎっていく。そして僕は歳《とし》をとりつづけていく。
夜の暗闇《くらやみ》の中で、僕は時折、焼け落ちていく納屋のことを考える。

という文章で、この短編は終わっています。

「十二月」が強調されているように、これは、読後に何か非常に冷たいものに触れたような印象を残す作品ですが、〈納屋を焼く〉とは、何のことを指しているのかが、明確に読者に示されるわけではありません。でも確かに非常に魅力ある、忘れ難い短編ですね。

▼失踪してしまった「彼女」と関係している

私もこの短編の〈納屋を焼く〉行為が何を示しているの

か、はっきりと言うことができません。でも繰り返し読んでいるので、この作品に若干の接近をしてみたいと思います。

まず、本書では、村上春樹の作品は人間の成長を描いているということを繰り返し、述べてきました。でもこの冷たい感覚に満ちた「納屋を焼く」をどのように読むと〈成長小説〉の面が現れるのか。それを言葉でつかみだすのがかなり難しい作品です。それほど、冷たいものが作品の芯の部分にあります。

まず「納屋を焼く」の冷たさのポイントを考えてみたいと思います。

彼は納屋を「もちろん焼きましたよ。きれいに焼きました。約束したとおりにね」「この前、おたくにうかがってから、十日ばかりあとです」と語っていますし、その納屋は「とても良い納屋です。久し振りに焼きがいのある納屋です。実は今日も、その下調べに来たんです」と語っています。その納屋が焼かれたのと、ほぼ同時に彼女が失踪しているわけですから、この〈納屋を焼く〉ことは、彼女が失踪したことと関係しているのでしょう。

「僕」の家には、次の〈納屋を焼く〉ための下調べに来たと語っていますし、次に焼くことになる納屋は、「僕」の家の「すぐ近くです」と言っているわけですから、彼らが「僕」の家に来た「十日ばかりあと」に彼が焼いた納屋は、失踪してしまった「彼女」のことと関係していると思われます。

その彼が「二カ月にひとつくらいは納屋を焼きます」と語っています。これは、二カ月に一回ぐらい女の子と平気で別れるし、それで女の子の「心」を深く傷つけても何も気にせずに別れていけるという「彼」のことを書いているのではないか……と、考えることもできるかもしれません。もしかしたら、「彼女」は「彼」に殺されてしまったのかもしれない……そんな感覚も残しています。

▼まるでギャツビイだね

村上春樹作品の中には、何人か、悪の系統の人物が登場します。

『ねじまき鳥クロニクル』（一九九四、九五年）の「綿谷ノボル」が代表的な人物かもしれませんが、『ダンス・ダンス・ダンス』（一九八八年）で、女性たちを殺してしまう「五反田君」もその一人かもしれません。でも私は、この「納屋を焼く」の「彼」と一番近いような悪の形を感じるのは、『ノルウェイの森』（一九八七年）に出てくる「永沢さん」という「僕」の先輩です。

『ノルウェイの森』の「僕」が、ある日、寮の食堂で『グレート・ギャツビイ』を読んでいると、「僕」より二つ上の東大法学部の学生が「何を読んでいるのか」と聞きます。「僕」は『グレート・ギャツビイ』を読むのは三度目ですが、話しかけてきた彼は「『グレート・ギャツビイ』を三回読む男なら俺と友だちになれそうだな」と言います。それが「永沢さん」です。

「納屋を焼く」のほうで、新しい恋人の「彼」の仕事についての話となって、「彼女」が「彼」の仕事のことを知らないことについて「よくわかんないのよ。だってべつに働いているようにも見えないんだもの。よく人に会ったり電話をかけたりはしてるみたいだけど、とくに必死になっているって風でもないし」と「彼女」が言うと、「僕」が「まるでギャツビイだね」と応えています。

こんなやりとりが出てくることから、「納屋を焼く」の中に「永沢さん」的なるものを、私が感じてしまうのかもしれません。

『ノルウェイの森』の「僕」と永沢さんは、スコット・フィッツジェラルドの『グレート・ギャツビイ』が好きゆえに友達になり、夜には、一緒に女の子を漁りに行くほどの仲になります。永沢さんにはハツミさんという素敵な恋人がいるのですが、永沢さんは外交官試験に受かると、ハツミさんを置いて、外国に行ってしまいます。

▼銀色のドイツ製のスポーツ・カー

物語が、そうなる前に、ハツミさんと永沢さんと「僕」の三人で食事をする場面が『ノルウェイの森』にあります。

そこで、永沢さんはハツミさんに、こんなことを言っています。

「俺とワタナベの似ているところはね、自分のことを他人に理解してほしいと思っていないところなんだ」

「僕」（ワタナベ）は「それほど強い人間じゃありませんよ」と言っていますが、さらに永沢さんはハツミさんに「俺のシステムは他の人間の生き方のシステムとはずいぶん違うんだよ」と言います。それに対してハツミさんは「でも私に恋してはいないのね？」と言い、「だから君は僕のシステムを――」「システムなんてどうでもいいわよ！」と口論になってしまいます。

それゆえに、「僕」はハツミさんを家まで送っていくことになるのですが、永沢さんは「ワタナベだって殆んど同じだよ、俺と。親切でやさしい男だけど、心の底から誰かを愛することはできない」と言っています。

そして「僕」が、ハツミさんを自宅まで送っていくと、ハツミさんは「でもね、ワタナベ君。私はそんなに頭の良い女じゃないのよ。私はどっちかっていうと馬鹿で古風な女なの。システムとか責任とか、そんなことどうだっていいの」と話すのです。

「ハツミさんという女性の中には何かしら人の心を強く揺さぶるものがあった」「彼女の発する力はささやかなものなのだが、それが相手の心の共震を呼ぶのだ」と『ノルウェイの森』には記されています。

紹介したように、外交官試験に受かった永沢さんはハツミさんと結婚しないまま、外国に行ってしまいます。二年後にハツミさんは別な男性と結婚するのですが、その二年後に剃刀で手首を切って死んでしまうのです。

その永沢さんがハツミさんと別れて赴任する先がドイツですし、「納屋を焼く」の「彼」が乗っている自動車が「銀色のドイツ製のスポーツ・カー」で、この自動車が「彼」の象徴のようにも書かれているので、いっそう、私には、その「銀色のドイツ製のスポーツ・カー」に乗った彼と『ノルウェイの森』の永沢さんとを関係づけて考えてしまうのかもしれません。ギャツビイも銀色のシャツを着ていたりしています。

▼心の底から誰かを愛することはできない人間

永沢さんは、自分と「僕」(ワタナベ)は「親切でやさしい男だけど、心の底から誰かを愛することはできない」人間だと言っています。「俺とワタナベの似ているところはね、自分のことを他人に理解してほしいと思っていないところなんだ」とも。

これに対して、「僕」(ワタナベ)は「それほど強い人間じゃありませんよ」と言っていることは紹介しましたが、ここに記した言葉を通して、永沢さんと「僕」には『グレート・ギャツビイ』以外にも〈共通したものがある〉と村上春樹は書いているわけです。

仮に、このような永沢さん的な人間を通して、「納屋を焼く」の「彼」を考えてみますと、「彼」は女の子と次々と付き合い、女の子たちと二カ月に一度ぐらいで、別れていく。しかも、そうやって女の子と別れたことに、何の苦痛も感じていない男なのではないか……そんなふうに思えてくるのです。「彼」から伝わってくる〈冷たさ〉というのはそういうものではないかと思えてくるのです。

それは「親切でやさしい男だけれど、心の底から誰かを愛することはできない」人間、「自分のことを他人に理解してほしいと思っていない」人間の〈冷たさ〉です。

女の子たちは、傷つけられ、その苦しみで失踪してしまいますし、ついにはハツミさんのように、自死という形で、殺されてしまう人もいるかもしれません。そのように「納屋を焼く」は読めるのですが……、でもそれだけでは、とても大切な何かが不足しているように感じるのです。

▼「僕」の心の「納屋」

彼は「背が高く、いつもきちんとした身なりをして、丁寧な言葉づかい」をしていました。「幾分表情には乏しいが、まあハンサムな部類に属するし、感じも悪く」ありません。永沢さんも「親切でやさしい男だけれど、心の底から誰かを愛することはできない」のです。

彼らは特別な人間というわけではなく、人間には、自分の別な面が同時に潜在していて、その姿に自分ではなかなか気づけないということがあるのではないでしょうか。

もし、読んでいる者にとって、「彼」の〈冷たさ〉が自分とまったく関係がないものでしたら、それに冷《ひ》やっとしたものを感じるでしょうか。自分の中にも、どこか似たような感覚が潜在しているから、読者も「彼」に冷《ひ》やっとした〈冷たさ〉を感じるのでしょう。

「納屋を焼く」の「彼」が、次に焼く納屋、とても良い納屋で、久し振りに焼きがいのある納屋は、「僕」の「すぐ近く」にあります。「彼」は「実は今日も、その下調べに来たんです」と話していますが、「彼」が「すぐ近く」にある納屋と言っているのは、「僕」の心の中という意味ではないでしょうか。つまり〈焼かれる納屋〉とは「僕」の心の「納屋」ではないでしょうか。私には、そのように思えるのです。

▼どこか曖昧な空白部分を含んで

つまり、「僕」も「彼女」が失踪し、「彼女」が「消えてしまった」ことに無関係ではないのです。「僕」は「彼女」が失踪しないように、消えてしまわないように、力を尽くさなくてはならなかったのです。「彼女」のことを、自分の心の中の「納屋」のような場所に置いて、「僕」は生きてきた人ではないかと思います。「納屋」とは、自分の家のまわりに建っているような納屋ではなく、〈自分の心にある納屋のような場所〉のことではないでしょうか。

紹介したように「僕」は、知り合いの結婚式のパーティーで「彼女」と親しくなります。「彼女」は二十歳。「僕」のほうは三十一歳で、既婚者ですが、月に一、二回、食事をして、バーに行ったり、ジャズクラブに行ったり、夜の散歩を楽しんだりしています。

「彼女」がアルジェリアに行く時も、東京のアルジェリア大使館に勤めている女の子を知っていたので、「彼女」を紹介したりしていますし、「彼女」が帰国する時も空港に迎えに行っています。「彼女」が帰国する時も空港まで見送りに行っています。「彼女」から恋人の「彼」を紹介されて、握手したりしています。

その後も「僕」は「彼」と何回か顔を合わせています。「僕が彼女とデートすると、待ちあわせの場所まで彼が車で送ってきたりすることも」ありました。「彼」が乗っている車は銀色のドイツ製のスポーツ・カーです。

そして十月の日曜日の午後に「彼女」から「今、おたくのわりと近くにいるんだけれど、これから二人で遊びにうかがっていいかしら?」という電話がかかってくるのです。「僕」の妻は朝から親戚の家に出かけていました……。

このような「僕」と「彼女」の関係は、いつも、どこか曖昧な空白部分を含んでいて、「僕」の心の中の「納屋」のようなスペースに置かれているように思います。

しかし、もし「僕」が生きていくうえで、「彼女」が何か大切な意味を持った人間だとしたら、このような心の中の「納屋」のような空白に、「彼女」を置いたままにしていいはずがありません。

▼でもあなたのことは信頼してましたよ

でも「僕」の行動は、心の中の「納屋」のような空白を自覚するようなものではありません。

「僕」は、クリスマス前に妻のためにグレーのアルパカのセーターを買い、いとこのためにウイリー・ネルソンがクリスマス・ソングを唄っているカセット・テープを買い、妹の子供のために絵本を買い、ガール・フレンドのために鹿の形をした鉛筆けずりを買い、僕自身のために緑色のスポーツ・シャツを買ったりしています。

右手にそんな紙包みをかかえ、左手をダッフル・コートのポケットにつっこんで、乃木坂のあたりを歩いている時に、「僕」は「彼」の「銀色のスポーツ・カー」を見つけ、「彼」と会って、「彼女」の失踪を知るのです。

その「彼」が「納屋」を、約束どおりきれいに焼いたことを話します。「僕」の家の「ほんとうのすぐ近くで」。

「この前、おたくにうかがってから十日ばかりあとです」と言っています、今は連絡がまったく取れなくなってしまった「彼女」について、「彼」が「あの子には友だちなんていないんです。いや、でもあなたのことは信頼してましたよ。お世辞じゃなくてね」と「僕」に話しています。

▼心配になって、彼女のアパートまで行ってみた

「彼」から「僕」の家の「ほんとうのすぐ近くで」「納屋」を焼いたことを聞かされた後、「僕」は、

何度も彼女に電話をかけてみたのだけれど、電話は電話局で止められたままだった。僕は心配になって、彼女のアパートまで行ってみた。彼女の部屋は閉まったままだった。管理人はどこにもいなかったので、彼女がまだそこに住んでいるかどうかさえわからなかった。僕は手帳のページを破って「連絡してほしい」というメモを作り、名前を書いて、郵便受けの中に放り込んでおいた。連絡はなかった。
その次に僕がそのアパートを訪れた時には、ドアには別の住人の札がかかっていた。ノックしてみたが、誰《だれ》も出てこなかった。相変らず管理人はみつからなかった。

と、記されています。

それまでの自分の心の中の「納屋」のような曖昧な空白に「彼女」を置き去りにするのではなく、「彼女」のことを本当に探す積極的な行動に出ている「僕」がここにいます。その理由は、「僕」の心の曖昧な空白的「納屋」が焼かれてしまったからでしょう。

でも「それで僕はあきらめた。一年近く前の話だ。／彼女は消えてしまったのだ」とも記されています。

そして「また十二月が来て、冬の鳥が頭上をよぎってい

く。そして僕は歳《とし》をとりつづけていく。／夜の暗闇の中で、僕は時折、焼け落ちていく納屋のことを考える」という「納屋を焼く」の最後の文章は、そのような心の曖昧な空白を焼かれ、そのことを考えながら、歳を重ねていく人間のことを語っているのではないかと思います。

「納屋を焼く」には、ある〈冷たさ〉が一貫して流れていますが、焼かれた「納屋」は自分の心の中にある曖昧な空白であることに「僕」が深く気づけば、「僕」はそこから成長していくのかもしれません。

▼分身的関係にある

つまり、「納屋」を焼く「彼」と、自分の心の「納屋」を焼かれてしまう「僕」は、「彼女」に対して、分身的に、同じように「冷たく」存在していることを描いた作品が「納屋を焼く」なのだと、私は思っています。

『ノルウェイの森』の「永沢さん」と「僕」は二人とも『グレート・ギャツビイ』を読んでいますし、「永沢さん」と「僕」は「自分のことを他人に理解してほしいと思っていないところ」は似ています。つまり「永沢さん」と「僕」は分身的関係です。「永沢さん」は「僕」の別な面です。

『ダンス・ダンス・ダンス』の俳優「五反田君」と「僕」は中学の同級生ですが、「僕」は殺人者である「五反田君」のことを「五反田君は僕自身なのだ」と思っています。これも分身の関係にあるということでしょう。

『ねじまき鳥クロニクル』には「綿谷ノボル」という「僕」の妻の兄が出てきます。彼は日本を戦争に導いた精神の象徴のように描かれていますが、その「綿谷ノボル」と「僕」が対決して、彼をバットで叩きつぶすという場面があります。

でも「綿谷ノボル」(ワタヤ・ノボル)は、『ノルウェイの森』の「僕」の名前「ワタナベ・トオル」とよく似た名で、村上春樹作品の読者にとっては『ねじまき鳥クロニクル』の「僕」と「綿谷ノボル」も、分身的関係にあるのではないかと思います。

つまり主人公「僕」が綿谷ノボルと対決して、彼をバットで叩きつぶすということは、自分の心の中の綿谷ノボル的なるものをバットで叩きつぶすということなのだと思います。

このように考えていくと、「納屋を焼く」の「彼」と「僕」も、やはり分身的関係にあるのではないかと思えるのです。そのことが、「納屋を焼く」をいろいろな読みが可能な作品にしているのだと思います。

▼なんとしてでも彼女を救うべきだった

『ノルウェイの森』で、ハツミさんの死を「僕」は「永沢さん」のドイツからの手紙で知ります。そして「ハツミの死によって何かが消えてしまったし、それはたまらなく哀しく辛いことだ。この僕にとってさえも」という「永沢さん」の手紙を「僕」は破り捨て、以後、彼には手紙を書かないようになるのです。

これは、「僕」の中にもある「永沢さん」的な面、「永沢さん」のような生き方を絶対にやめることの表明なのだと思います。

この時、「僕」は成長しています。

『ノルウェイの森』はよく知られるように、三十七歳の「僕」が乗ったボーイング747がドイツ・ハンブルク空港に着陸すると飛行機の天井のスピーカーからビートルズの「ノルウェイの森」がきこえてきて、それをきっかけに十八年前のことを思い出す場面から始まっています。

でももう一つ、ハツミさんの死を伝えるところで、物語の時間より十年以上も時が進んで、物語の時間を過去として振り返るという、たいへん例外的な場面があります。

「僕」が十二年後か、十三年後に、インタビューの仕事でニュー・メキシコ州サンタ・フェにきている時に、突然、ハツミさんの発する力の正体に気づくのです。それは「僕」の「充たされることのなかった、そしてこれからも永遠に充たされることのないであろう少年期の憧憬のようなもの」、どこかに置き忘れてきてしまった「無垢な憧れ」のようなもの。「ハツミさんが揺り動かしたのは僕の中に長いあいだ眠っていた〈僕自身の一部〉であったのだ」と村上春樹は書いています。この〈僕自身の一部〉という言葉に村上春樹の特徴的な考え方が記されています。

それに気づき、「僕」は泣きだしてしまいそうな哀しみを覚えます。彼女は本当に本当に特別な女性で、「誰かがなんとしてでも彼女を救うべきだったのだ」と思うのです。「納屋を焼く」の「僕」も「なんとしてでも彼女を救うべきだった」のです。

2017

2月	『騎士団長殺し 第１部　顕れるイデア編』（新潮社）刊行。 （2019年３月に２分冊にて文庫版刊行）
	『騎士団長殺し 第２部　遷ろうメタファー編』（新潮社）刊行。 （2019年４月に２分冊にて文庫版刊行）
3月	『村上春樹翻訳ほとんど全仕事』（中央公論新社）刊行
4月	『みみずくは黄昏に飛びたつ　川上未映子訊く　村上春樹語る』（新潮社）刊行。（2019年12月に文庫版刊行）
	東京新宿の紀伊国屋サザンシアターにて、トークイベント開催。「本当の翻訳の話をしよう」と題した講演を行う
5月	［翻訳］ジョン・ニコルズ『卵を産めない郭公』（新潮文庫）刊行
6月	『パン屋再襲撃』（スイッチ・パブリッシング）刊行
8月	［翻訳］グレイス・ペイリー『その日の後刻に』（文藝春秋）刊行。 （2020年５月に文庫版刊行）
9月	ヤクルト・スワローズのHPに、村上春樹さんメッセージ「第５回　ちょっと近づきすぎたかな」が掲載される
10月	『かえるくん、東京を救う』（スイッチ・パブリッシング）刊行
11月	『バースデイ・ガール　BIRTHDAY GIRL』（イラスト：カット・メンシック、新潮社）刊行
12月	［翻訳］レイモンド・チャンドラー『水底の女』（早川書房）刊行

064 ジャック・ロンドン「たき火」
「アイロンのある風景」①

2017.1

村上春樹の新作長編小説『騎士団長殺し』（全二巻）が二〇一七年二月二十四日に発売されるというニュースが大きな話題となっています。

長編としては、二〇一三年に『色彩を持たない多崎つくると、彼の巡礼の年』が刊行されていますが、『騎士団長殺し』は四百字詰め原稿用紙にして二千枚もの長編で、これだけの長さの長編は、二〇〇九、一〇年に刊行された『1Q84』（BOOK1〜3）以来のものです。初版発行部数も「第1部　顕《あらわ》れるイデア編」「第2部　遷《うつ》ろうメタファー編」の各巻五十万部、計一〇〇万部からスタートだそうです。予約状況もかんがみての部数かと思いますが、それにしても初版が五十万部ずつというのは、すごいですね。出版社の意気込みもわかります。

刊行されたら、私もすぐに読みますし、もちろん、このコラムでも何回か取り上げてみたいと思います。

▼1995年2月

さて、村上春樹作品の中で、あれは何だろうと気になっている、そんな作品について、考えてみたいと思って、二〇一六年の年末は『螢・納屋を焼く・その他の短編』（一九八四年）の中の「納屋を焼く」という短編について書きました。同作に十二月のことが出てくるからでもありました。

今年の一月と二月は、一九九五年一月十七日に起きた阪神大震災をテーマにした連作短編集『神の子どもたちはみな踊る』（二〇〇〇年）の中の「アイロンのある風景」について、考えてみたいと思います。

阪神大震災から、この一月で二十二年です。この地震が起きた午前五時四十六分、私は東京の自宅にいて、目覚めていましたが、東京でもとても長い周期の揺れが長く続いたことが忘れられません。当時、勤務先の通信社の文化部の生活欄担当デスクをしていたので、ほとんどの生活欄の記者を現地に向かわせましたし、記者たちを出して、原稿を見るデスクの私が現地を見ていないのは、よくないので、そう時間を置かず、私も現地に入りました。

そこで見た惨状が忘れられません。六階部分が座屈して潰れた神戸市役所を見た時には、地震発生が勤務時間帯なら……多くの被害者が出ていたことだろうと思い、本当に冷《ひ》やっとしましたし、宿泊したこともあるオリエンタルホテルも大きな被害を受けていました。神戸の街の海側・山側を歩き、避難所で生活する人たちも取材して帰りました。

この年の三月にはオウム真理教信者による地下鉄サリン事件が起きていますが、『神の子どもたちはみな踊る』の各短編は、その二つの大きな出来事の間である「1995

年2月」に時間が設定されています。「アイロンのある風景」でも啓介という青年が「三宅さん、出身は神戸のほうだっていつか言ってましたよね」「先月の地震は大丈夫だったんですか？　神戸に家族とかいなかったんですか？」という言葉が記されています。

その『神の子どもたちはみな踊る』は直接、阪神大震災の被害を受けた土地を舞台にしているわけではなく、神戸からは離れた土地に暮らす人たちと、阪神大震災との間に起きる心の震動のようなものを書いた連作短編集です。

▼海に行って焚き火する

「アイロンのある風景」の舞台は茨城県鹿島灘にある小さな町。やせて小柄で眼鏡をかけているという三宅さんは四十代半ばぐらいで、家を借りて一人暮らしをして絵を描いています。鹿島灘で関西弁をしゃべる人間なんていないので、目立つ存在のようです。五年ぐらい前からこの町に住んでいるそうです。

その三宅さんから、夜中の十二時前に、順子のところに電話がかかってくるところから物語は始まっています。

「今、浜にいるねんけどな、流木がけっこうぎょうさんあるねん。大きいやつができるで。出てこれるか？」というのです。

啓介と同棲している順子は高校三年の五月に、所沢から茨城県のこの海岸の町にやってきました。親の印鑑と貯金通帳を持ち出して三十万円をおろし、家出してきたのです。駅前の不動産屋で一間のアパートをみつけ、その翌週には海岸沿いの国道に面したコンビニの店員となりました。

ほどなく二歳年上の啓介と知り合いました。腕のいいサーファーで、波がいいからこの町に住み着いたという青年です。友だちとロック・バンドを組んでいます。二流の私立大学に籍は置いていますが、啓介は学校にはほとんど通っていません。

「アイロンのある風景」の登場人物は、この三宅さん、順子、啓介の三人ですが、さらに言えば、順子と三宅さんが重要な人物と言えます。

夜中に三宅さんからあった電話を受けて、順子は着替え、「これから浜に焚《た》き火に行って来るよ」と啓介に言います。「また三宅のおっさんかよ」「冗談きついよな。今は二月だぜ。それも夜中の12時だぜ。今から海に行って焚き火するってか？」と啓介が言うので、「だからあんた来なくていいよ。一人で行って来るから」と順子が応えると、「俺も行くよ。行きますよ。すぐに用意するからちょっと待ってな」と啓介は言うのです。

そして、基本的に、この物語は「焚き火」をめぐって進んでいくのです。

▼その男が死を求めているという事実

焚き火を見ると、「順子はいつものようにジャック・ロンドンの『たき火』のことを思った。アラスカ奥地の雪の中で、一人で旅をする男が火をおこそうとする話だ。火がつかなければ、彼は確実に凍死してしまう。日は暮れようとしている」とあります。

　順子は小説なんてほとんど読んだことがない人です。でも高校一年生の夏休みに、読書感想文の課題として与えられたその短編小説だけは、何度も何度も読んだのです。

「死の瀬戸際《せとぎわ》にいる男の心臓の鼓動や、恐怖や希望や絶望を、自分自身のことのように切実に感じとることができた」と順子は思うのです。そして、その物語の中で「何よりも重要だったのは、基本的にはその男が死を求めているという事実だった。彼女にはそれがわかった」と書かれています。

　それを教師に言うと、教師は彼女の意見を笑い飛ばします。「この主人公は実は死を求めている?」とあきれたように言い、教師の男性が順子の感想文の一部を読み上げると、クラスのみんなも笑いました。

　でも順子はみんなのほうが間違っていると思うのです。「もしそうじゃないとしたら、どうしてこの話の最後はこんなにも静かで美しいのだろう?」と思うのです。

　三宅さんは、焚き火のおこし方については「俺はふつうの人にはない特殊な才能がある」と思っている人。「楽しそうだけど、あんまりお金にはなりそうにない才能ですよね」と啓介が言うと、「たしかに金にはならんなあ」と三宅さんも同意しています。

　でも、煙だけの木に、やがて奥のほうに炎がちらつくのが見え始め、木がはぜる音がかすかに聞こえるのです。順子もほっと一息つき、ここまでくれば、もう心配することはない。焚き火はうまくいく。その生まれたばかりのささやかな炎に向けて、三人はそろそろと両手を差し出すのです。

▼火ゆうのはな、かたちが自由なんや

あるとき、三宅さんの焚き火に出合ったとき、順子は言います。

「三宅さん、火のかたちを見ているとさ、ときどき不思議な気持ちになることない?」
「どういうことや?」
「私たちがふだんの生活ではとくに感じてないことが、変なふうにありありと感じられるとか。なんていうのか……、アタマ悪いからうまく言えないんだけど、こうして火を見ていると、わけもなくひっそりとした気持ちになる」

と順子が言うと、

「火ゆうのはな、かたちが自由なんや。自由やから、見ているほうの心次第で何にでも見える。順ちゃんが火を見ててひっそりとした気持ちになるとしたら、それは自分の中

にあるひっそりとした気持ちがそこに映るからなんや。そういうの、わかるか？」


と三宅さんが話します。それはあらゆる火に起こることではなくて、「そういうことが起こるためには、火のほうも自由やないとあかん」と三宅さんは言います。ガスストーブの火やライターの火では起きないのです。普通の焚き火でも。「火が自由になるには、自由になる場所をうまいことこっちでこしらえたらなあかんねん。そしてそれは誰にでも簡単にできることやない」と言っています。順子は「でも三宅さんにはできるの？」と聞いてますが、「できるときもあるし、できんときもある。でもだいたいはできる。心をこめてやったら、まあできる」と言っています。

「焚き火が好きなのね」という順子には、三宅さんはうなずき「もう病気みたいなもんやな」「焚き火やるために、ここまで来てしもたんや」と、この町に住み着いたのも焚き火のためだと語っています。

　そして、順子と三宅さんは「焚き火フレンド」となるのです。

▼冷蔵庫の中に閉じこめられて死ぬのや

　啓介がアパートに引きあげた後、順子は「三宅さんってさ、ひょっとしてどこかに奥さんがいるんじゃないの？」と聞き、さらに「子どももいるの？」と聞いています。それに対して、三宅さんは「ああ、いる。二人もいる」と答えて、たぶんまだ神戸の東灘区に妻子の家があることを語っています。神戸市東灘区は阪神大震災で被害甚大だった地域です。

「そやからな、啓介のことをアホやとはゆわれへんねん。人のこと言えた義理やない。俺かてな、なんにも考えてへんねん。アホの王様やねん。わかるやろ」とも語っています。

　そして、順子にこんなことを言うのです。「順ちゃんは自分がどんな死に方をするか、考えたことあるか？」と。順子はしばらく考えてから首を振りますが、三宅さんは自分の死に方について「冷蔵庫の中に閉じこめられて死ぬのや」と言います。「ようあるやろ、子どもが捨てられていた冷蔵庫に入って遊んでいて、そのうちにドアが閉まってしもて、そのまま中で窒息して死んでいく話が。ああいう死に方や」と。


「狭いところで、真っ暗な中で、ちょっとずつちょっとずつ死んでいくんや。それもうまいことすっと窒息できたらええけどな、そう簡単にいかん。どっかから空気はかすかに入ってくる。だからなかなか窒息死できへん。死ぬまでにものすごい長い時間がかかる。声を上げても誰にも聞こえへん。誰も俺のことに気づいてもくれん。身動きもできんくらい狭いところや。どんなにあがいても内側からドア

は開かへん」

さらに三宅さんは、そういうことを何回も夢に見るそうです。そして、三宅さんもジャック・ロンドンの話をするのです。

順子が「焚き火の話を書いた人だよね？」と応えると「そうや。よう知ってるな」と言って、ジャック・ロンドンがずっと長いあいだ、自分は最後に海で溺れて死ぬと考えていたこと、あやまって夜の海に落ちて、誰にも気づかれないまま溺死すると考えていたことを話すのです。

その通りだったのかという順子の質問に、三宅さんは「いや、モルヒネを飲んで自殺した」と答えます。「じゃあその予感は当たらなかったんだ。あるいはむりに当たらないようにしたということかもしれないけど」と順子が応じています。

表面的にはそうかもしれないけれど、ある意味では、ジャック・ロンドンは間違っていなかったと三宅さんは言います。

ジャック・ロンドンはアルコール中毒となり、絶望を身体の芯までしみこませて、もがきながら死んでいったからです。

「予感というのはな、ある場合には一種の身代わりなんや。ある場合にはな、その差し替えは現実をはるかに超えて生々しいものなんや。それが予感という行為のいちばん怖いところなんや。そういうの、わかるか？」と三宅さんは言います。順子はそれについてしばらく考えてみますが、「わからなかった」と記されています。

順子は自分がどんな生き方をするのかも、まだぜんぜんわかってないのに、自分がどんな死に方をするかなんて、考えたこともなかったからです。

それに対して「でもな、死に方から逆に導かれる生き方というものもある」と三宅さんは語っています。

▼焚き火が消えたら、目がさめる

また順子は三宅さんに「私ってからっぽなんだよ」と話します。そして、この言葉とともに、わけもなく涙がこぼれてくるのです。涙がとまりません。「ほんとに何もないんだよ」としばらくして、順子は言っています。「きれいにからっぽなんだ」と。

「どうしたらいいの？」と聞く順子に、「ぐっすり寝て起きたら、だいたいはなおる」と言う三宅さんに、「そんな簡単なことじゃないよ」と順子は言っています。

「そやなあ……、どや、今から俺と一緒に死ぬか？」と三宅さんが言うと、「いいよ。死んでも」「真剣にか？」「真剣だよ」と会話が続いています。

三宅さんは順子の肩を抱いたまましばらく黙っていて、順子は三宅さんの心地よく着古された革のジャンパーの中に顔を埋めています。

そして「とにかく、焚き火がぜんぶ消えるまで待て」「せっかくおこした焚き火や。最後までつきあいたい。この火が消えて真っ暗になったら、一緒に死のう」と三宅さんは言うのです。

焚き火のにおいに包まれ、肩にまわされた三宅さんの小さな手を感じながら順子は「私はこの人と一緒に生きることはできないだろう」と思います。「私がこの人の心の中に入っていくことはできそうにないから。でも一緒に死ぬことならできるかもしれない」と思います。

順子はだんだん眠くなってきて、「少し眠っていい?」「焚き火が消えたら起こしてくれる?」と三宅さんに言います。「心配するな。焚き火が消えたら、寒くなっていやでも目は覚める」と三宅さんが言います。順子は頭の中で、その言葉を繰り返しながら、深い眠りにつくところで、この物語は終わっています。

▼それが実はアイロンではないからや

さて、この物語の後、順子は三宅さんと死ぬのでしょうか……? ジャック・ロンドンの『たき火』(『火を熾《おこ》す』)は主人公の男が、極寒の中、うとうとと、これまで味わったことのない最高に心地よい、眠りのなかに落ちていって、死ぬところで物語が終わっています。

それを読んだ順子は高校一年の読書感想文で「基本的にはその男が死を求めているという事実」がわかり、それを教師に伝えています。教師にも級友たちにも「この主人公は実は死を求めている」という順子の考えは受け入れられませんが、でも順子はみんなのほうが間違っていると思います。その理由は、紹介したように「もしそうじゃないとしたら、どうしてこの話の最後はこんなにも静かで美しいのだろう?」と思うからです。

ですから、順子も死んでいくと読むことが可能です。順子は三宅さんのことを「でも一緒に死ぬことならできるかもしれない」と思うのですから。

だが、何回か読んでも、どうもそういうこととは異なるものを、私は感じるのです。順子は生きてほしいなという、読者としての願望にすぎないのかもしれませんが。

それともう一つ。この作品のタイトルは「アイロンのある風景」というものです。

それは三宅さんが描いた絵のタイトルです。

自分がどんな死に方をするかを考えたことがあるかを三宅さんから聞かれたあと、順子が「三宅さんって、どんな絵を描いているの?」と質問しています。

それに対して「それを説明するのはすごくむずかしい」と言うので、順子は「じゃあ、いちばん最近はどんな絵を描いた?」と問い直しています。

それに対して「『アイロンのある風景』、三日前に描き終えた。部屋の中にアイロンが置いてある。それだけの絵や」と三宅さんは答え、さらに「それがどうして説明するのがむずかしいの?」と言うと、「それが実はアイロンではないからや」と答えます。

順子が「つまり、それは何かの身代わりなのね?」と言うと、「たぶんな」と三宅さんは言います。「そしてそれは何かを身代わりにしてしか描けないことなのね?」と言う順子の言葉に、三宅さんは黙ってうなずいています。

三宅さん本人も認めてますが、このあたりの会話、正直、むずかしいですね。「アイロンのある風景」という絵は「部屋の中にアイロンが置いてある。それだけの絵」なのですが、「それが実はアイロンではない」のです。「つまり、それは何かの身代わり」なのです。

このやりとりの後に、順子の「私ってからっぽなんだよ」という話があるのですが、そんな短い話のやりとりのことから、「アイロンのある風景」というタイトルが、この物語につけられているのです。

紹介したように、ジャック・ロンドンの自分の死の予感について、「予感というのはな、ある場合には一種の身代わりなんや」という言葉も記されていました。

普通にタイトルをつければ「焚き火のある風景」とか、そのような小説だと思いますが、あえて「アイロンのある風景」と名づけられているように感じます。この「アイロンのある風景」というタイトルは何の身代わりなのでしょうか。

▼焚き火、冷蔵庫、アイロンとは何なのか……

「アイロンのある風景」は、非常に深い印象を読者に残す作品です。私は順子が「私ってからっぽなんだよ」と言って、わけもなく涙がこぼれてくる場面がとても好きです。「ほんとに何もないんだよ」「きれいにからっぽなんだ」と順子が涙して言う場面が、スッと読む者の心の中に入ってきて、順子という人間に非常に親しいものを感じるのです。

もちろん、小説は順子が、深い眠りにつくところで終わっています。三宅さんが言った「心配するな。焚き火が消えたら、寒くなっていやでも目は覚める」という言葉を、順子は頭の中で繰り返しながら、深い眠りにつくところで、物語が終わっているのですから、その後、順子が死に向かうのかどうかは、物語外のことです。ですから、そのようなことは考える必要はないのでしょう。もし考えるとしたら、この物語の中に記された言葉の中から考えなくてはいけません。

でもともかく、焚き火とは何なのか、順子が深い眠りにつくのはなぜなのか、冷蔵庫とは何なのか、アイロンとは何なのか……。

考えてみても、簡単にはわからないものがたくさんある作品だと思います。

それを考えるために書き出したものですが、ここまででもかなり長い文章となってしまいました。私がいまだ自分なりの答えを十分得ているとは言えないものもあるのですが、次の回に、そのことを記してみたいと思います。「アイロンのある風景」という作品を好きな人は、一緒に考えていただけたらと思います。

065 ちゃんと生きていくための矜持
「アイロンのある風景」②

2017.2

ジャック・ロンドンの『たき火』（『火を熾《おこ》す』）は、主人公の男が、極寒の中、うとうとと、これまで味わったことのない最高に心地よい、眠りのなかに落ちていって、死ぬところで物語が終わっています。

「アイロンのある風景」も、順子が三宅さんが熾した焚き火にあたりながら、深い眠りにつくところで、この物語は終わっています。

その直前には、順子が焚き火のにおいに包まれ、肩にまわされた三宅さんの手を感じながら「私はこの人と一緒に生きることはできないだろう」と思い、「でも一緒に死ぬことならできるかもしれない」と思っています。

ですから、この物語の後、順子は三宅さんと死ぬのかな……、死なないのかな……ということを読後に考えさせるように迫ってくる作品です。

▼物語の善きサイクル

以上のようなことを、前回のコラムで記しました。今回は、私が「順子は死なないのではないか」と考える、あるいは「順子は死なないでほしい」と思う、その理由について記したいのです。

この「アイロンのある風景」について、もう一度、考え、読んでみるきっかけになった村上春樹の本があります。それは二〇一一年一月に刊行された『村上春樹　雑文集』です。

表の表紙に「1979―2010／未収録の作品、未発表の文章を／村上春樹がセレクトした69篇」とあり、裏表紙には「すべての細部に村上春樹は宿る」と記されているエッセイ集です。その『村上春樹　雑文集』の中に「正しいアイロンのかけ方」「ジャック・ロンドンの入れ歯」「物語の善きサイクル」という三つのエッセイが含まれています。

これらのうち「物語の善きサイクル」については、タイトルだけでは「アイロンのある風景」との関係性がわからないと思いますので、少し補足しましょう。

このエッセイは「小説家とは、もっとも基本的な定義によれば、物語を語る人間である」と書き出されています。そのすぐ後には「たき火のそばで身を寄せ合って、友好的とはお世辞にも言えない獣や、厳しい気候から身を護《まも》りながら、長く暗い夜を過ごすとき、物語の交換は彼らにとって欠かすことのできない娯楽であったはずだ」とあります。そして、このエッセイの中に「たき火」のことが何回か出てくるのです。例えば「自分がそのような「たき火の前の語り手」の、一人の末裔《まつえい》であることを、僕はことあるごとに認識させられることになる」との言葉も記されています。

ジャック・ロンドンの『たき火』（『火を熾す』）は、主人公の男が、華氏マイナス50度（摂氏マイナス約45・6度）よりもさらに寒いという極寒の中、一匹の犬とともに進んでいく物語です。つばを吐くと、地上につばが落ちる前に「ぱちんと鋭い、弾けるような音」がして空中で凍ってしまうという厳しい自然です。その厳しい気候の中で主人公の男が火を熾《おこ》そう（たき火をしよう）とする話です。

「物語の善きサイクル」には紹介したように、冒頭部に「たき火のそばで身を寄せ合って、友好的とはお世辞にも言えない獣や、厳しい気候から身を護《まも》りながら」と書かれていますし、さらに「正しいアイロンのかけ方」「ジャック・ロンドンの入れ歯」というエッセイまで収録されているのですから、私が『村上春樹　雑文集』を読んで「アイロンのある風景」のことを考えたということも、わかっていただけるのではないかと思います。

▼頭が混乱すると、シャツにアイロンをかける

まず「アイロンのある風景」の題名にある「アイロン」について考えてみたいと思います。「正しいアイロンのかけ方」というエッセイですが、これは、一九八〇年代の初め、村上春樹が作家デビューして間もない頃に「メンズクラブ」という雑誌に連載していたものの一つです。そこに「僕はアイロンかけがわりに得意だ。というか、少なくとも自分の着るシャツは自分でアイロンをかける」とありま

す。

アイロンかけは「オムレツを作るのと同じで、はじめはたぶん上手くいかないと思うけれど、一ヵ月も続けていればまずまず上手くなる」そうです。

このアイロンかけに対する村上春樹の偏愛は小説作品の中にも、現れます。

中でも、一番有名なのは長編『ねじまき鳥クロニクル』の冒頭の第1部「泥棒かささぎ編」の書き始めの部分です。この作品はロッシーニの『泥棒かささぎ』の序曲を口笛で吹きながら、台所でスパゲティーをゆでている場面から始まっています。

すると、謎の女から電話がかかってきて「十分だけでいいから時間を欲しいの。そうすればお互いよくわかりあうことができるわ」と言います。そして女は電話を切るのですが、その後、「僕」は本を読もうとしても「十分間でわかりあうことのできる何か」というのが気になり読書に集中していくことができません。

そこで「シャツにアイロンをかけようと」「僕」は思うのです。「頭が混乱してくると、僕はいつもシャツにアイロンをかける。昔からずっとそうなのだ。僕がシャツにアイロンをかける工程はぜんぶで十二にわかれている。それは(1)襟《えり》(表)にはじまって(12)左袖《ひだりそで》・カフで終る。ひとつひとつ番号を数えながら、きちんと順序どおりにアイロンをかけていく。そうしないことにはうまくいかないのだ」とあり、続いて「三枚のシャツにアイロンをかけ、しわのないことを確認してからハンガーに吊《つ》るした。アイロンのスイッチを切り、アイロン台と一緒に押入れの中にしまってしまうと、僕の頭はいくぶんすっきりとしたようだった」と記されています。

さらに『ノルウェイの森』(一九八七年)にもアイロンがけのことが出てきます。「僕」が「緑」と一緒に、彼女の父親が脳腫瘍で入院している大学病院に行って、緑が席を外した間、彼女の父親に話しかける場面です。

「僕は日曜日にはだいたい洗濯するんです。朝に洗って、寮の屋上に干して、夕方前にとりこんでせっせとアイロンをかけます。アイロンかけるの嫌いじゃないですね、僕は。くしゃくしゃのものがまっすぐになるのって、なかなかいいもんですよ、あれ。僕アイロンがけ、わりに上手いんです。最初のうちはもちろん上手くいかなかったですよ、なかなか。ほら、筋だらけになっちゃったりしてね。でも一ヵ月やってりゃ馴れちゃいました。そんなわけで日曜日は洗濯とアイロンがけの日なんです」

そんなことを「僕」は緑の父親に話しています。

▼肯定的な意味を含んで

「正しいアイロンのかけ方」では「一ヵ月も続けていれば

まずまず上手くなってくる」とありますし、『ノルウェイの森』の「僕」も「一ヵ月やってりゃ馴れちゃいました」とアイロンがけのことを話しています。

頭が混乱してくると、いつもシャツにアイロンをかけるという『ねじまき鳥クロニクル』の「僕」が、十二の工程を順序どおりに三枚のシャツにアイロンをかけると「僕の頭はいくぶんすっきりとしたようだった」とあるのと、『ノルウェイの森』の「僕」が「くしゃくしゃのものがまっすぐになるのって、なかなかいいもんですよ、あれ」ということには、通底した意味、共通した価値観が表れていると思います。

そして「アイロンをかける」行為は、村上春樹の中で、一貫してプラスの意味、肯定的な意味を含んで記されていると思えます。小説の中でも、エッセイの中でも。

その「アイロン」がタイトルに含まれた「アイロンのある風景」という小説なのです。

村上春樹の作品の中で意味が反転したりせず、常に肯定的な意味には使われる言葉は、ほかにもあります。例えば『ねじまき鳥クロニクル』の題名に含まれている、「ねじまき」という言葉もその一つです。『ねじまき鳥クロニクル』には「ねじを巻く」ことについての文章がたくさんありますが、そのうちの一つを紹介してみましょう。

> **ねじまき鳥がもし本当にいなくなってしまったのだとしたら、誰かがねじまき鳥の役目を引き受けなくてはならないはずだ。誰かがかわりに世界のねじを巻かなくてはならない。そうしないことには、世界のねじはだんだん緩んでいって、その精妙なシステムもやがては完全に動きを停《と》めてしまうことになる。**

そんなふうに記されています。

『ノルウェイの森』でも、サナトリウムにいる直子への手紙に、何回か「ねじを巻く」ことを書いています。「君が毎朝鳥の世話をしたり畑仕事をしたりするように、僕も毎朝僕自身のねじを巻いています。ベッドから出て歯を磨いて、髭を剃って、朝食を食べて、服を着がえて、寮の玄関を出て大学につくまでに僕はだいたい三十六回くらいコリコリとねじを巻きます。さあ今日も一日きちんと生きようと思うわけです」と「僕」は直子に書いています。直子に手紙を書くのは日曜日で「でも今日は日曜日で、ねじを巻かない朝です」ともあります。次の直子への手紙の最後でも「前にも書いたように僕は日曜日にはねじを巻かないのです」とあります。

さらに『色彩を持たない多崎つくると、彼の巡礼の年』（二〇一三年）の多崎つくるも父親から引き継いだスイス時計のタグ・ホイヤーの一九六〇年代初期に作られた美しいアンティークの時計を左の手首にはめています。その時計は「三日身体につけないとねじが緩み、針が止まってしまう。しかしその不便さを、つくるは逆に気に入っていた」とあります。なぜなら、それは「すべては精妙なばねと歯車によって律儀に作動している。そして半世紀近く休みなく動き続けた今も、それが刻む時刻は驚くほど正確だった」からです。

「父親が亡くなり、この高価そうな時計を形見として受け継いだときも、とくに感慨はなかった」が、「ただねじを巻く必要があるので、一種の責務としてそれを日々身につけるようになった。しかし一度使い出すと、彼はすっかりその時計が気に入ってしまった」と記されています。

これら、紹介した作品の中にある「ねじまき」は村上春樹作品の中で、一貫して、プラスの意味、肯定的な意味を示す言葉として、記されていることを了解できるのではないかと思います。

そして『ノルウェイの森』の「僕」などは、日曜日には、ねじを巻かずに、アイロンをかけているのです。「ねじを巻く」ことと、「アイロンをかける」ことは、関係深く、村上春樹作品の中にあると言っていいと思います。しかも、両方とも肯定的なプラスの意味をもった言葉として、ずっと村上春樹作品の中に在り続けているのです。

▼物語の交換は欠かすことのできない娯楽だった

次に「焚き火」について考えてみましょう。紹介したように「物語の善きサイクル」の中に「小説家とは、もっとも基本的な定義によれば、物語を語る人間である」とあり、そのすぐ後に「たき火のそばで身を寄せ合って、友好的とはお世辞にも言えない獣や、厳しい気候から身を護《まも》りながら、長く暗い夜を過ごすとき、物語の交換は彼らにとって欠かすことのできない娯楽であったはずだ」とありました。

「アイロンのある風景」には「焚き火のファンは5万年前から世界中にいたよ」という言葉が記されているのですが、これは焚き火の前の「物語」の語り手と聴き手たちのことを「焚き火のファン」と村上春樹が語っているのではないかと、私は思います。

「アイロンのある風景」の順子は、焚き火の炎を見ていて、そこに何かをふと感じることになったようです。それは「何か深い、ヽヽヽものだった。気持ちのかたまりとでも言えばいいのだろうか、観念と呼ぶにはあまりにも生々しく、現実的な重みを持ったもの」だったようです。

その順子が「三宅さん、火のかたちを見ているとさ、ときどき不思議な気持ちになることとない?」と聞いています。「どういうことや?」と三宅さんが応えると、「私たちがふだんの生活ではとくに感じてないことが、変なふうにありありと感じられるとか。なんていうのか……、アタマ悪いからうまく言えないんだけど、こうして火を見ていると、わけもなくひっそりとした気持ちになる」と順子が話します。

それを引き取るように、三宅さんは「火ゆうのはな、かたちが自由なんや。自由やから、見ているほうの心次第で何にでも見える。順ちゃんが火を見ててひっそりとした気持ちになるとしたら、それは自分の中にあるひっそりとした気持ちがそこに映るからなんや。そういうの、わかるか？」と語りかけています。

私には、この場面での「焚き火」というものは、村上春樹が「物語」というものの力について語っているように思えてならないのです。何しろ、村上春樹は「自分がそのような「たき火の前の語り手」の、一人の末裔《まつえい》であることを、僕はことあるごとに認識させられることになる」と「物語の善きサイクル」で記しているのですから。

そういう深いところにある心の姿を映すような火は、普通の火ではダメで「火のほうも自由やないとあかん」のだそうです。「火が自由になるには、自由になる場所をうまいことこっちでこしらえたらなあかんねん。そしてそれは誰にでも簡単にできることやない」と三宅さんは言っています。

「でも三宅さんにはできるの？」と順子が問うと、「できるときもあるし、できんときもある。でもだいたいはできる。心をこめてやったら、まあできる」と三宅さんが答え、さらに順子は「焚き火が好きなのね」と加えていますし、それに三宅さんもうなずき「もう病気みたいなもんやな」と話しています。

これらの順子と三宅さんの会話の「焚き火」を「物語」として、読んでみれば、素直に、私は受けとめることができるのです。つまり「アイロンのある風景」の「焚き火をする」ことは「物語を書く」ことを表しているのではないかと思うのです。

▼ジャック・ロンドンは誕生日が同じ

「ジャック・ロンドンは僕と誕生日が同じで、だからというわけでもないのだが、僕は彼の小説をよく読む」と「ジャック・ロンドンの入れ歯」というエッセイは書き出されています。つまり村上春樹は一九四九年一月十二日生まれ。ジャック・ロンドンは一八七六年一月十二日生まれです。ジャック・ロンドンの魅力が伝わるエッセイですので、読んでほしいと思います。

さらに、本書の「BOOK1」でも紹介したことがありますが、『職業としての小説家』（二〇一五年）刊行時の、川上未映子さんによる記念インタビューが、柴田元幸さん責任編集の雑誌「MONKEY」第7巻に掲載されましたが、その号の巻頭に村上春樹と柴田元幸さんの対談「帰れ、あの翻訳」が掲載されていました（後に『本当の翻訳の話をしよう』に所収）。

その冒頭がジャック・ロンドンについての話です。「ジャック・ロンドンはリバイバルの価値があると思います。（……）毎年誕生日には、かつてジャック・ロンドンが所有していたワイナリーでいまも作ってる、ラベルに狼《おおかみ》の顔が入ってるワインを一本空けるのが習慣になっています

(笑)」などと村上春樹は語っています。柴田元幸さんはジャック・ロンドンの短編集『火を熾《おこ》す』(二〇〇八年)の翻訳者です。これも翻訳を巡る楽しい対談です。

▼冷蔵庫のあるところでは落ちついて寝られへんのや

さて「アイロンのある風景」の中でのアイロンとはなにかについて考えてみましょう。

この作品はアイロンと、もう一つ電化製品が出てきます。それは「冷蔵庫」です。

三宅さんは冷蔵庫というものが苦手な人間です。コンビニに勤める順子と知り合ったのも三宅さんが一日に三度もコンビニにやってきたからです。順子がそんなにこまめに買い物にくる理由を尋ねると「冷蔵庫ゆうもんが、あんまり好きやないんや」と言います。

家に冷蔵庫がない三宅さんは「冷蔵庫のあるところでは落ちついて寝られへんのや」と話していますし、順子は「変な人」と思います。

私は、この部分を読んだ時、爆笑してしまいました。

これは吉本ばななさんのベストセラー・デビュー作『キッチン』の冒頭部分のパロディーではないでしょうか……。『キッチン』の主人公・みかげは「どこにいても何だか寝苦しいので、部屋からどんどん楽な方へと流れていったら、冷蔵庫のわきがいちばんよく眠れることに、ある夜明け気づいた」とあります。考えようによっては、「冷蔵庫のわきがいちばんよく眠れる」という、みかげも「変な人」かもしれませんが、三宅さんも「冷蔵庫のあるところでは落ちついて寝られへんのや」という「変な人」なのです。

その理由は三宅さんの夢の中に冷蔵庫が出てくると、冷蔵庫の中は真っ暗で明かりが消えていて、停電かなと思って首をつっこむと「冷蔵庫の奥からひゅっと手が伸びてて、俺の首筋をつかむんや。ひやっとした死人の手や。その手が俺の首をつかんで、すごい力で冷蔵庫の中に引っぱり込むねん。ぎゃあっと大声で叫んで、そこで今度はほんまに目が覚める」と順子に話しています。

この会話の前には「順ちゃんは自分がどんな死に方をするか、考えたことあるか?」と語りかけて、三宅さんは「冷蔵庫の中に閉じこめられて死ぬ」夢を何回も見ることを語っています。「ゆっくりゆっくり暗闇《くらやみ》の中でもがき苦しみながら死んでいく夢」です。

▼一家に一台を守る家が多い電化製品

この「冷蔵庫」という電化製品、いまだに一家に一台を守る家が多い電化製品です。電話は家から個人のものとなり、テレビも一台ではない家が増えています。洗濯機も一家に一台ですが家族全員が毎日、使う電化製品ではありません。でも冷蔵庫は一台を皆が毎日使う家が多いので、家族の伝言板に、メモを留めて備忘録にと活躍しています。

そしてなぜ、『キッチン』の主人公・みかげが冷蔵庫のわきだと眠れるのだろうかという問題を考察した村瀬敬子さんの『冷たいおいしさの誕生――日本冷蔵庫100年』という本があるのですが、それによると、冷蔵庫は「食」という生命に最も関係の深い部分とつながっていて、冷蔵庫のぶーんという音に守られて眠るみかげは、無償で食べ物を与えられてきたという記憶に支えられています。両親が若死にしてしまったみかげは、祖父母に育てられた人ですが、中学へあがる頃、祖父が死亡して、ついにそして先日、祖母も死んでしまったというのが、『キッチン』の始まりですが、この家族を失い、天涯孤独となったみかげが「冷蔵庫のわきがいちばんよく眠れることに、ある夜明け気づいた」というのは、たくさんの食料をたくわえている冷蔵庫というものが、食べ物を分け合い、共に食べるという〈原初的な家族の記憶〉としてあることを指摘しています。

つまり冷蔵庫は〈家族〉の象徴、〈家族〉の代わりであることを村瀬さんは指摘しているのです。確かに、大きな冷蔵庫と一緒に写った花嫁姿というブライダル関連の写真を考えてみれば、冷蔵庫が幸せな〈家族〉の象徴として存在していることがわかります。

「アイロンのある風景」の三宅さんは阪神大震災の被災地である神戸市東灘区に妻子をおいたまま、茨城県鹿島灘の小さな町に家を借りて一人暮らしをして絵を描いている人です。冷蔵庫は〈家族〉の象徴という指摘を、仮に受け入れてみると、三宅さんが冷蔵庫を持たない理由もわかるような気がしますし、〈家族〉を捨てた三宅さんが、冷蔵庫（家族）の中に閉じこめられて死ぬ夢を何回も見るということもわかるような気がしてきます。

▼冷たい冷蔵庫、熱を持つことができるアイロン

その三宅さんが三日前に描き終えたのが「アイロンのある風景」という絵なのです。それは「部屋の中にアイロンが置いてある。それだけの絵や」と三宅さんは順子に言いますし、その絵を「説明するのがむずかしい」「それが実はアイロンではないからや」と答えています。「つまり、それは何かの身代わりなのね？」「そしてそれは何かを身代わりにしてしか描けないことなのね？」という順子の言葉に、三宅さんはうなずいています。

「身代わり」だとすれば、この「アイロン」とは何かということを考えなくてはならないでしょう。もちろん、各読者がそれぞれ自由に読んでいいのですが……。

アイロンも一家に一つの場合が多い電化製品です。でも家族全員が毎日使うものではありません。村上春樹の場合、男の趣味としてアイロンがけが好きのようですから、もしかしたら、村上春樹用のアイロンと、夫人用のアイロンと、二つのアイロンが家にあるのかもしれませんが。

そして「アイロンのある風景」の中に出てきた電化製品を考えてみると、一方が冷たい冷蔵庫、もう一つが熱を持

つことができるアイロンです。

今回紹介してきたように、「アイロン」は村上春樹にとって、家族を象徴するような電化製品ではありません。村上春樹の小説の主人公たちは「頭が混乱してくる」し、シャツにアイロンをかけると、僕はいつもシャツにアイロンをかけると「僕の頭はいくぶんすっきりしたようだった」という電化製品です。「アイロンかけるの嫌いじゃないですね、僕は。くしゃくしゃのものがまっすぐになるのって、なかなかいいもんですよ」とも言うような電化製品なのです。


つまり村上春樹にとって、「アイロンがけ」は個人として、人としてちゃんと生きていく、自らの矜持のような行為ですし、アイロンはその矜持を保つための道具です。

三宅さんの絵はまだ「アイロンがけの風景」ではありませんが、「部屋の中にアイロンが置いてある」絵なのですから、そのアイロンをあたためて、「アイロンがけ」をする気になれば、可能であることを描いた絵だとも言えます。

「アイロンのある風景」の三宅さんは「冷蔵庫の中に閉じこめられて死ぬ」夢を見たり、かなり「死」の側にいる人間として書かれていますが、でもその三宅さんが自分の部屋の中に「アイロンのある風景」を描けたということは、「死」ではない側に、「生」の側に出てこられる可能性を示しているようにも思うのです。

そう思えるほど「アイロン」というものは、村上春樹作品の中で、プラスの意味、肯定的な意味を持ったものとして、存在し続けていると、私は考えています。

▼焚き火やるために、ここまで来てしもたんや

「焚き火」(物語)というものも、熱を持ち、人を暖かくするものです。

「焚き火が好きなのね」という順子の言葉に、三宅さんは「もう病気みたいなもんやな。だいたい俺がこんなへそごまみたいな町に住み着くようになったのもな、この海岸にはほかのどの海岸よりも流れ着く流木が多いからなんや。それだけの理由や。焚き火やるために、ここまで来てしもたんや。しょうもない話やろ」と応えています。

私はこの「焚き火」＝「物語」と考えているわけですが、三宅さんは「ほぼ一年中彼は焚き火をした」。そして「これから焚き火をしようと思うと、彼は必ず順子のところに電話をかけてきた」のです。これらの順子と三宅さんの「焚き火」という言葉を「物語」と置き換えて、読むこともできると思っています。

三宅さんと順子は「たき火のそばで身を寄せ合って、友好的とはお世辞にも言えない獣や、厳しい気候から身を護《まも》りながら、長く暗い夜を過ごすとき、物語の交換は彼らにとって欠かすことのできない娯楽であった」という人たちの末裔です。「5万年前から世界中にいた」という「焚き火のファン」の末裔です。

そんな二人が話しているジャック・ロンドン『たき火』の話なのです。

順子は高校一年生の夏休みの読書感想文の課題で読んだジャック・ロンドン『たき火』の主人公について「この旅人はほんとうは死を求めている。それが自分にはふさわしい結末だと知っている」ということを、教師に話して、笑われてしまいます。

でもその死を求めている旅人についての言葉は続いて、こう記されています。

「それにもかかわらず、彼は全力を尽して闘わなくてはならない」「順子を深いところで揺さぶったのは、物語の中心にあるそのような根元的ともいえる矛盾性だった」と書かれているのです。

おそらく「ほんとうに死を求めている」という地点まで行かないと、「それにもかかわらず、彼は全力を尽して闘わなくてはならない」という「根元的ともいえる矛盾性」に気がつくことはできないでしょう。

「自分がどんな死に方をするかなんて、考えたこともないよ。そんなこととても考えられないよ。だってどんな生き方をするかもまだぜんぜんわかってないのにさ」とも順子は語っています。それに対して、三宅さんは「死に方から逆に導かれる生き方というものもある」と話していて、三宅さんが死の側にいる人間のように思えます。

「私はこの人と一緒に生きることはできないだろう」と順子は思います。「でも一緒に死ぬことならできるかもしれない」と順子が思うことにも、三宅さんが死の側にいる人間であることを語っているように思います。

▼それが三宅さんの生き方なの？

物語の最後、焚き火の前で、三宅さんの腕に抱かれているうちに、順子はだんだん眠くなってきます。

「焚き火が消えたら起こしてくれる？」と順子が言うと、「心配するな。焚き火が消えたら、寒くなっていやでも目は覚める」と三宅さんは言います。順子は頭の中でその言葉を何度も繰り返しながら、「束《つか》の間《ま》の、しかし深い眠りに落ち」ていきます。

「束《つか》の間《ま》の」「深い眠り」ですし、「焚き火が消えたら、寒くなっていやでも目は覚める」ので、どうしても、私は順子が死の側にいるとは思えないのです。

順子は「深い眠り」に落ちる前、三宅さんの「焚き火が消えたら、寒くなっていやでも目は覚める」という言葉を頭の中で繰り返しています。彼女が反復するこの言葉に村上春樹はすべて傍点を打って記しています。これは「焚き火」、つまり「物語」という異界の世界が終ったら、異界に留まらず、しっかり現実の世界に戻って覚醒するという意味だと思います。でも現実の世界で目覚めた順子は「焚き火」（物語、異界）の世界で得た大切なものを抱いて、現実の世界で目覚めるので、その「物語の力」で新しく生きていけるのではないかと思うのです。

主人公が「死の世界」に接して、大切なものに目覚めて、成長し、その後の世界を生きていくという村上春樹作品のメインの形が、この「アイロンのある風景」でも維持されていると思います。

そして、死の側にいる三宅さんにも、私は、こんなことを感じます。

「死に方から逆に導かれる生き方というものもある」と語った三宅さんに「それが三宅さんの生き方なの？」と順子は聞いています。

「わからん。ときにはそう思えることもある」と答えて、三宅さんは順子のとなりに腰を下ろすのですが、「彼はいつもより少しやつれて歳《とし》をとったように見えた」と村上春樹は書いています。いつもの三宅さんは、それほどやつれてはいないということでしょうが、「わからん。ときにはそう思えることもある」とは、ずいぶんと混乱した、正直な答えですね。でもその言葉のあとに続いて、三宅さんは三日前に「アイロンのある風景」という絵を描いたことを順子に語っているのです。

「頭が混乱してくると、僕はいつもシャツにアイロンをかける」。アイロンをかけると「僕の頭はいくぶんすっきりしたようだった」「くしゃくしゃのものがまっすぐになるのって、なかなかいいもんですよ、あれ。僕アイロンがけ、わりに上手いんです」というのが「アイロン」を巡る村上春樹作品の主人公たちの声です。

冷蔵庫の中で死ぬ恐怖から、アイロンのある風景まで、三宅さんも「焚き火」の力によって、「物語の力」によって、移動しているのではないかと思うのです。

さて、今回のコラムの掲載日、二〇一七年二月二十三日の深夜十二時からというか、翌二月二十四日の午前零時からというか、いよいよ村上春樹の新作長編『騎士団長殺し』が刊行されます。私もひとりのファンとして、楽しんで読みたいと思います。

066 「ブーメランのように旋回する物語」

『騎士団長殺し』を読む①

2017.3

全三巻だった『1Q84』のBOOK3（二〇一〇年）の発売から七年ぶりの村上春樹の大作『騎士団長殺し』が刊行されました。第1部、第2部の全二巻、計一千ページを超える作品です。私もすぐ読みました。とても面白く読みました。

▼一人称の新しい可能性

本書「BOOK1」の「049」で、読者とのインターネットを通したメールのやりとり『村上さんのところ』（二〇一五年）の中での村上春樹の発言を紹介したのですが、そこで、作品の「人称」の問題について、村上春樹は次のようなことを述べていました。

人称というのは僕にとってはかなり大事な問題で、いつもそのことを意識しています。僕の場合、一人称から三人称へという長期的な流れははっきりしているんだけど、そろそろまた一人称に戻ってみようかなということを考えています。一人称の新しい可能性を試してみるというか。もちろんどうなるかはわかりませんが。

その言葉を紹介して、「これから書かれるであろう、新しい小説は「一人称小説」なのでしょうか」と記しました。以来、村上春樹の新作長編小説が書かれるとしたら、一人称の小説なのではないかと……私の知り合いの村上春樹ファンたちに話してきました。『騎士団長殺し』は、その予想通りというか、推測通りの「一人称」小説でした。

「人称」に関しては、初期の一人称に戻ったという評も多いようですが、読んだ感覚は随分異なります。〈とても自由な一人称〉だなと思いました。

村上春樹の長編作品だけみても、「僕」という一人称の主人公からスタートして、「僕」と「私」の『世界の終りとハードボイルド・ワンダーランド』（一九八五年）、また「僕」と三人称の「ナカタさん・星野青年」の『海辺のカフカ』（二〇〇二年）を経て、「青豆」と「天吾」の完全三人称『1Q84』（二〇〇九、一〇年）と、主人公の人称を広げてきた作家です。そこには「完全三人称」へ向けて、「人称」の問題をずっと広げていく村上春樹の姿がありました。

でも『1Q84』で完全三人称の長い物語を書いてしまったので、その後は三人称の物語にするのか、一人称の物語にするのかは、自分の選択的なことだったのでしょう。ともかく、〈とても自由な一人称〉による小説です。

▼最後までタッチして読んでいける

たいへん楽しく読みましたので、これから何回か、連続して、この小説の面白さ、現代性について、このコラムの中で書いていきたいと思います。

作品に『騎士団長殺し』という絵の中から身長六十センチぐらいの「騎士団長」というものが現れて、「私」にいろいろなことを話します。この騎士団長は二人称単数が存在しないように「諸君」という言葉で話します。「私」にも「今日の昼前に、諸君に電話がひとつかかってくる」「そして誰かが諸君を何かに誘うだろう。そしてたとえどのような事情があろうと、諸君はそれを断ってはならん」と言うのです。

誰から電話がかかってくるのか、読者にはわかりません。長い小説ですが、登場人物が非常に多いというわけではないのです。電話をかけてくる可能性のある人は限られています。読者には「誰かな?」という期待が高まりますが、かかってくるまではっきり予想がつかないのです。そして午前十時に電話のベルがなります。かけてきた人物の名を聞いてみれば、なるほどと思う人物、その人の誘いを断ってはいけない話なのです。

小説を読む楽しさは、作品に最後までタッチして読めるかどうかです。「予告・予言」に対して、そこに対応する人物は数人に限定されているのに、その人が現れると、小さく〈エッ〉という驚きがあり、〈そう来るかぁ……〉と思いながら、あっという間にその章を読んでしまうのです。こういう感覚が小説を読む醍醐味です。それが最後のページまで、作品に貫かれています。最後までタッチして読んでいける作品です。私がたいへん面白く読んだというのは、まずそのような意味です。

▼「免色渉《めんしきわたる》」の登場

でも物語の内容の面白さを論じるとなると、ある難しさにぶつかることに気づきました。それを具体的に紹介してみましょう。

主人公の「私」は三十六歳の肖像画家です。六年の結婚生活の後に、いきなり妻から別れ話を告げられて、車で旅に出ます。新潟、秋田、北海道、東北を移動した後、美大時代の友人「雨田政彦」の紹介で、神奈川県小田原市郊外の山中にある、政彦の父で著名な日本画家「雨田具彦」のアトリエに暮らすようになります。その「私」は、妻と別れて車で移動中、新潟県村上市の川に携帯電話を捨てています。

この「私」の前に「免色渉《めんしきわたる》」という変わった名前の人物が自分の肖像画を描いてほしいと言って、現れます。その「免色渉」は「いろんな情報を効率よく手に入れるのが、私の仕事の一部になっています」と語ります。村上春樹文学の特徴は「効率」を追求する社会と闘ってきたことですので、「免色渉」は、いかがわしい人物の登場かなと最初は思います。

昔、経営していたＩＴ関係の会社を大手の通信会社に売却して今は引退。蓄えが多いので、一日数時間、インターネットを使って株式と為替を道楽のように動かしているようです。お金があるので基本的に何も働いていない人と考えていいかと思います。

つまり携帯電話を捨てた「私」とIT関係の会社で儲けた金で働かず、道楽のようにしてインターネットで株取引をしている「免色渉」とは対極的な人物、正反対の人物のように思えるのです。

しかしそんなふうに、物語が進んでいくわけではありません。

例えば、『騎士団長殺し　第1部　顕《あらわ》れるイデア編』で、「私」のところへ「免色渉」が自分の肖像画を描いてもらうためにやってきた時、こんなことを言います。

「実を言いますと、私には好奇心があったんです。自分の目の前で、自分の姿かたちが絵に描かれていくというのはいったいどんな気持ちがするものなのか。私はそれを実際に体験してみたかった。ただ絵に描かれるだけではなく、それをひとつの交流として体験してみたかった」と言います。

それに対して、「交流として？」と「私」は質問しています。

「免色渉」は「私とあなたとのあいだの交流としてです」と加えます。

しばらく「私」は黙っています。「交流という表現が具体的に何を意味しているのか、急にはわからなかったから」です。

すると「免色渉」が「お互いの一部を交換し合うということです」「私は私の何かを差し出し、あなたはあなたの何かを差し出す。もちろんそれが大事なものである必要はありません。簡単なもの、しるしみたいなものでいいんです」と加えます。

ようやく「子供がきれいな貝殻を交換するみたいに？」と「私」が応えると、「そのとおりです」と「免色渉」が言うのです。

この場面、「交流」ということに関しては、「免色渉」のほうが自覚的です。

そして、この「交流」という言葉、この後、かなり重要な意味を持つような考えとして、繰り返し出てきます。

▼確かに生命の交流があった

この新作の題名は、「私」が家の屋根裏から、かつて「雨田具彦」が使っていた家の屋根裏から『騎士団長殺し』と名づけられた絵を発見したことから付けられています。

『騎士団長殺し』とはモーツァルトのオペラ『ドン・ジョバンニ』の冒頭にある場面です。放蕩者ドン・ジョバンニは美しい娘、ドンナ・アンナを誘惑し、それを見とがめた父親の騎士団長と果たし合いとなって、刺し殺してしまいます。その有名な場面を「雨田具彦」が日本の飛鳥時代の情景に「翻案」して描いた日本画の作品でした。

「雨田具彦」がウィーン留学中の一九三八年にオーストリアはヒットラーによってドイツに組み込まれ、国家が消滅してしまいます。「雨田具彦」にはオーストリア人の恋人がいて、彼女は大学生を中心とする地下抵抗組織に関係していて、ナチの高官を暗殺する計画を立てていましたが、みな捕まって殺されてしまいます。「雨田具彦」も巻き込まれて厳しい取り調べを受けたのですが、「雨田具彦」だけが政治的配慮によって日本へ強制送還されて、生きのびました。

そして、発見した、その「絵」と「私」はひとり対話をしながら、心の中で亡くなった妹コミに話しかける場面があります。「私」の妹は三歳下で、名前は「小径《こみち》」でした。その「コミ」は心臓に疾患があり、十二歳で亡くなってしまったのですが、でも「私」はコミととても親しかったのです。

「もしコミがここにいたら、私はこれまでのことの成り行きをすべて彼女に語り、彼女はその話に時おり短い質問をはさみながらも、静かに耳を傾けてくれることだろう」「そして私が語り終えたとき、彼女はしばらく間を置いてから、いくつかの有益なアドバイスを私に与えてくれることだろう。私たちは小さな頃から、そのような交流を続けてきたのだ」。そのように、「免色渉」が言った「交流」という言葉が、今度は「私」の言葉として、ここに記されているのです。


さらに、『騎士団長殺し　第2部　遷《うつ》ろうメタファー編』には、「私」が「秋川まりえ」の肖像画を描いている場面で、こんな会話が記されています。「秋川まりえ」の母親は「免色渉」の恋人だったことがあり、まりえは「免色渉」の娘である可能性が高い少女です。


私とその十三歳の少女とのあいだには、交流のようなものがまぎれもなく存在していた。

私はふと妹の手のことを思い出した。一緒に富士の風穴に入ったとき、冷ややかな暗闇の中で妹は私の手をしっかり握り続けていた。小さく温かく、しかし驚くほど力強い指だった。私たちのあいだには確かな生命の交流があった。私たちは何かを与えると同時に、何かを受け取っていた。それは限られた時間に、限られた場所でしか起こらない交流だった。


ここでは、まりえについても「交流」が語られ、さらにコミについて「何かを与えると同時に、何かを受け取っていた」という「交流」が語られています。それは最初に「免色渉」が語った考えでした。

▼旋回し、反転する物語
この肖像画を描いてもらうために「秋川まりえ」が「私」の家に来る場面では、彼女の父親である可能性がある「免色渉」も「私」の家に来ています。

「私もしばらくここでモデルをつとめましたが、絵のモデルになるというのはなんだか奇妙なものです。ときどき魂をかすめ取られているような気がしたものです」と言って、「免色渉」が笑うと、「そうではない」と、まりえが囁くように言うのです。

「それはどういうこと？」と免色が尋ねると、まりえは「かすめ取られてはいない。わたしはなにかを差し出し、わたしはなにかを受け取る」と言います。

それを受けて「免色渉」は感心して言います。「君の言うとおりだ。言い方が単純に過ぎたみたいだ。もちろんそこには交流がなくちゃいけない。芸術行為というのは決して一方的なものではないから」と語るのです。

以上、紹介してきたことからも、携帯電話を捨てて生きる「私」と、IT関係で儲けた金で、ほとんど働かず、道楽のようにしてインターネットで株取引をしている「免色渉」とが、対極的な人物、正反対の人物として、単純に描かれているわけではないことがわかっていただけるかと思います。

「免色渉」が発した「交流」という言葉、「お互いの一部を交換し合うということです」「私は私の何かを差し出し、あなたはあなたの何かを差し出す」という考えは、「私」にわたり、妹コミのことにつながり、また「秋川まりえ」にわたり、再び「免色渉」のもとにかえってくるように書かれています。

『騎士団長殺し』の「第1部　顕れるイデア編」の単行本の帯には「旋回する物語／そして変装する言葉」とありますが、まさに「交流」「私は私の何かを差し出し、あなたはあなたの何かを差し出す」という考えは「旋回」しながら書かれているのです。

村上春樹の得意とする言葉で言えば「ブーメラン」のようにして書かれている物語が『騎士団長殺し』なのです。『騎士団長殺し』はたいへん面白い。でもいったんその面白さを論じ語ろうとすると、ある難しさにぶつかります。それは紹介したような「交流」「私は私の何かを差し出し、あなたはあなたの何かを差し出す」ということだけでなく、そのほとんどのことが、ブーメランのように旋回しながら書かれているからだと思います。この作品について、あることについて、述べようとすると、別なところに反転して書かれているのです。『騎士団長殺し』の「第2部　遷ろうメタファー編」の帯には「渇望する幻想／そして反転する眺望」と記されていますが、まさに「反転」する物語。ブーメランのように旋回し、反転する物語なのです。

▼物語の構造も広げ続けてきた

村上春樹はAとBという二つの話を並行して語っていくことが、好きな作家です。長編作品で例を挙げれば、『世界の終りとハードボイルド・ワンダーランド』や『ノルウェイの森』（一九八七年）がそうでしょう。

そして『海辺のカフカ』を読んだ時の驚きを忘れることができません。AとBの話の世界が二階建ての物語になっていたのです。『海辺のカフカ』も基本的に「僕」の話と「ナカタさん・星野青年」の話が交互に進んでいく、AとBの世界が並行して進んでいく物語です。でもAとBの世界が「AとB／aとb」とでも言ったらいいのか、二階建てのAとBの物語となっていたのです。

『世界の終りとハードボイルド・ワンダーランド』の「世界の終り」の世界と「ハードボイルド・ワンダーランド」の世界は、互いに響き合う形で、読者の心を揺さぶるという作品でした。でも「世界の終り」と「ハードボイルド・ワンダーランド」の登場人物たちが出会う話ではありません。『ノルウェイの森』も、「僕」は「直子」の世界と「緑」の世界を往還する人物ですが、基本的に「直子」と「緑」が出会うことはありませんでした。

しかし『海辺のカフカ』では「僕」がいる四国高松の図書館に「ナカタさん・星野青年」が入っていって、そこにいる人たちと会い、話をしているのです。AとBの世界が「AとB／aとb」というふうに二階建てで描かれ、「B」の世界の人が斜めに「a」の世界に侵入して話せるようになっているのです。

そして『1Q84』は基本的に「青豆」と「天吾」というAとBの話で進んでいく物語（BOOK3で「牛河」という視点が加わりますが）です。そのAの世界の「青豆」が、Bの世界の「天吾」を見つけ出して、出会い、最後に一つの「サヤの中に収まる豆のように」結ばれるという形になっています。村上春樹は「人称」の問題だけではなく、物語の構造も広げ続けてきたのです。

▼二十一世紀の読者に向けて

でも新しい大長編『騎士団長殺し』は、そういうAとBという形をしていません。ブーメランのように旋回し、反転しながら、進んでいく物語です。『海辺のカフカ』を読んだ時と同じような新鮮な驚きのようなものを感じました。

二十一世紀を生きる村上春樹が現代作家として、二十一世紀の読者に向けて書いた、新しい形の物語だと思います。

紹介したように、この物語には「雨田具彦」が遭遇したナチス・ドイツによるオーストリア併合の話も出てきます。さらに南京大虐殺と呼ばれることを含んだ日本軍の南京戦と、捕虜に対する血なまぐさい虐殺のことも出てきます。

それら、大きな事件と、小田原郊外の山中で、静かに肖像画を描く「私」がどのように関係しているのか。そのほかにもいろいろな問題があります。それらを描いた、このブーメランのように旋回し、反転する『騎士団長殺し』について、何回かこのコラムで考えてみたいと思います。

067 二十一世紀に殺される「騎士団長」＝「イデア」
『騎士団長殺し』を読む②

2017.4

村上春樹の長編『騎士団長殺し』の単行本の装丁は上下巻ともに剣が横に置かれた図柄です。加えて、『騎士団長殺し』のタイトルが横書きされており、さらに第1部には「顕《あらわ》れるイデア編」とあり、第2部には「遷《うつ》ろうメタファー編」とあります。第1部、第2部ともに下部には「Killing Commendatore」の英語のタイトルも記されています。

七年ぶりの複数巻の刊行にしては、少し装丁がシンプルだなぁという感想をもらす人もいました。わたし（同作は、主人公が「私」で語られているので、混同を避けるため、今回、小山の考えを示す場合は「わたし」とします）も当初、そのようにも感じておりました（シンプルと言えば『1Q84』の装丁も随分シンプルです）。でも一度『騎士団長殺し』を読了して、装丁を見てみますと、なるほどと思うことに気がつきました。

▼「殺」が少し左に傾いている

まず読書に関する、わたしの癖を記すことを許してもらいたいのですが、わたしは装丁のカバーがついた本は、装丁カバーを外して、読み始めます（装丁家のみなさん、すみません）。そして読み終わるとカバーをかけて「読了」としています。わたしにとって、儀式的なことですが、このようにしないと、その本を読了しないことが多いのです。みなさんも読書に関する癖をいくつかお持ちかと思いますが、わたしにとって最大の読書儀式は、装丁カバーの脱着です。

さらに横道にそれますが、『騎士団長殺し』に、肖像画を描いてもらう十三歳の少女まりえに付き添って、まりえの叔母の秋川笙子が「私」の家に来る場面があります。まりえがスタジオで「私」に絵を描いてもらっている間、秋川笙子は厚い文庫本を居間のソファで読みふけっています。時間がきて、まりえと居間に戻った「私」が「何の本を読んでおられるのですか？」と我慢しきれずに尋ねると、秋川笙子は次のように答えるのです。

> 「実を言うと、私にはジンクスみたいなのがあるんです。（……）読んでいる本の題名を誰かに教えると、なぜかその本を最後まで読み切ることができないんです」

秋川笙子は、だから「読み終えたら、そのときには喜んで教えて差し上げますけど」と話しています。この何気ない一場面が、とても好きですね。

なんか、読書をするという〈個人的な行為〉の手触りが伝わってくるのです。それぞれに個人的な方法、癖、ジンクスみたいなものを抱えて、本を読んでいるのだなぁと思えるのです。秋川笙子は『騎士団長殺し』の中では、穏やかで調和型の人物ですが、この読書のジンクスを語る場面は、一瞬、輝いていると思います。

さてさて、わたしの読書儀式、カバーの脱着のことです。『騎士団長殺し』を読み終わって、カバーをかけて、もう一度、よく見ますと(普通の人は、最初から気がついていたと思います。刊行直後に、装丁家や編集者から、公表されてもいますから)『騎士団長殺し』の「殺」の文字部分だけが、やや左に傾いているのです。

タイトルが単純に『騎士団長殺し』と続いているのではなく、「騎士団長」と(左に傾いた)「殺」と、さらに「し」が合わさって名づけられているような装丁なのです。これは何を意味しているのでしょうか。少なくとも、『騎士団長殺し』とスッと続けて読んではいけないということが、この本の装丁のタイトルロゴ部分に示されているのだと思います。

「騎士団長」の後の「殺」が少し左に傾いているデザインについては、この本の装丁を担当した元新潮社装幀室長の高橋千裕さんと担当編集者の寺島哲也さんへのインタビュー「村上春樹『騎士団長殺し』の装幀が生まれるまで。」(casabrutus.com)に、次のようなことが紹介されています。

それによると、「殺」の文字だけ斜めにずらしたのは、村上春樹の案だったそうです。いろいろ角度を試して、最終的には村上春樹が「これくらいじゃない?」と指定して、それを動かさないように、慎重にセロハンテープで固定して、「殺」の角度が決まったそうです。

ちなみに高橋千裕さんは『ねじまき鳥クロニクル』や『1Q84』の装丁も手がけた人ですが、インタビューによると、第1部の表紙の剣は「洋剣」で、第2部の剣は飛鳥時代の「和剣」のようです。ただし新しく描き直した絵で、イラストレーターのチカツタケオさんの絵です。よく見ると、「洋剣」のほうには羊の紋章が描かれていますが、これはチカツさんのアイデアだそうです。

▼「あらない」と「諸君」

小説のタイトルにある「騎士団長」は、モーツァルトのオペラ『ドン・ジョバンニ』の冒頭で殺される人物です。放蕩者ドン・ジョバンニは美しい娘、ドンナ・アンナを誘惑し、それを見とがめた父親の「騎士団長」と果たし合いになり、刺し殺してしまいます。日本画家の「雨田具彦」が、その有名な場面を日本の飛鳥時代の情景に「翻案」して、描いた作品が『騎士団長殺し』です。

その雨田具彦が伊豆高原の高級養護施設に入ったため、雨田の息子の政彦(「私」の美大時代からの友人)の紹介で、雨田具彦が使っていた小田原郊外の家に「私」は越してきて暮らしています。ある時、家の屋根裏から『騎士団長殺し』と名づけられた、その絵を「私」が発見するところから、物語が動き始めます。

そして、絵の中の人物、「騎士団長」が形体化して、小説の中に現れてきます。前回も、このコラムで紹介しましたが、その姿は身長約六十センチで、けっこうかわいい存在です。わたしは時々、現れる「騎士団長」の登場を楽しみにして、この小説を読みました。

形体化して、「私」の前に現れた「騎士団長」は少し変わった話し方をする人物です。その語り口の特徴の一つは「あらない」という話し方です。例えば「あたしは何も絵の中から抜け出してきたわけではあらないよ」と言ったり、「かまうもかまわないもあらないよな」とか言ったりします。

もう一つは、前回も少し紹介しましたが、自分のことは「あたし」と読んでいるのに、「あなた」のことは「諸君」と呼ぶのです。

「あなたは霊のようなものなのですか?」と「私」が問うと、「良い質問だ」と「騎士団長」は言い、続けて、次のように話しているのです。

「とても良い質問だぜ、諸君」と言った後、こう加えます。


「あたしとは何か? しかるに今はとりあえず騎士団長だ。騎士団長以外の何ものでもあらない。しかしもちろんそれは仮の姿だ。次に何になっているかはわからん。じゃあ、あたしはそもそも何なのか? ていうか、諸君とはいったい何なのだ? 諸君はそうして諸君の姿かたちをとっておるが、そもそもはいったい何なのだ? そんなことを急に問われたら、諸君にしたってずいぶん戸惑うだろうが。あたしの場合もそれと同じことだ」


このように「騎士団長」は「諸君」を連発しています。あまりの「諸君」の連発に「なぜ私は単数であるはずなのに、「諸君」と呼ばれるのだろう? しかしそれはあくまで些細《ささい》な疑問だ。わざわざ尋ねるほどのことでもない。あるいは「イデア」の世界には二人称単数というものは存在しないのかもしれない」と「私」は思っています。

「私」が「「イデア」の世界には二人称単数というものはもともと存在しないのかもしれない」と思うのは「騎士団長」が「イデア」であるからです。

それについては、直前に「で、諸君のさっきの質問にたち戻るわけだが、あたしは霊なのか? いやいや、ちがうね、諸君。あたしは霊ではあらない。あたしはただのイデアだ。霊というのは基本的に神通自在《じんずうじざい》なものであるが、あたしはそうじゃない。いろんな制限を受けて存在している」と「騎士団長」が語っています。

つまり、身長六十センチの姿で「騎士団長」に形体化して現れたのは「イデア」なのです。

▼「イデア」と「原子爆弾」と「原発事故」

『騎士団長殺し』は、その第1部のタイトルに「顕《あらわ》れるイデア編」と名づけられています。ですからこの作品の中で「イデア」というものが何を意味しているのか。それを考えることが、とても大切だと思います。

それについて、「私」と「イデア」との、問答があるので紹介しましょう。「私」が「イデア」である「騎士団長」に尋ねます。

「あなたは、イデアにはモラルみたいなものはないと言いました。イデアというのはどこまでも中立的な観念であり、それを良くするのも悪くするのも、人間次第である、と。だとすれば、イデアは人間に良いことをするかもしれないけれど、逆に良くないことをする場合だってある。そうですね?」と「私」が「イデア」に問うのです。

それに対して「イデア」である「騎士団長」は「E = mc^2という概念は本来中立であるはずなのに、それは結果的に原子爆弾を生み出すことになった。そして、それは広島と長崎に実際に投下された。諸君が言いたいのはたとえばそういうことかね?」と言います。続けて「それについては私も胸を痛めておるよ(言うまでもなくこれは言葉のあやだ。イデアには肉体もない、したがって胸もあらないからな)。しかしな、諸君、この宇宙においては、すべてがcaveat emptorなのだ」と言います。

「はあ?」と「私」も聞きかえしていますが、「caveat emptor」とはラテン語の「買い手責任」のことだそうです。さらに「E = mc^2は原子爆弾を生み出したが、一方で良きものも数多く生み出しておるよ」と言います。

「たとえばどんな?」と「私」が問いつめますと「騎士団長はそれについて少し考えていたが、適当な例がすぐには思いつけなかったらしく、口を閉ざしたまま、両手で顔をごしごしとこすった。あるいはそういう論議に、それ以上意味を見いだせなかったのかもしれない」と記されています。

この場面は、自信に満ちて話し続ける「騎士団長」=「イデア」が、唯一、言いよどむ珍しい場面です。おそらく、ここで口ごもった言葉の内容は「原子力発電」と「原発事故」のことではないかと、わたしは思います。

▼「イデア」(観念)を殺して、自分の心の世界に

また、「私」が十三歳の少女まりえに対して「イデア」と「騎士団長」について、説明する場面には、こんな言葉が記されています。

「君はイデアというのが何か知っているかな?」(……)「イデアというのは、要するに観念のことなんだ。(……)とにかくイデアは観念であり、観念は姿かたちを持たない。ただの抽象的なものだ。でもそれでは人の目には見えないから、そのイデアはこの絵の中の騎士団長の姿かたちをとりあえずとって、いわば借用して、ぼくの前にあらわれたんだよ」

つまり「騎士団長」は「イデア」であり、「イデア」とは「観念」のことなのです。「観念」が形体化して、現れたのが「騎士団長」です。「騎士団長」＝「イデア」＝「観念」なのです。

物語の終盤、その「騎士団長」＝「イデア」＝「観念」を「私」が出刃包丁で殺して、地底の闇のような世界を進んでいく場面があります。つまり「観念」を殺して、「私」が自分の心の世界に入っていくのです。

この『騎士団長殺し』という小説には、雨田具彦が一九三八年にウィーン留学中に遭遇したナチス・ドイツによるオーストリア併合の話が出てきます。当時、雨田具彦にはオーストリア人の恋人がいました。彼女は大学生を中心とする地下抵抗組織に関係していて、ナチの高官を暗殺する計画に加わっていました。雨田具彦もそれに関与しますが、結局、暗殺は未遂に終わります。そして雨田具彦だけが政治的配慮によって日本へ強制送還されて、九死に一生を得ましたが、他のメンバーは全員逮捕され、雨田具彦の恋人もふくめて、みな殺されてしまいました。

帰国後、洋画から日本画に転向した雨田具彦が、そのウィーンでの痛切な体験を描いた日本画が『騎士団長殺し』なのです。

さらに、この小説には雨田具彦の三歳下の弟・雨田継彦が体験した、南京大虐殺と呼ばれる出来事を含む南京戦の場面が出てきます。

雨田継彦は才能に恵まれたピアニストでしたが、東京音楽学校に在学中の二十歳の時、書類上の間違いから徴兵され、その南京戦の血なまぐさい戦闘に参加します。

雨田継彦は「上官に日本刀を手渡されて、これで捕虜の首を切れ」と命令されます。「もちろんそんなことはしたくなかった。しかし上官の命令に逆らったら、これは大変なことになってしまう」ので、継彦は捕虜の首を切ってしまうのです。

南京大虐殺は、ナチス・ドイツによるオーストリア併合と同じ頃にあったことでした。雨田具彦の弟・雨田継彦は一九三八年六月に一年間の兵役を終え、東京音楽学校に復学しますが、実家の屋根裏部屋で、髭剃り用の剃刀で手首を切って自殺してしまいます。

「自らの命を絶つことが、叔父にとっては人間性を回復するための唯一《ゆいいつ》の方法だった」と雨田具彦の息子の雨田政彦が「私」に語っています。そして、その三つ違いの弟の自死が、当時、ウィーンにいた雨田具彦が反ナチの地下抵抗組織に加わったことに影響しているようです。

▼「二人称単数」を認めない「イデア」（観念）

小田原郊外の静かな一軒家で、肖像画を描いている「私」が、屋根裏から『騎士団長殺し』と名づけられた雨田具彦の絵を発見します。すると自分の前に、その絵から抜け出てきたような「騎士団長」（身長、約六十センチ）が現れます。そのことと、雨田具彦がウィーン留学中に体験したナチス・ドイツによるオーストリア併合と、それに抵抗しようとした雨田具彦のオーストリア人の恋人の虐殺。さらに雨田具彦の弟・雨田継彦が体験した南京大虐殺。それらは、この『騎士団長殺し』という物語の中で、どのように関係しているのでしょうか。そのことを考えてみたいと思うのです。

この『騎士団長殺し』の中で描かれる悪しき国家や悪しき軍隊組織というものは、これも肥大した「イデア」＝「観念」が具体的な形となったものなのでしょう。原爆も「イデア」＝「観念」が大きくなりすぎて、人間がそれをうまくコントロールできなくなってしまったものといえます。形体化した「騎士団長」自身が「それについては私も胸を痛めておるよ」と話しているのですから、「イデア」と関係したものなのです。

そして「騎士団長」は、言いよどんでいますが、原発事故も「イデア」＝「観念」が大きくなりすぎて、人間がそれをうまくコントロールできなくなってしまったものといえるでしょう。

その「騎士団長」は「諸君」を連発します。「私」は「単数であるはずなのに、「諸君」と呼ばれる」のです。「「イデア」の世界には二人称単数というものは存在しないのかもしれない」と思います。

人間は個々、一人一人、それぞれの生命を持ち、固有の人生を生きています。でも「イデア」＝「観念」は「二人称単数」というものを認めないのです。

ナチズムも南京大虐殺も原爆も、自分と異なる人びとの個々の生を認めるものではありません。個々の生の差を認めず、相手の単数としての生を認めません。そのように大きくなりすぎた「イデア」＝「観念」なのです。

この小説は一人称「私」で書かれた小説です。なぜ、この物語が一人称の「私」で書かれているのか。それは個人である「私」の力で、二人称「単数」というものを認めない「イデア」＝「観念」に対抗しているからなのだろうと考えています。

「騎士団長」は「諸君」を連発します。そういう二人称「単数」を認めない、大きくなりすぎた「イデア」＝「観念」に対して、一人称「私」で対抗しているのだと思います。

村上春樹が「一人称の新しい可能性を試してみる」と語っていたのは、一人称「私」で、二人称「単数」を認めない、大きくなりすぎた「イデア」＝「観念」に対抗していくという「新しい可能性」について、語っていたのでしょう。

▼情念を統合するイデアのようなもの

これは、前回書いたことですが、『騎士団長殺し』の「第1部　顕《あらわ》れるイデア編」の単行本の帯には「旋回する物語　そして変装する言葉」とあり、「第2部　遷《うつ》ろうメタファー編」の帯には「渇望する幻想　そして反転する眺望」と記されているように、この作品は、「旋回」し、「反転」するように書かれています。

ですから、「イデア」＝「観念」について、悪いことだけが書かれているわけでは決してありません。

例えば、「私」が絵を描いていて、自分が長いあいだ見失っていた荒々しさが表現されていることに気づくのですが、それでも「それだけではまだ足りない」と思う場面があります。そこには「その荒々しいものの群れを統御し鎮《しず》め導く、何かしらの中心的要素がそこには必要とされていた。情念を統合するイデアのようなものが」と記されています。これは悪しき意味での「イデア」ではありません。

さらに、こういう言葉も記されています。

物語の最後に、「私」が別れた妻・ユズと会う場面です。「できれば、もう一度あなたとやり直してみたいと思う」とユズが言います。「私」も「それを考えていた」と同意します。

その時、ユズは妊娠しています。「私」以外の男と付き合っていたので、普通に考えると、その男との子の可能性が高いと言えるでしょう。

でも、「私」は別れたユズと関係した「夢」を見たことがあります。

だから「こんなことを言うとあるいは頭がおかしくなったと思われるかもしれないけど、ひょっとしたらこのぼくが、君の産もうとしている子供の潜在的な父親であるかもしれない。そういう気がするんだ。ぼくの思いが遠く離れたところから君を妊娠させたのかもしれない。ひとつの観念として、とくべつの通路をつたって」とユズに、「私」が告げているのです。

それに対して、ユズは「ひとつの観念として？」と聞きかえしますが、「私」が「つまりひとつの仮説として」と述べると、妻のユズも「もしそうであれば、それはなかなか素敵な仮説だと思う」と同意しています。ここでも「観念」は悪しきものでは、決してありません。

以上のように『騎士団長殺し』には、「イデア」＝「観念」のいい部分、大切な部分も書かれているのです。つまり「イデア」＝「観念」も「旋回」し、「反転」して書かれている物語なのです。この長編小説を論じる際の困難は、多くのことが、このように「旋回」し、「反転」して、書かれている点からきていると思います。

▼二十一世紀に書かれた同時代小説

でもしかし、物語の題名として名づけられたものが『騎士団長殺し』なのです。

そして「騎士団長」は「イデア」＝「観念」の形体化なのです。その「騎士団長」を「殺」す物語なのです。この点を見失ってはいけないでしょう。

『１Ｑ８４』（二〇〇九、一〇年）は、二十一世紀に書かれた小説ですが、題名にも表れている「１９８４」年は、昭和五十九年のことで、「昭和」という時代を書いたものでした。特に「戦後の昭和」を書いたものでした。

『騎士団長殺し』では「第2部　遷《うつ》ろうメタファー編」で、「私」の美大以来の友人である雨田具彦の息子・雨田政彦が、「私」の家（それは政彦の父・雨田具彦の家ですが）に、新鮮な鯛と出刃包丁を持ってやってきて、ひと晩、話しこむ場面があります。その雨田政彦が「今はもう二十一世紀なんだよ」と「私」に告げています。

　そして『騎士団長殺し』最終章の冒頭には「私が妻のもとに戻り、再び生活を共にするようになってから数年後、三月十一日に東日本一帯に大きな地震が起こった」とありますし、「海岸沿いのいくつかの原子力発電所がメルトダウン状態に陥っていた」とあります。二〇一一年三月十一日に起きた東日本大震災と、その直後の東京電力福島第一原子力発電所での原発事故のことが書かれているのです。

　つまり、この長編『騎士団長殺し』は二〇〇〇年代に入った二十一世紀の日本を舞台にして、二十一世紀に書かれた同時代小説です。

　この長編小説の題名にもなった「騎士団長」は、紹介したように、モーツァルトのオペラ『ドン・ジョバンニ』の冒頭で殺される人物です。そこで一度殺されているのですが、この小説では「私」が「騎士団長」を、もう一度殺して、地底の闇の中へ進んで行きます。

「イデア」＝「観念」として、ナチズムや南京大虐殺、また原爆、そして原発事故のように大きくなりすぎた「騎士団長」は、二十一世紀の今、もう一度、殺されなくてはならないのです。ちなみに、「私」が「騎士団長」を殺す際、雨田政彦が新鮮な鯛をさばくために持ってきた出刃包丁を使っています。

▼そのくらいの大きさがちょうどいいサイズ

　以上、述べてきたような考えが、『騎士団長殺し』のタイトルロゴの「殺」の部分をわざわざ左に傾けるというデザインを提案した村上春樹の意図ではないかと、わたしは考えています。

「騎士団長」の身長は六十センチぐらいのものでした。「イデア」＝「観念」は、人間にとって、そのくらいの大きさがちょうどいいサイズだということを、村上春樹は書いているのでしょう。

　二十一世紀を生きる作家として、村上春樹が、混乱する世界の再生を祈り、願って書いた小説だと思います。

068

免色渉とジェイ・ギャッビー

『騎士団長殺し』を読む③

2017.5

川上未映子さんの村上春樹へのロングインタビュー『みみずくは黄昏《たそがれ》に飛《と》びたつ』（二〇一七年）を読みました。以前、このコラムでも柴田元幸さん責任編集の雑誌「MONKEY」第7巻に『職業としての小説家』（二〇一五年）の発売記念の川上さんによる村上春樹インタビュー「優れたパーカッショニストは、一番大事な音を叩かない」の素晴らしさを紹介したことがあります。

納得するまで、いろいろな角度から質問を重ねていく、川上さんのインタビュアーぶりが素敵でしたし、インタビューイーとして、質問から逃げない村上春樹の答えぶり、その追及に、これまで話したことのないような形で、作品などのことを話す村上春樹の答えぶりも印象的でした。

▼どのインタビューアーとも違う質問

『みみずくは黄昏に飛びたつ』は、その「優れたパーカッショニストは、一番大事な音を叩かない」と、さらに語りおろしの三つのインタビュー「地下二階で起きていること」「眠れない夜は、太った郵便配達人と同じくらい珍しい」「たとえ紙がなくなっても、人は語り継ぐ」を合わせたものです。「語りおろし」の部分は、新作長編『騎士団長殺し』（二〇一七年）についてのインタビューです。

この本の「インタビューを終えて」という「あとがき」で「彼女はこれまで僕が会ったどのインタビュアーとも違う種類の質問を、正面からまっすぐぶっつけてきた」と村上春樹が書いているほどのインタビューなので、それについて紹介したいことはたくさんあります。

それらの興味深い部分は、この連載の中で書いていきたいと思いますが、今回は『騎士団長殺し』に登場する「免《めん》色渉《しきわたる》」という人物について、『騎士団長殺し』とスコット・フィッツジェラルドの『グレート・ギャツビー』（一九二五年）についての部分を書いてみたいと思います。

わたし（小山）は『騎士団長殺し』の中で「免色渉」という変わった名前の人物をとても面白く読みました。前々回でも、その「免色渉」が発した「交流」という言葉、つまり「お互いの一部を交換し合うということです」「私は私の何かを差し出し、あなたはあなたの何かを差し出す」という考えが、「私」にわたり、妹コミのことにつながり、また「秋川まりえ」にわたって、再び「免色渉」のもとにかえってくるように『騎士団長殺し』という物語が書かれていることを述べました。

▼「免色《めんしき》を中心に動いてるんじゃないか」

その「免色渉」について、村上春樹は「この小説を改めて考えてみると、話は免色を中心に動いてるんじゃないかという気がしてくるんです。ふと」と、この『みみずくは黄昏に飛びたつ』の中で語っています。

「悪意と善意、熱意と諦観《ていかん》、内に向かう孤独と外に向かう求め、豊富と渇望《かつぼう》、そういったものの区別が、彼の中ではっきりつかないところがある。だから、僕も免色さんを書いていて、とても面白かったですね。興味深かったというか。この人は一体どういう人なのか、僕にも最初は見当がつかなかった」と村上春樹は語っています。「この小説の主人公ではない」「でもこの話にとっては大切なキャラクターですね」とも話しているのです。

その「免色渉」は、小田原の山の中にある一軒家に暮らすようになった「私」のところから見える白いコンクリートの大きな家に住んでいますが、かつてIT関係の会社を経営していて、それを大手の通信会社に売却して引退しています。今は、一日数時間、書斎のインターネットを使って株式と為替を道楽のように動かすぐらいで、生活はこれまでの蓄えでまかなえるという謎の人物です。

▼もちろん、それは始めから意識しています

その謎の資産家は、村上春樹が大好きな『グレート・ギャツビー』の「ギャツビー」に似ています。『騎士団長殺し』と『グレート・ギャツビー』の関係は多くの方が指摘されていますが、この『みみずくは黄昏に飛びたつ』の中の第三章「眠れない夜は、太った郵便配達人と同じくらい珍しい」というインタビューの冒頭部分でも、川上さんの「今日はまず、『ギャツビー』との関係から聞かせてください。地形や家の描写、免色さんの造形や、「私」との距離、関係性……ニック・キャラウェイとジェイ・ギャツビーとの関係を思い起こさせます。それは当然、意識されて？」という質問に対して、「もちろん、それは始めから意識しています」と村上春樹は端的に答えています。

「谷間を隔てて向こう側を眺めるというのは、『ギャツビー』の道具立てをほとんどそのまま借用してるし、それから免色さんの造形も、ジェイ・ギャツビーのキャラクターがある程度入っています」と村上春樹は語っているのです。

▼銀色のジャガーのスポーツ・クーペ

「免色渉」は自分の娘の可能性が高い十三歳の「秋川まりえ」が住む家の見える場所の土地を買って住んでいますし、ギャツビーも、湾を挟んで、向かいに好きなデイジーの家が見える場所に家があります。

『騎士団長殺し』にも『グレート・ギャツビー』にも、たくさん自動車が出てきますし、自動車の修理工も両作に出てきます。免色渉は、いつもは銀色のジャガーのスポーツ・クーペに乗っていますが、その銀色は『グレート・ギャツビー』にも何回も出てきます。

例えば、ギャツビーは「銀色のシャツに、金色のネクタ

イ」姿で登場したりしますし、デイジーは「純銀のきらめきを放つ」人です。

だから「『私』という一人称の語り手がある程度、『グレート・ギャツビー』の語り手であるニック・キャラウェイのようなポジションになるであろうことは、当然意識していました」と村上春樹は語っています。

村上春樹訳『グレート・ギャツビー』（二〇〇六年）の「訳者あとがき」に、もし「これまでの人生で巡り会ったもっとも重要な本をあげろ」と言われたら、考えるまでもなく、『グレート・ギャツビー』とドストエフスキー『カラマーゾフの兄弟』、レイモンド・チャンドラー『ロング・グッドバイ』だが、「どうしても一冊だけにしろと言われたら、僕はやはり迷うことなく『グレート・ギャツビー』を選ぶ」と村上春樹は書いています。

▼雨の中のあらゆるものを狂おしく活気づけた

『みみずくは黄昏に飛びたつ』の中でも「『ギャツビー』という小説はもう、自分の骨格の一部みたいになっています」と村上春樹が語るほどの小説なのです。

そのギャツビーと重なる人物が、免色渉なのです。免色渉には、謎がたくさんありますが、物語上、『騎士団長殺し』と『グレート・ギャツビー』に頻出するもので、重要なものに「雨」があるのではないかと、わたし（小山）は考えています。「雨」の頻出ぶりについては、『みみずくは黄昏に飛びたつ』の中で論じられていませんが、このコラムでは両作に降り続く、その雨について、少し考えてみたいと思います。

『グレート・ギャツビー』で、デイジーがギャツビーの家に来る日も激しい雨になりました。大きなオープンカーに乗ったデイジーが到着して、微笑みを浮かべて「あなた、ほんとうにこのおうちに住んでいるわけ？」と言います。その「彼女の声のさわやかなさざ波が、雨の中のあらゆるものを狂おしく活気づけた」と村上春樹は訳しています。

少し前でのほうがよかったかもしれませんが、『騎士団長殺し』について、簡単にそのストーリーを紹介しておくと、肖像画家で、三十六歳の「私」は、ある日、妻から別れ話を告げられて家を出ます。新潟、東北、北海道、そして太平洋側の東北を車で移動した後、友人の父で著名な日本画家・雨田具彦が使っていた小田原郊外の家に住み始めます。その家の屋根裏から雨田具彦が描いた日本画『騎士団長殺し』を見つけるところから動きだしていくという物語です。

雨田具彦が関わったナチス・ドイツによるオーストリア併合や、雨田具彦の弟・雨田継彦が関わった南京大虐殺と呼ばれる戦争中の出来事が重なって進んでいく話ですし、それを語る「私」の美大時代からの友人・雨田政彦も登場しますので、作中「雨田」「雨田」「雨田」という名前が頻出します。そして実際の『騎士団長殺し』も、作中に

「雨」がひじょうに多い小説となっています。この「雨」についても『グレート・ギャツビー』と響き合った小説なのだと思います。

▼書き留めてあった冒頭

『みみずくは黄昏に飛びたつ』の中で、村上春樹が明かしていますが、『騎士団長殺し』の第1章冒頭の文章は「既にどこかの時点で書いていたんです。これという目的もなく、そういう文章を書き留めていた」のだそうです。その冒頭部分を紹介してみましょう。

その年の五月から翌年の初めにかけて、私は狭い谷間の入り口近くの山の上に住んでいた。夏には谷の奥の方でひっきりなしに雨が降ったが、谷の外側はだいたい晴れていた。海から南西の風が吹いてくるせいだ。その風が運んできた湿った雲が谷間に入って、山の斜面を上がっていくときに雨を降らせるのだ。家はちょうどその境界線あたりに建っていたので、家の表側は晴れているのに、裏庭では強い雨が降っているということもしばしばあった。最初のうちはずいぶん不思議な気がしたが、やがて慣れてむしろ当たり前のことになってしまった。

**　まわりの山には低く切れ切れに雲がかかった。風が吹くとそんな雲の切れ端が、過去から迷い込んできた魂のように、失われた記憶を求めてふらふらと山肌を漂《ただよ》った。細かい雪のように見える真っ白な雨が、音もなく風に舞うこともあった。だいたいいつも風が吹いているせいで、エアコンがなくてもほぼ快適に夏を過ごすことができた。**

という文章です。この「一節がパソコンの片隅にペーストしてあった。「その年の五月から」みたいな見出しをつけて。僕はそういう文章をよく、何の脈略もなく書くんです。ただ書いてとっておく」と村上春樹は、川上さんに話しています。

　二千枚、計一千ページを超える『騎士団長殺し』の第1章「もし表面が曇っているようであれば」は、そのように書き出されています。そして、この冒頭の一節の中で「雨」という言葉は四回も記されているのです。

▼心の中で、その雨が降り止むことはない

　この「雨」は、どんなものでしょうか。何度か、村上春樹作品の中での雨について紹介していますが、もう一度、少しだけ紹介してみましょう。

　例えば、『海辺のカフカ』（二〇〇二年）の最後に「僕」が新幹線に乗って、東京の現実世界に戻る時、こんな「雨」が記されていました。

**　名古屋を過ぎたあたりから雨が降り始める。僕は暗い窓ガラスに線を描いていく雨粒を眺める。そういえば東京を**

出るときにも雨は降っていたなと思う。僕はいろんな場所に降る雨のことを思う。森の中に降る雨や、海の上に降る雨や、高速道路の上に降る雨や、図書館の上に降る雨や、世界の縁に降る雨のことを。

これも「雨」に満ちていますね。

『騎士団長殺し』の長い物語の最後にも「私は貯水池の広い水面に降りしきる雨を眺めているときのような、どこまでもひっそりとした気持ちになることができる。私の心の中で、その雨が降り止《や》むことはない」という文章が書かれています。

これは、もしかしたら村上春樹の第二作『1973年のピンボール』（一九八〇年）に出てくる雨に関係した場面ではないでしょうか。同作の「僕」は、細かい雨が朝から降り続く日曜日に、双子の女の子と貯水池まで〈配電盤のお葬式〉に出かけます。祈りの後、雨の貯水池に配電盤を力いっぱい放り投げて、「僕たち二人は犬のようにぐしょぬれになったまま、よりそって貯水池を眺めつづけた」とあります。

『国境の南、太陽の西』（一九九二年）の最後も忘れ難い「雨」の文章です。

僕はその暗闇の中で、海に降る雨のことを思った。広大な海に、誰に知られることもなく密やかに降る雨のことを思った。雨は音もなく海面を叩き、それは魚たちにさえ知られることはなかった。

誰かがやってきて、背中にそっと手を置くまで、僕はずっとそんな海のことを考えていた。

と同作の最後は結ばれています。

このように、村上春樹作品には「雨」が頻出しているのです。

▼再生への深い思い

『ノルウェイの森』（一九八七年）も「雨」の場面がかなりある作品ですが、今回の『騎士団長殺し』のように「雨田」家の人たちが何人も出てきて、全編に「雨」が降っているのは初めてではないかと思います。

「私」が免色渉に依頼されて、肖像画を描きます。「とにかく自分の描きたいものを描きたいように描いてみよう（免色もそうすることを求めている）」と思って、「プランもなく目的もなく、自分の中に自然に浮かび上がってくるアイデアをただそのまま追いかけて」いって、その絵を正面から眺めると「これが正しい色だ、と私は思った」と書かれています。

「雨に濡《ぬ》れた雑木林のもたらす緑色。自分自身に向かって、何度か小さく肯《うなず》きさえした。それは絵に関して、私がずいぶん久しぶりに感じることのできた確信（のようなもの）だった」と村上春樹は記しています。

これは、画家としての「私」の再生です。その再生を記す場面にも「雨に濡《ぬ》れた雑木林のもたらす緑色」が関係しているのです。

ですから、これらの「雨」は、村上春樹にとって、再生への象徴ではないだろうかと、わたし（小山）は考えています。「雨」は生物が生存・成育できる基本的条件です。植物に水を与え、動物の渇きをうるおし、水は土にしみこみ、地下水となり、また川となり、それは海にそそいでいます。

「どんな池にも必ず魚はいるさ」という〈配電盤のお葬式〉後の「僕」の発言が、『1973年のピンボール』に書かれていますが、川や池や海の魚は、食べ物としてわれわれに生命の力を与え、再生への力を与えてくれるのです。

その原点が、「雨」です。大きな再生へ、深い思いが込められた『騎士団長殺し』の全編に降り続く「雨」なのだろうと、わたし（小山）は思っています。

▼ちなみに私は左利きです

紹介したように村上春樹が「始めから意識」して『騎士団長殺し』を書いたと語っている『グレート・ギャツビー』でも、「雨」が大切な場面で降り続けているわけですが、その主人公ジェイ・ギャツビーに相当する人物が「免色渉」です。

その「免色渉」が「私」の家に来て、ふと思い出したように「ちなみに私は左利《き》きです」と言います。さらに「何かの役に立つかどうかわかりませんが、それも私という人間に関する情報のひとつになるかもしれない。右か左かどちらかに行けと言われたら、いつも左をとるようにしています。それが習慣になっています」と話していました。

『騎士団長殺し』の終盤、「私」が「騎士団長」（イデア・観念）を出刃包丁で殺して、自分の心の中に入っていく、かなり長い場面があります。自分の心の世界を歩き進んでいくのですが、生命のしるしひとつ見えない、その世界で、じっと耳を澄ませていると、何か微かな音、水の流れるような音が聞こえてきます。

そして「私」は川に出ます。川幅は五メートルか六メートルですが、流れはずいぶん速そうで、とても渡れそうにありません。

川の流れに沿って、右に進むべきか、左に進むべきか……。その時「ふと免色の名前が「渉《わたる》」であったこと」を「私」は思い出すのです。彼が「川を渉るのわたるです」と自己紹介をしたこと、「右か左かどちらかに行けと言われたら、いつも左をとるようにしています」と語っていた、その免色渉の言葉を思い出すのです。

「私」が歩んでいく、心の世界は、すべてが観念（イデア）と比喩（メタファー）にすぎないような世界です。その中で「私」が「無と有の狭間を流れて」いる川の渡しの舟を見つけるため、「免色さんの無意識の教示」に従い、川を沿って「左」に進んでいくと、「私」は「川の渡し場」に至ることができるのです。

「川」というものはこの世に降る「雨」が集まったものです。それは再生の力を秘めて流れ続けているものでしょう。その「川」の渡し場を見つけるために、「私」は「免色渉」の教えに従って、「左」に進んでいくことで、川をわたることができました。

「左」に進んだのは、紹介したように「免色渉」が「左利き」だったからですが、なぜ「免色渉」は「左利き」なのでしょう……。

▼ロバート・レッドフォード？

もしかしたら、『グレート・ギャツビー』の映画『華麗なるギャツビー』でジェイ・ギャツビー役を演じたロバート・レッドフォードが左利きだったからではないでしょうか。もしそうだとしたら、地底を行く「私」の方向を導いているのも『グレート・ギャツビー』だということになるのですが……。

そして、川の渡し場には「顔のない男」が「渡し守」のようにいます。「ギリシャ神話」のオルフェウスの冥界下りにも、ダンテの『神曲』の地獄篇にも冥界を流れる川と渡し守が出てきますが、『騎士団長殺し』の「私」が自分の心の闇の中を行く場面は、まさに冥界を行くような世界ですから、そのようなことも意識されているのかもしれません。

『騎士団長殺し』の川の「渡し守」である「顔のない男」は「舟でおまえを川の向こう岸まで送ってあげよう」と言いますが、そのためには「しかるべき代価を支払わねばならない。それが決まりになっている」と加えます。

それに応えて、「私」は「顔のない男」に川を渡してもらう代価として、十三歳の少女・秋川まりえが携帯電話にお守りとしてつけていた「ペンギンのプラスチックのフィギュア」を「顔のない男」に渡しています。

それは、「私」が暮らす小田原の家の敷地内に出現した「穴」の中にあったもので、免色渉が穴の底でみつけ、「私」に渡してくれたものです。

ここでも免色渉が、川の向こう側に渡ることに、貢献しているとも言えます。村上春樹自身が言うように、免色渉がこの物語を動かしているのです。

▼私は時間を味方につけなくてはならない

川の「渡し守」である「顔のない男」と「私」の「ペンギンのプラスチックのフィギュア」を巡る対話は『騎士団長殺し』冒頭の「プロローグ」にも出てきます。

「おまえにわたしの肖像を描いてもらいたい」という「顔のない男」の要望に対して、「ぼくはまだ顔を持たない人の肖像というものを描いたことがありません」と「私」は応えています。

そして「顔のない男」は「いつか再び、おまえのもとを訪れよう。そのときにはおまえにも、わたしの姿を描けるようになっているかもしれない。そのときが来るまで、このペンギンのお守りは預かっておこう」と「私」に語って去って行きます。「顔のない男」は川を渡す代価としてもらった「ペンギンのお守り」をまだ持っているということですね。

同作の「プロローグ」は「いつかは無の肖像を描くことができるようになるかもしれない。ある一人の画家が『騎士団長殺し』という絵を描きあげることができたように。しかしそれまでに私は時間を必要としている。私は時間を味方につけなくてはならない」という言葉で終わっています。

つまり、この『騎士団長殺し』という長編は画家である主人公の「私」が〈二十一世紀の現代の「顔のない男」の肖像を描く〉物語なのです。

▼なぜ、ペンギンのお守りなのか？

さて、村上春樹の愛読者の方から、川を向こうに渡る代価が「なぜ、ペンギンのお守りなのか」と質問を受けました。

こういうことを考えさせる何かが、村上春樹の作品にはあると思います。みなさんは川を向こうへ渡る代価が、ペンギンのお守りであることに、そこに理由があるとしたら、どのようなことだと思いますか？

その村上春樹の愛読者の人の考えでは、向こうへ移動する代価としてのペンギンならＪＲ東日本のプリペイドＩＣカード「Suica」のマスコットキャラクターのペンギンかな……とのことでした。楽しく、面白い考えだと思いました。

以来、わたし（小山）も、「なぜ、ペンギンのお守りなのか」を考え続けています。このペンギンのお守りのことは『騎士団長殺し』の最後の最後にも登場します。

> **時折、あのペンギンのフィギュアはいったいどうなったのだろうと考えることがある。川の渡し守をしていた顔のない男に、私はそれを渡し賃のかわりとして与えた。あの流れの速い川を渡るために、そうしないわけにはいかなかったのだ。私はその小さなペンギンが、今でもどこかから――おそらくは無と有の間を行き来しながら――彼女を見守ってくれていることを祈らないわけにはいかなかった。**

そのように、同作最終章「恩寵のひとつのかたちとして」に記されています。

ペンギンは水の中を泳いで、彼岸と此岸を自在に行き渡ることができる動物です。その黒と白の姿には「無と有」の感覚もありますし、『騎士団長殺し』も「顔のない男」の「無の肖像画を描く」ために「無と有の間を行き来しながら」、旋回し、反転して書かれた物語だと言えます。南極のペンギンを考えてみればわかりますが、極寒の世界を生き抜くことができる動物でもあると思います。

「ペンギンのフィギュア」は秋川まりえのお守りでもありましたが、〈目に見えない「イデア」（観念）の世界〉と、それを〈見えるように形体化した「騎士団長」の世界〉の間を行き来して書かれた『騎士団長殺し』という物語全体の護符でもあるのだろうと、わたし（小山）は考えています。

村上春樹作品には動物がたくさん出てきます。動物がタイトルに表われた作品も多く、長編小説だけ見ても『羊をめぐる冒険』（一九八二年）、『ねじまき鳥クロニクル』（一九九四、九五年）、『海辺のカフカ』は、みな動物の名を含んでいます。「カフカ」はチェコ語で「カラス」のことです。ですから、『騎士団長殺し』の「ペンギンのフィギュア」について、その意味することを考えてみることも大切なことだと思っています。

069 「雨田具彦」――名づけについて（上）

『騎士団長殺し』を読む④

2017.6

村上春樹は小説に出てくる人や物への「名づけ」というものを大切にしている作家だと思います。今回は、この村上作品における「名づけ」の問題を考えてみたいと思います。

村上春樹の小説には、非常に印象的な「名づけ」があって、物語を読み終わって、ずいぶんたってからも〈あれは何だろう〉と考えるほどの名前がいくつもあります。

▼「麦頭《むぎあたま》」と「青豆」

例えば、『1Q84』（二〇〇九、一〇年）に「麦頭」というスナックバーのような店が出てきます。

その店に男主人公「天吾」が入っていきます。「天吾」を尾行していた「牛河」が、その店名について「むぎあたま」と読んでいます。そう読んだ後で「牛河」は「そして首を振った。まったく、なんというわけのわからない名前を店につけるんだろう」と思っています。

それは東京の中央線の高円寺駅南口から、少し距離のある人通りのない道路を少し歩いたところにある店という設定です。でも「麦頭《むぎあたま》」なんて、実に魅力的な名づけですね。

先日、青梅街道沿いにある「蚕糸の森公園」（農林水産省の蚕糸試験場跡地）から、中央線の高円寺駅南口までを歩いてみたのですが、その時にも、どこかに「麦頭」という店はないか、それに近い名前の店はないかと思いながら、足を進めていました。

「まったく、なんというわけのわからない名前を店につけるんだろう」というような書き方を村上春樹がする時には、何らかの意味がその名前に込められている場合が多いと思います。私はこの「麦頭」という名前に非常に魅力を感じていますが、その名づけの理由についての推測が、まだよくできていません。

村上春樹はビール好きですので、「麦酒《ビール》」からつけられたのかもしれませんが、でも「頭」という部分もすごく印象的な名です。この本の読者の中で、「麦頭」について、見解をお持ちの人は、その考えを教えていただけたら幸いです。

「麦頭」は「店名」ですが、人名では『1Q84』の女主人公の「青豆」という名字もずいぶん変わった名前ですね。

本書「BOOK1」の「016」や「055」でも紹介しましたが、その「青豆」については、一つは村上春樹作品を貫く色としての「青」の反映があると思います。村上春樹作品の「青」は「歴史」を意味する場合が多いので、歴史に関係した名前かな……と考えています。

また『1Q84』は青梅街道沿いに展開していく物語ですので、「青豆」は「青梅」とも関係しているのではないかと思います。「あおまめ」「おうめ」の音も少し似ていますね。

また「麦頭」の「麦」の字と「青」の字も、現在の字形だけを並べて、パッと見ると、字形の上部が似ている感じがありますし、「頭」には「豆」の文字も含まれているので、「麦頭」は「青豆」とも関係しているのかな……などという妄想も、私の中にあります。

▼名づけへのこだわり

そのような村上春樹の「名づけ」へのこだわりを、私が最初に強く感じた作品は『ダンス・ダンス・ダンス』（一九八八年）でした。この作品は『羊をめぐる冒険』（一九八二年）の続編的な作品です。『羊をめぐる冒険』には「いるかホテル」というものが出てきます。その「いるかホテル」に「僕」を導いた「あの高級娼婦をしていた女の子」に『ダンス・ダンス・ダンス』の「僕」は会わなくてはならないと思うのですが、その女の子には、『羊をめぐる冒険』では名前がありませんでした。

『ダンス・ダンス・ダンス』では、その女の子は「キキ」と名づけられます。ちょっと長いですが、その場面を引用してみましょう。

何故ならキキは今僕にそれを求めているからだ（読者に・

彼女は名前を必要としている。たとえそれがとりあえずの名前であったとしてもだ。彼女の名はキキという。片仮名のキキ。僕はその名前を後になって知ることになる。その事情は後で詳述するが、僕はこの段階で彼女にその名前を付与することにする。彼女はキキなのだ。少なくとも、ある奇妙な狭い世界の中で、彼女はそういう名前で呼ばれていた）。そしてキキがスターターの鍵を握っているのだ。

このように「あの高級娼婦をしていた女の子」に『ダンス・ダンス・ダンス』で、いささか急にというか、突然「キキ」という名づけがされています。引用した文の中で「名前」「名」という言葉が何回も繰り返し記されていて、村上春樹の名づけへのこだわりぶりを示していると思います。

このちょっと唐突な名づけは、物語の都合で急に書き込まれたような形をとっていますが、実はそうではないかもしれません。

なぜなら『ダンス・ダンス・ダンス』の冒頭部近くに、新・いるかホテルで働いている、眼鏡がよく似合う感じの良い「ホテルの精みたい」な二十三歳の女の子が登場します。その女の子が「ユミヨシ」と名づけられるのは文庫版の下巻に入ってからなのです。

この作品に登場する人たちは、みな非常に遅れて名づけられている人が多いのですが、そのゆっくりとした名づけも、明らかな村上春樹の「名前」に対するこだわりを示していると思います。「キキ」の急な名づけとは対照的な非常にゆっくりとした名づけなのです。この急な名づけと、ゆっくりとした名づけは、村上春樹にとって、意識的なことではないかと、私は考えています。

▼「雨」と「雨田」と「雷」

さて、そこで新作の『騎士団長殺し』（二〇一七年）なのですが、これも村上春樹の名づけへのこだわりが、強く反映した作品だといえると思います。

この長編の題名にある「騎士団長」は、モーツァルトのオペラ『ドン・ジョバンニ』の冒頭で殺される人物です。放蕩者ドン・ジョバンニは美しい娘、ドンナ・アンナを誘惑し、それを見とがめた父親の「騎士団長」と果たし合いになって、刺し殺してしまいます。

日本画家の「雨田具彦」が、その有名な場面を日本の飛鳥時代の情景に「翻案」して、描いた絵画が『騎士団長殺し』です。「雨田具彦」が、かつて住んでいた家に暮らすようになった肖像画家の「私」が、屋根裏からその絵を発見することから、全体の物語が動いていきます。

前回、この新作の中を一貫して「雨」が降り続いていることについて書きました。村上春樹が大好きなスコット・フィッツジェラルド『グレート・ギャツビー』も重要な場面で、よく雨が降っているので、それと対応した「雨」でもあるだろうということも記しました。

そのように『騎士団長殺し』は、全編に「雨」が降り続いている物語です。「雨田具彦」の「雨田」は、もちろんそれと対応した名前でしょう。

そして「雨」と「田」を合わせれば、「雷」という文字ですが、この「雷」のことも何度も作中に出てきます。

例えば、『騎士団長殺し　第1部　顕《あらわ》れるイデア編』の冒頭近くに、主人公の「私」と妻との出会いについて書かれているのですが、そこには次のようにあります。

「私」がガールフレンドとデートをしているときに、どこかのレストランでたまたま出会って紹介され、「私はほとんどその場で彼女と恋に落ちた」のです。そのことについて「私は一目見ただけで唐突に、まるで雷に打たれたみたいに彼女に心を奪われてしまった」と村上春樹は記しています。「彼女は、死んだ妹のことを私に思い出させたのだ。とてもありありと」とも加えています。

「まるで雷に打たれたみたいに彼女に心を奪われてしまった」だけでしたら、それほど「雷」に注目しなくてもいいのですが、この「雷」、同作にはたくさん出てきます。

「私」が、肖像画のモデルとなる十三歳の少女・秋川まりえと話す場面が、『騎士団長殺し　第2部　遷《うつ》ろうメタファー編』の冒頭部にあります。そこで「私」は、死んだ妹のことと、スズメバチに刺されたショックで死んだ秋川まりえの母親とのことを関連づけながら、こんなふうに話しています。

十二歳の時に死んだ妹は生まれつき心臓の弁に欠陥があり、いわば体内に爆弾を抱えて生きているようなものだったことを述べて、だから「家族はみんな日頃から、最悪の場合をある程度は覚悟していた。つまり君のお母さんがスズメバチに刺されて亡くなったみたいに、まったく青天の霹靂《へきれき》というわけじゃなかった」と「私」は秋川まりえに話します。

秋川まりえは「青天の霹靂」という言葉を知らなかったようで、「せいてんの……」と応じるのですが、すると「私」は「晴れた日に突然雷鳴がとどろくことだよ。予想もしなかったことが出し抜けに起こること」と説明しています。

ここでも「雷鳴」のこと、「雷」のことが記されているのです。

▼稲妻のない落雷がひときわ激しく轟いた

もう一つ、紹介してみましょう。

この物語は、たぶんモーツァルトのオペラ『ドン・ジョバンニ』と関係した題名がつけられているからだと思いますが、ドン・ジョバンニは、スペイン語でドン・ファン、つまり放蕩者の代名詞で、そのためか、「私」が絵画教室に通ってくる人妻と性的に交わる場面が何回も描かれています。

その場面でも、「雷」が鳴っているのです。「我々はいつものようにベッドの中で抱き合った。そしてその行為のあいだ二人ともほとんど口もきかなかった。その日の午後には雨が降った。秋にしては珍しい激しい通り雨だった。まるで真夏の雨のようだった。風に乗った大粒の雨が音を立てて窓ガラスを叩《たた》き、雷も少しばかり鳴ったと思う」とあります。

このように「雨田具彦」の「雨田」は「雨」を象徴している名前でしょうし、「雷」も十分意識された「雨田」なのだろうと考えています。

なぜなら村上春樹にとって、「雨」と「雷」はとても大切なものであるからです。他の小説から、一つだけ例を挙げてみましょう。

例えば『1Q84』のハイライトの場面。女主人公で殺し屋である「青豆」が、農業関係のカルト宗教集団「さきがけ」のリーダーと対決をして、青豆が男を殺害する場面です。

「青豆」がリーダーの男と、東京のホテル・オークラの部屋で対決していると「遠くで雷鳴が聞こえたような気がした」と書かれていますし、リーダーは「今に雨が降りだす」と告げています。

そして、青豆が尖った針先を、リーダーの首筋のその微妙なポイントに当てます。

その時に「稲妻のない落雷が窓の外でひときわ激しく轟いた。雨がばらばらと窓に当たった。そのときに彼らは太古の洞窟《どうくつ》にいた。暗く湿った、天井の低い洞窟だ。暗い獣たちと精霊がその入り口を囲んでいた。彼女のまわりで光と影がほんの一瞬ひとつになった。遠くの海峡を、名もない風が一息に吹き渡った。それが合図だった。合図にあわせて、青豆は拳を短く的確に振り下ろした」と書かれています。

つまり「青豆」は「雷」の激しく轟いた中で、リーダーを殺害しているのです。その「雷」と、その後の文章は太古の洞窟で語られた神話的な物語のように描かれています。

▼ノアの洪水が起こったときも

さらに、その時、男主人公の「天吾」のほうは、十七歳の美少女作家の「ふかえり」と一緒に部屋の中にいますが、ふかえりが「こちらにきてわたしをだいて」と言います。「オハライ」をすると彼女が言うのです。

その時「雷鳴は更に激しさを増していた。今では雨も降り始めていた。雨は怒りに狂ったみたいに横殴りに窓ガラスを叩《たた》き続けている」のです。「ノアの洪水が起こったときも、あるいはこういう感じだったのかもしれない。もしそうだとしたら、こんな激しい雷雨の中で、サイのつがいやら、ライオンのつがいやら、ニシキヘビのつがいやらと狭い方舟《はこぶね》に乗り合わせているのは、かなり気の滅入《めい》ることであったに違いない。それぞれに生活習慣がずいぶん違うし、意思伝達の手段も限られているし、体臭だって相当なものであったはずだ」とも記されています。

「ノアの洪水」「方舟」という言葉からして、ここにも「雷」と神話の関係が意識されて書かれています。ですから「天吾」と十七歳の美少女作家「ふかえり」との交わりは神話的な行為ということなのだと思います。

このように、「雷」と「雨」のなかで「青豆」はリーダーを殺害し、その後、タクシーで新宿駅まで出て、荷物をピックアップして、おそらく青梅街道を通って、高円寺南の隠れ家に向かっています。さらに「激しい雷雨」の中で「天吾」と「ふかえり」の交わりがあり、村上春樹的なねじれによって、「青豆」が「天吾」の子供を妊娠するという展開に繋がっているのです。

『1Q84』で「雨」と「雷」が、どれだけ大切なものであるかが、わかっていただけるかと思います。そして、その「雨」と「雷」の大切さは、まさに『騎士団長殺し』の「雨田具彦」の「雨田」という名前の中に込められていると思うのです。

▼私には信じる力が具わっている

そして「雨田具彦」の「具彦」のほうなのですが、「具彦」の「具」も『騎士団長殺し』に頻出しています。「具」は「とも」とも読みますが、「そなわる」とも読みますね。

その「具わる」の例から紹介しますと、この二千枚、一千ページを超える大作『騎士団長殺し　第2部　遷ろうメタファー編』の終わりのところには、こんなことが書いてありました。

これまでも、『騎士団長殺し』の中で、村上春樹が大好きな『グレート・ギャツビー』のギャツビーに相当する謎の資産家「免色渉《めんしきわたる》」のことを紹介しましたが、その「免色渉」と「私」との違いについて、この長編の結論である最後の最後に「なぜなら私には信じる力が具《そな》わっているからだ」と記してあるのです。

さらに『騎士団長殺し　第1部　顕れるイデア編』の冒頭近くには「私」について、肖像画を描く仕事のエージェントの担当者が「あなたにはポートレイトを描く特別な能力が具わっています」と述べています。

「私には信じる力が具《そな》わっているから」と「ポートレイトを描く特別な能力が具《そな》わっています」は意識的な「具」の用法でしょう。この「そなわっている」は「備わっている」と書くのが、普通かとも思いますが、村上春樹はあえて「具わっている」と書いているのです。

「雨田具彦」も「私」も画家ですので、「絵の具」という言葉がたくさん出てきます。さらに敷地内の雑木林の中の「穴」から「鈴」が出てきて、作中、重要な役割を果たすのですが、それは「仏具」の一種とされています。それについても「素朴な仏具」「昔の仏具」など「具」という文字が繰り返されているのです。その「仏具」である「鈴」

が発する音は「何かの器具か道具を使って立てられている音」とも書かれています。

　ここに、明らかに「具彦」の「具」は、意識的に村上春樹によって、使われていると思います。「彦」は成人した男性を表す言葉ですね。

▼「具体的」「具象化」

　そして、一番、私が、心動かされた「具」は「具体的なものを探して」や直観の「具象化」という言葉です。

　本書の「０６７」でも紹介したように、モーツァルトのオペラ『ドン・ジョバンニ』の冒頭で殺された「騎士団長」が、六十センチぐらいの大きさの存在として形体化して作中に登場します。その「騎士団長」は自分のことを「イデア」だと話しています。騎士団長について「イデアというのは、要するに観念のことなんだ」とあります。『騎士団長殺し』とは、つまり、その「イデア」＝「観念」を殺す物語です。

　あまりに大きくなりすぎて、肥大化した「観念」というものが、いまの時代、世の中を壊しているのではないかという考えが、村上春樹の中にあるのでしょう。

　その肥大化した「観念」というものの対極として「具体的」「具象化」というものがあるのではないでしょうか。

　我々はいま「観念」によって生きるよりも「具体的」なことの記憶の一つ一つを大切にして生きるのが重要なのではないかということを村上春樹は書いているのだと思います。そのような価値観が「具彦」の「具」には込められているのではないかと、私は考えているのです。

　そして、『騎士団長殺し』で、最も謎を含んだ名づけは何と言っても「免色渉《めんしきわたる》」という人物でしょう。「免色渉」の名づけに対する、私の考えを記そうと思いますが、少し長いものとなりそうですし、それは次回で記したいと思います。

070

「雨田具彦」——名づけについて(下)

『騎士団長殺し』を読む⑤

2017.7

今回は『騎士団長殺し』(二〇一七年)の中に登場する人物で、最も魅力的な「免色渉《めんしきわたる》」という人物の名前について、考えてみたいと思います。

一つ前の大長編『1Q84』(二〇〇九、一〇年)では「青豆」という変わった名前の女殺し屋が登場。その名前についていて、いろいろな考察・推測がありました。『ねじまき鳥クロニクル』(一九九四、九五年)に登場し、『1Q84』にも出てきた「牛河」という男も印象的な名前ですね。これらの人への名づけについては、この本の中でも何回か言及しておりますので、興味があったら読んでください。

『騎士団長殺し』を読了すると、「免色渉」という名前は「青豆」や「牛河」以上に、印象的に頭に残ります。この名前は、どんなところから生まれてきたのか。そのことを考えてみたいのです。

村上春樹は自作の解説というものをほとんどしない稀有な作家で、作品は読者たちが自由に読み、自由に考え、自由に感じてくださいというスタイルを保持しています。

ですから、各人物への名づけについて、村上春樹が「こういう理由で、こう命名しました」と話すわけではありませんので、これから記すことも、わたし(小山)の考えにすぎません。でも、名前の意味について、考えざるを得ないように『騎士団長殺し』の「免色渉」は書かれていると思うのです。

▼「色を免れる」「色彩を持たない」

この『騎士団長殺し』という作品は、一千ページを超える大作ですが、その中でたった一カ所だけ、「免色渉 Wataru Menshiki」という名刺の像が印刷されています。

「免色渉」は主人公の「私」に、その名刺を渡して「川を渉るのわたるです」と話しています。その前にも二人は会っているのですが、その時には「メンシキです。よろしく」「免税店の免に、色合いの色と書きます」と「免色渉」が言っています。さらに「色を免れる」「あまりない名前です」と「免色渉」は説明しています。

この「色を免れる」「免色」という説明は、多くの読者に『騎士団長殺し』の前の長編『色彩を持たない多崎つくると、彼の巡礼の年』(二〇一三年)のことを思い浮かべさせました。「色を免れる」つまり「色彩を持たない」のですから、『色彩を持たない多崎つくると、彼の巡礼の年』と関係した名かなと思わせたわけで、わたしもそのように考えた一人です。

さらに、「免色渉」は名刺を渡して「どうしてそんな名前をつけられたのか理由はわかりません。これまで水とはあまり関係のない人生を歩んできましたから」と「渉」の名について述べているのですが、この「これまで水とはあまり関係のない人生を歩んできましたから」という言葉の中に、「水」と「歩」と合わせた文字「渉」が潜んでいます。

「免色渉」のそんな何げない言葉の中にも「渉」という自分の名前に対する言及が含まれているのですから「どうしてそんな名前がつけられたのか理由はわかりません」という免色渉の言葉は「どうしてそんな名前がつけられたのか」「その理由を考えてください」という意味だと思うのです。

ですから、今回、「免色渉」という名前について考えてみるのも、無意味なこととは言えないのです。これから、わたしの「免色渉」についての考えを記してみたいと思いますが、でも村上春樹という作家は、決して一つの意味、一つの考えだけで、書いていく人ではありません。以下に記すことは、わたしの考えにすぎません。より多角的な考えを、この本の読者の人たちも提示してもらいたいと思います。

▼あ、これはギャツビーだよな

わたしの考えを記す前に、「免色渉」という名前との関係で、気になることが記されている本がありますので、そのことに触れておきたいと思います。

村上春樹が『みみずくは黄昏《たそがれ》に飛《と》びたつ　川上未映子訊く／村上春樹語る』（二〇一七年）の中で『騎士団長殺し』とスコット・フィッツジェラルドの『グレート・ギャツビー』との関係について、次のように語っています。少し長いですが、両作の関係を村上春樹自身が述べているので、引用してみましょう。

言うまでもなく、谷間を隔てて向こう側を眺めるというのは、『ギャツビー』の道具立てをほとんどそのまま借用してるし、それから免色さんの造形も、ジェイ・ギャツビーのキャラクターがある程度入っています。裕福な謎《なぞ》の隣人ギャツビーは、入り江を隔てた向こうの緑の明かりを毎晩眺めます。誰でも知っている有名なシーンですね。そして免色さんも同じように毎晩、谷を隔てた家の明かりを眺めます。一人孤独に。これはいわば本歌取りというか、フィッツジェラルドに対する個人的なトリビュートのようなものですね。ですから「私」という一人称の語り手がある程度、『グレート・ギャツビー』の語り手であるニック・キャラウェイのようなポジションになるであろうことは、当然意識していました。

ここで、村上春樹が『騎士団長殺し』は『グレート・ギャツビー』の本歌取り、「免色渉」はジェイ・ギャツビーと重なる部分があるし、一人称の語り手「私」はニック・

キャラウェイと重なる部分があると述べているわけです。

ただし、最初から、そう考えて書き始めたわけではなく、「実際に話を書き始めて、谷間を隔てた向こう側に住むそういう人物を設定した時点で、「あ、これはギャツビーだよな」と思いました。最初からそうしようと考えていたわけじゃないんだけれど」とも加えています。

▼ろくに面識のない人々から切実な内緒話

これほど、作品の成り立ちについて、はっきり述べる村上春樹というのは、珍しいかと思いますが、でもつまり「免色渉」は、どこかで「ギャツビー」であることとの視点は大切です。村上春樹自身が、そう述べているわけですから。

今回は、その「免色渉」の名づけについて、考えてみようと思うのですが、これに関係して、少し驚いたことがあるので、そのことを紹介しておきたいのです。

『村上春樹　翻訳（ほとんど）全仕事』刊行記念と題されたトークイベント「本当の翻訳の話をしよう」が今年（二〇一七年）四月二十七日夜、東京の紀伊國屋サザンシアターで開かれ、村上春樹が翻訳について話しました。柴田元幸さんとの翻訳を巡るトークもあり、川上未映子さんもゲスト出演していました。

そのイベントの中に、村上春樹が翻訳した『グレート・ギャツビー』の一部分をプロジェクターで映しながら、話したところがありました。

それは『グレート・ギャツビー』第一章の冒頭部なのですが、その中に「そんなこんなで大学時代には、食えないやつだといういわれのない非難を浴びることになった。それというのも僕は、取り乱した（そしてろくに面識のない）人々から、切実な内緒話を再三にわたって打ち明けられたからだ」という文章も含まれていました。

その後に、「僕」であるキャラウェイが、ギャツビーについて、記していく始まりの部分なのですが、村上春樹は、その文章を会場に映写しながら、翻訳について話していきました。そして、この「（そしてろくに面識のない）人々」の「面識」という言葉がわたし（小山）は気になってしかたがありませんでした。

「免色渉」はギャツビーと重なる部分のある人です。「免色」は、村上春樹が訳した『グレート・ギャツビー』という本の冒頭近くに訳出された「面識」という言葉と関係があるのだろうか……と思えたのです。

免色渉の「免色」は免色本人が言うように「色を免れる」ですから『色彩を持たない多崎つくる』と重なる部分を持った名前でしょう。でも、もう一つ別な角度から考えると、村上春樹訳『グレート・ギャツビー』の「面識」という言葉と関連する部分も持った人物なのではないかと思えたのです。

このように、村上春樹は、一筋縄ではいかない作家なのです。

▼「免」「渉」という文字

さて「免色渉」の命名について、わたしの考えを記してみたいと思います。

　村上春樹は文字学（漢字学）の字源や日本語の語源にも興味を抱いている人だと思いますが、そんな視点から「免色渉」の名前、文字についてもいろいろ考えてみたいと思います。

　まず「免色渉」が自分の名前について「免税店の免に、色合いの色と書きます」と言い、さらに「色を免れる」と説明していること。さらに名刺を渡して「川を渉るのわたるです」と言っている点です。

「色を免れる」「あまりない名前です」と「免色渉」自身が述べていますので、おそらく「色彩を持たない多崎つくる」と関係がある名づけなのでしょう。「めんしき」と「たざき」の「しき」と「ざき」も似ていますし、「わたる」と「つくる」にも響き合うものがあります。

「多崎つくる」は、駅舎という人々が実際的に利用するものをつくる人でした。そこにも東日本大震災（二〇一一年三月十一日）後の世界を生きる人々への思い、この日本社会ばかりでなく、今の世界をもう一度つくり直そうとする意識が働いていたと思います。今回の「免色渉」の「わたる」にも、そのような思いが含まれているのかもしれません。そのことも考えてみたいと思います。

　まず「免色渉」の変わった名字の「免色」の「免」と「色」という字について、漢字学の観点から考えてみましょう。

「免色」の「免」という字には、文字学（漢字学）のうえでは二つの系列があります。一つは「冑《かぶと》を免《ぬ》ぐ」の意味を含む系統の文字です。「免冑《めんちゅう》」は「冑をぬぐ」ことですし、「免冠《めんかん》」は冠をぬぐこと、「免官」「免職」のことです。「まぬがれる」意味の「免」はこちらの系統です。「冑を免ぐ」のですから「騎士団長」にも関係のある文字かもしれません。

　もう一つの系列は子供を出産する意味の「免」です。白川静さんの字書『常用字解』には「分娩《ぶんべん》するときの形。胯《こ》間《かん》を開いて子が生まれる形で、「うむ」の意味となる。免が娩《べん》（うむ）のもとの字である」とあります。ですから「分娩」の「娩」も、この系統ですし、「勉強」の「勉」などもそうです。「勉」の右側の「力」は農具の耒《すき》の形で、「勉」は学校の勉学につとめることをいうのではなく、農業につとめることを表す文字です。左の「免」は「分娩のときの姿勢を示す」字形ですが、「農耕の作業にも、俛《ふ》す姿勢のことが多い」と白川静さんは字書『字通』に書いています。

　この『騎士団長殺し』の中では二人の女性の分娩・出産が描かれ、そのことが重要な意味を持っています。まず「免色渉」の恋人である女性が二十九歳の誕生日の一週間後に「免色渉」の仕事場にやってきて、彼と交わりました。その二カ月後に彼女は別な男と結婚式を挙げ、結婚式から七カ月後に、女の子を出産しています。おそらく「免色渉」とのセックスで身籠もり、分娩・出産した子が「まりえ」だと思われます。

「私」の妻も「私」以外の男とセックスをして、子供を妊娠して、物語の最終盤には女の子を分娩・出産しています。その女の子には「室《むろ》」と名づけられていますが、この二つの分娩・出産に「免」の文字が関係しているのかもしれません。

そして「免色」の「色」は、男女のセックスを意味する文字です。白川静さんの『常用字解』には「人の後ろからまた人が乗る形で、人が相交わることをいう」と説明されています。

『騎士団長殺し』の「私」は、絵画教室に来る人妻と繰り返し、性的に交わっています。この人妻との情事の場面は、この小説が放蕩者ドン・ジョバンニ（スペイン語ではドン・ファン）に関係していることからなのでしょう。「免色渉」も自分の娘と思われる「秋川まりえ」の叔母「秋川笙子」と性的な関係にあるようです。

さらに「私」が妻のもとを去って、自動車で東北を移動中、岩手県との県境近くの宮城県の海岸沿いの小さな町で出会った若い女の子とラブホテルに入って、激しいセックスをしています。

「免」と「色」の文字には、紹介したように子供を産む分娩の意味と、セックスの意味があるのですが、『騎士団長殺し』には分娩・出産のことと、セックスのことが重要なこととして描かれていますので、「免色」の文字はそれらを反映した名づけではないだろうか……と、わたし（小山）は妄想しております。

ともかく『騎士団長殺し』で、中心的に出てくる「免色渉」と語り手の「私」は、村上春樹の言葉によれば『グレート・ギャツビー』の「ジェイ・ギャツビー」と「ニック・キャラウェイ」に相当する二人ですが、二人とも、自分の娘と少しねじれた関係にあります。「免色渉」は娘と思われる「秋川まりえ」が別な男（つまり免色渉の元恋人の結婚相手である秋川良信）に育てられていますし、「私」は一時、別居した妻が関係していた男との娘と思われる「室《むろ》」を自分が育てていくという展開になっています。

▼とても重要な名づけ

そして「免色渉」の「渉」のほうですが、これはとても重要な名づけではないかと、わたしは考えています。

村上春樹は、初期の頃、登場人物に名前がつけられない作家でした。最初にしっかりと名づけられた登場人物は「象の消滅」の象の飼育係「渡辺昇」です。「文學界」一九八五年八月号に「象の消滅」が掲載された時には、「渡辺進」でしたが、単行本『パン屋再襲撃』（一九八六年）に「象の消滅」が収録された時には「渡辺昇」となりました。

この「渡辺昇」は、村上春樹と親しい画家で、二〇一四年三月に亡くなった安西水丸さんの本名です。このことは、本書の中でも何回か紹介していますが、安西水丸さんの本名である「渡辺昇」という名前を持った人物が、「象の消滅」以降頻出しているのです。

例えば『パン屋再襲撃』に収録された「ファミリー・アフェア」（初出は「LEE」一九八五年十一月号、十二月号）にも「僕」の妹の婚約者として「渡辺昇」という人物が出てきますし、同じ『パン屋再襲撃』に収録された「ねじまき鳥と火曜日の女たち」（初出は「新潮」一九八六年一月号）にも女房の兄と同じ名前がつけられた「ワタナベ・ノボル」という猫が出てきます。

さらに『ノルウェイの森』（一九八七年）では、「僕」の名前が「ワタナベ・トオル」となっていましたし、『ねじまき鳥クロニクル』（一九九四、九五年）では、「僕」が対決する妻の兄の名前が「綿谷ノボル」となりました。これらはいずれも「渡辺昇」の変形です。

「渡辺昇」から「ワタナベ・トオル」への変化は自然に了解できますが、「ねじまき鳥と火曜日の女たち」の女房の兄の名前が「ワタナベ・ノボル」でしたのに、『ねじまき鳥クロニクル』では「綿谷ノボル」となるのは、意識的なものが加えられた変化だと思います。

『ねじまき鳥クロニクル』では「僕」の妻の兄は日本を戦争に導いた精神を体現するように存在していて、最後に「僕」は、その妻の兄「綿谷ノボル」を野球のバットで殴り倒してしまいます。おそらく、友人である安西水丸さんの本名「ワタナベ・ノボル」（渡辺昇）のままの名前を持った人物をバットで殴り殺すのは、避けたいと村上春樹が思ったのでしょう。それで長編の『ねじまき鳥クロニクル』のほうの妻の兄の名前は「綿谷ノボル」となったのだと思います。

それにしても……いくらなんでも、妻の兄をバットで殴り倒さなくても……、という思いを抱く読者もいると思いますが、この場面は「僕」の心の闇の中の闘いとして作中、描かれているのです。村上春樹の闇の中の闘いは、自分の心の中の闘いです。

つまり、それは「僕」の心のうちにある〈「綿谷ノボル」的なるもの〉〈戦争に導かれていってしまうような自分の中の「悪」の部分を徹底的に叩きつぶす〉という意味なのでしょう。

▼「海」を渡る「わたる」

そこで「免色渉」の「渉」（わたる）なのですが、この「渉」（わたる）も「渡辺昇」の「わたなべ」の「わた」と関係した名づけではないかと、わたし（小山）は思っています。

「わたなべ」の「わた」は日本語では「海」のことです。「わたのはら」は広々とした海のことですし、「わたつみ」は海神のことです。「わたる」とは「海」を渡ることです。

村上春樹という作家は、この「海」の力というものを一貫して書いてきました。

デビュー作『風の歌を聴け』（一九七九年）の第4章では、友人の「鼠」と初めて出会った時のことを記しているのですが、そこで「僕」と「鼠」は自動販売機で缶ビールを半ダースばかり買って、海まで歩き、砂浜に寝ころんで、それを全部飲んでしまいます。

二人は缶ビールを全部飲んでしまうと「海を眺めた。素晴しく良い天気だった」とあって、それに続いて「俺のことは鼠って呼んでくれ」と「鼠」が言うのです。そして「僕たちはビールの空缶を全部海に向って放り投げてしまうと、堤防にもたれ頭の上からダッフル・コートをかぶって一時間ばかり眠った。目が覚めた時、一種異様なばかりの生命力が僕の体中にみなぎっていた。不思議な気分だった」と書かれています。

「100キロだって走れる」と僕が鼠に言うと、「俺もさ」と鼠も応じるのです。これは「海」の力、再生の力を書いている場面だと、わたし（小山）は考えています。「海」は〈生命力をみなぎらせる不思議な力〉に満ちているのです。

その「鼠」が死ぬ、初期三部作の『羊をめぐる冒険』（一九八二年）の最後には、こんなことが書かれています。

> 僕は川に沿って河口まで歩き、最後に残された五十メートルの砂浜に腰を下ろし、二時間泣いた。そんなに泣いたのは生まれてはじめてだった。二時間泣いてからやっと立ち上ることができた。どこに行けばいいのかはわからなかったけれど、とにかく僕は立ち上り、ズボンについた細かい砂を払った。
>
> 日はすっかり暮れていて、歩き始めると背中に小さな波の音が聞こえた。

そんな文章で『羊をめぐる冒険』は終わっています。

かつて、広く豊かだった海の海岸線は、わずか「五十メートル」だけ残されて、埋め立てられてしまったのです。それゆえに「僕」は「そんなに泣いたのは生まれてはじめてだった」というほど泣くのですが、でも「五十メートル」だけとなった、その海でも、とにかく「僕」を立ち上がらせる力を持っているのです。そういう海の力、再生の海の力が記されています。

『海辺のカフカ』（二〇〇二年）という、タイトルに「海」を含んだ長編までありますが、その中で、ナカタさんと星野青年が、四国の海の砂浜に並んで座って、海を眺める場面があります。「海というのはいいものですね」とナカタさんが言うと、星野青年が「そうだな。見ていると心が安らかになるよ」と応えています。

▼「川」を渉る「わたる」

村上春樹が作中人物に、最初につけた名前「渡辺昇」の

「わた」「わたる」は、そんな力を持つ「海」につながっている名前です。安西水丸さんは千葉県千倉という海辺の町に育った人です。千倉は『１Ｑ８４』（二〇〇九、一〇年）で、「天吾」の父親が入院している海沿いの施設がある場所です。ここにも海の力への愛着、また安西水丸さん、「渡辺昇」への思いが託されていると思うのです。

その『１Ｑ８４』の次の大長編が『騎士団長殺し』ですが、この中の「免色渉」の「渉」（わたる）にも、「渡辺昇」の「わたなべ」「わた」につながる名づけを感じるのです。

『騎士団長殺し』の「免色渉」は、海を渡る「わた」ではなく、川を渉る「わたる」です。そして「私」は心の底の闇を流れる「川」を「わたる」のです。

そこで「私」が進んでいく世界は「生命のしるしひとつ見えない不毛の土地」ですが、でも「じっと耳を澄ませていると、何か微かな音が聞こえてくるような気」がします。それは「川の音」です。「歩を進めるにつれて、水音は次第に大きく明瞭《めいりょう》に聞こえるようになってきた」と書かれています。

その二ページ後に、免色の名前が「渉《わたる》」であることを思い出し、免色が左利きだったことを思いだして、「私は川を正面にして左の方に進む」のです。そこには「川の流れに沿って歩を進めながら、この水の中には何かが棲息《せいそく》しているのだろうか」と考えています。

「歩を進めるにつれて、水音は」「歩を進めながら、この水の中には」という表現は「渉」（「水」＋「歩」）という文字と対応した表現でしょう。そして、「私」は川の渡し場に着いて、川を渉っていくのです。

▼世界の再生、復活への強い意志

『騎士団長殺し』には、作中ずっと「雨」が降っていますが、この「雨」というものは生物が生存できる基礎的な恵みです。その「雨」は地中にしみこみ、潜り、地底の川を流れていくのです。

「海」は生命の力、魚など食物に満ちた再生場所ですが、『騎士団長殺し』で、その「海」を渡るのではなく、「川」を渉るのは、混迷する世界の再生のために、「海」よりも前の、まだ「この水の中には何かが棲息している」のか、どうかはわからないような「川」を渉るところから、すべてを根本的に考えてみたいという村上春樹の意志のようなものを感じさせます。

「ほかに何ひとつとして動くものがないこの世界で、風さえ吹かない世界で、川の水だけが動いている。そしてその水音をあたりにしっかり響かせている。そう、ここはまったく動きを欠いた世界ではないのだ。そのことが私を少しばかりほっとさせた」とあります。そして「私」が川べりに着いて、手に水を掬って、その水を飲んでみても、水は無味無臭です。喉の渇きを癒やすだけなのです。

「私」は、川の流れに沿って、歩を進めながら「この水の中には何かが棲息しているのだろうかと考えた。たぶん何も住んではいないのだろう。もちろん確証はない。しかしその川にもやはり、生命の気配のようなものは感じられなかった。だいたい味も匂いもない水の中に、いったいどのような生き物が棲息できるだろう」とも考えています。

そのような地点から村上春樹は、二十一世紀の現代の社会を再生させるものを、考えようとして、『騎士団長殺し』を書いているのだと思います。

「川」を渉った「私」は「川を離れ道に沿って進む」のですが、それは顔のない「渡し守」が「おまえが行動すれば、関連性がそれに合わせて生まれていく」と言ったからです。「生命のしるしひとつ見えない不毛の土地」から「川」を渉ると、「私」の行動でその世界に関連性が生まれていくのです。「川」はいつか「海」につながるものですが、その新しい関連性を生んでいく「私」の歩みのスタートに「川」を渉ることがまるで神話的な儀式のようにあると思います。

ここに、村上春樹の世界の再生、復活への強い意志を感じるのです。そのことに重要な役割を果たす「免色渉」という名づけだと思います。

▼「ジェイズ・バー」という名づけ

最後に、一つだけ、村上春樹作品での「名づけ」との関連で記しておきたいことがあります。「免色渉」が左利きであり、その「免色渉」が左利きであることを思い出して「私は川を正面にして左の方に進む」と「川」の渡し場に出ることができるのですが、この「免色渉」が左利きなのは、もしかしたら『グレート・ギャツビー』の映画『華麗なるギャツビー』で、ギャツビー役を演じたロバート・レッドフォードが左利きだったからではないかということを、前々回に書きました。

「もしそうだとしたら、地底を行く「私」の方向を導いているのも『グレート・ギャツビー』だということになる」と書いたのですが、「免色さんの造形も、ジェイ・ギャツビーのキャラクター」が入っていることを、村上春樹が明言しているわけです。

『騎士団長殺し』で示されたスコット・フィッツジェラルド『グレート・ギャツビー』への深い村上春樹の思いを考えてみると、村上春樹のデビュー作『風の歌を聴け』で、登場人物たちが集まる「ジェイズ・バー」という名づけも、やはり「ジェイ・ギャツビー」との関係をもう一度考えてみないといけないのではないかと思いました。

071 「地下二階の物語世界」
「自分の魂の中に入っていく」

2017.8

村上春樹の作品を考える際に、一番わかりやすくて、奥深い考えは「地下二階の物語」ということだと思います。

川上未映子さんの村上春樹へのロングインタビュー『みみずくは黄昏《たそがれ》に飛びたつ　川上未映子訊《と》く／村上春樹語る』（二〇一七年）の第二章も「地下二階で起きていること」という題ですし、『村上春樹にご用心』（二〇〇七年）などの村上春樹論もある内田樹さんも、よく村上春樹作品の「地下二階の物語」について、書いています。

村上春樹の愛読者たちが、この「地下二階の物語」を通して、村上春樹作品を語るだけでなく、村上春樹自身も、この「地下二階の物語」を通して、自分の小説世界を語るのが最も適していると考えているのかもしれません。

例えば、二〇一三年に、イギリス北部・エディンバラでの国際ブックフェスティバルに、村上春樹が参加した際にも、村上春樹は小説を書く時には「毎日、頭の中にある地下室に下りていく。そこには怖いものや奇妙なものがたくさんあり、そこから戻ってくるには、体も丈夫でなければならない」と語っていました。これは「地下二階の物語」について語っていたのだと思います。

▼地下室の下にはまた別な地下室がある

そこで、今回は、村上春樹の「地下二階の物語」について紹介して、それが例えば、新作の『騎士団長殺し』の中で、どのように記されているかということを少し考えてみたいと思います。

この「地下二階の物語」という考え方は、『海辺のカフカ』（二〇〇二年）が刊行された後に、湯川豊さんと私（小山）の二人が聞き手となって行ったインタビュー「『海辺のカフカ』を語る」（「文學界」二〇〇三年四月号）の中で明らかにされた村上春樹の考えでした。

私（小山）は、三十年以上も前から、村上春樹に繰り返しインタビューをする機会があったのですが、本書では、インタビュー中に聞いた村上春樹の言葉を記さずに書いています。もちろん、それらのインタビューを通して深まった村上春樹作品への理解には、とても大きなものがありますが、でも活字化されていないものについては、客観性が担保されていないと思うからです。

でも、この「地下二階の物語」については文芸誌「文學界」に掲載され、さらに村上春樹へのインタビュー集『夢を見るために毎朝僕は目覚めるのです』（二〇一〇年）にも『海辺のカフカ』を中心に」とのタイトルで収録されていますので、「地下二階の物語」についての村上春樹の言葉を紹介してみても、問題はないのではないかと思います。

そのインタビューの中で、上田秋成『雨月物語』に関連して、村上春樹作品について、私が質問したのです。『雨月物語』はお化けや霊魂を巡る物語集と言ってもいいものですが、それについて、「『雨月物語』でいえば、江戸時代には異界にまつわるさまざまなことが身近にあった、すごく近しいところにあった。村上さんの中には今も強くあるということですが、もうちょっと広く言えば、今の日本人の中にも何かをパッと剝《は》がしたら広く強くあるはずだ。そういうお考えなんですか」と、聞いてみました。

それに対して、村上春樹が次のように答えたのです。

人間の存在というのは二階建ての家だと僕は思ってるわけです。一階は人がみんなで集まってごはん食べたり、テレビ見たり、話したりするところです。二階は個室や寝室があって、そこに行って一人になって本読んだり、一人で音楽聴いたりする。そして、地下室というのがあって、ここは特別な場所でいろんなものが置いてある。日常的に使うことはないけれど、ときどき入っていって、なんかぼんやりしたりするんだけど、その地下室の下にはまた別な地下室があるというのが僕の意見なんです。

この〈地下室の下にある地下室〉というもの。「それは非常に特殊な扉があってわかりにくいので普通はなかなか入れないし、入らないで終わってしまう人もいる。ただ何かの拍子にフッと中に入ってしまうと、そこには暗がりがあるんです。それは前近代の人々がフィジカルに味わっていた暗闇――電気がなかったですからね――というものと呼応する暗闇だと僕は思っています」

▼頭だけでは処理できない

そのように〈地下室の下の地下室〉の暗闇とは、どんな世界であるかを村上春樹は話していきました。

その中に入っていって、暗闇の中をめぐって、普通の家の中では見られないものを人は体験するんです。それは自分の過去と結びついていたりする、それは自分の魂の中に入っていくことだから。でも、そこからまた帰ってくるわけですね。あっちに行っちゃったままだと現実に復帰できないです。

つまり〈地下室の下の地下室〉の暗闇の世界は、その人間の魂の世界なのです。

だからいまいわれたように一皮剝《む》けば暗闇があるんじゃないかというのは、そういうことだと思うんです。

と、私の問いに応答した後、〈地下室の下の地下室〉（地下二階）の暗闇の世界を通して書く、小説家という職業についても、村上春樹は話していったのです。少し、長いですが、大切な村上春樹の言葉なので、その部分を記したいと思います。

その暗闇の深さというものは、慣れてくると、ある程度自分で制御できるんですね。慣れない人はすごく危険だと思うけれど。そういう風に考えていくと、日本の一種の前近代の物語性というのは、現代の中にもじゅうぶん持ち込めると思ってるんですよ。いわゆる近代的自我というのは、下手するというか、ほとんど地下一階でやっているんです、僕の考え方からすれば。だからみんな、なるほどなるほどと、読む方はわかるんです。あ、そういうことなんだなって頭でわかる。そういう思考体系みたいなのができあがっているから。でも地下二階に行ってしまうと、これはもう頭だけでは処理できないですよね。

▼その人間の魂の世界

つまり、村上春樹は、人間には〈地下室の下の地下室〉があって、その「地下二階」の部屋は特殊な扉で入り口がわかりにくいが、何かの拍子にふっと入ると、そこは闇の世界であり、その闇の中で人は普通の生活では体験できないもの、見えないものに出会う。それはその人間の魂の世界。小説家というのは、地下二階のその自分の魂の暗闇の世界に、下りていって、その世界に在るものを見て、体験して、それを記述して、また日常の場所まで戻ってこられるのが本当の作家だと述べているわけです。自分はそういう風に書いているということを語っているのです。

ここでいう「地下一階の地下室」の小説というものを考えてみれば、確かに〈狂気〉や〈心の闇〉の世界が書かれていく小説で、楽しみに読み進めていくと、その世界が意外とわかりやすい展開で終わっている作品もありますね。作者の意図もわかってしまうので、安心して読めるような作品になっているのでしょう。

でも人間の自分の魂の奥底を見つめてみると、そんな簡単には説明できない暗闇が広がっているということなのだと思います。

この「地下二階の物語世界」は、村上春樹が自分の作品世界を建物に喩えて、わかりやすく説明したものです。これほどわかりやすく、村上春樹が自作の世界について語ったのは、珍しいでしょう。

▼太古と現代が入り交じって

村上春樹が作家デビューからの創作の歩みをつづった長編エッセイ『職業としての小説家』(二〇一五年)にも「地下二階の物語世界」のことと思われる話が記されています。「これはいつも僕が言っていることで、「またか」と思われる方もおられるかもしれませんが、やはり重要なことなのでここでも繰り返します。しつこいようですが、すみません」と前置きをして、次のように村上春樹は記しています。

> 小説家の基本は物語を語ることです。そして物語を語るというのは、言い換えれば、意識の下部に自ら下っていくことです。心の闇《やみ》の底に下降していくことです。大きな物語を語ろうとすればするほど、作家はより深いところまで降りて行かなくてはなりません。大きなビルディングを建てようとすれば、基礎の地下部分も深く掘り下げなくてはならないのと同じことです。また密な物語を語ろうとすればするほど、その地下の暗闇はますます重く分厚いものになります。

このように村上春樹は語り、さらに次のように述べています。

> 作家はその地下の暗闇の中から自分に必要なものを――つまり小説にとって必要な養分です――見つけ、それを手に意識の上部領域に戻ってきます。そしてそれを文章という、かたちと意味を持つものに転換していきます。

加えて「その暗闇の中には、ときには危険なものごとが満ちています。そこに生息するものは往々にして、様々な形象をとって人を惑わせようとします。また道標もなく地図もありません。迷路のようになっている箇所もあります。地下の洞窟《どうくつ》と同じです」と書いているのです。

「その闇の中では集合的無意識と個人的無意識とが入り交じって」いて、「太古と現代が入り交じって」います。小説家というものは「それを腑分《ふわ》けすることなく持ち帰るわけですが、ある場合にはそのパッケージは危険な結果を生みかねません」と村上春樹は語っています。そのような深い闇の力に対抗し、様々な危険と常に向き合っているのが、小説家なのです。

ここに「地下二階」という言葉が記されているわけではないのですが、紹介してきた延長線上に、『職業としての小説家』の中のこれらの言葉を読めば、村上春樹が『海辺のカフカ』を中心に」で話した「地下二階の物語世界」について語っていることは明らかです。

最初は『海辺のカフカ』についてのインタビューに対して、語られた「地下二階の物語世界」です。『海辺のカフカ』で、どこが「地下二階の物語世界」かと言えば、例えば主人公の「僕」という十五歳の少年が、何日か過ごす四国高知県の森の闇の中が「地下二階の物語世界」に相当しているでしょうし、登場人物たちが結集する四国・香川県高松の甲村記念図書館という私設図書館自体が「地下二階の物語世界」にあるとも言えます。

その甲村記念図書館の責任者である佐伯さんという女性が亡くなった後、「入り口の石」というものが開けられ、「僕」が森の中に入っていきます。そこで、佐伯さんと「僕」が出会う場面があるのですが、この森の中での佐伯さんは十五歳の少女です。つまり「入り口の石」の蓋を開けて、入っていった、この世界は、時間も空間もねじ曲がった世界で、まさに「地下二階の物語世界」となっていると思います。

『海辺のカフカ』という作品は、登場人物たちが「四国」へ向かう物語です。この「四国」自体が「地下二階の世界」なのかもしれません。お遍路さんの姿は死者の姿と重なります。冥界を旅する人たちです。「四国」は「死国」なのです。「佐伯さん」の名は、弘法大師・空海の名前「佐伯真魚《さえきのまお》」と重なっています。

▼ひとりでその通路に入って行かなくてはならない

では、最新作『騎士団長殺し』の中では、どのように「地下二階の物語世界」があるでしょうか。

『海辺のカフカ』には、上田秋成『雨月物語』の「貧福論」や「菊花の約《ちぎり》」という話が出てきましたが、この『騎士団長殺し』には、敷地内の雑木林で発見された「穴」を掘る際に、上田秋成『春雨物語』の「二世《にせ》の縁《えにし》」のことが出てきます。

深さ二メートル八十センチ、直径一メートル八十センチほどの円形の「穴」ですが、この「穴」の中に「免色渉《めんしきわたる》」という人物が、二回、入っていきます。この「免色渉」が「穴」に入るのも「地下二階の物語世界」に繋がる場面かと思います。

そして、語り手である「私」が、日本画家の雨田具彦が入っている伊豆高原の療養所から、暗い闇の「メタファーの通路」の中へ足を踏み入れていく場面があります。

それは、雨田具彦が描いた日本画『騎士団長殺し』の左下隅にある光景と同じで、「顔なが」と呼ばれる絵の中の人物が、雨田具彦が横になった部屋の隅に開いた穴から、ぬっと顔を突き出して、四角い蓋（一辺六十センチぐらい）を片手で押し上げながら、部屋の様子をひそかにうかがってます。

「私」は「顔なが」をバスローブの紐で縛り上げ、「許してやってもいいが」「そのかわりに、おまえがやってきたところまで案内してくれないか？」と迫ります。でも「顔なが」は「いや、それればかりはできません」ときっぱり言います。「わたくしの通ってきた道は〈メタファー通路〉であります。個々人によって道筋は異なってきます。ひとつとして同じ通路はありません。ですからわたくしがあなた様の道案内をすることはできないのだ」と言うのです。

「つまりぼくは自分ひとりでその通路に入って行かなくてはならない。そしてぼく自身の道筋を見つけなくてはならない。そういうことなのか？」と「私」が言うと、「顔なが」は「あなた様がメタファー通路に入ることはあまりに危険であります。生身の人間がそこに入って、順路をひとつあやまてば、とんでもないところに行き着くことになる。そして二重メタファーがあちこちに身を潜めております」

「二重メタファーは奥の暗闇《くらやみ》に潜み、とびっきりやくざで危険な生き物です」と言うのです。

でも「私」は「かまわない」と言って、その「顔なが」が顔を突き出した、四角い「穴」から地底の世界に降りていくのです。

この自分の心の地底をいく場面はとてもいいものです。『騎士団長殺し』の「私」は「まるでひとつの意志を具《そな》えたような暗闇」の中を、行方不明となった「秋川まりえ」をみつけにいくのですが、「私」の通る「穴」はどんどん狭くなり、自分も身体が通れないほどの狭い「穴」の中をあらゆる理性を捨て、「穴」を抜けると、「私」は、自分が暮らす小田原の敷地内の雑木林に発見された「穴」の中にいるという展開になっています。

伊豆高原の雨田具彦が横になっている部屋の「穴」から入って、小田原の「穴」の中に出てきているので、そこの地底の暗闇を行く世界は空間と時間がねじ曲がっています。「顔なが」が「穴」から入って進む道は「個々人によって道筋は異なってきます。ひとつとして同じ通路はありません」と語っているのは、「地下二階の物語世界」、つまり「自分の魂の世界」へ降りていくということを語っているのです。

危険な生き物である「二重メタファー」があちこちに身を潜めて」いる「メタファー通路に入ることはあまりに危険であります。生身の人間がそこに入って、順路をひとつあやまてば、とんでもないところに行き着くことになる」と語られる世界は、湯川豊さんと、私（小山）のインタビュー『海辺のカフカ』を中心に」で「その暗闇の深さというものは」「慣れない人はすごく危険だと思うけれど」と村上春樹が語っている部分や『職業としての小説家』の中で「その暗闇の中には、ときには危険なものごとが満ちています」と記していることに対応した言葉でしょう。

▼そこでじっとしておればよろしい

「地下二階の物語」というものは、村上春樹が自分の小説世界をわかりやすく自分で説明したものでした。その考え方が、人間が住む建物に喩えての話でしたので、読者にとっても受け取りやすく、村上春樹作品を理解する際の言葉として、いろいろな人たちに使われているのだと思います。

では、実際の小説で描かれる建物の中で、この「地下二階の物語」が描かれている場面があるのか……。その場面が『騎士団長殺し』に登場しますので、これを最後に紹介しておきたいと思います。

それは、同作の主人公「私」の肖像画のモデルとなる十三歳の少女「秋川まりえ」が「免色渉」の家に潜伏している場面です。

「免色渉」の家は広い家ですが、前に一度この家に来たことがある「まりえ」は「家の中の位置関係はだいたい頭に入っている」ので、「免色渉」の家に潜入後、「まりえ」は「まず一階の大半を占めている大きな居間」に行っています。

そこから広々としたテラスに出ます。そして、テラスにあった大型の双眼鏡を取り出して「まりえ」が自分の家を覗いてみると「彼女の家の内部の様子が驚くほどありありと」見えるのです。でもスズメバチの唸りのようなものが聞こえてきたので、慌てて家の中に入ります。「まりえ」の母親がスズメバチに刺されて、そのショックで亡くなっているからです。

次に階下の部屋を探りに行き「免色渉」の書斎に行きます。その階には食堂と台所がありますが、さらに「免色渉」の寝室も見ています。客用の寝室もあって、それも見ます。その隣の部屋は物置のようです。

そして「四番目の部屋が彼女にはもっとも興味深かった」とあって、ウォークイン・クローゼットの扉を開けてみると、「そこには女性の衣服が並んでいた」のです。それは「免色渉」の元恋人だった「まりえ」の母親の衣服と思われるものです。

その時、ガレージのシャッターが上がる音がして、「免色渉」が帰宅しました。パニックが「まりえ」の全身をとらえます。

この時、「まりえ」の目の前に身長六十センチほどの老人が現れて「そこでじっとしておればよろしい」と言います。「騎士団長」です。その言葉通りに「まりえ」は、このウォークイン・クローゼットの中に、閉じこもって、発見を免れます。母親の「イフク」も「まりえ」を護ってくれたのでしょう。

そして「騎士団長」が「諸君はここを出るのだ」と言います。「諸君」は「まりえ」のことです。「騎士団長」には二人称単数の言葉がなく、いつも「諸君」と呼びかけるのです。「騎士団長」によると「免色くんは今、シャワーを浴びておる」そうで、しかも清潔好きな「免色渉」は「シャワー室の中にいる時間はうんと長い」のです。

「まりえ」は階段を上がって居間に入り、さらにテラスにでます。「まりえ」は自分の家を見ることができる双眼鏡を勝手に取り出して、専用台の上にセットしたままだったのです。スズメバチはいませんでしたし、無事、双眼鏡を仕舞うことができました。

▼階段を二階ぶん下に降りるのだ

するとこんなことを「騎士団長」は「まりえ」に言うのです。

「ガラス戸を閉めて、中に入りなさい。それから廊下に出て、階段を二階ぶん下に降りるのだ」

「まりえ」は「階段を二階ぶん降りる？　それではますますこの屋敷の奥に入り込んでいくことになる。私はここから逃げ出さなくてはならないのではないのか？」

でも「騎士団長」は「今ここから逃げ出すことはかなわ

ない」「出口は堅く閉ざされている。諸君はしばらくのあいだこの中に身を隠すしかあらない」と言います。

そして「まりえ」は「騎士団長」の言葉を信じるしかなく、「だから居間を出て、足音を忍ばせて階段を二階ぶん下りた」と記されています。

紹介したように、この「居間」は一階にあります。居間を出て「階段を二階ぶん下りた」ところは「地下二階」です。「階段を下りたところは地下二階で、そこにはメイド用の部屋があった」と村上春樹は丁寧に記しています。

「まりえ」はこの「地下二階の世界」にいることで、最終的に「免色渉」の家から脱出することができ、自分の日常の世界へ帰っていくことができました。

「まりえ」が「地下二階の世界」にいる時、その頃、「私」のほうは危険な「二重メタファー」がすむ地底の「メタファー通路」の「穴」の中を進んでいました。それも「私」の「地下二階の世界」です。

つまり「私」の「穴」抜けと、「秋川まりえ」の「免色渉」の家からの脱出が、「地下二階の世界」に入っていくことで、可能となったように『騎士団長殺し』は書かれているのです。でも「まりえ」の「地下二階の世界」も簡単なものではありません。その章は「それは深い迷路のような趣を帯びてくる」と名づけられているのですから。

072

「信じる」という力

「恐怖を越えていく」

2017.9

『騎士団長殺し』（二〇一七年）では「免色渉《めんしきわたる》」という人物が魅力的な存在で、作品をよく読んでいくと、「私」は「免色渉」が述べたことから、影響を受けて、「免色渉」の言葉が自分の心の姿に反映していったりします。

この「免色渉」は村上春樹が最も愛する作品、スコット・フィッツジェラルドの『グレート・ギャツビー』で言えば、ジェイ・ギャツビーに相当する人物です。そのことは村上春樹自身が認めています。『みみずくは黄昏《たそがれ》に飛《と》びたつ　川上未映子訊く／村上春樹語る』（二〇一七年）の中で「免色さんの造形も、ジェイ・ギャツビーのキャラクターがある程度入っています」と述べていましたし、その免色渉と小田原郊外で、谷を隔てて暮らす「私」は『グレート・ギャツビー』の語り手のニック・キャラウェイに相当しているようです。

今回は『騎士団長殺し』の「免色渉」と「私」は、どこがどのように違うのかということを考えてみたいのです。結論をまず先に書いてしまえば、「私」は〈恐怖と闘って、それを乗り越えていく人〉だという点が「免色渉」との大きな違いです。後で詳しく紹介しますが、『騎士団長殺し』

の中にそう記したところがあるのです。そこに至るまで、登場人物たちが、どのように「恐怖」と闘っているかということを記してみたいと思います。

▼自分の目で実際に見届けるしかない

村上春樹作品の中で「恐怖」との闘いは心の内なる闘いです。例えば『騎士団長殺し』の「第2部　遷《うつ》ろうメタファー編」で、「私」が自分の心の世界の底を進んでいく場面があります。「私」が、まず「巨大な森」の中を進んで行きます。その「巨大な森」も、自分の心の中の森です。その森の中で「私」は「何かに向かって近づきつつある」のですが、いったい「それが善きものなのか、あるいは悪《あ》しきものなのか、知りようも」ありません。

でも「善きものであるにせよ悪しきものであるにせよ、その光が何であるかを自分の目で実際に見届けるしかない」と思って一歩一歩進んでいくと、やがて「森が急に終わった」のです。「森を抜け出せた」のです。

つまり、私たちが「巨大な森」を抜け出すには「自分の目で実際に見届ける」ということが大切なのです。たとえ善きものであるにせよ悪しきものであるにせよ、それが「何であるかを自分の目で」しっかり見ることが大切なのです。そういう村上春樹の考えが記された場面です。「何であるかを自分の目で」しっかり見るという行為を通して、我々はその深い巨大な森から抜け出ることができるということを村上春樹は書いているのでしょう。

▼あなたはそこに入っていかなくてはなりません

でも「私」の心の地底の世界はそれで終わっていないのです。「森」を抜け出ると、次には「洞窟」が待っています。

行く手に「洞窟の入り口」が待ち構えていて「洞窟の中に足を踏み入れる以外に、私にとれる行動」はありません。そこに入る前に何度か深呼吸をして、できるだけ意識を立て直して、「私」はその洞窟の中に足を踏み入れていくのです。

そうすると洞窟の中で黄色い光がこぼれてくる方向があって、「私」がその方向に進んでいくと、それは岸壁に打ち付けられた太い釘に吊られた古風なカンテラの光でした。その中には太い蠟燭《ろうそく》が燃えています。そして、そのカンテラの下には、身長六十センチほどのドンナ・アンナが立っていたのです。

小説のタイトルとなった「騎士団長殺し」とは、モーツァルトのオペラ『ドン・ジョバンニ』の冒頭にある場面のことですが、その放蕩者ドン・ジョバンニは美しい娘、ドンナ・アンナを誘惑し、それを見とがめた父親の騎士団長と果たし合いになり、刺し殺してしまいます。つまりドンナ・アンナは、ドン・ジョバンニに殺害された騎士団長の娘です。

『騎士団長殺し』には、この洞窟の中での、ドンナ・アンナと「私」との「恐怖」を巡る会話が記されています。

　ドンナ・アンナが言うには、洞窟の左の隅の方に横穴の入り口があるそうです。それは狭い穴ですが「あなたはそこに入っていかなくてはなりません」とドンナ・アンナは「私」に告げます。さらに「あなたが昔から、暗くて狭いところに強い恐怖心を抱いていることは存知あげています。そういうところに入ると正常に呼吸ができなくなってしまう。そうですね?」と言います。つまり「私」は強い「閉所恐怖症」なのです。

「でもそれにもかかわらず、あなたはあえてその中に入っていかなくてはなりません。そうしなければ、あなたはあなたの求めているものを手に入れることはできません」とドンナ・アンナは語るのです。

「私」はドンナ・アンナに問います。

「この横穴はどこに通じているのですか?」。それに対してドンナ・アンナは「それは私にもわかりません。行き先はあなたご自身が、あなたの意思が決定していくことです」と答えます。つまり、この洞窟の中を行く「私」も、自分の心の中を進んでいるのです。

「でもぼくの意思には恐怖もまた含まれています」「ぼくにはそれが心配なのです。ぼくのその恐怖心がものごとをねじ曲げ、間違った方向に進めてしまうかもしれないことが」と「私」は語ります。でもドンナ・アンナは「繰り返すようですが、道を決めるのはあなたご自身です。そして何より、あなたはもう行くべき道を選んでしまっています。あなたは大きな犠牲を払ってこの世界にやって来て、舟に乗ってあの川を渡りました。後戻りはできません」と告げるのです。こうやって、閉所恐怖症の「私」が狭い、狭い穴を通り抜けていく場面が始まっています。

▼痛みだって何かのメタファーだ

　その狭い、狭い穴を通り抜けていく途中で、「白いスバル・フォレスターの男」と呼ばれる男が「おまえがどこで何をしていたかおれにはちゃんとわかっているぞ」と声をかけます。その声に虚を突かれた「私」はひるんでしまいます。

「私」は妻と別れた後、車で東北を移動中、若い女に誘われて、ラブホテルに行き、その女に懇願されて、バスローブの紐で、女の首を絞めたのです。演技的な、プレイ的な行為でしたが、その行為の中に〈実は人をも殺しかねない自分が存在していた〉のです。「おまえがどこで何をしていたかおれにはちゃんとわかっているぞ」という「白いスバル・フォレスターの男」の声は「私」のその行為のことを言っています。

　でもその時、亡くなった妹のコミ(小径《こみち》)の声が聞こえてきて、妹は「懐かしく思うものを何か心に浮かべて」と話してきます。「さあ、何かを思い出して」「手で触れられるものを。すぐに絵に描けるようなものを」と言うのです。

そのようにして、「私」は進んでいくのです。「穴」はさらに狭く、狭くなって、背後に何かが近づいてくる気配があります。

「私はそのざわざわという足音を聞き、不揃《ふぞろ》いな息づかいを感じ」ます。それは「私」のすぐ背後までやってきて、動きを止めて、沈黙します。息をひそめ、様子をうかがっているようでした。「それからぬめりのある冷ややかな何かが、私のむき出しの足首に触れた。それはどうやら長い触手であるようだった。形容のしようがない恐怖が私の背筋を這い上がった」と村上春樹は書いています。

でも「私」は、その身体が通れないほどの「狭い穴」の中を、あらゆる理性を捨て、渾身の力を込めて、身体をより狭い空間に向けて突き出していくのです。「たとえ身体中の関節をそっくり外さなくてはならなかったとしても。そこにどれほどの痛みがあろう。だってこの場所にあるすべては関連性の産物なのだ。絶対的なものなど何ひとつない」と思って進んでいくのです。

痛みだって何かのメタファーだ。この触手だって何かのメタファーだ。すべては相対的なものなのだ。光は影であり、影は光なのだ。そのことを信じるしかない。そうじゃないか?

「穴抜け」の最後に、そのような言葉が記されています。この言葉の後、改行されて「出し抜けに狭い穴が終わった」とあるのです。『騎士団長殺し』は、このようにして「恐怖を乗り越えていく」小説なのです。

▼恐怖に自分を支配させてはならない

その「私」が「狭い穴」の中を進んでいた時、十三歳の少女である「秋川まりえ」のほうは「免色渉」の家の中に隠れています。自分の存在が「免色渉」に知られることなく、彼の家の中に隠れ潜んでいたのです。息を潜めてクローゼットの中に隠れていた時、その「秋川まりえ」のクローゼットの闇に誰かが近づいてきました。「激しい恐怖」が「秋川まりえ」を襲ってきます。

でも「どんなに恐ろしくても、恐怖に自分を支配させてはならない。無感覚になってはならない。考えを失ってはならない。だから彼女は目を見開き耳を澄ませ、その足先を睨《にら》みながら、ピンクのワンピースの柔らかな生地をすがるように強く握りしめていた」と村上春樹は書いています。

このまりえの護符のようにクローゼットの中にあるイフクは「免色渉」の愛人だった、まりえの母（スズメバチに刺されて急死しています）のものだと思われます。そして、その「イフクが私を護ってくれるのだ、と彼女は強く信じた」と記されています。その〈強く信じる〉気持ちで「秋川まりえ」は「沈黙を守り、不安と恐怖に耐えた」のです。

主人公の「私」は、恐怖に陥らず「自分の目で実際に見届けるしかない」と思う人間であり、「秋川まりえ」もまた恐怖に自分を支配させずに「目を見開き耳を澄ませ」る人間として描かれています。

そして「私」は「痛みだって何かのメタファーだ。この触手だって何かのメタファーだ。すべては相対的なものなのだ。光は影であり、影は光なのだ。そのことを信じるしかない」と〈信じる人間〉です。「秋川まりえ」もその「イフクが私を護ってくれるのだ、と彼女は強く信じた」と〈信じる人間〉です。

そうやって〈信じる〉ことで、勇気をもって〈恐怖を越えていく〉人として、「私」と「秋川まりえ」は『騎士団長殺し』の中にあります。

▼私には信じる力が具わっている

そして今回最初に記したことについて。『グレート・ギャツビー』で言えば、ジェイ・ギャツビーに相当する「免色渉」と、『グレート・ギャツビー』の語り手、ニック・キャラウェイに相当する「私」は、お互いに交流し合う人たちですが、でも二人は何が違うのか、どういう点で「免色渉」と「私」は違うのか、という点です。

そのことが『騎士団長殺し』の最後の最後に書かれています。長いのですが、それが今回紹介したいことの中心的な部分にかかわっていますので、引用してみましょう。

でも私が免色のようになることはない。彼は、秋川まりえが自分の子供であるかもしれない、あるいはそうではないかもしれない、という可能性のバランスの上に自分の人生を成り立たせている。その二つの可能性を天秤《てんびん》にかけ、その終ることのない微妙な振幅の中に自己の存在意味を見いだそうとしている。しかし私にはそんな面倒な（少なくとも自然とは言い難い）企《たくら》みに挑戦する必要はない。なぜなら私には信じる力が具《そな》わっているからだ。どのような狭くて暗い場所に入れられても、どのように荒ぶる曠野《こうや》に身を置かれても、どこかに私を導いてくれるものがいると、私には率直に信じることができるからだ。それがあの小田原近郊、山頂の一軒家に住んでいる間に、いくつかの普通ではない体験を通して私が学び取ったものごとだった。

これが大長編『騎士団長殺し』の結論にあたる言葉です。この中で最も大切なものは「信じる」という言葉です。「私には信じる力が具《そな》わっている」という言葉の「信じる力」の部分には傍点を打って、村上春樹は表記しています。さらに「どこかに私を導いてくれるものがいると、私には率直に信じることができるからだ」という言葉もあって、この場面で「信じる」ことは二度も書かれています。

狭く、暗い「穴」を抜けながら、「私」は「すべては相対的なものなのだ。光は影であり、影は光なのだ。そのことを信じるしかない」と思えた時、「出し抜けに狭い穴が終わった」のです。「秋川まりえ」も暗いクローゼットの中でその「イフクが私を護ってくれるのだ、と彼女は強く信じた」という力で、恐怖を乗り越え、最終的に「免色渉」の家から脱出しています。

▼「きみはそれを信じた方がいい」

「免色渉」は、自分の娘と思われる「秋川まりえ」が別な男（免色渉の元恋人の結婚相手）に育てられていますし、「私」は一時、別居した妻が関係していた男との娘と思われる「室《むろ》」を自分が育てていくという展開になっています。こうように「免色渉」と「私」には似たような部分があるようにも感じますが、「免色渉」と「私」は決定的に違うのです。

「免色渉」は「秋川まりえが自分の子供であるかもしれない、あるいはそうではないかもしれない、という可能性のバランスの上に自分の人生を成り立たせている」のですが、「私」はどんな狭くて暗い場所に入れられても「信じる力」によって、恐怖を乗り越えて、狭くて暗い、荒ぶる曠野から脱出できる人間です。

そして、この大長編『騎士団長殺し』の最後は「『騎士団長はほんとうにいたんだよ』と私はそばでぐっすり眠っているむろに向かって話しかけた。「きみはそれを信じた方がいい」」という言葉で終わっています。「信じる」ということが、どれだけこの『騎士団長殺し』という作品にとって、大切な言葉であるのか、よくわかると思います。

▼最高の善なる悟性とは、恐怖を持たぬことです

「恐怖を越えていく」というテーマは、村上春樹の作品に一貫してあるものです。本書の中でも何回か、このテーマに関係した作品を紹介してきました。

例えば、連作短編集『神の子どもたちはみな踊る』（二〇〇〇年）のいくつかの短編には「恐怖を越える」ということがテーマになった作品があります。

同短編集の中の「かえるくん、東京を救う」という作品には「最高の善なる悟性とは、恐怖を持たぬことです」というニーチェの言葉が紹介されていますし、「真の恐怖とは人間が自らの想像力に対して抱く恐怖のことです」というジョセフ・コンラッドの言葉も記されています。

「片桐」という男は両親が既に亡くなり、弟と妹の面倒をみて大学を出してやり、結婚もさせていますが、自分には妻子もありません。自分が殺されても「誰も困らない」し、片桐自身「とくに困りもしない」と思っている人間です。そのため、片桐はその世界では、肝の据わった男としていささか名前を知られています。つまり片桐は「想像力に対して抱く恐怖」を持たない人間なのです。

ある日、帰宅すると、アパートの部屋に巨大な蛙《かえる》が待っていました。そのかえるくんは、東京直下型地震の原因である地下の暗闇の「みみずくんと闘うのは怖い」ので「あ

なたの勇気と正義が必要」と片桐に頼みます。そうやって、かえるくんと片桐が力を合わせて、地震を未然に防ぐという話です。「恐怖」を越えて、地震を防ぐのです。

表題作の「神の子どもたちはみな踊る」の主人公・善也にとっては、野球の試合で、たいていの外野フライを落球してしまうことが「恐怖」でした。その善也が小説の最後、ピッチャーズ・マウンドの上にのぼり、「踊るのも悪くないな」と思い、一人で踊り始めます。草のそよぎと雲の流れにあわせて踊るのです。

その踊りには「パターンがあり、ヴァリエーションがあり、即興性があった。リズムの裏側にリズムがあり、リズムの間に見えないリズムがあった」と記されていますし、その複雑な絡み合いは「様々な動物がだまし絵のように森の中にひそんでいた。中には見たこともないような恐ろしげな獣も混じっていた」と書かれています。

そして「でも恐怖はなかった。だってそれは僕自身の中にある森なのだ。僕自身をかたちづくっている森なのだ。僕自身が抱えている獣なのだ」と思うのです。これも「恐怖」を越えていく物語です。自分の心の中の「恐怖」を乗り越えていく話です。

▼何を怯えることがあるだろう

長編で言えば、『1Q84』(二〇〇九、一〇年)のハイライトの場面。それは女主人公で殺し屋である「青豆」が、カルト宗教団体の「リーダー」と呼ばれる男と対決して、ついに殺害する場面ですが、その前に「青豆」とリーダーとの長い対話があります。その時、リーダーは青豆に「怯えることはない」と語ります。

リーダーは「君は怯えている。かつてヴァチカンの人々が地動説を受け入れることに怯えたのと同じように。彼らにしたところで、天動説の無謬性《むびゅうせい》を信じていたわけではない。地動説を受け入れることによってもたらされるであろう新しい状況に怯えただけだ。それにあわせて自らの意識を再編成しなくてはならないことに怯えただけだ」と言うのです。

我々が、もし今の世界を再編成することができるとしたら、それにともなって自分たちの意識も再編成しなくてはならないのですが、でもそれは怖いことであり、「恐怖」なのです。自分の意識を再編成することは「恐怖」であり、そのことに、つい人は怯えてしまうのですが、そういうことに「怯えることはない」とリーダーは言っているのです。

ここにも「恐怖を越えていく」というテーマがよく表れていると思います。

『1Q84』という物語は小学校の同級生で、十歳の時に誰もいない放課後の教室で、一度だけ手を繋いだことのある「青豆」と「天吾」が、二十年をかけて再会して結ばれる話です。物語の最後に「青豆」は、こんなことを思っています。

私たちは論理が力を持たない危険な場所に足を踏み入れ、厳しい試練をくぐり抜けて互いを見つけ出し、そこを抜け出したのだ。辿《たど》り着いたところが旧来の世界であれ、更なる新しい世界であれ、何を怯《おび》えることがあるだろう。新たな試練がそこにあるのなら、もう一度乗り越えればいい。それだけのことだ。少なくとも私たちは孤独ではない。

ここにも「恐怖を越えていく」という村上春樹の作品のテーマが、確認されるかのように記されています。そして、どんな人たちにも、「恐怖を越えていく」力がみなに具《そな》わっています。「少なくとも私たちは孤独ではない」との言葉は、そのようなものでしょう。

▼「恐怖」は「関連性の産物」

でも「恐怖」というものは、具体的にどうあらわれ、どうしたら「恐怖を越えていける」でしょうか。

「私」が「狭い穴」の中を行く時、そのざわざわという足音と不揃いな息づかいで背後までやってくるものがあります。ぬめりのある冷ややかな何か、長い触手のようなものが、「私」の足首に触れます。「形容のしようがない恐怖」です。

でも、その「恐怖」というものは「関連性の産物」なのです。「絶対的なものなど何ひとつない」のです。「関連性の産物」ということは、意識の世界のものです。「人間が自らの想像力に対して抱く恐怖」なのです。

「私」は「痛みだって何かのメタファーだ。この触手だって何かのメタファーだ。すべては相対的なものなのだ。光は影であり、影は光なのだ。そのことを信じるしかない」と思い、そして、それを信じると「狭い穴」は終わっているのです。

今までも「恐怖を越えていく」ということを村上春樹は書いてきました。でも『騎士団長殺し』では、その恐怖を越えていく力として「信じることの力」というものが、強く、はっきりと具体的に書かれているのです。

混乱する二十一世紀を生きる人々に向けて、自分もその時代を生きる一人として、「信じる力」を通して、この世界を再構成したいという思いが託された物語なのだと思います。

073 「リアリズム・モードをうまく破る」

村上春樹とカズオ・イシグロ

2017.10

今回は、ノーベル文学賞受賞が決まったカズオ・イシグロの作品と、村上春樹の作品の響き合うところについて、考えてみたいと思います。カズオ・イシグロは、日本でもたくさんの読者を持っていて、同賞受賞決定後の各作品の増刷分だけで一〇〇万部以上となり、今回のコラムを書く時点での累計発行部数は二〇〇万部を超えています。カズオ・イシグロのような作家の本が、たくさん読まれるのは喜ばしいことですね。

▼すぐに頭に浮かんだのは村上春樹氏の名前だった

受賞決定直後の記者会見で「世界の偉大な作家が受賞しておらず、私がこの場にいることには少し罪悪感も覚える」と述べ、その偉大な作家として「すぐに頭に浮かんだのは村上春樹氏の名前だった」と話していたカズオ・イシグロの姿も印象的でした。

私も文学担当の編集委員ですので、受賞が決まった直後、すぐにカズオ・イシグロの文学について記事を書いたのですが、書き上がった原稿が配信された頃に、その記者会見の映像がテレビ放送されて、それを見ていて、現代を生きる作家同士として、カズオ・イシグロが村上春樹に対して、同じような問題意識を持って、書き続けている作家として、とても尊敬しているのだなと感じました。

その村上春樹もカズオ・イシグロも作品が発表されるたびに、世界中で読まれる作家ですが、カズオ・イシグロが文芸誌「文學界」の二〇〇六年八月号のインタビューで、村上春樹作品が世界中で読まれる理由として、村上作品の特徴は「リアリズム・モードをうまく破ることができることだと述べ、この「リアリズム・モードをうまく破ることができる」作家としてカフカやベケット、ガルシア＝マルケスとともに村上春樹の名前を挙げていました。

その「リアリズム・モードをうまく破ることができる」のはイシグロ作品の特徴でもあると思うことを記事に書きました。私はこれまでに何冊か村上春樹作品に関する本を書いているのですが、最初に書いたのが『村上春樹を読みつくす』（講談社現代新書、二〇一〇年）という本で、その最終章をカズオ・イシグロの村上春樹作品に対する「リアリズム・モードをうまく破ることができる」という言葉を紹介しながら書いたので、カズオ・イシグロのことが、村上春樹とつながる形で、自分の頭の中にあったのだと思います。

お互いを尊敬しあう作家同士。村上春樹もカズオ・イシグロのノーベル文学賞の受賞決定を喜んでいるだろう、という言葉で、記事を書き上げました。

▼環境の人工性と、そこに入る人物の切迫性

村上春樹がカズオ・イシグロについて、記している言葉を紹介しながら、今回は、この「リアリズム・モードをうまく破ること」について、考えてみたいと思います。

村上春樹は、二〇〇一年にカズオ・イシグロが来日した時に会ったのが最初のようですが、村上春樹のエッセイの類を読んでいると、よくカズオ・イシグロのことが記されています。例えば、二〇〇三年に刊行された『村上春樹編集長　少年カフカ』（二〇〇三年）という、長編『海辺のカフカ』（二〇〇二年）の刊行直後の読者とのインターネットメールによる質問への応答集の中に「カズオ・イシグロさんのこと」というものがあって、そこで、次のようなことが記されています。長いですが、そのまま紹介してみましょう。

> この前、カズオ・イシグロさんが来日したとき、二人でご飯をたべてずいぶん長く話をしました。仕事抜きで、ほかの人をいれず、あくまでプライベートに話そうという彼の側からの申し入れがあって会ったわけです。僕ももちろん彼の作品は全部読んでいます。彼も僕の小説をほとんど全部読んでくれていました（日本語ができないので、翻訳で読んでくれたわけですが）。インテリジェントで素敵な人でしたよ。まじめな話もしたけど、ずいぶん笑った記憶があります。何の話をしたんだっけな？　忘れちゃったけど。うん、彼はけっこうロックを聴くんです。音楽の話もわりにしました。
>
> もしカズオ・イシグロさんと僕の作品世界に共通性をおこがましくもひとつあげるとしたら、それは環境の人工性と、そこに入る人物の切迫性みたいなことじゃないかという気がします。彼とはそんなこともちょっと話しました。それはポール・オースターの作品についても、あるいは更にさかのぼってフランツ・カフカの作品についても言えることかもしれませんが。

ここに、ポール・オースターのことが出てくるのは、読者の質問がカズオ・イシグロのことだけでなく、ポール・オースターのことにも触れたものだったことも関係しているかもしれません。

インターネットを使った読者との応答集では『村上さんのところ』（二〇一五年）が話題になりましたが、そこでも、カズオ・イシグロのことが何回か記されていました。

「好きなイギリス人作家は誰ですか」という質問に「僕はイシグロのファンですので、やはりカズオ・イシグロの名前をあげると思います。世界的にも人気があり、評価は高いですよね。もともとは日本人だけど、既に英国を代表する作家になっています」と答えていましたし、本が出たら必ずすぐ読む作家としてカズオ・イシグロを挙げていました。

▼直線的に存在し、水平的に同時的に結びついている

二〇一一年に刊行された『村上春樹　雑文集』には「カズオ・イシグロのような同時代作家を持つこと」という文章が収録されています。

この文章は二〇一〇年に英国で出版されたカズオ・イシグロの作品についての研究論文を集めた研究書の序文として書かれたものです。『村上春樹　雑文集』には、本文の前に、この経過を記す紹介文が付いています。それによると、「イシグロは僕がもっとも愛好する同時代作家の一人で、何度か会って話をしたこともあります。なぜか僕のところに「序文を書いてもらいたい」という依頼が来たので、喜んで引き受けました」とあります。

その本文は「新しい小説が出るたびにすぐ書店に足を運び、それを買い求め、ほかに読みかけの本があっても途中でやめて、何はさておきページを開いて読み始めるという作家が何人かいる。それは多くの数ではない、というか現在の僕の場合、ほんの何人かしかないわけだが、カズオ・イシグロもそのような作家の一人である」と書き出されています。

その文章の中には「僕はこれまでイシグロの作品を読んできて、失望したり、首をひねったりしたことが一度もない」ということも記されていますし、最後には「一人の小説家として、カズオ・イシグロのような同時代作家を持つことは、大きな喜びである。そして一人の小説家として、カズオ・イシグロのような同時代作家を持つことは、大きな励ましになる」と書かれています。

さらに、カズオ・イシグロの作品について、それは一冊一冊がそれぞれに異なった成り立ちをしていて、その構成も文体も作品ごとに、明らかに意図的に区別されているのに、それにもかかわらず、確実にイシグロという作家が刻印されていて、小宇宙を構成していることが述べられています。でも、それだけでなく、それらの小宇宙が読者の中で、ひとつに集められると、そこにカズオ・イシグロという小説家の総合的な宇宙のようなものが、まざまざと浮かんでくることを記したあと、村上春樹は次のように書いています。

つまり彼の作品群はクロノロジカルに直線的に存在しているのと同時に、水平的に同時的に結びついて存在してもいるのだ。僕は彼の作品を読んで、いつもそのような感想を強く抱くことになる。

これは、村上春樹の作品にも、そのまま当てはまると思います。実際、この「カズオ・イシグロのような同時代作家を持つこと」という文章はカズオ・イシグロが「次にどんな作品を生み出すのか、それを思い描くことは、自分が次にどんな作品を生み出すことになるのか、それを自ら思い描くことでもある」と結ばれています。

もちろん、優れた小説家というものは、各作品がその作家ならではの小宇宙を構成していて、さらに小宇宙が読者の中で、ひとつに集められるとその小説家の総合的な宇宙がまざまざと迫ってくるものなのだと思います。

でも、村上春樹のカズオ・イシグロに対する言葉は、それを超えて、イシグロ作品から触発されてくる、共通性のようなものを感じる文章なのです。カズオ・イシグロの「リアリズム・モードをうまく破ること」という言葉にも、村上春樹作品との、何か、共通性のようなものを感じるのです。

▼歴史や現実世界の時代の問題が迫ってくる

今回はカズオ・イシグロと村上春樹の言葉の紹介が多くなってしまいましたが、そこにどんな響き合いのようなものを、読者として感じとることができるのかということを、少しだけ記してみたいと思います。

二〇一五年に刊行されたカズオ・イシグロの長編『忘れられた巨人』は、六世紀ごろの大ブリテン島を舞台に騎士や竜が登場する物語です。「ガウェイン卿」が出てきて、「えっ、今度はアーサー王伝説なのか」と思いました。ガウェイン卿はアーサー王の甥で、アーサー王に仕えた円卓の騎士の一人です。考えてみれば、英国はアーサー王伝説の本場ですから、日本人の読者が驚く必要はないのですが。

そんな時代を、ある老夫婦が遠くにいる息子を訪ねることから、物語が動いていきます。深い霧に覆われて、その霧はすべての記憶を覆い隠します。老夫婦の記憶もあいまいですが、竜の息が霧の原因で、その竜を退治できるかどうかというふうに進んでいきます。

このように紹介すると、ファンタジーの世界のようですが、でもファンタジー世界のように読めない作品なのです。隔絶された世界に読者が引き込まれ、かつて対立していたブリトン人とサクソン人が、再び対立するのか、和解をして平和な世界に向かうのかというふうな世界に物語が進んでいきます。

私はカズオ・イシグロを取材したことがありませんが、共同通信・文化部の記者のインタビューに答えて、この作品の着想は現実の世界情勢から得たと、イシグロは語っています。

きっかけは旧ユーゴスラビアの内戦とルワンダの虐殺。特に、隣人として平和に暮らしていた異民族が殺し合ったユーゴ紛争は、休暇先としてもなじみ深い地域なのでショックでした。一世代前の対立の記憶は忘れられていたが、平和は偽りだとばかりに、その記憶が憎悪とともに引きずり出されたのです。

カズオ・イシグロは、ノーベル文学賞の受賞が決まった時、「ノーベル賞は常に平和のためにある。受賞という大

きな名誉がわずかでも平和のための力になればいい」と語っていました。

この『忘れられた巨人』の中でも、繰り返し、「平和」という言葉が出てきます。例えば「わが敬愛するアーサー王はブリトン人とサクソン人に恒久の平和をもたらした。遠くの地ではまだ戦があるとも聞くが、ここでは互いに友であり、もはや縁者である」。あるいは「われらの間に恒久平和が定着するのに十分な時間かもしれない」「虐殺と魔術の上に築かれた平和が長つづきするでしょうか」。さらに「もしまた会うことがあれば、平和のうちにお進みなさい、と言うでしょう。ま、もはや平和などありえませんが」とも記されているのです。

これらの「平和」を巡る会話が、インタビューや記者会見の中の「平和」という言葉と響き合っているのでしょう。カズオ・イシグロの小説を読むと、そういう、歴史や現実世界の時代の問題が迫ってきます。

▼常に歴史や現実の問題と格闘しつづける

アーサー王伝説と村上春樹作品の関係は、本書の中でも何回か考えてきました。

わかりやすい例を挙げてみれば、『1973年のピンボール』（一九八〇年）の最後のほうには「もちろんそれで「アーサー王と円卓の騎士」のように「大団円」が来るわけではない。それはずっと先のことだ」という言葉があります。

きっと、村上春樹はアーサー王と円卓の騎士など、中世騎士物語が好きな人なのだと思います。二〇一三年五月に京都で、村上春樹の公開インタビューが開かれましたが、そこの場で、参加者の質問に答えて（どんな質問かは忘れてしまいました。すみません）、村上春樹が〈みんな森に竜退治に行く話なんかが好きですよね〉というふうに語っていました。

アーサー王伝説は、聖杯伝説とも関係して、ファンタジー的に受け取られがちです。確かに、その『1973年のピンボール』には「208」と「209」という数字が書かれたトレーナーを着た双子の女の子が登場したりします。いかにもファンタジー世界のようです。

でも、この「208」と「209」は「昭和20年8月」と「昭和20年9月」を示していることが、『ねじまき鳥クロニクル』（一九九四、九五年）などで、明らかになってきます。つまり『風の歌を聴け』（一九七九年）、『1973年のピンボール』、『羊をめぐる冒険』（一九八二年）という初期三部作は、日本近代と戦争の歴史を描いた作品として繋がっているのです。

村上春樹もまた、常に歴史や現実の問題と格闘しつづける作家なのだと思います。村上春樹自身の言葉によれば、その「作品群はクロノロジカルに直線的に存在していると同時に、水平的に同時的に結びついて存在」している作家なのです。

▼外界から隔絶された世界

でも、個人の魂の格闘が、歴史や現実の問題と響き合う小説になるには、どこか別な隔絶された世界に、読者がいかなくてはいけないと思います。不思議なことですが、歴史や現実とダイレクトに接すると、歴史や現実の問題と響き合ってこないのです。私だけが、そう感じているのかもしれませんが、でも一読者として、そのように感じます。

カズオ・イシグロの六世紀ごろの大ブリテン島を舞台にした『忘れられた巨人』も隔絶された世界ですし、その十年前の長編『わたしを離さないで』は、クローン人間や臓器移植の問題が、外界から隔絶された特殊な寄宿学校を舞台に描かれました。

村上春樹の世界も、例えば『羊をめぐる冒険』は、北海道の旭川から塩狩峠を越え、さらに奥にある十二滝町という土地の山上に向かう物語です。その十二滝町は「これより先には人は住めない」という場所。大規模稲作の北限地です。その隔絶された山上の古い牧場跡で僕は羊男に会い、友人の鼠と再会するのです。

なるほど、村上春樹の言葉を借りれば、二人は「環境の人工性と、そこに入る人物の切迫性みたいなこと」で、共通しています。そのような隔絶された場所から「リアリズム・モードをうまく破る」のです。

▼「記憶」をめぐる作家

そして、村上春樹も、カズオ・イシグロも「記憶」というものの力を物語に持ち込んでいることも共通しています。

村上春樹の初期短編の代表作の一つ「午後の最後の芝生」（一九八二年）には「記憶というのは小説に似ている、あるいは小説というのは記憶に似ている」という言葉が記されていました。

そしてカズオ・イシグロも「記憶」を巡る作家です。英文学最高のブッカー賞を受賞して、一躍英文学の旗手として世界に知られるようになった『日の名残り』（一九八九年）も、英国人執事の旅と記憶の回想を描いた物語です。『忘れられた巨人』の「巨人」も「記憶」のことです。

記憶を自己の都合でゆがめてしまう人間存在と、歴史という社会・国家の記憶を勝手に曲げてしまう共同体の問題。さらに個人はすべてをはっきり記憶していたら幸せなのか。社会・国家が恣意《しい》的にゆがめてしまった記憶・歴史はどうしたら正せるか。そのように記憶を巡って何重にもふくらんでいく作品世界を、繊細かつ幻想的な文体で描く。

そのように、私はノーベル文学賞が決まった時に、カズオ・イシグロの作品について記事を書いたのですが、その記憶を巡る物語が、個人の記憶だけでなく、国家の歴史や現実の問題と響き合い、せめぎ合って、書かれていることが、特徴なのだと思います。村上春樹の作品も、個人の魂の問題が、つねに国家の歴史や現実の問題と響き合い、せめぎ合って、書かれています。

以上、村上春樹を読んできた者として、カズオ・イシグロと、その文学世界が、どのように響き合っているのかを、考えてみました。

さて、村上春樹の最新長編『騎士団長殺し』(二〇一七年)の英訳が進んでいるようです。この作品にモーツァルトのオペラ『ドン・ジョバンニ』の冒頭で、放蕩者ドン・ジョバンニと果たし合いとなって殺される「騎士団長」が登場します。カズオ・イシグロの『忘れられた巨人』も円卓の騎士「ガウェイン卿」が出てくる物語でした。二人は「騎士」への興味も重なっているのでしょうか。

*『騎士団長殺し』の英訳は、『Killing Commendatore』として二〇一八年十月に刊行されました。

074 「〈うまい〉キウリの海苔巻き」 食の屈指の名場面

2017.11

この一年半ほど共同通信の文学担当の編集委員として、「文学を食べる」という企画を毎週連載しています。夏目漱石、森鷗外、芥川龍之介、太宰治ら近現代日本の作家の作品に登場する食べものを取り上げて、作中で持つ、その食べものの意味を考え、さらにその食べものが日本文化の中で、どのように食べられてきたかを書いていく連載です。

第一回は、吉本ばななさんの『キッチン』と「カツ丼」から始めましたし、角田光代さんの『八日目の蟬』では「素麵」を、俵万智さんの歌集『チョコレート革命』では「バレンタインチョコ」を、最近も辻原登さんの『冬の旅』では「串かつ」、黒井千次さんの『高く手を振る日』では「焙じ茶」など、現代作家の作品と飲食物のことも書いています。

そして現代作家の中で、食べものを作品の中に描くことでは、屈指の作家である村上春樹のことも、当然、何回か取り上げています。今回はこの「文学を食べる」の中で取り上げた『ノルウェイの森』(一九八七年)に出てくる「キウリの海苔巻き」という食べものを通して、村上春樹の中の「物語の力」について考えてみたいと思います。

▼じゃあ、今度の日曜日、私につきあってくれる?

『ノルウェイの森』には、「直子」と「緑」という対照的な女性が登場します。ビートルズの「ノルウェイの森」が好きな直子は、京都のサナトリウムの森の奥で自死してしまう人で、死の象徴のような女性です。もう一人の「緑」は、「まるで春を迎えて世界にとびだしたばかりの小動物のように瑞々しい生命感」に満ちた女性です。そして『ノルウェイの森』に「キウリの海苔巻き」が出てくるのは「緑」のほうの話で、下巻の第七章にあります。

「僕」が大学にしばらくぶりに行って、文学部の図書室に向かって歩いていると「小林緑」とばったり出会うのです。「ずっとここのところあなたいなかったでしょ? 私何度も電話したのよ」「どうしたの? あなたなんだか漠然とした顔してるわよ。目の焦点もあっていないし」「幽霊でも見てきたような顔してるわよ」などと緑は言います。

大学を留守にしていた間、「僕」は京都のサナトリウムにいる「直子」のところに滞在していたのですが、そこから帰ってきた「僕」に「緑」が「幽霊でも見てきたような顔してるわよ」と言っています。つまり「直子」は「幽霊」みたいな存在、死者の世界にいる女性であることが、村上春樹によって、はっきり記されていると思います。

そして、大学の授業が終わった後、「僕」と「緑」は新宿の「DUG」に行って、お酒を飲みながらいろいろ話をしています。「私のこともっと知りたい?」と「緑」が言うと、「興味はあるね、いささか」と「僕」は応答しています。それに対して「ねえ、私は『私のこともっと知りたい?』って質問したのよ。そんな答っていくらなんでもひどいと思わない?」と「緑」が詰め寄ります。この辺り、「緑」のほうが活発で、「僕」は押され気味ですね。

「じゃあ今度の日曜日、私につきあってくれる?」と「僕」に「緑」が迫り、日曜日の朝の九時半に「緑」は「僕」の住む「寮」に迎えに来ます。「誰かが僕の部屋をどんどん叩いて、おいワタナベ、女が来てるぞ! とどなったので玄関に下りてみると緑が信じられないくらい短かいジーンズのスカートをはいてロビーの椅子に座って脚をくみ、あくびをしていた」のです。

この「緑」という女性の描き方は実に生き生きとしていて、まさに「春を迎えて世界にとびだしたばかりの小動物のように瑞々しい生命感」に満ちています。

▼深手を負った小動物のような「緑」の父

「キウリの海苔巻き」という食べものが登場するのは、まさにこの日です。

二人は「駅から電車に乗ってお茶の水まで」行きます。「ところでお茶の水に何があるの?」と「僕」が訊いても、「緑」は「まあついてらっしゃいよ、そうすればわかるから」と言うだけです。そのあと、二人は英語の仮定法現在と仮定法過去の違いについて話したり、マルクスの『資本論』のことを話したり、当時の学生運動に参加している人たちのインチキさについて話したりしていますが、「我々は何処に向っているんだろう、ところで？」と「僕」が聞くと、ようやく「緑」は「病院よ。お父さんが入院しているて、今日いちにち私がつきそってなくちゃいけないの。私の番なの」と言うのです。

「緑」の父親は、彼女の母親が二年前に亡くなったのと同じ脳腫瘍を患っていて、その具合は「はっきり言って時間の問題」なのだそうです。

「緑」の父親は二人部屋の手前のベッドに「深手を負った小動物」のように寝ています。点滴の針のささった左腕、頭には白い包帯がまきつけられ、青白い腕には注射だか点滴の針だかのあとが点々とついていて、半分だけ開いた目で空間の一点をぼんやりと見ていますが、僕が入っていくとその赤く充血した目を少しだけ動かして我々の姿を見ます。そんな目を見ると、この人はもうすぐ死ぬのだということが理解できるのです。

「緑」の「どう、今日は？」という問いに、父親はもそもそと唇を動かして〈よくない〉と言います。「頭が痛いの？」と聞くと〈そう〉。手術直後のせいもありますが、四音節以上の言葉はうまくしゃべれないようです。

「緑」は「この人ワタナベ君。私のお友だち」と紹介、「僕」も「はじめまして」と挨拶をするのですが、父親は半分唇を開き、そして閉じてしまいます。

「緑」は父親に水さしの水を少し飲ませ、果物かフルーツ・ゼリーを食べたくないかと訊きますが、〈いらない〉と父親は言います。少し食べなきゃ駄目よと緑が言っても〈食べた〉と彼は答えます。

父親のベッドの枕もとには物入れを兼ねた小テーブルのようなものがあって、そこに水さしやコップや皿や小さな時計がのっていて、その下には着がえなどが入った大きな紙袋があります。紙袋の底のほうには病人のための食べものが入っていました。

▼〈いらない〉〈いらない〉〈いらない〉

それは「グレープフルーツが二個とフルーツ・ゼリーとキウリが三本」でした。

「キウリ？」と「緑」がびっくりしたようなあきれた声を出します。「なんでまたキウリなんてものがここにあるのよ？　まったくお姉さん何を考えているのかしらね。想像もつかないわよ。ちゃんと買物はこれこれやっといてくれって電話で言ったのに。キウリ買ってくれなんて言わなかったわよ、私」と「緑」は言うのですが、「僕」が「キウイと聞きまちがえたんじゃないかな」と言うと、「緑」はぱちんと指を鳴らして「たしかに私、キウイって頼んだわよ。それよね。でも考えりゃわかるじゃない？　なんで病人が生のキウリをかじるのよ？　お父さん、キウリ食べたい？」と言っても、〈いらない〉と父親は言っています。

「本当に何か食べたくない、お父さん？」と聞いても〈いらない〉というのです。

今度は「緑」が「ワタナベ君、グレープフルーツ食べない？」と聞きますが、「いらない」と僕も答えています。

医師の回診が終わって、食事の時間となりますが、「緑」の父親用のものはポタージュ・スープとフルーツとやわらかく煮て骨をとった魚と、野菜をすりつぶしてゼリー状にしたようなもの。「緑」はスプーンですくってスープを飲ませますが、父親は五、六口飲んでから顔をそむけるようにして〈いらない〉と言います。

このように「緑」の父親の答えは〈いらない〉〈いらない〉〈いらない〉なのです。

▼「緑」もまた「死」がすぐ近くにある人間

仕方なく、「緑」と「僕」は病院の食堂に食事を取りに行くと、緑は二人分の定食をアルミニウムの盆にのせて運んできてくれます。クリーム・コロッケとポテト・サラダとキャベツの千切りと煮物とごはんと味噌汁です。

この辺りの村上春樹のご飯・食べものに関する描写、とても詳しいですね。でも「僕」は半分ほど食べてあとを残してしまいます。「緑」はおいしそうに全部食べてしまいます。「ワタナベ君、あまりおなかすいてないの？」と「緑」が熱いお茶をすすりながら言うので、「僕」も「うん、あまりね」と答えると、「病院のせいよ」と「緑」が言うのです。病院の匂い、音、病人の顔、緊張感、苛立ち、失望、苦痛、疲労……が「胃をしめつけて人の食欲をなくさせるのよ」と「緑」は「僕」に語っています。

「緑」の親戚の人たちが見舞いに来てくれた時にも、一緒にここでご飯を食べると、みんなやはり半分くらい残すそうです。「緑」がペロッと食べちゃうと「ミドリちゃんは元気でいいわねえ。あたしなんか胸がいっぱいでごはん食べられないわよ」と親戚たちは言います。

看病をしてるのはこの私なのよ。冗談じゃないわよ。他の人はたまに来て同情するだけじゃない。ウンコの世話したり痰をとったり体拭いてあげたりするのはこの私なのよ。（……）いい年した人たちなのにどうしてみんな世の中のしくみってものがわかんないのかしら、あの人たち？ 口でなんてなんとでも言えるのよ。大事なのはウンコをかたづけるかかたづけないかなのよ。私だって傷つくことはあるのよ。私だってヘトヘトになることはあるのよ。私だって泣きたくなることあるのよ。

そのように、「緑」は語っています。この部分は「春を迎えて世界にとびだしたばかりの小動物のように瑞々しい生命感」に満ちた『ノルウェイの森』の「緑」の最深部でしょう。いつも「緑」は活発で、明るく、愉快なキャラクターの女性として、記憶に残る女性ですが、そうではない部分を抱えながら生きているのです。「緑」もまた「死」がすぐ近くにある人間なのです。

▼僕がしばらくお父さんのこと見ててやるから

さてさて、「キウリの海苔巻き」という食べものが登場するのは、ここからです。

明らかに、「緑」は少し、父親の看病で疲れています。週に四日は父親の病院に来て、お姉さん（ちなみに、姉の名前は「桃子」です）は週に三日、病院に来ているというのです。

「僕」は「二時間ばかり一人でそのへん散歩してきなよ」「僕がしばらくお父さんのこと見ててやるから」と「緑」に言います。「少し病院を離れて、一人でのんびりしてきた方がいいよ。誰とも口きかないで頭の中を空っぽにしてさ」と加えるのです。「緑」も「そうね。そうかもしれないわね」と従います。

病室に戻ると「緑」は父親に、自分は用があるのでちょっと外出すると言って、「緑」の父の脇には「僕」だけが残ります。

眠っていた「緑」の父親が目を覚まして咳を始めたので、「僕」はティッシュ・ペーパーで痰を取ってやり、タオルで額の汗を拭き、「水飲みますか?」と訊くと「緑」の父親は「四ミリくらい肯いた」ので、水さしで水を飲ませます。

「もっと飲みますか?」と訊くと、〈もういい〉と彼は乾いた小さな声で言います。

「何か食べませんか? 腹減ったでしょう?」と言って、野菜ゼリーと煮魚をスプーンでひと口ずつすくって食べさせると、半分ほど食べてから、もういいという風に首を振ります。フルーツはどうするかと訊くと〈いらない〉といいます。

食事は「うまかったですか?」と訊いてみると、〈まずい〉と「緑」の父が言います。

やはり「緑」の父の答えは〈もういい〉〈いらない〉〈まずい〉です。

ですから、この後、「僕」は普通、日曜日には、寮で洗濯をして、夕方前にとりこんでせっせとアイロンがけをすることや大学の授業で「緑」と一緒にギリシャ悲劇のエウリピデスについての講義をとっていることなどを、「緑」の父に話します。でも話しているうちに「僕」のほうが「ひどく腹が減ってきた」のです。朝食を殆ど食べなかったうえに、「緑」と食べた昼の定食も半分残してしまったからです。

何か食べものがないかと、病室の物入れの中を探してみますが、海苔の缶とヴィックス・ドロップと醤油があるだけでした。紙袋の中にはキウリとグレープフルーツがありました。

「僕」は「腹が減ったんでキウリ食べちゃいますけどかま

いませんかね」と「緑」の父親に言って、洗面所で三本のキウリを洗い、皿に醤油を少し入れ、キウリに海苔を巻いて、醤油をつけてぽりぽりと食べ始めるのです。

▼どうです？　うまいでしょう？

「うまいですよ」と「僕」は言います。「シンプルで、新鮮で、生命の香りがします。いいキウリですね。キウイなんかよりずっとまともな食いものです」

「僕」は一本を食べてしまうと次の一本にとりかかり、ぽりぽりというとても気持ちの良い音が病室に響き渡っています。「僕」の空腹もキウリを丸ごと二本食べてしまうと一息つき、今度は湯をわかして、お茶を入れて飲みます。そして「水かジュース飲みますか？」と「緑」の父親に「僕」が訊くのです。すると、「〈キウリ〉」と彼は言ったのです。

「僕」はにっこり笑って、「いいですよ。海苔つけますか？」と「緑」の父親に訊くと、彼は小さく肯きます。果物ナイフで食べやすい大きさに切ったキウリに海苔を巻き、醤油をつけ、楊枝に刺して口に運んであげると、彼は殆ど表情を変えずにそれを何度も何度も噛んだあとで、呑み込みました。

「どうです？　うまいでしょう？」と「僕」が訊くと、「緑」の父親が言います。「〈うまい〉」。

「僕」は「食べものがうまいっていいもんです。生きている証しのようなものです」と言います。「結局彼はキウリを一本食べてしまった」のです。

「キウリを食べてしまうと水を飲みたがったので、僕はまた水さしで飲ませてやった。水を飲んで少しすると小便をしたいと言ったので、僕はベッドの下からしびんを出し、その口をペニスの先にあててやった。僕は便所に行って小便を捨て、しびんを水で洗った。そして病室に戻ってお茶の残りを飲んだ」とあります。

食べもののことがたくさん出てくる村上春樹の小説の中でも、この『ノルウェイの森』の「キウリの海苔巻き」を「僕」と「緑」の父親が食べる場面は、屈指の名場面だと思います。

▼自分の言葉をサッサと捨てて

村上春樹は学生時代にたくさんの空虚な言葉に接したようです。アジ演説をするような多くの人間が、自分が発した言葉に従って生きようとしなかったのです。自分の言葉をサッサと捨てて、そんな言葉を発したことも忘れて、大企業などに就職して、日本のバブル経済を推進していく側になっていったことへの失望と怒りのようなものが、村上春樹の文学の出発点の一つになっていると思います。

いい年した人たちなのにどうしてみんな世の中のしくみってものがわかんないのかしら、あの人たち？　口でなんてなんとでも言えるのよ。

こんな「緑」の言葉にも、その村上春樹の思いは反映しているのでしょう。

言葉で喋るだけでなく、何か、少しでも、現実世界を動かすこと。それを「僕」が「緑」の父親に「うまいキウリの海苔巻き」を食べさせるということで、為しているのです。「僕」は一見、受け身的に生きる人間のようですが、少しずつ現実の世界を動かす人間として在ると思います。

▼姉「桃子」の間違いをさりげなく救う

そして、もう一つ、とても大切なことですが、「緑」と交代で、三日間、父親の看病をしている「緑」の姉「桃子」が「キウイ」と「キウリ」を間違ったことを、この場面が、さりげなく救っていることです。

「でも考えりゃわかるじゃない？　なんで病人が生のキウリをかじるのよ？　お父さん、キウリ食べたい？」と、「緑」は姉「桃子」の間違いに、少しだけ強い言葉で反応していますが、「僕」と「緑」の父親が、うまいキウリを食べることで、桃子の間違いが素敵なものに置き換えられていますし、「緑」の心の疲れも少し解消されているのです。これこそが「物語の力」だと、私は思います。

公園でぼおっとしていて、「とても楽になったような気がする」という「緑」が午後三時過ぎに帰ってきます。

「僕」から話を聞いた「緑」は「ワタナベ君、あなたってすごいわねえ」「あの人ものを食べなくてそれでみんなすごく苦労してるのに、キウリまで食べさせちゃうんだもの。信じられないわね、もう」と驚いています。「緑」からも、「桃子」の間違いに対する苦言が消えています。

▼〈キップ〉〈ミドリ〉〈タノム〉〈ウエノ〉

「緑」の父親は「僕」に親しみを抱いたのか〈キップ〉〈ミドリ〉〈タノム〉〈ウエノ〉などと「僕」に言います。それは「切符」「緑」「頼む」「上野駅」のことのようです。「緑」「頼む」は「緑のことをよろしく頼む」という意味かと思いますが、「切符」「上野駅」については、こんなことが「緑」にあったそうです。

「緑」は二回家出の体験があり、小学三年と五年の時、上野駅から電車に乗って福島まで行ったことがあるのだそうです。福島に伯母の家があり、その家に行ったのです。すると父親が福島まで来て、「緑」を連れて帰ります。二人で電車に乗ってお弁当を食べながら上野まで帰るのですが、その時、お父さんはすごくボソボソとだけど、いろんな話を「緑」にしてくれました。

関東大震災のときの話だとか、戦争のときの話だとか、私が生まれた頃の話だとか、そういう普段あまりしたことないような話ね。考えてみたら私とお父さんが二人きりでゆっくり

話したのなんてそのときくらいだったわね。ねえ、信じられる？　うちのお父さん、関東大震災のとき東京のどまん中にいて地震のあったことすら気がつかなかったのよ。

などと記されています。東日本大震災（二〇一一年三月十一日）が起きた後に、この「福島」や「関東大震災」のことが記された部分を読みますと、また別な思いが迫ってきます。そして、あまり登場人物の親子関係のことを記したりしない村上春樹が、「緑」に関しては、「姉」や「父」のことが書いてあるのも印象的です。でも、そのことが自然に、読む側に伝わってくるということに、「キウリの海苔巻き」の場面の力があるのだと思います。

▼ポリ、ポリという小さな音をよく覚えている

最後に、せっかくですから、「キウリ」の食文化史を少しだけ紹介しましょう。鈴木晋一『たべもの史話』（一九八九年）によると、胡瓜はインドのヒマラヤ地方の原産。漢の武帝時代に張騫《ちょうけん》（？—前一一四年）が西域から持ち帰ったとされるところから、胡《えびす》の瓜《うり》で「胡瓜」となったようです。それが四世紀になって「黄瓜」とも呼ぶようになったのは、後趙を建国した石勒《せきろく》が匈奴出身で蛮族を示す「胡」の字を忌んで名を変えさせたためです。

日本への渡来は古いですが、長く日本人は黄色く完熟したキウリを食していたようです。「黄瓜《こうか》」を日本読みして「きうり」と読んだのです。

「キウリの海苔巻き」が登場する『ノルウェイの森』の第七章の最後に「僕」は京都の「直子」に手紙を書いています。

僕はその同じクラスの女の子の父親の見舞いに行って余ったキウリをかじった。すると彼もそれを欲しがってぽりぽりと食べた。でも結局その五日後の朝に彼は亡くなってしまった。僕は彼がキウリを噛むときのポリ、ポリという小さな音を今でもよく覚えている。人の死というものは小さな奇妙な思い出をあとに残していくものだ、と。

この『ノルウェイの森』に出てくる「キウリの海苔巻き」は、本当にシンプルで、美味しい食べものです。作るのも簡単です。興味のある人はぜひ自分で作って食してみてください。

＊「文学を食べる」の連載は一〇〇回続いて、二〇一八年に『文学はおいしい。』（作品社）として刊行されました。イラストは吉本ばななさんの姉で漫画家のハルノ宵子さんが、すべてカラーで描いてくれました。私の文章のことはここに記しませんが、本当においしそうな絵ですので、機会があったら『文学はおいしい。』を覗いてみてください。

075
オウム真理教に対抗する牡蠣フライ
「深く、開かれた物語」
2017.12

寒い冬の夕暮れに僕はなじみのレストランに入って、ビール（サッポロ中瓶）と牡蠣フライを注文する。この店には五個の牡蠣フライと八個の牡蠣フライというふたつの選択肢がある。とても親切だ。たくさん牡蠣フライを食べたい人のためには、たくさんの牡蠣フライが運ばれてくる。少しの牡蠣フライでいいという人のためには、少しの牡蠣フライが運ばれてくる。僕はもちろん八個の牡蠣フライを注文する。僕は今日、たくさんの牡蠣フライを食べたいのだから。

村上春樹の「牡蠣フライの話」は、そう書き出されています。こんな村上春樹の小説は読んだことがないという人がいるかもしれれません。

それは、この「牡蠣フライの話」が『村上春樹　雑文集』（二〇一一年）の中に収録された「自己とは何か（あるいはおいしい牡蠣フライの食べ方）」というエッセイの末尾に、「牡蠣フライ」を通して「自己とは何か」「自分とは何か」を思考する実践編として置かれた小説だからです。

▼「一人カキフライ」

前回、食べ物のことがしばしば登場する村上春樹作品の中でも屈指の食の名場面である『ノルウェイの森』（一九八七年）の「キウリの海苔巻き」のことを紹介しました。これは脳腫瘍で入院している「緑」の父親を「僕」と「緑」が見舞いに行って、食欲のない「緑」の父親に「キウリの海苔巻き」という美味しい食べ物を食べさせてあげる話です。

せっかく、村上春樹作品の食べ物のことについて書いたので、今回は村上春樹が食べ物のことを例にあげて、自分が考える文学の形について語っていることを二つほど紹介してみたいと思います。

その一つが、「牡蠣フライ」です。村上春樹の牡蠣フライ好きは有名です。紹介した「自己とは何か（あるいはおいしい牡蠣フライの食べ方）」という文章の中にも、もちろん「牡蠣フライが好きなので」と村上春樹は記しています。

他にも、読者とのインターネットを通した応答集『村上さんのところ』（二〇一五年）の中にも何回か、牡蠣フライに触れたところがありました。

その電子書籍版の『村上さんのところ　コンプリート版』には「よく牡蠣食う客」という三十六歳の女性からの「カキ小屋に是非いらしてください」というメールが収録されていますが、その女性は一人で二、三キロの牡蠣を食べてしまった後、「お店のおばちゃんがささっと残りをカキフライにしてくれて、それがまぁビックリするくらい美味しくて。未だにあのカキフライを超えるものに出会ったことがありません」などと書いてあります。

このメールに対して、村上春樹は「読んでいるだけで口の中につばがたまりそうです。すごくおいしそうですね」「僕は牡蠣ってほんとに好きなんです」と、牡蠣フライばかりでなく、自分の牡蠣好きを述べています。

また東日本大震災（二〇一一年三月十一日）後に福島県郡山市で始められた文学講座「ただようまなびや　文学の学校2015」（二〇一五年十一月二十九日）に村上春樹が参加。その場でも「僕はカキフライが大好きです」と話しているようです。

新聞の報道などによると「でも、うちで食べることってまずないんです。うちの奥さんが揚げ物が一切イヤなので、出してくれないんです。結婚して四十五年になりますが、結婚したあとで、揚げ物が苦手だということが判明した」とか。

仕方なく、村上春樹は牡蠣フライが食べたい時は、奥さんが出かけた時などに、自分で作るそうです。それを「一人カキフライ」と村上春樹は名づけています。その「カキフライは揚げたてを食べるのはおいしいです。でも、寂しいです。おいしいけど寂しい、寂しいけどおいしいという、永遠に循環していくわけです」と、「一人カキフライ」について語っています。

そして、小説を書くことも、同じように孤独な作業で、「一人カキフライ」にすごくよく似ていることを話したようです。

ですから、小説を書いている時は、小説を書いているんだとは思わないようにしていて、それよりは「いま僕は、台所でカキフライを揚げているんだ」と考えるようにしているそうです。

「皆さんも、もし小説をお書きになるようなことがあれば、カキフライのことを思い出してください。そうすると、すらすら書けます」とも述べたようです。

▼別の総合的なかたちに置き換えていく

さて、これら村上春樹の牡蠣フライに関する言及の意味することは何でしょうか。

それを考える原点のような文章が、冒頭に紹介した「自己とは何か（あるいはおいしい牡蠣フライの食べ方）」なのです。

この一文は村上春樹の文学・物語について、深く語っていて、実に興味深いです。その中で、

> 「自分とは何か？」という問いかけは、小説家にとっては——というか少なくとも僕にとっては——ほとんど意味を持たない。それは小説家にとってあまりにも自明な問いかけだからだ。我々はその「自分とは何か？」という問いかけを、別の総合的なかたちに（つまり物語のかたちに）置き換えていくことを日常の仕事にしている。

と村上春樹は述べています。

さらに、しばらく前にインターネットで、読者から「先日就職試験を受けたのですが、そこで『原稿用紙四枚以内で、自分自身について説明しなさい』という問題が出ました。僕はとても原稿用紙四枚で自分自身を説明することなんてできませんでした」というメールが届き、「もしそんな問題を出されたら、村上さんはどうしますか？　プロの作家にはそういうこともできるのでしょうか？」と質問されたようです。

それに対する村上春樹の答えは次のようなものでした。「原稿用紙四枚以内で自分自身について説明しなさい」ということは、意味のない設問のように思える。でも「自分自身について書くのは不可能であっても、たとえば牡蠣フライについて原稿用紙四枚以内で書くことは可能ですよね」と述べて、さらにこんな「牡蠣フライ理論」を展開しています。

▼相関関係や距離感が自動的に表現される

つまり「あなたが牡蠣フライについて書くことで、そこにはあなたと牡蠣フライとのあいだの相関関係や距離感が、自動的に表現されることになります。それはすなわち、突き詰めていけば、あなた自身について書くことでもありま す。それが僕のいわゆる「牡蠣フライ理論」です」と記しているのです。別に牡蠣フライでなくてはいけないことはなく、メンチカツでも海老コロッケでもかまわないそうです。さらにトヨタ・カローラでも青山通りでもレオナルド・ディカプリオでもいいそうです。

小説家とは世界中の牡蠣フライについて、どこまでも詳細に書きつづける人間のことである。自分とは何ぞや？　そう思うまもなく（そんなことを考えている暇もなく）、僕らは牡蠣フライやメンチカツや海老コロッケについて文章を書き続ける。そしてそれらの事象・事物と自分自身とのあいだに存在する距離や方向を、データとして積み重ねていく。多くを観察し、わずかしか判断を下さない。それが僕の言う「仮説」のおおよその意味だ。そしてそれらの仮説が——積み重ねられた猫たちが——発熱して、そうすることで物語というヴィークル（乗り物）が自然に動き始めるわけだ。

そのように村上春樹は書いています。

ここにある「仮説」と「猫」については、「自己とは何か（あるいはおいしい牡蠣フライの食べ方）」の冒頭近くにこんなことが、記されています。

良き物語を作るために小説家がなすべきことは、ごく簡単に言ってしまえば、結論を用意することではなく、仮説をただ丹念に積み重ねていくことだ。我々はそれらの仮説を、まるで眠っている猫を手にとるときのように、そっと

持ち上げて運び（僕は「仮説」という言葉を使うたびに、いつもぐっすり眠り込んでいる猫たちの姿を思い浮かべる。温かく柔らかく湿った、意識のない猫）、物語というささやかな広場の真ん中に、ひとつまたひとつと積み上げていく。どれくらい有効に正しく猫＝仮説を選びとり、どれくらい自然に巧みにそれを積み上げていけるか、それが小説家の力量になる。

このような言葉と、対応した「仮説」と「猫」です。

「ぐっすり眠り込んでいる猫たちの姿を思い浮かべる。温かく柔らかく湿った、意識のない猫」を、そっと持ち上げて運んで、物語というささやかな広場の真ん中に、ひとつひとつ積み上げていくのが小説家であるという言葉は素敵ですね。

▼自己表現という強迫観念

さて、ここに一貫して、村上春樹が語っているのは、「本当の自分とは何か？」「自己とは何か」と直接問うようなことは、小説・物語の道としてはダメであるということではないかと思います。

このような考え方は、もともと村上春樹の中にあったかもしれませんが、私がそのような村上春樹の言葉に初めて接したのは『海辺のカフカ』（二〇〇二年）の刊行後に、私と文芸評論家の湯川豊さんと二人で、村上春樹に対して行ったインタビューの時でした。

本書では客観性を担保する意味から、私が村上春樹へインタビューした時に聞いた言葉を記さずに書いていますが、この湯川豊さんとのインタビューは『夢を見るために毎朝僕は目覚めるのです』（二〇一〇年）というインタビュー集に収録されていて、既に書籍刊行されていますので、その部分を紹介してもいいでしょう。

『夢を見るために毎朝僕は目覚めるのです』に収録された『海辺のカフカ』を中心に」という私たちのインタビューの中で村上春樹はこんなふうに語っていました。

「今、世界の人がどうしてこんなに苦しむかというと、自己表現をしなくてはいけないという強迫観念があるからですよ。だからみんな苦しむんです」と。

加えて、こうも語っていました。

僕はこういうふうに文章で表現して生きている人間だけど、自己表現なんて簡単にできやしないですよ。それは砂漠で塩水飲むようなものなんです。飲めば飲むほど喉が渇きます。にもかかわらず、日本というか、世界の近代文明というのは自己表現が人間存在にとって不可欠であるということを押しつけているわけです。教育だって、そういうものを前提条件として成り立っていますよね。まず自らを知りなさい。自分のアイデンティティーを確立しなさい。他者との差異を認識しなさい。（……）これは本当に呪いだと思う。だって自分がここにいる存在意味なんて、ほとんどど

こにもないわけだから。タマネギの皮むきと同じことです。

これらの言葉を軟らかく、日常の生活の食べ物を通して語っているのが、村上春樹の「牡蠣フライ理論」なのでしょう。

▼自我の存在感みたいなものがあまりないんです

このインタビューは『海辺のカフカ』をめぐって、雑誌「文學界」の二〇〇三年四月号に掲載されたものですが、『海辺のカフカ』についての話でしたので、当然、カフカの文学についても村上春樹は語っていました。

> 僕は、カフカの書いていることというのは、悪夢の叙述だと思うんですよ。(……)彼が小説の中でやったことには、現在の作家が悪夢について叙述するのと違って、ほんとに異様なほどのリアリティーがあって、読んでいて、本当にそのまま悪夢の中に入っていきそうなくらいなんだけれど、彼はその悪夢と自分との精神的な関わり方やら、悪夢の出所について書くよりは、むしろ悪夢そのものについてものすごく細密に語っていくわけですね。そしてそこに立ち上がってくる恐怖の肌触りみたいなものを、僕らはほとんどそのまま、読んで感じることができるわけです。
>
> ただ、カフカの小説には、不思議だけれど、自我の存在感みたいなものがあまりないんですね。悪夢の中で自我がどうのたうつかということにはそれほど興味を持ってない

ように見える。

これら、カフカの文学について語る村上春樹の言葉が、「牡蠣フライ理論」について語る村上春樹と重なって感じられてきませんか?

〈自分自身について説明することは意味のない〉こと。〈自分自身について書くのは不可能でも〉〈牡蠣フライについて書くことで、そこにあなたと牡蠣フライとのあいだの相関関係や距離感が、自動的に表現され〉〈すなわち、突き詰めていけば、あなた自身について書くことでもあります〉という村上春樹の言葉と響き合って感じられると思います。

▼オープンな回路を持った物語の重要性

それと、もう一つ村上春樹の「牡蠣フライ理論」で、大切なことは、自我の追究や自己表現の文学ではなく、「牡蠣フライ」を介在させることによって可能になるオープンな回路を持った物語の重要性です。別に、介在するものが牡蠣フライでなくて、メンチカツや海老コロッケ、トヨタ・カローラでも青山通りでもレオナルド・ディカプリオでもいいわけですが。

私たちのインタビュー「『海辺のカフカ』を中心に」の中でも大きなテーマとして語られ、「自己とは何か(あるいはおいしい牡蠣フライの食べ方)」でも言及されているのは、オウム真理教などのカルト宗教に引き込まれてしまう人々

の姿ですが、そのオウム真理教などのカルト宗教に、村上春樹は「牡蠣フライ理論」の物語で対抗しているのです。

「本当の自分とは何か？」という問いかけが、オウム真理教（あるいはほかのカルト宗教）に多くの若者を引き寄せる要因のひとつになっていったのですが、村上春樹は「自己とは何か（あるいはおいしい牡蠣フライの食べ方）」の中で次のようなことを記しています。

　彼らの多くは、自分というものの『本来的な実体』とは何かという、出口の見えない思考トラックに深くはまりこむことによって、現実世界（仮に〈現実A〉とする）とのフィジカルな接触を少しずつ失っていった。人は自分を相対化するためには、いくつかの血肉のある仮説をくぐり抜けていかなくてはならないのですが、その出口の見えない思考トラックにはまり込んだ人の前に、たまたま強力な外部者が現れて、その外部者がいくつかの仮説をわかりやすいセットメニューにして彼らに手渡します。そこには必要なものの全てが、こぎれいなパッケージになって揃っています。そうすると混乱した〈現実A〉の世界を持つ者が、より単純で「クリーン」な別の〈現実B〉に取り替えられてしまうのです。そこでは相対性は退けられ、絶対性がとってかわるのです。

　これが、カルト宗教の物語に巻き込まれていってしまう人たちの姿です。小説はこのようなカルト宗教が持つ閉じられた物語とは違う、開かれた物語を創造しなくてはならないのです。

麻原彰晃《あさはらしょうこう》が、組織としてのオウム真理教が、多くの若者に対してなしたのは、彼らの物語の輪を完全に閉じてしまうことだった。厚いドアに鍵《かぎ》をかけ、その鍵を窓の外に捨ててしまうことだった。「本当の自分とは何か？」という問いかけ自体のもたらす閉鎖性を、一まわり大きい、より強固な閉鎖性に置き換えるだけのことだった。

　このように、「自己とは何か（あるいはおいしい牡蠣フライの食べ方）」に記されています。

　村上春樹の牡蠣フライは、そんなオウム真理教に対抗する牡蠣フライなのです。

あなたが牡蠣フライについて書くことで、そこにはあなたと牡蠣フライとのあいだの相関関係や距離感が、自動的に表現されることになります。それはすなわち、突き詰めていけば、あなた自身について書くことでもあります。

と村上春樹は書いています。

「本当の自分とは何か？」をそのまま追究するのではなく、牡蠣フライを（あるいはメンチカツや海老コロッケ、トヨタ・カローラ、青山通り、レオナルド・ディカプリオを）介在させて、それを書くことよって、自分を含めた世界の相関関係や距離感が表現され、開かれたオープンな回路を持つ物語が生まれていくのです。

今回の冒頭に紹介した、五個の牡蠣フライと八個の牡蠣フライというふたつの選択肢があるレストランは、一つのものに閉ざされていかない、いろいろな選択肢があるものの例として、物語のはじめに記されているのでしょう。

▼ウナギについて深く考えるだけの時間が流れた

「村上さんは食べ物ではカキフライや鰻がお好きのようですね。この「村上さんのところ」でも、他の著作物でも、何度かカキフライと鰻の記述を見たことがあるように思います」というメールが、『村上さんのところ　コンプリート版』にありました。おもももさん（女性、37歳、主婦、司法試験浪人生）からのメールです。

確かに、村上春樹は鰻好きでもあるので、鰻の登場する小説を紹介しながら、鰻の持つ意味を少しだけ考えてみましょう。


「(……) ナカタはウナギが好きなのです」

「ウナギはオレも好きだよ。ずっと昔に一回食べたきりで、どんな味だったかよく思い出せないけどな」

「はい。ウナギはとくにいいものです。ほかの食べ物とはちょっと違っております。世の中にはかわりのある食べ物もありますが、ウナギのかわりというのは、ナカタの知りますかぎりどこにもありません」


『海辺のカフカ』の第6章に猫の言葉がわかるナカタさんと、猫のオオツカさんとのウナギを巡るそんな会話があります。

ナカタさんは東京都中野区野方のアパートの小さな部屋に、東京都のホジョを受けながら暮らしていますが、「ときどき猫探し」を頼まれて、そのお礼をいただくと「たまにはウナギを食べることもできます」。また弟が二人いて、ともに頭がよく、一人はイトウチュウで働いていて、もう一人はツウサンショウのブチョウ、「二人とも大きな家に住んで、ウナギを食べております」とも語っています。

さらにミミという猫と出会い、「鯖はナカタもずいぶん好きです。もちろんウナギも好きですが」とナカタさんが言うと、猫のミミも「わたくしもウナギは好物です。いつもいつも食べられるというものではありませんけれど」と言います。

ナカタさんは「まったくそのとおりです。いつもいつも食べられるというものではありません」と言い、「それから二人はめいめいウナギについて沈思黙考した。二人のあいだに、ウナギについて深く考えるだけの時間が流れた」と書かれています。

このウナギを巡るナカタさんと猫のミミ、オオツカさんとの会話の意味は何でしょうか?

▼共有されたオルターエゴのようなもの

アメリカ文学者の柴田元幸さんが村上春樹らにインタビューした『ナイン・インタビューズ 柴田元幸と9人の作家たち』（二〇〇四年）の中で、村上春樹が「小説というのは三者協議じゃなくちゃいけない」という考えを述べていますっているんです」と語っています。さらに「三者協議。僕は「うなぎ説」というのを持ってているんです」と語っています。

つまり「僕という書き手がいて、読者がいますね。でもその二人でだけじゃ、小説というのは成立しないんですよ。そこにはうなぎが必要なんですよ。うなぎなるもの」と語っています。「僕とうなぎと読者で、3人で膝をつき合わせて、いろいろと話し合うわけですよ。そうすると、小説というものがうまく立ち上がってくるんです」と述べているのです。

三人いると、二人でわからなければ「じゃあ、ちょっとうなぎに訊《き》いてみようか」ということになります。するとうなぎが答えてくれますが、おかげで謎が深まったりするというのです。

そのような第三者として設定されたうなぎ。「それは共有されたオルターエゴのようなものかもしれない」と村上春樹は語っています。オルターエゴには、第二の自我、別な自己、分身のような意味があります。

ここにも、閉鎖された、閉じられた物語ではなく、開かれたオープンな物語というものの大切さを語る村上春樹がいると思います。

▼牡蠣フライを油にくぐらせるみたいに

もちろん、単純にオープンにすればいいというものではありません。

物語は「自我レベル、地上意識レベルでのボイスの呼応というのはだいたいにおいて浅いものです。でも一旦《いったん》地下に潜《もぐ》って、また出てきたものっていうのは、一見同じように見えても、倍音の深さが違うんです」と村上春樹は川上未映子さんのインタビュー本『みみずくは黄昏《たそがれ》に飛《と》びたつ 川上未映子訊く／村上春樹語る』（二〇一七年）の中で語っています。

一回無意識の層をくぐらせて出てきたマテリアルは、前とは違うものになっている。それに比べて、くぐらせないで、そのまま文章にしたものは響きが浅いわけ。だから僕が物語、物語と言っているのは、要するにマテリアルをくぐらせる作業なんです。それを深くくぐらせばくぐらせるほど、出てくるものが変わってくるんですよね。

さらに、「牡蠣《かき》フライを油にくぐらせるみたいに」「表が四十五秒、ひっくり返して十五秒」と、村上春樹は語っています。

2018

2月	［翻訳］エルモア・レナード『オンブレ』（新潮文庫）刊行
3月	［翻訳］レイモンド・チャンドラー／マーティン・アッシャー編『フィリップ・マーロウの教える生き方』（早川書房）刊行。2022年2月に文庫版刊行
4月	『シェエラザード』（スイッチ・パブリッシング）刊行
7月	雑誌「文學界」に「三つの短い話」として「石のまくらに」「クリーム」「チャーリー・パーカー・プレイズ・ボサノヴァ」掲載
	オウム真理教の麻原彰晃たち13人の死刑執行
8月	『バースデイ・ガール』（スイッチ・パブリッシング）刊行
	TOKYO FMにて、ラジオ番組「村上RADIO」がスタート
9月	ヤクルト・スワローズのHPに、村上春樹さんメッセージ「第6回　そろそろ起きたら」が掲載される
10月	映画『ハナレイ・ベイ』（村上春樹原作、松永大司脚本・監督）が公開
11月	雑誌「波」（新潮社）に「村上春樹インタビュー「我々の見慣れた世界のすぐそばにある、もう一つの世界」について」掲載
	［翻訳］ジョン・チーヴァー『巨大なラジオ / 泳ぐ人』（新潮社）刊行
12月	［翻訳］トビー・リドル『わたしのおじさんのロバ』（あすなろ書房）刊行

076 誰にも公平な「特別な日」

『バースデイ・ガール』

2018.1

村上春樹の『バースデイ・ガール』（新潮社）が、昨年（二〇一七年）十一月末に刊行されました。

二〇〇二年に村上春樹の選と翻訳で刊行された誕生日を巡るアンソロジーの『バースデイ・ストーリーズ』（中央公論新社）という本があります。ラッセル・バンクス「ムーア人」やポール・セロー「ダイス・ゲーム」、イーサン・ケイニン「慈悲の天使、怒りの天使」などが、村上春樹の翻訳で入っています。レイモンド・カーヴァーの「風呂」は「ささやかだけど、役にたつこと」の短い版の作品です。

そして『バースデイ・ストーリーズ』には、最後に一つだけ、村上春樹が書き下ろした短編「バースデイ・ガール」が含まれていました。その書き下ろしの村上春樹の短編の部分だけをドイツのイラストレーター、カット・メンシックのイラストと組み合わせて、一冊の本にしたものが『バースデイ・ガール』です。

この『バースデイ・ガール』を読んで、村上春樹にとって、「誕生日」というものがどんなものなのか、ということを考えてみました。

> あなたは二十歳の誕生日に自分が何をしていたか覚えていますか？　僕はとてもよく覚えている。一九六九年の一月十二日は冷え冷えとした薄曇りの冬の日で、僕はアルバイトで喫茶店のウェイターをやっていた。休みたくても、仕事を代わってくれる人が見つからなかったのだ。その日は結局、最後の最後まで楽しいことなんて何ひとつなかったし、それは僕のそれからの人生を暗示しているみたいに（そのときには）感じられたものだ。

『バースデイ・ガール』のあとがきに、このように記してあります。つまり村上春樹の誕生日は一九四九年（昭和二十四年）一月十二日です。ですから今月、一月という月は、村上春樹作品と誕生日というものについて考えるのにはいいタイミングかもしれません。

▼「Happy Birthday and White Christmas」

なぜ、村上春樹作品と誕生日というものについて考えてみようと思ったか。それにはこんなことがあります。デビュー作である群像新人文学賞作『風の歌を聴け』（一九七九年）の応募時のタイトルは「Happy Birthday and White Christmas」でした。

講談社で、この『風の歌を聴け』の単行本の担当者だった斎藤陽子さんが、講談社一〇〇周年記念企画「この1冊！」（二〇一二年十二月十五日付）として、この作品とその原題について、記しています。

同作に「僕」の分身的な存在である友人の「鼠」が登場します。「鼠の小説には優れた点が二つある。まずセックス・シーンの無いことと、それから一人も人が死なないことだ。放って置いても人は死ぬし、女と寝る。そういうものだ」とあります。つまり「鼠」は小説を書いている人です。

そして、物語の最後近くに「鼠はまだ小説を書き続けている。彼はその幾つかのコピーを毎年クリスマスに送ってくれる」と書かれています。続けて、

> 昨年のは精神病院の食堂に勤めるコックの話で、一昨年のは「カラマーゾフの兄弟」を下敷きにしたコミック・バンドの話だった。あい変わらず彼の小説にはセックス・シーンはなく、登場人物は誰一人死なない。
> 原稿用紙の一枚めにはいつも、
> 「ハッピー・バースデイ、
> そして
> ホワイト・クリスマス。」
> と書かれている。僕の誕生日が12月24日だからだ。

という部分を斎藤さんは引用して「原題はそこからきているのだろう」と書いています。なぜ応募時のタイトル「Happy Birthday and White Christmas」が『風の歌を聴け』となったのか、その経過などは記されていませんが、原題の部分が気になったのでしょうか、斎藤さんは村上春樹に「誕生日、12月24日なんですか?」と訊いたそうです。

それに対する村上春樹の「いや、1月12日」という答えを聞いて、斎藤さんは驚いたようです。なぜなら斎藤さんも「1月12日生まれ」だったからです。主人公のバースデイにこだわった「Happy Birthday and White Christmas」が原題だという作品でデビューしてきた作家と担当編集者が同じ誕生日なのです。本当に驚いたでしょうね。

▼同じ誕生日のジャック・ロンドン

「先にも述べたように、僕の誕生日は一月十二日である。この日を誕生日にする人にいったいどんな人がいるのか、一度インターネットで調べてみたことがある」と『バースデイ・ストーリーズ』の「村上春樹 翻訳ライブラリー」版の「あとがき」に村上春樹は書いていますが、その自分と同じ誕生日の中に、ジャック・ロンドンを見つけて、ひどく幸福な気持ちになったそうです。

それは村上春樹が「長年にわたってジャック・ロンドンの小説の愛読者であった」からです。例えば、連作短編集『神の子どもたちはみな踊る』（二〇〇〇年）の「アイロンのある風景」には、ジャック・ロンドンの「たき火」のことを話す「順子」と「三宅さん」という登場人物が出てきます。

そのジャック・ロンドンは村上春樹の七十三年前、一八七六年の一月十二日に生まれています。村上春樹はカリフォルニアを一九九〇年代の初めに旅行した際、ワイン生産地域として知られるソノマ郡のグレン・エレンを訪れます。ジャック・ロンドンがグレン・エレンに所有していた農園を訪ねたのです。ジャック・ロンドンは一九〇五年に、グレン・エレンにあったワイナリーを買い取り、亡くなる一九一六年まで、そこに居を構えて、農園経営のかたわら小説の執筆をしました。村上春樹はジャック・ロンドンの使っていた部屋や机を見ながら、気持ちのいい秋の午後を過ごしたそうです。

そんな思い出もあって、村上春樹は毎年、誕生日が巡ってくると、その日の夕食の席でジャック・ロンドン・ワインの栓を抜いているそうです。そのボトルにはジャック・ロンドンが本のために使用したオリジナルのオオカミの絵が使用されています。

ちなみに、それはカベルネ・ソーヴィニオンの辛口のおいしいワインと記されています。

誕生日が同じだということは、不思議なものですね。私も個人的なことを少しだけ記しますと、あるピアニストの家で十人程度の会合があったのですが、そこに同じ「小山」という名字の者が三人いて、その一人がピアニストの小山実稚恵さんでした。そして、小山実稚恵さんは、私と誕生日が同じでした。私は村上春樹と同じ一九四九年の五月三日、小山実稚恵さんは私より十歳年下です。私たちはその時が初対面でしたが、何しろ名字が同じで、誕生日が同じです。以来、よく小山実稚恵さんのピアノの演奏を聴いています。本当に誕生日というものは不思議だなぁと、私も思っています。

それにしても、なぜ、村上春樹は最初の小説を応募する時に「ハッピー・バースデイ、そして　ホワイト・クリスマス。」と名づけたのでしょう。『風の歌を聴け』の装丁を見ると、その中に「HAPPY BIRTHDAY AND WHITE CHRISTMAS」との文字も記されていますので、村上春樹にとって、とても重要なネーミングだったと思われるのです。

そのような思いが、『バースデイ・ガール』を読んだ時に迫ってきました。

▼二十歳の誕生日を迎えた女性の物語

まず、その『バースデイ・ガール』を紹介しましょう。その日、二十歳の誕生日を迎えた女性が主人公です。村上春樹が「一九六九年の一月十二日は冷え冷えとした薄曇りの冬の日で、僕はアルバイトで喫茶店のウェイターをやっていた。休みたくても、仕事を代わってくれる人が見つからなかったのだ」というのと同じように、彼女も普段と同じようにウェイトレスの仕事をしていました。六本木のそこそこ名前のしれたイタリア料理店です。その日は金曜日で彼女の担当の日でしたが、でも二十歳の誕生日のために、もう一人のアルバイトの女の子に日にちを交換してもらいました。その仕事を代わってくれるはずの女の子が、風邪をこじらせて寝込んでしまい、急遽、彼女が仕事に出ることになったのです。

でも彼女は、それほどがっかりもしませんでした。一緒に誕生日の夜を過ごすはずだったボーイフレンドと、数日前に深刻な喧嘩をしていたのです。二人を繋いでいた絆が致命的に損なわれてしまったという感覚がありました。

彼女のほかには、常雇いの二人のウェイターと、フロア・マネージャーが一人。それにレジには痩せた中年の女性が座っています。

四十代半ばを過ぎたフロア・マネージャーは常に黒いスーツを着て、白いシャツにボウタイを自分で結んでいます。彼の仕事は客の応対とウェイターとウェイトレスの仕事ぶりを監視すること。そしてもうひとつ、オーナーの部屋に夕食を運んでいくことです。

オーナーはお店のあるビルの六階に、自分の部屋を持っていました。そのオーナーは、絶対に顔を出さない人で、オーナーと会うことができるのはフロア・マネージャーだけで、毎晩、八時過ぎに、そこへ食事を届けるのも彼の仕事でした。下働きの者は、誰ひとりオーナーの顔を見たことがなかったのです。

「彼女の二十歳の誕生日である十一月十七日も、仕事はいつもと同じように始まった」と村上春樹は彼女の誕生日の日にちをしっかりと書き込んでいます。開店は六時だが、その日はひどい土砂降りのせいで、普段に比べると客の出足は悪く、雨のせいで、いくつかの予約がキャンセルされたりしました。

七時半過ぎに、マネージャーの具合がおかしくなりました。十年以上、一度も仕事を休んだことはなかったのが自慢でしたが、ウェイターの一人がマネージャーを近くの病院まで連れて行きました。タクシーに乗る前にマネージャーはしゃがれた声で「八時になったら、食事を604号室に運んでくれ。ベルを押して、お食事ですと言って置いてくるだけでいいから」と彼女に言いました。

そうやって、八時にオーナーのところに食事を彼女が運んでいく物語です。

▼赤ワインで祝杯をあげる

ベルを押すと、ドアが突然開いて、「やせた小柄の老人」が姿を見せました。

マネージャーが急に具合が悪くなり、今日はかわりに彼女が食事を運んできたことをオーナーの老人に伝えます。

ワゴンを押して、部屋に入って、食事を並べて、彼女が帰ろうとすると、「いや、ちょっと待って」と老人が言います。「お嬢さん、五分ばかり君の時間をもらってかまわないだろうか?」と、その老人が言うのです。

そして「ところで、君はいくつになる?」、老人は机のわきに腕組みをして立ち、まっすぐに彼女の目を見てそう尋ねました。

彼女は二十歳になったこと、実は今日が誕生日であることを言います。

「今日という日がつまり、君の二十歳の誕生日なんだ」「今からちょうど二十年前の今日に君はこの世に生を受けた」

そういう老人に「はい。そういうことになります」と彼女が答えると、「そいつはいい。それはおめでとう」と言います。

「めでたいことだ」と老人は繰り返し、「それはまったく素晴らしいことだよ。どうだい、お嬢さん、赤ワインで祝杯をあげるというのは?」と言うのです。

仕事中なので……と彼女が遠慮をしても、「私がいいと言うんだから」と言って、ワイングラスに少しだけ赤ワインを注ぎ、「誕生日おめでとう」「お嬢さん、君の人生が実りのある豊かなものであるように。なにものもそこに暗い影を落とすことのないように」と老人が言って、二人はグラスをあわせます。

「なにものもそこに暗い影を落とすことのないように」。彼女も老人の台詞を反復します。「二十歳の誕生日というのは人生に一度しかないものだ。そしてそれは何ものにも替えがたい大事なものなんだよ、お嬢さん」「そして君はそんなとくべつな日に、私のところにわざわざ夕食を運んできてくれた。あたかも親切な妖精のように」

そのように、オーナーの老人は言うのです。


『バースデイ・ガール』の、この誕生日に対する特別な思いは、他の作家が描く〈バースデイ・ストーリーズ〉と異なっています。誕生日に起きた何か特別なことを書くという意味では同じかもしれませんが、物語の力が「誕生日」そのものの力に向かっているように思えるのです。

まさに『風の歌を聴け』の鼠が原稿用紙の一枚めにはいつも、「ハッピー・バースデイ、そして　ホワイト・クリスマス。」と書いて、小説を送ってくるかのようです。「僕」の誕生日の十二月二十四日を祝って。

▼君の願いをかなえてあげたいんだよ

さらに、老人は「お嬢さん、君に何か誕生日のプレゼントをあげたいと思う。二十歳の誕生日みたいなとくべつな日には、とくべつな記念品が必要なんだよ、なんといっても」と言います。彼女は遠慮しますが、「プレゼントといってもかたちのあるものじゃない。値段のあるものでもない」「つまり、私としては君の願いをかなえてあげたいんだよ」と言います。「願いごと」を「ひとつだけかなえてあげよう」と言うのです。

彼女も「二十歳の誕生日」なんだからと思って、「だから私は言われたとおり、願いごとをひとつした」と「僕」に話します。

つまり、この作品は、彼女がある程度、年を重ねて、聞き手の「僕」に対して「二十歳の誕生日」にあったことを話している作品なのです。

彼女の願いごとは「君のような年頃の女の子にしては、一風変わった願いごとのように思える」と老人は語っていますが、読者には彼女の願いごとが、何だかは知らされていません。ただし「美人になりたい」とか「賢くなりたい」とか「お金持ちになりたい」とかいうものではないことは、記されています。

なぜなら、そういうことがもし実際にかなえられてしまって、その結果自分がどんなふうになっていくのか、彼女にはうまく想像ができないのです。「かえってもてあましちゃうことになるかもしれません。私には人生というものがまだうまくつかめていないんです。ほんとに。その仕組みがよくわからないんです」と彼女は老人に語っています。

それを聞いて、老人は空中の一点をじっと見つめます。空中に浮かんだ何かを見ているようにして、両手を広げ、勢いよく手のひらをあわせます。「ぽんという乾いた短い音がした」と書かれています。

「これでよろしい。これで君の願いはかなえられた」「きれいなお嬢さん、誕生日おめでとう。ワゴンは廊下に出しておくから、心配しなくていい。君の仕事に戻りなさい」と老人は言うのです。

▼そこでは時間が重要な役割を果たす

彼女は、それ以来、オーナーと顔をあわせたことは一度もありません。年が明けてすぐアルバイトを辞めてしまいました。彼女の誕生日は「十一月十七日」ですから、一カ月半ぐらいして、辞めてしまったということですね。

聞き手の「僕」に対して、彼女は「願いごとというのは、誰かに言っちゃいけないことなのよ、きっと」と言って、「願いごと」の内容を語りません。

「僕」はその願いごとは実際にかなったのかどうかということ、さらにもっとほかのことを願っていればよかったとか思わないかなどを聞きます。

願いごとがかなったかどうかは、イエスであり、ノオね、と彼女は言います。「まだ人生は先が長そうだし、私はものごとの成りゆきを最後まで見届けたわけじゃないから」と言います。「そこでは時間が重要な役割を果たすことになる」とも語っています。

その願いごとを選んだことに対して後悔はないかを問われたことについても記してありますが、ともかく、彼女が何を願ったのかは、作品を読んで、読者が考えるしかないのです。繰り返し読むと、願いごとの幅みたいなものが少しずつ狭まっていきますが、でも、願いごとはこれだ！というようには確定しない部分を常に残しています。短編なのに、実に村上春樹らしい作品となっています。

ですから、私も自分で考え、感じたことを記すしかありません。少しだけ、誕生日を描く村上春樹作品について、考えたことを書き足してみたいと思います。

「Happy Birthday and White Christmas」にかえて名づけられた『風の歌を聴け』というタイトルはトルーマン・カポーティの短編「最後のドアを閉じろ」の最後の一行から付けられたそうです。

『サラダ好きのライオン　村上ラヂオ3』（二〇一二年）の「私が死んだときには」というエッセイで、トルーマン・カポーティの短編小説「最後のドアを閉じろ」の最後の一行、この文章に昔からなぜか強く心を惹かれたことが書かれています。「Think of nothing things, think of wind」僕の最初の小説『風の歌を聴け』も、この文章を念頭にタイトルをつけた。nothing thingsという言語感覚がすごくいいですね」と村上春樹が書いています。

そして、村上春樹はトルーマン・カポーティの短編小説集『誕生日の子どもたち』を翻訳刊行しています。その冒頭には表題作「誕生日の子どもたち」があり、「クリスマスの思い出」や「あるクリスマス」も入っています。

その「訳者あとがき」には、トルーマン・カポーティが一九二四年九月三十日生まれであることも記されていますが、「カポーティが死の床について最後に口にした言葉は、少年時代の自分の呼び名である「バディー」であったという。彼はおそらくその内なる世界にもう一度戻っていったのだろう。誰に傷つけられることもなく、誰を傷つけることもない、すべての日がクリスマスや感謝祭や誕生日であるその輝かしい無垢の世界に」と村上春樹は書いています。

「Happy Birthday and White Christmas」（「ハッピー・バースデイ、そして ホワイト・クリスマス。」）というタイトルは、このトルーマン・カポーティの短編小説「誕生日の子どもたち」と「クリスマスの思い出」「あるクリスマス」なども念頭にあって付けられたものなのでしょうか……。「その輝かしい無垢の世界」のために。そのような気もしてきます。

▼みな『特別な日』を年に一度だけ与えられている

「どうしてそもそも、誕生日をテーマにしてアンソロジーを編もうと思いついたのか？」。『バースデイ・ガール』の「あとがき」には、そんな言葉に続いて、「誕生日というのは不思議なものだと、僕は前々から考えていたからだ。この世界に生きる誰しもが、誕生日をひとつ持っている。誰もがおへそをひとつ持っているみたいに」と村上春樹は書いています。

さらに「すべての人が、一年のうちで一日だけ、時間にすれば二十四時間だけ、自分にとって特別な一日を所有することになる。お金持ちも貧乏人も、有名人も無名人も、のっぽもちびも、子供も大人も、善人も悪人も、みなその『特別な日』を年に一度だけ与えられている。すごく公平だ。そしてものごとがそこまできちんと公平であるというのは、まったく素晴らしいことではないか」と村上春樹は記しています。

さて、『バースデイ・ガール』はどんな願いごとをしたのか。それは記されていませんので、読者の一人ひとりが考えてみるしかありません。そして、これが正解という読みもありません。

紹介したように「君のような年頃の女の子にしては、一風変わった願いごとのように思える」というものですし、「美人になりたい」「賢くなりたい」「お金持ちになりたい」とかいうものではありません。願いごとに関連して「私には人生というものがまだうまくつかめていないんです。ほんとに。その仕組みがよくわからないんです」とも彼女は語っています。

そして、その願いごとがかなったかどうかについて「まだ人生は先が長そうだし、私はものごとの成りゆきを最後まで見届けたわけじゃないから」「そこでは時間が重要な役割を果たすことになる」と彼女は語っています。

みなさんは、彼女の願いごとはどのようなものだと思いますか……。この『バースデイ・ガール』にもよくあらわれていますが、村上春樹作品の素晴らしい点は、読者のあらゆる読みの幅、読みの可能性をそれぞれに保障していることだと思います。

「彼女の願いごととはどのようなものだった」のかを巡って、たくさんの人たちが語り合うことができるのです。

でもここに私がどのように彼女の願いごとを考えて読んだのかについて、少しだけ記しておきたいと思います。

▼自分以外にはなれないものだ

彼女の語るところによると、その願いごとは「人生」に関するものだと思います。オーナーの老人にも、彼女の話の聞き役である「僕」に対しても「人生」という言葉を使って話していますから。そして、私が考える「彼女の願い」は次のようなものです。

「自分の心を自分以外の他のものに預けることなく、自分の中の心の本当を信じ歩みながら、成長していける人生であってほしい」

そんな「彼女の願いごと」ではなかったかと思うのです。

村上春樹翻訳ライブラリー版『バースデイ・ストーリーズ』の「訳者あとがき」の冒頭、村上春樹は自分の誕生日について具体的に記し、「いわゆるベビー・ブーマーの世代に属している」ことを述べた後、次のようなことを書いています。

我々は激しい爆撃の焼け跡に産み落とされ、東西冷戦下、経済成長とともに年に堅実に一歳ずつ成長し、花開く思春期を迎え、一九六〇年代後半のカウンターカルチャーの洗礼を受けた。理想主義に燃え、硬直した世界に対して異議を申し立て、ドアーズやジミ・ヘンドリックスを聴き（ピース！）、それから、好むと好まざるとにかかわらず、あまり理想主義的とも、ロックンロール的とも言えない現実の人生を受け入れ、そして今では五十代半ばを迎えてい

る。人生の途中で、月面に人が立ち、ベルリンの壁が崩れるというような劇的な出来事も起こった。それらはその時点では、当たり前のことだが、とても重要な意味を持つ出来事であるように思えた。そしてそれらの事件は実際に、僕の人生に何らかの影響を与えているのかもしれない。しかし今こうしてあらためて振り返ってみて、それらの出来事によって、僕の人生の幸福と不幸の、希望と失望のバランスの取り方が、他所なりとも変化を遂げたかといえば、正直なところ、とりたてて変化したとも思えないのだ。どれだけたくさんの誕生日を経たところで、どれだけの大きな事件を目撃し体験したところで、僕はいつまでたっても僕であり、結局のところ、自分自身以外の何ものにもなれなかったような気がする。

かなり長い「訳者あとがき」を、このように書き出しているのです。

『バースデイ・ガール』の彼女も聞き手の「僕」に対して「人間というのは、何を望んだところで、どこまでいったところで、自分以外にはなれないものなのねっていうこと。ただそれだけ」と話します。

「『人間というのは、どこまでいっても自分以外にはなれないものだ』」というステッカーも悪くないな、と「僕」も同意しています。

▼「誕生日」が持つ社会性

村上春樹の世代（私の世代でもありますが）は社会への異議を申し立てた世代です。でも、その世代の人たちの多くは自分の心を自分以外の組織や社会に預け、そのシステムの側にのみ込まれていってしまいました。便利さや効率性を追求する社会の側に。

そんな中で「自分の心を自分以外の他のものに預けることなく」生きていく人生、自分の本当の心を守って、成長していく人生が願われているのではないかと思うのです。

「人間というのは、どこまでいっても自分以外にはなれないものだ」という言葉の意味は、自分の心を自分以外の他のものに預け、便利さや効率性を追求して生き得たように見える人生も、実は、本当の意味では「人間というのは、どこまでいっても自分以外にはなれないものだ」ということを述べているように、私には受け取れます。

私たちの生きる社会がどのようにして、再生していけるのか……。そんな問題を考えるとき、どんな人にも、公平に、平等にある「誕生日」を通して、一人ひとりが本当の自分の生を考え、そこにある本当の自分から、社会をもう一度作り上げることができるということなのではないかと思います。

このように、私は、村上春樹の「誕生日」が持つ力へのこだわりに、村上春樹作品の社会性のようなものも感じてしまうのです。一人ひとりが「誕生日」を大切に祝うことから、便利さや効率性を追求する集団的な社会の現状を再構築していける力が考えられているのではないかと思うのです。

『バースデイ・ガール』の彼女の二十歳の誕生日には雨が降っています。夕方にはひどい降りになりました。店の中にも晩秋の雨の深い匂いが漂っています。「もし願いごとがあれば、ひとつだけかなえてあげよう」「ひとつだけ。あとになって思い直してひっこめることはできないからね」とオーナーの老人が言う時も「雨が風に吹きつけられ、窓ガラスにあたって不揃いな音を立て」ています。

『バースデイ・ガール』の「あとがき」の最後も「この物語では主人公の女の子は孤独のうちに、当時の僕と同じような、あまりぱっとしない二十歳の誕生日を迎えることになる。日が暮れて雨まで降り出した。さて、最後の瞬間の大きな転換のようなものが、彼女を待ち受けているのだろうか？」という言葉で終わっています。

村上春樹作品の雨の場面は、再生の雨であることが多いのです。私は、この彼女の二十歳の誕生日の雨も、このような社会の現状に対する再生への思いが込められた雨だろうと思っています。

077

地下鉄サリン事件と一九九五年以降の世界
『夢を見るために毎朝僕は目覚めるのです』

2018. 2

「外国人によるインタビューは面白いなぁ」と思いながら村上春樹インタビュー集『夢を見るために毎朝僕は目覚めるのです』（二〇一〇年）を読んでいました。この本の中には、私と文芸評論家の湯川豊さんが聞き手となったインタビュー「『海辺のカフカ』を中心に」も含まれていますが、私たちのインタビューのことをここに記したいわけではなく、外国人インタビュアーによるものが、何と言ったらいいのか……インタビューの湿度が乾燥していて……というと、ちょっと変でしょうか、ともかくズバリと尋ねていて面白いと思い、再読しておりました。

もちろん、インタビュアーの力があるからということだと思いますが、英語での応答ということも反映しているのかもしれません。その乾いたやりとりが面白いのです。

▼あなたはこのルールを堂々と破っている

例えば、こんな質問と答えです。

ジョン・レイが「THE PARIS REVIEW」のために二〇〇四年に行った「何かを人に呑み込ませようとするとき、

あなたはとびっきり親切にならなくてはならない」というインタビューです。それに、次のような質問があります。

マジック・リアリズムの基本的なルールは、物語の幻想的な要素に読者の目を向けさせるなということです。ところがあなたはこのルールを堂々と破っている。あなたの登場人物たちは不思議なことがあれば「これは不思議だ」と公言するし、読者の関心をわざわざそこに引き寄せようとさえする。そのようなことをする目的は何ですか？　どうしてそういうことをするのだろう？

これに対して村上春樹は「それはとても面白い質問だなあ。ちょっと考えさせてください……うん、それはたぶん、それがそのまま僕の偽らざる感想だからじゃないかな」と答えて、さらにカフカやガルシア＝マルケスの書いている小説は、よりクラシカルな意味合いで「文学」なんだと思います、と述べたあとで、自分が書く物語はよりアクチュアルで、より現代的な形のものであることを語っています。その世界を撮影所のセットを例にして、村上春樹はこんなふうに説明しているのです。

そこではあらゆるものが作り物です。壁の書棚や、本や、そういうあらゆるものが。壁ははりぼてです。クラシックな意味合いでのマジック・リアリズムにおいては、それらはみんな本物という取り決めで扱われることになる。でも僕のフィクションにおいては、もしそれが作り物であれば、僕はそれを作り物だと言ってしまいたい。本物でないものを本物であるかのように見せかけるのではなくてね。

そう答えています。そこから十九世紀から二十世紀の初めにかけて、小説家の役割は本物（リアル・シング）を提供することにあったが、いま自分たちが住んでいる世界はフェイクの世界。テレビで見るのは、フェイクの夕方のニュース。僕らが闘っているのもフェイクの戦争であり、国を治めているのもフェイクの政府。でも我々はそのフェイクの世界に、そのフェイク性との関わり方の中に、リアリティーを見出している。

僕の書く小説もそれと原理的に同じです。僕らはフェイクのシーンを歩いて通り抜けています。でも歩いている僕ら自身はまったくフェイクではない。リアルな存在です。それがひとつのコミットメントであるという意味合いにおいて、そのシチュエーションはリアルなものです。それは真実の関わり《リレーションシップ》を有しているものです。僕が書きたいのはそういうことだと思う。

と村上春樹は話しているのです。
インタビューアーの力かもしれませんし、言語や文化の違いかもしれませんが、このインタビュー集には外国人のインタビューアーの質問に、このように村上春樹が「ちょっと考えさせてください……」と言ったり、あるいは「長い沈黙」のあった後に話し始める場面が何度かあるのです。

「長い沈黙」の例をいくつか紹介しましょう。

まずローラ・ミラーが「Salon.com」のために一九九七年に行ったインタビュー「アウトサイダー」では、村上春樹が一九九一年から一九九五年にかけて米国に四年半住んだことについて、「遠く離れてみて、あなたの目に日本はどう映りました?」と質問すると、村上春樹は「(長い沈黙)それを説明するのは難しいです」と話し出しています。

さらにジョナサン・エリス、平林美都子が「THE GEORGIA REVIEW」の二〇〇五年秋号で行った「夢の中から責任は始まる」でも「批評家たちがあなたの作品を日本的ではないと形容してきたことについて、かつてあなたは不満を表明したことがありますね。国民的な文学のスタイルといったものがあると思いますか?」と問われた村上春樹が「(長い沈黙)」のあと「僕はもちろん日本語で小説を書いています」と話し出しています。

これら「長い沈黙」の後の村上春樹の発言はぜひ、このインタビュー集を読んでほしいと思います。興味深いですよ。

▼地下鉄サリン事件と『アンダーグラウンド』

さて、今回は、ここまでが、長い前置きみたいなものです。

ここに書いてきたような具合に『夢を見るために毎朝僕は目覚めるのです　村上春樹インタビュー集』を再読して、外国人によるインタビューを楽しんでいたのですが、ちょうどその時、今年(二〇一八年)一月下旬のことですが、最高裁が、一九九五年の地下鉄サリン事件で殺人罪などに問われ、上告が退けられた元オウム真理教信者高橋克也被告(当時五十九歳)の異議申し立てを棄却する決定をして、高橋被告の無期懲役が確定しました。棄却は一月二十五日付でした。

これによって、一九八九年十一月四日の坂本堤弁護士一家殺害事件、一九九四年六月二十七日の松本サリン事件、一九九五年三月二十日の地下鉄サリン事件などの、二十九人が死亡した一連の事件を巡る教団関係者の裁判が終わりました。教祖の麻原彰晃＝松本智津夫死刑囚(当時六十二歳)ら十三人が死刑判決、高橋被告を含め六人が無期懲役という裁判結果となりました。

そして、このニュースに接すると、この『夢を見るために毎朝僕は目覚めるのです　村上春樹インタビュー集』が、別な角度から自分に迫ってきました。

この本を読んでいくと、オウム真理教信者による地下鉄サリン事件について、触れた発言がとても多いのです。

例えば、冒頭に置かれたローラ・ミラーが一九九七年に行ったインタビュー「アウトサイダー」では、その質問に応答する形ではなく「今春、地下鉄サリン事件を題材にした本（『アンダーグラウンド』）を出しました。一九九五年三月に東京で起こった事件です。その日地下鉄に乗り合わせていて被害にあった人たちを、全部で六十二人インタビューしました。言うなればみんな「普通の人々」です。月曜日の朝に、たまたま地下鉄に乗っていた人々です。八時半かそれくらい、ほとんどは東京の中心地に勤めに向かう人々でした。平均的日本人と言っていいかもしれません。僕はそういう人々の話を直接聞きたかったのです」「だから一年がかりで、一人一人に直接会って話を聞きました。それは僕にとってとても大きな体験だった」「僕は彼らに強い共感のようなものを抱くことになりました」などと、村上春樹は自分から語っています。

　ジョナサン・エリス、平林美都子のインタビューでは「確かにあなたは『アンダーグラウンド』で、物語の中には互いに矛盾しているものもあるが、それでもそれは記憶として真実なのであり、体験として真実なのだということを述べていますね」とジョナサン・エリスに問われて、村上春樹は次のように答えています。

そうです。彼らのナラティブのうちにあるものが誤った情報であるとしても、それは問題にはなりません。インフォメーションを総合したものが、その総体が、ひとつの広い意味での真実を形成するからです。僕は彼らの語る語り口に強い印象を受けました。そして心を動かされました。それは僕にとっては新しい体験でした。人の話にただじっと深く耳を傾けるということがです。その体験のあとで僕は変化を遂げたと思います。

　まだまだ、この『夢を見るために毎朝僕は目覚めるのです』の中に、オウム真理教信者による地下鉄サリン事件の被害者らに取材した『アンダーグラウンド』（一九九七年三月二十日）についての発言があることは、このインタビュー集を読んでいただければわかります。

▼もうソリッドな地面は我々の足元にはない

　そして、地下鉄サリン事件が起きた一九九五年の、一月十七日には阪神大震災があり、六四三四人もの方が亡くなっています。村上春樹は二〇〇〇年にこの阪神大震災をテーマにした短編集『神の子どもたちはみな踊る』を刊行しているのですが、その翻訳が、二〇〇一年九月十一日のアメリカ同時多発テロ事件のすぐあとにアメリカで出版されて、「アメリカの読者からたくさんの手紙」をもらったことも、ジョナサン・エリスのインタビューで語られています。

　そのことに続いて、村上春樹は「地震もワールド・トレード・センターも状況はある意味で同質です。もうソリッドな地面は我々の足元にはない。これがそこに共通している認識です。そのアフターマスは今でも続いています」と語っています。アフターマスは余波のことです。

それを受けて、ジョナサン・エリスが「つまり、地震はメタファーになるということですか？」と質問しているのですが、村上春樹は次のように答えています。

そのとおりです。一九九五年という時点で、日本人はもう日本という国の安全性について、全幅の信頼感を持つことができなくなっていました。経済的にも、また社会的にも。地震と地下鉄サリン事件が、その不確実性の象徴のようになりました。その不確実性は今もなお続いています。この十年間《ディケイド》は「失われた十年」だったと言われています。僕もまた同じように感じています。一九三〇年代のアメリカと状況が似ているかもしれません。でもその中で我々は新しい価値と、新しい生活の規範を模索しています。それはとりもなおさず、僕がフィクション・ライターとしてこの十年間模索してきたことでもあります。

この村上春樹の「十年間《ディケイド》」「失われた十年」「十年間模索してきた」という、この「十年」が強く印象に残りました。

▼これからの十年は、再び理想主義の十年となるべきです

『夢を見るために毎朝僕は目覚めるのです』の副題部分には「村上春樹インタビュー集 1997-2009」とあります。村上春樹はあまりインタビューを好んで受ける人ではありません（ただし、インタビューされることを引き受けたら、どんな質問にも逃げずに答えますし、少し答えるのが難しい問いにも、よく考え抜かれた答えがしっかり返ってきます。それは、このインタビュー集でもよくわかると思います）。

確かに、好んでインタビューを受ける作家ではないのですが、それでも「１９９７年」以前にもたくさんのインタビューがあったと思います。

『アンダーグラウンド』は地下鉄サリン事件からちょうど二年後の一九九七年三月二十日の刊行ですが、このインタビュー集が「１９９７年」以降に限られているのには、おそらく地下鉄サリン事件の被害者らが語る体験を記した『アンダーグラウンド』の刊行を意識したものだからなのでしょう。

さらに「村上春樹インタビュー集 1997-2009」の副題も、刊行時点までのインタビューを入れたと考えられますが、ピッタリ「十年」でないにしても、「十年間《ディケイド》」「失われた十年」を意識して、「フィクション・ライターとしてこの十年間模索してきたこと」を反映した区切り方ではないかと感じられるのです。

そのことを確認するかのように、この『夢を見るために毎朝僕は目覚めるのです　村上春樹インタビュー集 1997-2009』の「あとがき」に「本書に収められたインタビューは、副題にもあるように、一九九七年から二〇〇九年

にかけて行われたものである。作品でいえば、『アンダーグラウンド』刊行（1997／3）直後から、『1Q84』のBOOK1、BOOK2を書き終えた（しかしまだ刊行されていない）時期（2009／3）にあたっている」として、そのあいだに刊行された主な作品を村上春樹が列挙して書いています。それらを刊行順に記しておきましょう。

（1）『若い読者のための短編小説案内』（一九九七年）
（2）『約束された場所で』（一九九八年）
（3）『スプートニクの恋人』（一九九九年）
（4）『神の子どもたちはみな踊る』（二〇〇〇年）
（5）『シドニー！』（二〇〇一年）
（6）『海辺のカフカ』（二〇〇二年）
（7）『アフターダーク』（二〇〇四年）
（8）『東京奇譚集』（二〇〇五年）
（9）『走ることについて語るときに僕の語ること』（二〇〇七年）

以上の九作です。それ以外に翻訳書を十冊以上出しているそうです。正直、すごい仕事量ですね。

続けて村上春樹は「考えてみれば、『アンダーグラウンド』から『1Q84』に至る十二年間は長いといえば長かったし、短いといえば短かった」と書いているのですが、十二年間の自分の仕事を列挙している部分に、ジョナサン・エリスに語った「一九九五年」以降の「十年間《ディケイド》」「失われた十年」と「僕がフィクション・ライターとしてこの十年間模索してきたこと」が具体的に記されているのだと思います。

『夢を見るために毎朝僕は目覚めるのです　村上春樹インタビュー集1997-2009』は、その文庫版が二〇一二年に刊行された際、副題の部分が「村上春樹インタビュー集1997-2011」に変更されました。二〇一一年にカタルーニャ国際賞を受けて、バルセロナの通信社のために行われたマリア・フェルナンデス・ノゲラによるインタビューが加わったからです。

でも、そのインタビューのタイトルは「「これからの十年は、再び理想主義の十年となるべきです」」という「十年間《ディケイド》」を意識したものになっているのです。村上春樹が「十年」を単位にさまざまなことを考えていることが、よくわかるインタビュータイトルだと思います。

さて、村上春樹が『夢を見るために毎朝僕は目覚めるのです　村上春樹インタビュー集1997-2009』の中で、繰り返し触れている地下鉄サリン事件の被害者らに聴いた『アンダーグラウンド』ですが、この本については、私としては、ある思いがあります。

この『アンダーグラウンド』刊行を知り、その前月、一九九七年の二月七日に特報したのです。日本語の記事とともに英文記事が同時配信されました。以来、機会があると、この地下鉄サリン事件の被害者たちの話を少しずつ読み返しています。上下二段、七〇〇ページ以上もある分厚い本で、造本が難しかったのか、繰り返し読んできたためなのか、私の持っている『アンダーグラウンド』の単行本は、壊れかけていますが、少しずつ読んでいると、一気に読むのとは、異なる感想もあります。

　これからの何回か、『アンダーグラウンド』やその後の村上春樹の仕事を通して、「悪」の問題というものについて考えてみたいと思っています。

078 「悪」を抱えて生きる
新しい方向からやってきた言葉

2018. 3

　こんなことが、みなさんにはありませんか？　ある人が一方的に話しています。その人は「悪」を告発し、その「悪」の力に反対しています。言っていることは、まことに正しいのですが、でもなぜか、心に深くは伝わってこないのです。それを発言している人の最終的な考えと、自分の意見とは、それほど距離のあるものではないかもしれません。でも、なぜか伝わってこないのです。正しいことだけを言っている人の言葉が……なぜか伝わってこないのです。正しいのに、伝わってこないのです。複雑ですね。

　今回は、この「正しいことだけを言う人の言葉は、なぜか伝わらない」ということについて、村上春樹の作品を通して、考えてみたいと思います。

▼「悪」と「悪」の対決の場面

『１Ｑ８４』（二〇〇九、一〇年）は全三巻の大作ですが、その中心となるのは、女主人公「青豆」とカルト宗教集団のリーダーの対決の場面です。「青豆」がリーダーとホテルの一室で対決して、殺害する場面です。

　この対決場面は『１Ｑ８４』のＢＯＯＫ２の第7章から

始まって、9章、11章、13章、15章と計五章にもわたっています。ボリューム的にもたいへんな量ですが、この場面に初めて接した時、息を呑んで二人の対決を読み進めていたことが忘れられません。深く、自分の中に、対決する二人の姿が伝わってきたのです。

読者は主人公を通して作品を読んでいるので、あまりそのようには感じませんが、「青豆」は女性の殺し屋で、数人の人間を殺している犯罪者です。

物語の冒頭、東京・渋谷の中級のシティー・ホテルで「深山《みやま》」という四十歳前後の男を殺害しています。「深山」はゴルフクラブで妻を殴って肋骨を数本折ってしまったことにも、それほど痛痒を感じない男です。そういう男を殺す仕事です。これは一九八四年四月のことだと同作にあります。『1Q84』という作品は、その「1984」年から「いくつかの変更を加えられた1Q84年という世界」に「青豆」たちが入って行く物語です。その「1Q84年という世界」で「青豆」が、カルト宗教団体のリーダーと対決して、リーダーを殺害しています。

「青豆」は「1984」年でも殺人を行い、「1Q84」年の世界でも、人を殺しています。別な言葉で言えば、「悪」と言ってもいいですね。そして「1Q84」年の世界で「青豆」が対決するリーダーは、オウム真理教の教祖、麻原彰晃を思わせるかのような人物ですので、読者の前に「悪」の様相を持って、登場してきています。

つまり『1Q84』BOOK2で五章にもわたって描かれる、女主人公「青豆」とカルト宗教集団のリーダーの対決の場面は「悪」と「悪」の対決だとも言えると思います。

でも、その「悪」と「悪」の対決の場面は、我々に深く届くのです。正しい意見を述べる人間の言葉は届かず、「悪」と「悪」の対決の場面で語られる言葉は深く、我々に届くのです。現実の中の人の言葉と、物語の中の人物の言葉ですから、同列に論じてはいけないかもしれませんが、私は、このことが不思議に感じられるのです。ここには、いったいどんな問題が横たわっているのでしょうか。

▼不思議な「居心地の悪さ、後味の悪さ」

私が、このような問題を考え出したのは、オウム真理教信者たちによる地下鉄サリン事件の被害者ら六十二人へ、村上春樹がインタビューした『アンダーグラウンド』を読んだ頃からです。

『アンダーグラウンド』の巻末には「「目じるしのない悪夢」」という長い文章が付いていますが、そこには、地下鉄サリン事件の後、各種マスコミに地下鉄サリン事件関係、オウム真理教関係のニュースが氾濫していたことが書かれています。「でも私の知りたいことは、そこには見あたらなかった」そうです。

「余計な装飾物さえ取り払ってしまえば、マスメディアの依って立つ原理の構造はかなりシンプルなものだったと言える。彼らにとって地下鉄サリン事件とは要するに、正義と悪、正気と狂気、健常と奇形の、明白な対立だった」し、「人々はこの異様な事件にショックを受け、口々に言う、「なんという馬鹿なことをこいつらはしでかしたんだ。こんな狂気が大手を振って歩いているなんて、日本はいったいどうなってしまったんだ。警察は何をやっている。麻原彰晃は何があっても死刑だ」」というものでした。

『アンダーグラウンド』は地下鉄サリン事件から、二年後の一九九七年三月二十日に刊行されていますが、「こうした大きなコンセンサスの流れの果てに、事件発生以来二年の歳月を経て、「正気」の「こちら側」の私たちは、大きな乗合馬車に揺られていったいどのような場所にたどり着いたのだろう？　私たちはあの衝撃的な事件からどのようなことを学びとり、どのような教訓を得たのだろう？」と村上春樹は書いています。

さらに、ひとつだけたしかなこととして、次のように記しているのです。

「ちょっと不思議な「居心地の悪さ、後味の悪さ」があとに残ったということだ。私たちは首をひねる。それはいったいどこからやってきたのだろう、と。そして私たちの多くはその「居心地の悪さ、後味の悪さ」を忘れるために、あの事件そのものを過去という長持ちの中にしまい込みにかかっているように見える」と。

もう少し、『アンダーグラウンド』の「「目じるしのない悪夢」」から、村上春樹の言葉を紹介してみましょう。

私たちがこの不幸な事件から真に何かを学びとろうとするなら、そこで起こったことをもう一度別な角度から、別なやり方で、しっかりと洗いなおさなくてはいけない時期にきているのではないだろうか。「オウムは悪だ」というのははた易いだろう。また「悪と正気とは別だ」というのも論理自体としてははた易いだろう。しかしどれだけそれらの論が正面からぶつかりあっても、それによって〈乗合馬車的コンセンサス〉の呪縛を解くのはおそらくむずかしいのではないか。

こんな言葉を記した後、次のように村上春樹は書いています。

私たちが今必要としているのは、おそらく新しい方向からやってきた言葉であり、それらの言葉で語られるまったく新しい物語（物語を浄化するための別な物語）なのだ——ということになるかもしれない。

この言葉の延長線上に『1Q84』という作品もあるのでしょう。村上春樹の意志の深く長い持続力を感じますね。

▼相似性と同時に決定的な相違点も存在している

さて、最初に記した、「悪」と「悪」の対決は、深く伝わってくるのに、正しいだけの主張はなぜか伝わらないという問題に戻りましょう。

村上春樹は、オウム真理教の元信者たちにインタビューした『約束された場所で』（一九九八年）を『アンダーグラウンド』の翌年に刊行しています。

この『約束された場所で』には、村上春樹と親しかった臨床心理学者の河合隼雄さんとの二つの対話が収録されています。そのうちの「『悪』を抱えて生きる」という対話の中で、河合隼雄さんが「オウムの人のやっていることが小説家のやっていることに似ている部分があるというふうに書かれていましたね。また同時に違った部分があると。それはとても面白く思ったんですが」と述べています。

その対話の中で村上春樹が書いた言葉も引用、紹介されていて、そこには「小説家が小説を書くという行為と、彼らが宗教を希求するという行為とのあいだには、打ち消すことのできない共通点のようなものが存在しているのだという事実を、私はひしひしと感じないわけにはいかなかった。そこにはものすごく似たものがある」とあります。

河合隼雄さんが言及しているのは、この部分のことです。でもさらに加えて、村上春樹は「とはいっても、その二つの営為をまったく同根であると定義することはできないだろう。というのは、そこには相似性と同時に、何かしら決定的な相違点も存在しているからだ」と書いています。

小説家が小説を書くという行為と、彼らが宗教を希求するという行為がどのように似て、どのように決定的に相違しているのでしょうか。

似ている点は「意識の焦点をあわせて、自分の存在の奥底のような部分に降りていく」というところです。相違している点は「そのような作業において、どこまで自分が主体的に最終的責任を引き受けるか、というところ」です。「僕らは作品というかたちで自分一人でそれを引き受けるか、引き受けざるを得ないし、彼らは結局それをグルや教義に委ねてしまう」。そこが「決定的な差異」だと、河合隼雄さんとの対話の中で、村上春樹は語っています。

▼人間は常に悪の部分を抱えて生きている

そして、この対話の名前が「『悪』を抱えて生きる」となっているように、「悪」についての話が二人の中で深まっていきます。

河合隼雄さんが「これからはもうちょっと人間も賢くなって、どんな組織にせよ家庭にせよ、ある程度の悪をどのように抱えていくかということについて、もうちょっと真剣に考えたほうがいいと思いますね」と語っていますし、この言葉を受けて、村上春樹は次のように語っています。

僕はオウム真理教の一連の事件にしても、あるいは神戸の少年Ａの事件にしても、社会がそれに対して見せたある種の怒りの中に、なにか異常なものを感じないわけにはいかないんです。それで僕は思ったんですが、人間というの

は自分というシステムの中に常に悪の部分みたいなのを抱えて生きているわけですよね。

「「悪」を抱えて生きる」という対話の題名は、河合隼雄さんと村上春樹のこれらの言葉から名づけられたものかと思いますが、村上春樹の発言に河合隼雄さんは「そのとおりです」と同意しています。

さらに、村上春樹は「誰かが何かの拍子にその悪の蓋をぱっと開けちゃうと、自分の中にある悪なるものを、合わせ鏡のように見つめないわけにはいかない。だからこそ世間の人はあんなに無茶苦茶な怒り方をしたんじゃないかという気がしたんです」と述べていますし、「悪」について、次のように語っています。

悪というのは人間というシステムの切り離せない一部として存在するものだろうという印象を僕は持っているんです。それは独立したものでもないし、交換したり、それだけつぶしたりできるものでもない。というかそれは、場合によって悪になったり善になったりするものではないかという気さえするんです。つまりこっちから光を当てたらその影が善になり、そっちから光を当てたらその影が悪になるというような。

と語っています。

▼動き回る善と悪のバランス

本書でも何回か紹介していますが、『1Q84』の「青豆」とリーダーが対決する場面で、リーダーが「青豆」に次のような言葉を話していました。

「この世には絶対的な善もなければ、絶対的な悪もない」（……）「善悪とは静止し固定されたものではなく、常に場所や立場を入れ替え続けるものだ。ひとつの善は次の瞬間には悪に転換するかもしれない。逆もある。ドストエフスキーが『カラマーゾフの兄弟』の中で描いたのもそのような世界の有様だ。重要なのは、動き回る善と悪のバランスを維持しておくことだ。どちらかに傾き過ぎると、現実のモラルを維持することがむずかしくなる。そう、均衡そのものが善なのだ」

リーダーが「青豆」に話す言葉と、「「悪」を抱えて生きる」という対話で、村上春樹が河合隼雄さんに語った「悪」についての言葉が響き合っているように感じます。

このように、村上春樹の文学の世界は、あらゆる人間に「悪」というものが切り離せない一部として存在するものだという認識をもって書かれているという視点から、読んでみることが大切ではないかと思います。

そして、最初に私が記したこと。正しいことだけを言う人の言葉が、なぜか伝わってこないということに戻ってみましょう。それは、その人が自分の中に「悪」を抱えて生きているということを認識していないところから発せられている言葉だからなのかもしれません。

つまり『1Q84』の「青豆」とリーダーの対決が、単に「悪」と「悪」の対決だから、我々に深く伝わってくるというのではないのです。あらゆる人間に「悪」というものが切り離せない一部として存在するものだという認識をもって、村上春樹が作品を書いているからなんですね。その自覚が反映した人物たちの対話だから、読者に伝わってくるということなのでしょう。

十三人が死亡、六千人以上が重軽傷を負った地下鉄サリン事件から、二〇一八年の三月二十日で二十三年。三月十四日、十五日には、死刑囚十三人のうち七人を東京拘置所から名古屋、大阪両拘置所など五カ所に移送し分散収容したこともニュースになりました。

村上春樹は「私たちが今必要としているのは、おそらく新しい方向からやってきた言葉であり、それらの言葉で語られるまったく新しい物語（物語を浄化するための別な物語）なのだ——ということになるかもしれない」と書きました。麻原彰晃のような巨大な悪に対して、どのように抗する「新しい物語」が、村上春樹によって書かれているのでしょう。

＊二〇二〇年三月十日、地下鉄サリン事件の被害者で、寝たきりの生活が続いていた浅川幸子さんが死去。同事件の犠牲者は十四人となりました。

079 「リトル・ピープル」とは何か
必ず補償作用が生まれる

2018. 4

『1Q84』（二〇〇九、一〇年）に「リトル・ピープル」というものが繰り返し出てきます。この作品は十歳の小学生時代にたった一度だけ、手を握り合った青豆と天吾が、互いを忘れることなく求めて、二十年後に再会し、結ばれるという物語です。

ですから、主人公の青豆とは何か、天吾とは何かを考えることはもちろん大切なのですが、頻出する「リトル・ピープル」について考えることも、とても重要なことだと思っています。

なぜなら、この大長編『1Q84』のタイトルはジョージ・オーウェルの『一九八四年』に対応して名づけられているのですが、その『一九八四年』には、スターリニズムを寓話化した独裁者「ビッグ・ブラザー」が登場、それに対応するような形で『1Q84』には「リトル・ピープル」が出てくるからです。

▼必要に応じて自由に変えられる存在

『1Q84』では「ふかえり」という少女が語った物語を、天吾がリライトした『空気さなぎ』という小説の中に「リトル・ピープル」が出てきます。その「リトル・ピープル」は、自分の背丈を必要に応じて自由に変えられる存在です。最初は少女の小指くらいの大きさですが、その後、三十センチぐらいとなり、そして六十センチぐらいになります。このような「リトル・ピープル」は、常に集団として登場してきます。

「リトル・ピープル」は日本語にすれば「小さな人たち」の意味ですので、これは背が高くない「倭人《わじん》（日本人）」のこととも受け取れます。卑弥呼が出てくる『魏志倭人伝』でも、日本は「侏儒国」、つまり「小さな人」の国として書かれているので、「リトル・ピープル」は、日本人のことを示しているのではないか……というような読みを、私はしたことがあります。

また『１Ｑ８４』にはワーグナー『ニーベルングの指環』と対応したことが何カ所か出てきます。ですから「リトル・ピープル」は『ニーベルングの指環』に出てくる地底に住む「ニーベルング族のこびと」との対応関係も考えられるのではないか……などの考えを述べたこともあります。

そのような、自分の読みが、違っているということではないのです。それぞれに自分なりの根拠があってのことなのですが（もし興味がありましたら、私が書いた『村上春樹を読みつくす』などをお読みください）、でも、そのようにある種、飛躍を含んだ〝深読み〟ですと、どうしても、その読みから、こぼれ落ちてしまうものがあるのです。なので、もう一度「リトル・ピープル」について、考えてみたいと思ってきました。

▼二人はウィルスに対する抗体のようなものを立ち上げた

そして、オウム真理教信者たちによる地下鉄サリン事件の被害者らに村上春樹がインタビューした『アンダーグラウンド』（一九九七年）やオウム真理教元信者たちへの村上春樹のインタビュー集『約束された場所で』（一九九八年）を読み返すうちに、「リトル・ピープル」というものが、地下鉄サリン事件に接して、村上春樹が考えたこと（それまで村上春樹が考え続けてきたことでもあると思います）と対応している部分があるのではないか……。その点から、もう一度「リトル・ピープル」について、考えてみたいと思ったのです。

もう少し具体的に、『１Ｑ８４』の「リトル・ピープル」について書いてみたいと思ったきっかけの一つを、ここに記してみると、次のような言葉に『１Ｑ８４』で出合ったからです。

（天吾と「ふかえり」の）二人はウィルスに対する抗体のようなものを立ち上げたんだ。リトル・ピープルの作用をウィルスとするなら、彼らはそれに対する抗体をこしらえて、散布した。もちろんこれは一方の立場から見たアナロジーであって、リトル・ピープルの側からすれば、逆に二人が

ウィルスのキャリアであるということになる。ものごとはすべて合わせ鏡になっている。

このリーダーの言葉の中の「ものごとはすべて合わせ鏡になっている」という部分が、新しく、私に迫ってきたのです。端的に言って、「合わせ鏡」は『アンダーグラウンド』と『約束された場所で』の用語ではないかと思います。『アンダーグラウンド』の巻末には「「目じるしのない悪夢」」という長い後書きのような文章が付されています。その中に「「こちら側」＝一般市民の論理とシステムと、「あちら側」＝オウム真理教の論理とシステムとは、一種の合わせ鏡的な像を共有していたのではないか」と記されています。

『約束された場所で』の巻末には、臨床心理学者の河合隼雄さんと村上春樹の二つの対話が付されていますが、そのうちの「「悪」を抱えて生きる」という対話には「誰かが何かの拍子にその悪の蓋をぱっと開けちゃうと、自分の中にある悪なるものを、合わせ鏡のように見つめないわけにはいかない」という「悪」についての村上春樹の言葉があります。

▼あらゆる人間に「悪」が一部として存在する

この「合わせ鏡」とは「あちら側」にある悪というものと、同じような悪が「こちら側」、つまり自分の中にもあるということです。

村上春樹の文学の世界は、あらゆる人間に「悪」というものが切り離せない一部として存在するものだとの認識をもって、「善」と「悪」の関係が書かれていると思いますが、この「リトル・ピープル」についても、ある一つの限られた読み方、つまり「侏儒国」の人＝「日本人」のことと読んだり、あるいは「ニーベルング族のこびと」と読んだりするだけでは、不十分なのではないかと思ったのです。

なぜなら、村上春樹は『1Q84』の中で「リトル・ピープル」の姿を、そのように一面的には受け取れないように書いているからです。

「ふかえり」の育ての親である戎野先生が、オーウェルの『一九八四年』の「ビッグ・ブラザー」と『空気さなぎ』の「リトル・ピープル」との関係を天吾に語る「もうビッグ・ブラザーの出てくる幕はない」という章が『1Q84』BOOK1の後半にあります。

オーウェルが『一九八四年』を書いた時代なら、その独裁者を指して「気をつけろ。あいつはビッグ・ブラザーだ！」と言うことができたのですが、現代という時代の問題は、より複雑で、問題の在りかが見えにくくなっています。そのような時代に、ビッグ・ブラザーの「かわりに、このリトル・ピープルなるものが登場してきた。なかなか興味深い言葉の対比だと思わないか？」と、戎野先生は天吾に話しています。

そして、さらにこう語るのです。「リトル・ピープルは目に見えない存在だ。それが善きものか悪《あ》しきものか、実体があるのかないのか、それすら我々にはわからない。しかしそいつは着実に我々の足元を掘り崩していくようだ」

このように「ふかえり」の育ての親である戎野先生が天吾に語る「リトル・ピープル」は「目に見えない存在」なのです。

でも、その『1Q84』BOOK1の前半、天吾と「ふかえり」が最初に会って話している場面では、天吾が「ふかえり」に「『空気さなぎ』を何度も読みかえしているうちに、君の見ているものが僕にも見えるような気がしてきた」と語ります。

それに対して「リトル・ピープルはほんとうにいる」と「ふかえり」が天吾に語っています。さらに「みようとおもえばあなたにもみえる」と「ふかえり」は言うのです。

「ふかえり」の育ての親である戎野先生は、もちろん「ふかえり」の物語である『空気さなぎ』を読んでいますが、その戎野先生は「リトル・ピープルは目に見えない存在だ」と天吾に話し、『空気さなぎ』の作者である「ふかえり」は「リトル・ピープル」について「みようとおもえばあなたにもみえる」と天吾に言うのです。

「リトル・ピープル」は「目に見えない」存在なのか、「あなたにもみえる」存在なのか。このように、反転する存在として、『1Q84』の中で「リトル・ピープル」は紹介されています。

▼ふかいちえとおおきなちからをもっている

そして、確かに「リトル・ピープル」には「不吉」な面があります。「つばさ」という少女が「リトル・ピープル」について青豆に向かって話します。青豆にとっては「リトル・ピープル」という言葉は初めて聞く言葉だったのでしょう。「ねえ、リトル・ピープルって誰のことなの?」と尋ねています。

青豆にリーダーの殺害を依頼する老婦人も「つばさ」が「その言葉をこれまでにも何度か口にしました」と青豆に言いますが、「リトル・ピープル。意味はわかりません」と言うのです。でも「つばさ」の「リトル・ピープルという言葉には不吉な響きが含まれていた」と感じる青豆は「そのリトル・ピープルが彼女の身体《からだ》に害を与えたのでしょうか?」と老婦人に問うていますし、その「つばさ」には「レイプの痕跡《こんせき》」が認められるのです。そのレイプと「リトル・ピープル」が何かの関係を持っているのか……と読者に迫ってくる場面です。

でも、その一方で「ふかえり」が、天吾にカセットテープに録音した音声による手紙を残していく場面では「ふかえり」は、戎野先生と「リトル・ピープル」を比べながら、次のようなことを話しています。

センセイはおおきなちからとふかいちえをもっている。でもリトル・ピープルもそれにまけずふかいちえとおおきなちからをもっている。もりのなかではきをつけるように。だいじなものはもりのなかにありもりにはリトル・ピープルがいる。リトル・ピープルからガイをうけないでいるにはリトル・ピープルのもたないものをみつけなくてはならない。そうすればもりをあんぜんにぬけることができる。

つまり「ふかえり」は、「リトル・ピープル」が戎野先生に負けない知恵と力を持っていることを天吾に伝えているのです。さらに「ガイ」を与えることもあるので気をつけるように、とも言っているのです。リトル・ピープルとは、いったい、悪しきものなのでしょうか。善きものなのでしょうか。

このような反転する価値をいくつも含みながら、進んでいく物語が『1Q84』なのです。

▼わたしの娘が反リトル・ピープル作用の代理人に

河合隼雄さんと村上春樹の対話「「悪」を抱えて生きる」の中に「誰かが何かの拍子にその悪の蓋をぱっと開けちゃうと、自分の中にある悪なるものを、合わせ鏡のように見つめないわけにはいかない」と村上春樹が語っていたことを紹介しました。そのことが、オウム真理教信者たちによる地下鉄サリン事件と、『1Q84』の中の「リトル・ピープル」について、もう一度、私が考えるきっかけの一つになりました。

そして、その対話で、村上春樹は「悪というのは人間というシステムの切り離せない一部として存在するものだろうという印象を僕は持っているんです。(……)場合によって悪になったり善になったりするものではないかという気さえするんです。つまりこっちから光を当てたらその影が悪になり、そっちから光を当てたらその影が善になるというような」とも語っていました。

この「こっちから光を当てたらその影が悪になり、そっちから光を当てたらその影が善になるというような」、「悪」と「善」の話と対応して、書かれているのではないかと思われる部分が『1Q84』にあるので、そのことを、紹介したいと思います。

河合隼雄さんは、スイスの精神医学者・心理学者で独自の分析心理学を創始したカール・ユングの研究を紹介し、ユング派心理学を日本に定着させた人ですが、そのカール・ユングのことを、『1Q84』に登場するカルト宗教集団のリーダーが青豆に語るのです。

まず「光があるところには影がなくてはならないし、影のあるところには光がなくてはならない。光のない影はなく、また影のない光はない」と青豆に話した後、ユングの本の中の言葉として、リーダーは次のように語ります。

『影は、我々人間が前向きな存在であるのと同じくらい、よこしまな存在である。我々が善良で優れた完璧《かんぺき》な人間になろうと努めれば努めるほど、影は暗くよこしまで破壊的になろうとする意思を明確にしていく。人が自らの容量を超えて完全になろうとするとき、影は地獄に降りて悪魔となる。なぜならばこの自然界において、人が自分自身以上のものになることは、自分自身以下のものになるのと同じくらい罪深いことであるからだ』

そう語った後、続けてリーダーは「リトル・ピープル」について、青豆にこのように語っています。

「リトル・ピープルと呼ばれるものが善であるのか悪であるのか、それはわからない。それはある意味では我々の理解や定義を超えたものだ。我々は大昔から彼らと共に生きてきた。まだ善悪なんてものがろくに存在しなかった頃から。人々の意識がまだ未明のものであったころから。しかし大事なのは、彼らが善であれ悪であれ、光であれ影であれ、その力がふるわれようとする時、そこには必ず補償作用が生まれるということだ。その場合、わたしがリトル・ピープルなるものの代理人になるのとほとんど同時に、わたしの娘が反リトル・ピープル作用の代理人のような存在になった。そのようにして均衡が維持された」

このように、リーダーが語るのです。ここで語られる「彼らが善であれ悪であれ、光であれ影であれ」の部分は直前のユングの言葉を受けたものですが、それに続く「その力がふるわれようとする時、そこには必ず補償作用が生まれる」とは何のことでしょうか。

「ほとんど同時に、わたしの娘が反リトル・ピープル作用の代理人のような存在になった」というのは、どのようなことをリーダーが述べているのでしょう。その「反リトル・ピープル作用」ということについて、考えてみたいと思います。

▼空気の中から糸を取りだして、すみかを作っていく

「わたしの娘」とは「ふかえり」のことです。リーダーの名前は「深田保」、「ふかえり」の本名は「深田絵里子」です。ですから「わたしの娘が反リトル・ピープル作用の代理人のような存在になった」のは、彼女が『空気さなぎ』という物語を生み出した、その力のことを「反リトル・ピープル作用」と、リーダーは話しているのでしょう。

『空気さなぎ』という物語を生み出したことが、どうして「反リトル・ピープル作用」なのかというと、「ふかえり」は「空気さなぎ」の作り方を「リトル・ピープル」に教えてもらったからです。

作中にも、そのように記されていますが、物語『空気さなぎ』に描かれた話は、実際に「ふかえり」に起きたこと

のようです。

「空気さなぎを作って遊ばないか」と「リトル・ピープル」の一人が言います。「せっかくここまで出てきたんだから」と他の「リトル・ピープル」も言います。物語『空気さなぎ』の少女が「くうきさなぎ」と尋ねると、「空気の中から糸を取りだして、それですみかを作っていく。それをどんどん大きくしていくぞ」と「リトル・ピープル」の一人が言います。

「わたしもそれをてつだっていい」と少女が尋ねると、「言うまでもなく」と「リトル・ピープル」は言うのです。「空気の中から糸を取り出すのは、いったん慣れてしまえばそんなにむずかしいことではなかった」「空気の中にはいろんな糸が浮かんでいた」と少女は思うのです。

以上の話にも反映していますが、『1Q84』で「ふかえり」という少女が作り出した『空気さなぎ』という物語には、織物のイメージが強くあります。

「ふかえり」が新人文学賞に応募してきた作品について、リライトを担当した天吾と担当編集者の小松が『空気さなぎ』の長所や弱点について話す場面があるのですが、その弱点として「だいたい題名からして、さなぎとまゆを混同しています」と天吾が話しています。まったく、その通りで、なぜ『空気まゆ』と命名しなかったと思うほど、『空気さなぎ』の物語は、「さなぎ」ではなく、「繭」に近いイメージで書かれています。

「空気の中から糸を取りだして、それですみかを作っていく。それをどんどん大きくしていく」のですから。

そして、この「空気の中から糸を取りだして、それですみかを作っていく。それをどんどん大きくしていく」ものとは、まさに「物語」の力のことでしょう。「ふかえり」と天吾が協力して作り出したものです。

「それが善きものか悪《あ》しきものか、実体があるのかないのか、それすら我々にはわからない。しかしそいつは着実に我々の足元を掘り崩していくようだ」と戎野先生は「リトル・ピープル」について語っていました。「リトル・ピープルと呼ばれるものが善であるのか悪であるのか、それはわからない」とリーダーも語っていました。

その「リトル・ピープル」を「善」なるものと読んでも、読みに不足な部分が出てきてしまいます。「リトル・ピープル」のことを「悪」なるものと読んでも、読みに不足な部分が出てきてしまうのです。「小さき人たち、日本人」という読みや「ニーベルング族のこびと」と読むだけでは、何か、どこか足りない部分を自分が感じてしまうのは、そのような固定した読みでは、摑み得ないものが「リトル・ピープル」の中にあるからなのでしょう。

▼織物を編みあげるように、物語を大きく紡いでいく

「センセイはおおきなちからとふかいちえをもっている。でもリトル・ピープルもそれにまけずふかいちえとおおき

なちからをもっている」と「ふかえり」は語っていました。

これまで述べてきたように「リトル・ピープル」は多くの反転を含んでいますが、でも大きく言うと、『1Q84』の中で、悪しき「リトル・ピープル」の力から、善き「リトル・ピープル」の力が導き出されているように読んでいくことができると思います。

例えば「わたしがリトル・ピープルなるものの代理人になるのとほとんど同時に、わたしの娘が反リトル・ピープル作用の代理人のような存在になった。そのようにして均衡が維持された」とリーダーが青豆に語っていましたが、リーダーは「均衡そのものが善なのだ」とも青豆に語っているからです。その「均衡そのものが善なのだ」は『1Q84』BOOK2の第11章のタイトルにもなっています。

ならば、悪しき「リトル・ピープル」の力から、どのようにして、善き「リトル・ピープル」の力が導き出され「均衡が維持」されるのでしょうか。

それは、「善」と「悪」の反転を単純に繰り返していくような、いわば論理的な考え方のみでは行き着くことができない作業ではないかと思います。

「空気の中から糸を取りだして、それですみかを作っていく。それをどんどん大きくしていく」こと。

それは織物を編みあげるように、物語を大きく紡いでいく、「善」と「悪」をともに抱きながら、さらに大きくな「善」をめざして物語っていく、その作業の中で実現していくことなのではないかと思います。まさに時間をかけた物語を通してでしかできない作業だと思います。

自分の中にある「悪」（リトル・ピープル的なるもの。でもリトル・ピープルは、まだ善悪というものがろくに存在しなかった頃から、我々の中にあったものです）を深く認識して、そこを掘り下げながら物語を書いていくことが、「リトル・ピープル」的な力を「反リトル・ピープル作用」に時間をかけて転換していくことなのだということを、村上春樹は『1Q84』を通して語っているのではないでしょうか。

080

「冷たくても、冷たくなくても、神はここにいる」

「牛河」について①

2018. 5

村上春樹の『１Ｑ８４』という大長編は、そのＢＯＯＫ１、ＢＯＯＫ２が二〇〇九年に刊行され、ＢＯＯＫ３が翌二〇一〇年に刊行されました。

ＢＯＯＫ２の最後では、女主人公の青豆が高速道路上で拳銃自殺して死ぬのか……という場面が話題となりました。あのまま青豆は死んでしまうのか。そうではないのか。こんな興味を抱いて、ＢＯＯＫ３を読み出すと、冒頭で読者は、それまでと違う物語の作り方に出合い、驚いてしまいます。

ＢＯＯＫ１とＢＯＯＫ２は、小学校のかつての同級生である青豆と天吾の視点で交互に語られて進んでいく物語でした。二つの物語が交互に進んでいく展開は、村上春樹の読者にとって、非常に馴染み深いものです。

『世界の終りとハードボイルド・ワンダーランド』（一九八五年）、『ノルウェイの森』（一九八七年）、『海辺のカフカ』（二〇〇二年）……。これらはみな二つの物語が交互に進んでいく小説です。そして、述べたように『１Ｑ８４』もＢＯＯＫ１とＢＯＯＫ２は、二つの視点で展開していくのですが、ＢＯＯＫ３では、三番目の視点人物として「牛河」が加わり、三つの視点で語られる物語となっているのです。

▼ＢＯＯＫ３の第三の視点人物

「牛河」という名前の人物は『１Ｑ８４』と時代設定が重なる『ねじまき鳥クロニクル』（一九九四、九五年）にも登場してきましたが、このＢＯＯＫ３での牛河は、青豆を追跡したり、高円寺南口の天吾と同じアパートの一室を借りて、張り込みを続けていたりする人物です。

牛河は、背が低く、頭が大きくていびつなかたちをした禿頭《はげあたま》、「福助頭」の人物。さらに脚は短く、キュウリのように曲がっていて、眼球は何かにびっくりしたみたいに外に飛び出し、首のまわりには異様にむっくりと肉がついているという……まことに醜い男です。

牛河自身も「俺はたしかに時代遅れのみっともない中年男かもしれない」と思っているのですが、意外なことに、その牛河が、次第に魅力的に見えてくるのです。このＢＯＯＫ３を繰り返し読むと、最も興味深い謎の人物は、この牛河ではないかと思うほど、次々に意外な展開があるのです。

『１Ｑ８４』という小説は、「１９８４」年の世界から、月が二つ見える『１Ｑ８４』の世界に、主人公の青豆と天吾が侵入して、ＢＯＯＫ３の最後に、その二人が『１Ｑ８４』の世界から脱出する物語です。

そして、牛河が天吾を尾行していくと、天吾は高円寺南口にある児童公園に入っていって、滑り台にのぼって空を見ています。天吾が去った後、彼を追わずに、牛河も天吾が腰をおろしていた滑り台にのぼってみるのですが、すると普通の月と、もう一つ、苔が生えたような緑色の小さい月が見えるのです。

「ここはいったいどういう世界なんだ」「俺はどのような仕組みの世界に入り込んでしまったのだ」と牛河は思いますし、「これはもともと俺のいた世界ではない」とも考えるのです。それは、まさに天吾と青豆がいる『1Q84』の世界です。

ここまで読んで、読者は「えっ、牛河にも月が二つ見えるの！」と驚きます。でも、だからこそ、牛河がBOOK3の第三の視点人物に加えられたのか……と思うのです。

そして、さらに驚くことが、起きます。『1Q84』では、女性の殺し屋の青豆が、カルト宗教集団「さきがけ」のリーダーをホテル・オークラで殺害しますが、牛河はその「さきがけ」から頼まれて、青豆らを追跡しているのです。牛河はかなりしつこいプロの追跡者ですが、牛河の調査、追跡によって、読者は青豆・天吾のことをより深く知っていきます。述べたようにだんだん、その醜い追跡者である牛河が、読者の前で輝きだしてくるのですが、この牛河が、あっさり殺されてしまうのです。

牛河を殺すのは、タマルです。このタマルは青豆に、リーダー殺害を依頼した老婦人の助手のような男で、青豆の逃亡を助ける人物です。闇の側に属するプロで、「タマル」は忍者の「影丸」を思わせるような名づけですね。

多くの人が同じような感想を抱いたようですが、私もここを読みながら「えっ、殺されちゃうの？　死んじゃうの！」と驚きました。だって、何しろ視点人物ですから。死んでしまったら、小説の視点が一つ消えてしまい、物語の構造が大きく変わってしまいます。

▼カール・ユングのことを知っているか？

牛河が死ぬ場面については、本書「BOOK1」の「022」で以前に一度、「七夕神話」を通して、考えたことがありますが、でもこのところ、オウム真理教信者たちによる地下鉄サリン事件を通して、村上春樹作品を考え直すということを書いていますので、今回も、その点から、もう一度、牛河について、少し考えてみたいと思います。

牛河が殺されるのは、BOOK3の第25章「冷たくても、冷たくなくても、神はここにいる」です。

牛河は天吾の部屋がある高円寺南口のアパートの別の一室を借りて、張り込みを続けていますが、気がつくと、手を背中で縛られていて、背後にいるタマルから「それほど簡単には死なない」と言われるのです。一度ビニール袋をかぶせられて、窒息の寸前までいく苦しみを味わわされ、なぜ、張り込みをしていたのかをタマルに話してしまいます。

そして、ほぼ全部を聴いたタマルによって、殺されてしまうのですが、その死の間際に、タマルが「ところでカール・ユングのことは知っているか？」と牛河に聞くのです。牛河も目隠しの下で思わず眉をひそめて「カール・ユング？　この男はいったい何の話をしようとしているのだ」と思います。でも「心理学者のユング？」と答えると、タマルも「そのとおり」と言います。

さらに牛河が「十九世紀末、スイス生まれ。フロイトの弟子だったがあとになって袂《たもと》を分かった。集合的無意識。知っているのはそれくらいだ」と加えます。牛河は元弁護士ですから、いろいろな知識の持主なんですね。

牛河の答えに続けて、タマルは「カール・ユングはスイスのチューリッヒ湖畔の静かな高級住宅地に瀟洒《しょうしゃ》な家を持って、家族とともにそこで裕福な生活を送っていた」と話し始めるのです。

カール・ユングについては『1Q84』で、ホテル・オークラの一室で殺されるカルト宗教集団のリーダーが、青豆に語っていました。そのことを前回紹介しました。

青豆がリーダーを殺す直前に、カール・ユングを巡る話をしているのですから、このタマルが牛河を殺す直前に、カール・ユングの話をする場面は、青豆・リーダーの対決の場面ときっと対応したところでしょう。

▼その言葉はずいぶん深く俺の心に響く

カール・ユングは「一人きりになれる場所を必要としていた。そこで湖の端っこの方にあるボーリンゲンという辺《へん》鄙《ぴ》な場所に、湖に面したささやかな土地を見つけ、そこに小さな家屋を建てた」とタマルは牛河に話します。

「その建物は『塔』と呼ばれた。（……）完成を見るまでに約十二年を要した。（……）その家はまだ今でもチューリッヒ湖畔に建っている。（……）話によればそのオリジナルの『塔』の入り口には、ユング自身の手によって文字を刻まれた石が、今でもはめ込まれているということだ。『冷たくても、冷たくなくても、神はここにいる』、それがこの石にユングが自ら刻んだ言葉だ」

と話していくのです。実際にユングによって刻まれた言葉が「冷たくても、冷たくなくても、神はここにいる」というものかについて、ここでは触れませんが、タマルは「俺はなぜかしら昔から、その言葉に強く惹《ひ》かれるんだ。意味はよく理解できないが、理解できないなりに、その言葉はずいぶん深く俺の心に響く」と話しています。

この章のタイトルが「冷たくても、冷たくなくても、神はここにいる」ですが、その言葉を「悪いけど、ちょっと声に出して言ってみてくれないか？」とタマルは牛河に言わせるのです。牛河がよくわからないまま「『冷たくても、冷たくなくても、神はここにいる』」と小さな声で言います。タマルが「よく聞こえなかったな」と言うと、牛河が今度はできるだけはっきりとした声で言うのです。

その後に、タマルによって、牛河は殺されてしまいます。

「冷たくても、冷たくなくても、神はここにいる」。タマルが強く惹かれるというこの言葉は、どんな意味なのでしょうか。「神はここにいる」とは、どういう神がここにいるのでしょう。

述べたように「冷たくても、冷たくなくても、神はここにいる」と、タマルが牛河に話した後に牛河を殺害する、この場面と対応して書かれていると思われるのが、青豆がリーダーを殺す直前に、カール・ユングの話をする場面です。

その場面は『1Q84』のBOOK2にあるのですが、リーダー殺害後、高円寺南口の隠れ家のマンションに潜む青豆が、そのリーダーとの会話を思いだす場面が、BOOK3の第14章「私のこの小さなもの」にあります。

青豆は、その時、妊娠していて、「彼女はその小さなものと共に夜の児童公園の監視」を続けています。「一人で滑り台にのぼる若い男の大柄なシルエットを求め続ける。青豆は空に二つ並んだ初冬の月を見つめながら、毛布の上から下腹部をそっと撫《な》でる。ときどきわけもなく涙が溢《あふ》れこぼれた」と村上春樹は書いています。

青豆は「証人会」という宗教の熱烈な信者の家庭に育ったのですが、十一歳の時に信仰を捨てて両親と別れました。

村上春樹作品の主人公が涙する時、泣く時には、何か重要な転換が記されていることが多いのですが、この場面もその一つだと、私は思います。

青豆が「涙を拭《ぬぐ》うことなく、流れるままにして」おいたことなどが書かれた後、「あるとき冷たい風に吹かれて公園を監視しながら、青豆は自分が神を信じていることに気づく」のです。「唐突にその事実を発見する」のです。

まるで足の裏が柔らかな泥の底に固い地盤を見出《みいだ》すように。それは不可解な感覚であり、予想もしなかった認識だ。彼女は物心ついて以来、神なるものを憎み続けてきた。より正確に表現すれば、神と自分とのあいだに介在する人々やシステムを拒絶してきた。長い歳月、そのような人々やシステムは彼女にとって神とおおむね同義だった。彼らを憎むことはそのまま神を憎むことでもあった。

と村上春樹は記しています。

▼彼らの神様ではない。私の神様だ。

生まれ落ちたときから、彼らは青豆のまわりにいて、神の名の下に彼女を支配し、彼女に命令し、彼女を追い詰めたのです。彼らは神の名の下にすべての時間と自由を彼女から奪い、その心に重い枷《かせ》をはめました。彼らは神の優しさを説きましたが、それに倍して神の怒りと非寛容を説いたのです。

そして青豆は十一歳のときに意を決して、そんな世界から抜けだしました。

では青豆が、あるとき「自分が神を信じていること」に気づいたという「神」は、その自分が十一歳のときに意を決して抜けだしてきた世界の神と同じでしょうか？　それについて、青豆は次のように考えています。

でもそれらは彼らの神様ではない。私の神様だ。それは私が自らの人生を犠牲にし、肉を切られ皮膚を剝《む》かれ、血を吸われ爪《つめ》をはがされ、時間と希望と思い出を簒奪《さんだつ》され、その結果身につけたものだ。姿かたちを持った神ではない。白い服も着ていないし、長い髭《ひげ》もはやしていない。その神は教義も持たず、教典も持たず、規範も持たない。報償もなければ処罰もない。何も与えず何も奪わない。昇るべき天国もなければ、落ちるべき地獄もない。熱いときにも冷たいときにも、神はただそこにいる。

そのような神だと、青豆は思うのです。最後の「熱いときにも冷たいときにも、神はただそこにいる」は、タマルが牛河に言わせた「冷たくても、冷たくなくても、神はここにいる」と同じ言葉ですね。

▼大昔から彼らと共に生きてきた

そして、「さきがけ」のリーダーがその死の直前に口にした言葉を、青豆は折りに触れて思いだします。

光があるところには影がなくてはならず、影のあるところには光がなくてはならない。光のない影はなく、また影のない光はない。リトル・ピープルが善であるのか悪であるのか、それはわからない。それはある意味では我々の理解や定義を超えたものだ。我々は大昔から彼らと共に生きてきた。まだ善悪なんてものがろくに存在しなかった頃から。人々の意識がまだ未明のものであったころから。

このように述べたリーダーの言葉を思い出すのです。前回記したように、これはリーダーがカール・ユングの言葉を引用しながら、語った言葉です。

『1Q84』BOOK2の第13章「もしあなたの愛がなければ」の中で、青豆に殺される前、リーダーが「光があるところには影がなくてはならないし、影のあるところには光がなくてはならない。光のない影はなく、また影のない光はない。カール・ユングはある本の中でこのようなことを語っている」と青豆に話しています。

紹介したように、それに続けて「リトル・ピープルと呼ばれるものが善であるのか悪であるのか、それはわからない。それはある意味では我々の理解や定義を超えたものだ。我々は大昔から彼らと共に生きてきた。まだ善悪なんてものがろくに存在しなかった頃から。人々の意識がまだ未明のものであったころから。しかし大事なのは、彼らが善であれ悪であれ、光であれ影であれ、その力がふるわれようとする時、そこには必ず補償作用が生まれるということだ」と語っていたのです。

そのことを青豆は、思い出しているわけです。そして、青豆も「リトル・ピープル」について考えます。

神とリトル・ピープルは対立する存在なのか。それともひとつのものごとの違った側面なのか？

青豆にはわからない。彼女にわかるのは、自分の中にいる小さなものがなんとしても護られなくてはならないということであり、そのためにはどこかで神を信じている必要があるということだ。あるいは自分が神を信じているという事実を認める必要があるということだ。

と考えるのです。

そして、それらを考えた後、「青豆は神について思いを巡らせる。神はかたちを持たず、同時にどんなかたちをもとることができる」と村上春樹は記しています。

▼小さなものと共に夜の児童公園の監視

タマルが牛河を殺害する前に言わせた言葉。「冷たくても、冷たくなくても、神はここにいる」。タマルが「俺はなぜかしら昔から、その言葉に強く惹かれるんだ。意味はよく理解できないが、理解できないなりに、その言葉はずいぶん深く俺の心に響く」と語った言葉の意味は、タマル自身も「意味はよく理解できない」と言っていますので、その場面だけでは「神はここにいる」ということの「神」の意味がよくわかりませんし、「冷たくても、冷たくなくても」の意味もよくわかりません。

でもタマルがカール・ユングのことを語った場面、さらにそのリーダーがカール・ユングのことを語った場面と、リーダーの言葉を青豆が思い出す場面とを響き合わせて読んでみれば、その「神」の意味することを受け取ることができると思います。そこで、青豆は「熱いときにも冷たいときにも、神はただそこにいる」と考えているわけですから。

▼何か「信じる」ものが

オウム真理教信者たちによる地下鉄サリン事件の被告たちの裁判が終わったことから、それに関連した村上春樹作品を読み直しながら、ここ何回かを書いています。

地下鉄サリン事件の後、衝撃の大きさから、それまで盛んだった超越的なもの、超越的な思考が否定されていきました。「神」について語ることも抑制されていきました。

でも人間は合理性だけで生きていくことはできません。人が生きていくためには、どこか、何か「信じる」ものが必要だと思います。でも、地下鉄サリン事件を起こしたオウム真理教信者のようになってはいけないのです。

どうやったら、地下鉄サリン事件を起こしたオウム真理教信者のようにはならずに、でも「神」というものを棄てずに、我々が生きられるのか。それはとても難しい問いですが、そのような思いを抱いて、書かれた作品が『1Q84』なのだと思います。

そのことをよく示しているのがタマルの「冷たくても、冷たくなくても、神はここにいる」であり、青豆の「熱いときにも冷たいときにも、神はただそこにいる」なのだと思います。

今回も随分と長いコラムになってしまいました。『1Q84』BOOK3の牛河については、牛河の死後にも、驚く展開が用意されています。それについては、次回以降で、触れることができたらと思います。

O81
死を媒介に、今と結びついた記憶
「三つの短い話」
2018.6

村上春樹が新しい短編三作を雑誌「文學界」（二〇一八年七月号）に発表しています。今回は、この短編について書いてみたいと思います。

「文學界」に「三つの短い話」として同時掲載された短編は「石のまくらに」「クリーム」「チャーリー・パーカー・プレイズ・ボサノヴァ」の三作です。村上春樹自身が長編については自作を「長めの長編」と「短めの長編」に分けていますが、それを短編にも当てはめると、発表された短編はいずれも「短めの短編」に当たると思います。三作合わせての掲載が計四十数ページですから、掌編小説という長さの作品かもしれませんが、でも読んでみると、ページ数よりも広さと深みを感じる三作品です。

まだ発表されたばかりの短編ですので、未読の人もいるかと思いますが、私は三作とも楽しんで読むことができました。いずれまとまって短編集に収録されると思いますが、リアルタイムで読んで感じたことを書いておくことも、このコラムの務めかとも考え、感想を記しておきたいと思います。内容は、いかにも私らしい読みが反映したものになるかもしれませんが、その点はご容赦ください。未読の人は、ぜひ「三つの短い話」を読んでから、お読みください。

▼「記憶」を巡る物語

これらの短編には、いくつか共通したものがあります。その一つは、過去を巡る話だという点です。

「石のまくらに」は「僕」が大学二年生で、まだ二十歳にもなっていない頃、同じ職場で、同じ時期にアルバイトをしていた二十代半ばくらいの女性に関する思い出です。僕は、その女性とふとした成り行きで一夜を共にすることになったのです。そのあと一度も顔を合わせていません。

「クリーム」は、十八歳の時に経験した奇妙な出来事について、のちに「ぼく」が、年下の友人に語る物語です。この奇妙な出来事に遭った時、「ぼく」は浪人中でした。その年の十月の初めに、ある女の子からピアノ演奏会への招待状を受け取ります。「彼女」は「ぼく」よりひとつ学年が下ですが、同じ先生にピアノを習っていたのです。

リサイタルの会場は神戸の山の上でした。「ぼく」は阪急電車からバスに乗り継ぎ、急坂を上がっていきます。山頂近くのバス停で降りて、少し歩いたところに小ぶりなホールがあり、そこでリサイタルがおこなわれるという案内です。「ぼく」が、案内状に書かれた地番と簡単な地図を頼りに坂を上っていって、目指す建物に着いた時、その大きな鉄扉が固く閉ざされていました。何がどうなっているのか、「ぼく」は、さっぱり事情がわからないまま、今度は坂を下っていくのです。

「チャーリー・パーカー・プレイズ・ボサノヴァ」は「僕」が大学生の頃、大学の文芸誌に書いた架空のレコード批評を巡る話です。チャーリー・パーカーは一九五五年三月十二日に亡くなっていますし、ボサノヴァがアメリカでブレークしたのは一九六二年、仮に、チャーリー・パーカーが一九六〇年代まで生き延びて、ボサノヴァに興味を持ち、もしそれを演奏していたら……という想定で書いたものです。

そして、後日談が書かれています。レコード批評を書いたおよそ十五年後に、その文章は意外なかたちで「僕」のところに戻ってくるのです。まるでブーメランのように。つまり仕事でニューヨークに滞在している時に、時間が余ったので、小さな中古レコード店に入った「僕」がチャーリー・パーカーのコーナーに「Charlie Parker Plays Bossa Nova」というタイトルのレコードを見つけることになるのです。

「記憶というのは小説に似ている、あるいは小説というのは記憶に似ている」。村上春樹の第一短編集『中国行きのスロウ・ボート』(一九八三年)の中の「午後の最後の芝生」の冒頭近くに、そんな言葉が記されていますが、この新しい三つの短編も、紹介したように「記憶」を巡る物語です。

▼「死」を巡る話

そして、三作通して、二つ目の共通点は、それらが

「死」を巡る話だということです。

「石のまくらに」に、登場する「彼女」は短歌を作ってい
て、「僕」と関係して、別れたあと、歌集を「僕」に送っ
てきます。その短歌は例えば

石のまくら／に耳をあてて／聞こえるは
流される血の／音のなさ、なさ

やまかぜに／首刎《は》ねられて／ことばなく
あじさいの根もとに／六月の水

午後をとおし／この降りしきる／雨にまぎれ
名もなき斧が／たそがれを斬首

というものです。作品の冒頭近くにも「彼女のつくる短歌のほとんどは、男女の愛と、そして人の死に関するものだった」とあります。読んでいくと「男女の愛」より、「人の死」に関する歌のほうが多いように感じます。

「クリーム」の「ぼく」は訪ねたホールが閉まっていたので、坂を下っていくのですが、少し下ったところにこぢんまりとした公園があって、この公園のベンチに腰を下ろしていると、キリスト教の宣教をする車の拡声器を通した声が聞こえてきます。それは「人はみな死にます」「すべての人がいつかは死を迎えます。この世界に死なない人はひとりもおりません」と言っています。

「チャーリー・パーカー・プレイズ・ボサノヴァ」には「死はもちろんいつだって唐突なものだ」「死んだときに私が何を考えていたかわかるかい?」とバードが「僕」に語ったりしています。バードはチャーリー・パーカーの愛称です。

そのように、各作品の中に「死」についての言葉が村上春樹によって記されているわけですが、それとともに、別な角度からも、死や霊的な世界を含んだ作品だと、私には思われました。

村上春樹の作品の中で、数字の「四」や「四」の倍数で記されている場面の多くは「死」の世界を表しているのではないか……。つまり「四＝死」なのではないか、という考えを、以前、私は述べたことがあります。もちろん、一読者としての個人的な読みですが、その「四＝死」の感覚を濃厚に感じさせる「三つの短い話」なのです。少し具体的に、指摘してみましょう。

▼「四ツ谷駅」近くのイタリア料理店

例えば「石のまくらに」で、「僕」が一夜を共にする「彼女」と一緒に働いていたのは「四ツ谷駅」近くの大衆向けのイタリア料理店です。「四ツ谷駅」は短編「螢」や長編『ノルウェイの森』で、主人公の男女が中央線の電車の中で偶然再会し、二人が電車を降りる駅でもあります。

村上春樹作品の中での「四ツ谷駅」は死者と生者が出合う場所なのだと思います。

そして「彼女」から送られてきた歌集の「最初のページには28という番号」がスタンプで捺《お》してありました。「限定版の28冊目」という意味のようです。

一夜だけの関係の「彼女」が歌集を「僕」に送ることができたのは「もしほんとに読みたいのなら、あとで送ってあげるよ。きみの名前と、ここの住所を教えてくれる?」と「彼女」が言うので、メモ用紙に名前と住所を書いて、「僕」が渡したからです。すると「彼女」は「それを眺め、四つに折りたたんで、オーバーコートのポケット」にしまっています。

このように「僕」と「彼女」は「四」と「四」の倍数で繫がっている関係です。そして歌集を受け取った「僕は短歌についてはほとんど何も知らなかった」という人間ですが、「そのうちの八首ほどは——僕の心の奥に届く何かしらの要素を持ち合わせていた」と記されていて、その「八首」が紹介されている作品です。

ちなみに「僕」と「彼女」が関係するのは「彼女が十二月の半ばでその店を辞めること」になって、ある日、閉店後に何人かで近所の(つまり四ツ谷ということ)居酒屋に飲みに行った夜のことです。ですからおそらく「十二月」に二人は関係しているのでしょう。

このように「石のまくらに」は「四」と「四」の倍数が重要なことで頻出する作品ですが、他の二作品も同様なのです。

▼四阿《あずまや》の入り口からは港が一望に

「クリーム」の「ぼく」は、紹介したようにピアノ演奏会への招待状を送ってきた「彼女」と同じ先生にピアノを習っていました。二人は「一度だけ、モーツァルトの四手のための小品を連弾したことがある」という関係です。「でもぼくは十六歳のときにピアノのレッスンに通うのをやめて」しまいました。そんな「彼女」からの再会への誘いなのです。

そして、ホールが閉まっていたので、「ぼく」は坂を少し下って、こぢんまりとした公園のベンチに腰を下ろすわけです。その公園は水飲み場もなく、遊具が置いてあるわけでもありません。「中央に、屋根のついた小さな四阿《あずまや》がひとつぽつんと建っているだけ」です。「四阿」のまわりには灌木が配され、「地面には四角い平石」が敷かれています。

そして、リサイタルの案内状にあったホールの鉄扉が固く閉ざされていたという、何がどうなっているのか、さっぱり事情がわからない「ぼく」は「気持ちを整理するためにその公園に入り、四阿の壁付きのベンチに腰を下ろ」すのです。その「四阿の入り口からは港が一望に」見渡せます。「埠頭に積み上げられた四角い金属のコンテナ」も卓上の小さな箱のように見えるのです。

「四阿」は東国の田舎風の家を意味するとも言われますので、「東屋」とも書きますし、「阿舎」などとも書きますが、「四阿」という表記は、村上春樹の意識的な選択のように、私には感じられます。数えてみると、「四阿」が八回ほど記されています。

「チャーリー・パーカー・プレイズ・ボサノヴァ」についても、同様のことが指摘できると思います。チャーリー・パーカーは一九五五年三月十二日に亡くなっていますが、その「バードが戻ってきた」のは「1963年」です。「1963年」に、チャーリー・パーカーが再びアルトサックスを手に取り、ニューヨーク近郊のスタジオで録音して「チャーリー・パーカー・プレイズ・ボサノヴァ」を出したのです。その「1963年」は一九五五年のチャーリー・パーカーの死から「八年を経た」年です。

そして収録された曲は、A面に「コルコヴァド」など四曲。B面に「アウト・オブ・ノーホエア」など四曲です。紹介したように、後日談として、「僕」はニューヨークの中古レコード店で「Charlie Parker Plays Bossa Nova」というタイトルのレコードを見つけるのですが、そのレコードには三十五ドルの値段がついていて、どうしようか、「僕」はずいぶん迷います。「物好きな誰かが僕が記述したとおりの架空のレコードを形だけでっち上げたのだ。A面とB面共に四曲ずつ入っている別なレコードをもってきて、水に漬けてラベルを剝がし、かわりに手製のラベルを糊で貼り付けたのだ」と思うのです。

ちなみに「1963年」という年は、デビュー作『風の歌を聴け』以来、村上春樹がこだわり続けている年です。一例を挙げれば、『風の歌を聴け』の「僕」が関係した女性を振り返る場面には「僕は彼女の写真を一枚だけ持っている。裏に日付けがメモしてあり、それは1963年8月となっている」とあったりします。アメリカとの関係で言いますと「ケネディー大統領が頭を撃ち抜かれた年だ」ともあります。

▼夥《おびただ》しい「四」と「四」の倍数

紹介したように、「石のまくらに」には「僕」の心の奥に届いた「彼女」の短歌の八首が記されています。「クリーム」には「四阿」という言葉が八回登場しています。「チャーリー・パーカー・プレイズ・ボサノヴァ」のレコードに収録されているのはA面とB面を合わせると八曲です。「三つの短い話」はそのような繫がりを持っています。

このように、夥《おびただ》しい「四」と「四」の倍数の存在の中に「死」を巡る話が語られているのが「三つの短い話」の三作なのです。

やはり村上春樹の作品では「四＝死」と読んでいくことが、一つの読みとして、成立するのではないかと、私は感じています。「四＝死」は「死」の世界の物語とも言えますが、それは「この世」とは、少しねじれた「あの世」の物語です。つまりここに登場する「石のまくらに」の歌集を送ってくる「彼女」も、「クリーム」のピアノ演奏会への招待状を送ってくる「彼女」も、「チャーリー・パーカー・プレイズ・ボサノヴァ」の「バード」も、みんな「お化け」です。「幽霊」です。

「三つの短い話」を通して読むと、村上春樹作品の独特の奇妙な感覚にひたることになりますが、それは三作すべてが「お化け」「幽霊」の話だからだと思います。「三つの短い話」がこれで完結するのか、それとも続けて展開していくのか、私にはわかりませんが、続けて展開していくとしたら、全編「お化け」「幽霊」の話となるかもしれませんね。

▼「今」という言葉

このように、記憶や思い出を巡る物語、死者を巡る物語、お化け・幽霊を巡る物語は、村上春樹の愛読者には、よくなじんだ世界だと思いますが、でも、今回の「三つの短い話」を読んで、新しく、強く自分に迫ってきた言葉があります。そのことを書いてみたいと思います。

それは「今」という言葉です。例えば「石のまくらに」で、歌集のうち「八首ほどは――僕の心の奥に届く何かしらの要素を持ち合わせていた」という文章に続いて、「たとえばこういう歌があった」として、次のような短歌が記されています。

今のとき／ときが今なら／この今を
ぬきさしならぬ／今とするしか

こんな短歌を声に出して読んでいると、月光を受けて「あの夜に目にした彼女の身体を、僕は脳裏《のうり》にそのまま再現することができた」のです。

さらに「また二度と／逢うことはないと／おもいつつ逢えないわけは／ないともおもい」との歌が記されたあと、「あるいはもう彼女は生きていないかもしれない」「短歌の多くは――疑いの余地なく、死のイメージを追い求めていた」と思うのです。

ちなみに「今のとき／ときが今なら／この今を　ぬきさしならぬ／今とするしか」という短歌には「今」が「四回」記されています。

次に「クリーム」の「今」ではなく、「チャーリー・パーカー・プレイズ・ボサノヴァ」の「今」を紹介しましょう。

この短編には、後日談が二つ書かれています。最初の後日談はニューヨークの中古レコード店で「Charlie Parker Plays Bossa Nova」のレコードを見つけたことです。そして、二つ目の後日談は、ある夜、「僕」がチャーリー・パーカーが登場する夢を見たことです。

「僕」は夢を見ているなかで「それが夢であることがわかった」のです。「僕は今、バードが登場する夢を見ているのだ」と思います。続けて「ときどきそういうことがある。夢を見ながら「これは夢だ」と確信できる」とあります。確かに、そんな時がありますね。

さらに夢に出てきたバードが「君は私に今一度の生命を与えてくれた」と語っていますし、「僕」は「あなたは僕に礼を言うために、今日ここに現れたのですか？」と述べています。この「今一度」や「今日」は「今」の言葉の持つ意味が異なるかもしれませんが、「石のまくらに」の「今」の短歌の延長線上に読んでいくと、関連して書かれているのかなと思えてくる言葉なのです。

▼中心がいくつもあって、外周を持たない円

そして「クリーム」の「ぼく」は「四阿」で、年に一度か二度くらいのストレス性過呼吸のようなパニック状態に陥り、身体が思い通りに動かなくなってしまいます。「十代の頃のぼくは何かと面倒な問題を抱えて」いて、時たま、そういう発作に襲われていたのです。そこは「四阿のベンチの上で両目を固く閉じ、身をかがめ、そのブロック状態から解放されるのを待った。五分くらいだったかもしれないし、十五分くらいだったかもしれない」と書かれています。

「そのあいだぼくは、暗闇の中に浮かんでは消えていく奇妙な図形を見守り、ゆっくりと数をかぞえながら呼吸を整えようと努めた」ようですし、さらに「ふと気がつくと（数をかぞえることに意識を集中していたので、気がつくまでに時間がかかった）」のですが、「ぼく」の前に人の気配があって「四阿の向かい側のベンチにいつの間にか一人の老人が腰掛けて、まっすぐこちらを見ていた」のです。六、七十歳の老人です。

「ゆっくりと数をかぞえながら」「数をかぞえることに意識を集中していた」とあるので、マニアックなことなのですが、「ぼく」と同じように数をかぞえてみると「四阿のベンチの上で両目を固く閉じ、身をかがめ、そのブロック状態から解放されるのを待った」という文章の「四阿」は、五回目の「四阿」のようです。五回目の「四阿」なので、回復までの時間が「五分ぐらいだったかもしれないし、十五分ぐらいだったかもしれない」のかななどと思ったりしました。

その老人が「中心がいくつもある円や」と繰り返し、言うのです。「中心がいくつもあってやな。いや、ときとして無数にあってやな、しかも外周を持たない円のことや」「そういう円を、きみは思い浮かべられるか？」と言うのです。

「さあ、考えなさい」と老人は言います。「もう一回目をつぶってな、とっくり考えるんや。中心がいくつもあって、しかも外周を持たない円のことを。きみの頭はな、むずか

しいことを考えるためにある。わからんことをなんとかわかるようにするためにある。へいへいなと怠けてたらあかんぞ」と話すのです。

そして、続けて、こう言います。「今が大事なときなんや」と。

この「今が大事なときなんや」という老人の言葉を受けて「ぼく」は、必死に考え続けます。普通の「円」は中心をひとつだけ持ち、そこから等距離にある点を繋いだ、曲線の外周を持つ図形です。「中心をいくつも（あるいは無数に）持つ円が、どうやって一個の円として存在しうるのだろう?」

「ぼく」が、そうやって考え出すと、自分の前から「老人の姿はもうそこにはなかった」のです。つまり、この老人も「お化け」「幽霊」的な存在ですが、そうやって「気がついたとき、ぼくは普段の穏やかな呼吸を取り戻していた」のです。

▼生き生きとした膨らみ

この〈中心がいくつもあって、ときとして無数にあって、しかも外周を持たない円〉という言葉が、素晴らしいと思いました。今回、コラムを書くために「三つの短い話」を何回か読みました。そして「四＝死」という独特の読みから、三つの短編に迫ってみましたが、それは村上春樹の作品に接近するための、私の読みの手立てにすぎません。

〈中心がいくつもあって、ときとして無数にあって、しかも外周を持たない円〉とは、どういう円なのか、はっきりと摑み出すことが、「ぼく」と同じように、私にもできないのですが、具体的なイメージを持って、なおかつ、どのような読みで迫っていっても、解剖されないような、生き生きとした膨らみを保ち続けているのです。「クリーム」は「四阿」「四角い平石」「四角い金属のコンテナ」など四角形がたくさん記される作品ですが、そのたくさんの「四」の世界を、中心がいくつもあって、しかも外周を持たない「円」が大きく、生き生きと広げているのです。

大人になった「ぼく」は、心が深く激しく乱される出来事が起きるたびに〈中心がいくつもあって、ときとして無数にあって、しかも外周を持たない円〉のことを考えて、乗り越えてきました。その結果、あくまで「ぼく」の漠然とした推論として、次のように考えているようです。

> おそらく具体的な図形としての円ではなく、人の意識の中にのみ存在する円なのだろう。ぼくはそう思う。たとえば心から人を愛したり、何かに深い憐れみを感じたり、この世界のあり方についての理想を抱いたり、信仰（あるいは信仰に似たもの）を見いだしたりするとき、ぼくらはとても当たり前にその円のありようを理解し、受け容れることになるのではないか――

そして、私の考える推論、あくまで、これまで読んだ漠然とした推論を記してみたいと思います。

私たちは、つい効率を求めて、それぞれの人間の存在の違いを無くして、一点に求心的に向かう世界を追求しがちです。そして、自分の生きる世界を、このくらいが限界と外周を決めて、考えてしまいがちです。

でも、人はそれぞれに異なる存在で、みな生きる価値を持っていて、それぞれの生きる固有の世界は、おのおのが深めていったり、広げていったりできるものではないか……。そんな「円」の世界をイメージしました。またしばらくして読んだら、「円」のイメージが変化しているかもしれませんが。

▼今、世界をつくり直す力の原動

最初に記したように、「三つの短い話」の三作は、記憶を巡る物語です。この三作の記憶は、「四＝死」の世界を媒介に、「今」と強く結びついています。単なる思い出とは違います。

でも考えてみれば、記憶しているということ自体が「今」を含んでいるわけです。記憶していることは忘れているのに、今も記憶しているわけですから。他のことは忘れているのに、その記憶の力が「今」、その人間を生かしているわけです。そのように記憶の力が「今」の「僕」や「ぼく」を動かし、生かしていく物語として、読みました。


自分の家族や愛する人を亡くした者ならわかるはずのことですが、私たちが自分の生を切実に考える時、必ず、自分の中の死の世界と触れてきます。私たちは、効率性を求めるような求心的な円の世界を、実際には生きていません。よーく、自分の中を考えてみれば、わかりますが、自分にとって本当に大切なもの、切実な記憶は、自分の中の死の世界（心の世界）と触れて、それが自分を生かしているのです。

その自分の中の死の世界と触れた切実な記憶の力は、今、世界をつくり直すような力の原動なのだと思います。読みながら、そんな思いに触れてくる「三つの短い話」でした。

死んでいるかもしれない「彼女の詠んだ歌を記憶している」ことで「今」を生きている「石をまくらに」の「僕」。「今、バードが登場する夢」のなかでチャーリー・パーカーが演奏するボサノバの「コルコヴァド」が「魂の深いところにある核心にまで」届いて「自分の身体の仕組みが少しばかり違って感じられるよう」になる「チャーリー・パーカー・プレイズ・ボサノヴァ」の「僕」。彼らについて、あまり詳しく記せませんでしたが、別の機会に、また考えてみたいと思います。

＊「三つの短い話」の三作は二〇二〇年七月発売の短編集『一人称単数』に収録されました。

082 信じること、愛すること

「牛河」について②

2018.7

二〇一八年七月六日、地下鉄サリン事件などオウム真理教による一連の事件で殺人などの罪に問われて死刑が確定していた松本智津夫死刑囚＝教祖名麻原彰晃＝ら七人の刑が、東京拘置所などで執行されました。そして本日七月二十六日、残る六人の死刑が執行され、一連の事件で死刑の判決を受けた十三人の死刑が短期間の間に執行されました。

一九九五年三月二十日のオウム真理教信者による地下鉄サリン事件では十三人が死亡、六〇〇〇人以上が重軽傷を負いましたし、それ以前の一九八九年十一月四日の坂本堤弁護士一家殺害事件、一九九四年六月二十七日の松本サリン事件を加え、一連の凶悪事件の犯人たちです。

死刑制度の是非については、私も記者として考える機会はこれまでにも何度かありました。その是非についてはここでは記しませんが、それでもいっぺんに七人と六人もの人間が死刑となると、人間の命の重みというものが伝わってきて気持ちがふさがれてしまいます。いまだ、この事件と宗教との関係は解明されることなく、すべての刑の確定後、非常に早く刑が執行されました。これによって、オウム真理教の教義とそれがどのようにしてこれらの大きな事件を引き起こしたのかということについては未解明の部分が多く、残りました。その解明に力を注ぐべきだったのではないかと思われます。

▼あっけなく殺されてしまう

二〇一八年一月下旬、最高裁で、一連のオウム真理教信者による事件の裁判が終わりました。さらに地下鉄サリン事件から二十三年となる今年の三月二十日の少し前の、三月十四日、十五日には、死刑囚十三人のうち七人を東京拘置所から名古屋、大阪両拘置所など五カ所に移送し分散収容したこともニュースになりました。

死刑執行のための分散収容ではないのか。そのような思いが強く迫って来るなか、オウム真理教信者による事件とは何かを考えながら、ここ半年間、このコラムを書いてきました。

オウム真理教信者による地下鉄サリン事件の被害者たちへの村上春樹のインタビュー集『アンダーグラウンド』（一九九七年）やオウム真理教元信者たちへのインタビュー『約束された場所で』（一九九八年）などを読み返して書いてきましたし、「青豆」という女性の殺し屋が、カルト宗教集団のリーダーと対決する『1Q84』（二〇〇九、一〇年）のことも再読して書きました。「青豆」が対決して、殺害するカルト宗教集団のリーダーは、最初、オウム真理教の教祖、麻原彰晃を思わせるかのように登場する人物ですのので、そこから「悪」の問題というものを考えてみたかったのです。

前回だけは「文學界」七月号に村上春樹の久しぶりの短編「三つの短い話」が発表されたので、その三つの短編についてリアルタイムで考えたことを記しましたが、前々回は『1Q84』に登場する牛河という人物の奇妙な魅力について書きました。今回は、その回で書き切れなかった牛河について書き足してみたいと思います。

牛河は『1Q84』の読者にとって、かなり驚く存在です。前にも紹介しましたが、『1Q84』はBOOK1、BOOK2は、女主人公「青豆」と男主人公「天吾」の視点が交互に進んでいきます。二つの話が交互に進んでいく物語は、村上春樹の読者にとって、馴染み深いものですが、BOOK3になると、物語の第三の視点人物として牛河が加わるのです。BOOK3を読み始めた読者が、エッと驚くのは、まずその点です。

その次に読者が驚くのは、牛河があっけなく殺されてしまうことです。正直、読者は牛河のキャラクターに魅力を感じ出してきて〝そんなに悪いやつでもなさそうじゃない……〟と思い出したところで、あっさり殺されてしまうのです。「エッ、殺されてしまうの……!」と、最初に読んだ時に、私も思いました。牛河のキャラクターが魅力的かどうかの問題はあるかと思いますが、それはさておいても、何しろ牛河は視点人物で、その視点人物が殺されてしまったら、物語の語りの構造が崩れてしまうからです。

気になって、目次を見たり、少しの先のページを覗いたりしました。すると、さらに先に牛河の章があるのです。まさか殺されたはずの牛河が生きかえったりするのでは……。そんな妄想を抱きながら、読んでいくと、牛河はしっかり殺されていました。

でもまた、驚くことが『1Q84』では書かれているのです。こういうふうに読んでいくことは、著者である村上春樹の術中に嵌《はま》っているわけですが、でもこの作品の牛河については、そのように読んだ人も多いのではないかと思います。

▼牛河の口から出てくる「リトル・ピープル」

牛河が殺される章の名は「冷たくても、冷たくなくても、神はここにいる」ですが、死体となった後、次の牛河の章の名前は「そして彼の魂の一部は」です。

山梨のある部屋の中央部に会議用のテーブルがいくつかつなぎ合わされ、死んだ牛河の身体がその上に仰向けに寝かされています。その日の昼間、部屋に何人かの人々が集まり、話し合いが持たれました。カルト宗教集団「さきがけ」の幹部たちが内密に集まり「牛河を殺害したのはいったい誰なのか?」「牛河が監視していたのは青豆ではないのか」などが話されたのです。そして「さきがけ」のグループにとっては「どのような危険に遭遇しても、どのような犠牲を払っても、我々は青豆という女を見つけて確保しなくてはならない。一刻も早く」ということが最も重要な使命なのです。

　誰もいなくなった後の部屋には牛河の死体が残されているだけです。そして牛河の大きく開かれた口から「六人の小さな人々」が出てくるのです。背の高さはせいぜい五センチほどです。「リトル・ピープル」です。

　六人のリトル・ピープルは、自分の身体を必要に応じてサイズを変えることができて、やがて、六十センチから七十センチほどの背丈に達すると、テーブルから部屋の床に降りました。

　そして、六人は誰が合図するともなく、床の上に静かに腰を下ろし、やがて一人が無言のうちに手を伸ばして、空中からすっと一本の細かい糸をつまみ上げます。それを床の上に置きます。次の一人もまったく同じことをしました。あとの三人も同じです。

　でも最後の一人だけが違う行動を取りました。彼は牛河の頭に手を伸ばし、牛河の縮れた毛髪を一本ちぎったのです。それを糸代わりにしました。

　そして「五本の空中の糸と、一本の牛河の頭髪を、最初のリトル・ピープルが慣れた手でひとつに紡《つむ》いだ」のです。「そのようにして六人のリトル・ピープルは新しい空気さなぎを作っていった」のです。そうやって「彼の魂の一部はこれから空気さなぎに変わろうとしていた」という言葉で、その章は終わっています。

▼次の曲はヤナーチェックの『シンフォニエッタ』です

　リトル・ピープルというもの自体が、『1Q84』の中で、どういうものなのか、それを述べることがとても難しい存在です。そして、さらに牛河の口から、リトル・ピープルが出てきて、彼らが牛河の頭髪を交えながら、空気さなぎを作っていく……という行為が加わって、さらにリトル・ピープルへの関心も謎も深まるのです。

　なぜ、牛河は殺されたのか。なぜ、牛河の死体の口から、六人のリトル・ピープルが現れて、牛河の頭髪を交ぜながら、空気さなぎを織っていくのか……。そのことをどう受け取るべきか、正直難しいですね。

　私の読みが、自分なりの安定を持って存在しているわけではないのですが、でもここ半年ほど、オウム真理教信者の犯罪と、それに関係して書いたと思われる村上春樹作品を読んできましたので、自分の考えの一端を示してみたいと思います。

　まず、どうして、牛河はこの曲を聴かないのだろうと思ったことがあります。あんなふうに殺されるとは思いませんでしたが、同じ視点人物の中で、青豆や天吾とは違うんだなと思いました。

　その曲はヤナーチェックの管弦楽作品『シンフォニエッタ』です。『1Q84』という長編は、女性の殺し屋である青豆が、高速道路を走るタクシーの中で、このヤナーチェック『シンフォニエッタ』を聴く場面から物語が始まっています。

さらに『1Q84』のBOOK3ではリーダーを殺害した後、青豆は高円寺南口のマンションの一室に隠れ住んでいるわけですが、ヤナーチェックの『シンフォニエッタ』が入ったカセットテープを手に入れなくてはと青豆は思います。「運動をするときに必要だ。あの音楽は私をどこかに――特定はできないどこかの場所に――結びつけている。何かへの導入の役目を果たしている」と思うのです。そしてヤナーチェックの『シンフォニエッタ』を入手した青豆は、「一日に一度『シンフォニエッタ』を聴き、それに合わせて激しい無音の運動」をして過ごしているのです。

天吾も『シンフォニエッタ』を演奏しています。小学校三年から卒業まで天吾の担任だった女教師に牛河が会いに行きます。すると女教師は高校生になった天吾と音楽会で再会したことを話します。彼女の証言によれば、天吾はヤナーチェックの『シンフォニエッタ』のティンパニの演奏を上手にこなしています。「簡単な曲ではありません。天吾くんはその数週間前までその楽器に手を触れたこともなかったんです。しかし即席のティンパニ奏者として舞台に立ち、見事に役を果たしました。奇跡としか思えません」と牛河に、女教師は話しています。

そして、牛河は高円寺で天吾の住むアパートの一階に張り込み用の部屋を確保するのですが、その契約前日、文京区小日向のマンションのユニットバスの狭い浴室の中で、シベリウスのヴァイオリン協奏曲がラジオのFM放送局から流れてくるのを聴いています。

そのシベリウスのヴァイオリン協奏曲はおおよそ三十分ほどで終了。「次の曲はヤナーチェックの『シンフォニエッタ』ですとアナウンサーは告げ」ます。

そして「ヤナーチェックの『シンフォニエッタ』という曲名にはどこかで聞き覚えがあった」「きっと風呂に長く入り過ぎたのだろう。牛河はあきらめてラジオのスイッチを切り、風呂を出ると、タオルを腰にまいただけのかっこうで冷蔵庫からビールを出した」と書かれています。

▼繋がるプラハ

「ヤナーチェックの『シンフォニエッタ』という曲名にはどこかで聞き覚えがあった」と牛河が思うのは、天吾の小学校の担任だった女教師が、ヤナーチェックの『シンフォニエッタ』のティンパニのパートを見事に演奏した天吾のことを牛河に話したからでしょう。それを忘れていることは、優秀な調査マンとしては、かなりの手抜かりです。

ヤナーチェックの『シンフォニエッタ』に対して「あの音楽は私をどこかに――特定はできないどこかの場所に――結びつけている。何かへの導入の役目を果たしている」と思っている青豆と、牛河の同曲に対する描かれ方にはかなりの差があります。これらの部分を読むと、同じ視点人物でも、作品の中での位置はずいぶん違っていることが分かります。牛河はヤナーチェックの『シンフォニエッタ』を聴かなかったから殺されてしまったといえるかもしれません。

　ちなみにヤナーチェックの『シンフォニエッタ』は一九二六年六月二十六日にプラハで初演されました。なお、『騎士団長殺し』（二〇一七年）のタイトルにもなっているモーツァルトの『ドン・ジョバンニ』の初演もプラハです（一七八七年）。村上春樹はプラハ初演の音楽が好きなのですかね。『海辺のカフカ』（二〇〇二年）のフランツ・カフカもプラハで生まれ、暮らしているので、これらの『海辺のカフカ』『１Ｑ８４』『騎士団長殺し』の長編は、プラハで繋がっているとも言えます。

　ヤナーチェックの『シンフォニエッタ』が生まれた一九二六年という年は、日本では大正が終わり、昭和という時代が始まった年ですし、ヤナーチェックの『シンフォニエッタ』はファンファーレで始まっていますので、物語の開幕であるとともに「昭和」という時代の開幕を告げる音楽として、『１Ｑ８４』の中にあるのかとも思います。そして「１９８４」年は昭和五十九年ですので、村上春樹が「昭和」の時代にこだわって書いた作品といえるかと思います。その物語の視点人物のうち、牛河だけがヤナーチェックの『シンフォニエッタ』を聴かずにいるということには、「昭和」の歴史に対する認識のなさを示しているのかもしれません。

　でも牛河にはいいところがあります。その一つは組織、システムというものに対して、独立を保っているという点でしょう。彼は、所詮、金で雇われた何でも屋ですが、でも「システムから離れて自由に行動することができる」人間なのです。「彼らの身内でも仲間でもないし、信仰心などかけらもない。教団にとって危険な存在となれば、あっさり排除されてしまうかもしれない」という人間でもあります。「システムから離れて自由に行動することができる」なんて、その部分だけ取り出せば、村上春樹の小説は、システムというものと闘う物語ですから、登場人物としては、かなり面白い人物です。

　一方で、牛河は「一流大学に入るために、そして司法試験に合格するために、死にものぐるいで勉強」をして「あらゆる現世的な楽しみを棄《す》てて」「勉学に専念した」のです。これは、現世のシステムに沿った生き方でもあると思います。「劣等感と優越感の狭間《はざま》で彼の精神は激しく揺れ動いた。俺は言うなればソーニャに出会えなかったラスコーリニコフのようなものだ、とよく思った」と村上春樹は書いています。システムというものについても、牛河は引き裂かれた人間のように存在しています。

▼そんな感覚を持ったのは生まれて初めて

　その牛河が殺されて、関係者が遺体の前から去った後、牛河の口から、リトル・ピープルが出てきた章のタイトルは「そして彼の魂の一部は」となっていますが、『1Q84』の中で牛河の「魂」について、触れた部分が出てきますので、その場面を紹介してみましょう。

牛河は天吾のアパートの一階に部屋を借りて、カメラ越しに監視を続けているのですが、この時、天吾の部屋から出てきた「ふかえり」がファインダー越しに逆に牛河の視線を覗き込みます。すると牛河は自分が深田絵里子（ふかえり）という少女に「全身を文字通り揺さぶられていることに気づいた」のです。「彼女の身じろぎひとつしない深く鋭い視線によって、身体のみならず牛河という存在そのものが根本から揺さぶられているのだ。まるで激しい恋に落ちた人のように。牛河がそんな感覚を持ったのは生まれて初めてのこと」です。

そして、牛河は次のように考えています。

これはおそらく魂の問題なのだ。考え抜いた末に牛河はそのような結論に達した。ふかえりと彼のあいだに生まれたのは、言うなれば魂の交流だった。ほとんど信じがたいことだが、その美しい少女と牛河は、カモフラージュされた望遠レンズの両側からそれぞれを凝視し合うことによって、互いの存在を深く暗いところで理解しあった。ほんの僅《わず》かな時間だが、彼とその少女とのあいだに魂の相互開示ともいうべきことがおこなわれたのだ。

ここに牛河の「魂」という言葉が三回もあります。

リトル・ピープルたちが「五本の空中の糸と、一本の牛河の頭髪を」ひとつに紡いで、空気さなぎを作っていきます。そして紹介したように「彼の魂の一部はこれから空気さなぎに変わろうとしていた」という言葉で、その章は終わっていますが、その「彼の魂の一部」とは、ふかえりとのあいだにうまれた魂の交流の部分なのでしょう。

▼氷のような心の芯を融かしてしまう

それは牛河に「今まで経験したことのない温《ぬく》もりを」もたらします。「牛河はそのことに気づいた」のです。

彼の「妻も二人の娘も、芝生の庭のある中央林間の一軒家も、これほどの温かみを牛河に与えてくれることはなかった。彼の心には常に溶け残った凍土の塊のようなものがあった。彼はその堅く冷ややかな芯《しん》とともに人生を送ってきた」のです。

でも「それを冷たいと感じることさえなかった。それが彼にとっての「常温」だったからだ。しかしどうやらふかえりの視線がその氷の芯を、一時的であるにせよ融《と》かしてしまったらしい。それと同時に牛河は胸の奥に鈍い痛みを感じ始めた。その芯の冷たさがこれまで、そこにある痛みの感覚を鈍麻させていたのだろう」と牛河は感じています。

「劣等感と優越感の狭間で彼の精神は激しく揺れ動いた。俺は言うなればソーニャに出会えなかったラスコーリニコフのようなものだ、とよく思った」と牛河は思っています。

『罪と罰』のラスコーリニコフがソーニャの力で人間を回復していくように、牛河にとってのふかえりがソーニャのような力を持っていたということです。

　牛河がタマルによって殺される直前、タマルの好きな言葉「冷たくても、冷たくなくても、神はここにいる」という言葉を言われされます。

　そしてビニール袋で覆われて殺されてしまうのですが、牛河は「何故《なぜ》だ、と牛河はそのビニール袋の中で思った。知っているすべてを正直に語った。どうして今さら俺を殺さなくてはならないのだ」と思うのです。

　断末魔の最後、中央林間の一軒家で、二人の娘のことを考え、そこで飼っていた胴の長い小型犬のことを思うのです。「彼はその胴の長い小型犬をただの一度も好きになったことがなかったし、犬の方もただの一度も牛河を好きになったことがなかった。頭の悪い、よく鳴く犬だった」と思います。牛河が人生の最後に思い浮かべたのは、その犬のことだったのです。

　牛河は恋や温もりをまるで知らない人間ではありません。それは、ふかえりとの一瞬の視線の交換の場面を見ればわかります。でも、人や動物を愛する人間ではありませんでした。人を信じたり、涙したり、そういうことが人生の中にほとんどなかった人間です。「温もり」を感じたのは、一瞬のふかえりとの交流だけのようです。

　これが、この『1Q84』で牛河が殺されてしまう原因かなと思います。「知っているすべてを正直に語った。どうして今さら俺を殺さなくてはならない」のかは、人を愛し、信じ、時に涙を流すようなことがなかったからでしょう。

▼心から信じるって言ってくれる？

　前々回も紹介しましたが、青豆が対決して殺害したリーダーが話していた言葉を思い出す場面があります。

> リトル・ピープルと呼ばれるものが善であるのか悪であるのか、それはわからない。それはある意味では我々の理解や定義を超えたものだ。我々は大昔から彼らと共に生きてきた。まだ善悪なんてものがろくに存在しなかった頃から。人々の意識がまだ未明のものであったころから。

　そのようにリーダーは語っていました。この言葉を受けて、続けて、青豆は、次のように思います。

> 神とリトル・ピープルは対立する存在なのか。それともひとつのものごとの違った側面なのか？
> 　青豆にはわからない。彼女にわかるのは、自分の中にいる小さなものがなんとしても護られなくてはならないということであり、そのためにはどこかで神を信じる必要があるということだ。あるいは自分が神を信じているという事実を認める必要があるということだ。

と考えるのです。

神とリトル・ピープルのことを考えて、そして、どこかで神を信じる必要があると思う。自分が神を信じているという事実を認める必要があると思うのです。この青豆の考えは、少しの飛躍を含んだ言葉ですね。

私なりに受けとめたことをここに記せば「どこかで神を信じる必要がある」とは「それは人を信じること」「人を深く愛すること」と置き換えていいのではないかということです。「人を信じること」「人を深く愛すること」は、それは教団の中の教祖のような神ではなく、自分の中に大切な神を持つことでしょう。

『1Q84』の最後、青豆と天吾が「1Q84」の世界から脱出する直前に、青豆が天吾にこう言っています。

「ねえ、私は一度あなたのために命を捨てようとしたの」と青豆が打ち明けます。「あと少しで本当に死ぬところだった。あと数ミリのところで。それを信じてくれる?」。それに対して「もちろん」と天吾が応えます。「心から信じるって言ってくれる?」「心から信じる」と天吾は言います。

ここで、青豆は神について、語っているのだと思います。

▼私を信じてくれたなら／すべてが本物になる

『1Q84』の巻頭の献辞には『イッツ・オンリー・ア・ペーパームーン』の冒頭の4行の「ここは見世物の世界／何から何までつくりもの／でも私を信じてくれたなら／すべてが本物になる」という歌詞が日本語と英文で記されています。

『1Q84』のBOOK2の中で、リーダーは、その歌を口ずさみながら「1984年も1Q84年も、原理的には同じ成り立ちのものだ。君が世界を信じなければ、またそこに愛がなければ、すべてはまがい物に過ぎない。どちらの世界にあっても、どのような世界にあっても、仮説と事実を隔てる線はおおかたの場合目には映らない。その線は心の目で見るしかない」と青豆に語っています。つまり「信じる」ことと「愛」があれば、この『1Q84』の世界は「本物になる」とリーダーも言っているのです。

オウム真理教も宗教です。その信者たちが起こした凶悪な事件によって、神を信じることへの疑念が深く、その後の社会を覆っていきました。でも人間にとって、そのような教団、教祖の神ではなく、自分の内側に何か「信じる」という心の働きが必要なのです。そのような意味での「信じる」ことの大切さを描いた『1Q84』だと思います。

最後に、リトル・ピープルたちが牛河の死体の頭髪を織り込みながら作る空気さなぎについてですが、それが善なるものになるのか、悪なるものになるのか、神と対立するものになるのか、それはわかりません。でも、ふかえりと牛河の一瞬の交流によって生まれた魂の一部が反映された「空気さなぎ」ではないかと思います。牛河が「注意深くひととおり読んだ」という、ふかえりの小説『空気さなぎ』の物語の力なのだろうと思います。

083

効率優先社会に対抗する「音楽」の力

『スプートニクの恋人』のミュウの体験

2018.8

たくさんの方が聴いたと思いますが、村上春樹の初のラジオ出演「村上RADIO　RUN&SONGS」が二〇一八年八月五日（日曜）の午後七時から約一時間、TOKYO FMで放送されました。村上春樹の語りのテンポもよく、楽しかったですね。

ジョギングするときにいつもiPodで音楽を聴いていて、千曲から二千曲入ったものを七台ぐらい持っているという村上春樹が、そのラインナップの中から、自ら選んで曲をかけながら、話をし、リスナーの質問にも答えるという初DJでした。

ビーチ・ボーイズのブライアン・ウィルソンがディズニーの曲をカバーしたものなども最初のほうにありました。ディズニーランドの「カリブの海賊」のテーマ曲「Yo Ho」や『白雪姫』の中の「Heigh-Ho」などを合わせた曲です。

『白雪姫』の「ハイホー！」といえば、『海辺のカフカ』（二〇〇二年）には猫殺しのジョニー・ウォーカーが口笛で吹く曲として、印象的ですね。「彼が口笛で吹いているのは、ディズニー映画の『白雪姫』の中の七人のこびとたちが歌う『ハイホー！』だった」とありますし、ジョニー・ウォーカーは、その「ハイホー！」を口笛で吹きながら、猫の首を鋸《のこぎり》で切っています。

さらに『1Q84』（二〇〇九、一〇年）でも『白雪姫』のことが出てきました。『1Q84』の中に『空気さなぎ』という小説のことが書かれているのですが、その語り手の十歳の少女は山中の特殊なコミューンで、一匹の盲目の山羊の世話をしています。でも彼女が目を離したあいだに山羊が死んでしまい、「反省のための部屋」である土蔵の中に死んだ山羊と一緒に、少女は閉じ込められてしまいます。

そして三日目の夜に、山羊の口が大きく開いて、その中から小さな人々がぞろぞろと出てきます。全部で六人。せいぜい六十センチぐらいです。自分たちは「リトル・ピープル」だと言います。そして少女は『白雪姫と七人のコビトたち』みたいだと思うのです。

すると「もし七人がいいのなら、七人にすることもできる」と言って、彼らは七人になるのです。そのリトル・ピープルは、はやし役のリトル・ピープルが「ほうほう」とはやすと、残りの六人が「ほうほう」と声をあわせるというコビトたちです。ですから、リトル・ピープルの「ほうほう」には『白雪姫』の七人のこびとたちが歌う『ハイホー！』が、きっと意識されているのでしょう。

「村上RADIO　RUN&SONGS」では、もちろん村上春樹が好きな曲を次々にかけていったのでしょうが、自然な選曲であるとともに、村上春樹作品との関連も考えて、選ばれた曲もあるかのように感じました。

▼ただ小さな箱の中で鳴っているみたい

さて、ここ半年ほど、このコラムでは、オウム真理教信者による事件に、どんな問題が含まれていたのかを考えながら書いてきました。二〇一八年一月に一連のオウム真理教信者による事件の裁判が終わり、それを機会にもう一度、オウム真理教の問題に触れた村上春樹作品を読み返しながら、オウム真理教信者の犯罪とは何だったのかを自分なりに考えてみたいと思ったからです。

三月には死刑囚七人が東京拘置所から名古屋、大阪両拘置所など五カ所に移送となり、そして七月六日に松本智津夫死刑囚＝教祖名麻原彰晃＝ら七人の刑が執行され、前回のコラムを掲載した同月二十六日に、残る六人の死刑が執行されました。

でも、オウム真理教信者たちがもたらした問題は、その死刑執行で終わったというわけではありませんので、今回もその問題について、少し考えてみたいと思います。

「村上RADIO　RUN&SONGS」での村上春樹のDJのことから、このコラムを書き出しましたので、今回は、オウム真理教信者と音楽、村上春樹作品の中で、音楽が果たす役割ということを考えてみたいと思います。

村上春樹がオウム真理教信者と音楽の関係について語っている言葉が『約束された場所で』（一九九八年）の中にあります。『約束された場所で』はオウム真理教元信者たちへのインタビュー集ですが、その巻末には臨床心理学者の河合隼雄さんと村上春樹の二つの対話が付されていて、このうちの「「悪」を抱えて生きる」という対話の中で村上春樹が次のように話しています。ちょっと長いですが、そのまま引用してみましょう。

僕はオウムの音楽を聴いていて、それをすごく強く感じました。聴いていて、どこがいいのかぜんぜんわからないんです。ほんとの良い音楽というのはいろんな陰がありますよね。哀しみや喜びの陰みたいなのが。ところがオウムの音楽にはそれがまったく感じとれないんです。ただ小さな箱の中で鳴っているみたいです。単調で、奥行きがなくて、そういう意味ではメスメライジング（催眠的）と言ってもいいのかもしれないけれど。でもオウムの人たちはそれが素晴らしい音楽だと思っているんです。だから僕にも聴かせてくれる。僕は音楽というのは人間の心理ともっとも密接に結びついているものだと思っているので、これはなんかちょっと怖いと感じることがありました。

この言葉の最初のほうにある「それをすごく強く感じました」というのは、その前に河合隼雄さんのこんな発言を受けているからです。それも引用してみましょう。

この人たちが言うとるようなのと似たことは、若い人たちはみんな多かれ少なかれ考えてると思うんです。なんのために生きているかとか、こんなことしてても仕方ないんじゃないかとか、いろいろと真剣に考えてはいるんだけれど、そこには今言ったような自然な感情が流れたり、全体的なバランスの感覚が働いたりして、その中で自分をつくっていくわけです。ところがオウムの人たちはそこのところが切れてしまっているから、すっとそのままあっちにいってしまうんです。だから気の毒といえば、本当に気の毒なんです。

▼チャイニーズ・ボックス(入れ子)のようなもの

その河合隼雄さんの言葉を受けた村上春樹の言葉の中に「ただ小さな箱の中で鳴っているみたいです」という発言もありますが、それは、この対話の前段で、次のような村上春樹の発言があるからです。これも長い引用となりますが、でもオウム真理教の人たちの問題を村上春樹がどのように考えかたを知る上で大切な発言ですので、紹介しておきましょう。それも音楽のことと関係しています。

話をしていても、宗教的な話になると、彼らの言葉には広がりというものがないんです。それでね、僕はなんでだろう、なんでだろうと、それについてずっと考えていたんです。それで結局思ったんですが、僕らは世界というものの構造をごく本能的に、チャイニーズ・ボックス（入れ子）のようなものとして捉えていると思うんです。箱の中に箱があって、またその箱の中に箱があって……というやつですね。僕らが今捉えている世界のひとつ外には、あるいはひとつ内側には、もうひとつ別の箱があるんじゃないかと、僕らは潜在的に理解しているんじゃないか。そのような理解が我々の世界に影を与え、深みを与えているわけです。音楽で言えば倍音のようなものを与えている。ところがオウムの人たちは、口では「別の世界」を希求しているにもかかわらず、彼らにとっての実際の世界の成立の仕方は、奇妙に単一で平板なんです。あるところで広がりが止まってしまっている。箱ひとつ分でしか世界を見ていないところがあります。

そんなふうに、オウム真理教信者たちの「箱ひとつ分」でしか見ていない世界と、私たちの「箱の中に箱があって、またその箱の中に箱があって」という世界の理解について、「音楽」や「倍音」について語ることで、村上春樹は考えているのです。

『ノルウェイの森』（一九八七年）、『ダンス・ダンス・ダンス』（一九八八年）、『国境の南、太陽の西』（一九九二年）、『アフターダーク』（二〇〇四年）など、音楽の曲名からタイトルがつけられた村上春樹作品はとても多くあります。最初の短編集『中国行きのスロウ・ボート』（一九八三年）も、阪神大震災に関係した連作短編集『神の子どもたちはみな踊る』（二〇〇〇年）も音楽がタイトルです。これらのことから、村上春樹にとって、音楽というものが、非常に重要なものであることがよくわかります。

そして、音楽が村上春樹作品の中で、どのような意味を持っているのか、そのことを考えるのに一番わかりやすい例は、『スプートニクの恋人』（一九九九年）の「ミュウ」という女性の体験と同作の語り手である「ぼく」の体験ではないかと、私は考えています。

その『スプートニクの恋人』という長編小説には、職業的作家を目指している「すみれ」という女性と、「すみれ」に恋している「ぼく」と、「すみれ」が二十二歳の春に恋に落ちてしまう同性の「ミュウ」が主な人物として登場します。

▼髪が一本残らず白くなっていた

「ミュウ」は国籍からいえば韓国人でしたが、二十代の半ばに決心して学習するまで、韓国語はほとんど一言も話せなかったという人です。日本で生まれ育ち、フランスの音楽院に留学したせいで、日本語のほかにフランス語と英語を流暢《りゅうちょう》に話しました。いつも見事に洗練された身なりをして、小さく高価な装身具をさりげなく身につけ、十二気筒の濃紺のジャガーに乗っていました。

その「ミュウ」は髪が白髪です。十四年前に髪が一本残らず真っ白になってしまったのです。この体験を「すみれ」に語ります。

それによると、「ミュウ」は二十五歳の夏、スイスのフランス国境に近い小さな町で一人暮らしします。普段はパリに住んでピアノの勉強をしていますが、父親に頼まれてある商談をまとめるためでした。近くの村では、音楽祭が開かれていて、その音楽祭にも通います。

そして、彼女の部屋の窓から町外れにある遊園地が見え、遊園地には大きな観覧車があります。

ある時「ミュウ」は遊園地に行って、その観覧車に乗るのです。もうそろそろ終わりの時間で観覧車の乗客は彼女一人だけのようでした。持っていた双眼鏡で自分のアパートメントを探していたりしているのですが、ところが、「ミュウ」は観覧車の中に閉じ込められてしまいました。どうやら係員の老人が彼女が乗っていることを忘れて、観覧車を止めて帰ってしまったのです。

そして観覧車に閉じこめられたミュウが、持っていた双眼鏡で自分のアパートを見ると、そこではミュウ自身が、町で知り合いとなったフェルディナンドというラテン系の男と交わっているのです。

しかも、その「ミュウ」の姿は中世のある種の寓意画のようにグロテスクに誇張され、悪意に満ちて感じられました。「それはわたしを汚すことだけを目的として行われている意味もなく淫らな行為だった」と村上春樹は書いています。

いわゆるドッペルゲンガーと呼ばれる「分身」ですが、その「自分の分身」の姿を見て、激しいショックを受けたミュウは失神してしまいます。気がつくとミュウは病院のベッドに横になっていて、そして、しばらくして洗面所で顔を洗おうとして、鏡の中の自分の顔に目をやると「髪が一本残らず白くなっていた」のです。

▼まわり道や寄り道をすることなんて

この「ミュウ」が、一夜にして白髪となってしまうという謎の体験は、いったいどんなことを意味しているのでしょうか。そのことを村上春樹作品の中での音楽との関係で考えてみたことがありますので、それを述べてみたいと思います。

その白髪となって以後、夏休みが終わっても「ミュウ」は大学には戻りませんでした。留学を打ち切って、そのまま日本に戻ってきますが、二度と鍵盤に手を触れないのです。「音楽を作り出すための力が、彼女からはすでに失われている」と書かれています。なぜ、音楽を作り出す力が「ミュウ」から失われてしまったのでしょうか。

彼女はフランスに留学して、一年ばかりたった頃、不思議なことに気がつきました。「わたしより明らかにテクニックが劣っていて、わたしほど努力しない人たちが、わたしより深く聴衆の心を動かしている」のです。「音楽コンクールに出ても、わたしは最後の段階でそういう人たちに打ちまかされ」てしまうのです。

そんな「ミュウ」がどんな人生を送ってきたのかというと、彼女にはボーイフレンドもたくさんいましたが、誰かを心から愛したことは一度もなく、「とにかく一流のピアニストになりたいという思いで頭がいっぱいで、まわり道や寄り道をすることなんて考えもしなかった」という生き方でした。

このため「たまたま健康ではない人たちの痛みについて理解しようとしなかった。わたしは、いろんなことがうまくいかなくて困ったり、立ちすくんでいたりする人たちを見ると、それは本人の努力が足りないだけだと考えた。不平をよく口にする人たちを、基本的には怠けものだと考えた。当時のわたしの人生観は確固として実際的なものではあったけれど、温かい心の広がりを欠いていた」と「ミュウ」は「すみれ」に話したようです。

本書の「BOOK1」から一貫して述べていることですが、村上春樹の文学は〈効率を求めて、一つの考えに収斂して、それぞれが異なる個々人の存在を許さなくなっている「効率最優先社会」というものに対する、強い否《いな》の心〉で、ずっと書かれていると、私は考えています。そのような視点から、村上春樹の文学を読んでみることが大切だと思っているのです。

ここで、オウム真理教信者の世界に戻って考えてみますと、「オウムの人たちは、口では「別の世界」を希求しているにもかかわらず、彼らにとっての実際の世界の成立の仕方は、奇妙に単一で平板なんです」と村上春樹は話していました。

そのオウム真理教信者の「奇妙に単一で平板」な世界と、「ミュウ」の「とにかく一流のピアニストになりたいという思いで頭がいっぱいで、まわり道や寄り道をすることなんて考えもしなかった」という生き方には、共通するものがあります。それは、一つの価値観に身をすべて預けて、生きる世界です。オウム真理教の信者は教祖・麻原彰晃に身を預け、「ミュウ」は「一流のピアニスト」になることだけに身を預けています。そこにある効率性に対して、意識的であるか、それほど意識的でないかの差があるかもしれませんが。

▼その破壊性を顕在化する

『スプートニクの恋人』の「ミュウ」について、村上春樹は「町の遊園地で、一晩観覧車の中に閉じこめられ、双眼鏡で自分の部屋の中にいるもう一人の自己の姿を見る。ドッペルゲンガーだ。そしてその体験はミュウという人間を破壊してしまう（あるいはその破壊性を顕在化する）」と書いています。つまり「ミュウ」の中の既に潜在的にあった「破壊性」を顕《あら》わにしたのが、観覧車の晩の出来事だったというのです。

「僕らが今捉えている世界のひとつ外には、あるいはひとつ内側には、もうひとつ別の箱があるんじゃないかと、僕らは潜在的に理解」していて、そのような理解が「我々の世界に陰を与え、深みを与えているわけです」。それが「音楽で言えば倍音のようなものを与えている」と村上春樹は語っていました。

でも「ミュウ」は音楽家を目指しながら「とにかく一流のピアニストになりたいという思いで頭がいっぱいで、まわり道や寄り道をすることなんて考えもしなかった」という、効率性第一の人生を歩んできました。それは、音楽家にとっては破壊的な生き方なのです。

これが「双眼鏡で自分の部屋の中にいるもう一人の自己の姿」を見た体験によって、「ミュウという人間を破壊してしまう（あるいはその破壊性を顕在化する）」ということの意味でしょう。「ミュウ」が一夜にして白髪となってしまうことの理由なのだと思います。

▼生の楽器特有の鋭角的で不揃いな響き

さて、この「ミュウ」の体験とは、対極的な「ぼく」の体験が、このあとの『スプートニクの恋人』には書かれています。

ここに紹介してきた「ミュウ」の話は、「ミュウ」と一緒に行動していた「すみれ」が文書で書き残したものでした。その「すみれ」が、ギリシャで行方不明となってしまい、「すみれ」を捜しに「ぼく」がギリシャまできて、「すみれ」の残したフロッピー・ディスクにあった文章で知るのです。

そして「すみれ」が残した文書を読んだ後、ギリシャのコテージで眠りに落ちた「ぼく」が、深夜（午前一時過ぎのようです）、音楽の音で目覚めるのです。その音楽に導かれて、外気の中に立つと、音楽の響きは家の中にいたときよりさらにくっきりと聞こえてきます。

音楽の「その音には、生の楽器特有の鋭角的で不揃いな響きがあった。スピーカーから流されているできあいの音楽ではない」と村上春樹は書いています。

さらに「夏の夜は心地よく、そして神秘的な深みをもっていた。すみれの失踪という心にかかることがなかったら、ぼくはきっとそこに祝祭性をさえ感じていたことだろう」とも書いているのです。

この言葉の横に、さきほど紹介した『約束された場所で』の中の「僕らが今捉えている世界のひとつ外には、あるいはひとつ内側には、もうひとつ別の箱があるんじゃないかと、僕らは潜在的に理解しているんじゃないか。そのような理解が我々の世界に陰を与え、深みを与えているわけです。音楽で言えば倍音のようなものを与えている」という村上春樹の言葉を置いてみれば、よくわかりますが、「祝祭性」を感じさせる音楽には「不揃いな響き」があるのです。

ミュウのように「まわり道や寄り道をすること」もない、たった一つの価値観から効率的に作られていく音楽は均質で、「不揃いな響き」の無いものなのでしょう。その効率的で均質な音楽には「倍音」も無く、それは村上春樹にとって「音楽ではない」のです。

つまり、村上春樹にとって、「音楽」とは「効率追求社会と闘う力」なのです。

▼赤い箱の中に乗り込んで

効率追求社会への強い否《いな》の心は、デビュー直後から、村上春樹作品の中を貫く姿勢です。

でも、この半年ほど、地下鉄サリン事件など、オウム真理教信者による事件との関係を考えながら村上春樹作品を読み返すうちに、『スプートニクの恋人』という作品の「ミュウ」の体験に、オウム真理教信者の考え方の反映をさらに受け取ることがありました。そのことを、今回のコラムの最後に記してみたいと思います。

『スプートニクの恋人』は、一九九九年の作品です。今回紹介した河合隼雄さんとの対話も収録されたオウム真理教元信者たちへのインタビュー集『約束された場所で』は一九九八年の刊行で、その翌年に刊行された長編作品が『スプートニクの恋人』です。

考えてみると『スプートニクの恋人』の「ミュウ」が、観覧車から双眼鏡で「自分の分身」を見て、白髪となってしまうことも謎ですが、その前に、観覧車の中に「ミュウ」が一人閉じ込められるということも謎ですね。つまり「ミュウ」が閉じ込められた観覧車とは何を意味しているのでしょう。

村上春樹は、オウム真理教信者が好きな音楽について「ただ小さな箱の中で鳴っているみたいです」と語っていました。さらに「彼らにとっての実際の世界の成立の仕方は、奇妙に単一で平板なんです。あるところで広がりが止まってしまっている。箱ひとつ分でしか世界を見ていない」とも語っていました。

オウム真理教信者のこの「小さな箱の中で」「箱ひとつ分でしか世界を見ていない」という、小さな、ひとつの「箱」に『スプートニクの恋人』の「ミュウ」が閉じ込められた観覧車が対応しているのではないかと思うのです。

普通、観覧車で我々が乗り込むものはゴンドラとか呼んでいるかと思います。でも福井優子さんの『観覧車物語』(二〇〇五年)という本には、我々が乗り込む部分は「客車」と呼ばれていたり、「キャビン」と書かれていて、箱状のものとしてあります。そして『スプートニクの恋人』で「ミュウ」が乗り込み、閉じ込められる世界は、次のように書かれています。

「観覧車の乗客は彼女一人しかいないようだった。目につく限り、どの箱にも乗客の姿はない」「彼女が赤い箱の中に乗り込んで、ベンチに腰を下ろすと」というふうに、一貫して「箱」という言葉で、閉じ込められた世界が記されているのです。

オウム真理教信者が「小さな箱の中」で「箱ひとつ分でしか見ていない」「奇妙に単一で平板な」「あるところで広がりが止まってしまっている」世界を生きているように、「ミュウ」もまた同じように観覧車の「一つの箱」の中に入って「自分の分身」の姿を見ているのです。ここに、私は、オウム真理教信者による事件と、それを受けて書かれた『スプートニクの恋人』という長編の村上春樹の中での強い関係を感じています。

『スプートニクの恋人』の「ミュウ」が、この小さな「箱」に閉じ込められる世界に、地下鉄サリン事件をはじめ、オウム真理教信者たちが起こしたことを受けて、考え、小説を書き続ける村上春樹の姿を強く感じるのです。

▼効率社会に抗う人たちであるはずなのに

最後に一つ、二つ、加えておきたいのは、効率追求社会と、オウム真理教の一般の信者との関係です。私は村上春樹のようにオウム真理教の元信者を取材したことがありませんので、ここで記すことは、自分の考えにすぎませんが、効率性を追求してきた近代日本社会の中で、オウム真理教信者たちは、効率社会を享受できる側の人たちではなく、むしろ効率社会から弾かれてしまう、疎外されてしまう人たちなのではないかと思います。

そのような、効率社会の中で苦しみ、効率性を追求するだけでいいのかということを考えた人たちなのではないかと思います。本来、効率社会に抗う人たちであるはずなのに、それが地下鉄サリン事件のような凶悪な事件につながっていってしまったのです。このことに、オウム真理教信者たちの起こした犯罪やその思考の姿のことを、さらに考え続けなくてはいけない理由が今もあるのではないかと、私は感じています。

また、「ミュウ」も「自分の分身」の姿を見ることによって、音楽とは何かを知った人間であるということもできると思います。でも「ミュウ」は、そこから、音楽の道へ進んでいきませんでした。「知っている」ことと、「音楽の道」へ進んでいく人の違いは何か。そういう人間の在り方の違いを考えてみることも大切なことだと私は思っています。

さて「村上RADIO　RUN&SONGS」のことにちょっとだけ戻ってみたいと思います。村上春樹のデビュー作『風の歌を聴け』（一九七九年）には、土曜の午後七時から九時まで二時間放送される「ポップス・テレフォン・リクエスト」というラジオ番組が出てきて、「犬の漫才師」というDJが登場します。

ビーチ・ボーイズの「カリフォルニア・ガールズ」を、ある女の子がその番組にリクエストして、その曲を「僕」にプレゼントするという電話が「犬の漫才師」から「僕」にかかってきて、このことが物語を動かしていくわけですが、今回の村上春樹のDJには、このラジオ番組のことが当然意識されていたと思います。村上春樹のDJ番組にも、挿入曲にビーチ・ボーイズの「SURFIN' U.S.A.」もありました。

その「村上RADIO　RUN&SONGS」の最後の言葉は「では今日はここまで。また、そのうちにお目にかかれるといいですね。さようなら」でした。これって、またDJを村上春樹がやるかもしれないということでしょうか……。そんなこともラジオを聴きながら考えました。

084 猫と音楽の力

『海辺のカフカ』のナカタさんと星野青年

2018.9

前回は、村上春樹の初のラジオ出演「村上RADIO RUN&SONGS」（二〇一八年八月五日の日曜の夜、TOKYO FM）の放送にちなんで、村上春樹作品の中での音楽の意味について考えてみました。

そして、「村上RADIO」の第二弾が十月二十一日夜、全国三十八局ネットで放送されるそうです。テーマは「秋の夜長は村上ソングスで」です。第一弾が好評で、村上春樹も「僕もなかなか楽しかったので、とりあえず二回目をやろうということになりました」ということ。どうやら、第三弾もあるみたいです。

今年（二〇一八年）に入ってから、オウム真理教信者の犯罪の問題と、村上春樹作品との関係を、ずっとこのコラムで考えてきました（連載途中の七月には、松本智津夫死刑囚＝教祖名麻原彰晃＝ら十三人の死刑が二回に分けて執行されました）。

前回は『スプートニクの恋人』（一九九九年）の中の音楽の意味と、オウム真理教信者による地下鉄サリン事件の関係について考えてみたのですが、村上春樹によるラジオDJ番組「村上RADIO」も続き、村上春樹が選んだ「秋の夜長」向きの音楽をかけるようですので、今回も、別な作品で村上春樹にとっての音楽の意味について、続けて考えてみたいと思います。

オウム真理教信者によるサリン事件と村上春樹作品と言えば、地下鉄サリン事件の被害者らへのインタビュー『アンダーグラウンド』（一九九七年）とオウム真理教元信者たちへのインタビュー『約束された場所で』（一九九八年）がありますが、長編小説の『海辺のカフカ』（二〇〇二年）を初めて読んだ時のことも忘れられません。

▼毒ガス、おそらく神経ガスみたいなもの

『海辺のカフカ』には「ナカタさん」という文字の読み書きができないが、猫と話せる初老の人物が登場します。そのナカタさんが、読み書きができない人となってしまった事件が、作品の冒頭近くに記されています。

一九四四年十一月七日の午前、山梨県のある町の国民学校の女性教師・岡持節子（当時二十六歳）に引率されて、四年乙組の男女合わせて十六人の児童が野外学習として、山に入ります。実際は食べられる山菜を探すような行動でした。

途中、米軍の飛行機らしきものを目撃し、その後、森に入ります。十分ほど登ったところで、森が開けた場所に出るのです。それは「お椀山」と呼ばれる森でした。

そして、その広場で、キノコをとりだしてから、十分ほどした時、子供たちが、地面に倒れ始めたのです。十六人

の子供たちは全員倒れたままで、意識を失ってしまいます。でも大人である担任の岡持節子だけは倒れませんでした。

急を知らせに戻った岡持節子と一緒に、医師の中沢重一が現場に駆けつけます。警察官や校長、教頭らも一緒です。現場に着くと、三、四人の子供たちは、ふらふらと身体を起こして、四つん這いになってたりはしていましたが、でもまだ十六人の子供は倒れたままという状態だったのです。

中沢医師の話では、毒キノコなどを食べた食中毒の症状はなく、症状としては日射病に似ていました。でも季節は十一月なのです。

「あと考えつくのは、ガスです。毒ガス、おそらく神経ガスみたいなもの。天然のものか、あるいは人工のものか……。どうしてこんな人里離れた森の中にガスが発生したりするのかと訊《き》かれても、わかりません」と話しています。

さらに続けて「しかし仮にそれが毒ガスであれば、このような現象は論理的に説明がつきます。みんなが空気と一緒にそれを吸い込んで、意識をうしなって倒れてしまった。担任の先生だけが大丈夫だったのは、濃度が薄くて、大人の身体はたまたまそれに対抗できたからだというわけです」と中沢医師は加えています。

▼意識を回復できなかった「ナカタサトル」

多くの読者が、この場面を読みながら、地下鉄サリン事件、またその前の松本サリン事件のことを思いました。

岡持節子教師、中沢重一医師の証言は、戦後の一九四六年五月十二日にアメリカ陸軍情報部が作成した面接インタビューの報告書の形をとって、作中に記されています。アメリカ国防省の極秘資料でしたが、情報公開法で一九八六年に公開されたと、同作にあります。

中沢医師に対して、米軍側が「ガス説についてはその場で誰かに口にされましたか？」と質問しています。それ対して「たしか教頭先生だったと思いますが、これは米軍がまいたんじゃないかと言いました。毒ガス爆弾を落としていったのではないか」と答えています。

すると、担任の岡持節子が「そういえば山に入る前にB29らしい機影を空に見た」などと話したというのです。

そして、子供たちは少しずつ自然に回復していったのですが、その中でひとりだけ、どうしても意識を回復できなかった男の子がいたのです。「ナカタサトル」という東京から疎開してきた子供でした。つまり、のちの「ナカタさん」です。

『海辺のカフカ』という長編は、その「ナカタさん」が活躍する物語です。『海辺のカフカ』は登場人物たちが四国・高松に結集する物語ですが、自分の父親を殺したかとも思われる主人公の「僕」は十五歳の誕生日に家を出て、夜行バスで高松に向かいます。『海辺のカフカ』は、その「僕」の父親殺しの話で、よく論じられますが、オウム真理教信者たちによる地下鉄サリン事件や松本サリン事件のことから、この作品を考えてみますと、もう一方の「ナカタさん」の物語も、とても大切な問題を含んでいると思います。

『海辺のカフカ』は、その十五歳の「僕」の物語と、もう一つ「ナカタさん」と彼が東名高速道路の富士川サービスエリアで出会ったトラック運転手の「星野青年」のコンビの物語が、交互に展開していく長編です。

最初に記したように、もう一度、村上春樹作品の中の音楽の意味について、考えてみたいのですが、紹介したいのは、「ナカタさん」のほうではなく、「ナカタさん」とコンビを組む「星野青年」と音楽の話です。

▼誰かが地獄の蓋を開けたみたいだな

『1Q84』（二〇〇九、一〇年）の中で、激しい雷雨の夜に、女主人公の「青豆」が、オウム真理教の麻原彰晃をも思わせるようなカルト宗教のリーダーと対決して、殺害する有名な場面があります。

そして『海辺のカフカ』にも、激しい雷雨の夜が書かれています。高松に着いた星野青年がナカタさんに頼まれて、「入り口の石」というものを持ち上げて「入り口」を開ける場面です。石は限りなく重たくなっているのですが、自衛隊にいた時には、部隊の腕相撲大会で準優勝したという怪力の星野青年が持ち上げるのです。その場面にはこんなことが書かれています。

> そのとき何本もの不揃《ふぞろ》いな白い光の線が、続けざまに空を裂いた。一連の雷鳴が大地を芯《しん》から揺るがした。まるで誰かが地獄の蓋を開けたみたいだな、と星野青年は思った。

おそらく、激しい雷は、村上春樹作品の神話的な世界の始まりを表しているのでしょう。「入り口の石」が持ち上げられて、「入り口」が開くと、その後、「僕」が「森」の中に入っていく展開になっています。

そして星野青年のほうは「でもさ、ナカタさん、あれだけ苦労して重い石をひっくり返して、〈入り口〉を開けたってえのに、結局のところとくべつなことは何も起こらなかったね」「雷とかばんばん鳴って、道具立てが派手だっただけに、なんとなくあっけねえ感じがするよ」と話しています。

でも、「僕」が「深い森」の中に入っていったように、「星野青年」も大切な世界に入っていくのです。

▼優しい感じがする

「彼は急にコーヒーが飲みたく」なって、商店街から少し引っ込んだところにある古風な喫茶店の中に入っていきます。

その喫茶店で、コーヒーのおかわりをすると、白髪の店主が「音楽はお耳ざわりではありませんか？」と訊ねます。「音楽？」「ああ、とてもいい音楽だ。耳ざわりなんかじゃないよ、ぜんぜん。誰が演奏しているの？」と応えると、「ルービンシュタイン＝ハイフェッツ＝フォイアマンのトリオです。当時は『百万ドル・トリオ』と呼ばれました。まさに名人芸です。１９４１年という古い録音ですが、輝きが褪《あ》せません」と店主が話します。曲はベートーヴェンの『大公トリオ』です。

そして「いや、俺はこれでいいと思う」「なんというか——優しい感じがする」と星野青年は語っています。

星野青年は店を出る時に「これなんていう音楽だっけね？　さっき聞いたけど忘れちまったよ」と質問。店主が「ベートーヴェンの『大公トリオ』です」と答えますが、「太鼓トリオ？」と訊き返しています。星野青年の音楽に対する知識はそのようなものでした。

でも星野青年は、翌日、映画を観たあと、また同じ喫茶店に行っています。今度はハイドンを聴き、店主からハイドンについて教えてもらい、その後、ルービンシュタイン＝ハイフェツ＝フォイアマンのトリオが演奏する『大公トリオ』を聴かせてもらうのです。

後ほど、星野青年はＣＤショップで、廉価版の『大公トリオ』を購入します。そして星野青年は、買ってきた『大公トリオ』を聴いて過ごします。それは『百万ドル・トリオ』のものではありませんが、「その深く美しい旋律は彼の胸に染《し》みこみ、フーガの精緻《せいち》な絡《から》みは心をかきたてた」と村上春樹は書いています。さらに星野青年について、村上春樹は、こう加えています。

> 1週間前だったら、俺はこんな音楽を聴いても、たぶんただの一切れも理解できなかっただろう、と青年は思った。理解しようという気持ちにだってなれなかっただろう。しかしふとした巡り合わせでたまたまあの小さな喫茶店に入って、座り心地のいいソファに座ってうまいコーヒーを飲み、おかげでこの音楽を自然に受け入れることができるようになった。それは彼にとってずいぶん意味のある出来事みたいに思えた。

▼両方の目から涙が自然にこぼれ落ちてきた

この『海辺のカフカ』という作品が、それまでの村上春樹の作品世界を広げているのは、物語世界が二階建てで書かれていることだと思います。村上春樹は二つの異なる話を並行して進めていくスタイルの作品が好きでした。例えば『世界の終りとハードボイルド・ワンダーランド』（一九八五年）では開放系の「ハードボイルド・ワンダーランド」の「私」の話と閉鎖系の「世界の終り」の「僕」の話が交互に進んで行きますし、『ノルウェイの森』（一九八七年）は、死の世界を象徴するような直子という女性と、生の世界を象徴するような緑の世界を「僕」が往還する話です。でも、それらの世界は二つに分かれていました。『世界の終りとハードボイルド・ワンダーランド』の「私」と

「僕」は別な世界の人として描かれていますし、『ノルウェイの森』の「僕」は二人の女性の世界を往還できても、直子と緑は出会えないようになっていました。

『海辺のカフカ』も基本的に「僕」の世界の話と、「ナカタさん」「星野青年」のコンビの話が、交互に展開していくのですが、この物語では「ナカタさん」「星野青年」のコンビが「僕」がいる甲村記念図書館に侵入していくことができる物語になっています。これは、それまでになかった村上春樹の物語の形です。

その甲村記念図書館を訪れた星野青年は、図書館の大島さんという人に「あんたは音楽に詳しいんだね？」と聞いています。

「じゃあひとつ訊《き》きたいんだけどさ、音楽には人を変えてしまう力ってのがあると思う？　つまり、あるときにある音楽を聴いて、おかげで自分の中のある何かが、がらっと大きく変わっちまう、みたいな」

そんな質問に、大島さんは「もちろん」と答えて、さらに「化学作用のようなものですね。そしてそのあと僕らは自分自身を点検し、そこにあるすべての目盛りが一段階上にあがっていることを知ります。自分の世界がひとまわり広がっていることに。僕にもそういう経験はあります」と答えています。

音楽の力が、星野青年の中にどんどん入ってくるのですが、さらに、章が進んで、星野青年は居間で『大公トリオ』のCDをかけ、最初の楽章の主題を聴いていると、「両方の目から涙が自然にこぼれ落ちてきた。とてもたくさんの涙だった。やれやれ、この前に俺が泣いたのはいつのことだっけな、と星野さんは思った」と書かれています。

何度か指摘していますが、村上春樹作品で、主人公たちが涙する時はとても重要な場面です。その人物が涙する時、泣く時、その人は、村上春樹作品の中で、成長しているのです。つまり、たくさんの涙を流して、泣きながら音楽を聴いている星野青年は、この時、成長しています。

▼温かい心の広がりを欠いていた

星野青年とナカタさんのコンビが、四国入りして、最初の夜に、徳島の旅館に泊まる場面が『海辺のカフカ』の中にあります。

その夜、星野青年が自分のこれまでの人生を振り返って、次のようなことを考えています。彼の高校時代は気持ちがすさんで、荒れていました。でも警察の厄介になっても、決まって「じいちゃん」が迎えに来てくれました。「もしじいちゃんがいなかったら、俺はいったいどうなっていただろうなと彼はときどき思う」のです。「じいちゃんだけは少なくとも彼がそこに生きていることをちゃんと覚えていてくれたし、気にかけてくれていたもんな」と思うのです。

そして、星野青年が、コンビを組むナカタさんに興味を持ったのは、ナカタさんの風貌やしゃべり方が、死んだ彼の「じいちゃん」に似ていたからだったそうです。

この星野青年の人生と音楽の関係を考えてみますと、私は、いつも『スプートニクの恋人』（一九九九年）で、突然白髪になってしまう「ミュウ」の音楽体験と、真逆な姿を感じるのです。

前回で紹介しましたが、ミュウにはボーイフレンドもたくさんいましたが、誰かを心から愛したことは一度もなく「とにかく一流のピアニストになりたいという思いで頭がいっぱいで、まわり道や寄り道をすることなんて考えもしなかった」という生き方の人でした。

ですから「わたしの人生観は確固として実際的なものではあったけれど、温かい心の広がりを欠いていた」という人です。ミュウはそのような人生を生きてきたのです。そして、ミュウは偶然、閉じ込められた観覧車の中から、自分の分身（つまり自分自身）の姿を見て、白髪になってしまうのです。

なぜなら、音楽というものは、そんなように効率的に、余分なものをすべて棄てて、脇目もふらず、その道だけを目指していくものではないという村上春樹の考えが、『スプートニクの恋人』のミュウの体験を通して書かれているのだと思います。そんなことを前回のこのコラムで記しました。

ミュウは白髪となって以後、二度と鍵盤に手を触れませんし「音楽を作り出すための力が、彼女からはすでに失われて」います。

▼寄り道の多い、曲がりくねった人生

おそらく『スプートニクの恋人』のミュウと、対極的な存在として『海辺のカフカ』の星野青年はあるのでしょう。星野青年は高校時代に警察の厄介になったり、自衛隊に入って、その後、いまトラック運転手をしているわけですが、その人生は効率的なものではありません。真っ直ぐな人生ではありません。寄り道の多い、曲がりくねった人生と言えると思います。

でも、そんな星野青年が、音楽に触れることによって、成長して、涙を流す人間になっているのです。涙すること、泣くこととは、ミュウには欠けていた「温かい心の広がり」が、あるということでしょう。

ナカタさんが、死んだ後、部屋にある石を相手に話しかけながら、星野青年はこれまで関係した女性たちのことを、思い出していきます。

そして食事の後、また星野青年は『大公トリオ』を聴きます。「よう、石くん」と星野青年は石に話し、「どうだい、素敵な音楽じゃないか。聴いていると心が広がっていくような気がしねえかい？」と語りかけます。

さらに「俺はずいぶんこれまでひでえことをしてきた。身勝手なことをしてきた。それは今更ちゃらにはできない。そうだよな？　でもこの音楽をじっと聴いているとだね、ベートーヴェンが俺に向かってこう話しかけているみたいな気がするんだ」と話します。

それは次のようなベートーヴェンの星野青年への語りかけです。


〈よう、ホシノちゃん、それはそれとして、まあいいじゃんか。人生そういうことだってあるわな。俺だってこう見えてけっこうひでえことして生きてきたんだ。しょうがねえよ、そういうのってさ。成りゆきってもんがあるんだ。だからさ、これからまたがんばりゃいいじゃん〉


とベートーヴェンが言うのです。正確には、ベートーヴェンがそう言っているように星野青年には伝わってくるのですが。

「そういう感じってしないか？」と話しかけても、石は黙っていて、応えません。「まあいいや」と星野青年は言って、また音楽を聴くのです。

その日の午後、窓の外を見ると、太った黒猫がいるので、退屈しのぎに猫に「よう、猫くん。今日はいい天気だな」と言うと、「そうだね、ホシノちゃん」と猫は返事をかえしたのです。星野青年は猫と話せるようになっていたのです。

つまり音楽の力によって、甲村記念図書館の大島さんが言っていたように、星野青年の世界は「すべての目盛りが一段階上にあがって」「自分の世界がひとまわり広がって」いたのです。

音楽の力によって、自分の世界が広がり、ナカタさんのように、猫と話せるようになっていたのです。逆に言うと、猫と話せることは、星野青年に訪れた、心の広がりの象徴なのだと思います（ただし、物語の途中で、ナカタさんは、ジョニー・ウォーカーと闘って、ジョニー・ウォーカーの胸を刺して以来、猫と話す能力を失っています……）。

▼「聴きなれた音楽」と「可愛がっていた猫」

さて、星野青年が、音楽を聴くことによって、自分の世界が広がって、そのように猫と話せる力が身についたことの関係で、重要なことが、『海辺のカフカ』の前半部に書かれています。それを紹介しましょう。意識不明となった小学生のナカタさんが意識を取り戻す場面です。

「聴きなれた音楽を聴かせ、教科書を耳元で読み上げました。好きな料理の匂《にお》いを嗅《か》がせました。家で飼っていた猫も連れてきました。その少年が可愛《かわい》がっていた猫でした。彼をこちらの現実の世界に呼び戻そうと、とにかく手を尽くしました」とあります。

そして、二週間後、周囲が万策つきたと思っていた頃に

「その少年はとつぜん覚醒したのです」。

ここで、重要なのは「聴きなれた音楽」と「可愛がっていた猫」でしょう。つまり、毒ガスの被害が疑われたりしたナカタさんは、音楽と猫の力などで意識が回復した人です。ここに、音楽の力によって、自分の世界を広げて、猫と話せるようになる星野青年とのコンビが予告されているように、私は感じます。

星野青年が、四国に入って初めての夜、徳島の旅館で自分を振り返る時、「もしじいちゃんがいなかったら、俺はいったいどうなっていただろうな」と思いました。

ナカタさんも小学校を卒業すると母親の実家である長野の親戚に預けられて、祖父母に育てられました。ナカタさんは、その祖父母に可愛がられたようです。

そして「猫と話ができるようになったのも、このころのことだ」と『海辺のカフカ』にあります。「猫たちは自然や世の中についてのさまざまな事実をナカタさんに教えてくれた。実際の話、世界の成りたちについての基礎的知識のほとんどは猫から学んだようなものだった」そうです。

ある日、毒ガスだか、そのようなものが疑われるものの被害にあって、意識を失い、文字が読めなくなってしまったナカタさん。彼は猫や音楽などの力で、意識を回復するのです。祖父母に可愛がられて、猫と話せるようになって、世界の成りたちを知りました。

やはり「じいちゃん」の力で、なんとか、ここまで生きてきた星野青年が、音楽の力で自分を広げて、猫と話せるようになっています。いいコンビですね。

『海辺のカフカ』の中のナカタさんと星野青年の物語はそのような関係になっています。効率を追求する生き方とは違うものの力として、音楽と猫が描かれていると思います。

085 暴力と戦争の問題を考え続ける

『海辺のカフカ』のナカタさんと佐伯さん

2018.10

「もし思い違いでなければ、たぶん私は、あなたがいらっしゃるのを待っていたのだと思います」と彼女は言った。
「はい。たぶんそうであろうとナカタも考えます」

村上春樹『海辺のカフカ』（二〇〇二年）の中に、佐伯さんという女性と初老のナカタさんが出会って、そんな会話をする場面があります。

前回も記しましたが、村上春樹という作家は、二つの物語が並行して進んでいく小説が好きです。『世界の終りとハードボイルド・ワンダーランド』（一九八五年）では開放系の「ハードボイルド・ワンダーランド」の話と閉鎖系の「世界の終り」が交互に進んで行きますし、『ノルウェイの森』（一九八七年）は、死の世界を象徴するような「直子」という女性と、生の世界を象徴するような「緑」の世界が交互に描かれています。

でも、それらの世界は二つに分かれていて、『世界の終りとハードボイルド・ワンダーランド』は開放系の「私」と閉鎖系の「僕」が出会うという構造を持った物語ではありません。『ノルウェイの森』でも「僕」だけは「直子」の世界と「緑」の世界を往還できるのですが、でも「直子」と「緑」が出会って話ができる物語にはなっていないのです。

▼二階建てになった二つの話

『海辺のカフカ』も大きな意味では、十五歳の「僕」の世界と、「ナカタさん・星野青年」の世界が、交互に語られていく物語です。そして、登場人物たちが四国・高松にある甲村記念図書館に結集します。その図書館の女性責任者が佐伯さんです。佐伯さんは、どちらかといえば「僕」の世界の側の人物ですが、この佐伯さんと、もう一つの「ナカタさん・星野青年」の世界の側のナカタさんが出会って、最初に紹介したような会話をするのです。

つまり『海辺のカフカ』という小説は、AとBという二つの話が二重（二階建て）になっていて、AとBの世界の人たちが出会うことができて、さらに会話できるように書かれているのです。

前回紹介した場面では、星野青年が甲村記念図書館に入っていって、大島さんという人に「ひとつ訊《き》きたいんだけどさ、音楽には人を変えてしまう力ってのがあると思う？」と質問していましたし、大島さんは「化学作用のようなものですね。そしてそのあと僕らは自分自身を点検し、そこにあるすべての目盛りが一段階上にあがっていることを知ります。自分の世界がひとまわり広がっていることに。僕にもそういう経験はあります」と答えていました。

そのように、AとBの世界の人が出会い、会話をすることのハイライトが、冒頭に紹介した甲村記念図書館という場所の責任者（館長）である佐伯さんと、ナカタさんの会話です。

でも、なぜ佐伯さんは「私は、あなたがいらっしゃるのを待っていた」のでしょう。それに対して「はい。たぶんそうであろうとナカタも考え」るのでしょう。

なぜ二人は会わなくてはならないのか。どういう関係にあるのか。そういうことを読者に考えさせていく、佐伯さんとナカタさんの会話ではないでしょうか。

▼半分しか影がない佐伯さんとナカタさん

村上春樹の作品には、しばしばこのような、読後も考えさせる言葉が記されていて、長く心に残ります。この佐伯さんとナカタさんの会話もその代表的なものでしょう。「あれは、何なのだろう……」という形で、自分の中を、言葉が生き続けるのです。前回のコラムでは、ナカタさんの相棒である星野青年が、甲村記念図書館の大島さんと音楽を巡って会話をすることなどで、成長していく姿を書きました。今回は、私（筆者）が長い間、「あれは、何なのだろう……」と考えてきた、この佐伯さんと、ナカタさんの出会いと会話について、考えてみたいと思います。

ナカタさんと、佐伯さんには、いろいろな共通点があり、逆に対照的な相違点があります。まず共通点のほうを記せば、「ナカタには半分しか影がありません。サエキさんと同じようにです」とナカタさんが語っています。二人とも半分しか影がない人物です。

ナカタさんは「ナカタサトル」という名前で、名字は「中田」ですが、「サトル」はどのように表記するのかは記されていません。佐伯さんは、姓が「佐伯」であることはわかりますが、名は記されていません。これらのことも、二人が半分しか影がないことに関係しているのかもしれません。

ふたりとも「入り口の石」のことを知っています。「あなたは入り口の石のことをご存じなのですね」とナカタさんが言うと、「はい。知っています」と佐伯さんは答えています。

そして、二人が異なる点を挙げてみれば、例えば、「ナカタには思い出というものもひとつもありません」とナカタさんは述べています。「思い出のことは、ナカタにはまだよくわかりません。ナカタには現在のことしかよくわからないのです」とも述べています。

それに対して「私はどうやらその逆のようです」と佐伯さんは言っています。佐伯さんは思い出を抱いて、ずっと生きてきた人です。

佐伯さんは自分自身に起きた出来事のすべてを細かく書き続けてきました。自分自身を整理するために書いてきたのです。そしてすべてを書き終えてしまいました。その三冊のファイルをナカタさんに焼き捨ててほしいと頼みます。

「書くということが大事だったのです。書いてしまったものには、その出来上がったかたちには、何の意味もありません」と言うのです。それを焼く、ナカタさんは読み書きができない人です。読み書きの能力を戦争中の出来事以来失ってしまった人間です。

まだまだ、いろいろナカタさんと佐伯さんの共通点と相違点を挙げることができるのですが、『海辺のカフカ』の物語の展開からすると、この二人の対話のあと、まもなく佐伯さんも、ナカタさんも死んでいくことが共通しています。

▼「暴力」を一身に受けとめて

この連載コラムでは、オウム真理教信者の犯罪と村上春樹作品のことについて、村上の作品を読み返しながら、書き続けてきました。

その視点から、ナカタさんと、佐伯さんの二人の共通点を考えてみますと、「暴力」というものの問題を一身に受けとめて、生きつづけてきた人間同士であるということを見逃せないと思いました。

『海辺のカフカ』の「僕」が寝泊まりする甲村記念図書館のゲストルームに一枚の絵がかかっています。海辺にいる十二歳ぐらいの少年を描いた写実的な絵です。それは佐伯さんが、かつて愛した同年の少年で、彼は二十歳の時に学生運動のセクト間の争いに巻き込まれて、意味もなく殺されてしまいました。

その佐伯さんの恋人は、通っている大学がストライキで封鎖中で、そこに泊まり込んでいる友人に差し入れをするために、夜の十時前にバリケードの中へ入りますが、彼は対立するセクトの幹部と間違えられて捕まえられ、椅子に縛りつけられて「尋問」を受けました。人違いであることを相手に説明しようとしましたが、そのたびに鉄パイプや角棒で殴られ、床に倒れると、ブーツの底で蹴りあげられました。そして夜明け前には彼は死んでいたのです。

『海辺のカフカ』という名前は、佐伯さんが十九歳の時に作詞作曲して歌い、大ヒットしたという曲の名でもありますが、彼女はもう二度と歌わなくなり、誰とも口をきかなくなって、通っていた音楽大学にも退学届けを出してしまいます。「佐伯さんの人生は基本的に、彼が亡くなった20歳の時点で停止している」とも書かれています。亡くなった佐伯さんの恋人は現在、甲村記念図書館としてある甲村家の長男でした。

佐伯さんは、ナカタさんとの対話の中で「思い出はあなたの身体《からだ》を内側から温めてくれます。でもそれと同時にあなたの身体を内側から激しく切り裂いていきます」と語っています。そのように、佐伯さんは、暴力によって、永遠に失われてしまったものの思い出を抱き続けて、生きてきたのです。生きる屍《しかばね》のように。佐伯さんに半分しか影がないのはこのためです。

▼集団催眠と、その解除

さて、ではナカタさんは、どのような暴力を受けた人でしょうか。

ナカタさんが、読み書きの能力を失ってしまい、猫と話せるようになった出来事について、前回、このコラムで紹介しました。

それは、次のようなことでした。戦前の国民学校の小学四年生だったナカタさんが、担任の岡持節子先生（当時二十六歳）に引率されて、森の中に野外学習で入ります。実際には森の中へキノコを取りにいったような行動でしたが、一緒に行った男女合わせて十六人の小学生全員が意識を失って、バタバタと皆、倒れてしまうのです。岡持節子先生だけは意識を失いませんでした。

この事件そのものは、一九四四年十一月七日の午前、山梨県のある町で起きたことですが、『海辺のカフカ』の中では、戦後の一九四六年五月十二日にアメリカ陸軍情報部が岡持先生らを面接インタビューした報告書の形で、記されています。

なぜ、児童たちは倒れたのか……。毒キノコによる食中毒というものも考えられますが、その兆候はありませんでした。誰も食べ物を吐いた形跡がないのです。よく似た症状は日射病ですが、季節が十一月ですので、あり得ないと思います。

そして、そこにいた人たちは、毒ガス、神経ガスみたいなものが、まかれたか、発生したかを考えます。米軍が散布したのではないかと思ったりするのです。読者はオウム真理教信者たちによる地下鉄サリン事件のことなどを思い描いたりします。

そのことまでは、前回、紹介しましたが、さらに米軍の報告書によると、日本軍もこの事件に興味を抱いて、調査をしていたことが記されています。それはアメリカ陸軍情報部による東京帝国大学医学部精神医学教室教授、塚山重則（五十二歳）に対して行われたインタビューの報告書の形で記されています。

日本軍も、この子供たちの集団失神に興味を抱き、その軍の命令で塚山教授が、子供たちの調査・面談に従事したのです。一九四四年十一月半ばのことです。調査は軍の機密事項として、口外を禁止されていました。

前回紹介したように十六人の小学生が意識を失い、十五人がまもなく意識を回復しましたが、ナカタサトルという少年だけが意識を回復しないまま、東京の陸軍病院に運ばれてベッドで眠り続けています。

診療の担当は、遠山軍医少佐でした。もしかしたら、何かの毒ガスを子供たちが吸い込んだのではないか。やはりそんなことから、軍もこの出来事に興味を抱き、調査をしていたのですが、遠山軍医は、毒ガス説に否定的でした。遠山軍医の説明によると、確かに陸軍も毒ガスや生物兵器といった化学兵器の研究をしていますが、それは主に中国大陸にある特殊部隊の内部で行われていて、人口の密集した狭い土地では、それを行うことには無理があるということです。

さらにB29によって、米軍が毒ガスを散布したという説も、同様に、可能性が低いことも記されています。米軍がそんな兵器を開発したのなら、まず反応の大きい都市部で使うだろうからです。

そして、塚山教授が考えた推論は集団催眠です。遠山軍医もそれに賛成しますが、でも何がその集団催眠を解除したのかという疑問を述べています。それに対する塚山教授の答えは「わかりません」というものです。つまり、よくわからないのです。しかもナカタサトル少年だけが、なぜ長く眠り続けているかについては……。

▼複雑な要素を持つ、内向した暴力

そして、昭和四十七年十月十九日に、突然、塚山教授のもとに、ナカタ少年の担任だった岡持節子先生から、長い手紙が来ます。小学生集団昏睡事件から、二十八年の歳月がたっていました。その手紙によると、岡持節子が、ずっと嘘をついてきたというのです。

事件の前夜、岡持節子は、夫の夢を見ます。それは「ひどく具体的な性的な夢でした」「言葉にはあらわせないほどの肉体の快感を私は感じました」とあります。そして、翌日、子供たちを連れて、山の森の中に入ると、子供たちが、さあこれからキノコ取りにとりかかろうかという時に、出し抜けに岡持節子の月経が始まりました。彼女は持参していた手拭いで応急処置をし、子供たちにキノコ取りをさせていたのですが、「中田」という男の子が、応急処置に使った手拭いを見つけて、岡持節子のところに持ってきたのです。

岡持節子は、恥ずかしさのあまり、「気がついたとき私はその子を、中田君を、叩《たた》いていました。肩のあたりをつかんで、何度も何度も平手で頰を張ってました」と手紙に記されています。

彼女が中田君を叩いている間「気がつくと子どもたち全員がじっと私を見つめて」いたのです。我に返った岡持節子は「地面に倒れていた中田君を両手で抱き上げ」「強く抱きしめ、心から謝りました」。

そのような言葉が記されていますが、「それから子どもたちの集団昏睡《こんすい》が始まったのです」。そして、子供たちは、昏睡から目覚めた後、誰もその出来事を覚えていないのです。

さらに、岡持節子の手紙には、疎開児童である「中田君」に「暴力の影を認めないわけにはいきませんでした。彼のちょっとした表情や動作に、瞬間的な怯えのしるしを感じとることが再三ありました」と記されています。

中田君の父親は大学の先生で、都会のエリートの家庭です。「もしそこに暴力があったとしたら、それはおそらく

田舎の子どもたちが家の中で日常的に受ける暴力とは異なった、もっと複雑な要素を持つ、そしてもっと内向した暴力であったはずです。子どもが自分一人の心に抱え込まなくてはならない種類の暴力です」と岡持節子は記していますし、彼女が「暴力を振るうことによって、そのとき彼の中にあった余地のようなものを、私は致命的に損なってしまったのかもしれません」と記しています。

佐伯さんは二十歳の時に、恋人が人違いから、鉄パイプや角棒で殴られ、ブーツの底で蹴りあげられるという暴力で殺され、そのひどい暴力の力を一身に受けとめて、恋人との思い出だけを抱いて、屍のように生きてきた人でした。影が半分しかない人生を生きてきた人です。

そして、ナカタさんも、暴力を一身に受けて、それを受けとめて、影が半分しかない人生を生きてきた人です。

つまり佐伯さんと、ナカタさんは、暴力で損なわれてしまったものを一身に受けとめて、これまで生き続けてきた人なのです。

▼恐怖する。憎む。しかるのち殺す。

このコラムでは、オウム真理教信者たちが起こした事件と、それ以後に発表された村上春樹作品を読み返すことで、いま我々が生きている世界のことを、続けて考えてきました。

『海辺のカフカ』は、父親を殺し、母親と関係するオイディプス王の物語として、しばしば論じられたかと思います。

作中「お前はいつかその手で父親を殺し、いつか母親と交わることになる」という言葉が記されていますし、「それはオイディプス王が受けた予言とまったく同じだ」ともあります。その始まりが、父親を殺したかと思われる「僕」が家を出て、四国・高松に向かう物語ですし、「僕」は佐伯さんのことを自分の母親かもしれないと思っていて、(夢の世界かと思われますが)佐伯さんと「僕」が性的に交わる物語です。

ですから、『海辺のカフカ』は、オイディプスの神話と関係があるように読まれることは当然です。村上春樹自身がそのように書いているわけですから。

でもなぜか、オイディプスの神話のように読むだけでは、この物語の大切なことが、漏れ落ちてしまうのではないかと思ってきました。また村上春樹自身が、この『海辺のカフカ』という作品を、そのオイディプスコンプレックスの物語と関係づけて語ることも、あまりなかったように感じています。

そして、オウム真理教信者の犯罪と、村上春樹作品を考えながら、『海辺のカフカ』を再び読み返してみると、「もし思い違いでなければ、たぶん私は、あなたがいらっしゃるのを待っていたのだと思います」「はい。たぶんそうであろうとナカタも考えます」という会話が、新しい姿で迫ってきたのです。

つまり暴力というものを一身に受けとめて、生きる屍のようにして生きてきた、その二人の出会いであると受けとれたのです。

小学生のナカタさんに激しい暴力をふるった後、我に返った岡持節子の気持ちについて、村上春樹は、次のように書いています。

私は中田君をしっかりと抱いたまま、しばらくそこに立ちすくんでました。私はこのままここで死んでしまいたいと思いました。このままどこかに消えてしまいたいと思いました。すぐそこの世界では巨大な凶暴な戦争が進行し、あまりに多くの人々が死に続けていました。

この直後に、子供たちが集団昏睡していくのですが、そのように、岡持節子がふるった暴力と、戦争という巨大な暴力が、つながったものとして描かれている作品なのだと思います。

ナカタさんが、猫と話せる力を獲得する経過については、前回に記しましたので、それを読んでほしいのですが、そのナカタさんが、猫と話せる力を失っていくのは、猫殺しのジョニー・ウォーカーと対決して、ジョニー・ウォーカーの胸にナイフを突き立てて刺した、その後からです。

ナカタさんに刺される前、ジョニー・ウォーカーがこんなことを言っています。

私は君に殺してほしいんだ。恐怖と憎しみをもって、きっぱりと殺してもらいたい。まず君は私を恐怖する。そして私を憎む。しかるのちに君は私を殺す。

そう言っているのです。

「どうしてそれがナカタなのでしょう？　ナカタはこれまで人を殺したことなんてありません。そういうことにはナカタはあまり向いておりません」と話すナカタさんに対して、さらにジョニー・ウォーカーはこう言っています。

「世の中にはそういう理屈がうまく通じない場所だってあるんだ」「たとえば戦争がそうだ」と。

また「戦争が始まると、兵隊にとられる。兵隊にとられたら、鉄砲をかついで戦地に行って、相手の兵隊を殺さなくてはならない。それもなるべくたくさん殺さなくちゃならない。君が人殺しが好きとか嫌いとか、そんなことは誰も斟酌《しんしゃく》しちゃくれない。それはやらなくてはならないことなんだ。さもないと逆に君が殺されることになる」と話しています。

さらに、こうも加えています。

これは戦争なんだとね。それで君は兵隊さんなんだ。今ここで君は決断を下さなくてはならない。私が猫たちを殺すか、それとも私を殺すか、そのどちらかだ。君は今ここで、その選択を迫られている。

▼戦争に繋がっていく暴力

この戦争と兵隊についてのジョニー・ウォーカーの言葉は『騎士団長殺し』（二〇一七年）の中で描かれたこととも重なって感じられる場面です。同作の題名ともなった『騎士団長殺し』という日本画を描いた画家「雨田具彦」の弟である「雨田継彦」が南京戦の血なまぐさい戦闘に参加したことが『騎士団長殺し』には書かれていました。

その雨田継彦が「上官に日本刀を手渡されて、これで捕虜の首を切れと命令」されたことが書かれていますが、それに対して、雨田継彦は「そんなことはしたくなかった。しかし上官の命令に逆らったら、これは大変なことになってしまう」ので「その上官の命令に逆らえなかった」ことが語られているのです。

「いったん軍隊みたいな暴力的なシステムの中に放り込まれ、上官から命令を与えられたら、どんなに筋の通らない命令であれ、非人間的な命令であれ、それに対してはっきりノーと言えるほどおれは強くないかもしれない」と、雨田具彦の息子である「雨田政彦」も語っているのですが、これと同じことが『海辺のカフカ』のナカタさんとジョニー・ウォーカーの対決の場面に記されているのです。

戦争に繋がっていく暴力の問題、ある情況下において、人を殺しかねないものが、私たちの中にあることを描いているわけです。

村上春樹が一貫して、同じ問題を考え続けていることが、よくわかりますね。

▼どこか地続き

ナカタさんは、『海辺のカフカ』の中で、どこかほのぼのとした人間として、描かれています。岡持節子の告白から考えてみれば、暴力を受けた被害者でもありますが、そのナカタさんも例外ではないのです。私たちは、どこかで、戦争になったら、人を殺しかねない心を抱えているのです。その問題を、深く考えていく作品が『海辺のカフカ』なのではないかと思います。

最後にオウム真理教信者の犯罪との関係で、加えておきますと、オウム真理教信者が行ったことは、まことに凶悪な犯罪です。でも死刑となった人たちの中にも、どうして、そんな凶悪な事件を犯したのか、よくわからないような普通の真面目な人もいたようです。

でもその人たちが、麻原彰晃という教祖に、魂のすべてをあずけて、これをやれと迫られると、そのことを実行してしまうのです。

その凶悪な犯罪者と、私たちの世界は、あのほのぼのとしたナカタさんが、ジョニー・ウォーカーの胸にナイフを刺したように、どこか地続きなのです。戦争はまだ続いているのです。そのことを考え続けている作家が村上春樹なのだと思います。

086 あの箱の中身は何か

「UFOが釧路に降りる」

2018.11

村上春樹は中華料理が苦手で、ラーメンも嫌いというのは、村上春樹ファンの間ではかなり知られたことです。以前も、このコラムで村上春樹のラーメン嫌いについて紹介したことがあります。東京・千駄ヶ谷に住んでいた頃、家の近くに評判のラーメン屋が二軒並んでいて、その匂いが嫌で、家に帰るのに、いつも苦労したそうです。

そんな村上春樹の小説で、登場人物がラーメンを食べる場面が初めて出てくるのは、阪神大震災後の日本を描いた連作短編集『神の子どもたちはみな踊る』（二〇〇〇年）の中の「UFOが釧路に降りる」という作品です。

▼10センチくらいの立方体

「UFOが釧路に降りる」は、妻と結婚して五年という、三十一歳の小村という男性が主人公です。同作の冒頭は「五日のあいだ彼女は、すべての時間をテレビの前で過ごした」と書き出されています。阪神大震災が起きると小村の妻は五日間も朝から晩まで、銀行や病院のビルが崩れ、商店街が炎に焼かれ、鉄道や高速道路が切断された風景を見続けて、地震の五日後に「もう二度とここに戻ってくるつもりはない」という手紙を置いて、家を出て、郷里の山形の実家に帰ってしまいます。

東京・秋葉原にある老舗のオーディオ機器専門店でセールスの仕事をしている小村は、しかたなく離婚して、一週間の休暇をとります。すると同僚で三歳年下の佐々木が休暇中の予定がないなら、北海道の釧路まで運びたい「小さな荷物がひとつ」あるので、それを持っていってくれれば、飛行機の往復のチケット代くらいは喜んでもちますと言うのです。さらに泊まるところも、手配するという。

佐々木によると、それは「10センチくらいの立方体」の「小さな荷物」です。仕事とはまったく関係のない「百パーセント個人的なもの」です。翌日、仕事場で佐々木から「茶色い包装紙で包まれた小さな骨箱のようなもの」を渡された小村が、その箱を軽く振ってみても、手応えはなく、音もしません。重さもほとんどありませんでした。

そして、一九九五年の二月、小村はその箱を持って、飛行機で釧路に向かうのです。釧路では、佐々木の妹の佐々木ケイコと彼女の友だちのシマオさんという二人の若い女性が小村を空港まで迎えに来ますが、そのシマオさんから「お腹《なか》は減っていますか？」「三人で何か温かいものでも食べに行きましょう。温かいものを食べると気持ちがゆったりするから」と言われて、シマオさんが運転する車で、釧路の街に向かい、街道沿いにある大きなラーメン屋に三人で入ります。

小村はビールを飲み、熱いラーメンを食べます。「ラーメンはとてもうまかったし、食べ終わったときにはたしかに気持ちが落ち着いていた」と記されています。これが村上春樹作品の登場人物が最初にラーメンを食べる場面です。

その後、三人はラブホテルに行きます。知り合いが経営しているホテルのようで「狭くて貧乏くさい駅前のビジネスホテルに泊まるより、こっちの方がずっと気が利《き》いている」からという理由です。小村が風呂に入って、出てくると、佐々木の妹という女は、用事があるので先に帰ってしまい、シマオさんだけがいました。

さらにシマオさんも風呂に入るのですが、風呂から出てきた彼女は、バスタオルを胸に巻いただけの格好です。シマオさんはタオルを取り、猫のようにするりと布団の中にもぐり込んで、小村の顔をまっすぐ見るのです。そして、なりゆきのように、小村はシマオさんと関係しようとするのですが、でも、うまくいかないのです……。

▼どうして俺のことがわかったんだろう？

さて、この小説は、いったいどんなことを描いているのでしょうか。

まずタイトルの「ＵＦＯが釧路に降りる」も少し変わった名前ですね。それはこんなことのようです。小村の妻は地震の五日後に家を出ていったのですが、「私の知り合いにも、一人そういう人がいたの」と佐々木ケイコが話します。

それはサエキさんという四十歳くらいの美容師のことです。「その人の奥さんが去年の秋にＵＦＯを見たの。夜中に町外れを一人で車を運転していたら、野原の真ん中に大きなＵＦＯが降りてきたわけ。どーんと。『未知との遭遇』みたいに。その一週間後に彼女は家出した」「そのまま消えちゃって、二度と戻ってこなかった」という話です。「出ていく前の一週間はずっと、誰の顔を見てもそのＵＦＯの話しかしなかったんだって」とも佐々木ケイコは話しています。

「ＵＦＯが釧路に降りる」は、「地震のあとで」という連作の第一回の作品として、雑誌「新潮」の一九九九年八月号に発表されたものです。のちに『神の子どもたちはみな踊る』（二〇〇〇年）としてまとまる、阪神大震災後の世界を描いた最初の短編が、なぜ「ＵＦＯが釧路に降りる」話なのでしょうか……。

確かに、小村の妻が阪神大震災のテレビニュースに釘付けとなり、地震の五日後に家を出ていった話と、サエキさんの奥さんがＵＦＯを見て、一週間ずっとＵＦＯの話をし続けて、家を出て帰ってこない話はつながっているとも言えます。それにしても、なぜ「ＵＦＯが釧路に降りる」というタイトルになったのか？

この作品には、いくつか話がズレていく場面が記されています。小村が釧路に着いた時、預かった箱の入った包みを手に持っていることが、未知の佐々木の妹と出会う目じるしでした。でも佐々木ケイコとシマオさんの二人は、小村が箱を手に持っていないのに、彼に声をかけてきました。「この女たちはどうして俺のことがわかったんだろう?」と小村も疑問を抱いています。すでに二人の女性は小村の姿を知っていたということでしょう。

　でも今度は「奥さんがつい最近亡《な》くなられたと、兄に聞いたんですが」と佐々木ケイコが小村に話しかけます。小村が「いや、死んだわけじゃないんです」と応えても「でも兄は一昨日の電話ではっきりとそう言ってました。小村さんは奥さんを亡くしたばかりなんだって」と彼女は言います。「いや、離婚しただけです。僕の知る限りでは元気に生きています」と述べていますが、ともかく二人の話はチグハグしています。本当に佐々木の妹なのだろうか……という疑問すら、読む者に伝わってきます。

▼でも、まだ始まったばかりなのよ

　さらに、シマオさんに「君は、佐々木ケイコさんの友だちなんだよね?」と聞くと、「そうです。私たちは仲間なの」とシマオさんがいうので、「どんな仲間?」と聞くと、シマオさんは、その質問に答えずに「お腹《なか》は減っていますか?」とべつの質問を返してきて、三人でラーメンを食べに行くのです。

　ですから、小村が村上春樹作品の中で、初めてラーメンを食べる場面は、話がどんどんズレて、揺れていく延長線上にあります。実際、三人が入っていくラーメン屋について「店は汚くてがらんとして、テーブルも椅子《いす》もぐらぐらだった」と記されています。やはり、村上春樹作品の中で、ラーメン屋はあまりよい場所ではないのかもしれません。

　そして、最大の疑問は、小村が東京から、釧路まで運んだ箱の中身は何だったのかという謎です。小村は中身を見ないまま佐々木ケイコに包みを渡していますが、佐々木ケイコが去った後、ラブホテルのベッドの上で「ところで僕が運んできたあの箱のことだけど」「中身はいったいなんだったんだろう?」とシマオさんに聞くのです。

　すると「それはね」とシマオさんが言って、さらに「小村さんの中身が、あの箱の中に入っていたからよ。小村さんはそのことを知らずに、ここまで運んできて、自分の手で佐々木さんに渡しちゃったのよ。だから小村さんの中身は戻ってこない」と言うのです。それを聞いて、小村は身を起こし、シマオさんの顔を見おろします。

　その時「小村は自分が圧倒的な暴力の瀬戸際に立っていることに思い当たった」と村上春樹は書いています。シマオさんは、その小村の顔色を見るなり「それって、冗談よ」と言います。「思いついた出まかせを言っただけ。まずい冗談だったわ。ごめんなさい」と加えるのです。このやりとりの意味することは、どんなことなのでしょうか。

　さらに、このやりとりの後に「「でも、まだ始まったば

かりなのよ」と彼女は言った」という謎の言葉で、この短編は終わっているのですが、何が「まだ始まったばかり」なのでしょうか……。連作の冒頭としては、本当に謎に満ちた奇妙な味の小説なのです。

▼その心のスキにつけ入る

この「UFOが釧路に降りる」という作品について、「これは新々宗教の勧誘の話である」「オウムのような新々宗教のメンバー獲得の勧誘劇の話」と指摘をしたのは、文芸評論家の加藤典洋さんでした。

佐々木や佐々木ケイコ、そしてシマオさんたちは「ある人生上の曲がり角にさしかかったような人物がいると、その心のスキにつけ入り、こうした人々をその宗教の世界に引き込んでいる」のです。「何でもない箱を大事なものといつわり、これを釧路に運搬してほしいという口実のもと、集団の施設のある釧路へと送り込む。釧路では、二人の女性が彼を待ちかまえており、まず色仕掛けで小村を籠絡し、その後、その心のスキにつけ入って、彼をその宗教に引き入れようとする」

そんな新々宗教の新手の勧誘劇を描いた作品だと加藤さんは指摘しました。なるほど、確かに、小村を釧路の空港まで迎えにきた佐々木ケイコとシマオさんは「同じようなデザインと色のオーバーコート」を着ていました。「私たちは仲間なの」とも語っていたのです。こういうところは、宗教を同じにしている人たちらしいですね。

文学作品に決定的な読みというものはありませんが、この「UFOが釧路に降りる」に対する加藤典洋さんの読みは、この短編の読みの可能性を大きく広げたと思います。

そして『神の子どもたちはみな踊る』（二〇〇〇年）という連作短編集に対しても、忘れてはならないことを示したとも言えます。

『神の子どもたちはみな踊る』に収められた短編はいずれも、一九九五年の二月に起きたことが描かれています。例えば「UFOが釧路に降りる」では「奥さんはいつ出ていったの？」と佐々木ケイコに問われて、「地震の五日あとだから、もう二週間になるな」と小村は答えていますので、作品の時は一九九五年二月の上旬ごろということになります。

その一九九五年二月は、同年一月十七日に起きた阪神大震災と同年三月二十日に起きたオウム真理教信者たちによる地下鉄サリン事件との間にある月です。『神の子どもたちはみな踊る』という連作は、阪神大震災後の世界を描いた小説であるとともに、地下鉄サリン事件が起きる予兆をはらんで書かれている作品群なのです。

村上春樹自身が、そのことに触れていますし、そのことは、わかっているつもりで読んでいたのですが、でも〈阪神大震災を描いた連作短編集『神の子どもたちはみな踊る』〉という定番の言葉に引きずられてしまうのか、つい阪神大震災寄りの読みをしてしまいがちなのです。

加藤典洋さんの読みで、自分の読みの欠落している部分に気づいて、驚いたことをよく覚えています。

まさに「新潮」には『地震のあとで』という題名で連載され、単行本のタイトルは『神の子どもたちはみな踊る』という題で出版されました。『地震のあとで』という題名は当然、阪神大震災につながっています。

単行本の表題作「神の子どもたちはみな踊る」の主人公の善也には父親がおらず、お父さんは「お方」なんだよと、母親から言われて育ちました。善也の母親はある教団の信者で、「お方」とは自分たちの神の呼び名です。ですから、単行本の題名は新々宗教、オウム真理教信者たちにつながるような名前です。

そのように、この短編集は阪神大震災とオウム真理教信者やその信者たちによる地下鉄サリン事件の両側に重心を置いた連作なのです。さらに二〇〇二年に刊行された『神の子どもたちはみな踊る』の英訳のタイトルは『after the quake』というものでした。これは再び雑誌連載の題『地震のあとで』に戻ったということではなくて、もちろん阪神大震災を考え、さら地下鉄サリン事件のことを意識して書かれている作品ということを示しているのでしょう。

▼圧倒的に暴力の瀬戸際に立っている

「問題は、あなたが私に何も与えてくれないことです」と、小村の妻が家を出る際に残した手紙にありました。「あなたとの生活は、空気のかたまりと一緒に暮らしているみたいでした」とも書いてありました。

その妻の言葉を小村はシマオさんに話すのですが、「空気のかたまり？」「どういうことなのかしら？」とシマオさんに聞かれて、「中身がないということだと思う」と答えています。さらに「小村さんって、中身がないの？」と問われて、「ないかもしれない。でもよくわからないな。中身がないと言われても、いったい何が中身なのか」と小村は自問のような言葉をもらしています。

「ある種の宗教らしきものは、そういう場所に、たとえばＵＦＯのように『奇跡』の力、『この世ならぬもの』の力で降り立つことで、そういうふつうの人間の経験の立地を根こそぎにする」「実は君はからっぽなのだ、この空虚から逃れるには、わが神に帰依するしかない」と断言して、ふつうの「ただの人間」を恫喝し、その人たちのよるべない経験の地面を奪い取ります。それと同じようなことが、地震のような「この世ならぬ出来事」を目の当たりにする経験にも現れるというのが、加藤典洋さんの読みです。「ＵＦＯが釧路に降りる」という作品では、そのように地震とＵＦＯと新々宗教が重なっていることを指摘しているのです。

紹介したように「小村さんの中身が、あの箱の中に入っていたからよ。小村さんはそのことを知らずに、ここまで運んできて、自分の手で佐々木さんに渡しちゃったのよ。だから小村さんの中身は戻ってこない」とシマオさんが言い、それを聞いた小村は「自分が圧倒的な暴力の瀬戸際に立っていることに思い当たった」のです。

加藤典洋さんは、この「圧倒的な暴力」の予感は、彼の「ただの人」の経験の場からの、地震とか奇跡とか「この世ならぬもの」が持つ圧倒的な暴力に対する、「馬鹿にするんじゃないゾ！」という怒りの表現だと考えています。

今回、紹介した加藤典洋さんの考えは『村上春樹　イエローページ』という本に書かれていますので、興味のある人は、ぜひ読まれたらいいと思います。

▼箱の中に箱があって、またその箱の中に箱が

この一年近く、オウム真理教信者の犯罪と村上春樹作品の関係を考えながら、このコラムを書き続けてきました。

これまで書いてきた視点から、この「ＵＦＯが釧路に降りる」について、少しだけ、私の考えを加えてみたいと思います。

それは小村が運んできた「箱」についてです。

村上春樹によるオウム真理教元信者たちへのインタビュー『約束された場所で』（一九九八年）の巻末にある臨床心理学者の河合隼雄さんと村上春樹との対話、「『悪』を抱えて生きる」の中で、オウム真理教の人たちの問題について、村上春樹が次のように語っていました。前にも紹介しましたし、ちょっと長いですが、村上春樹作品の中の「箱」というものについて、考えるのには、とても重要な発言ですので、また書いてみます。

話をしていても、宗教的な話になると、彼らの言葉には広がりというものがないんです。それでね、僕はなんでだろう、なんでだろうと、それについてずっと考えていたんです。それで結局思ったんですが、僕らは世界というものの構造をごく本能的に、チャイニーズ・ボックス（入れ子）のようなものとして捉えていると思うんです。箱の中に箱があって、またその箱の中に箱があって……というやつですね。僕らが今捉えている世界のひとつ外には、あるいはひとつ内側には、もうひとつ別の箱があるんじゃないかと、僕らは潜在的に理解しているんじゃないか。そのような理解が我々の世界に影を与え、深みを与えているわけです。音楽で言えば倍音のようなものを与えている。ところがオウムの人たちは、口では「別の世界」を希求しているにもかかわらず、彼らにとっての実際の世界の成立の仕方は、奇妙に単一で平板なんです。あるところで広がりが止まってしまっている。箱ひとつ分でしか世界を見ていないところがあります。

▼無音のイメージの連続を

これらの「箱」というものに対する村上春樹の発言から、

小村の運んできた「箱」について、少し考えてみたいのです。

ラブホテルのベッドの中で、なりゆきのように、シマオさんと小村は抱き合うのですが、でもどうしてもうまくいかないのです。小村にとって初めてのことでした。

シマオさんは「奥さんのことを考えていたんじゃない」と言いますが、でも小村の頭の中にあったのは、地震の光景です。「高速道路、炎、煙、瓦礫《がれき》の山、道路のひび。彼はその無音のイメージの連続をどうしても断ち切ることができなかった」と書かれています。

河合隼雄さんとの対話の中での村上春樹の言葉から記せば、その「高速道路、炎、煙、瓦礫《がれき》の山、道路のひび。彼はその無音のイメージの連続」とは「チャイニーズ・ボックス（入れ子）」のような広がりがあった世界の姿の力のようなものではないかと思います。

その断ち切れない地震の光景から、「僕が運んできたあの箱」の「中身はいったいなんだろう」ということが、小村は気になり出すのです。

シマオさんは、小村があの箱の中身が何だか気になり始めた理由について「小村さんの中身が、あの箱の中に入っていたからよ。小村さんはそのことを知らずに、ここまで運んできて、自分の手で佐々木さんに渡しちゃったのよ。だから小村さんの中身は戻ってこない」と説明します。

それを聞いた小村は「自分が圧倒的な暴力の瀬戸際に立っていることに思い当たった」のです。加藤典洋さんの考えで言えば「馬鹿にするんじゃないゾ！」という怒りの表現という場面です。

ここで、小村に何が起きているかというと、地震の光景を見て、高速道路、炎、煙、瓦礫《がれき》の山、道路のひびとのイメージの連続をどうしても断ち切れなかったということは、その時、世界との繋がりを自分の中に初めて見つけたということでしょう。

小村は頼まれると、空っぽの箱でも、自分との関係を考えずに、飛行機代を出すと言われれば、釧路まで、運んできてしまう人です。つまり自分の身をやすやすと自分以外のものに渡してしまう人でした。自分の手で佐々木さんに渡しちゃう人です。そのような人にとって、あの箱は空っぽの一つの箱でしょう。

小村が釧路に着いた時、未知の佐々木の妹ケイコと出会うための目じるしとしての「箱」を持っていなかったのに、でも佐々木ケイコとシマオさんから声をかけられ、「この女たちはどうして俺のことがわかったんだろう？」と小村も疑問を抱いていたことを紹介しました。

でも別な見方をすると、その箱を運ぶために釧路まで来たのに、出会いの目じるしの箱も持たないほど、その箱に関心がないことを示している場面です。そんなにも関心もないものを運ぶために、声をかけられたり、誘われたりすると、小村は、そのことに身を任せてしまう人間なのです。そのような人間にとって、あの箱は空っぽの一つの箱でしょう。

▼地震の光景によって、世界に繋ぎ留められる

でも「小村さんの中身が、あの箱の中に入っていたからよ。小村さんはそのことを知らずに、ここまで運んできて、自分の手で佐々木さんに渡しちゃったのよ」と言われて、自分の中に、怒りの噴き出してくるという小村は、地震の光景と自分の関係を断ち切らずに、自分のまわりの広い世界と関係を結びだしていて、そういう人にとって、きっと、あの箱は「チャイニーズ・ボックス（入れ子）」のような箱になり始めているはずです。

「小村さんの中身が、あの箱の中に入っていた」という言葉の意味は、そのようなものではないかと、私は考えています。つまり小村は、地震の光景によって、世界に繋ぎ留められたと言える人だと思います。

新々宗教による新手の勧誘の始まりと大震災の光景とつながる力。その両側を描く「ＵＦＯが釧路に降りる」だからこそ、同作が『神の子どもたちはみな踊る』の冒頭に置かれているのでしょう。

そして、この小説の最後の謎のような言葉。シマオさんが言う「でも、まだ始まったばかりなのよ」という言葉の意味なのですが、これは、小村が広がりのある世界との関係をしっかり結んで、自分の生を他者にあずけないで生きる人間として、ちゃんとして歩んで行けるかどうか、その自分の人生の闘いは「まだ始まったばかり」という意味なのではないかと、私は考えています。

＊『村上朝日堂超短篇小説　夜のくもざる』（一九九五年）の最後に「おまけ」として「朝からラーメンの歌」というものが書かれています。
「おいしいメンマ／焼き豚モーニング／朝からラーメン、嬉《うれ》しいな／湯気がほかほか／お葱《ねぎ》は緑／それだけ、あれば、マ・ブラザズ・アン・マ・シスタズ／もう、満足」……という歌です。「天使のハンマー」に、もし日本語の歌詞をつけるとしたら、どんなものがいいかなと考えているうちにできた歌のようです。
「僕は実をいうとラーメンという食べ物がきらいで、ラーメン屋の前を歩くのさえ辛《つら》いのだが、どういうわけかずるずると引きずりこまれるように宿命的にこのラーメンの歌を作ってしまった」と、村上春樹はこの本の「あとがき」に記しています。「天使のハンマー」はアメリカの公民権運動の中で歌い継がれたフォークソングです。

087

「小さな箱の中に入れようとするの」

「蜂蜜パイ」

2018.12

『神の子どもたちはみな踊る』（二〇〇〇年）のうち最初の五作は雑誌「新潮」の一九九九年八月号から十二月号まで、毎月雑誌掲載された短編ですが、最後の作品「蜂蜜パイ」だけは書き下ろし作品です。でも本の巻末には「蜂蜜パイ」も含めて「連作『地震のあとで』その一〜その六」とあるので、もちろん同じ連作として考えられた作品です。

前回紹介しましたが、この短編集の時間は、一九九五年二月に設定されています。一九九五年二月というのは、一九九五年一月十七日に起きた阪神大震災と、同三月二十日に起きたオウム真理教信者たちによる地下鉄サリン事件との間にある月です。

『神の子どもたちはみな踊る』の中の各短編の時間が一九九五年二月であることは、作中に記されており、この連作短編集が、阪神大震災以降の社会と、オウム真理教信者たちによる地下鉄サリン事件が起きる直前の日本社会というものが反映した作品群だということを示しています。

例えば、表題作「神の子どもたちはみな踊る」には「夕刊の社会面は相変わらず地震関連の記事で埋まっていた」「二月の夜は散歩をするには寒すぎる」とありますし、「かえるくん、東京を救う」は、かえるくんと片桐が闘って巨大地震を未然に防ぐ物語ですが、その「地震は2月18日の朝の8時半頃に東京を襲うことになっています。つまり3日後ですね。それは先月の神戸の大地震よりも更に大きなものになるでしょう」とあるのです。

しかし、その『神の子どもたちはみな踊る』の最後に書き下ろしの形で置かれた「蜂蜜パイ」は、阪神大震災直後を描いた作品であることははっきりしていますが、それが一九九五年二月であることが、作中に記されているわけではありません。

ただ一年近く、村上春樹作品と、オウム真理教信者たちが起こした事件の関係を、このコラムの中で考えてきた者からすると、やはりこれは迫り来るオウム真理教信者たちによる地下鉄サリン事件を意識した作品であり、一九九五年二月という時に作品が置かれたものだと思えてくるのです。今回は『神の子どもたちはみな踊る』の最後に置かれた「蜂蜜パイ」がなぜ、そのように読めるかということを書いてみたいと思います。

▼神戸の地震のニュースを見すぎた

この作品が、阪神大震災後の世界を描いていることは、明確に記されています。沙羅という四歳の女の子が「神戸の地震のニュースを見すぎた」ためか「地震があったころから夜中に目を覚ますようになった」「沙羅は、知らないおじさんが自分のことを起こしに来るんだっていう」と沙羅の母親の小夜子が淳平に語っています。

三十六歳の淳平はこの小説の主人公ですが、「なるべくニュースは見ないことだね」「テレビそのものもしばらくはつけない方がいい。今はどこのチャンネルでも地震の映像が出てくるから」と小夜子に応じています。

ですから、阪神大震災から間もない日々を舞台にしていることは明らかなのですが、でも、前述したように、一九九五年二月を示す言葉がはっきり記されているわけではないのです。

「蜂蜜パイ」は仲良し三人組の話です。「小さく親密なグループを形成」「いつも三人で行動」していたという早稲田大学の同級生の淳平と小夜子と高槻の物語です。

淳平は小夜子のことが好きなのですが、受動的な性格で、その愛を告白できずにいます。その間に高槻と小夜子が関係してしまい、二人が結婚、高槻と小夜子の間に沙羅が生まれるのです。

「もし高槻より先に自分が小夜子に愛を告白していたら、事態はいったいどんな風に展開していたのだろう？　淳平には見当もつかない。彼にただひとつわかるのは、そんなことはどう転んでも起こり得なかったという事実だけだった」と記されています。

でも、淳平と小夜子は親しい友人であり続け、新聞記者となって帰宅が明け方の場合もある高槻が不在の時には、小夜子が淳平に電話をかけてきて、最近読んだ本の話や互いの日常の話をしていますし、淳平は沙羅の名づけ親にもなっています。

そして、沙羅が二歳の誕生日を迎える少し前に、高槻に恋人がいることを小夜子から、淳平は打ち明けられるのです。その数カ月後、小夜子と高槻は離婚してしまいます。

こんな経過の後、沙羅が「神戸の地震のニュースを見すぎた」ためか、寝られなくなってしまった夜に、小夜子は淳平を呼んで来てもらったのです。

▼とても人が入れるような大きさの箱じゃない

この「蜂蜜パイ」という作品は、村上春樹のファンたちの間で、同作を「たいへん好き」という人が多い一方で、「いまひとつ……」という人もいます。私の周辺でもそうです。「いまひとつ……」という人の感想は、「蜂蜜パイ」の題名にも表れていますが、『神の子どもたちはみな踊る』の中で一番甘い味の物語のように受け取られていて、その「甘い味」がどうも「いまひとつ……」ということのようです。

加えて、他の作品は、例えば「かえるくん、東京を救う」が典型的ですが、リアリズムではなく、どこか現実とのズレを含んだ奇妙な味の小説になっています。「ＵＦＯが釧路に降りる」では、ＵＦＯが釧路に降りてきました。

これに対して、「蜂密パイ」は、この小説で書かれたことが、そのまま起きたと考えても矛盾のないリアリズムで書かれています。そのリアリズムではない方法で描いていく村上春樹作品を愛する読者には、どうも「甘い味」の作品のように感じられるようです。

でも「蜂蜜パイ」は基本的にリアリズムで書かれていますが、同作の中には〈これは何だろう〉と考えさせる言葉が記されています。例えば、沙羅が生まれて、「何はともあれ、これで俺たちは四人になった」と言って、高槻が軽い溜息《ためいき》のようなものをつきます。さらに「でもどうだろう。四人というのは、はたして正しい数字なのだろうか？」とあります。

私は、村上春樹作品に記される数字「四」について、いろいろ考えて、このコラムの中で何度か書いています。ですから「四人というのは、はたして正しい数字なのだろうか？」についても、私らしい考えはありますが、それは別な機会に記してみたいと思います。

その代わりに、もう一つの〈これは何だろう〉について記してみたいと思います。それは、沙羅が話す「知らないおじさんが自分のことを起こしに来る」という「地震男」についての話です。

小夜子によると、その地震男は「沙羅を起こしに来て、小さな箱の中に入れようとするの。とても人が入れるような大きさの箱じゃないんだけど。それで沙羅が入りたくないというと、手を引っ張って、ぽきぽきと関節を折るみたいにして、むりに押し込めようとする。そこで沙羅は悲鳴を上げて目を覚ますの」というのです。

この「小さな箱」とは何か。「とても人が入れるような大きさの箱じゃない」、その「小さな箱」とは何かということが、今回書きたい〈これは何だろう〉です。

▼箱ひとつ分でしか世界を見ていない

話をわかりやすくするために、私の考えを記してしまいたいと思います。これはここ何回か書いている、オウム真理教信者たちの姿を通した「箱」についての村上春樹の考察なのではないかと思っています。『約束された場所で』（一九九八年）の巻末の臨床心理学者・河合隼雄さんと村上春樹との対話で語っていた、あの「箱」を巡る村上春樹の考察です。

> 僕らは世界というものの構造をごく本能的に、チャイニーズ・ボックス（入れ子）のようなものとして捉えていると思うんです。箱の中に箱があって、またその箱の中に箱があって……というやつですね。僕らが今捉えている世界のひとつ外には、あるいはひとつ内側には、もうひとつ別の箱があるんじゃないかと、僕らは潜在的に理解しているんじゃないか。そのような理解が我々の世界に影を与え、深みを与えているわけです。

そんな村上春樹の考えです。人間は本来的に、箱の中に箱があって……、あるいは世界のひとつ外には、あるいはひとつ内側には、もうひとつ別の箱があるんじゃないかという理解です。それなのに、オウム真理教信者たちは「箱ひとつ分でしか世界を見ていないところがあります」と村上春樹は発言していました。

　おそらく、沙羅を起こしに来て、小さな箱の中に入れようとする地震男の箱とは、このような多重的な箱の在り方を消し去って、一つの箱しかない、という考えのものでしょう。「とても人が入れるような大きさの箱じゃない」とは、本来、人間が持っている「ひとつ外には、あるいはひとつ内側には、もうひとつ別の箱がある」という世界を否定していく、たった一つの小さな箱のことだと思います。

　沙羅を「小さな箱の中に入れようとする」地震男の「小さな箱」というものに、オウム真理教信者たちの姿が投影されて、記されているのではないかと思うのです。

「蜂蜜パイ」は、淳平が小夜子と沙羅を護るために寝ずの番（不寝番）について「でも今はとりあえずここにいて、二人の女を護《まも》らなくてはならない。相手が誰であろうと、わけのわからない箱に入れさせたりはしない。たとえ空が落ちてきても、大地が音を立てて裂けても」という文章で終わっています。

　ですから、人が入れないような「小さな箱」とは何かが、この作品の重要な意味を持っているわけですが、私は、この「小さな箱」「わけのわからない箱」は、オウム真理教信者たちと繋がっている箱なのだろうと考えているわけです。

　オウム真理教信者たちによる地下鉄サリン事件が起きる予兆をはらみ、そのような「箱ひとつ分でしか世界を見ていない」人たちの世界から、我々の世界を護らなくてはいけない。そんな決意が記された「蜂蜜パイ」の最後の文章なのです。つまり、この作品は、地震男が現れる阪神大震災後の世界であり、これから起きる「小さな箱」「わけのわからない箱」「箱ひとつ分でしか世界を考えない人たち」と闘う決意が記されているわけですから、やはり、これは阪神大震災とオウム真理教信者たちによる地下鉄サリン事件との間に挟まれた一九九五年二月の物語ではないかと私は考えているのです。

▼「ねえママ、ブラはずしをやって」

　さて「蜂蜜パイ」が「たいへん好き」な村上春樹ファンと、「いまひとつ……」という村上春樹ファンがいることを書きました。「あなたは、どちらなの?」と聞かれそうですね。私は、この「蜂蜜パイ」という作品をとても好きです。その理由を記しておきたいと思います。

　この作品には「ブラはずし」という場面があります。読む度に、素晴らしい場面だと思うのですが、それはこんなふうに描かれています。

物語の後半、小夜子と淳平が話していると、沙羅がやってきて「ねえママ、ブラはずしをやって」と言います。

読者も〈「ブラはずし」って、何だろう?〉と思います。小夜子も赤くなって、「駄目よ。お客様がいる前でそんなことできないでしょう」と沙羅に言いますが、「変なの。ジュンちゃんはお客様じゃないよ」と応じると、読者と同じように、淳平も「なんだい、それ?」と小夜子に質問するのです。

「くだらないゲームなの」と小夜子は言いますが、沙羅の説明によると、次のようなことです。

「服を着たままブラをはずして、テーブルの上に置いて、それをまたつけるの。いっこの手はいつもテーブルの上に載せておかなくちゃいけないの。それで時間をはかるの。ママはすごくうまいんだよ」と沙羅が言います。

小夜子は困惑していますが、「でも面白そうだ」と淳平が言い、沙羅も「お願い。ジュンちゃんにも見せてあげて。一度だけでいいから。やってくれたら、沙羅もすぐにベッドに入って寝ちゃうから」と話すので、「しょうがないなあ」と小夜子が言って、「ブラはずし」を始めるのです。

黒いクルーネックのセーターの下で、片方の手だけを操りながら、ブラをはずして、テーブルの上に置き、すぐまた、それをつけて、両手をテーブルの上にそろえるのです。

「25秒」。沙羅は驚いて「ママ。すごい新記録だよ。いちばん早くて36秒だったよね」と手を叩《たた》いて言います。

「さあこれでショータイムはおしまい。約束通りベッドに入って寝なさい」と小夜子が沙羅に伝えると、沙羅もベッドに行って寝るのです。

▼「だって新記録が作りたかったんだもの」

この「ブラはずし」の場面の素晴らしさは、この後の淳平と小夜子の会話にあります。「実を言うと、私はずるをしたの」「ブラはつけなかったの。つけるふりをして、セーターの裾《すそ》から床に落としたの」と小夜子が告白します。「ひどい母親だ」と淳平は言いますが、さらに小夜子は、このように言うのです。

「だって新記録が作りたかったんだもの」と。

それまでの小夜子の語り口は、結婚も出産もし、さらに離婚も経験した三十代半ばの女性の話し方です。「駄目よ。お客様がいる前でそんなことできないでしょう」と沙羅に言う小夜子の語り方が典型的ですが、でもこの「だって新記録が作りたかったんだもの」と言う時の小夜子は、まるで学生時代の会話のように、若返っています。小夜子の新記録によって、小夜子と淳平の関係は更新され、二人が出会った時のような新しい小夜子と淳平になっているのです。

そして、淳平は小夜子の肩に手を伸ばし、小夜子もその手を握って、二人は関係するのです。

淳平は、受け身の人間で、好きな女性にも、好きだと言えないタイプの人間です。好きな女性となかなか関係できない、ある意味で〈うじうじした人間〉と言えるかもしれません。好きな女性と長く友だちでいることはできても、本当は大好きな女性に「君を好きです」と言えない人間です。好きな女性と、なかなか関係できない人間なのです。読んでいると、じれったくなってくる読者もいるかもしれないタイプです。でも決して、悪い人間ではありません。むしろ、素敵な人間です。

こんな、長年ずっと友人関係にあった男女をどうやったら、関係させることができるのか。こういうことは、実は小説上、とても難しいことではないかと思っています。そんな男女をうまく結び付けることに成功している小説でも（それも決して多くはありませんが）たいがいは、その男女が出来事や事件に巻き込まれるという形が多いかと思います。

でも、淳平と小夜子が初めて関係する、この場面で、二人が事件に巻き込まれているわけではありません。物語の運び、小説の描き方だけで、二人がごく自然に関係していくように、読む者が納得できる形での淳平と小夜子の性の場面なのです。淳平のようなタイプの人物は、いい加減な形で小夜子と関係できない難しい主人公だと思います。小夜子も間違ったことができない人間です。その難しい者同士を自然に関係させることに成功しているのです。

もちろん「ブラはずし」という下着をはずすゲームですから、性の関係の予兆に満ちています。間違ったことができない小夜子が「ずる」をしています。でも、すごく自然に、淳平と小夜子を若返らせて、二人を更新し、関係させているのです。

小説を読む楽しみのひとつは、こういう人間の精神世界（淳平の中には、逡巡も含めて、いくつも箱があることがわかります）と、その人間の肉体性の面が、自然の運びで繋がった、このような場面に出合うことです。普遍的な問題を素敵に描いた名場面です。

しかも、村上春樹は、この「だって新記録が作りたかったんだもの」という小夜子の言葉の意味をしっかり作中で書き留めています。その小夜子の言葉に続いて「小夜子は目を細めて笑った。それほど自然な笑顔を彼女が見せたのは久しぶりだった。窓辺のカーテンが風にそよぐように、淳平の中で時間の軸が揺れた」と書いています。二人が抱き合って、唇を重ねると「19歳のときからものごとは何ひとつ変わっていないみたいに思えた」と書いています。二人は一度、唇を重ねたことだけはあったからです。

▼彼らは箱のふたを開けて待っているのだ

でも二人の初めてのセックスは、起きてきた沙羅によって中断されてしまいます。沙羅は「地震のおじさんがやってきて、さらを起こして、ママに言いなさいって言ったの。みんなのために箱のふたを開けて待っているからって。そう言えばわかるって」と二人のほうを向いて言うのです。沙羅と小夜子が二人で寝たあと、淳平は「彼らは箱のふたを開けて待っているのだ。背筋のあたりに寒気がして、それは時間が過ぎても去らなかった」と思うのです。

そして物語の最後、「箱のふたを開けて待っている」彼らとの闘いの決意と覚悟が、前述したように記されて「蜂蜜パイ」は終わっているのです。淳平は小夜子と関係して、ハッピーエンドではなく、小夜子と沙羅を護るために、これから闘わなくてはならないのです。

前回のコラムを読んだ人にはわかるかと思いますが、「UFOが釧路に降りる」も、小村という主人公が小さな箱を釧路まで運ぶ話でした。

小村の妻は阪神大震災が起きると五日もテレビの映像を見続けて、山形の実家に帰って行ってしまいました。「蜂蜜パイ」の沙羅も地震のテレビ映像を見すぎて、真夜中過ぎにヒステリーを起こしてとび起きますので、『神の子どもたちはみな踊る』の冒頭と巻末の作品が対応して書かれていることがわかります。

さらに「UFOが釧路に降りる」にも「熊」の話が出てきますし、「蜂蜜パイ」も「熊のまさきち」を巡るお話を淳平が即席でこしらえて、沙羅に話してあげる場面から物語が始まっています。鮭を捕るのがうまい「とんきち」という熊の話がありますし、「UFOが釧路に降りる」にも鮭の皮の話が出てきます。両作を読み比べてみると面白いと思います。

2019

2月	ジェイ・ルービン編『ペンギン・ブックスが選んだ　日本の名短篇29』に「序文」を寄稿
3月	『恋するザムザ』（スイッチ・パブリッシング）刊行
5月	柴田元幸との共著『本当の翻訳の話をしよう』（スイッチ・パブリッシング）刊行。2021年7月に新潮文庫にて増補版を刊行
6月	雑誌「文藝春秋」に「猫を棄てる　父親について語るときに僕の語ること」掲載
	［翻訳］スコット・フィッツジェラルド『ある作家の夕刻　フィッツジェラルド後期作品集』（中央公論新社）刊行
7月	『どこであれそれが見つかりそうな場所で』（スイッチ・パブリッシング）刊行
8月	雑誌「文學界」に「一人称単数」として「ウィズ・ザ・ビートルズ　With the Beatles」と「ヤクルト・スワローズ詩集」掲載
	［翻訳］ドナルド・L・マギン『スタン・ゲッツ　音楽を生きる』（新潮社）刊行
9月	雑誌「文學界」にインタビュー「暗闇の中のランタンのように」（聞き手：湯川豊、小山鉄郎）掲載
	ヤクルト・スワローズのHPに、村上春樹さんメッセージ「第7回　村上、がんばれ！」が掲載される
10月	雑誌「文藝春秋」に「「至るところにある妄想」　バイロイト日記」掲載
	イタリアのラッテス・グリンツァーネ文学賞の「ラ・クエルチャ部門」を受賞。「洞窟の中のかがり火」と題した記念講演を行う
11月	［翻訳］シェル・シルヴァスタイン『はぐれくん、おおきなマルにであう』（あすなろ書房）刊行
12月	雑誌「文學界」に「一人称単数（その6）」として「謝肉祭（Carnaval）」掲載
	［翻訳］クリス・ヴァン・オールズバーグ『ジュマンジ』（あすなろ書房）刊行
	川上未映子と朗読会イベント「みみずくは黄昏に飛びたつ」開催

088

貫く、近代日本への歴史意識

『風の歌を聴け』から『騎士団長殺し』まで

2019.1

平成の天皇が、二〇一九年四月末で退位、五月一日に今の皇太子が新天皇に即位するということで、「平成最後の」ということが、新聞・テレビなどで話題となっています。新しい元号も四月一日には発表されるそうです。

村上春樹の作品には、元号のことや天皇のことがあまり出てこないような感じを持っている人がいるかもしれません。

特に村上春樹がデビューしたての頃、村上春樹作品をアメリカナイズされた小説だと語る人たちがたくさんいました（実際、アメリカ小説の影響を村上春樹自身が語ってもいます）。でも、そういう人たちが、村上春樹作品は〝現実の日本社会や日本の近代史と触れていない小説だ〟と認識して語ることに接するたびに、果たしてその通りか……？ と、疑問を持っていました。私は、村上春樹は、最も日本社会に対する歴史認識を持ち続けて作品を書いている作家の一人だと思っていましたので。

その村上春樹作品を貫く、近代日本に対する歴史意識を、天皇や元号をキーワードに、少しだけ考えてみたいと思います。

▼その日の正午に、天皇の終戦の詔がラジオから流されていた

まず、デビュー作『風の歌を聴け』（一九七九年）です。この作品に「僕」が友達の「鼠」（「僕」の分身のような存在です）と山の手のホテルのプールに行って、二人で話す場面があります。

「何年か前にね、女の子と二人で奈良に行ったことがあるんだ。ひどく暑い夏の午後でね」と、奈良の山道を三時間ばかりかけて歩いた話を「鼠」が「僕」にします。

しばらく歩いた後で「鼠」たちは、夏草が生え揃った斜面に腰を下ろして、気持ちの良い風に吹かれています。

斜面の下には深い濠が広がって、その向う側には鬱蒼と木の繁った小高い島のような古墳があったんだ。昔の天皇のさ。見たことあるかい？

そう「鼠」が話すと「僕」は肯いています。

第一作『風の歌を聴け』に、このように天皇のことが出てくるのは偶然ではないと思います。

例えば『ねじまき鳥クロニクル』という長編は、第1部と第2部が一九九四年四月に刊行されましたが、第3部があるのかないのか、わからない作品でした。でも第3部刊行の予告として、文芸誌「新潮」の一九九四年十二月号の巻頭に「動物園襲撃（あるいは要領の悪い虐殺）」（『ねじまき鳥クロニクル』第3部〈鳥刺し男編〉として、その一部が掲

載され、この末尾で、『ねじまき鳥クロニクル』第3部が、新潮社から一九九五年の夏頃より刊行予定であることが明らかにされました。

「輸送船はいかにも覚束ない足取りで、翌日の八月十五日の午後四時過ぎに佐世保港に入港した」とあった後、次のような文章で、「動物園襲撃（あるいは要領の悪い虐殺）」は終わっています。

その日の正午に、天皇の終戦の詔がラジオから流されていた。そしてその六日前に、長崎の街は一発の原子爆弾によって焼きつくされていた。満州国はやがて数日のうちに、幻の国家として歴史の流砂の中に飲み込まれ、消え去ろうとしていた。そしてその頬にあざのある獣医は、回転扉の間違った仕切りに入ったまま心ならずも満州国と運命をともにすることになった。

▼長崎と広島への原子爆弾

このように、話題作の三巻目が刊行される予告編の最後の文章に天皇の詔のことが出てくるのです。

その『ねじまき鳥クロニクル』の第3部には第1部第2部に、ほとんど出てこなかった「赤坂ナツメグ」という女性が登場します。

「動物園襲撃（あるいは要領の悪い虐殺）」の最後の「その頬にあざのある獣医」は満州の新京動物園の主任獣医だった「赤坂ナツメグ」の父親です。彼女が父親と別れて、輸送船で、日本へ向かう途中、輸送船がアメリカの潜水艦に沈められそうになった話などが語られる部分です。

ただし、一九九五年八月に刊行された単行本『ねじまき鳥クロニクル』第3部〈鳥刺し男編〉では「輸送船は覚束《おぼつか》ない足取りで、翌日の八月十六日の午前十時過ぎに佐世保港に入港した」「十五日の正午に、天皇の終戦の詔《みことのり》がラジオから流されていたのだ。七日前に、長崎の街は一発の原子爆弾によって焼きつくされていた」というふうになっていて、「赤坂ナツメグ」が乗った輸送船がアメリカの潜水艦に沈められそうになった日が「八月十五日」であるように改められています。

村上春樹『ねじまき鳥クロニクル』の第1部では、昭和十三（一九三八）年の旧満州・モンゴル国境のノモンハンで情報活動をしていた山本という男が生きたまま全身の皮をナイフで剝がされて殺される、残酷な〝皮剝ぎ〟と呼ばれる場面があります。

その〝皮剝ぎ〟という出来事を「僕」に語りにくるノモンハン事件の生き残りの間宮中尉は「私は片腕と、十二年という貴重な歳月を失って日本に戻りました。広島に私が帰りついたとき、両親と妹は既に亡《な》くなっておりました。妹は徴用されて広島市内の工場で働いているときに原爆投下にあって死にました。父親もそのときちょうど妹を訪ねに行っていて、やはり命を落としました。母親はそのショックで寝たきりになり、昭和二二年に亡くなりました」と語っています。

第3部刊行を予告する「動物園襲撃（あるいは要領の悪い虐殺）」で「その日の正午に、天皇の終戦の詔がラジオから流されていた。そしてその六日前に、長崎の街は一発の原子爆弾によって焼きつくされていた」と、長崎への原爆投下が触れられているのは、きっと第1部でノモンハン事件の生き残りである間宮中尉が、広島の原爆を語る場面と対応しているのでしょう。

▼記号と象徴のちがいってなあに？

『スプートニクの恋人』（一九九九年）には「ぼく」と「すみれ」という女性との会話に「天皇」のことが出てきます。「記号と象徴のちがいってなあに？」と「すみれ」が「ぼく」にたずねます。「ぼく」は考えた末にこんなことを言っています。「天皇は日本国の象徴だ。それはわかるね？」と言うと「なんとか」と彼女は言います。「なんとかじゃない。実は日本国憲法でそう決められているんだ」と話します。

さらに「天皇は日本国の象徴だ。しかしそれは天皇と日本国とが等価であることを意味するのではない。わかる？」と言います。

つまり「天皇は日本国の象徴であるけれど、日本国は天皇の象徴ではない。それはわかるね」と言うと、彼女は、今度は「わかると思う」と答えます。


そして、これが例えば〈天皇は日本国の記号である〉と書いてあったとすると、その二つは等価で、交換可能になる……そんな具合に「記号と象徴のちがい」を「ぼく」が「すみれ」に説明しているのです。面白い「象徴」と「記号」の説明ですね。

そんな「すみれ」がヨーロッパを旅行しますが、彼女から「ぼく」への手紙には「たぶん8月15日頃に帰国します」と記されていました。『スプートニクの恋人』という長編は、その「すみれ」が「8月15日になっても戻って」こられなくなってしまう話です。この世から消えてしまう物語です。

太平洋戦争の終戦記念日である「8月15日」を境にして、この世とあの世、生と死が分かれてしまうという点で、『スプートニクの恋人』は『ねじまき鳥クロニクル』と同じ形をしています。

▼デビュー以来、一貫した「8月15日」への関心

さらに『風の歌を聴け』の古墳のデートの話の少し前のほうに、「僕」が付き合った「三人目の相手」の「仏文科の女子学生」が、翌年の春休みにテニス・コートの脇の雑木林の中で首を吊って死んでしまったことが出てきます。『ノルウェイの森』（一九八七年）で、サナトリウムの森の中で首を吊って死んでしまう「直子」という女性の系譜に繋がる女子学生です。この女の子のことは『風の歌を聴け』

の中で何回か繰り返し出てきますが、彼女も「8月15日」に関係した存在のように描かれているのです。

同作23章は「僕が三番目に寝た女の子は、僕のペニスのことを『あなたのレーゾン・デートゥル』と呼んだ」と書き出されています。「人間の存在理由《レーゾン・デートゥル》」について、僕は考え続けて「全ての物事を数値に置き換え」ることが癖になってしまったそうです。「約8ヵ月間」電車で乗客の数をかぞえ、階段の数を全て数《かぞ》えたりするのです。そのところに、次のようなことが記されています。

当時の記録によれば、1969年の8月15日から翌年の4月3日までの間に、僕は358回の講義に出席し、54回のセックスを行い、6921本の煙草を吸ったことになる。

そして、この数行後に「そんなわけで、彼女の死を知らされた時、僕は6922本めの煙草を吸っていた」という言葉が記されて、23章が終わっています。

つまり林の中で死んでしまう「三番目」の女の子との付き合いの起点に「8月15日」が置かれているのです。この記述によれば、その女の子は4月4日に死んだということでしょうか。ともかく、ここでも「8月15日」は「死」と関係した日付として記されています。

このように、村上春樹の「8月15日」と時代への関心は、デビュー以来、ずっと一貫して続いているものなのです。

▼「昭和」という時代に、こだわって

また『海辺のカフカ』（二〇〇二年）には、ケンタッキー・フライド・チキン（KFC）の店頭にある人形カーネル・サンダーズと星野青年が神様について話す場面があるのですが、そこでは、

戦争の前には神様だった天皇は、占領軍司令官ダグラス・マッカーサー将軍から『もう神様であるのはよしなさい』という指示を受けて、『はい、もう私は普通の人間です』と言って、1946年以後は神様ではなくなってしまった。

という、いわゆる昭和天皇の人間宣言と呼ばれることについて、カーネル・サンダーズが「ほしのちゃん」に話しています。

ケンタッキー・フライド・チキン（KFC）はアメリカ発祥の企業ですし、カーネル・サンダーズはその創業者の人形ですから、カーネルと星野青年の会話には、日米戦争が反映されているのかもしれません。

そして、元号のことが、一番はっきり出てくるのは『1Q84』（二〇〇九、一〇年）です。

『1Q84』の冒頭については、このコラムで、何度か紹介していますが、それは主人公の一人の女性「青豆」が、高速道路を走るタクシーでヤナーチェックの『シンフォニエッタ』という曲を聴いている場面です。

この『シンフォニエッタ』は一九二六年作曲の作品。そして作中に「一九二六年には大正天皇が崩御し、年号が昭和に変わった」と記されています。

『1Q84』は現実の「1984」年から、少しだけズレた時間を舞台としている物語です。『ねじまき鳥クロニクル』の小説の時代が「1984年」を主に舞台としていて、それを受けたような時代設定です。その「1984年」は日本の元号表記で言えば「昭和59年」です。つまり日本で「大正天皇が崩御し、年号が昭和に変わった」年に作曲された音楽を聴く場面から始まっている『1Q84』は「昭和59年」と、少しだけズレた時間を進んでいく物語なので、村上春樹は「昭和」という時代に、こだわって書いている作家ではないかと私は考えているのです。

最新の長編である『騎士団長殺し』（二〇一七年）でも『騎士団長殺し』という絵を描いた画家「雨田具彦」の弟である「雨田継彦」が南京戦に加わって、上官から捕虜の首を切るように命令された時のことを、「帝国陸軍にあっては、上官の命令は即《すなわ》ち天皇陛下の命令だからな」と、継彦の甥で、具彦の息子の「雨田政彦」が話しています。

▼「平成が戦争のない時代として終わろうとしている」

平成の天皇は八十五歳の誕生日に際しての、天皇として最後となる記者会見で「平成が戦争のない時代として終わろうとしていることに、心から安堵しています」と話しました。これは近代以降の明治、大正、昭和という時代には戦争がずっとあったということですが、今を生きる多く人は「昭和」時代の戦争のことを天皇の言葉から感じたと思います。

平成の天皇は終戦の八月十五日、広島と長崎に原爆が投下された八月六日と九日、そして沖縄で多数の民間人を巻き込んだ戦闘が終わった六月二十三日には、毎年、どこにいても、それぞれの慰霊祭の行われる時刻に黙禱を捧げていて、広島、長崎、沖縄をはじめ、太平洋戦争の激戦地、硫黄島、サイパン島、パラオのペリリュー島を訪問して慰霊を続けてきたことで知られますが、その「平成が戦争のない時代として終わろうとしていることに、心から安堵しています」という言葉は、戦争のことを常に考えて行動してきた自身の深い感慨の表れだったのでしょう。

天皇が出てくる村上春樹作品の場面をたくさん紹介しましたが、これは「天皇」という言葉で探していけば、村上春樹作品の中にそのように記されている場面があるということであって、ことさら村上春樹が天皇のことを描こうしているわけではないと思います。だって、村上春樹作品に天皇のことが出てきたっけ……と思う人もかなりいるぐらいのことの記され方なのですから。

でも村上春樹が近代日本の歴史を考え、繰り返された戦争のことを考え、日本社会のことを考えていくと、やはり天皇のことに触れないわけにいかないということなのでしょう。何しろ、平成の天皇自身が、最後の記者会見で「平成が戦争のない時代として終わろうとしていることに、心から安堵しています」と述べたほど、戦争と近代の天皇制が結びついているということなのだと思います。

▼蟬や蛙や蜘蛛や、そして夏草や風のために何かが書けたら

「古代の天皇」の墓は「あまりに大きすぎた」ものでした。「巨大さってのは時々ね、物事の本質を全く別なものに変えちまう」とデビュー作『風の歌を聴け』の「鼠」は語っています。

「鼠」は「俺は黙って古墳を眺め、水面を渡る風に耳を澄ませた。その時に俺が感じた気持ちはね、とても言葉じゃ言えない。いや、気持ちなんてものじゃないね。まるですっぽりと包みこまれちまうような感覚さ。つまりね、蟬や蛙や蜘蛛や風、みんな一体になって宇宙を流れていくんだ」と「僕」に話します。

「文章を書くたびにね、俺はその夏の午後と木の生い繁った古墳を思い出すんだ。そしてこう思う。蟬や蛙や蜘蛛や、そして夏草や風のために何かが書けたらどんなに素敵だろうってね」

という印象的な言葉もあります。

その「水面を渡る風に耳を澄ませた」「風のために何かが書けたらどんなに素敵だろう」は『風の歌を聴け』のタイトルにも繋がる言葉です。このことが語られる場面に、昔の天皇の墓である古墳のことが語られているのです。

そして、天皇は出てこないのですが、村上春樹が戦後という時代の問題をどのように考えていたかをよく示す作品に、『国境の南、太陽の西』(一九九二年)があります。このことは次の回で考えてみたいと思います。

089

島国日本の戦後の昭和へのこだわり

『国境の南、太陽の西』

2019.2

四月には新しい元号が発表され、五月一日には皇太子が新天皇となって、改元されます。このため、「平成」という元号についての話題が多いです。

村上春樹作品のうちで、作中には元号のことは出てこないのですが、「戦後の昭和」という時代を強く意識して、書かれた重要な作品に『国境の南、太陽の西』（一九九二年）があります。今回は、そのことを紹介したいと思います。


僕が生まれたのは一九五一年の一月四日だ。二十世紀後半の最初の年の最初の月の最初の週ということになる。記念的といえば記念的と言えなくもない。そのおかげで、僕は「始（はじめ）」という名前を与えられることになった。


『国境の南、太陽の西』は、そのように書き出されています。主人公に対するこういう命名法は村上春樹では非常に珍しいです。

でも、それに続いて「父親は大手の証券会社に勤める会社員であり、母親は普通の主婦だった。父親は学徒出陣でシンガポールに送られ、終戦のあとしばらくそこの収容所に入れられていた。母親の家は戦争の最後の年にB29の爆撃を受けて全焼していた。彼らは長い戦争によって傷つけられた世代だった」とあります。

村上春樹自身は一九四九年、昭和二十四年の一月十二日生まれですが、始は一九五一年一月四日生まれ。二年年下の主人公ですが、同作は「長い戦争によって傷つけられた世代」の子供として、戦後に生まれてきた世代の物語で、戦争を書き続けてきた村上春樹らしい物語の開幕だとも言えます。

▼何でも捨てて、忘れてしまいながら生きてきた「僕」

最初に、この作品を読んだ時、感じた感覚が忘れられません。ものすごく直線的で〈村上春樹がこんな直線的な作品を書いたことがあるかなぁ……〉と感じました。村上春樹作品には二つの物語が並行して進んでいく形の小説がたくさんありますが、そういう形の小説ではなかったのです。

そして、読み終わると、何か、とても〈怖い〉のです。

「直線的」というのは、途中で主人公が立ち止まって、じっくり考えて、また進んでいくという物語展開ではなく、大切なものが、どんどん捨てられていきながら物語が進んでいくという感覚です。

同作では、主人公の「始」が通う小学校に「島本さん」という女の子が転校してきて、「僕」（始）は同級生の彼女と親しくなります。「僕」が「島本さん」の家に遊びに行って、ナット・キング・コールの『プリテンド』などを、レコードで聴いたりします。そして「始」と「島本さん」は小学生時代、十二歳の時に「島本さん」の家でレコードを聴きながら、じっと手を握りあったことがあります。「島本さん」が、「僕」の手を握ったのです。手を取りあっていたのは全部で十秒程度でしたが、「僕にはそれが三十分くらいにも感じられた。そして彼女がその手を放したとき、僕はそのままもっと手を握っていてほしかったと思った」とあります。「そのときの彼女の手の感触を僕は今でもはっきりと覚えている」ともあります。

でも小学校を出ると、「僕」と「島本さん」は別の中学校に進みます。「僕」は事情があって、違う町に移ります。それから三カ月の間は何度か「島本さん」のところに行っていたのですが、二人は会わなくなってしまいます。

そして、「僕」は高校二年生の時、イズミという女の子と親しくなり、三回目のデートで、キスをします。

さらに「僕」は高校三年生の十七歳の時、大学二年生の女性とセックスをするのですが、その女性はイズミの従姉でした。そのことで、「僕」はイズミを深く傷つけ、イズミを損なってしまいます。同時に自分も損なってしまうのです。

大学に入ったときに、「僕」は「もう一度新しい街に移って、もう一度新しい自己を獲得して、もう一度新しい生活を始めようとした」のですが、「でも結局のところ、僕はどこまでいってもやはり僕でしかなかった。僕は同じ間違いを繰り返し、同じように人を傷つけ、そして自分を損なっていくことになった」と記されています。

「僕」は結婚して、子供も出来ます。妻が妊娠している時、何度か軽い浮気をしたりもしています。

そして最初の子供が生まれて、少しした頃、実家から転送されてきた一通の葉書を受け取ります。会葬御礼の葉書で、三十六歳で亡くなった女性でした。その名前には心当たりがなかったのですが、しばらく考えているとイズミの従姉であることに思い当たるのです。「僕は彼女の名前をすっかり忘れてしまっていた」のです。そのように、何でも捨てて、忘れてしまいながら生きてきた「僕」なのです。その葉書を送ってきたのはイズミに違いありませんでした。このあたり、かなり怖いです。

▼バーに「島本さん」がやってくる

「僕」は妻の父親が持っていた東京・青山のビルの地下で、ジャズを流す、上品なバーを始めていたのですが、その店が雑誌『ブルータス』の「東京バー・ガイド」という特集に載ったので、高校時代の友人が来店します。その彼は、イズミが愛知県豊橋のマンションで一人で住んでいることを知らせます。

イズミは「誰も彼女と口を利いたことがない。廊下ですれ違って挨拶しても返事がかえってこない。用事があってベルを押しても出てこない。いても出てこない」という人間になっているようです。

「僕」には、イズミをそのように損なってしまったという「悪」の自覚はあるのですが、本当にこのことを繰り返さないという覚悟が形成されるという形になっていません。

バーの開店にしても、結婚時には「僕」は教科書出版社の仕事をしていたのですが、妻の父親から、自分のビルで「よかったらそこで何か商売をやらないか」「もし本当にやる気があるんなら資金は要るだけ貸してやるよ」と言われて、その「悪くない話」に従ったのです。「悪くない話」に、すぐのっていくタイプの人間なのです。本人のその場の都合で、何かがバラバラと捨てられていく感じの「僕」の物語です。

そして「僕」が三十六歳の十一月、「僕」が経営するバーに、あの「島本さん」がやってくるのです。これも怖いですね。年明けて、三十七歳になった「僕」の店にも「島本さん」がやってきて、「僕」は「島本さん」とほとんど毎週のように会っていきます。ついに二人は「僕」の箱根の別荘に行って、激しく結ばれるのです。でも「島本さん」は「僕」と関係した後、翌朝には、まるで幽霊のように「僕」のところから立ち去ってしまいます。この「島本さん」が、現実の存在なのか、幽霊なのか、どんな存在なのか、作品が発表された時には随分話題となりました。

「島本さん」が消えてしまったので、仕方なく「僕」は家に帰りますが、妻が「しばらく前からあなたに好きな女の人がいることくらいはわかっていたわ」と言います。これもたいへん「怖い」ですね。

▼「三十七にはとても見えないわ」「十二にも見えない」

さて、この作品は、何を書いているのでしょうか。話をわかりやすくするために、私の考えをまず述べてしまいましょう。主人公への「始」という命名も村上春樹作品の中で変わっていることを紹介しましたが、「島本さん」という名前も象徴的だと、私は考えています。「島本」とは「島国日本」を縮めた命名なのではないかと、私は考えているのです。その理由を以下、記してみたいと思います。

「僕」のバーで「島本さん」と「僕」が、三十七歳の時に、こんなふうに話しています。

「若く見えるわよ。三十七にはとても見えないわ」と島本さんが言うと、「君もとても三十七には見えない」と始が言います。「でも十二にも見えない」「十二にも見えない」と言い合うのです。

紹介したように「始」は一九五一年一月四日生まれです。その「始」と「島本さん」の二人が三十七歳である時を計算してみれば、一九八八年です。一九八八年は「昭和」で言えば、「昭和六十三年」のことです。そして「昭和六十四年」は最初の一週間しかないので、まもなく昭和が終わるという年です。

「二十世紀の後半の最初の年の最初の月の最初の週」に生まれたので「始」と名づけられたのですが、その「最初の週」という部分に、「昭和六十四年」は最初の一週間しかなかったことと対応しているのではないだろうかと、私は感じています。

そして「でも十二にも見えない」の部分ですが、「始」と「島本さん」は十二歳だった時に、「島本さん」の家でレコードを聴きながら、じっと手を握りあったことがあります。それも計算してみると、「1963年」ということになります。昭和三十八年です。

「1963年」は、デビュー以来、村上春樹がこだわり続けている年です。『風の歌を聴け』（一九七九年）などを読んでも「ケネディー大統領が頭を撃ち抜かれた年」のことが書かれていました。それは「1963年」のことです。登場人物たちが集う「ジェイズ・バー」が「僕」の「街」にやってきた年です。その頃からヴェトナム戦争が激しくなった年です。『風の歌を聴け』の「僕が寝た三番目の女の子」で、二十一歳で死んでしまった彼女の写真を一枚だけ、同作の「僕」は持っていて、その写真の裏には「1963年8月」という日付がメモしてあります。それは彼女が「人生の中で一番美しい瞬間」の年でもあります。

ですから「1963年」のことを簡単に「こういう年」と断定することはできないのですが、でもあえて、私の考えを記せば、「1963年」は、前の東京オリンピックが開かれた「1964年」の前年という意味が含まれているのではないかと思います。

東京オリンピックが開かれた「1964年」を目指して、日本人は日本の山を崩し、海を埋め立て、高層ビル群を建てるというような計画を進め始めました。そのように日本の美しい自然が失われていくことの象徴である東京オリンピックの前年、つまりまだ日本の自然に美しさが残っていた最後の年という意味が含まれているのではないかと思うのです。

ですから「若く見えるわよ。三十七にはとても見えないわ」「でも十二にも見えない」という言葉の中に、日本の戦後（二十世紀後半）の「昭和」という時代が語られていると思うのです。

例えば、「僕」は三十歳になって五歳年下の有紀子と出会い、結婚をするのですが、それが書かれる章の直前には、たいした理由もないのに、見知らぬ男から十万円の現金が入った封筒を貰ったことが記されています。

「僕」は、その封筒に封をしたまま机の引き出しにしまいこんでいます。その金を貰った理由について、「僕」はいろいろ仮説を立てて考えてみますが、「うまく腹の底から納得することができなかった」し、「どれだけ考えても、それは深い謎として」残りました。

そして、「島本さん」と箱根で関係した後、「島本さん」

が消えてしまい、しかたなく自宅に帰った「僕」が「ふと思いついて十万円が入った例の封筒を探してみた」のですが、「でも引き出しの中には封筒は見当たらなかった。それは非常に奇妙で不自然なことだった」と書かれています。そ
これは、何を表しているのでしょう。でも、ここに戦後の昭和の終わりまでの時代を置いて考えてみれば、大した理由もなく、お金を得て、そのお金が謎のうちに消えてしまうという、バブル経済の姿が描かれていることがよくわかります。

▼瞳の奥の暗黒の空間と瞳の奥の仄かな光

紹介したように『国境の南、太陽の西』では、「僕」と「島本さん」が箱根に二人だけで行って結ばれる場面が大きな山場ですが、その前に、もう一つ、たいへん印象的な場面があります。

「ねえ、ハジメくん」「あなたどこか川を知らない？　綺麗な谷川みたいな川で、そんなに大きくなくて、川原があって、あまり淀んだりせずに、すぐに海に流れ込む川。流れは早い方がいいんだけれど」と「島本さん」に言われて、「僕」と「島本さん」が石川県の川に行く場面です。

その川に「島本さん」は白い灰を流します。「あれは私の赤ん坊の灰なのよ。私が生んだ、ただ一人の赤ん坊の灰」と「島本さん」は話します。その後、「島本さん」の顔は紙のように真っ白になってしまいます。そして「僕」は閉鎖されたボウリング場の駐車場に車をとめて休みます。「僕」は「島本さん」の「瞳の中をじっと覗き込んでみた。でもそこにはまったく何も見えなかった。瞳の奥は死そのもののように暗く冷たかった」とあります。その後、薬を飲んで、「島本さん」は回復するのですが。

そして、この「島本さん」の瞳を覗く場面がもう一度、『国境の南、太陽の西』に出てきます。それは、まさに「僕」と「島本さん」が箱根に行って交わる時です。

その時も、「僕」は記憶に残る、石川県のボウリング場の駐車場で見た「島本さん」の瞳のことを考えています。彼女の「瞳の奥にあったものは、地底の氷河のように硬く凍りついた暗黒の空間だった」こと、そして「それは僕が生まれて初めて目にした死の光景だった」と「僕」は思い出しているのです。

そして、箱根で「僕」が「島本さん」の体を抱いた時の「島本さん」の瞳は次のように書かれています。長い引用ですが、大切な場面です。

彼女の頬にはたしかな温かみが感じられた。僕は髪を上にあげて、その耳に口づけした。それから僕は彼女の目を覗き込んでみた。僕は彼女の瞳に映った僕の顔を見ることができた。そしてその奥にはいつもの底の見えないほどの深い泉があった。そしてそこには仄かな光が輝いていた。それは生命の灯火のように僕には感じられた。いつかは消え

てしまうかもしれないけれど、今はたしかにそこにある灯火だった。彼女は僕に微笑んだ。彼女が微笑むといつものように小さな皺が目の脇に寄った。僕はその小さな皺にキスをした。

この「島本さん」の瞳の奥にあったものが、石川県のボウリング場の駐車場と、箱根とでは少し違っていますね。石川県のボウリング場の駐車場では「瞳の奥にあったものは、地底の氷河のように硬く凍りついた暗黒の空間だった」「それは僕が生まれて初めて目にした死の光景だった」とありました。

それが箱根では「その奥にはいつもの底の見えないほどの深い泉があった。そしてそこには仄かな光が輝いていた。それは生命の灯火のように僕には感じられた」となっています。

この変化の意味について考えて、今回のコラムを閉じたいと思います。

▼これは私たちにとっての儀式みたいなものなの

村上春樹の小説はいくつもの謎に満ちていますが、この物語も例外ではありません。その謎の中で、『国境の南、太陽の西』最大の謎は〈普通とは逆のセックス〉というものではないかと思います。

「ハジメくん」「服を脱いで体を見せてくれる?」と「島本さん」が言うのです。「まずあなたが服を全部脱ぐの。そしてまず私があなたの裸を見るの。いや?」

そして裸になった「僕」の体をじっと「島本さん」は見ています。「島本さん」はまだジャケットも脱いでいません。

そして「ねえハジメくん、私のすることがもし何か変な風に見えたとしても、それはあまり気にしないでね。私はそうすることが必要だからそうしているだけなのよ。何も言わないで、私にそうさせておいてね」と言います。

さらに「こうするのが長いあいだの私の夢だったんだから」とも「島本さん」は加えています。「島本さん」は「僕」の性器に触り、自分の性器を撫でています。

「恥ずかしいけど、一度こうしないことには、どうしても気持ちが落ちつかなかったの。これは私たちにとっての儀式みたいなものなの。わかる?」と「島本さん」が「僕」に語ります。

それに続いて、紹介した「その奥にはいつもの底の見えないほどの深い泉があった。そしてそこには仄かな光が輝いていた。それは生命の灯火のように僕には感じられた」という「島本さん」の瞳の奥の話の文章が続いているのです。

この〈普通とは逆のセックス〉は、何を意味しているのでしょう。奇妙な形のセックスは何を意味しているか……。「島本さん」は「僕」に「これは私たちにとっての儀式みたいなものなの。わかる?」と語っていますが、正直、難しいですね。

▼これまで通りのやり方ではなくて

でも、私なりの受け取り方を書いておきたいと思います。「島本さん」の「島本」は「島国日本」の短縮形で、日本のことではないだろうかと、このコラムで、私は述べました。その「島本さん」=「日本」が、二十世紀後半の昭和の始まりを名前に持つ「始」に「これは私たちにとっての儀式みたいなものなの」と語っているわけですから、ここまで来てしまったやり方、つまり過去を振り返ることもなく、大切なものをどんどん捨てて、自然の山や海を破壊し、何も考えずに進んできて、バブル経済を推進し、そしてそのバブル経済が壊れるまでを生きてきた「私たちにとって」、そのような、これまで通りのやり方ではなくて、そのやり方と異なる生き方で結ばれなくてはいけないのではないかと、「島本さん」=「日本」が「僕」（戦後の昭和）に語っているということではないでしょうか。

「始」と「島本さん」が結ばれるには、二人が十二歳だった時、「島本さん」の家でレコードを聴きながら、じっと手を握りあった時、まだ日本（島国日本=島本さん）に美しい自然が残っていた最後の年（「1963年」=昭和三十八年）に戻らなくてはいけないのです。

その時に、戻らなくては結ばれない、その時の「僕」（戦後の昭和）と「島本さん」（島国日本）に戻るための「私たちにとっての儀式みたいな」〈普通とは逆のセックス〉なのではないでしょうか。

あるいは、ここまで（昭和の終わりまで）来てしまった日本人の「私たち」が、このような二十世紀後半の（戦後の）昭和の時代にしてしまったことへのお祓いの儀式としての〈普通とは逆のセックス〉なのだと思います。

「僕は彼女の目を覗き込んでみた。僕は彼女の瞳に映った僕の顔を見ることができた」と村上春樹は書いています。「島本さん」=「島国日本」の瞳に「僕」（戦後の昭和）の顔が映っています。「僕」は、このような二十世紀後半の（戦後の）昭和にしてしまった自分の姿をそこに見ているわけです。

これが儀式として〈普通とは逆のセックス〉を経た後、「島本さん」の瞳の奥に「仄かな光が輝いていた。それは生命の灯火のように僕には感じられた」と変化する理由だろうと、私は考えています。

そして、〈普通とは逆のセックス〉を経た後、「僕」と「島本さん」は〈普通のセックス〉で夜明け前まで何度か、優しく、激しく交わったのです。

▼誰かがやってきて、背中にそっと手を置く

でも、「島本さん」は「僕の前から消えて」しまいます。

そして『国境の南、太陽の西』は「僕」と「島本さん」が

結ばれて終わりの物語ではありません。「島本さん」が「僕の前から消えて」しまって、終わりではありません。

　仕方なく、「僕」が箱根から、妻・有紀子のもとに帰った後も、かなり長く、物語が記されています。この物語は次のような言葉で終わっています。


僕はその暗闇の中で、海に降る雨のことを思った。広大な海に、誰に知られることもなく密やかに降る雨のことを思った。雨は音もなく海面を叩き、それは魚たちにさえ知られることはなかった。

**　誰かがやってきて、背中にそっと手を置くまで、僕はずっとそんな海のことを考えていた。**


　この「始」の「背中にそっと手を置く」のは誰でしょうか……。その推測を記すことはしませんが、私は、この最後の言葉に、とても「怖い」ものを感じました。

　果たして、「始」は「島本さん」の瞳に映った自分の顔を見て、あの豊かな自然がまだ残っていた日本をしっかり記憶して生きていく人間となるでしょうか？

　それとも、相変わらず、その場の都合で、大切なものをバラバラと捨てながら生きていくでしょうか？

「始」の背中にそっと手を置いた誰かは、「おい、どうなんだ」と読者に迫ってくるのように読めるのです。ここが最も怖い場面だと、私には感じられました。


『国境の南、太陽の西』は一九九二年十月の刊行。一九八九年一月七日に「昭和」が終わって、最初に刊行された村上春樹の長編小説です。その小説は、戦後の（二十世紀後半の）昭和の終わりまでを書いた物語なのです。村上春樹の「昭和」への時代認識、歴史認識をよく示している作品だと思います。

090 泣く「ダンカイのおばさん」

「ハナレイ・ベイ」

2019.3

村上春樹の短編の映画化が相次いでいますね。松永大司監督『ハナレイ・ベイ』。「納屋を焼く」が原作の韓国イ・チャンドン監督『バーニング』などです。

「納屋を焼く」の方は、以前、少し詳しく書いたことがありますので、今回は「ハナレイ・ベイ」の魅力について考えてみたいと思います。

▼すぐにムキになるとこなんか、うちの母親そっくり

「ハナレイ・ベイ」は短編集『東京奇譚集』（二〇〇五年）に収められた作品です。読んで、まず印象が残るのは、自らも、その世代ですが、村上春樹が「団塊の世代のおばさん」を生き生きと書いてみせたことです。

まず、その「団塊の世代のおばさん」の部分を紹介してみましょう。

場所はハワイのカウアイ島のハナレイ湾《ベイ》です。

サチという女性が、背が高い男の子と、ずんぐりタイプの男の子の、若い二人組のサーファーと、次のような会話をしています。

「いいかどうかは知らないけど、マリファナじゃ人はなかなか死なないからね」（……）「ただちょっとパアになるだけ。まああんたたちなら、今とそれほど変わりないと思うけど」

すると「ひどいこと言いますねえ」とずんぐりが言います。さらに長身の方が「おばさん、ひょっとしてダンカイでしょう?」と加えるのです。

「なに、ダンカイって?」

「団塊の世代」

「なんの世代でもない。私は私として生きているだけ。簡単にひとくくりにしないでほしいな」とサチは応えますが、若者たちは「ほらね、そういうとこ、やっぱダンカイっすよ」とずんぐりが言うのです。「すぐにムキになるとこなんか、うちの母親そっくりだもんな」と言うのです。

「言っとくけど、あんたのろくでもない母親といっしょにされたくないわね」とサチは言っています。

なかなか見事なやりとりですね。団塊の世代の女性と、その息子の世代の会話が活写されています。しかも再読すると、この世代間ギャップがあるはずの会話が、ただ見事に書かれているだけでなく、そこに親しみの感情も潜在していて、この物語で何回か出てくるサチとこの若者たちの

会話が、重要な役割を担っていることがわかります。

▼息子が十九歳の時、大きな鮫《さめ》に襲われて死んでしまう

サチの息子が十九歳の時、このハナレイ・ベイで大きな鮫《さめ》に襲われて死んでしまいました。物語は、その息子の死の場面から始まっています。息子は一人で沖に出てサーフィンをしている時に、鮫に右脚を食いちぎられ、そのショックで溺れ死んだようです。鮫は人肉が苦手で、一口齧《かじ》っても、だいたいの場合はそのまま立ち去ってしまうので、鮫に襲われても、パニックにさえ陥らなければ、片腕や片脚を失うだけで生還するケースが多いのだそうです。でも、サチの息子はパニックになって、溺死してしまったのです。

遺体安置所で見た息子の死体は「右脚が膝《ひざ》の少し上のところからなくなっていた」のです。息子は「ごく普通にぐっすり眠っているように見えた。死んでいるとは思えない」とありますし、「肩を強く揺すったら、ぶつぶつ文句を言いながら起き出してきそうに見えた」とも村上春樹は書いています。

サチは、その遺体が自分の息子である確認の書類にサインして、火葬にして、遺骨を東京に持って帰ることを現地の警察官に伝えます。火葬の費用はアメリカン・エキスプレスのカードで払います。

息子の遺体の火葬の費用をアメリカン・エキスプレスのカードで払ったことについて、「それは彼女にはずいぶん非現実的なことに思えた。息子が鮫に襲われて死んだというのと同じくらい、現実味を欠いていた」と書かれています。

翌日、火葬された息子の遺骨が入った小さなアルミニウムの壺《つぼ》を受け取ってから、サチはハナレイ湾まで車で行きます。息子が鮫に襲われたサーフ・ポイント近くに車をとめて、砂浜に座ると、五人ほどのサーファーが波に乗っています。「この人たちは鮫が怖くないのかしら」「私の息子が数日前に、この同じ場所で鮫に殺されたことを聞いていないのだろうか？」と思いながら、一時間ぐらい眺めているのです。

でもサチにとって「重みを持つ過去は、どこかあっけなく消え失《う》せてしまったし、将来はずっと遠い、うす暗いところにあった。どちらの時制も、今の彼女とはほとんどつながりをもっていなかった」と書かれていて、「今の私にいちばん必要なのは時間なのだ」とサチは思うのです。

サチは結局一週間、コテージを借りて、秋のハナレイの町に滞在して、自炊をしながら暮らします。「彼女は日本に戻る前に、なんとか自分を取り戻さなくてはならなかった」のです。

以来、サチは毎年、息子の命日の少し前にハナレイの町へやってきて、三週間ばかり滞在しています。ビーチにただ一日座っているだけですが、それが十年以上続いています。

このような中で、サチは、前に紹介した日本人の背が高い男の子と、ずんぐりタイプの男の子の若い二人組のサーファーと出会うのです。若者二人はヒッチハイクをしてい

ました。「どこまで行くの？」と彼女が車の窓を開けて、日本語でたずねると、「ハナレイってところ」と答えるので、ちょうど帰るところなので、乗せていくのです。

そしてサチは二人に「ハナレイのいちばん安いホテルはね、初心者はパスした方がいいよ」とアドバイスします。その理由は、主にドラッグで、なんにも知らない人たちは、いいカモになるからです。例えば、「アイス」という覚醒剤の結晶みたいなものはやばいことを二人に教えるのです。

そのあとに、若い男の子たちが「あのー、マリファナなんかはやってもいいんですか？」と聞いて始まるやりとりが、前に紹介した「ダンカイのおばさん」を巡る会話です。

▼「アホ」「今が非常の場合なの」

二人にコテージをかなり安くしてもらって紹介しますが、それでも二人の予算にはあわなかったようです。

「非常用のお金、あるんでしょ？」とサチが言うと、長身の方がダイナースクラブの家族カードを持っているのですが「ほんとに非常の場合にしか使うなって、親父《おやじ》に釘《くぎ》をさされてんです。使い出すときりないからって」と言います。

「アホ」とサチは言います。「今が非常の場合なの。命が惜しかったら、さっさとカード使ってここに泊まりなさい」と告げます。この小説にはカード決済のことが何回か出てきますが、それらの場面も、この小説の魅力を倍加しています。

そして、サチがその若者たちの海での姿を見ると「いかにも頼りなさそうな見かけに比べて、二人のサーフィンの腕は確かだった」のです。「波に乗っているときの彼らは、とても生き生きとして見えた。目が明るく輝き、自信に満ちていた」とあります。

▼絶対音感が備わっていて、十本の指は滑らかに動きました

そのサチはピアニストです。彼女がピアニストになるまでの人生を簡単に紹介しておきましょう。サチは高校生となってから、ピアノを弾き始めたのですが、彼女には絶対音感が備わっていて、誰に習ったわけでもないのに、十本の指は滑らかに動きました。

高校の音楽教師がジャズ・ピアノの基礎的な理論を放課後に教えてくれて、その教師から、プロのピアニストになれるよと言われますが、自分にできるのはオリジナルを正確にコピーすることだけだと思っていたサチは、高校を出た後、料理を勉強することにします。父親が経営しているレストランを継ごうかと思ったのです。そして料理の専門学校に通うためにシカゴに行きました。

でも、その学校で料理の勉強をしているうちに、同級生に誘われてダウンタウンの小さなピアノ・バーで、小遣い稼ぎのためにピアノを弾くようになったのです。そして血だらけの豚肉をさばいたり、汚れた重いフライパンを洗ったりしているより、ピアノの前に座っている方がずっと愉しいので「やがて学校にも行かなくなった」そうです。

ですから、息子が高校をドロップアウトして、サーフィンに明け暮れていた時も、まあ仕方あるまい。たぶん、こういうのが血筋なんだろうと、思っていました。

息子の父親は一歳下のジャズ・ギタリストで、サチが二十四歳の時に結婚。二年後に息子が生まれます。でも夫は、ほとんど収入がなく、常習的にドラッグをやり、女癖が悪く、結婚五年で、ドラッグをやりすぎた夫は別な女の部屋で心臓発作で死んでしまうのです。

その夫の死後、しばらくしてから、サチは東京・六本木に小さなピアノ・バーを開くのです。それが予想以上に繁盛しました。

▼「おばさん、ここで片脚の日本人サーファーって見ました？」

村上春樹の作品には必ず、これはどんなことを意味しているのか……と、深く考えさせる場面がありますが、この「ハナレイ・ベイ」にも、それはあります。

この作品の最大の謎というか、読む者を一番考えさせるのは、次のような場面です。

サチはハナレイに長く滞在するうちに、ハナレイのレストランで、ときどきピアノを弾くようになっていきます。

レストランに、グランドピアノが置いてあり、週末になると、五十代半ばのピアニストがやってきて演奏します。「とくに腕のいいピアニストではなかったが、人柄は温かかったし、その温かみは演奏にもにじみ出ていた。サチはそのピアニストと親しくなり、ときどき彼のかわりにピアノを弾かせてもらった」とあります。

この「温かみ」と「親しくなる」という言葉に注意しておきたいと思います。

そのレストランでピアノを弾いているときに、例のサーファー二人組が食事をとりにやってくるのです。

「へえ、おばさん、ピアノ弾くんだ」とずんぐりが言い、「すげえうまいっすねえ。プロなんだ」と長身が言います。「遊びよ」とサチは答え、「でも、あんたたち、貧乏なんじゃないの？　こんな店で食事する金あるの？」と問いますが、「ダイナース・カードがありますもん」と長身が得意そうに答えます。

「それって、非常用じゃなかったの？」とサチは、さらに問いますが、「まあ、なんとかなりますよ。でも、こういうのって、一回使うとクセになっちゃうんですね。まったく親父《おやじ》の言うとおりだ」と答えています。このカード決済を巡る会話も面白いですね。

日本人サーファー二人組に「ところであんたたち、ハナレイで気楽にサーフィンしまくって楽しかった？」と聞くと、「すげえ楽しかった」とずんぐりが言い、「サイコーだったす」と長身が答えるのです。

さらに「楽しめるときにめいっぱい楽しんでおくといい。そのうちに勘定書きがまわって来るから」と、サチは話しますが、これに対して「大丈夫っすよ。こっちにはカードありますから」と長身は答えるのです。これには、サチも「あんたたち、気楽でいいよ」と言うしかありません。

そして、このやりとりの後に、サチと若者サーファー二人組との、この作品で最も重要なやりとりが記されています。「おばさん、ここで片脚の日本人サーファーって見ました？」とずんぐりが言うのです。

サチは見たことがありません。でも「俺たち二度ばかり見かけたんです。ビーチから俺たちのことをじっと見てました」と言うのです。「俺たちが浜に上がると、もうどこにもいないんです。姿が見えない。話をしてみたかったから、けっこうマジに探したんだけど、見あたらなかった。年頃はたぶん俺たちくらいじゃないかと思うんだけど」

さらに長身の方が言います。「おばさんもしょっちゅうビーチに座ってますよね。いつも同じ場所に。そこからちょっと離れたところに、そいつは片脚で立ってました。そして俺たちのことを見ていました」

それからサチは毎日、ビーチを何度も往復して、片脚のサーファーの姿を探しましたが、その姿はどこにもありませんでした。地元のサーファーたちに「片脚の日本人のサーファーを見たことある？」と尋ねまわりましたが、誰もが変な顔をして首を振ります。

▼気がつくと目から涙がこぼれていた

山場は、この次です。

日本に帰る前の夜、サチがベッドに入ると、ゲッコー（ヤモリ）の鳴く声が波の音に混じって聞こえてきます。すると「気がつくと目から涙がこぼれていた」のです。「枕《まくら》が濡《ぬ》れていることで、初めて自分が泣いていることに思い当たった」のです。

「どうしてあの二人のろくでもないサーファーにそれが見えて、自分には見えないのだろう？　それはどう考えても不公平ではないか？」と思うのです。

遺体安置所の息子の遺体を思い浮かべて、「ねえ、どうしてなの？　そういうのってちょっとあんまりじゃないの」と息子に聞いてみたいぐらいに思います。

村上春樹の主人公が涙する時、それは、何か本質的な深まり、深いところでの転換が記されていることが多いのです。その涙の意味と、主人公の微妙で、深い変化を考えてみることが大切です。

サチは長いあいだ濡れた枕に顔をうずめ、声を押し殺していました。「私にはその資格がないのだろうか？」。それはサチにはわかりません。

> 彼女にわかるのは、何はともあれ自分がこの島を受け入れなくてはならないということだけだった。あの日系の警官が静かな声で示唆《しさ》したように、私はここにあるものをそのとおり受け入れなくてはならないのだ。公平であれ不公平であれ、資格みたいなものがあるにせよないにせよ、ある

がままに。

と思うのです。

▼大義や怒りや憎しみなんかとは無縁に、自然の循環の中に

一人息子を失って独りになってしまった女性の悲しい話ですが、「ダンカイのおばさん」であるサチと、若い日本人サーファーのずんぐりと長身の二人組との快調なやりとりのおかげで、読者は、この「片脚の日本人サーファー」の話が出てくるまで、テンポよく、楽しく読んでいきます。

でも、村上春樹の小説の特徴ですが、これはなんだろうと、その意味を考えさせる場面が必ず出てきます。「ハナレイ・ベイ」では、このサチには自分の息子である「片脚の日本人サーファー」が見えないのはどうしてかという点かと思います。それはどうしてなのか……ということを読者に考えさせるのです。このことを私なりに考えてみたいと思います。

まず、サチが「あの日系の警官が静かな声で示唆《しさ》した」ということについて紹介しておきたいと思います。息子を火葬にした後、サカタという日系の警官が「ほかにお子さんはおられるのですか？」と尋ねます。サチは一人息子であること、夫も既に死んでいることを話します。

すると、日系の警官は「私からひとつ、あなたに個人的なお願いがあります」と言って、別れ際にこんな話をするのです。

「ここカウアイ島では、自然がしばしば人の命を奪います」「ここの自然はまことに美しいものですが、同時に時として荒々しく、致死的なものともなります」「私たちはそういう可能性とともに、ここで生活しています」「どうか今回のことで、この私たちの島を恨んだり、憎んだりしないでいただきたいのです。あなたにしてみれば勝手な言い分に聞こえるかもしれません。しかしそれが私からのお願いです」と言います。

さらに、その日系の警官は自分の母の兄が一九四四年にヨーロッパで戦死したことを話します。日系人の部隊の一員として、ナチに包囲されたテキサスの大隊を救出に行ったとき、ドイツ軍の直撃弾にあたって亡くなったのです。「認識票と、ばらばらになった肉片しか残りませんでした」とも加えます。兄を深く愛していた母は、以来、人が変わったようになってしまったとのことです。

さらに、日系の警官は、このように話しています。

「大義がどうであれ、戦争における死は、それぞれの側にある怒りや憎しみによってもたらされたものです。でも自然はそうではない。自然には側のようなものはありません。あなたにとっては本当につらい体験だと思いますが、できることならそう考えてみてください。息子さんは大義や怒りや憎しみなんかとは無縁に、自然の循環の中に戻っていったのだと」

▼今はこの子たちと話してるの

この日系の警官の言葉と、対応していることなのかもしれませんが、カウアイ島で、若い二人の日本人サーファーが「片脚の日本人サーファー」のことをサチに伝える場面の前に、こんな話が記されています。

二人の若者が「俺たち、おばさんに一回ごちそうしなくちゃと思ってたんすよ」とサチに言います。あさっての朝には日本に帰るので「その前にお礼みたいなことをしておきたかったんです」と言うので、サチも「気持ちだけもらっとくよ」と話します。

すると、大柄な白人の男が彼らのテーブルにやってきて、サチの脇に立ち、「あんた、ピアノうまいな」と言います。四十歳ぐらいで、髪は短く、細めの電信柱ぐらいある腕には大きな龍の入れ墨があって、その下にＵＳＭＣ（合衆国海兵隊）という文字が入っています。それはかなり昔に入れたものらしく、色は薄くなっています。

サチも「ありがとう」と答えますが、「日本人か？」「俺は日本にいたよ。昔のことだけどな。イワクニに二年いた。昔のことだけど」と、その男が言います。サチは「へえ。私はシカゴに二年いた。昔のことだけど。それでおあいこだよね」と言い返します。そして、男は、「なんかピアノ弾いてくれよ」と言うのですが、サチは「私はここで働いてるわけじゃないし、今はこの子たちと話をしてるの」と言って、きっぱりと断ります。

すると男は「どうして日本人は自分の国を守るために戦おうとしないんだ？　なんで俺たちがイワクニくんだりまで行って、あんたらを守ってやらなくちゃならないんだ？」と言うのですが、サチは「だからピアノくらい黙って弾けと」、そういう意味かと問うと、男は「そういうことだ」と言い、さらに日本人サーファーの二人組に「よう、お前らどうせ、役立たずの、頭どんがらのサーファーだろう。ジャップがわざわざハワイまで来て、サーフィンなんかして、いったいどうすんだよ。イラクじゃな――」と言うのです。

それに対して、サチは「ひとつあんたに質問があるんだけど」「いったいどういう風にしたら、あんたみたいなタイプの人間ができあがるんだろうって、ずっと考えていたのよ」と、まっすぐ男の顔を見て、言います。

▼本当はあったらよかった息子との会話

これは「ダンカイのおばさん」面目躍如の場面です。さらに「生まれたときからそういう性格なのか、それとも人生のどっかで何かしらすごおく不快なことがあって、それでそうなってしまったのか、いったいどっちなんでしょうね？　自分ではどっちだと思う？」と加えています。

こういう人間は、別に米国でなくてもいますね。男女の別なくいるかと思います。サチと若者たちの会話の間に、関係もなく、自分の原理で、土足で侵入してきて、自分の原理を尺度にして、その場を抑圧する人たちです。対等な関係で、ものを考えない人たちです。

そして、この場面は「今はこの子たちと話をしてる」ことを大切にするための、サチの発言です。「役立たずの、頭どんがらのサーファーだろう。ジャップがわざわざハワイまで来て、サーフィンなんかして、いったいどうすんだよ」の言葉に対する反撃でした。

もちろん、ハナレイで知り合った若い二人組と話していることを大切にするためのサチの言葉ですが、当然、そこには、亡くなった息子とのことが反映しているでしょう。そのように読むしかありません。

この若い二人組と話していることは、本当はあったらよかった息子との会話です。

▼「片脚の日本人サーファー」の息子の姿を見ることができたはず

サチは、息子の死に対して、ほとんど冷静で、感情があらわれません。

サチは、自分の息子を人間としてあまり好きになれなかったと自覚していました。わがままで、集中力がなく、嘘つきで、勉強はほとんどせず、「多少なりとも身を入れてやっていたのはサーフィンだけだったが、それだっていつまで続いたかわかったものではない」と考えています。このサチの考え方には、どこかひやっとする冷たい感覚があります。

そして、息子は女の子とも、遊ぶだけ遊んで、飽きると玩具《おもちゃ》のように捨ててしまう人間でした。「私がたぶんあの子をスポイルしてしまったのだろう」とサチは思っています。「仕事が忙しすぎた」とも記してあります。

ですから、息子がカウアイ島のハナレイに行ってくると言い出した時も「気は進まなかったが、言い合いをするのにも疲れて、サチはしぶしぶ旅費を出してやった」のです。

そのように、サチは冷静で、自覚的ですが、でも息子に対する温かい愛には欠けていたという人なのでしょう。

その彼女が「片脚の日本人サーファー」の息子の幽霊というか、息子の姿を見ることができないために、初めて、泣くのです。自分の中に、息子を、深く、温かく愛していた感情が生きていることを知るのです。

なぜ、サチが「片脚の日本人サーファー」の息子の姿を見ることができないのか。それは〈死んだ息子のことを思って泣かなかったからだろう〉と私は思います。

このサチが泣く日が「日本に帰る前の夜」に設定されていることには意味があるのでしょう。おそらく、私の考えですが、翌日にはサチは「片脚の日本人サーファー」の息子の姿を見ることができたはずです。長いあいだ濡れた枕に顔をうずめて、声を押し殺していた「サチは翌朝、健康な一人の中年女性として目を覚ました」と記されていますから。

帰国せずに、翌日、いつものようにハナレイのビーチに行けば、「片脚の日本人サーファー」の息子の姿を見ることができたはずです。

▼そこで彼女を待っているはずのもの

日本に帰ったサチは、八カ月ぐらいして、東京の街、六本木でずんぐりの方のサーファーに偶然、再会します。その場面も「ダンカイのおばさん」の鮮やかな会話が描かれています。そして、作品の最後に、サチが毎晩、ピアノを弾いている姿が書かれています。ピアノを弾きながら、彼女は秋の終わりに三週間ハナレイに滞在することを考えています。

「打ち寄せる波の音と、アイアン・ツリーのそよぎ」「貿易風に流される雲、大きく羽を広げて空を舞うアルバトロス。そしてそこで彼女を待っているはずのもののことを考える」とあります。

ずんぐりとの再会は、サチが泣いて、翌日、帰国した八カ月ぐらいした時に設定されているのですから、今度、サチが秋の終わりにハナレイに行く時は、私の考えでは「片脚の日本人サーファー」の息子の姿と会える最初の機会となるはずです。

「そしてそこで彼女を待っているはずのもの」とは「片脚の日本人サーファー」の息子との再会でしょう。行き場のない憎しみ、不公平感……。そんな感情から解放されたサチなのですから。

091 「私小説アレルギー」
「切腹からメルトダウンまで」

2019.4

ジェイ・ルービン編『The Penguin Book of Japanese Short Stories』が昨秋刊行され、その序文として村上春樹が書いた「切腹からメルトダウンまで」が、柴田元幸責任編集「MONKEY」（モンキー、vol.17/SPRING 2019/）に掲載されています（同書の日本版『ペンギン・ブックスが選んだ日本の名短篇29』は二〇一九年に新潮社から刊行されました）。

これは村上春樹作品などの翻訳で知られるジェイ・ルービンさんが選んだ近現代の日本文学アンソロジーの各作品に対する村上春樹の解説です。

「切腹からメルトダウンまで」とあるのは、森鷗外「興津弥五右衛門の遺書」や三島由紀夫「憂国」などの切腹に関係した作品から、佐伯一麦「日和山」、松田青子「マーガレットは植える」、佐藤友哉「今まで通り」など、二〇一一年の東日本大震災を題材・背景とした作品が収められているからです。

▼谷崎潤一郎について、中上健次について

ルービン氏の選択した三十五編の作品のうちで、僕がこれ

までに読んだことのあるものはたった六作品しかなかった
――僕自身の書いた作品を含めてだ！

と村上春樹は書いています。「1963／1982年のイパネマ娘」（一九八二年）と「UFOが釧路に降りる」（一九九九年）の二つの村上春樹作品が収録されていますので、村上春樹が読んだことがある他の著者の作品は、四作となります。

夏目漱石『三四郎』第一章がペンギンブック版には収録されていて、「この小説は漱石の作品の中では、個人的にいちばん好きなものだ」と書いているので、「これまでに読んだことのあるもの」と考えてもいいかと思います。森鷗外は「興津弥五右衛門の遺書」に続く中編小説「阿部一族」で血なまぐさい切腹のことを書いています。この「阿部一族」は『騎士団長殺し』（二〇一七年）の中で、主人公の「私」が読んでいる小説ですので、「興津弥五右衛門の遺書」も読んでいる可能性が高いかなと思うのですが……。

でもそうやって、詮索していくことは、あまり上品なことではないので、もうやめますが、ここに収められた多くの未読の小説に対して、村上春樹は実にフェアに、かつコンパクトに、作品の美質を紹介しています。これが「切腹からメルトダウンまで」というこのアンソロジーの解説序文の最も素敵な点だと思います。

それらの紹介は、本当に文学作品を書くという行為に対する敬意に満ちていて、気持ちのいいものですが、好きな作家への特別な思いも、ところどころに記されています。

例えば、谷崎潤一郎の「友田と松永の話」について紹介した後、次のように書いています。

「谷崎について少し個人的なことを書かせていただく」とあって、続けて「僕が三十代半ばで「谷崎賞」を受賞したときには、谷崎夫人の松子さんは高齢だったがまだお元気で、授賞式にお見えになったとき、わざわざ僕のところに来られ、受賞作の『世界の終りとハードボイルド・ワンダーランド』のことを、「ずいぶん面白く読ませていただきました」と褒めてくださった。谷崎は僕の敬愛する作家でもあり、光栄に思ったことを覚えている」そうです。

さらに、初めて米国・ニューヨークの「ザ・ニューヨーカー」本社を訪れたとき、当時の編集長のロバート・ゴットリーブの書棚に谷崎の『細雪』が三冊も並んでいたことに、話が及んでいきます。

他に、もう一人、例を挙げれば、中上健次について、こう書いています。

「戦後の作家でもっとも文学的に力強い作家は誰かと訊かれると、まず中上健次（一九四六―一九九二）の名前が僕の頭に浮かぶ」とあって、さらに、実際に会って面と向かって話すと「作風から想像するよりずっと柔和でセンシティブな人だという印象を持った。脂ののりきっていた時期に病を得て夭逝したことが、たいへん惜しまれる」と書いています。

▼なにかアレルギーはおありですか？

このように、解説の各作品、各作家についての魅力的な言葉を紹介していくことができるのですが、それは読んでもらうとして、今回は、この解説の冒頭部に記されていることから、日本の「私小説」というものについて、少し考えてみたいと思います。

この「切腹からメルトダウンまで」は、次のように書き出されています。

ジャズ・ドラマーのバディー・リッチが入院したとき、受付の看護婦に「なにかアレルギーはおありですか？」と訊かれて「カントリー&ウェスタン音楽」と答えたという話を聞いたことがあるが、僕の場合のそれはどうやら「私小説」ということになりそうだ。

村上春樹は、十代から二十代前半にかけて、日本の小説をほとんど読まなかったことを、日ごろ自身が述べています。その理由の一つに、この「私小説アレルギー」が強くあったようです。「今ではさすがにいくぶん弱まってきたが」と解説で書いていますが、そのせいで、若い頃はできるだけ日本文学に近づかないように意識的に努めてきたようです。さらに「あの独特の私小説的体質というのは、近代日本文学を通過し理解しようとするとき、避けて通ることのできないものだから」とも書いています。

でも、日本人の小説家になってからは、日本の小説についてほとんど何も知らないというのも、いささか問題となるので、「三十歳を過ぎてからは、できるだけ日本の小説を手に取るようになり、おかげで面白い小説をいくつも発見することになった」そうです。

▼いちばん心を惹かれた「第三の新人」の作家たち

そのように『The Penguin Book of Japanese Short Stories』の序文「切腹からメルトダウンまで」に、村上春樹は「私小説アレルギー」について記しているのですが、その私小説観というか、私小説に対する村上春樹の考えは、そう単純なものではないのです。

村上春樹が日本の文学について書いたものに『若い読者のための短編小説案内』（一九九七年）があります。

この本の「まずはじめに」という、まえがきに相当する部分で「僕はいわゆる自然主義的な小説、あるいは私小説はほぼ駄目でした」とあり、さらに「太宰治も駄目、三島由紀夫も駄目でした」と、村上春樹は書いています。

そして、自分が、この本を書くまでの段階で「日本の小説の中でいちばん心を惹かれたのは、第二次世界大戦後に文壇に登場した、いわゆる「第三の新人」と呼ばれている一群の作家たちでした」と記しています。

その言葉通り、この本で、取り上げ、論じられる作家と作品は、吉行淳之介「水の畔り」、小島信夫「馬」、安岡章太郎「ガラスの靴」、庄野潤三「静物」、丸谷才一「樹影譚」、長谷川四郎「阿久正の話」の六つの短編です。

丸谷才一と長谷川四郎は「第三の新人」のグループに入らない作家たちですが、村上春樹にとって、その前後に登場し、興味を持った人のようです。

さて、そこで、村上春樹にとっての「私小説」という考えが一筋縄ではいかないと思うことを紹介したいのです。つまり、この本で取り上げられる作家で、安岡章太郎と庄野潤三は、いわゆる「私小説」作家ですし、吉行淳之介も小島信夫も、本人たちの意識は異なっていたと思いますが、周辺からは、「私小説」的に作品を書く作家という見方もある小説家だからです。

実際『若い読者のための短編小説案内』には「第三の新人が世に出てきたときに、文壇の主流は「こんな私小説的な小市民的な、身近な狭い世界しか描けない作家たちは、早晩どこかに消えていくだろう」と、彼らのことを軽んじるわけですが、どうしてそんなに甘くはない。彼らは彼らなりにしたたかであり、二枚腰的に戦略的でもあった。その中でも、安岡章太郎はいちばんの「確信犯」であったと言っていいでしょう。もちろんこれは褒めて言っているわけですが」と書いています。

この安岡章太郎は「文章が最もうまい作家」として、村上春樹が名を挙げている小説家であり、その安岡章太郎の「ガラスの靴」を取り上げた回では「安岡章太郎の作品を「私小説」のひとつの変形として捉える人もいますが、僕としては、むしろ逆の方向から彼の作品を取り上げていった方が、その道筋がよりすっきりと見渡せるのではないかという気がします」と書いているのです。

続けて「彼はその題材としてほとんどの場合、自分の身に実際に起こったことを取り上げてはいますが、決して私小説的な「自己の無作為性」をめざしていたわけではない。小説イコール世界という状況を希求していたわけでもない」と書いています。

つまり、村上春樹にとっては、「私小説」的にも語られる安岡章太郎は「私小説」作家ではないのです。村上春樹には「私小説アレルギー」が強くあったために日本の小説をほとんど読まなかったことと、その村上春樹にとっての「私小説とは何か」が簡単につながるものではないことをよく示しています。

この「私小説アレルギー」の村上春樹が、自分が好きな小説を大切にして、一見、私小説的に見える第三の新人の作家たちの作品を論じていく姿勢は素敵なものです。

外見の形ではなく、自分が読んだ実感の側から、自分にとって「私小説とは何か」を考えているのです。

▼醒めた賢い目と、洗練されたユーモア

その「第三の新人」の作家たちと「私小説」との関係は、庄野潤三「静物」を論じた回でも、触れられています。

村上春樹が「第三の新人」たちの作家の作品と、「私小説」の関係をどのように考えているかがよくわかるので、引用してみましょう。

安岡章太郎ほどには顕著ではないが、吉行淳之介にも小島信夫にも、そのような「ドンガラだけ持ってくる」傾向は認められると思います。第一次、第二次戦後派と一般に呼ばれる一群の作家たちのいささか重苦しい構築性、意識性を逃れるためにも、もっと自分の背丈にあった私小説の入れ物をよそから持ってきて、それにうまく、ヤドカリ的に自分をあてはめていったわけです。僕はあるいは、彼らのそのようなクレバーな、そして諧謔的な部分に心を惹かれているのかもしれません（多くの場合、人は醒めた賢い目と、洗練されたユーモアの感覚なしには、己れのほんとうの背丈を知ることはできないからです）。それはたしかに、当時の文学のひとつの新しい流れであったと思うのです。

このうちの「ドンガラだけ持ってくる」という部分について、村上春樹はこんなことを書いています。

「第三の新人」の作家たちの小説を読む場合「どこまでが私小説的であり、どこからが私小説的でないか」という見切りが大切であることに触れて、例えば「安岡章太郎の作品は、小説的構造としては大いに私小説的であるものの、その小説的意識においてはほとんど私小説的ではない」と書いています。それが村上春樹の基本的な考え方であることを表明して「ドンガラはあっちから引っ張ってきたが、中身はこっちで勝手に入れ替えている」と書いているのです。

庄野潤三は、晩年、本当に「私小説」作家となっていきますが、『若い読者のための短編小説案内』で村上春樹が取り上げた「静物」は緊張感に満ちた作品です。村上春樹が言うように「ドンガラだけ持ってくる」ような第三の新人たちの小説となっています。

▼「エゴ（自我）」と「セルフ（自己）」

さて、『若い読者のための短編小説案内』で、指摘している「自分の背丈にあった私小説の入れ物をよそから持ってきて、それにうまく、ヤドカリ的に自分をあてはめていった」第三の新人たちについて、その自覚的意識的な作品との向き合い方を分析する方法は「エゴ（自我）」と「セルフ（自己）」という村上春樹自身が考え出した方法です。

こんな方法で、文学作品と作家の関係を考えてみるのは「僕らは――つまり小説家はということですが――自我というものに嫌でも向かい合わなくてはならない。それもできる限り誠実に向かい合わなくてはならない。それが文学の、あるいはブンガクの職務です。しかしその向かい合い方のスタイルはみんな一人ひとり違う。良い悪いじゃなくて。違うからこそ、それは職業として成り立つわけです」と村上春樹は書いています。

まず、我々、人間的存在を、この方法で考えてみると、「自己（セルフ）は外界と自我（エゴ）に挟み込まれて、その両方からの力を常に等圧的に受けている。それが等圧であることによって、僕らはある意味では正気を保っている」と村上春樹は説明しています。

『若い読者のための短編小説案内』には、村上春樹が描いた図が示されていますので、本を見てほしいのですが、このコラムを読む人のために、説明しておきますと、リングドーナツの形を考えればいいかと思います。

リングドーナツの部分が「自己（セルフ）」です。リングドーナツの環の外側が「外界」で、リングドーナツの内側の環の中が「自我（エゴ）」です。

例えば、吉行淳之介の小説は「技巧的「移動」」にあると村上春樹は考えています。吉行淳之介の主人公たちは、自分の位置を絶えまなく移動させ、ずらしていくことによって、外界との正面的な対立を回避します。

「そしてまた外界との対決を回避することによって、自我との正面的な対決をもできるかぎり回避しようとする」ことを指摘しています。

さらに安岡章太郎の小説世界は「自分の内部からの力の突き上げを技巧的にゼロ化しようと試みているように見える」と村上春樹は書いています。「つまり自分の中のエゴの力を見せないようにして、「そんなもの私の中にはありませんよ。だから（それに対抗する）外からの圧力も勘弁してくださいね。押さないでくださいね」と言い訳しているみたいです」と書いています。

▼見かけが「私小説」に見えるものでも

さて、今回のコラムで、何が申し上げたいかというと、村上春樹は確かに「私小説アレルギー」の人であり、「私小説」が嫌いな作家ですが、でも見かけが「私小説」に見えるものでも、村上春樹にとって「私小説」ではない作品と作家がいるということです。

安岡章太郎の「ガラスの靴」を論じたところで「決して私小説的な「自己の無作為性」をめざしていたわけではない。小説イコール世界という状況を希求していたわけでもない」と村上春樹が書いていることを紹介しました。

つまり、村上春樹にとって、「私小説」とは「自己の無作為性」「小説イコール世界」という小説のことなのです。「私小説とは何か」という問題は、日本の近代小説にとって、ずっと論じられてきたことです。「私小説アレルギー」である村上春樹の言葉から、それぞれの読者が「私小説とは何か」ということを考えてみるのもいいのではないかと思います。

『若い読者のための短編小説案内』は、村上春樹が小説の実作者から、小説と作家の関係を考えた文学論で、とても面白いものです。村上春樹が優れた批評家であることを示していきます。未読の人はぜひ読まれたらと思います。

092

「猫を棄てる――父親について語るときに僕の語ること」

歴史を継承する

2019.5

村上春樹が自らのルーツを初めて詳しく書いた「猫を棄てる――父親について語るときに僕の語ること」が「文藝春秋」二〇一九年六月号に特別寄稿として掲載されました。

この寄稿は新聞各紙でも大きく報道されましたが、村上春樹が父母のルーツ、特に父方のルーツと父親の従軍体験を調べて、詳しく記した文章で、村上春樹作品を読む上で非常に重要な一文だと思います。読んでいると、村上春樹がこれまでに書いた多くの作品が、頭に中に浮かんでくる文章でもあります。

▼父はすれすれ一年違いで南京戦には参加しなかった

村上春樹の父親が日中戦争に従軍したことは、これまでも知られていますが、この「猫を棄てる――父親について語るときに僕の語ること」の中で、その父親の日中戦争従軍の体験が詳しく書かれています。

「父が配属された部隊は第十六師団（伏見師団）に所属する歩兵第二十連隊（福知山）だった」。村上春樹は長く、そのように思っていたようです。

「歩兵第二十連隊が、南京陥落のときに一番乗りをしたことで名を上げた部隊」であり、「この部隊の行動にはとかく血生臭い評判がついてまわった。ひょっとしたら父親がこの部隊の一員として、南京攻略戦に参加したのではないかという疑念を、僕は長いあいだ持っており、そのせいもあって彼の従軍記録を具体的に調べようという気持ちにはなかなかなれなかったのだ。また生前の父に直接、戦争中の話を詳しく聞こうという気持ちにもなれなかった」と村上春樹は書いています。

ですから、父親が二〇〇八年八月に、九十歳で亡くなったあと、村上春樹が自分の父親の軍歴を詳しく調べてみることに着手するまでに、五年ばかりの時間を費やさなくてはならなかったようです。

調べてみると、村上春樹の父親の入営は、一九三八年八月一日でした。そして第十六師団の歩兵第二十連隊が「南京城攻略一番乗りで勇名を馳せたのはその前年、37年の12月」だったのです。ですから「父はすれすれ一年違いで南京戦には参加しなかったわけだ。そのことを知って、ふっと気が緩んだというか、ひとつ重しが取れたような感覚があった」と村上春樹は書いています。

でも、そのことで、村上春樹の父親の軍隊体験への探究が終わったというわけではありません。「第二十連隊は南京戦のあとも、中国各地で熾烈な戦いを続けている。翌年の5月には徐州を陥落させ、激しい戦闘の末に武漢を攻略し、敗軍を追って西進し、北支で休むことなく戦闘を続ける」からです。

▼自分の属していた部隊が、捕虜にした中国兵を処刑した

それがどのようなものであったのか、今回のコラムで紹介したいと思いますが、でもその前に村上春樹が記している自分の父親のルーツを紹介したいと思います。

村上春樹の父方の祖父・村上弁識《べんしき》は愛知県の農家の息子で、近くの寺に修行僧として出されました。でも彼は優秀な人物だったらしく、修行を経た後、時を経て、京都の浄土宗の安養寺に住職として迎えられることになりました。

その弁識が六人の息子をもうけ、弁識の次男として生まれたのが村上春樹の父親です。六人の子供たちのおおかたは、多少なりとも僧侶としての資格を持っていたようで、村上春樹の父は「少僧都」という位を得ていました。兵隊でいえば少尉くらいに相当する僧侶の位らしいと書いています。村上春樹の父親は一九三六年に旧制中学校を卒業後、十八歳で、仏教教育のための西山専門学校に入りました。そこを卒業するまでの四年間、徴兵猶予を受ける権利を有していたのですが、正式に事務手続きをすることを忘れていた（と本人は言っていた）ようで、そのために一九三八年八月、二十歳の時、学業の途中で徴兵されることになったのです。

その軍歴を改めて調べてみると、村上春樹が思っていたこととは違い、父親の所属は、第十六師団（伏見師団）所属の歩兵第二十連隊（福知山）ではなく、同じ第十六師団に属する輜重《しちょう》兵第十六連隊だったのです。この連隊は京都市内の深草・伏見に駐屯する司令部に属する部隊でした。輜重兵というのは、補給作業に携わり、主に軍馬の世話を専門とする兵隊のことです。

このように村上春樹の父親は南京戦には参加していませんが、しかし前述したように、第二十連隊は南京戦のあとも、中国各地で熾烈な戦いを続けていました。村上春樹の父親は輜重兵第十六連隊の特務二等兵として、一九三八年十月三日に宇品港を輸送船で出港し、同六日に上海に上陸。上陸後は、歩兵第二十連隊と行軍を共にしていたようです。

陸軍戦時名簿によれば、主に補給・警備の任務にあたった他、河口鎮付近での追撃戦（十月二十五日）と、漢水の安陸攻略戦（翌年三月十七日）、襄東会戦（四月三十日から五月二十四日）に参加していました。「そのような血なまぐさい中国大陸の戦線に、二十歳の父は輜重兵として送り込まれている」と村上春樹は書いています。

そして、村上春樹の父親が、一度だけ打ち明けるように「自分の属していた部隊が、捕虜にした中国兵を処刑したことがあると語った」というのです。

村上春樹が当時まだ小学校の低学年だった頃のことで、それがどういう経緯で、どういう気持ちで、父親が村上春樹にそのことを語ったのか、それはわからないし、ずいぶ

ん昔のことなので、前後のいきさつは不確かで、記憶は孤立しているそうです。

村上春樹の父親はそのときの処刑の様子を淡々と語り、「中国兵は、自分が殺されるとわかっていても、騒ぎもせず、恐がりもせず、ただじっと目を閉じて静かにそこに座っていた。そして斬首された。実に見上げた態度だった」と父親が語ったことを記しています。父親は「斬殺されたその中国兵に対する敬意を――おそらくは死ぬときまで――深く抱き続けていたようだ」とも村上春樹は書いています。

▼息子である僕が部分的に継承したということ

「いずれにせよその父の回想は、軍刀で人の首がはねられる残忍な光景は、言うまでもなく幼い僕の心に強烈に焼きつけられることになった。ひとつの情景として、更に言うならひとつの疑似体験として」と村上春樹は記しています。

さらに次のように加えてもいます。


言い換えれば、父の心に長いあいだ重くのしかかってきたものを――現代の用語を借りればトラウマを――息子である僕が部分的に継承したということになるだろう。人の心の繋がりというのはそういうものだし、また歴史というのもそういうものなのだ。その本質は〈引き継ぎ〉という行為、あるいは儀式の中にある。その内容がどのように不快な、目を背けたくなるようなことであれ、人はそれを自らの一部として引き受けなくてはならない。もしそうでなければ、歴史というものの意味がどこにあるだろう？

つまり、村上春樹の父親は南京大虐殺には関わっていないのですが、日中戦争の中で、中国人の捕虜を軍刀ではね殺すということを見て（あるいはもっと深く関与させられたのか、そのへんのところはわからない、とも書かれています）幼い村上春樹に語っていたのです。

▼正式に事務手続きをすることを忘れていた

二〇一七年刊行の長編『騎士団長殺し』は、ある日、妻から別れ話を告げられて家を出た肖像画家の主人公「私」が、新潟から北海道、東北を車で移動した後、友人の父で著名な日本画家・雨田具彦が使っていた小田原郊外の家に住むところから始まっています。その雨田具彦が関わったナチス・ドイツによるオーストリア併合時のことや雨田の弟・継彦が関わった南京大虐殺と呼ばれる日中戦争中のことが描かれています。

雨田継彦が「上官の将校から軍刀を渡され、捕虜の首を切らされた」ことが書かれていますが、その場面には「父の心に長いあいだ重くのしかかってきたものを」息子である村上春樹が部分的に継承した歴史が反映しているということなのだと思います。

主人公の大学の同級生で、雨田具彦の息子・雨田政彦が語ることによれば「うちの父親は次男坊で、我《が》の強い負けず嫌いな性格」とありますが、村上春樹の父親も弁識の次男ですので、この雨田具彦の人物設定にも、村上春樹の父親像が少し重なっているのかもしれません。

村上春樹の父親は仏教教育のための専門学校に入り、そこを卒業するまでの四年間、徴兵猶予を受ける権利を有していたのですが、「正式に事務手続きをすることを忘れていた」ために一九三八年八月、二十歳のとき、学業の途中で徴兵されました。

雨田具彦の弟・雨田継彦も東京音楽学校の学生で才能に恵まれたピアニストでしたが、「ところが大学在学中、二十歳のときに徴兵された。どうしてかというと、大学に入学したときに出した徴兵猶予の書類に不首尾《ふしゅび》があったからだ」と記されています。

つまり、雨田継彦にも村上春樹の父親の従軍体験が重なっているということでしょう。

さらに『ねじまき鳥クロニクル』(一九九四、九五年)を読んだ人なら、一九三八(昭和十三)年の旧満州・モンゴル国境のノモンハンで情報活動をしていた山本という男が生きたまま全身の皮をナイフで剝がされて殺される〈皮剝ぎ〉と呼ばれる有名な場面にも、村上春樹が父親から継承した歴史の反映を感じる人もいるかと思います。

でも、それだけではなく、デビュー作の『風の歌を聴け』(一九七九年)で登場人物たちが集まる「ジェイズ・バー」のバーテンのジェイが中国人であることにも、村上春樹が父親から受け継いだ歴史の継承が反映しているのではないかと、私は思います。

▼あながち見当外れのものでもない

私は、本書の中で、作品を貫いて書かれている「村上春樹の歴史認識」について繰り返し述べてきました。その「村上春樹の歴史認識」とは、近代日本が体験した戦争のこと、特に東アジアとの戦争と現在を生きる我々との繋がりのことです。そして、米国と日本との戦争のことです。その村上春樹作品の「歴史認識」の出発点として、次のようなことを指摘したことがあります。

「この話は1970年の8月8日に始まり、18日後、つまり同じ年の8月26日に終る」。デビュー作の『風の歌を聴け』の冒頭近くに、そんな文章が記されています。

その「1970年8月8日」は土曜日で、この土曜の夜、七時から九時までラジオの「ポップス・テレフォン・リクエスト」というものがあって、「犬の漫才師」と呼ばれるDJが登場します。「犬の漫才師」のDJの登場で、物語が動き出していくのですが、その「犬の漫才師」が登場するラジオ番組は終盤にもう一度出てきて、その場面が終わると、物語が終わりに向かい始めるのです。それは「1970年」の「8月22日」の土曜の夜のことです。

当然、「8月15日」の土曜にも「犬の漫才師」の番組はあったはずですが、なぜか作中に書かれていないのです。そして、この「8月15日」と思われる日あたりから一週間、「僕」が「ジェイズ・バー」で知り合った左手の「小指のない女の子」は旅をすると言って、その間に彼女は堕胎の手術を受けていますし、さらに「僕」の分身的な相棒である「鼠」も「8月15日」ごろから一週間ばかり「調子はひどく悪かった」のです。

「僕」が「鼠」を誘って、ホテルのプールに行くと、空にジェット機が飛行機雲を残して飛び去っていくのが見えて、「僕」と「鼠」は昔、見た米軍の飛行機のことや港に巡洋艦が入ると街中がMPと水兵だらけになったことを話しています。「1970年8月」の物語に、そのような敗戦後の歴史が記されているのです。

つまり『風の歌を聴け』は、日本の敗戦後の一週間を意識して書かれているのではないかということを指摘しました。

さらに、続く第二作の『1973年のピンボール』(一九八〇年)に登場した「208」と「209」という数字が書かれたトレーナーシャツを着た双子の女の子たちは「昭和20年8月」と「昭和20年9月」を表していて、敗戦後、一カ月の日本社会を反映しているのではないか。そういう「歴史意識」を作品に埋め込みながら書かれた作品なのではないかという指摘をしてきたのですが、そのような考えがあながち見当外れのものでもないことを「猫を棄てる――父親について語るときに僕の語ること」は表していると思います。

そして、敗戦の日からの一週間の日本を意識して書かれた『風の歌を聴け』、敗戦から一カ月を意識して書かれた『1973年のピンボール』と捉えることで、第三作『羊をめぐる冒険』(一九八二年)に、満州のことが登場することや日露戦争のことが出てくることが、歴史の繋がりとして理解できるのです。

それは、村上春樹の最初の短編集のタイトルが『中国行きのスロウ・ボート』(一九八三年)であることにも繋がっていると思います。

▼僕はなぜかこの句が個人的には好きだ

「鹿寄せて唄ひてヒトラユーゲント」(40年10月)

村上春樹の父親は熱心に俳句を詠む人で、「猫を棄てる――父親について語るときに僕の語ること」には、いくつかの父親の句が紹介されています。

その中でも村上春樹が「僕はなぜかこの句が個人的には好きだ」と述べているのがこの俳句で、一九四〇年十月の作品です。村上春樹によると「これはたぶんヒットラー・ユーゲントが日本を友好訪問したときのことを、句に詠んだのだろう。当時ナチス・ドイツは日本の友邦であり、ヨーロッパで戦争を有利なうちに戦っており、一方の日本はまだ対英米戦争には踏み切っていなかった」という時の句です。

この句から「歴史のひとつの光景が——小さな片隅の光景が——ちょっと不思議な、あまり普通ではない角度で切り取られている。遠方にある血なまぐさい戦場の空気と、鹿たち（おそらくは奈良の鹿なのだろう）の対比が印象的だ。いっときの日本訪問を楽しんでいたヒットラー・ユーゲントの青年たちも、その後あるいは厳冬の東部戦線で果てていったのかもしれない」と村上春樹は書いています。

▼ナチス・ドイツの光源のようにも感じられる

『騎士団長殺し』には、雨田具彦がウィーン留学中に際会したナチス・ドイツによるオーストリア併合のことが出てきます。ナチス・ドイツのことが描かれることに、唐突な感じを抱いた読者もいたようです。

でも、村上春樹作品には、ナチス・ドイツのことは、時々、顔をのぞかせていると、私は感じています。

その例を挙げれば、前々回紹介した短編「ハナレイ・ベイ」（『東京奇譚集』二〇〇五年）でも息子を失ったサチに応対する日系の警官が、自分の母の兄が一九四四年にヨーロッパで戦死したことを話しますが、それによると、彼の伯父は、日系人の部隊の一員として、ナチに包囲されたテキサスの大隊を救出に行ったとき、ドイツ軍の直撃弾にあたって亡くなったということです。「認識票と、ばらばらになった肉片しか残りませんでした」とも村上春樹が書いていますし、兄を深く愛していた母親は、以来、人が変わったようになってしまったと書かれています。

『風の歌を聴け』の最後には、「僕」が文章について多くを学んだデレク・ハートフィールドという作家が、ヒットラーの肖像画を抱えてエンパイア・ステート・ビルの屋上から飛び降りて死んだことも記されています。

そして、この村上春樹の父親・村上千秋の句「鹿寄せて唄ひてヒトラユーゲント」は、その村上春樹作品におけるナチス・ドイツの光源のようにも感じられる作品です。村上春樹の鑑賞も説得力がありますが、なかなかいい句だと思います。つまり、日中戦争のこととナチス・ドイツのことは、村上春樹の中でしっかりと繋がったものだったのでしょう。

このように「猫を棄てる——父親について語るときに僕の語ること」を読むと、村上春樹が幼い時から心に抱き続けてきたものを、デビュー作から、ずっと書いてきたことがよくわかります。今後、村上春樹作品について論じる時に、必ず触れられる大事な一文であることは間違いありません。

▼降りることは、上がることよりずっとむずかしい

さて、ここで表題の「猫を棄てる——父親について語るときに僕の語ること」のうちの「猫を棄てる」の部分について記してみたいと思います。

この「猫を棄てる――父親について語るときに僕の語ること」という文章は、猫の話で始まり、猫の話で終わっています。まず、終わりの方のエピソードから紹介しましょう。

村上春樹が子供時代の村上家は白い小さな子猫を飼っていたそうです。ある夕方、村上春樹が縁側に座っていると、目の前で、その猫はするすると松の木を上っていきました。子猫は驚くほど軽快にその幹を上って、ずっと上の枝の中に姿を消したのです。

少年の村上春樹は、じっとその光景を眺めていましたが、でもそのうちに、子猫は助けを求めるような情けない声で鳴き始めたのです。高いところに上ってはみたものの、怖くて下に降りられなくなったようです。

村上春樹は「父に来てもらって、事情を説明した。なんとか子猫を助けてやれないものか。しかし父にも手のうちようはなかった」のです。

子猫は助けを求めて必死に鳴き続け、日はだんだん暮れていき、やがて暗闇がその松の木をすっぽりと覆います。翌日の朝起きたとき、もう鳴き声は聞こえなくなっていて、村上春樹が、松の木の上の方に向けて「猫の名前を何度か呼んでみたが、返事はなかった。そこにはただ沈黙があるだけだった」と書かれています。

「これは前にどこかの小説の中に、エピソードとして書いた記憶があるのだが、もう一度書く。今度はひとつの事実として」と村上春樹が書いていますが、それは『スプートニクの恋人』（一九九九年）で書かれた話ですね。

「すみれ」という女性が小学校の二年生くらいのときに、生まれて半年くらいのきれいな三毛猫を飼っていたのですが、その猫が庭の大きな松の木の幹を一気に駆け上がります。そのまま降りてこなくて、「猫はそのまま消えてしまったの。まるで煙みたいに」と『スプートニクの恋人』にはあります。

つまり、猫は「あちら側」に行ってしまったのです。それは「すみれ」が「あちら側」の世界に行ってしまうことの予告のようにもなっていました。

「猫を棄てる――父親について語るときに僕の語ること」の事実の方の話では、幼い村上春樹には、ひとつの生々しい教訓を残してくれたそうです。

「降りることは、上がることよりずっとむずかしい」という教訓です。「より一般化するなら、こういうことになる――結果は起因をあっさりと呑み込み、無力化していく。それはある場合には猫を殺し、ある場合には人をも殺す」と村上春樹は書いています。

▼呆然とした顔は、やがて感心した表情に変わり

そして、冒頭に記された猫のエピソードは、タイトルと

なった「猫を棄てる」話です。

村上春樹が、夙川（兵庫県西宮市）の家に住んでいる頃、海辺に一匹の猫を棄てにいったのです。子猫ではなく、もう大きくなった雌猫だったそうです。

父親と村上春樹は、夏の午後、海岸にその雌猫を棄てにいきました。父が自転車を漕ぎ、村上春樹は、後ろに乗って猫を入れた箱を持っていました。夙川沿いに香櫨園の浜まで行って、猫を入れた箱を防風林に置いて、あとも見ずにさっさとうちに帰ってきたのです。うちと浜とのあいだにはたぶん二キロくらいの距離はあったそうです。

うちに帰ってきて、自転車を降りて「かわいそうやけど、まあしょうがなかったもんな」という感じで玄関の戸をがらりと開けると、さっき棄ててきたはずの猫が「にゃあ」と言って、尻尾を立てて愛想良く、村上親子を出迎えました。彼らより先回りして、とっくに家に帰っていたのです。しばらくのあいだ、二人で言葉を失っていましたし、そのときの父の呆然とした顔を、村上春樹はまだよく覚えているそうです。

その呆然とした顔は、やがて感心した表情に変わり、最後にはいくらかほっとしたような顔になったようです。そして村上家はそのあともその猫を飼い続けることになったという話です。

▼父の少年時代の心の傷として

この「猫を棄てる――父親について語るときに僕の語ること」には、村上春樹の父親がまだ小さい頃、奈良のお寺に小僧として出されたことが記されています。おそらくはそこの養子になる含みを持って、小僧に出されたのですが、そのことを父親は村上春樹に一度も話さなかったそうです。村上春樹は、それを従兄弟から聞いて知ったようです。

しばらくして父は京都に戻されてきました。新しい環境にうまく馴染めなかったということも大きかったようです。実家に戻った父は、それからあとはどこにやられることもなく、両親の子供として普通に育てられましたが、その体験は「父の少年時代の心の傷として、ある程度深く残っていたように僕には感じられる」と村上春樹は書いています。

そして「浜に棄ててきたはずの猫が僕らより先に帰宅していたのを目にして、父の呆然とした顔がやがて感心した顔になり、そしてほっとしたような顔になったときの様子を、ふと思いだしてしまう」と加えていて、「猫を棄てる」話と、父親の姿が重なってくるように記されています。

『スプートニクの恋人』の「すみれ」は松の木に猫が上がったまま、あたりはどんどん暗くなっていったので、「わたしは恐くなって、家の人に知らせにいったの。みんなは『そのうちに降りてくるから、放っておきなさい』って言った。でも猫は結局もどってこなかった」と話しています。

そして「猫を棄てる――父親について語るときに僕の語ること」の方では紹介したように「父に来てもらって、事情を説明した。なんとか子猫を助けてやれないものか。しかし父にも手のうちようはなかった」と書かれています。

つまり、この一文では「猫」を媒介にして、父親が呼び出される文章となっているのですが、村上春樹作品の中での「猫」が「何かの導き手」となっていることがわかります。

さらに、この文章の中では、大人になってから、村上春樹と父親との関係はすっかり疎遠になって、とくに村上春樹が職業作家になってからは、関係はより屈折したものになり、最後には絶縁に近い状態で「二十年以上まったく顔を合わせなかったし、よほどの用件がなければほとんど口もきかない、連絡もとらないという状態が続いた」ことが書かれています。

これも注目された部分と言えますが、でもそのようなことが記されているのに「猫を棄てる――父親について語るときに僕の語ること」には、何か、どこかに温かみのような、回復する力のようなものがある一文なのです。

▼猫の帰還が、妻の帰還の予告に

私は、これを読みながら、村上春樹のいくつかの作品が脳裏に浮かんできましたが、最も強く感じたのは『ねじまき鳥クロニクル』のことでした。『ねじまき鳥クロニクル』も、いったん消えてしまった猫が戻ってくるという話です。冒頭「ワタヤ・ノボル」という猫がいなくなり、そして「僕」の妻のクミコが行方不明となるのです。

この長い長い物語は、時間をかけて、「僕」が妻を取り戻す物語ですが、物語の中で「僕」が、井戸に入って〈壁抜け〉していったところは、日中戦争などの日本人が経験した戦争の世界でした。

そして物語の第3部で「猫」が「僕」のもとに帰ってくるのです。帰ってきた「猫」が「鰆《さわら》」を綺麗に食べるので、名前を「サワラ」と名づけ変えるのですが、その猫の帰還が、妻の帰還の予告となっています。そして「魚」偏に「春」を加えた「鰆」について、物語の最後に妻クミコはこんなことを書いています。


たしかサワラという名前でしたね。私はその名前が好きです。あの猫は私とあなたとのあいだに生じた善いしるしのようなものだったのだと、私は思っています。私たちはあのときに猫を失うべきではなかったのですね。

▼ひとつの素晴らしい、謎めいた共有体験

村上春樹は、父親が亡くなる少し前、村上春樹が六十歳近くになって、ようやく顔を合わせて話をしたそうです。父親は九十歳を迎えたときに、糖尿病を患い、身体の各部に癌が転移していました。

「そこで父と僕は――彼の人生の最期の、ほんの短い期間ではあったけれど――ぎこちない会話を交わし、和解のようなことをおこなった」と村上春樹は書いています。

「考え方や、世界の見方は違っても、僕らのあいだを繋ぐ縁のようなものが、ひとつの力を持って僕の中で作用してきたことは間違いのないところだった」と記しています。

たとえば僕らはある夏の日、香櫨園の海岸まで一緒に自転車に乗って、一匹の縞柄の雌猫を棄てにいったのだ。そして僕らは共に、その猫にあっさりと出し抜かれてしまったのだ。何はともあれ、それはひとつの素晴らしい、そして謎めいた共有体験ではないか。そのときの海岸の海鳴りの音を、松の防風林を吹き抜ける風の香りを、僕は今でもはっきり思い出せる。そんなひとつひとつのささやかなものごとの限りない集積が、僕という人間をこれまでにかたち作ってきたのだ。

と書いているのです。

村上春樹の作品では、猫が活躍する物語が多いのですが、その村上春樹の多くの物語がこの「猫を棄てる——父親について語るときに僕の語ること」を支え、またこの「猫を棄てる——父親について語るときに僕の語ること」が、村上春樹の物語世界を支えているように感じました。村上春樹の父親が京都大学を出た学問好きな人だったこと、戦争中に三回も兵役についていることなども詳しく書かれています。

村上春樹作品の根源に触れる一文だと思いますので、本書の読者は、ぜひ「猫を棄てる——父親について語るときに僕の語ること」をお読みください。

あまりに長い回となってしまったのに、さらに加えるのは、よくないかもしれませんが、「猫を棄てる——父親について語るときに僕の語ること」を読んだ、記者の先輩の方から、次のようなメールをいただきました。

「小生にも捨てた猫に戻ってこられた経験があります。しかも団地の4階で、猫は外出したことがなかったのです。捨てて一週間後の風雨の強い夜、玄関の扉で異音がするので、開いたら捨てた猫がびしょぬれで帰って来てました。空恐ろしくなりました。1970年の話です」

猫が戻ってくることを経験した方は、まだ他にもいるかもしれないですね。「1970年」にはいろいろなことがあったのですね。

093

野球のバットを構える少年・村上春樹

戦争を繰り返さないために戦う

2019.6

村上春樹が自らの父のルーツについて詳しく書いた「猫を棄てる――父親について語るときに僕の語ること」（「文藝春秋」二〇一九年六月号）が話題になりました。

そして、この特別寄稿には、村上春樹の子供時代の写真が二枚掲載されています。

一枚は父親がキャッチャーとなって、幼い村上春樹が野球のバットを構えて、バッターボックスに立つ写真。もう一枚は自宅の庭で座り込んで猫を抱く八歳の村上春樹の写真です。

▼キャッチャーミットを構える父と

エッセイのタイトルが「猫を棄てる――父親について語るときに僕の語ること」というものであり、この文章は村上父子が猫を棄てにいく場面から始まり、終盤で別の猫がある夜、木に登ったまま消えてしまう話が紹介されています。

ですから「猫」の写真が出てくる方には、かなりの必然性があります。私は前回、この松の木に上がったまま、降りてこなくなってしまった「猫」の話のことを『スプートニクの恋人』（一九九九年）との関連で紹介しました。今回、考えてみたい一枚は、父親がキャッチャーとなって、幼い村上春樹が野球のバットを構えて、バッターボックスに立つ写真の方です。

キャッチャーミットを構える父と、バットを持ってバッターボックスに立つ少年・村上春樹。この写真が何かの意図を持って選ばれているとすると（たまたま村上春樹の好きな写真かもしれませんが）、そこにどのようなものを受け取ることが可能であるか、そのことを考えてみたいのです。

▼自分がふたつに分裂してしまっていることがわかった

村上春樹のファンにはとてもよく知られたことですが、一九七八年の四月のよく晴れた日の午後に、村上春樹が神宮球場へセ・リーグの開幕戦を見に出かけます。ヤクルト・スワローズ対広島カープの対戦です。村上春樹はヤクルトのファンです。

外野席に座り込んで、ビールを飲みながら試合を見ていると、一回の裏、ヤクルトの先頭打者、デイブ・ヒルトンが、広島の先発ピッチャー、高橋（里）の第一球を、レフトにきれいにはじき返して、二塁打にするのです。

バットがボールに当たる小気味の良い音が、神宮球場に響き渡りました。ぱらぱらというまばらな拍手がまわりから起こりました。僕はそのときに、何の脈略もなく何の根拠

もなく、ふとこう思ったのです。「そうだ、僕にも小説が書けるかもしれない」と。

そのように、『職業としての小説家』（二〇一五年）に記されています。

ですから、「猫を棄てる――父親について語るときに僕の語ること」の少年・村上春樹が野球のバットを持って、バッターボックスに立つ姿は、将来、村上春樹が小説家となることを暗示する写真であるかもしれません。

でも、今回の「猫を棄てる――父親について語るときに僕の語ること」は、棄てにいった猫の帰還と、父親の中国での従軍体験が書かれた文章ですので、私は『ねじまき鳥クロニクル』の中で描かれたバットについても考えなくてはならないだろうと思っています。

『ねじまき鳥クロニクル』の中では、バットが繰り返し出てきます。

例えば、ギターケースを持った若い男に、だしぬけに、野球のバットで思い切り「僕」が肩を叩かれる場面が『ねじまき鳥クロニクル』の第2部にあります。空手の初歩的なテクニックを習ったことがある「僕」は反射的に、相手のからだを蹴りあげて、男の手からバットをもぎ取ります。

そして、僕は相手の顔を殴り続けます。「もうやめなくちゃいけないんだ」と僕は考えますが、「でもやめられなかった。自分がふたつに分裂してしまっていることがわかった。こっちの僕にはもうあっちの僕を止めることはできなくなってしまっているのだ。僕は激しい寒けを感じた」と記されています。

ようやく殴るのをやめて、バスに乗り込むのですが、乗客から奇異な目で見られます。「僕の白いシャツに飛んだ男の血（それはほとんど鼻血だったのだけれど）と、手にした野球バットのせいだということに気づくまでにしばらく時間がかかった。無意識にその野球のバットを摑んで持ってきてしまったのだ」とあります。続いて「結局僕はそのバットを家まで持って帰った。そして押入れの中に放り込んでおいた」と書かれています。

ここは文庫版で六ページくらいの中に「バット」という言葉が、十五、六回繰り返されています。『ねじまき鳥クロニクル』にとって野球のバットがとても大切なものであることがわかると思います。

そして、この場面は『ねじまき鳥クロニクル』第3部の中で反復して出てきます。これも少し長いですが、紹介してみましょう。

それから野球のバットの問題がある。シナモンは僕が井戸の底にバットを置いていることを承知している。だからそのバットのイメージが、ちょうど「ねじまき鳥」という言葉と同じように、彼の物語をあとから「侵食した」可能性はある。でももし仮にそうだとしても、野球のバットに

関してはそんなに単純に説明のつかない部分があった。あの閉鎖されたアパートの玄関で僕にバットで殴りかかってきたギターケースの男……彼は札幌の酒場で手のひらをろうそくの炎で焼いて見せ、つぎには僕をバットで殴り、僕にバットで殴られることになった。そして僕の手にそのバットを引き渡したのだ。

これを読めば、『ねじまき鳥クロニクル』という物語にとって、野球のバットがさらに重要だということがわかるでしょう。

▼思い切りよくなるべく一発で

父親の日中戦争従軍体験のことを書いた「猫を棄てる——父親について語るときに僕の語ること」との関連からすると、『ねじまき鳥クロニクル』に登場する最も重要な野球のバットは、一九四五年の八月に、中国の新京で、満州国軍士官学校の中国人生徒四人を殺す場面でしょう。彼らは新京防衛の任務に就くのを拒否して、夜中に日系の指導教官二人を野球のバットで殴り殺して脱走し、捕まったのです。逃走する際の姿は「野球のユニフォーム」姿でした。兵営の中には、軍服以外にはこの士官学校野球部のユニフォームしかなかったのです。

その日系の教官たちは営内の空気が不穏なことを承知して、満州国軍士官学校の生徒に武器を支給しないことに決めていたのですが、「でも野球のバットのことまでは考えなかった」のです。

捕まった四人の中国人のうち、三人は銃剣で刺し殺されますが、野球チームの主将、四番バッターで、この脱走計画のリーダー格だった男は、野球のバットで殴り殺されます。その四番バッターだったリーダー格の男が、日系の指導教官二人を野球のバットで殴り殺したからなのでしょう。

日本軍の中尉が、一人の若い兵隊を呼んで、バットを手渡し、「それを使って、あの男を殴り殺せ」と言います。

中尉は、若い兵隊に（彼は野球をやったことがありません）、バットのスイングの方法を教えて、「いいか、思い切りよくなるべく一発で楽にしてやれ。時間をかけて苦しませるな」と言います。

さらに「俺だってなにも野球のバットで人を殴り殺したくなんかないんだ、と中尉は言いたかった。いったいどこの誰がそんな馬鹿なことを思いついたんだ。でも指揮官が部下に向かってそんなことを口にするわけにはいかない」と記されています。

そして、兵隊は、バックスイングをして、大きく息を吸い込み、そのバットを力まかせに中国人の後頭部に叩きつけたのです。

▼あなたにひとつプレゼントがあるのよ

そして物語全体で同じように重要と思われる野球のバッ

トが、『ねじまき鳥クロニクル』の第3部の最終盤に描かれています。

大長編『ねじまき鳥クロニクル』を、簡単に要約することは至難のことですが、でも敢えて、要約してみますと、自分の前から、突然、いなくなってしまった妻・クミコを、長い時間をかけて取り戻す物語です。「僕」は「君を連れて帰る」「そのためにここに来たんだ」とクミコに話しています。「間違いなく、はっきりとそう言えるのね？」と彼女が念を押すと「はっきりとそう言える。僕は君を連れて帰る」と応えています。

すると彼女が「あなたにひとつプレゼントがあるのよ」と言うのです。そうやって、暗闇の中に差し出されたものは「野球のバット」でした。

「僕はそのバットのグリップのところを握ってまっすぐ宙にかざしてみた。それはたしかに僕がギターケースの若い男から取り上げたバットのようだった。僕はその握りのかたちと、重さをたしかめた。たぶん間違いない。あのバットだ」とあります。

そのバットには、血が糊《のり》のように固まったところに人間の髪の毛が付着しています。誰かが、そのバットを使って誰かの——おそらくは綿谷ノボルの——頭を強打したのだ、と記されています。

彼女が「それはあなたのバットでしょう？」と言い、「たぶんね」と僕は感情を殺して答えています。

▼「僕」の心の闇の中の戦い

綿谷ノボルは、妻・クミコの兄です。その綿谷ノボル＝ワタヤ・ノボルから、猫の名前がつけられています。その猫のワタヤ・ノボルが行方不明となると、妻・クミコも失踪し、ワタヤ・ノボルが家に帰ってきて、その名前がサワラ（鰆）に変更されることが、妻・クミコの帰還の予告ともなっているという展開に『ねじまき鳥クロニクル』はなっています。

そして、僕が妻を「連れて帰る」には〈戦わなくてはならない〉のです。綿谷ノボルは、日本を戦争に導いた精神の体現者のような存在と私は考えていますが、そのような精神と野球のバットで戦わなくてはならないのです。

その戦いは暗闇の部屋の中で行われます。誰かが、僕に向かって、ナイフを使ってきます。僕は二カ所ばかり切られました。それに対して、僕はバットで戦うのです。

完璧《かんぺき》なスイングだった。バットは相手の首のあたりを捉えた。骨の砕けるような嫌な音が聞こえた。三度目のスイングは頭に命中し、相手をはじき飛ばした。男は奇妙な短い声を上げて勢いよく床に倒れた。彼はそこに横たわって少し喉を鳴らしていたが、やがてそれも静まった。僕は目をつぶり、何も考えず、その音のあたりにとどめの一撃を加えた。そんなことをしたくなかった。でもしないわけにはいかなかった。憎しみからでもなく恐怖からでもなく、と村上春樹は書いています。

この場面を、誰との戦いか、と考えることが重要だと思います。

日本を戦争に導いた精神のような存在である綿谷ノボルとの戦いと考えるのが、普通かもしれません。でも、いくら悪者でも、自分の妻の兄の頭を野球のバットで殴り殺さなくてもいいのではないか……？　という意見の人もいます。

でも私は、次のように考えています。

これは暗闇の中の戦いです。つまり「僕」の心の闇の中の戦いなのです。どんな人間にも、自分の心のどこかに、日本を戦争に導いてしまうような部分を抱いています。そのように、日本を戦争に導いてしまうような自分の心の部分と戦って、そういう部分を徹底的に叩き潰さなくてはならないのです。そのようなことが書かれているのだと、私は考えています。

〈自分は、戦争の反対者で、自分の心の中には、日本を戦争に導くような部分はないのだ〉という考えの人にお会いする時もありますが、そういう人も、本当にそうなのか、誰もが自分の心の闇の世界のことを考え、自らと戦い続けなくてはいけないのだと、私は思っています。

▼名剣・エクスカリバー

『ねじまき鳥クロニクル』で、ギターケースを持った若い男に、だしぬけに野球のバットで叩かれた「僕」は男からバットをもぎ取り、さらに男の顔を殴り続けます。

「僕」は「もうやめなくちゃいけないんだ」と考えても「でもやめられなかった。自分がふたつに分裂してしまっていることがわかった。こっちの僕にはもうあっちの僕を止めることはできなくなってしまっているのだ。僕は激しい寒けを感じた」と書かれていました。

「僕」は奪ったバットを持って家に帰っていますが、このバットは「僕」の心の中にもある「暴力性」の象徴だと思います。

でも、『ねじまき鳥クロニクル』の野球のバットには、もうひとつ別な意味も託されているように感じています。満州国軍士官学校の中国人生徒の四人のうち三人は銃剣で殺され、四番バッターで、この脱走計画のリーダー格だった男が野球のバットで殴り殺されることからしても、この作品の「野球のバット」は「剣」の代わりでしょう。

そして、物語の最後に「自分の心のどこかに、日本を戦争に導いてしまうような部分」という、最も戦うのが難しい相手に打ち勝つことができるバット（剣）とは、あのアーサー王が持っている名剣・エクスカリバーのようなものではないかと考えています。

エクスカリバーは湖の精たちが住む異界で作られた不思

議な力をもった名剣です。鋼鉄をも断ち切り、その鞘には負傷を治す力があり、持つ者を不死身にする剣です。

「猫を棄てる――父親について語るときに僕の語ること」の冒頭にある、父親がキャッチャーとなって、幼い村上春樹が野球のバットを構えて、バッターボックスに立つ写真の話から、ずいぶん遠くまで来てしまいました。でも、ここまで考えさせる力が、村上春樹作品の中の「野球のバット」にはあるということだと思います。

つまり「猫を棄てる――父親について語るときに僕の語ること」は、単に村上春樹が父親の日中戦争での従軍体験を記したものではなく、我々が戦争を繰り返さないためには、歴史の何を引き継ぎ、何と全力で戦わなくてはいけないのかということを書いているのだと思います。そのことを、幼い村上春樹が野球のバットを構えて、バッターボックスに立つ写真は示しているのではないかと、私は考えています。

そして、闇の中で相手をはじき飛ばした野球のバットが、名剣エクスカリバーであるならば、『騎士団長殺し』(二〇一七年)の騎士団長の剣や騎士団長を殺す出刃包丁と繋がっていくところがあると思います。

094 芥川龍之介『歯車』と村上春樹「ウィズ・ザ・ビートルズ With the Beatles」

2019.7

村上春樹の短編二作「ウィズ・ザ・ビートルズ With the Beatles」と「『ヤクルト・スワローズ詩集』」が、雑誌「文學界」八月号に同時掲載されました。「『ヤクルト・スワローズ詩集』」などは、題名にも表れていますが、村上春樹がファンであるプロ野球のヤクルト・スワローズへの詩が織り込まれている短編です。

両作品名の前には連作短編「一人称単数」の「その4」と「その5」と記されているので、同じ「文學界」二〇一八年七月号に掲載された「三つの短い話」(「石のまくらに」「クリーム」「チャーリー・パーカー・プレイズ・ボサノヴァ」)に繋がる作品ということなのでしょう。「三つの短い話」の発表時には「一人称単数」の言葉は記されていませんでしたが、いずれも「僕」や「ぼく」の「一人称単数」で書かれた作品です。きっと一つの短編集にまとめられる作品群なのだと思います。

この作品を読んだ村上春樹ファンの反応は、「『ヤクルト・スワローズ詩集』」などを「やや軽い作品」と受け取る人、「えっ、ヤクルト・スワローズへの詩も書いちゃうの!」と村上春樹に対して、面白がる人とか、いろいろあるようでした。
このコラムは、村上春樹作品を愛する読者として、作品がどのように読めるか、作品からどんなものを受け取れるかということを、それらの作品が発表された時点で、リアルタイムで、その感想を記していきました。ですから今回も、新作短編二作について、私の思いを書いていくのが、このコラムを書いている者としての務めかと考えています。

▼最後に［設問］がある作品

この二つの作品は、かなり変わった作品です。例えば「ウィズ・ザ・ビートルズ With the Beatles」の最後に、

［設問・二度にわたる二人の出会いと会話は、彼らの人生のどのような要素を象徴的に示唆していたのでしょう?］

という［設問］が記されています。最後にこのような［設問］がある作品は、もしかしたら初めてではないかと思います。私にはすぐに例を挙げることができません。今回はこの［設問］について、私なりの答えを考えてみたいと思います。

「「ヤクルト・スワローズ詩集」」の方にも、こんなことが記された作品があったかなと思う場面があります。その『ヤクルト・スワローズ詩集』のナンバー入りの五百部、全部にきちんとサインペンで「村上春樹、村上春樹、村上春樹……」と署名したとあるのです。

これまでも、作者の職業が作家だったりして、読んでいると、村上春樹自身に近い主人公かなと思わせる作品はありました。でも作中に「村上春樹、村上春樹、村上春樹……」と自らの名前を記す小説は無かったと思うのです。

それとタイトルをよく見ると「「ヤクルト・スワローズ詩集」」というふうになっていて、「ヤクルト・スワローズ詩集」が「　」で括られています。

つまり、作品の最後に［設問］が置かれた「ウィズ・ザ・ビートルズ With the Beatles」も、「ヤクルト・スワローズ詩集」を「　」で括った「「ヤクルト・スワローズ詩集」」もたいへん自覚的で、異なる位相を含んだ作品なのだと思います。

▼一枚のレコードをとても大事そうに胸に抱えていた

まず最後に［設問］がついている「ウィズ・ザ・ビートルズ With the Beatles」の方から考えてみたいと思います。私には、この作品は村上春樹にとって、とても大切なことが描かれていると感じました。村上春樹の世界観と小説観が記されているように思ったのです。

この作品には二人の女の子が出てきます。最初の女の子は僕と同じ高校に通っている、名も知らぬ、同学年の人です。時代は一九六四年、ビートルズ旋風がまさに世界中を吹き荒れていた時。一九六四年の秋の初めの季節、その女

の子が学校の廊下を一人で早足で歩いていました。僕は長く薄暗い廊下で、彼女とすれ違います。そして、その女の子は一枚のレコードをとても大事そうに胸に抱えていたのです。「ウィズ・ザ・ビートルズ」というLPレコードです。「ビートルズのメンバー四人のモノクロ写真がハーフシャドウであしらわれた、あの印象的なジャケットだ。そのレコードは僕の記憶の中では、米国盤でもなく日本国内盤でもなく、英国のオリジナル盤だ。なぜかそのことはとてもはっきりしている」とあります。

僕は、それ以来、何人かの女性と知り合い、親しくつきあいもしますが、新しい女性に巡り会うたびに、一九六四年の秋に学校の薄暗い廊下で巡り会った輝かしい一瞬、心臓の堅く無口なときめきと、胸の息苦しさと、耳の奥に聞こえる小さな鈴の音を希求していたような気がするのです。

しかし「ウィズ・ザ・ビートルズ With the Beatles」で、現実的に描かれるのはもう一人の女の子の方です。僕の初めてのガールフレンドとなった、その彼女も同じ高校の小柄でチャーミングな少女です。でも彼女はビートルズの音楽にはほとんど興味を惹かれないようで、ジャズにも関心がありません。好んで聴くのはマントヴァーニ楽団とか、パーシー・フェイス楽団とか、ロジャー・ウィリアムズとか、アンディー・ウィリアムズとか、ナット・キング・コールとか、「その手のごく穏やかな、いうなれば中産階級的な音楽だった」と書かれています。

▼君はたぶんサヨコの友だちだよな

この彼女との付き合いから、「ウィズ・ザ・ビートルズ With the Beatles」という作品は、深いところに入りこんでいきます。

一九六五年の秋の終わり頃の日曜日、神戸のラジオ局の近くにある彼女の家に、そのガールフレンドを迎えに僕が行くのですが、彼女は留守なのです。何度も玄関のベルを押していると、彼女の兄が現れます。そして、僕と、この彼女の兄との対話が、同作品のメインをなしていきます。紹介した［設問］も、この彼女の兄と僕についての［設問］です。

その彼女の兄の髪はついさっき起きたばかりのように、くしゃくしゃと乱れ、丸い首の部分が緩くなった紺のセーターに、膝の突き出たグレーのスエットパンツという格好。いつもきれいに髪を整え、清潔な格好をしているガールフレンドとは、対照的な外見でした。

その「彼女の兄」が「ええと、君はたぶんサヨコの友だちだよな」と、言います。

僕は「そうです」と答えて、「十一時にここにうかがうことになっていたんです」と言いますが、「サヨコはいないよ、今」と彼は言うのです。

彼女の兄の語るところによれば、父親はゴルフに行ったのかもしれず、僕のガールフレンドとその妹の二人はどこかに遊びに出かけたのかもしれません。母親までいないようです。

「でも君と約束しているんなら、サヨコはそのうちに戻ってくるやろう」「上がって待ってたらいい」と言うのです。「ご迷惑でしょうし」と僕が躊躇しても「いや、迷惑なんかやない」と彼は言うのです。居間のソファに僕が座ると、彼女の兄は向かいにある安楽椅子に腰を下ろし、ゆっくりあくびをして「サヨコとつきあっていて面白いか？」と尋ねます。

「楽しいと思いますが」と答えると、「楽しいけど、面白くはない？」と聞き返してきます。この辺り、やりとりはなかなか面白いです。

さらに彼女の兄は「これからトーストを焼いて食べるけど、いらんか？」と聞き、「コーヒーは？」と言います。僕は「コーヒーはできれば飲みたかった」けれど、彼女の留守に、彼女の家族とこれ以上深い関わりを持つのは、もうひとつ気が進まないので、コーヒーも「けっこうです」と断ります。

この「コーヒー」の頻出ぶりに注目しておいてください。

▼ユーモアに満ちた設定

日曜日の朝に、彼女の兄ひとりだけを残して家族全員が姿を消しているというのも、なんだか不思議な話ですが、僕はバッグに入っていた「現代国語」の副読本を取り出して、読みながら、彼女の帰宅を待ちます。

その副読本に収録されている小説や随筆はいくつか外国の作家のものもありましたが、ほとんどは日本の近代・現代作家の作品で、芥川龍之介や谷崎潤一郎や安部公房などの有名な作品が選ばれていました。それらは大半は抜粋でしたが、最後にはいくつかの設問が添えられています。

それらの設問の多くは、例によってろくすっぽ意味を持たないものでした。「意味を持たない設問」というのは、解答の正否を論理的に判定しづらい（あるいは判定できない）設問のことのようです。それを書いた作者自身にだって、そんな判定が下せるかどうかあやしいものです。

例えば「この文章に託されている、戦争についての作者の姿勢はどのようなものでしょう？」とかいうものだと、村上春樹は書いています。

この「ウィズ・ザ・ビートルズ With the Beatles」の最後に［設問］が付されているのは、この副読本に付された「設問」に対応した、村上春樹のユーモアに満ちた設定なのでしょう。

▼毒をもって毒を制する、ということもあるやろう

彼女の兄は、白くて大きなマグカップでコーヒーを飲んでいます。そのコーヒーカップには「第一次世界大戦の複葉戦闘機の絵がプリント」されています。「操縦席の前には機関銃が二丁取り付けられて」います。

彼女の兄のセーターの胸のところにはパン屑がこぼれていました。スエットパンツの膝の部分にもパン屑がこぼれています。たぶんとても腹が減っていて、パン屑のことなど気にしないで盛大にトーストをかじったのでしょう。

そして、ここからが、この作品の最も重要なポイントだと思いますが、その彼女の兄が僕の読んでいた「現代国語」の副読本に載っている芥川龍之介の『歯車』を朗読してくれと、僕に頼むのです。

彼女の兄は、僕の持っていた副読本を手にして、『歯車』はちゃんと読んだことがないが、『河童』はずっと昔に読んだことがあるそうで、「『歯車』って、たしかかなり暗い話やったよな?」と言うのです。

芥川は三十五歳で服毒自殺していますし、『歯車』は昭和二(一九二七)年、芥川が亡くなったあとに発表された作品で、ほとんど遺書のような小説です。

「ずいぶん神経症的で、気が滅入るような話ですよ」と僕は言いますが、彼女の兄は「たまにはそういう話も聞いてみたい。毒をもって毒を制する、ということもあるやろう」と言うのです。そして、彼は副読本を返し、ドイツ軍の十字マークのついた複葉戦闘機のカップを手にとりコーヒーを飲み、朗読が始まるの待つのです。

副読本の『歯車』には全六章のうち、五章「赤光《しゃっこう》」と六章「飛行機」の部分が掲載されていましたが、僕は『歯車』の最後の「飛行機」の部分を読みます。

「その最後の一行は「誰か僕の眠っているうちにそっと絞め殺してくれるものはないか?」だった。それを書き終えてから、芥川は自殺したのだ」と村上春樹は書いています。

この最後の行を読み終えても、家族はまだ誰も戻ってはきません。あたりはしんと静まりかえっていて、ただ時間だけが緩慢に、しかし着実に前に進んでいきます。そして、ガールフレンドの兄は、僕が読み終えた文章の余韻を味わうように、腕組みをしてひとしきり目を閉じていました。

▼記憶がそっくりどこかに飛んでしまった経験

朗読を終えて、時間は十二時を少し回っていたので、帰ろうとすると、彼女の兄は「あと三十分だけ待ってたらどうや」と言うのです。

「君は朗読するのがうまいな」「内容をよく理解していないと、ああいう読み方はなかなかできんもんや。とくに終わりの方がよかった」と彼女の兄は言いました。

褒められた僕は、なんだか居心地が悪かったのですが、しかし場の雰囲気からして、どうやらあと三十分、僕は彼の話し相手を務めていかなくてはならないようだと思います。「この人はおそらく、誰か話し相手を必要としているのだろう」と思うのです。

そして「彼は身体の前で、お祈りでもするみたいに両の手のひらをぴたりと合わせ」、それから唐突に切り出します。

「妙なことを訊くみたいやけど、君には記憶が途切れたことってあるか？」と言うのです。

「実を言うとな、記憶がそっくりどこかに飛んでしまった経験が、ぼくには何度かあるねん。たとえば、午後三時に急に記憶が途切れて、気がついたら午後七時になっていて、その四時間のあいだ自分がどこで何をしていたのか、まったく思い出せないみたいな」

そんなことを彼女の兄は自分の中に抱えているのだと言います。

「そういうのが起こるのは、今のところ年に一回か二回くらいのもので、それほど頻繁というわけやないけど、でもな、問題は回数やない。問題は、そういうことがあると、現実生活に具体的に差し支えが出てくるということや」と言います。

▼金槌で、誰か気に入らんやつの頭を

さらに「ひゅっと記憶が途切れているときに、もしぼくが大きな金槌を持ちだして、誰か気に入らんやつの頭を思いきり叩いたりしたら、それは『困ったことでした』みたいな話では済まされんよな、ぜんぜん？」

さらに「実際のところぼくにも、気に入らんやつは何人かいるよ。頭にくるやつかている。父親とかもな、そのうちの一人や。でも正気の時には、父親の頭を金槌で叩いたりしないよな。さすがに抑制というものがあるから。でも記憶が途切れているときのぼくがいったい何をするかなんて、そんなことぼく自身にもようわからんやないか」と語るのです。

そして、彼女の兄は自分のことが怖くなって、学校に行けなくなりましたが、母親が彼の置かれた特殊な事情を教師に説明して、なんとか特例を適用して高校を卒業できました。でも大学には進まなかったのです。「で、それ以来、こうやって家にこもってごろごろしている」のです。

ただ、それに続いて、彼女の兄は「ここのところ恐怖心みたいなのはだんだんましになっている」ので、「もうちょっと気持ちが落ち着いたら、たぶんどこかの大学に行くことになると思うんやけど……」とも語っています。

さて、この彼女の兄が語るものは何でしょう。私は、この「ウィズ・ザ・ビートルズ With the Beatles」を読むうちに、『歯車』の作者・芥川龍之介にも似た病を、彼女の兄の語りの中に感じました。

よく知られるように、芥川龍之介は、実母が龍之介の生後八カ月ぐらいの時に突然発狂して、母親の実家に引き取られ、伯父と伯母に育てられます。そのために芥川龍之介は、いつか自分も出し抜けに発狂するのではないかという恐怖の中を生きていました。その遺伝の恐怖が芥川龍之介を自殺に駆った最大の要因でしょう。

ガールフレンドの兄が、記憶喪失している間に父親の頭を金槌で叩いたりしてしまうのではないかとの思いを抱くのは、芥川龍之介の恐怖と重なっているようにも感じます。「ウィズ・ザ・ビートルズ With the Beatles」の僕が持つ副読本の『歯車』の「赤光」の中にも「僕も亦母のように精神病院にはいることを恐れない訣《わけ》にも行かなかった」「発狂することを恐れながら」などの言葉が記されています。

「赤光」は斎藤茂吉の第一歌集です。芥川龍之介は精神科医である斎藤茂吉の診察も受けていました。『歯車』には志賀直哉の『暗夜行路』なども出てきますが、斎藤茂吉にしろ、志賀直哉にしろ、深く悩んでも、決して自殺をしないタイプの人物のようにも感じます。そんな人の作品のことを芥川龍之介は死の直前に考えています。友人・菊池寛にしても、決して自殺しないタイプです。それほど、発狂、自死への恐怖が強かったのでしょう。

▼ドイツ軍の十字マークのついた複葉戦闘機のカップ

芥川龍之介が、彼女の兄と重なって感じられるのは、この新作短編の中で繰り返し出てくる、兄が持つコーヒーカップのことが関係しています。

紹介したように、その白いコーヒーカップ（兄の専用カップのようです）には「第一次世界大戦の複葉戦闘機の絵がプリントされていた。操縦席の前には機関銃が二丁取り付けられている」とありますし、「ドイツ軍の十字マークのついた複葉戦闘機のカップ」とも記されています。

村上春樹には、ジェイ・ルービンさん（村上春樹作品の英訳者）が編者となった『芥川龍之介短篇集』の序として書かれた「芥川龍之介——ある知的エリートの滅び」という評論があります。

その中で「芥川は本来的にモダニズムを指向した人だった。彼が生まれたのは一八九二年で、日本が鎖国を解いて、「近代化」という大がかりな外科手術をおこなってから既に三十年、一世代が経過し、時代は一巡りしていた。つまり芥川は生まれながらにして「近代の子」であったわけだ」とあります。

さらに「彼が作家として活躍した一九一六年から一九二七年にかけては、第一次世界大戦の軍需によって日本が好景気に沸き、いわゆる「大正デモクラシー」が花開いた時代でもあった。日本におけるワイマール時代と言ってもいいかもしれない」と、芥川龍之介の活躍時代を「第一次世界大戦」とドイツの「ワイマール時代」とに村上春樹は関連付けて論じているのです。

彼女の兄が持つ「ドイツ軍の十字マークのついた複葉戦闘機のカップ」とは、村上春樹が「芥川龍之介——ある知的エリートの滅び」で書いた芥川龍之介像と重なっているのではないでしょうか。

▼自分の肉を切らせて、相手の骨を断つ

その論の中で「僕はこの『歯車』という作品を十五歳のときに読んだ」と村上春樹は書いていますし、「『歯車』における主人公の視線の切実さには、そしてまたどこまでもスタイリッシュに削がれた文体には、まさしく鬼気迫るものがある」とも書き、さらに「自らの人生をぎりぎりに危ういところまで削りに削って、もうこれ以上は削れないという地点まで達したことを見届けてから、それをあらためてフィクション化したという印象がある。すさまじい作業である。「自分の肉を切らせて、相手の骨を断つ」という表現があるが、まさにそれだ」と『歯車』のことを書いています。

「ウィズ・ザ・ビートルズ With the Beatles」の彼女の兄が僕に朗読を頼む際に「毒をもって毒を制する、ということもあるやろう」と言っているのは、村上春樹の芥川龍之介論の中の「自分の肉を切らせて、相手の骨を断つ」という『歯車』についての言葉を受けて、彼女の兄が述べているのではないかと思ったりもします。

その芥川龍之介論の中で、芥川龍之介が活躍した時代について、村上春樹は「そのような自由な気風は、一九二九年秋のウォール街大暴落と、それに続く世界的な不況、そして軍国主義・ファシズムの台頭によって見事に潰されていくわけだが、それは芥川が世を去った後の出来事である。我々はまだ芥川とともに、大正時代のデモクラシーと自由主義とモダニズムの中にいる」と記しています。

最後の一文は、現代人に向けた言葉かと思います。

▼飛行機病と云う病気を知っている？

さて、それなら、芥川龍之介が自殺したように、彼女の兄は自殺するのでしょうか。

「僕は修理に出した腕時計を受け取るために、夕方前に渋谷の坂道を上がっていた」のですが、そのときすれ違った男に、背後から声をかけられます。

彼女の兄でした。僕も三十五歳となっています。職業は「物書き」と記されています。

僕の彼女の兄は「君があのとき読んでくれた芥川の『歯車』の中に、飛行士は高空の空気ばかり吸っているから、だんだんこの地上の空気に耐えられんようになる……みたいな話が出てきたやろう。飛行機病というやつ。そんな病気がほんとうにあるのかどうかは知らんけど、しかしその文章を今でも覚えているよ」と言うのです。

『歯車』では「僕」が妻の母や弟たちと話していると、「烈しい飛行機の響き」が僕らを驚かします。それは「翼を黄いろに塗った、珍しい単葉の飛行機」でした。

この「単葉の飛行機」と、彼女の兄が持っていたコーヒーカップの「第一次世界大戦の複葉戦闘機」も対応しているものでしょう。「あの飛行機は落ちはしないか？」という僕の心配に「大丈夫。……兄さんは飛行機病と云う病

気を知っている?」と言って、妻の弟が話す場面です。

彼女の兄は「飛行機病」にならなかったということでしょう。例の記憶喪失病も「君と会って話をした少しあとくらいからかな、それ以来記憶の喪失はもう一度も経験していない。それで気持ちもだんだん落ち着いて、無事にまずまずの大学に入って、無事にそこを卒業して、そのあとは父親の事業を継いでます。何年か回り道みたいなのはしたけど、今はなんとか人並みにやってるよ」と話しています。「それはよかった」と僕は繰り返して、「結局、お父さんの頭を金槌でどついたりはしなかったんだ」と、ちゃかしてもいます。

▼日本的土着性と、西洋的普遍性

これは、どんなことなんでしょうか。飛躍があるかもしれませんが、私の理解を記しておきたいと思います。

村上春樹は、芥川龍之介の作品の中に「日本的土着性と、西洋的普遍性」との葛藤と確執を見ています。芥川龍之介は本来的に西洋的普遍性(モダニズム)に向かっていた作家だと村上春樹は考えています。紹介したように、さらに、まだ我々現代人も「モダニズムの中にいる」と村上春樹は指摘しています。〈でも、果たして、それでいいのだろうか?〉というのが、村上春樹の考えだと思います。

そして、村上春樹は、芥川龍之介論の中で、次のようなことを記しています。重要な村上春樹の考えの表明ですので、紹介しておきたいと思います。


今日我々が目指さなくてはならないものは、異文化との表層的な折衷ではなく、より積極的な、より本質的な、interactive(相互的)な噛み合いである。我々は日本という文化環境に生まれ落ち、固有の言語と歴史を継承し、そこで暮らしている人間だから、もちろん完全に西欧化、グローバル化することなどできないし、またする必要性もない。これは当然のことだ。しかしその一方で、狭隘なナショナリズムに陥ることだけはなんとしても避けなくてはならない。これは歴史の示す大きな教訓であり、曲げようのない原則である。

さらに「今日、我々は好むと好まざるとにかかわらず、それぞれの文化の方法論を等価で交換しないことには、うまく立ちゆかないという差し迫った状況に置かれている。政治的、経済的、文化的、宗教的に、孤立した一国主義(地域主義)に向かうことは、あるいはファンダメンタリズムに陥ることは、世界的な規模で思いも寄らぬ危険をもたらすことになるかもしれない。そのような意味合いにおいても、我々(小説家をはじめとする創作者)は外に向けてどんどん文化的に発信し、また同時に外からのものを柔軟に受信していかなくてはならない。自らのアイデンティティーを揺らぎなく保ちつつも、交換できるものは交換し、理解できることは理解し合わなくてはならない」と述べているのです。

この村上春樹の芥川龍之介論を収めたジェイ・ルービン編『芥川龍之介短篇集』は二〇〇七年の刊行ですが、村上春樹の基本的な認識は変わっていないと思います。

▼高く飛行する近代主義と低い土地の日本の土着性

〈近代的に高く飛び続けるだけでは、高空の空気ばかり吸っているから、だんだんこの地上の空気に耐えられんようになってしまう〉。日本的土着性にあるよきものも見つめながら、本質的にそれらが組み合わさなくてはならないのではないか。そのようなことが書かれているのではないかと、この短編を読んで思ったのです。

僕と彼女の兄が再会する場所が、「渋谷」であることは、偶然ではないと思います。歩いてみれば、よくわかりますが、「渋谷」は「谷」です。道玄坂や宮益坂を下った所にある土地です。二人は「渋谷」のコーヒーショップで、「飛行機病」の話をしています。

高く飛行する近代主義と低い土地の日本の土着性が同時に描かれている場面です。コーヒーショップでの話が終わると、「僕のかつてのガールフレンドのお兄さんは渋谷駅に向かって、ゆっくり坂を下りていった」と村上春樹は書いています。

以上で、最初に紹介した［二度にわたる二人の出会いと会話は、彼らの人生のどのような要素を象徴的に示唆していたのでしょう?］という［設問］に答えられているのか、自分にはわかりません。また、僕のかつてのガールフレンド・サヨコはどうなったのかなども記さなくてはなりませんが、それは次の「村上春樹を読む」で「ウィズ・ザ・ビートルズ With the Beatles」と「『ヤクルト・スワローズ詩集』」について、さらに考えてみたいと思います。

095 関西弁の村上春樹作品

「『ヤクルト・スワローズ詩集』」と父親

2019.8

北海道大学で、七月二十日、二十一日の両日、第八回村上春樹国際シンポジウム（台湾の淡江大学村上春樹研究センターなどが催す）が「村上春樹文学における『移動』（Movement）」をテーマに開かれ、それを聴きに行ってまいりました。

この毎月の連載も既に九十五回目となりました。でも八年も連載していると、自分の読みが型にはまったものになりがちです。ですからこのような集まりは、自分の村上春樹作品の読みの世界を拡げるいい機会だと思っています。今回も自分の読み方が更新されていく発表がいくつもありました。

前回、「文學界」二〇一九年八月号に掲載された連作短編「一人称単数」の二つの短編のうちの「ウィズ・ザ・ビートルズ With the Beatles」について「僕のかつてのガールフレンド・サヨコはどうなったのかなども記さなくてはなりません」と書いていたので、その続きを書くことが、今回の連載の義務でもありますが、まず、北大でのシンポジウムで、興味深かった発表を一つ紹介したいと思います。

▼村上春樹作品に登場する関西弁についての考察

それは、言語学者・日本語学者である大阪大学の金水敏教授による「村上春樹と方言について」という話です。関西生まれで、関西育ちの村上春樹は関西弁を話す人間として育ったわけですが、デビュー以来の小説を標準語というか、東京弁で書いてきました。その村上春樹作品に登場する関西弁についての考察です。

金水教授は、まず、エッセイ集『村上朝日堂の逆襲』（一九八六年）に収められた「関西弁について」という文章を紹介しました。それは、次のように書き出されています。

> 僕《ぼく》は関西生まれの関西育ちである。父親は京都の坊主《ぼうず》の息子で母親は船場《せんば》の商家の娘だから、まず百パーセントの関西種と言ってもいいだろう。だから当然のことながら関西弁をつかって暮らしてきた。それ以外の言語はいわば異端であって、標準語を使う人間にロクなのはいないというかなりナショナリスティックな教育を受けてきた。ピッチャーは村山、食事は薄味、大学は京大、鰻《うなぎ》はまむしの世界である。

阪神タイガースファン以外の若い読者には、もしかしたら「ピッチャーは村山」の部分が少しわかりにくくなっているかもしれませんが、村山実は巨人の長嶋茂雄、王貞治両選手の好敵手として活躍し、二代目ミスタータイガースと呼ばれた阪神の伝説的な名投手です。
村上春樹はそれに続いて、

しかしどういうわけか早稲田《わせだ》に入ることになって（早稲田大学がどういう大学かというのも殆《ほとん》ど知らなかった。あんなに汚いところだとわかっていたらたぶん行かなかった）あまり気が進まない東京に出てきたのだが、東京に出てきていちばん驚いたことは僕の使う言葉が一週間のうちにほぼ完全に標準語——というか、つまり東京弁ですね——に変わってしまったことだった。僕としてはそんな言葉これまで使ったこともないし、とくに変えようという意識はなかったのだが、ふと気がついたら変わってしまっていたのである。気がついたら、「そんなこと言ったってさ、そりゃわかんないよ」という風になってしまっていたのである。

早稲田大学で学ぶ人や学んだ人には「あんなに汚いところ」などは、ちょっとキツイ言葉かもしれませんね。でも、このエッセイの最後に、関西弁と東京弁と、自分の小説の関係について、次のように村上春樹は記しているのです。

僕はどうも関西では小説が書きづらいような気がする。これは関西にいるとどうしても関西弁でものを考えてしまうからである。関西弁には関西弁独自の思考システムというものがあって、そのシステムの中にはまりこんでしまうと、東京で書く文章とはどうも文章の質やリズムや発想が変わってしまい、ひいては僕の書く小説のスタイルまでががらりと変わってしまうのである。僕が関西にずっと住んで小説を書いていたら、今とはかなり違ったかんじの小説を書いていたような気がする。その方が良かったんじゃないかと言われるとつらいですけど。

そんなふうに考えている村上春樹の作品に、関西弁を使った小説が現れてくることを金水教授は指摘していったのです。

▼山頭火、今やったらもうえらいお値打ちですのにねえ

例えば『村上朝日堂超短篇小説　夜のくもざる』（一九九五年）の「ことわざ」という掌編（ショートショート）に、こうあります。

猿やがな。なんせ猿がおったんや。嘘《うそ》やあるかい、ほんまもんの猿が木の上におったんや。わしもそらびっくりしたわ。

こんなような調子で、全編関西弁で書かれています。
また『海辺のカフカ』（二〇〇二年）には、「僕」が留まる四国香川県高松市の甲村記念図書館で、同図書館を案内す

るツアーに参加すると「大阪からやってきた中年の夫婦」も加わっています。甲村家は代々文芸に造詣が深く、種田山頭火も数度投宿し、そのたびに句や書を残していきましたが、当主のお眼鏡にかなわず、ほとんどが廃棄されてしまったそうです。

「そら、もったいないことしましたな」「山頭火、今やったらもうえらいお値打ちですのにねえ」と大阪から来た夫婦の奥さんは言い、夫の方も関西弁で「ほんまに、ほんまに」と相づちを打っています。

さらに『アフターダーク』（二〇〇四年）では、本名を隠して、ラブホテルの店員として働いているコオロギという女性が「そら、会社やからね、マジでやりますがな」「ほんまに。気いつけなあかんわ」と関西弁で話しています。

また『神の子どもたちはみな踊る』（二〇〇〇年）の中の「アイロンのある風景」に出てくる「三宅さん」という男性も「若いゆうのもきついもんやねん」「俺かてな、なんにも考えてへんねん。アホの王様やねん。わかるやろ」と関西弁で話します。

昨年の「文學界」七月号に発表された「三つの短い話」（「石のまくらに」「クリーム」「チャーリー・パーカー・プレイズ・ボサノヴァ」）のうちの「クリーム」には「中心がいくつもあってやな、いや、ときとして無数にあってやな、しかも外周を持たない円のことや」と話す老人が出てきます。

▼方言コスプレ

金水教授は、このように多くの例を挙げながら（各引用の箇所や長短などは、小山が少し変えています）、村上春樹作品に関西弁で話す人物の登場を指摘したのです。

これだけの例を示されると、偶然ではなく、村上春樹が何かの考えを持って、関西弁を話す人たちを描いているのだろうと考えていいかと思います。

さらに、東京・田園調布の生まれにもかかわらず、「ほぼ完璧な関西弁」をしゃべる木樽という男が出てくる『女のいない男たち』（二〇一四年）の中の短編「イエスタデイ」について、金水教授は紹介しています。

東京生まれの木樽が関西弁を覚えた理由は「おれは子供の頃から熱狂的な阪神タイガースのファンでな、東京で阪神の試合があったらよう見に行ってたんやけど、縦縞のユニフォーム着て外野の応援席に行っても、東京弁しゃべってたら、みんなぜんぜん相手にしてくれへんねん。そのコミュニティーに入れへんわけや。それで、こら関西弁習わなあかんわ思て」というのです。

金水教授によれば、木樽のようなタイプを、ヴァーチャル方言の一種である「方言コスプレ」というのだそうです。それに関しては、田中ゆかり著『「方言コスプレ」の時代——ニセ関西弁から龍馬語まで』という本があるそうです。

その「イエスタデイ」の僕が木樽と知り合ったのは、早稲田の正門近くの喫茶店でアルバイトをしている時のようです。どちらも二十歳で、誕生日も一週間しか違いません。僕は早稲田大学文学部の二年生、木樽は浪人二年目。そして「僕は生まれたのも育ったのも関西だが、ほぼ完璧な標準語（東京の言葉）をしゃべった。そう考えてみれば、僕らはけっこう風変わりな組み合わせだったかもしれない」と村上春樹は書いています。

金水教授の指摘を紹介したように、『村上朝日堂の逆襲』の「関西弁について」で、早稲田大学に入って「僕の使う言葉が一週間のうちにほぼ完全に標準語――というか、つまり東京弁ですね――に変わってしまった」「僕はどうも関西では小説が書きづらいような気がする。これは関西にいるとどうしても関西弁でものを考えてしまうからである」という村上春樹の認識が、時間を経て、かなり変化してきたということです。

▼東京弁と関西弁に対する意識の変化

さらに「イエスタデイ」を読んでいくと、木樽が、彼のガールフレンドと、僕の前でこんな話をしています。

「東京育ちのくせに関西弁しか話さないし、口を開けばいやがらせみたいに、阪神タイガースと詰め将棋の話しかしないし」とガールフレンドが言うと、「そんなこと言うたら、こいつかてけっこうけったいなやつやぞ」「芦屋の出身のくせに東京弁しかしゃべらんしな」と木樽が言います。

でもガールフレンドは「それってわりに普通じゃないかしら」と言うと、「おいおい、それは文化差別や」「文化ゆうのは等価なもんやないか。東京弁の方が関西弁より偉いなんてことがあるかい」と木樽が反論。さらにガールフレンドは「あのね、それは等価かもしれないけど、明治維新以来、東京の言葉がいちおう日本語表現の基準になっているの」「その証拠に、たとえばサリンジャーの『フラニーとズーイ』の関西語訳なんて出てないでしょう」というのですが、「出てたらおれは買うで」と応えます。「僕も買うだろうと思ったが、黙っていた」とあります。

このやりとり面白いですね。つまり「木樽」と「僕」は分身関係にあるということですね。ともかく、ここに村上春樹の東京弁と関西弁に対する意識の変化が反映しています。

▼父の生涯と死に向き合う

そして金水教授は発表の結論部で、今年「文藝春秋」六月号に発表して話題となった「猫を棄てる――父親について語るときに僕の語ること」に触れながら、次のように指摘しています。その時の資料を基に記してみましょう。

「猫を棄てる――父親について語るときに僕の語ること」では、長らく不和が続いていた父の生涯と死に向き合い、人の生のつながりについて内省的に記していますし、村上春樹は、父に反抗して生まれ育った関西を飛び出し、同時に関西弁をいわば封印して自分の文体を作った。彼はヤクルト・スワローズのファンであることを公言しているが、それもやはり父が阪神ファンであったことの反動とみることができると指摘したのです。

そして「イエスタデイ」で木樽が阪神ファンであるが故に大阪弁を身につけたというエピソードは、作者の中で阪神ファン＝関西弁話者であり、また阪神ファンと聞けば反射的に父を想起するという公式が成立していることを暗示しているし、そこに関西弁のエクリチュール、あるいは父のヴォイスと思しき発話が作品に響き始めていることと、村上春樹氏が自らの父について真摯に語り始められたことは、決して無縁ではないことを指摘して、阪神大震災、地下鉄サリン事件を契機としての〈デタッチメント〉から〈コミットメント〉へと作風をシフトさせたことなどや、河合隼雄氏との出会いなども一連の動きとしてとらえられると金水教授は述べたのです。

金水教授の話を聴きながら、私は、二〇一三年五月、「河合隼雄物語賞・学芸賞」創設を記念した公開インタビューが、京都で開かれた際に、村上春樹が〈自分だって、関西弁を話せますよ。話してみましょうか〉と言って、流暢な関西弁で話してみたことを思い出したりしました。

▼ガールフレンドの兄は関西弁、僕の東京弁

このような金水教授の話をたいへん面白く聴いていたのは、ちょうど「文學界」二〇一九年八月号に発表されたばかりの「ウィズ・ザ・ビートルズ With the Beatles」と「ヤクルト・スワローズ詩集」」について考えていたからです。

金水教授の話は、村上春樹のこの二つの最新短編に触れたものではありませんでしたが、このうちの「ウィズ・ザ・ビートルズ With the Beatles」は、関西弁か東京弁かという視点で考えていくと、とても奇妙な小説です。

前回も紹介しましたが、この作品には僕と僕のガールフレンドの兄との会話が記されています。

そのガールフレンドの兄は関西弁で話しています。例えば、芥川龍之介の『歯車』の一部が収録されている国語の副読本を持つ僕に対して「何を読んでいるんや？」「『歯車』って、たしかかなり暗い話やったよな？」「それ、ちょっと読んでみてくれへんかな？」という具合に関西弁で話しているのです。

それに対して、僕は「現代国語の副読本です」「ええ、なにしろ死ぬ直前に書かれた話ですから」「声に出して読むんですか？」と、東京弁で応えています。

でも、この「ウィズ・ザ・ビートルズ With the Beatles」は、神戸を舞台とした小説なのです。しかも、僕のガールフレンドは高校の同学年です。僕も高校生ですから、まだ関西弁の文化圏から出た体験はないと考えられます。

そのガールフレンドの家に、彼女を迎えに行ったら、ガールフレンドは留守で、彼女の兄一人がいたという展開です。ここはガールフレンドの兄が関西弁で話していたら

（つまり地元の言葉で話していたら）、僕も関西弁で話してもいいのではないかと思うのです。

▼父親は筋金入りの阪神タイガース・ファンだった

仮に、僕が神戸から東京の大学に進学し、夏に帰郷して、ガールフレンドの家を訪ねたという設定なら、僕の東京弁もわかるのですが……。それとも関西では、高校生でも年上の人に対しては、東京弁で応答するということがあり得るのでしょうか……。

もちろん小説として、そのように書いてあるだけだということも考えられるのですが、でも村上春樹が意識せずに関西弁と東京弁を交ぜて書いているわけではないことは、金水教授が挙げた多くの関西弁の登場人物でよくわかります。やはりとても気になるのです。

意識的だとすれば、ここに村上春樹は何を表現しようとしているのでしょうか……。そんな考えが、私の中にやってきたのです。

そして、もう一つの疑問も同時に自分の中にやってきました。

「ウィズ・ザ・ビートルズ With the Beatles」と「「ヤクルト・スワローズ詩集」」には連作短編「一人称単数」その4・その5と名づけられているのですが、この二作は「一人称単数」の視点で書かれている以外に、どのような繋がりを他に持っているのだろうか……という疑問です。

この二作とともに、連作短編集を構成するようになると思われる「文學界」二〇一八年七月号に掲載された「三つの短い話」（「石のまくらに」「クリーム」「チャーリー・パーカー・プレイズ・ボサノヴァ」）は、例えば、夥《おびただ》しい「四」と「四」の倍数の存在の中に「死」を巡る話が語られている点などが共通した三作でした。

「「ヤクルト・スワローズ詩集」」という短編もよく考えてみると、とても変な小説です。村上春樹がファンであるプロ野球チームのヤクルト・スワローズのことばかりが書かれている小説かというと、そうでもないのです。

僕は京都生まれだが、生まれて間もなく阪神間に移り、十八歳になるまでそこで暮らした。夙川《しゅくがわ》と芦屋。暇があれば自転車に乗って、あるときは阪神電車に乗って、甲子園球場まで試合を見に行った。小学生の頃は当然ながら「阪神タイガース友の会」に入っていた（入ってないと学校でいじめられる）。甲子園球場は誰がなんと言おうと、日本でいちばん美しい球場だ。

とあるように、阪神タイガースのこともたくさん書かれているのです。

十八歳で阪神間を離れ、大学に通うために東京に出てきたとき、僕はほとんど当然のこととして、神宮球場でサンケ

> イ・アトムズを応援することに決めた。住んでいる場所から最短距離にある球場で、そのホームチームを応援する——それが僕にとっての野球観戦の、どこまでも正しいあり方だった。純粋に距離的なことをいえば、本当は神宮球場よりも後楽園球場の方が少しばかり近かったと思うんだけど……でも、まさかね。人には護るべきモラルというものがある。

と記されているのですが、でも、読み進めていくと、

> 僕の父親は筋金入りの阪神タイガース・ファンだった。僕が子供の頃、阪神タイガースが負けると、父親はいつもひどく不機嫌になった。顔つきまで変わった。酒が入ると、その傾向は更にひどくなった。だから阪神タイガースが負けた夜は、できるだけ父親の神経に障《さわ》らないように心がけたものだ。僕があまり熱心な阪神タイガースのファンにならなかったのは、あるいはなれなかったのは、そのせいもあるかもしれない。

と記されているのです。

▼そうだ、久しぶりに甲子園に行ってみよう

「右翼手」という詩は、

> その五月の午後、君は
> 神宮球場の右翼守備についている。
> サンケイ・アトムズの右翼手。
> それが君の職業だ。
> 僕は右翼外野席の後方で
> 少し生ぬるくなったビールを飲んでいる。
> いつものように。

という具合に始まっていて、一応、相応しい詩ですが、「『ヤクルト・スワローズ詩集』」に、「外野手のお尻」という詩は、阪神のマイク・ラインバックについての部分が一番、力がこもった表現となっているように思える詩です。

　詩を紹介する前には「阪神タイガースにかつて、マイク・ラインバックという好感の持てる、元気な外野手がいた。僕は彼がいわば脇役として登場する詩をひとつ書いた。ラインバックは僕と同い年で、一九八九年にアメリカで自動車事故で亡くなった。一九八九年には、僕はローマで生活し、長篇小説を書いていた。だからラインバックが三十九歳の若さで死んだことも、長いあいだ知らなかった。当たり前のことだけど、イタリアの新聞では、阪神タイガースの元外野手の死は報じられない」とあって、詩の中には「阪神のラインバックのお尻は／均整が取れていて、自然な好感が持てる」と記されています。

　ですから「『ヤクルト・スワローズ詩集』」は、自分が長

年、ファンである〈ヤクルト・スワローズのことをそのまま歌った詩集というわけではない〉と思うのです。

「僕は一度、ヤクルト・スワローズ・ファンとして、甲子園球場の外野席で阪神＝ヤクルト戦を観戦したことがある。用事があって一人で神戸を訪れていたとき、午後がそっくり暇になった。そして阪神三宮駅のホームに貼ってあったポスターで、たまたまその日に甲子園球場でデーゲームがあることを知り、「そうだ、久しぶりに甲子園に行ってみよう」と思いついたのだ。考えてみればもう三十年以上、その球場に足を運んだことはなかった」とも記されて、その時の詩も書かれています。

さらに「そういえば小学生の頃、この球場で、この外野席で／高校生の王貞治を見たことがあった」とも記されています。

また村上春樹の父親が筋金入りの阪神タイガース・ファンだったことを記し、さらに父親が九十年に及ぶ人生に幕を下ろす直前まで、二十年以上にわたって「僕と父とはほとんどひとことも口をきかなかった」ことを書いた後に、村上春樹は自分が九歳の秋、セントルイス・カージナルズが日本にやってきて、全日本チームと親善試合をおこなった時、父親と二人で甲子園球場にその試合を見に行ったことを書いています。

▼少年時代に起こった、最も輝かしい出来事

少年の村上春樹と父親は、一塁側内野席の前の方に座っていたようです。そして試合前に、カージナルズの選手たちが球場を一周し、サイン入りの軟式テニス・ボールを客席に投げ入れていきました。観客は立ち上がって、ボールをとろうとしていましたが、僕はシートに座ったまま、ぼんやりとその光景を眺めていたのだそうです。

どうせサイン・ボールなんて小さな僕にとれるわけがない。でも次の瞬間、気がつくと、そのボールは僕の膝の上に載っていた。たまたまそれが僕の膝の上に落ちたのだ。ぽとんと、まるで天啓か何かのように。

と村上春樹は書いています。

そして「よかったなあ」と父親は僕に言ったのだそうです。半ばあきれたみたいに、半ば感服したみたいに。

続けて「そういえば、僕が三十歳で小説家としてデビューしたとき、父親はだいたい同じことを口にした。半ばあきれたみたいに、半ば感服したみたいに」と加えています。

それは少年時代の僕の身に起こった、おそらくは最も輝かしい出来事のひとつだったと思う。最も祝福された出来事と言っていいかもしれない。僕が野球場という場を愛するようになったのも、そのせいもあるのだろうか？

と村上春樹は書いているのです。

この作品の僕はほとんど村上春樹と同じ人間に近い人物と考えていいかと思いますが、村上春樹が、小説の中で、これほど素直に、自分に起きたことを「最も輝かしい出来事」「最も祝福された出来事」と言い、野球場への愛を父親と一緒にいた時間の中に書くということは、これまでになかったことではないかと思うのです。

▼父と僕との和解、関西と東京の和解

以上、紹介したような視点から「『ヤクルト・スワローズ詩集』」という作品を見てみると、東京のヤクルト・スワローズ（僕）と関西の阪神タイガース（父親）という対立するものの和解のようなものが、作品の中心にあるのではないかと思ってしまいます。

そして「ウィズ・ザ・ビートルズ With the Beatles」の方も「東京弁」で語る僕と、「関西弁」で語るガールフレンドの兄とが、十八年後ぐらいに再会して、記憶が飛んでしまう病気だったガールフレンドの兄が、その病から脱出して、記憶喪失中に「お父さんの頭を金槌でどついたり」する心配から解放されたという回復の物語となっています。

父と僕との和解、関西と東京の和解と言ったらいいのか、そのように繋がっている二つの小説なのではないかと思ったのです。

記したように、金水教授の話には発表されたばかりの「ウィズ・ザ・ビートルズ With the Beatles」と「『ヤクルト・スワローズ詩集』」に対する言及はありませんでしたが、金水教授が指摘したことに繋がる二作だと思います。

ただし、金水教授が関西弁小説の例の最初に挙げた『村上朝日堂超短篇小説　夜のくもざる』の刊行は一九九五年六月ですが、この関西弁の超掌編小説「ことわざ」は、雑誌「太陽」のパーカー万年筆の広告のページに、安西水丸さんのイラストとともに連載されたものの一つで、その掲載は「太陽」の一九九三年九月号です。

ですから、一九九五年に起きた阪神大震災や地下鉄サリン事件と「関西弁」の関係を考える起点にはならないのではないかと思います。

『村上朝日堂超短篇小説　夜のくもざる』の「あとがき」はアメリカ滞在中に「これらのシリーズを連載しているときはたまたま僕はずっと集中して長篇小説を書いていたので、そのあいまにこれくらい短いものをちょこっと作り出すのは、逆にあたまの力が抜けて気分転換によかった」と村上春樹は書いています。

その集中して書いていた長篇小説は『ねじまき鳥クロニクル』（一九九四、九五年）のことです。『ねじまき鳥クロニクル』では日中戦争のことが書かれていますので、中国戦線に従軍した村上春樹の父親のことも、村上春樹はもちろん考えていたと思います。それが「ことわざ」の全編関西弁としてあらわれているのかもしれません。もちろん、無

意識の部分もあるかと思いますが。

でも、金水教授が指摘した「関西弁」の村上春樹作品の登場と、その登場ぶりの変化、自らの父について真摯に語り始めたこととの関係の重要度などの意味は、とても大切なものだと、私は思っています。

金水教授も、指摘していましたが、「猫を棄てる――父親について語るときに僕の語ること」には「甲子園球場によく一緒に野球の試合も見に行った。父は死ぬときまで熱心な阪神タイガース・ファンで、阪神が負けるとひどく不機嫌になった。僕が途中でタイガースを応援するのをやめてしまったのは、そのせいもあったかもしれない」とあります。

これは「『ヤクルト・スワローズ詩集』」と重なるような記述ですので、父親の従軍体験を書いた「猫を棄てる」と「『ヤクルト・スワローズ詩集』」は呼応する作品なのでしょう。

そして「ウィズ・ザ・ビートルズ With the Beatles」と「イエスタデイ」は、ともにビートルズに関係した題名で、関西弁と東京弁を巡る小説と言えるようになっています。その対応関係もきっとあるのではないかと、私は考えています。

▼約束の場所と日時に間違いはなかった

以上で、今回、私が紹介してきた村上春樹作品と「関西弁」表現についての考えは尽きているのですが、前回約束した「僕のかつてのガールフレンド・サヨコはどうなったのか」も記さなくてはなりません。

サヨコは、再会した彼女の兄の話によると、三年前に死んでいました。その話から、僕はサヨコと最後に会ったときのことを思い出しています。

彼女は二十歳だった。少し前に運転免許をとったばかりで、彼女は僕をトヨタ・クラウン・ハードトップに乗せて（それは彼女の父親が所有する車だった）、六甲山の上まで連れて行ってくれた。運転はまだ心許なかったが、それでもハンドルを握っている彼女は、とても幸福そうに見えた。カーラジオからはやはりビートルズの歌が流れていた。そのことをよく覚えている。曲は『ハロー・グッドバイ』だった。

とあります。

「まだ三十二歳やった」とサヨコの兄は関西弁で話していますが、「医者からもらった睡眠薬を貯めておいて、それをまとめてそっくり飲んだんです。だから自殺は計画的なものやったんやな。最初から死ぬつもりで、半年くらいかけて薬をちょっとずつ貯めていた。ひょっと思いついて、その場で衝動的にやったことではない」と、東京弁に少し関西弁が交じる言葉で話しています。

そのサヨコの死に方は芥川龍之介みたいな亡くなり方ですね。彼女は二十六歳の時、勤めていた損保会社の同僚と結婚して、子供を二人産み、その子供たちを残しての自死でした。

そして、僕とガールフレンドは最後の日、六甲山の上にあるホテルのカフェで別れ話をすることになり、僕は東京の大学に進んでいたが、そこで一人の女の子を好きになってしまったことを打ち明けると、彼女はほとんど何も言わず、ハンドバッグを抱えて席を立って去っていきました。

そのあとに「遅かれ早かれ彼女とは別れることになっただろうと思う」と記されています。これは、この作品をよく読めば、作中に別れる理由が記してあるという意味かと思います。

僕がガールフレンドの家を訪ね、彼女が留守だったので、その兄に芥川龍之介の『歯車』の一部を朗読して帰ってきました。

二時過ぎに、ガールフレンドから電話がかかってきて、「うちに迎えに来ると約束したのは、次の週の日曜日だったでしょう」と言われた。もうひとつ納得できなかったが、彼女がはっきりそう言うのならたぶんそうなのだろう。こちらがうっかり予定を間違えたのだろう。日にちを一週間間違えて、彼女のうちまで迎えに行ったことを、僕は素直にあやまった。

とあります。

「もうひとつ納得できなかった」のは「しかしどれだけ考えても、約束の場所と日時に間違いはなかった。その前日の夜に僕らは電話で話をして、そのことを確認したばかり」だからです。

二時過ぎに、かけてきた電話で、最低限、ガールフレンドは自分が間違ったかもしれない可能性を述べて、僕を謝らせるだけでなく、自分の発言や行動についても考え、言及しなくてはならないでしょう。このあたりが僕とガールフレンドとの別れの理由でしょうか。

ガールフレンド・サヨコの兄は記憶が途切れる病を抱えて、その間に、もしかしたら父親の頭を金槌で叩いたりしてしまうのではないか……というふうに、自分の行いを見つめ、考え悩む青年です。でもガールフレンドはほとんど、自分に対する疑いは持っていない人物なのかもしれません。もしかしたら、約束を忘れていたガールフレンドも「記憶を失う病」を抱えていたのかもしれません。そして、その病に自覚的ではなかったのかもしれません。

▼そんな病気がほんとうにあるのかどうか知らんけど

その二人が別れた場所はガールフレンドが連れていった「六甲山の上のホテル」です。僕とガールフレンドの兄が再会したのは東京の「渋谷」です。この二つは「高い場所」と「低い場所」として、対応関係を持って、選ばれた場所ではないでしょうか。

僕がガールフレンドの兄に読んだ『歯車』には「飛行機病」というものが出てきます。ガールフレンドの兄も「君があのとき読んでくれた芥川の『歯車』の中に、飛行士は高空の空気ばかり吸っているから、だんだんこの地上の空気に耐えられんようになる……みたいな話が出てきたやろう。飛行機病というやつ。そんな病気がほんとうにあるのかどうか知らんけど、しかしその文章を今でも覚えているよ」と、渋谷で語っています。

僕のガールフレンドは「飛行機病」で死んだということではないでしょうか。だんだんこの地上の空気に耐えられないようになって。

096

「寛容性」と「所産」

「「至るところにある妄想」 バイロイト日記」 2019.9

「この夏、ドイツでワーグナーと向き合って考えたこと」という言葉が添えられた、村上春樹「「至るところにある妄想」 バイロイト日記」が、「文藝春秋」二〇一九年十月号に掲載されています。

ドイツの新聞社「ディー・ツァイト（Die Zeit）」から「今年の夏にバイロイトに来てワーグナーのオペラをいくつか観劇して、それについて原稿を書いてくれないか」という依頼が来たのだそうです。

▼ワーグナーをたっぷり聴いてやろうじゃないか

夏の予定は既に入ってしまっていたので一度は「残念ながら、スケジュール的にみて今年はむずかしい」と断りましたが、折り返し「でも、今年はクリスチャン・ティーレマンが『ローエングリン』を振るんですよ」というメールが、ドイツから送られてきて、「そうか、ティーレマンの『ローエングリン』かあ……」と考えているうちに、バイロイトに行きたくなって、結局夏の予定を組み直し、「いい機会だ、この際バイロイトまで行って、ワーグナーをたっぷり聴いてやろうじゃないか」となったそうです。

村上春樹はドイツの作曲家、リヒャルト・ワーグナーのことを直接詳しく書いたことはあまりないですが、村上春樹が好きで大切にしている音楽家の中にワーグナーがいるのではないかということを何回か、いや繰り返し、本書の中で書いてきました。

私は、残念ながらクラシック音楽に詳しい人間ではなく、ワーグナーの音楽について語る資格はないのですが、そのように感じて、このコラムの読者に紹介してきたのです。

最初にお断りしておきたいのだが、僕はとくに熱烈なワーグナー愛好者というわけではない。世の中にはディープなワーグナー・ワーグネリアン（ワーグナー信者）が少なからずおられるようだが、そういう類いのファンではない。

「「至るところにある妄想」　バイロイト日記」は、そのように書き出されています。

さらに続けて「クラシック音楽は昔からわりに熱心に聴いてはいるけれど、僕がふだん愛好するのは室内楽か器楽曲か、あるいはバロック音楽が中心で、大がかりな音楽はそれほど頻繁には聴かない。小説家になって、仕事をしながら静かに音楽を聴くことが多くなり、そういう傾向はいっそう強くなったかもしれない」と記しているのですが、でもさらに、次のようにも記しています。

「それでももちろん一人の音楽愛好者として、ワーグナーの音楽は折に触れて楽しんできた。日本に住んでいると、ワーグナーのオペラや楽劇をナマで聴きに行く機会はあまりないが、数多く出ているDVDやビデオで、一通りそれらのステージを目にしてきたし、レコードやCDを通してその音楽に耳を傾けてきた」と。

村上春樹自身がそのように記しているのですから、どれだけ好きか……などということを考えることには意味がありません。

ですから、村上春樹作品の中に現れるワーグナーについて、ざっと、おさらいの意味で紹介してみたいと思います。

▼もう一度パン屋を襲うのよ。それも今すぐにね

村上春樹作品とワーグナーの関係で一番わかりやすい例は、短編「パン屋襲撃」です。これは「早稲田文学」一九八一年十月号に発表された作品です。

「僕」が相棒の「彼」と包丁を持って、商店街にあるパン屋を襲う話で、包丁は体のうしろに隠したままにして、パン屋の主人に「とても腹が減っているんです」「おまけに一文なしなんです」と迫ると大のワーグナー好きの店主が、「僕」と「相棒」に対して、ワーグナーの音楽を聴いてくれたら、パンを好きなだけ食べさせてあげようという奇妙な提案をします。こういう奇妙、意外で、興味深い展開は村上春樹作品の独擅場ですね。

そして、その店主の提案に「僕」と「相棒」が応じて、

ワーグナーの『トリスタンとイゾルデ』を聴きながら、腹いっぱいパンを食べるという話です。

　この作品の後日談として、対になる「パン屋再襲撃」が女性誌の「マリ・クレール」一九八五年八月号に掲載されました。

　この作品では、その後、結婚した「僕」が妻に、かつてパン屋を襲撃し、ワーグナーの音楽を聴きながら、腹いっぱいパンを食べた話をします。この話を聞いた妻が「でもワグナーを聴くことは労働ではない」と言うのです。

　パン屋を襲い、働きもせずにパンを得たことからの呪いが、結婚したばかりの妻にも伝わっていると話すのです。その若い夫婦は、ひどい空腹感、飢餓感に襲われていて、妻が「もう一度パン屋を襲うのよ。それも今すぐにね」と言います。

　今度は「僕」と妻の二人で、レミントンの散弾銃と黒いスキー・マスクを持って、マクドナルドのハンバーガーショップを襲撃するという話です。

　二〇一三年は、ワーグナーの生誕二百年でしたが（ワーグナーは一八一三年五月二十二日生まれ）、この二〇一三年の二月には「パン屋襲撃」「パン屋再襲撃」に少し手を加えて、ドイツ人の女性イラストレーター、カット・メンシックさんによるイラストを交えて、『パン屋を襲う』という一冊本を村上春樹は出しています。

　この年の四月に、長編『色彩を持たない多崎つくると、彼の巡礼の年』が刊行されて、大きな話題となったので、『パン屋を襲う』がワーグナーとの関係であまり大きな話題となりませんでしたが、でも『色彩を持たない多崎つくると、彼の巡礼の年』はリストのピアノ独奏曲集『巡礼の年』が重要な役割を果たす作品ですし、リストとワーグナーは友人で、ワーグナーの妻となったコージマは、リストの娘です。

　『パン屋を襲う』の刊行と『色彩を持たない多崎つくると、彼の巡礼の年』の刊行には、どこか関係があるのかもしれないと、私は考えています。

▼『神々の黄昏』の中に確実にひきずりこんでいくだろう

　村上春樹は、第三作の『羊をめぐる冒険』（一九八二年）について、「この作品が小説家としての実質的な出発点だったと僕自身は考えている」と『走ることについて語るときに僕の語ること』（二〇〇七年）の中で記しています。

　その『羊をめぐる冒険』の中にもワーグナーが出てきます。

　『羊をめぐる冒険』は、主人公の「僕」が、黒いスーツを着た、右翼の大物の秘書の男に頼まれて、背中に星の印を持つ栗色の羊を探して北海道まで行く話です。さらに友人の鼠のことも「僕」は探しています。でも両方ともなかなか見つかりません。

　「鼠も羊もみつからぬうちに期限の一ヵ月は過ぎ去ることに

なるし、そうなればあの黒服の男は僕を彼の「神々の黄昏《ゲッテルデメルング》」の中に確実にひきずりこんでいくだろう」とあります。

「神々の黄昏」には「ゲッテルデメルング」とルビが振ってありますが、その「神々の黄昏《たそがれ》」はワーグナーの楽劇『ニーベルングの指環』の中のオペラです。

『ニーベルングの指環』は『ラインの黄金』『ワルキューレ』『ジークフリート』『神々の黄昏』の四つをつなぎ合わせた神話的な大オペラですが、『神々の黄昏』は世界の終焉を描くオペラです。

その『神々の黄昏』のことが『羊をめぐる冒険』に出てくるのです。

紹介したように『羊をめぐる冒険』は一九八二年の刊行ですし、短編「パン屋襲撃」の発表は「早稲田文学」一九八一年十月号ですので、「パン屋襲撃」の方が、ワーグナーとの関係では、少し早いですね。

また『羊をめぐる冒険』は、村上春樹が大好きな映画、フランシス・コッポラ監督の『地獄の黙示録』（日本公開は一九八〇年）との関係もよく議論される小説です。

『地獄の黙示録』の原作はイギリスの作家ジョゼフ・コンラッドの『闇の奥』ですが、アフリカ・コンゴ川を舞台にした、その小説をベトナム戦争に移して、映画化したものです。そして『羊をめぐる冒険』には、コンラッドのことも記されています。

その『地獄の黙示録』では『ニーベルングの指環』の『ワルキューレ』の中の音楽「ワルキューレの騎行」が使われていました。ですから『神々の黄昏』が『羊をめぐる冒険』の中に登場することと、関係があるのかもしれませんね。

ただ、村上春樹とワーグナーの関係は、それだけでもないのではないかと、私は思っています。例えば、英国の詩人、Ｔ・Ｓ・エリオットの詩集『荒地』（一九二二年）と村上春樹作品の関係です。でもそれについては、本書「ＢＯＯＫ１」の「０３９」に少しだけ書きましたので、よかったら、そちらを読んでください。

▼青豆と『ワルキューレ』

そしてワーグナーとの関係で最も見逃せないのが、『１Ｑ８４』（二〇〇九、一〇年）だと思います。

同作の女主人公で殺し屋である青豆が「恋人もつくらないで、ずっと処女のままでいるつもり？」と親友の環《たまき》に言われる場面があります。その「環は大学一年生の秋に処女を失った」そうです。その環の処女喪失はテニス同好会の一年上の先輩による暴力的なもので、その身勝手な行為に環はショックを受けてしまいます。その環の受けた傷の深さについて「それは処女性の喪失とか、そういう表面的な問題ではない。人の魂の神聖さの問題なのだ」と村上春樹は書いています。さらに「青豆は二十五歳になっていたが、まだ処女のままだった」という言葉も記されています。このように、「処女」という言葉が繰り返し出てくるのです。六ページに四回も。

これは『ニーベルングの指環』の中の『ワルキューレ』について述べているのではないかと、私は考えています。

「ワルキューレ」とは、戦死者を選び、戦死した勇者たちの魂を、神々の長であるヴォータンの城、ヴァルハラ宮殿に運ぶ「処女戦士」のことです。「二十五歳になっていたが、まだ処女のままだった」女性の殺し屋・青豆は、ワルキューレ（処女戦士）の一人ということではないかと思うのです。

ちなみに『羊をめぐる冒険』にも、前に紹介した黒いスーツを着た秘書の男が、自分たちの組織について、右翼の大物の「先生が死ねば、全ては終る」と言い、「先生の死によって組織は遅かれ早かれ分裂し、火に包まれたヴァルハラ宮殿のように凡庸の海の中に没し去っていくだろう」と述べる場面があります。

この右翼の大物「先生」の黒服の秘書はワーグナーに詳しい人物。あるいは北欧神話、ゲルマン神話に詳しい人なのだと思います。

▼最後に出てくる音楽名

環は二十四歳の時に二歳上の男と結婚しますが、彼女は二十六歳の誕生日を三日後に控えた晩秋の日に、自宅で首を吊って死んでしまいます。環は夫の絶え間ないサディスティックな暴力によって、身体的にも精神的にも傷だらけになっていました。

青豆は鋭い針で瞬間的に相手を死に至らしめる力を身につけて、環の夫を殺害するのですが、それが青豆が殺し屋になるきっかけでした。

その青豆の親友の名前が「環」です。これは『ニーベルングの指環』の「指環」の「環」と重なる名づけですね。

ですから、青豆＝ワルキューレ（処女戦士）、環＝『ニーベルングの指環』かもしれないと私は思うのですが、でも〝それは妄想が過ぎる〟という人がいるかもしれません。

でも、こんなことも『1Q84』にはあるのです。

『1Q84』の冒頭は高速道路を走るタクシーの中で、青豆がヤナーチェック『シンフォニエッタ』を聴く場面から物語が始まっています。この影響で、ヤナーチェック『シンフォニエッタ』のCDがたくさん売れたという話もありました。

では、同作の最後に出てくる音楽名は何かを考えながら読んでいくと、これが『神々の黄昏』なのです。

それは天吾の父親が亡くなる時のことです。「NHKの集金人」だった天吾の父親はNHKの集金人の制服を身にまとって、その質素な棺の中に横たわっています。

「彼が最後に身につける衣服として、それ以外のものは天吾にも思いつけなかった。ヴァーグナーの楽劇に出てくる戦士たちが鎧《よろい》に包まれたまま火葬に付されるのと同じことだ」と書かれています。

そして、天吾の父親の遺体はいちばん安あがりな霊柩車にのせられて運ばれていきます。「そこにはおごそかな要素はまったくなかった。『神々の黄昏《たそがれ》』の音楽も聞こえてこなかった」と記されています。

『神々の黄昏《たそがれ》』の音楽も聞こえてこなかった」という否定形の表現ですが、これが、大長編『1Q84』で、最後に記される音楽名なのです。

▼ワーグナーの指環みたいにな

さらに、『色彩を持たない多崎つくると、彼の巡礼の年』の中には、主人公・多崎つくるが、東京の大学に進学して知り合った灰田という学生が出てきます。

灰田は自分の父親が若い時に放浪生活をしていた時代があったことを話します。灰田の父親が大分県山中の小さな温泉で下働きをしていた時に、緑川というジャズ・ピアニストと出会います。灰田は、自分の父親が、その緑川と死のトークンについて話したことを、多崎つくるに語るのです。

その死のトークンについて「さあな。そいつは俺にもわからん。はて、どうなるんだろう？　俺と一緒にあっさり消滅してしまうのかもしれない。あるいは何かのかたちであとに残るのかもしれない。そして人から人へとまた引き渡されていくのかもしれない。ワグナーの指環みたいにな」と緑川が語っています。

作中、かなり難しい会話の部分なのですが、そこにワーグナーの『指環』のことが出てくるのです。

やはり、ワーグナーは村上春樹作品にとって、重要な音楽家だと思うのです。

▼ドラマのテーマのひとつに宗教的対立がある

村上春樹は「至るところにある妄想　バイロイト日記」の中で、独自にミュンヘンの中央駅から列車で、バイロイトまで向かいます。その行程のことも詳しく書かれています。ミュンヘンからニュールンベルクまでは、おおむね広々とした畑の風景ですが、「ニュールンベルク発バイロイト行きの列車から見える風景は、畑よりは森の方がずっと多くなる。そこを縫うように、あちこちに涼しげな小川もさらさらと流れている。平地から山あいへと入ってきたのだ」と書かれています。このように「森」の世界に入っていく文章は、村上春樹作品の世界に入っていく感じです。

そして、バイロイトに到着して、ホテルに落ち着いた後、ワーグナーの「終の棲家」となった「ヴァーンフリート荘」まで、歩いていったようです。その家は、ワーグナーが一八七四年から亡くなる一八八三年まで、奥さんのコージマや、子供たちや愛犬と共に生活を送った家です。ここに住みながら「祝祭劇場」の建設を見守り、バイロイト音楽祭を指導し、また最後のオペラ『パルジファル』を作曲した家です。ワーグナーはここを「終の棲家」と決め、庭には夫婦のための墓所まで用意しました。

歩いて、二十五分、異様に暑い気候のようで、ショートパンツにスニーカー、帽子（ボストン・レッドソックスのキャップ）とサングラスという格好で行ったようです。

「ヴァーンフリート荘」の建物の入り口には「我が妄想(Wahn)が平和を見いだすところ」という言葉が掲げてあるそうです。「Wahnは辞書的には『妄想』だが、僕の感覚としては——あるいは好みとしては——仏教用語『煩悩』の方が近いような気もする」と村上春樹が書いていることが印象的です。「至るところにある妄想　バイロイト日記」のタイトルと繋がる言葉です。

かなり長いバイロイト日記ですし、このように紹介していくと、あまりに長いコラムとなってしまいますので（ここまででも、十分長いですね）、私の心に響いてきたところを紹介したいと思いました。

村上春樹は『ローエングリン』と『ニュールンベルクのマイスタージンガー』の二公演を鑑賞しています。

『ローエングリン』に対して「このドラマのテーマのひとつに宗教的対立がある。キリスト以前の異教の神と、それに対する「聖杯の力」とのヘゲモニー争い」ということを村上春樹は指摘しています。

ローエングリンは聖杯の騎士ですし、ローエングリンの受けた「神意」と、異教の女・オルトルートが身につけている魔力との熾烈な戦いが、このドラマの推進力だと述べています。この二人だけが「超越的な力」を有しており、二人の揺らぎなき意志に従ってドラマは推し進められていくのです。

それ以外の登場人物はその筋書きに心ならずも巻き込まれたり、ただ為す術もなく見守ったりしているだけに過ぎないとも村上春樹は書いています。

▼何が善で、何が悪か、それはそう簡単には決められない

ここからの展開が、実に村上春樹らしいと思います。

純粋な悪と、純粋な善との戦い。最終的に悪は打ち破られるが、それによって善が輝かしい勝利を収めたというわけでもない。ほとんど誰も幸福にはなれないまま、物語は結末を迎えることになる。そういう意味では、かなり不思議な成り立ちのドラマだ。善と悪が躊躇なくきっぱり峻別されているにもかかわらず、カタルシスというものが訪れない。神もなぜかじっと口を閉ざしている。

そう村上春樹が記しています。確かに、神の裁判・神判によって潔白が証明されたエルザ姫と騎士（ローエングリン）は結婚することになりますが、愛するゆえに、禁じられた騎士の名を問うことによって、ローエングリンは去っていかなくてはなりませんし、そのためにエルザ姫は死んでしまいます。誰が勝者なのか、勝者が得たものは何なのか……そんな結末の物語です。

「かつての聴衆は、そのほとんど全員が、おそらく善のサイドを応援しながら「ローエングリン」を観劇していたことだろう。しかし現代の観客の少なからぬ部分は、悪女オルトルートの怒りや絶望の方にむしろシンパシーを抱き、そこから物語のパワーを感じ取るのではないだろうか」と書いています。

「善」と「悪」の問題を考えぬく村上春樹がここにいると思いました。現代は「善」と「悪」の問題がすぐ入れ替わってしまう時代ですが、その中で「善」と「悪」はどのようにあるのだろうか。さらに言えば、それを含めて「善」はどのような形であるべきかという問題です。

考えてみればオルトルートだって、自らの神に忠実であろうと全力を尽くしているだけなのだ。そのためには彼女は手段を選ばない。何が善で、何が悪か、それはそう簡単には決められないことだ。「ふん、神様の力だって、結局は魔法じゃないか」と言い切るオルトルートに「それはそうだよな」と同意せざるを得ない部分はある。オルトルートはなかなか魅力的なキャラクターだ。そう、正義は基本的に一本調子で退屈であり、悪は愉しくヴァラエティーに富んでいるのだ。

と村上春樹は書いています。

「オルトルートだって、自らの神に忠実であろうと全力を尽くしているだけなのだ」とありますが、オルトルートの神は北欧神話のオーディンに相当するゲルマン神話の主神・ヴォーダン（『ニーベルングの指環』ではヴォータン）のことです。オルトルートが「力強い神、ヴォーダンよ、あなたを呼びます！」という場面があります。

周囲がキリスト教化されていく中で、キリスト教以前の信仰を守っているオルトルートの一族が迫害されていたのです。

▼並行して採用してきた神道と仏教

その点に関して、村上春樹は、新旧の宗教の対立の例として、日本人が旧来の土着信仰である神道＝多神教と、あとになって輸入された仏教（仏を崇める一神教）を「並行して採用してきた」ことを挙げて、論じています。

日本人は「ある場合には神道を採用し、ある場合には仏教を採用する。その二つの宗教が深刻に対立したり、暴力的に争ったりという例は、仏教渡来の少し後（7世紀頃）と明治維新（19世紀後半）に起こったいくつかの局地的トラブルを別にすれば、ほとんど見当たらない。そしてその二種の宗教の並行採用システムは、現代でもなお平和裏に——おおむね無意識のうちに——継続している」ことを述べています。

「そのような観点から見ると、ローエングリンとオルトルートの闘争は、僕ら日本人の目にはかなり非寛容なもの、必要以上に暴力的なものとして映ることになる。それは「ローエングリン」というオペラを最初に見たときから、（日本人である）僕の心にいくぶんひっかかり続けてきたことだった」と加えています。

　さらに「そのような非寛容性を緩和し、中和することに、この演出（２０１８年プレミアとのこと）は何らかの寄与をおこなっているだろうか？」と記しています。

　ここで、村上春樹は「非寛容」な世界の在り方を、緩和していくこと、中和していくこと、寛容なものにしていくことが重要であることを指摘しているように、受け取りました。

▼ひとつの所産に過ぎないのではないか

　既に、たいへん長い文章になっているので、『ニュールンベルクのマイスタージンガー』についての村上春樹の言葉を詳しく紹介できませんが、市の書記の仕事をしているベックメッサー（ワーグナーから見て、ユダヤ人の典型的なあり方の人物）が殴られる「ベックメッサー乱打事件」を一種のポグロム（ユダヤ人に対する集団的迫害）として強調する、強烈な演出だったようです。村上春樹は「ワーグナーの反ユダヤ的言辞は広く知られているところであり、究極の反ユダヤ主義者ヒトラーとバイロイトの親密な結びつきもまた有名だ」と記しています。

　それに対して、村上春樹が「所産」という言葉を記しながら評していることが、たいへん印象的です。

　自分は日本人であり、アンチ・セミティズム（反ユダヤ主義）の潮流についてそれほど詳しいわけではないことをことわった上で、次のように書いています。

　長いですが、ユダヤ人、反ユダヤ主義、ワーグナーの残したものと、ナチズムに関係した言葉ですので、そのまま紹介したいと思います。

ワーグナーの「反ユダヤ的言説」は何かの起因になるものというよりは、ひとつの所産に過ぎないのではないかと、基本的に考えている。もちろんその「所産」が、後年ナチスに都合良く利用されたというのは事実であり、そういう意味において、それがひとつの起因となっているのは間違いないところだ。しかし「マイスタージンガー」という基本的にはハッピーで肯定的なオペラの中で、そのようなメッセージをかくも具体的な、そしてショッキングな形で聴衆に突きつけるというのは、いささかやり過ぎではあるまいか？　それはもう少し暗示的なものであってもよかったのではないか？　率直に言って、そういう個人的な意見を持たざるを得なかった。

「寛容」さの必要。そして「所産」と考える村上春樹の冷静さが、よく伝わってくる「「至るところにある妄想」バイロイト日記」です。

そこには、さまざまに対立する現在の世界の混乱に対する村上春樹という作家の考えがよく表れていると思います。

▼僕の判断が及ばない領域にあるものごとだ

ここまで記してきて、ふと思い出したことがありました。それは『パン屋を襲う』（「パン屋襲撃」）のワーグナー好きのパン屋の店主が、五十歳すぎの共産党員で、日本共産党のポスターが何枚も店内に貼ってあることでした。

『パン屋を襲う』から引用しますと、パン屋の主人はラジオ・カセットから流れるワーグナーにうっとり耳を澄ませています。「共産党員がワグナーを聴くことがはたして正しい行為であるのかどうか、僕にはわからない。それは僕の判断が及ばない領域にあるものごとだ」とあります。

ワーグナーというと、反ユダヤから、ナチス・ドイツ、ヒットラーと結び付けてしまうわけですが、このワーグナー好きの共産党員のパン屋の主人の姿に、ユーモアを感じながら読んだ記憶があります。そのことを思い出したのです。

ユーモアは寛容さに繋がる感覚です。

ワーグナー好きの共産党員がいていいわけですし、ユダヤ人の中にもワーグナー好きの人もいるはずだと思います。芸術を好み、愛するということは、そういうことだと思います。それは「僕の判断が及ばない領域にあるもの」なのですから。

「「至るところにある妄想」バイロイト日記」の最初のページには、タキシードにブラックタイ姿でピアノの上に立っている村上春樹の写真が掲載されています。なぜ、そんな写真が載っているのかなどもわかりますので、ぜひ「「至るところにある妄想」バイロイト日記」をお読みください。

097 『シドニー!』のマラソン

自分の弱さを抱えて生きている

2019.10

東京2020オリンピックでのマラソン、競歩を、暑さ対策から、札幌市で開催する方向になったことには、正直驚きました。東京オリンピックなのに、東京都に変更が伝えられたのは国際オリンピック委員会（IOC）の発表前日だったようです。大会組織委員会と小池百合子知事が会場計画見直しなどを巡って対立した相手だったからでしょうか……。

高温多湿のドーハで九月から十月に行われた陸上の世界選手権で棄権者が続出。マラソンと競歩は深夜から未明にかけて実施されましたが、それでも女子マラソンや男子五十キロ競歩でゴールできた選手は約六割にとどまり、女子マラソンでは六十八人中四十人しか完走しなかったそうです。

早朝にスタートする東京オリンピックでは強い日差しも加わる可能性があるので、以前から議論があった暑さ対策が緊急、最重要な問題となって、急な変更方針となったようです。

確かに、選手に対しても、観客に対しても、暑さで倒れてはいけないのですが、それにしても、大会まで三百日を切って、突然の変更には驚くばかりです。

コースの選定や、宿泊のためのホテルの部屋があるのか、切符の変更はどうなるのか……。変更に伴う費用負担はどうするのか……など、実際的な問題は山積みのようです。

マラソンは大会の花ですし、開催都市の風景の中で行われるので、都市の姿を世界に伝える特別な競技を失う東京としてはたいへん残念でしょうし、二〇三〇年の冬季オリンピックの招致を目指すという札幌にとっては、都市の姿を世界にアッピールできるチャンスになるかもしれません。

▼私は勝ち、同時に負ける

ドタバタした今回のマラソン開催地変更のニュースに接して、村上春樹が二〇〇〇年に開催されたシドニー・オリンピックを現地で観て書いた『シドニー!』（二〇〇一年）を久しぶりに読み返しました。それは、この本の最後、二人のマラソン・ランナーに村上春樹がインタビューしていたからです。

『シドニー!』は、これまで本書では紹介したことがないかと思いますが、村上春樹の価値観や感性の働き方を知るにはいい本かと思いますので、今回は書いてみたいと思います。

読み直して、思ったことをまず記してしまうと、村上春樹の「敗者への視点」が迫ってくる本です。最後に村上春樹がインタビューしている二人のマラソン・ランナーは、シドニー・オリンピックの男子マラソンで途中棄権した犬伏孝行選手と、女子マラソンのバルセロナ・オリンピックで銀メダル、アトランタ・オリンピックで銅メダルをとりながら、シドニー・オリンピックには参加できなかった有森裕子選手です。

もちろん、村上春樹自身がマラソンのランナーであるから、マラソン選手のことを描いているのでしょうが、例えば、こんな言葉があるのです。

本の冒頭、一九九六年七月二十八日に、アトランタ・オリンピック女子マラソンの時の有森裕子選手の走りながらの思いが描かれているのですが、そこに「ここでもそこでも私は勝ち、同時に負ける」と書かれています。この言葉が静かに私の中に入ってきました。

アトランタ・オリンピックの女子マラソンの最後のひどい坂道を上り、ようやく有森裕子選手のアトランタの四十二キロがあと少しで終わろうとしているのですが、「でも一方では、何ひとつ終わりはしない。彼女にはそれがわかっている」と記されています。

続いて「バルセロナのときにはわからなかった。だからその後の何年かのあいだ、ずいぶん苦しむことになった。でも今はわかる。これが終わりではない。何かべつのものの新たな始まりなのだ」とあって、「ここでもそこでも私は勝ち、同時に負ける」と記されているのです。

▼まるで『ターミネーター』みたいだ

シドニー・オリンピックは南半球でのオリンピックですので、暑いわけではなく、むしろ寒さも感じる気候のようです。九月十三日（水曜日）「マラソン・コースをまわってみる」の日誌には「部屋の中はすごく寒い」とありますし、閉会式の翌日の十月二日（月曜日）の「祭りのあと」では「朝はずいぶん冷え込んで、僕はセーターの上にウィンドブレーカーを着込ん」だことが書かれています。

ですから、暑さ対策から開催地が変更されるという東京2020オリンピックのマラソン・コース問題とは、まったく異なるのですが、男子マラソンの犬伏孝行選手は脱水症状を起こして、「三十キロの前あたりから、身体はまったく動かなくなって」三十八キロ地点で、棄権しています。

座り込んで、担架が来るのを待ち、救急車で競技場の医務室まで運ばれました。「自分で水を飲もうとしても飲めない」状態で、点滴で一リットルほど水分を入れてもらってようやく落ち着いたようです。

でも実はかなり危険な状態だったようです。河野匡監督によると、棄権者を収容する車が来るまで、長いあいだ待っていなくてはなりません。一時は体温が三十三度まで下がっていました、三十二度まで下がったら、生命が危ないところだったそうです。点滴を受けて、犬伏選手の体温もようやく三十五度七分まで上がったそうです。このように、酷暑の環境でない中のマラソンでも、過酷な競技であることは間違いないのです。

シドニー・オリンピックの女子マラソンで、優勝したのは、高橋尚子選手です。最後にシモン選手が追い上げてくる場面を覚えている人もいるでしょう。

九月二十四日（日曜日）「いよいよ女子マラソン」には、そのシモン選手について「この人の身体はいつ見てもきっちりと堅く締まっている。猫背気味にひょいひょいと身体を揺すって走るが、それで振り子のように全体の勢いをつけている。実をいうと、この人のフォームが僕はわりに好きだ。脚の筋肉の力がよほど強くないとこういう走り方はできない」と、さすがマラソン・ランナーらしい見方を村上春樹はしています。

それに対して「高橋のフォームは対照的だ。身体全体をコンパクトに使って無理なく走る。脚力や筋力の力強さはシモンには劣るけれど、軸をまっすぐに立てて、極力無駄を省き四十二キロを走り抜く。シモンが力の走りなら、高橋はフォーム・コンシャスな走りだ」と加えています。

村上春樹は競技場のメディア席に陣取って、テレビのモニターを見ながら、トップの選手がスタジアムに現れるのを待っているのですが、トップの高橋尚子選手を、競技場に入る手前からシモン選手がぐんぐん追い上げてきます。脚もしっかりと伸び、ストライドも大きくなり、「まるで「ターミネーター」みたいだ」と村上春樹は書いています。「彼女はたぶん勝つつもりでいる。僕はこの人のこういう理不尽なしつこさがわりに好きなんだけど」と加えています。

でも、高橋尚子選手は、トラックの最後の直線に入って後ろをちらりと振り向くが、そのままペースを乱すことなくゴールイン。優勝タイムは二時間二十三分十四秒で、オリンピック新記録でした。ちなみに一九五六年のメルボルン・オリンピックでの男子マラソンの優勝者のタイムは、この高橋尚子選手より遅い二時間二十五分だったそうです。

▼もっと何か立体的なものが潜んでいるはずだ

翌九月二十五日（月曜日）の高橋尚子選手の記者会見にも村上春樹は参加しています。

「間近で見る高橋尚子はとても感じのいい女性だった。きっと誰でも彼女に好感を持つことだろう」と書いています。「微笑みを絶やすことなく、聞き取りやすい声で、淀みなく、はきはきと質問に答えてくれる。もし彼女が銀行の窓口に座っていたとしたら、僕だって思わず余分に預金しちゃうかもしれない」と書いていますし、「ただ感じがいいだけではない。彼女は見たところ自信に満ちているし、頭の回転だって速い（もっとも僕は、頭の回転の鈍い一流アスリートにまだ会ったことはないけれど）」とも記しています。

さらに高橋尚子選手は国民的英雄《ヒロイン》のイメージを既に持っていて、何かが明るく輝き、「そのイメージを身にまとってこれから先の人生を生きていくことになるだろう。二十八歳の女性にとっては、ずいぶん長い道のりだ」とも書いているのですが、でも「あえて正直な感想を言わせていただくなら、僕はこの日の記者会見で、彼女によって語られたものごとに対して、それほど幸福な気持ちを抱くことができなかった。少なくとも高橋尚子の素晴らしい走りを見ているときほどは、幸福な気持ちになれなかった」と記しているのです。

その理由は「できることなら、もっとありありとした、正直なぎざぎざのある話を、彼女自身の言葉で聞きたかった」からのようです。話の枝がいささかきれいに払われすぎていて、話の中身がもうひとつ腹にしみてこなかったようです。

さらに、村上春樹は「僕の印象は正しくないかもしれない」と自省しながらも、「人の話を日常的に職業的に聞いている人間として、そこにはもっと何か立体的なものが潜んでいるはずだという直感を持った」と書いています。

▼今年は鉛筆で書きました

二〇〇〇年の十一月五日、ニューヨークでNYシティー・マラソンが行われた日の翌日、有森裕子選手に対する村上春樹のインタビューが行われています。その時、日本は高橋尚子選手のシドニーでの金メダルに、まだ沸いていました。彼女は国民栄誉賞を獲得し、あらゆる雑誌の表紙を飾り、日本シリーズの第一戦で始球式のボールを投げたりしていました。小出義雄監督の著書『君ならできる』は日本全国の書店で、ベストセラーリストのトップを飾っていたという時期です。

このインタビューで、最も印象的なものは、有森裕子選手が自分の弱さを抱えて生きている姿を語っていることです。

例えば、専属のコーチを持たない有森裕子選手は、自分の練習の日程を書いたノートをいつも大事に携えています。左側に日々の達成するべき目標が書き付けてあり、右側には実際に行った練習が書き付けてあるのです。「それが、ロールシャッハ・テストの図形みたいに、左右対称にぴたりと合致することが理想だ。しかし場合によっては、彼女が理想に合わせる前に、理想の方が歩み寄ることもある」と村上春樹は書いています。

ようするにこういうことです。「いつもは左側の目標をボールペンで書くんです。でも今年は鉛筆で書きました。いつでも消せるように。つまり体調があまりよくなかったりすると、消しゴムで左側の数字をごしごしと消して、べつの数字を書き込むようになったわけです。そういうところが、一人でやっていると甘くなってしまう点かもしれません」と有森裕子選手は語っています。

そして「指導者がいないことのいちばんつらい点は、自信をなくすことです」と彼女は静かな声で話しています。「自分が今どこにいるのか、それが正しい場所なのか、そうではないのか、判断をいつも自分で下さなくてはならないということです」。

ときとして、彼女は途方に暮れる。そう村上春樹は書いています。

こんな話をしているのは、前日のNYシティー・マラソンで(村上春樹も三度目の同マラソンを走っていますが)有森裕子選手は十位で、二時間三十一分という不本意な時間でした。有森裕子選手にとってのレースは二十三キロの地点で終わっていて、あとの二十キロほどは、もう見込みのない身体を、「かたちをつけたタイム」でなんとかゴールまで運ぶことだけでした。労多くして報いの少ない作業です。

▼決して簡単なことではない

「どうして有森裕子はNYシティー・マラソンで勝てなかったのか? 僕の目から見れば、あるいは彼女自身の目から見ても、理由はかなり明らかだった。ひとことで言えば、走り込みの不足だ。夏場の長い距離の走り込みが思うようにできなかった。だからあとでどれだけスピード練習を積み重ねていっても、体調を万全に整えても、長丁場を高速で乗り切ることはできなかった」と村上春樹は指摘しています。

フルマラソンのためのトレーニングの原則はほとんどの局面において、エリート・ランナーでも、(僕みたいな)市民ランナーでも基本的にはだいたい同じである。目標を設定した段階から、なるべく長い距離を走る練習を積んでおく。レースの二カ月前くらいからはスピードをつける練習をする。二、三週間前からは練習量を落として最後の調整にかかる。長い距離を走る時期には少しでも長い距離を走った方がいいし、スピード練習のスピードはなるべく速い方がいい。それだけ。原理としては、簡単なことなのだ。しかし実際に実行するのは、決して簡単なことではない。

と、マラソン・ランナーらしい具体的な解説を村上春樹がしています。

そして有森裕子は、残念ながらその「長い走り込み」の部分を思うように積み上げることができなかった。どうしてか? 答えはひとつ。集中力が欠けていたからだ——というのが僕の受けた印象だった。

▼金メダルっていったい何だろうって

理想的練習目標に対して「彼女が理想に合わせる前に、理想の方が歩み寄ることもある」ことを、有森裕子選手が語っているのは、こんなNYシティー・マラソンの結果の後のインタビューであったからでもあるのでしょう。

有森裕子選手は九月にシドニーに行って、女子マラソンのテレビ中継の解説の仕事をしています。「シドニーに行くという話を、六月にボールダーで本人の口から耳にしたとき、正直なところ首を傾げないわけにはいかなかった。

彼女は現役のランナーだし、シドニー・オリンピックは何があっても出たいと願っていた大会だった。そんなところに顔を出すよりは、ボールダーに腰を落ち着けて世間の雑音を避け、NYシティー・マラソンに向けてじっくりと練習に励んでいた方がいいのではないのかと思った」と書いています。

このあたりが集中力を欠いて「長い走り込み」の部分を思うように積み上げることができなかった理由ではと、村上春樹が考えているのかもしれません。

現地シドニーで、高橋尚子選手の金メダルを見ながら解説していたのですが、有森裕子選手は「高橋が金メダルを取るのはわかっていたんです。何か余程のことがないかぎり、彼女が勝つのは確実でした。小出監督と高橋のコミュニケーションはそれくらい完璧だったんです。ほんとに、ただごとではないくらいすごかったです。ここまで一人の人間にのめりこむことができるのかというくらいに。だからまあ、土壇場になって大きな故障でもないかぎり、よもや金メダルを逃すことはないだろうなと、私は考えていました」と語っています。

有森裕子選手も小出監督の下で練習した選手ですが「私は監督から指示を出されても、納得のいかないことがあると、納得がいくまでしつこく質問しました。それでも納得できないことは、納得がいかないとはっきり口にしました。そんな風に言うと、いつもお前はわがままだからと言われました。素直に言うことを聞かないから、お前は金メダルを取れなかったんだとも言われました。でも、そう言われたときに、私はつくづく思ったんです。金メダルっていったい何だろうって。金メダルを取るためには、自分というものをそこまで捨てなくてはならないんだろうかって。一人の人間としての自分を、そこまで消さなくてはいけないんだろうかって」と村上春樹に語っています。

▼ありありとした、正直なぎざぎざのある話

女子マラソンのランナーが、トップでやっていくためには男とつきあっては駄目だと言われるそうです。恋人がいると、選手はつらいことがあると、そこに逃げてしまうからです。だから監督としては、なんとしても逃げ場を作らせないようにするんだそうです。自分が一〇〇パーセント、相手をコントロールできるようにしておきます。「その方が効率がいい」のだそうです。

だが有森裕子選手は、そういうマラソン・ランナーに疑問を抱いていたようです。「効率がいい」生き方に身を預ける人間ではないのです。

でもそれは本当に正しいことでしょうか？　だってそういう勢いだけでやっていける年齢というのは、人生の中で本当に限られていますよね。だからその年齢が過ぎてしまうと、あとはろくに走れないということになってしまいま

す。それが今の日本のマラソン・ランナーの現実です。それが正しいことだとは、私には思えないんです。そうじゃなくて、結婚をしたり、家庭を作ったりというなかで、人生を通して、自然なかたちで長く競技とつきあっていくということが、本当は大事なんじゃないでしょうか。私が言いたかったのはそういうことなんです。そして私がなりたいと思っているのは、そういうランナーなんです。（……）

　でもそんなことはどうでもいいんでしょうね。私はランナーがまず人間としてどうこうなんて言っていますが、見当違いなのかもしれません。ランナーに人間的なものを求める人なんて、とくにいないのかもしれません（笑）。オリンピックで金メダルを取ること、おそらくはそれがいちばん重要なことなんでしょう。

　ご存じのように、この世界では勝てば正義なんです。そして私はそのことをあれこれ言っているわけではありません。私だってその正義にある程度のっかってきた人間ですから、偉そうにひとのことは言えません。でもそれはそれとして、私は私が求めているランナーの姿に自分を少しずつ近づけていきたいと思っているんです。

　長々紹介してきましたが、有森裕子選手の話は、自分の弱さも語り、自分の信念も語り、さらに望まない仕事でもプロとして生きていくために引き受けなくてはいけないことも語り……という、村上春樹の言う「ありありとした、正直なぎざぎざのある話」になっています。

▼それ以上に、深みというものを愛し、評価する

　この『シドニー！』の最後に、なぜ、犬伏孝行選手と有森裕子選手の二人を登場させたかについて、村上春樹は「彼らは優れた才能を持つアスリートであり、高い場所を志し、歯を食いしばって厳しい練習を耐え抜いてきた。それぞれの生き方を持ち、夢と野心を持っていた。そしてそれぞれの弱みを抱えていた。つまり、そう、僕やあなたと同じように」と記した後、次のように書いています。

　以下の文章もたいへん長いですが、この本の結末の最も大切な部分かと思いますので、紹介してみましょう。

　僕らはみんな──ほとんどみんなということだけれど──自分の弱さを抱えて生きている。僕らは多くの場合、その弱さを消し去ることも、潰すこともできない。その弱さは僕らの組成の一部として機能しているからだ。もちろんどこか人目につかない場所にこっそりと押し隠すことはできるが、長い目で見ればそんなことをしても何の役にも立ちはしない。僕らにできるもっとも正しいことは、弱さが自分の中にあることを進んで認め、正面から向き合い、それをうまく自分の側に引き入れることだけだ。弱さに足をひっぱられることなく、逆に踏み台に組み立てなおして、自分をより高い場所へと持ち上げていくことだけだ。そう

することによって僕らは結果的に人間としての深みを得ることができる。小説家にとっても、アスリートにとっても、あるいはあなたにとっても、原理的には同じことだ。

さらに、こうも述べています。

もちろん僕は勝利を愛する。勝利を評価する。それは文句なく心地よいものだ。でもそれ以上に、深みというものを愛し、評価する。あるときには人は勝つ。あるときには人は負ける。でもそのあとにも、人は延々と生き続けていかなくてはならないのだ。

有森裕子選手はバルセロナ・オリンピックで銀メダル、アトランタ・オリンピックで銅メダルで、このような二大会連続のオリンピック・メダル獲得は、日本女子陸上選手では有森裕子選手が初です。でもオリンピックの女子マラソンの金メダルという点だけから見たら、敗者でもあるということなのでしょう。

その有森裕子選手の話は読む者によく伝わっています。「理想に合わせる前に、理想の方が歩み寄ることもある」有森裕子選手の弱さに（アスリートはそうであってはいけないのでしょうが、でも）親しみを感じてしまいます。

オリンピックという巨大な装置の場で、頂点にたった巨人たちの世界を描くのではなく、そのアスリートたちの弱さや孤独を描いたところに、この村上春樹『シドニー！』というオリンピック観戦記の特徴と意味があると思います。

▼もっとも美しく、もっともチャーミングな瞬間

一、二点だけ追加しておきます。

シドニー・オリンピックは、オーストラリア先住民アボリジニのキャシー・フリーマン選手が女子四百メートルで金メダルを獲得したことで記憶に残る大会でもあります。フリーマンは開会式では聖火をともしていて、同じ一大会で聖火をともし、金メダルを獲得したのはフリーマン選手だけだそうです。優勝して金メダルを決めたのに彼女は「ほんの少しだけ小さく手をあげる」だけでした。そして観客席のいちばん前にいた家族と手を取り合い、抱擁すると、やっと自分というものが戻ってきて、表情がゆるみ、穏やかな笑みが湧き水のようにしみ出してきて、両手を挙げて、何かを叫びました。彼女は深く悩み、傷つき、迷いさまよっていたのです。

「このシーンを見るためだけでも、今夜ここに来た価値はあったと思う。胸が熱くなった。人の心の中で、固くこわばっていた何かが溶けていくのがどういうことなのか、それをまぢかに目撃することができた。今回のオリンピックの中でも、もっとも美しく、もっともチャーミングな瞬間だった」と村上春樹は書き記しています。

別なところでも「キャシー・フリーマンの四百メートル

の優勝シーン。これがどれくらい圧倒的で、どれくらいマジカルなものであったかは、その場に居合わせない人には、本当には理解できないだろうと僕は信じています。それくらい素晴らしい出来事だった」と記しています。そのことの意味をより深く知るために、オーストラリアの歴史・村上簡略版というわかりやすい文章もあります。キャシー・フリーマン選手についてのところを読むこともお勧めです。

さらに「高橋尚子がゴールの競技場に姿を現したときに僕が感じた気持ちも、言葉ではちょっと言い表せない種類のものです。そのときの競技場の空気の揺れのようなものは、たぶんテレビの画面からは伝わらないはずです。僕はそこにあった空気の匂いや、光線のあたり方や、人々のどよめきを、ずっと長く覚えていることになるだろうと思います。それはなんというか、特別なものでした」と村上春樹は書いています。

098

限られた人にしか見えない

「雨田政彦」と「免色渉」から考える『騎士団長殺し』 2019.11

今春、作家四十周年を迎えた村上春樹への六回続きのインタビューを文芸評論家の湯川豊氏と私の二人が聞き手となって行い、全国の新聞社に配信、大きく掲載されました。その拡大版が、村上春樹ロング・インタビュー「暗闇の中のランタンのように」として「文學界」二〇一九年九月号に掲載されましたが、好評で一九三三年の創刊以来二度目の増刷となったそうです。

▼人と人との繋がりの信頼感

この「暗闇の中のランタンのように」の中で、次のような言葉が印象深く残りました。

まず「騎士団長」について「誰にでも見えるものではない。見えるものにしか見えない」と村上春樹が語っていることでした。

なるほどそうですね。『騎士団長殺し』（二〇一七年）の中で、「騎士団長」が見える人間と見えない人間、最後まで見えている人間を考えてみることが大切だと思ったのです。

そして、もう一つ、こんなやり取りがありました。

『騎士団長殺し』の最後に「私が免色のようになることは

ない」「なぜなら私には信じる力が具《そな》わっているからだ」と、主人公の「私」が考える場面があるのですが、その「私」と「免色渉《めんしきわたる》」との違いについて、村上春樹は次のように述べているのです。

免色さんは、まりえという少女が自分の子供かどうか、それがわからない人ですね。よその世界と繋がりを持つか、持たないかということの、その狭間にいる人です。何かに自分がコミットしているのか、していないのかということが自分でもよくわからない。自分ではすべてを把握しているように思っているみたいだけれど、本当はよくわかっていない。バランスを保ちながら、狭間を静かに彷徨《さまよ》っている。

さらに、「そういう免色渉と「私」は違うのですね」と質問すると、

「私」が免色さんと一番違うのは、奥さんのことを好きなことなんです。奥さんが去っていっても気持ちが変わらない。戻ってくれば、もう一度最初からやり直そうと思う人なんです。そういう形のコミットメントを彼は求めている。

続けて、「何がそうさせるんでしょうか」と問うと、

もちろん愛なのですが、それ以上に、人と人との繋がりの信頼感というものが大事なことになります。免色さんには、そういう感覚が欠落しているんじゃないかな。

と村上春樹は答えました。つまり『騎士団長殺し』は、人と人の繋がりの小説だということです。このやり取りもとても印象深いものでした。

▼物語を動かしていく重要人物

このコラムは客観性を担保する意味から、私（小山）がインタビュー中に聞いた言葉は記さずに書いていますが、今回のインタビューは、その拡大版が雑誌に掲載されましたので、その中から、村上春樹の印象深い言葉を紹介しました。そして、これらの言葉を通して、もう一度『騎士団長殺し』を読み返しましたが、とても興味深かったので、それを記してみたいと思います。

まず「免色渉」という人についてです。「免色渉」は名前も変わっていますが、不思議な魅力を持つ人で、この物語を動かしていく重要人物の一人です。例えば『騎士団長殺し』という長編は、肖像画家である「私」が住むことになった小田原郊外の「雨田具彦」の家の敷地内に「穴」が出現することから大きく動き出しますが、その「穴」は「免色渉」が知り合いの地元の造園業者を呼んで、小型ショベルカーで掘ったことから現れてきます。

そして「免色渉」は、自分から進んで、その「穴」に入

り、「穴」の上部を蓋で塞ぎ、暗闇の中に自ら独り閉じこめられるという行為もしています。特異なパーソナリティーの持ち主ですね。

このように、いろいろな変わった魅力を発揮している「免色渉」なのですが、その「免色渉」について〈よその世界と繋がりを持つか、持たないかということの、その狭間にいる人です〉〈何かに自分がコミットしているのか、していないのかということが自分でもよくわからない〉〈バランスを保ちながら、狭間を静かに彷徨《さまよ》っている〉人間だと、村上春樹は述べているわけです。

確かに、村上春樹が言うように、「免色渉」の行動は自分の娘かもしれない「まりえ」に対するものも中途半端です。「まりえ」が生活する家が、望遠鏡で覗ける土地を購入して、その場所に「免色渉」は暮らしているのですが、でも自分の娘であることを積極的に確認しようとするわけではありません。

他者と結び付かず、その状態で〈バランスを保ちながら、狭間を静かに彷徨《さまよ》っている〉人間なのです。

▼一番、普通の人

この「免色渉」に対する村上春樹の考えを聞いて、自分の中に、ある登場人物のことが、ふっと浮かんできました。それは『騎士団長殺し』という絵を描いた「雨田具彦」の息子の「雨田政彦」です。

「雨田政彦」は、この小説の登場人物としては、一番、普通の人です。他の登場人物を考えてみれば、その〈普通さ〉がよくわかります。

「私」も妻の「ユズ」と別れて、小田原郊外の山中に一人住み、人妻と付き合ったり、自分の心の深い闇を抜けていく「穴抜け」のようなことをしたりします。「ユズ」も「私」と別れて、年下の男性と付き合っています。「免色渉」は謎の資産家で、一日数時間、書斎のインターネットを使って株式と為替を道楽のように動かすぐらいで、生活はこれまでの蓄えでまかなえるという人物です。「まりえ」の叔母「秋川笙子」とも付き合っています。「免色渉」の娘かもしれない十三歳の「まりえ」もエスパー的な側面を持った少女です。

政彦の父「雨田具彦」は留学時代、ナチス・ドイツによるオーストリア併合に際会していますし、具彦の弟「雨田継彦」は、日中戦争の南京戦に加わっています。

このような登場人物たちの中で「雨田政彦」は特別なものを託されていません。

▼しっかり繋がりを持った人間

でも『騎士団長殺し』を読んでいて、この「雨田政彦」が登場してくると、ホッとするのです。そんな読者も多かったかと思います。私もその一人です。

それは何故かを考えてみると、「雨田政彦」という人間は「世俗社会」（現実世界）と〈しっかり繋がりを持った人間〉として、この物語の中に存在しているからだと思います。

それは「免色渉」とは、「しっかり繋がりを持っている」という点において、ある意味で対照的な人間です。

でも「雨田政彦」が繋がりを持っているのは、この世ならざる「異界」ではなくて、この世の「世俗社会」（現実世界）です。いい意味で「世俗社会」と繋がりを持った人物として、『騎士団長殺し』の登場人物として、安定・安心を与えているのだと思います。

「免色渉」が、「私」が住むことになった小田原郊外の「雨田具彦」の家の敷地内に異界との通路である「穴」を出現させることを手伝っているように、「雨田政彦」も「世俗社会」（現実世界）の方で、主人公「私」の手助けをしています。

例えば、こんなことです。妻「ユズ」からの別れ話が出て、「私」が「ユズ」との家を出て、東北、北海道を車で旅した後、東京に戻って、「雨田政彦」に電話をかけると、「それならちょうどいい家がある」と応えて、自分の父親で、高名な日本画家である「雨田具彦」が使っていた小田原郊外の家を提供してくれるのです。「雨田具彦」は伊豆高原にある養護施設に入っていて、しばらく空き家になっていました。こうやって、小田原郊外での「私」の『騎士団長殺し』の物語が始まるのです。

「雨田政彦」がいなければ、「私」が小田原郊外の「雨田具彦」の旧家に住むこともなかったわけです。その小田原の家ばかりでなく、絵画教室の先生のアルバイトを世話してくれたのも「雨田政彦」です。その絵画教室で人妻のガールフレンドが二人できましたし、また「まりえ」もその教室の生徒ですから、「雨田政彦」がこの物語を導いている部分も大きいですね。

▼このあたりにはなるべく近寄らないようにしていた

でもだからと言って、「雨田政彦」が、「私」の住む敷地内に出現した「穴」に興味があるかというと、まったくないのです。むしろ、逆に敬遠しています。そのことを具体的に紹介してみましょう。

その「雨田政彦」が最初に小田原郊外の「雨田具彦」が住んでいた家に「私」を連れて行く場面があります。「雨田政彦」は学校のことなどもあり、この家には住まず、母親とともに都内の目白の家で育ったようです。ときどき泊まりに来たぐらいです。彼が独立して、十年前に母親が亡くなり、父親の「雨田具彦」はずっとここに独りで住んでいたそうです。

その小田原の家の敷地内には、雑木林の中に小さな古い祠《ほこら》のようなものが祀られています。最初に「雨田政彦」が、家を案内してくれた時に、その祠まで、「私」を連れていき、「祠付きの家なんて今どきあまりないぜ」と彼は言って笑い、「私」も同意しています。

「でもおれは子供時代、こんなわけのわからないものがうちの敷地の中にあることが薄気味悪くて仕方なかった。だから泊まりに来るときも、このあたりにはなるべく近寄らないようにしていたよ」と彼は語っています。「実を言えば、今だってあまり近寄りたくはないんだけどね」とも。

でも、『騎士団長殺し』では、その祠あたりから、鈴らしき音が「私」に聞こえてきて、祠の裏の石の下を掘り返すと、「穴」が出現するという展開になっています。

▼怪談みたいなのが大の苦手なんだ

「私」が「免色渉」の協力を得て、「穴」を掘る前、「雨田政彦」に電話して、許可を得るのですが、その時、「雨田政彦」は「しかし本当にその石の下で誰かが鈴を鳴らしていると、おまえは思っているのか?」と「私」に言います。さらに「もしそこを掘り返して、何か変なものが出てきたりしたらどうする?」「とにかくそのままそっとしておいた方がいいような、得体のしれないものだよ」と加えるのです。

それに対して、「私」は「一度夜中にここにその音を聞きに来るといい。実際にそれを耳にしたら、このまま放置してはおけないということがきっとわかるから」と言いますが、「雨田政彦」は深いため息をついて「いや、そいつは遠慮しておく。おれは小さな頃から根っからの怖がりでね、怪談みたいなのが大の苦手なんだ。そんなおっかないものには関わり合いたくない。すべておまえに一任するよ」と応えるのです。

さらに「どうなるかはわからないけど、結果が判明したらまた連絡するよ」と「私」が言うと、「おれなら耳を塞《ふさ》いでいるけどね」と「雨田政彦」は言うのです。

「雨田政彦」が「異界」に興味がなく、むしろ敬遠していたことが、よくわかるかと思います。

反対に「異界」に通じる「穴」を出現させることを手伝う「免色渉」は「異界」に興味を持った人間だと言えるかもしれません。

これは、私（小山）の考え方にすぎませんが、「免色渉」が「異界」に関心があり、興味を抱いている人間かもしれないと思うのには、次のような理由もあります。

▼香川県にルーツを持っているのかもしれない

「免色渉」と「私」がまだ「穴」を掘る前、「免色」と知り合ったばかりの頃、「私」が「雨田政彦」に電話して、谷間の向こう側に住んでいる「免色」について、何か知らないかと聞きます。

「メンシキ?」「いったいどういう名前なんだ、それは?」と「雨田政彦」が問うので、「色を免れる、と書く」と答えると、「なんだ水墨画のようだ」と「雨田政彦」が言い、「私」が「白と黒も色のうちだよ」と指摘します。

最初は「免色ねえ……その名前は耳にしたことがないと思うな」と「雨田政彦」は答えています。

「私」はインターネットのグーグルで調べたが、「免色」の名は見当たらないことを伝えると「フェイスブックとか、SNS関係は？」と「雨田政彦」が聞きます。

「いや。そのへんのことはよく知らない」と「私」は応えますが、「おまえが竜宮城で鯛《たい》と一緒に昼寝をしていたあいだに、文明はどんどん前に進んでいるんだよ」と「雨田政彦」は言うのです。ちょっと調べてみよう、何かわかったら、あとでまた電話すると話しているのですが……、でも、電話口で急に「雨田政彦」は黙り込みます。

そして「メンシキ……」「前にどこかで、その名前を耳にしたような記憶があるんだが」と言います。「記憶が辿《たど》れない。なんだか、喉に魚の小骨がひっかかっているみたいな感じだ」とも加えています。

ここまで、村上春樹が書いているのですから、きっと何かをうまく辿れば、「免色」の名前の由来に辿りつけるのかもしれません。残念ながら、現在の私（小山）には、はっきりしたことがわかりません。

その少しあとで調査していた「雨田政彦」から、電話がかかってきます。

「免色という名前を持つ人は香川県に何人かいるみたいだ」「その免色氏は、なんらかのかたちで香川県にルーツを持っているのかもしれない」と「雨田政彦」が伝えるのです。

さて、この「香川県」というところは、村上春樹作品の「異界」への入り口とも言える土地です。『海辺のカフカ』（二〇〇二年）では、登場人物たちが四国（死国）の香川県高松に結集しました。その香川県から、高知県の森の奥の「異界」に、主人公の「僕」が入って行きます。

『ねじまき鳥クロニクル』では、「僕」の家の近くの路地に面した空き家の深い空井戸が「異界」への入り口となっていますが、その家の元の持ち主は「宮脇さん」という名前です。そして同作の第3部の冒頭部分で、その宮脇さん一家が、香川県高松市内の旅館で一家心中した事実が明かされています。このように村上春樹作品での「香川県高松」は「異界」への入り口なのです。「霊魂の世界」と繋がっています。

ですから「免色」という名字が「なんらかのかたちで香川県にルーツ」を持つとしたら、「免色渉」は「異界」とどこか繋がる面を持った人物なのかもしれません。少なくとも、「異界」に関心・興味を抱いた人間ではないかと思います。

ちなみに『海辺のカフカ』には、上田秋成の『雨月物語』の「菊花の約《ちぎり》」や「貧福論」のことが登場しますし、『騎士団長殺し』には、同じ上田秋成の『春雨物語』の「二世《にせ》の縁」が出てきます。「二世の縁」は、地中から即身仏（断食死し、ミイラ化した行者）を掘り出す話です。

▼誰にでも見えるものではない。見えるものにしか見えない

さて、最初に紹介した、村上春樹の印象的な言葉の一つ、つまり「騎士団長」は「誰にでも見えるものではない。見えるものにしか見えない」という点から、「雨田政彦」と「免色渉」を考えてみると、二人とも「騎士団長」が見えないのです。

「雨田政彦」は「根っからの怖がりでね、怪談みたいなのが大の苦手」なのですから、「騎士団長」に興味もないし、むしろ敬遠しているわけです。「騎士団長」が見えないというか、この物語の中で「騎士団長」と出会う機会もないのですが、でも「免色渉」のほうは、彼が手伝って出現した「穴」から即身仏・ミイラの代わりに登場したのが「騎士団長」ですのに、「免色渉」にも「騎士団長」は見えないのです。

この「雨田政彦」と「免色渉」は、どうも何かの対になる人物として、『騎士団長殺し』の中にあるような気が、再読して伝わってきました。

その部分を紹介してみましょう。

「まりえ」に「私」が「大学時代の友だちが泊まりに来ていたんだ」と話す場面があります。「仲の良い友だち？」と「まりえ」が聞くので、「そう思う」「ぼくにとっては、友だちと呼べるただ一人の相手かもしれない」と「私」は答えています。

続いて「メンシキさんは、先生にとって仲の良い友だちではない」と「まりえ」が「私」に聞くのです。

「ぼくは免色さんという人のことを、友だちと呼べるほどはよく知らないんだ」「人と人とが良い友だちになるには、それなりに時間がかかる。もちろん免色さんはなかなか興味深い人だとは思うけど」と「私」は答えています。

この「私」と「まりえ」のやりとりからも、「雨田政彦」と「免色渉」を、ある関係性の中に置いて、考えているのではないかということが伝わってきます。

その「私」と「雨田政彦」は美大でクラスが同じで、彼は「私」より二歳上ですが、大学を出てからもときどき顔を合わせていました。「雨田政彦」は卒業後は画作をあきらめて広告代理店に就職し、グラフィック・デザインの仕事をしています。

▼今はもう二十一世紀なんだよ

もう一つ、「雨田政彦」と「免色渉」の関係性を示しているのではないかと私（小山）が考える場面を紹介してみたいと思います。

「雨田政彦」が「私」の暮らす小田原の家（つまり「雨田政彦」の父親の家）に泊まりがけでやってくる場面です。土曜日の午後四時前に、黒いボルボ・ワゴンを運転してやってきます。「真四角で実直頑強なボルボが彼の好みだった」とあります。いかにも「通俗社会」（現実世界）にしっかり繋がって生きている人ですね。

この時、彼はわざわざ自分の出刃包丁を持参してやってきます。そして、伊東の魚屋で買ってきたばかりの大きくて新鮮な鯛を、台所でさばきます。

鯛を買ってくるのは、以前「おまえが竜宮城で鯛《たい》と一緒に昼寝をしていたあいだに、文明はどんどん前に進んでいるんだよ」と「雨田政彦」が述べていたことと、関係があるのでしょう。二人で「鯛」を食べ、ひさしぶりに豪勢な食事を楽しんだ時も「今はもう二十一世紀なんだよ」と「雨田政彦」は「私」に語っています。これも「現実世界」への言及です。

そこで、二人はいろいろな話をしているのですが、それはあとで紹介するとして、一泊後、まもなく「秋川まりえ」と彼女の叔母である「秋川笙子」がやってくるにもかかわらず、「でもとにかく失礼するよ」「その二人の女性に会っていきたい気もするけど、東京に仕事も残してきたしな」と言って、帰っていきます。

「秋川まりえ」は「免色渉」の娘かもしれない少女ですし、「まりえ」の叔母である「秋川笙子」は「免色渉」と性的関係を持っていく女性です。「雨田政彦」がこの二人と会わずに去るところに「雨田政彦」と「免色渉」の関係性が描かれているのではないかと思います。

「雨田政彦」と「免色渉」は、何かの形で対をなすように『騎士団長殺し』の中に存在していると思うのですが、「雨田政彦」は「通俗社会」（現実世界）としっかり結び付いた、しっかりと繋がった人間として在り、「免色渉」のように〈よその世界と繋がりを持つか、持たないかということの、その狭間にいる人〉〈バランスを保ちながら、狭間を静かに彷徨《さまよ》っている〉人間とは世界が峻別されているのかもしれません。

そして「私」は「ぼくにとっては、友だちと呼べるただ一人の相手かもしれない」と「雨田政彦」のことを語っているわけですから、「私」は〈よその世界と繋がりを持つか、持たないかということの、その狭間にいる〉ような人間より、「通俗社会」とでも「しっかり繋がりを持って」生きている人間のほうが、信頼できるということだと思います。

ちなみに、タイトルに繋がる「騎士団長」を殺す際に、この時、「雨田政彦」が持ってきた出刃包丁が使われています。

▼そろそろ何かをひとつくらい馬鹿げたことを

そして、「秋川まりえ」と「秋川笙子」が来る前に、「私」が「雨田政彦」と、次のような会話をする場面があります。

「ドストエフスキーの小説には、自分が神や通俗社会から自由な人間であることを証明したくて、馬鹿《ばか》げたことをする人間がたくさん出てくる。まあ当時のロシアでは、それほど馬鹿げたことじゃなかったのかもしれないけど」

そのように「私」が「雨田政彦」に話すと、彼が「おまえはどうなんだ?」と尋ねます。「おまえはユズと正式に離婚して、晴れて自由の身になった。それで何をする? 自ら求めた自由ではないにせよ、自由は自由だよ。せっかくだから、そろそろ何かをひとつくらい馬鹿げたことをしたっていいんじゃないか?」と「雨田政彦」が語るのです。

ここに「通俗社会」を生きる人間と、「芸術家」を目指す人間の違いとが記されているのだと思います。

その後に、この作品のタイトルである『騎士団長殺し』の場面と、それに続く、深い心の闇を抜けて行く場面がやってくるのです。「芸術家」を目指す人、つまり、真の人間の姿を求める人という意味と考えていいかと思いますが、そういう人は「自分が神や通俗社会から自由な人間であることを証明したくて、馬鹿《ばか》げたことをする人間」として「騎士団長」のような人を殺し、「自分の心の中の深い闇」をくぐり抜けていかねばならない、という意味なのだと思います。

同じ美大を出たただ一人の友人ですが、「雨田政彦」は「芸術家」を目指すことをあきらめて、広告代理店に就職し、グラフィック・デザインの仕事をしている人です。「通俗社会」（現実世界）としっかり繋がって生きている人です。

そして、真の「画家」（芸術家）になろうとしている「私」に対して、「雨田政彦」が、どう思っているかということも、しっかり書かれています。

▼私が雨田具彦から引き継いだものなのだろうか?

朝の十時過ぎに「雨田政彦」から電話がかかってきて、「急な話なんだが」「これから伊豆まで父親に会いに行く。よかったら一緒に行かないか? うちの父親に会いたいって、このあいだ言ってただろう?」と彼が言います。

そして、彼のボルボに乗って、療養所にいる、あまり容態のよくないという「雨田具彦」に会いに行くのです。その車中、二人はこんな話をしています。

「ときどきおれは思うんだ。むしろおまえが雨田具彦の息子だったらよかったんじゃないかって」と「雨田政彦」が言います。「私」は「よしてくれよ」と応えますが、「雨田政彦」は「でもおまえならそれなりにうまく精神的な引き継ぎみたいなことはできたんじゃないのかな。そういう資格は、おれよりはむしろおまえの方に具《そな》わっているんじゃないか」と言うのです。

そう言われて、「私」は「雨田具彦」が描いた『騎士団長殺し』の絵を思い出します。「ひょっとしてあの絵は、私が雨田具彦から引き継いだものなのだろうか?」と考えるのです。それは「私」が「雨田具彦」の家の屋根裏部屋から見つけた絵です。

そして、二人は療養所に着いて、死の床にある「雨田具彦」と対面します。「私」は「このあいだ初めて屋根裏部屋に上がりました」と「雨田具彦」に語りかけます。すると「彼の目が初めてきらりと光ったように」見えるのです。

「あの屋根裏はみみずくだけじゃなく、絵にとっても絶好の場所かもしれません。（……）とくに画材のせいで変質しやすい日本画の保存には適しているでしょう」

「私」は『騎士団長殺し』を見つけたことを、横にいる「雨田政彦」には話していないので、慎重に言葉を選んでいます。

「不思議だよ。おれが何を言ってもほとんど見向きもしなかったのに、さっきからおまえの顔を見たっきり、じっと目を逸らせもしない」と「雨田政彦」が言います。

「その口調に軽い羨望《せんぼう》の響きが混じっていることに気づかないわけにはいかなかった。彼は父親に見られることを求めているのだ。それはおそらく子供の頃から一貫して求め続けてきたことなのだろう」と村上春樹は書いています。

この作品の前半には「おれはとても芸術家にはなれそうにない」と「雨田政彦」がため息をついて言ったことが書かれていました。「父親からおれが学んだのはそれくらいかもしれない」という言葉も記されていました。

「雨田政彦」も「芸術家」になれないことに自覚的ですが、「芸術家」を目指すには「雨田政彦」が敬遠している「祠の裏の石の下を掘り返す」ということが、どうしても必要なのかもしれません。

▼T・S・エリオットが言うところの藁《わら》の人間です

では、その「祠の裏の石の下を掘り返す」ことを手伝った「免色渉」は「私」のことをどう思っているのでしょうか。

「私は自分のことがときどき、ただの無であるように感じられます」「五十歳を過ぎて、鏡の前に立って自分自身を眺めてみて、私がそこに発見するのはただのからっぽの人間です。無です。T・S・エリオットが言うところの藁《わら》の人間です」と語るのです。

このT・S・エリオットの「藁《わら》の人間」は『海辺のカフカ』にも出てくる言葉です。『海辺のカフカ』では、大島さんが「僕」に、次のように話しています。

僕がそれよりも更にうんざりさせられるのは、想像力を欠いた人々だ。T・S・エリオットの言う〈うつろな人間たち〉だ。その想像力の欠如した部分を、うつろな部分を、無感覚な藁《わら》くずで埋めて塞《ふさ》いでいるくせに、自分ではそのことに気づかないで表を歩きまわっている人間だ。そしてその無感覚さを、空疎《くうそ》な言葉を並べて、他人に無理に押しつけようとする人間だ。

そう語っているのです。二つの長編作品で、同じ言葉が反復して述べられているわけですから、村上春樹自身の強い思いなのでしょう。ただし「免色渉」は、そのことに自覚的ですが。

▼その揺らぎに我が身を委ねることを選びます

「免色渉」は「あなたを見ていてよくうらやましく感じるのです」「あなたには望んでも手に入らないものを望むだけの力があります。でも私はこの人生において、望めば手に入るものしか望むことができなかった」と「私」に語るのです。

それを聞いた「私」は、おそらく「免色渉」にとって「秋川まりえこそが、彼にとっての「望んでも手に入らないもの」なのだ」と思っています。

つまり、本当の「芸術家」を目指す「私」に対して、「雨田政彦」も「羨望」を抱いていますし、「免色渉」も「うらやましく」感じているのです。

ここでも「雨田政彦」と「免色渉」が、この物語の中で、対をなしていることが伝わってきます。

そして、「免色渉」には「騎士団長」が見えません。『騎士団長殺し』には「免色渉」が「私」を、自分の家での夕食に招待して、「秋川まりえ」の肖像画を描いてほしいと頼む場面があります。その席には「騎士団長」がずっと一緒にいて、「私」に話したりしていますが、「免色渉」には「騎士団長」の姿が見えないのです。「免色渉」は「騎士団長」に興味を抱いているにもかかわらず。

その「免色渉」に対して、「秋川まりえ」が自分の娘であるかを確認しないで、「私の娘かもしれない」という可能性だけに留まっていることについて、「私」は「彼女の肖像画を壁にかけて日々眺め、そこにある可能性について思いを巡らせること——本当にそれだけでかまわないのですか?」と尋ねます。

それに「免色渉」は肯き、次のように語っています。

「そうです。私は揺らぎのない真実よりはむしろ、揺らぎの余地のある可能性を選択します。その揺らぎに我が身を委《ゆだ》ねることを選びます」と答えるのです。

この「免色渉」の認識のことを、村上春樹はロング・インタビュー「暗闇の中のランタンのように」の中で語っているのでしょう。

▼最後まで、「騎士団長」が見えるのは誰か

さて、では『騎士団長殺し』の中で「騎士団長」が見えるのは、誰かを考えてみると、まず「私」です。そして、『騎士団長殺し』の絵を描いた「雨田具彦」にも見えていると思います。

「騎士団長」が療養所の「雨田具彦」の部屋に現れて、「さあ、あたしを断固殺すのだ」と「私」に言う時、「雨田具彦の顔面は今ではそっくり真っ赤に染まっていた。熱い

血流が戻ってきたのだ」と記されているのですから。

ちなみに、この療養所まで連れて行った息子の「雨田政彦」は、この「騎士団長」登場の場面の直前に、自分の携帯電話が鳴って、その応答のために部屋を出ていて、その場面にいません。「雨田政彦」は「通俗社会」（現実世界）としっかり繋がった人として、ここでも描かれています。

そして、十三歳の少女「まりえ」も「騎士団長」が見える人です。「免色渉」の家に忍び込んだ「まりえ」の前に「騎士団長」が現れて、彼女を導いていきます。

それなら、最後まで、『騎士団長殺し』という作品の中で、「騎士団長」が見えるのは誰かということを考えてみたいと思います。

まず、「雨田具彦」は間もなく死んでしまいます。

さらに、成長した「まりえ」も「騎士団長」が見えなくなるようなのです。

『騎士団長殺し』の最終章「恩寵のひとつのかたちとして」は「私が妻のもとに戻り、再び生活を共にするようになってから数年後、三月十一日に東日本一帯に大きな地震が起こった」と書き出されています。

その東日本大震災の二カ月後に小田原の家が火事で焼け落ちます。その家にあった「雨田具彦」の『騎士団長殺し』も、私が描いた『白いスバルフォレスターの男』という絵も焼けてしまいます。

この章には、少し成長して、高校二年生くらいになった「まりえ」と「私」が電話で話したことが記されているのですが、その「まりえ」は「騎士団長が本当にいたなんて、今ではなんだかうまく信じられない」と語るようになっています。

「まりえ」に対して、「私」は「騎士団長は本当にいたんだよ」「信じた方がいい」と伝えていますが、でも次のように村上春樹は加えています。


彼女は十代の後半を迎え、その人生は急速に込み入った忙しいものになっていくだろう。イデアやメタファーといったような、わけのわからないものに関わり合っている余裕も見出《みいだ》せなくなっていくかもしれない。

▼主人公を最も遠くまで運んでいく物語

つまり、この『騎士団長殺し』で、最後まで「騎士団長」を見ることができるのは「私」だけなのです。村上春樹の作品は主人公を最も遠くまで運んでいく物語ですが、この『騎士団長殺し』も、そういう物語になっています。

その「私」には、「名前」がありません。村上春樹にとって登場人物に対する「名づけ」はとても大切なものです。この物語の中で、「私」に名前がないということは、まだ「私」は「芸術家」の入り口にいて、これから「芸術家」となり得る人間として、成長していく過程にあるということだと思います。

結局、「私」は「ユズ」と別れず、「ユズ」と暮らしていない時期に、ユズが妊娠した娘を自分の子として、育てるのですが。その長女には「室《むろ》」と名づけられています。

その子に「「騎士団長はほんとうにいたんだよ」と私はそばでぐっすり眠っているむろに向かって話しかけた。「きみはそれを信じた方がいい」」という言葉で、この長編は終わっています。

ここに、自分の娘かもしれない「まりえ」を眺めるだけの「免色渉」との違いが記されているわけですが、「私」の娘への「室《むろ》」という名前について、少しだけ妄想的な考えを記して、長々書いてきた今回のコラムを終わりにしたいと思います。

▼独り戦ってきた「私」の闘いが収まるところ

「室」を「むろ」と読む言葉としては、氷を夏まで貯蔵しておくため特別に装置した室や山かげの穴を言う「氷室《ひむろ》」などが浮かびますが、「室」には「すべてものの収まるところ」という意味があって、家の人すべて、一家・家族の意味もあるようです。そして「刀剣のさや」の意味もあります。

単行本の装丁には「剣」があしらわれていましたので、その「剣のさや」の意味もあるのかなと、考えています。「ユズ」と別れず「元のさやに収まる」という意味もあるかもしれませんが、「騎士団長」は腰に柄《つか》に飾りのついた剣を帯びて登場してきていますし、「本物の剣だぜ」「小さくはあるが、切ればちゃんと血がでる」としゃべっています。これが単行本の装丁の「剣」に反映しているのでしょう。

「イデア」や「メタファー」というようなものに関わり合って、「芸術家」を目指す心の「剣」を持って、それらと独り戦ってきた「私」の闘いが収まるところとして、「私」の闘いの継承として、「室《むろ》」という子供を育てることになったということではないか……と想像しています。

それは「血縁」ではなく、大切なものを引き継ぎ、しっかり育てるものとして、「私」にあるのではないかと、今回『騎士団長殺し』を読みかえして、思いました。そういう意味での「恩寵のひとつのかたちとして」あるのではないかと思えたのです。

099 「もうそろそろ」と「義務だと思ってた」

父親の戦争体験を語り継ぐ

2019.12

作家・川上未映子さんによる村上春樹へのロングインタビュー『みみずくは黄昏《たそがれ》に飛びたつ　川上未映子 訊く／村上春樹 語る』の新潮文庫版が、この十二月に刊行されました。

文庫版の巻末に付録として「文庫版のためのちょっと長い対談」が付いています。今回は、この文庫巻末付録の「ちょっと長い対談」を読みながら考えたことについて書いてみたいと思います。

▼少しはほかのこともやっていいいんじゃないかと……

一読して、まず響いてきた言葉は「もうそろそろ」という感覚です。

具体的な言葉としては「僕は今年七十歳になったわけで、これまでやってきたことと少し変えてみようと思ったんだ。たとえば、これまでは文章を書く以外のことはできるだけしないようにしようと心に決めて仕事をしてきたけど、もうそろそろ、少しはほかのこともやっていいいんじゃないかと……」と村上春樹は語っています。

村上春樹は二〇一八年の夏からＴＯＫＹＯ ＦＭで「村上ＲＡＤＩＯ」として、ラジオＤＪを始めて、ほぼ二カ月に一度のペースで続けています。

そのラジオＤＪを始めたことに「びっくりしました」という川上さんの発言に応じて、「もうそろそろ」と村上春樹が答えているわけです。

でも、その「もうそろそろ」の感覚は、この付録の対談で、さらに繰り返されています。例えば、次のようにです。

小説に限らず僕は文章を書くのが好きだし、文章を書いて生活できるって素晴らしいと思うし、だからそれ以外のことはなるべくやらないようにしようと自分を戒めてきたから。

とにかく僕は文章を書くのが単純に好きなんだ。だからあまりほかのことをやりたくなかった。でも、そろそろそういう縛りを解除して何かほかの空気を入れてもいいかなと思ってね。

と話しています。さらにこのようにも話しています。

「いちばん大事なのは、書きたいと思った時に、書きたいように書くということだから、とにかく待ってるしかないんだよね。待つのが僕の仕事だから」と、小説家の仕事について述べた後、「そんなにもうギリギリやる必要ないから」と語り、「文章を書く以外の仕事はまったくしないことにしようと決めて四十年ぐらいずっとやってきたけど、そろそろ手綱をいくらか緩めてもいいかと。やっぱり音楽に関わることは、僕にはすごく楽しいから」と村上春樹が述べているのです。

繰り返される、この「もうそろそろ」の感覚が、最も印象的です。

▼書かなくてはいけないことをしっかり書けた

この感覚は、どこからやってくるのでしょうか。

紹介した村上春樹の言葉の中で、自身が述べているように、今年（二〇一九年）、村上春樹が七十歳となったことも大きいでしょう。そして『風の歌を聴け』（一九七九年）でデビューして以来、今年がちょうど作家生活四十年なので、これを機会に「もうそろそろ」という思いなのかもしれません。

でも、私は、この繰り返される「もうそろそろ」という発言の感覚には、月刊誌「文藝春秋」の今年（二〇一九年）六月号で、村上春樹が自らのルーツを初めて綴った「猫を棄てる――父親について語るときに僕の語ること」を書き上げたことがかなり反映しているのではないかと感じています。

もちろん「村上ＲＡＤＩＯ」のラジオＤＪは昨夏から始まっています（第一回の収録は昨春）。ですから、七十歳となったことや、作家生活四十年を迎えたことなどと、ピッタリ時間が一致しているわけではありませんし、「猫を棄てる――父親について語るときに僕の語ること」が掲載された時期と一致するわけでもありません。

でも「それ以外のことはなるべくやらないようにしよう」と自分を「戒めてきた」村上春樹が、「あまりほかのことをやりたくなかった」という「縛り」で書いてきた村上春樹が、「手綱」を締めて「文章を書く以外の仕事はまったくしないことにしようと決めて四十年ぐらいずっとやってきた」村上春樹が、「もうそろそろ」と繰り返し述べる言葉の中に、書かなくてはいけないことをしっかり書けたという思いの反映があるのではないかと感じるのです。

これらの「戒めて」「縛り」「手綱」という言葉からは、村上春樹がいかに自分を律して、行動し、書いてきたかが伝わってきますね。

▼すさまじいインタビューだったなあ（笑）

そして、この付録の川上未映子さんとの対談は、二〇一九年九月十三日に行われたものだそうです。この時点で、大切なものを果たしたという思いが、その「戒め」「縛り」「手綱」から〝もう少し自由になってもいい〟ということを繰り返し述べることに繋がっているのではないかと感じるのです。

つまり、書かなくてはいけないことをちゃんと書いて「ホッとしている」気持ちが、「もうそろそろ」の言葉となって、繰り返されているのではないでしょうか。

「猫を棄てる——父親について語るときに僕の語ること」は、このコラムの中でも、何回か紹介してきたように、村上春樹文学を読む人にとって、今後、重要な文章となっていくと思います。

その「猫を棄てる——父親について語るときに僕の語ること」を、なぜ書いたかについても、村上春樹は語っています。

川上未映子さんは、村上春樹が信頼する小説家であり、インタビュアーだと思います。

『みみずくは黄昏《たそがれ》に飛びたつ　川上未映子 訊く／村上春樹 語る』本編のインタビュー部分の最後は「しかしそれにしてもこれ、すさまじいインタビューだったなあ（笑）。あと二年くらい何もしゃべらなくていいかも」という発言で、村上春樹の言葉は終わっています。

これに対して、川上さんが「では、ぜひまた二年後に（笑）。本当にありがとうございました」という言葉を加えています。二〇一七年二月二日のインタビューだったようですので、二年半後の、付録の「対談」となったようです（ちなみに、インタビューの本文は「——」で始まる川上さんの質問に、村上春樹が「村上」として答える形です。付録対談は「川上」「村上」が交互に語っていく対談の形になっています）。

▼父親のことはいつかは書かなくちゃいけないと思いながら

今回の付録対談でも、川上さんの鋭い質問はちゃんと生きています。

「やっぱりこの二年のお仕事の中でも、まったく違うのが、お父様について書かれたメモワールというか長いエッセイの「猫を棄てる——父親について語るときに僕の語ること」です」と述べています。村上春樹も「（深く頷きながら）そうですね」と答えていますが、続いて川上さんは「これについてお話を伺いたいと思います。これまでの春樹さんを考えると、お父様について書くというのは、ちょっとやっぱり考えられなかったお仕事ですよね」と、ズバリ質問しています。

つまり、対談の流れの中で、話題にのぼるという形ではなく、これは訊かなくてはならないと覚悟して、質問しているのです。

これに対して、村上春樹は「そうかもしれない。家族のことはできるだけ書かないようにしていたから。でも、父親のことはいつかは書かなくちゃいけないと思いながら延ばし延ばしにしてたんです。なるべくもう、人生のあとのほうで書こうと思ってたから」と答えています。

さらに「じゃ最初から、いつか書かなきゃいけないなとは思っていたんですか。ずいぶん昔からですか」という問いに対して、村上春樹は次のように答えています。

うん、思ってた。父が生きてるときから書かなくちゃと思ってたんだけど、生きてるときは僕もちょっと嫌だった

から、十年ほど前に父が亡《な》くなったあと、いつかまとまったものを書かなくちゃなと考え続けていました。

続けて、川上さんが「漠然とした予感として？」と訊くと村上春樹は、「いや、漠然とした予感じゃなくて、書かなくちゃいけないと思ってたんだよね。書くのは一種の義務だと思ってたから」と答え、さらに「一番大きいのは父親の戦争体験で、僕はそれを語り継がなくちゃいけないと思っていたということです。理屈で歴史がどうこうとか、戦争がどうこうと語るのは好きじゃないから、自分に即した実際の事をファクトで語るしかない。それが僕のやらなくちゃならないことだった」と述べているのです。

準備期間というより、どういうふうに書くか、肚《はら》を決めるのに時間がかかったと思う。資料をちょっとずつ集めてはいたけど、どんな形でどう書けばいいのか決めかねて、結局猫の話で始めて、それでやっと書けた。

とも語っています。確かに「猫を棄てる――父親について語るときに僕の語ること」の、猫の話で始まり、猫で終わる形はいいですね。その「猫」で書き始めていくことについては、こう答えています。

たとえばどんなに深い立派なことを考えていたとしても、それをロジックで表層的なメッセージにして書いちゃうと、人には伝わらないんです。小説家には小説家のものの書き方があると思う。

「お父様のことを書いたことで、ご自身に何か影響はありましたか。ちょっと肩の荷が下りたとか」という質問には、村上春樹は「そうだね、書いてよかったと思うし、それは僕の書かなくちゃいけないこと、死ぬまでに片付けておかなくちゃいけないことの一つだったから」と答えています。

▼そこには身を切るような痛みもあります

さらに戦争という暴力性にフィクションから迫っていくのと、父親の実際の記憶とそのファクトからアプローチするのは、どう違っているかという質問に対しては、「僕は小説家だから、フィクションにして書くと、どんなことでもどうにでも形を置き換えていけるわけです。それがフィクションの強みだから。でもノンフィクションだと、どうしても逃げ切れないところが出てくる。そこには身を切るような痛みもあります。でも、きっとそういうものが必要なんだね」と答えています。

ですから、この書かなくちゃいけないと思っていて「書くのは一種の義務だと思ってた」こと、「死ぬまでに片付けておかなくちゃいけないこと」、「身を切るような痛み」もある「どうしても逃げ切れないところが出てくる」ような「猫を棄てる——父親について語るときに僕の語ること」を書き上げたことが、「もうそろそろ」という言葉、その感覚の繰り返しの表明となっているのではないかと思うのです。

「戒め」「縛り」「手綱」を締めて、書き続けてきた村上春樹が身を切るような痛みをともないながら、一種の義務だと思っていた父親の戦争体験を書き、それを語り継ぐことができたことが、「もうそろそろ」という言葉、その感覚の繰り返しの表明となっているのではないかと思います。

この「猫を棄てる——父親について語るときに僕の語ること」について語っていることがこの「文庫版のためのちょっと長い対談」のハイライトだと思います。

▼結果的にね。僕がいちばん考え込んでしまうのは

そしてもう一つ、村上春樹作品を読み続けてきたものとして、立ち止まり、その理由などを考え込んでしまった発言がありました。それはこんなことです。

村上春樹が自作長編について、次のようなことを言っているのです。


『ノルウェイの森』を今書いたら、もっともっとうまく書けると思うけど、きっとあれはあれぐらいの段階で書いといて一番良かったんじゃないかって……。

結果的にね。僕がいちばん考え込んでしまうのは、『世界の終りとハードボイルド・ワンダーランド』。今だったらもっとうまく書けたよなと思う。あれはもっとあとで書いたほうがよかったかもしれないと思うけど、『ノルウェイの森』はあのときにああいう風に書くしかなかったと思う。


という発言です。

この「文庫版のためのちょっと長い対談」ではこのあと『ノルウェイの森』(一九八七年)については語られていきますが、「結果的にね。僕がいちばん考え込んでしまう」という『世界の終りとハードボイルド・ワンダーランド』(一九八五年)については何も語られません。

実は、私が村上春樹を初めてインタビューした作品が、この『世界の終りとハードボイルド・ワンダーランド』でした。村上春樹は、この作品で、戦後生まれとして初めて谷崎潤一郎賞を受けたので、その際、もう一度、取材しているという愛着ある作品です。それが村上春樹にとって「いちばん考え込んでしまう」作品なのです。

私の周囲にも、この『世界の終りとハードボイルド・ワンダーランド』が一番好きだという人もいますし、違う意見の人もいます。でもともかく、この『風の歌を聴け』から始まって『1973年のピンボール』(一九八〇年)、『羊をめぐる冒険』(一九八二年)、そして『世界の終りとハードボイルド・ワンダーランド』までが大好きという読者がかなりいます。その作品について、作家生活四十年を振り返ると「いちばん考え込んでしまう」と村上春樹は語っているのです。

　この点を少しだけ考えてみたいと思います。

▼「街と、その不確かな壁」

　村上春樹の愛読者なら知っている人が多いのですが、この作品は「街と、その不確かな壁」（「文學界」一九八〇年九月号）という中編小説（単行本未収録）を拡大して書き直したものです。『世界の終りとハードボイルド・ワンダーランド』は、高い壁に囲まれた出口なしの街に暮らす「僕」の「世界の終り」という閉鎖系の物語と、「ハードボイルド・ワンダーランド」という開放系の話が交互に展開していく物語です。

「ハードボイルド・ワンダーランド」のほうは計算士と呼ばれる特殊情報処理技術者である「私」が意識や脳の研究者である老博士に依頼されたことから、博士の研究を奪おうとするグループとの闘いに巻き込まれ、東京の地底を逃げ回る話です。ルイス・キャロル『不思議の国のアリス』に繋がる楽しい話です。

　述べたように、この「街と、その不確かな壁」を書き直して書いたのが『世界の終りとハードボイルド・ワンダーランド』ですが、そのうちの「世界の終り」の話の部分が「街と、その不確かな壁」のほうの話に相当しています。

　主人公の「僕」をはじめとする人々が高い壁に囲まれた不思議な街に住んでいる世界です。人々は街に入る時に、門の所で自分の「影」を切り離し、門番に預けます。それと引き換えに、人々は安らぎに満ちた生活を街で送ることができるのです。でも、なかには「世界の終り」の街で、人間の心を捨てきれない者がいて、その人たちは「森」のなかに追放されるのです。

　物語の最後、「影」は「世界の終り」の世界を脱出しますが、「僕」は自分の意思で街にとどまり、「森」という生の混沌の中に入っていこうとするところで物語が終わっています。

▼自己の二重否定

「この街は不自然で間違っている」と説く「影」の言葉に説得力があるようにも伝わってきますが、しかし「僕」が森の中に入っていくラストに、力と膨らみのようなものを感じて、最初のインタビュー記事を書いた記憶があります。

　その記事を貼った三十四年前のスクラップブックを引っぱり出して見てみますと、「壁に囲まれた街の中の森という自己の二重否定のなかに村上さんは人間の存在を支える内在的な力を見つけようとしているようだ」と、私（小山）は書いていました。

　つまり「壁に囲まれた街」という負の世界（マイナス世界）。さらに、その負の世界から追放される「森」という負の世界。マイナス×マイナスという二重否定の力によって、「僕」の生の世界がプラスに転換していく可能性があるような形になっていて、これが最後に力ある物語のエンディングとなっているように思ったのです。

「僕には僕の責任があるんだ」「僕は自分の勝手に作りだした人々や世界をあとに放《ほう》りだして行ってしまうわけにはいかないんだ。君には悪いと思うよ。本当に悪いと思うし、君と別れるのはつらい。でも僕は自分がやったことの責任を果さなくちゃならないんだ。ここは僕自身の世界なんだ。壁は僕自身を囲む壁で、川は僕自身の中を流れる川で、煙は僕自身を焼く煙なんだ」と「影」に告げて、「僕」は「影」と別れます。その場面が心に残ります。

▼もっとあとで書いたほうがよかったかもしれない

その『世界の終りとハードボイルド・ワンダーランド』について、村上春樹が「今だったらもっとうまく書けたよなと思う。あれはもっとあとで書いたほうがよかったかもしれない」と語っているのです。その理由が、私（小山）にわかるわけではありませんが、それを考えるよすがとして、いくつかのことを挙げておきたいと思います。

それは『海辺のカフカ』（二〇〇二年）について、文芸評論家の湯川豊さんと私（小山）でインタビューした時の村上春樹の言葉です。「文學界」（二〇〇三年四月号）に「『海辺のカフカ』を語る」として掲載されたこのインタビューは、村上春樹へのインタビュー集『夢を見るために毎朝僕は目覚めるのです』（二〇一〇年）にも収録されていますが、少しの異同もあるので「文學界」に掲載された版で紹介してみたいと思います。

『海辺のカフカ』という作品は、当初『世界の終りとハードボイルド・ワンダーランド』の続編として構想された長編です。

それについて、村上春樹は次のように語っていました。

もともとこの小説は『世界の終り』の続編として書こうと思って企画していたものなんです。ただ、あまりにも昔に書いたものなので、直接的な続編というのは無理だと思いました。だから違うもの、ただどこかでゆるく精神的に結びついているものを書こうと。そういうこともあって、最初から二つの話が並行して進んでいくという形式を取ろうと思っていたんですが、『海辺のカフカ』は確かにいわれるようにパラレル・ワールドではないですね。『世界の終り』は完全に違う世界で物事が進行していてそれが一つになるということだったんだけど、今回は同じ地上に起こってることを並行的に書いてるわけだから。

そして今回の「文庫版のためのちょっと長い対談」との関連で、『世界の終りとハードボイルド・ワンダーランド』について印象的な次のような発言があります。

長いですが、引用してみます。

> 僕がこれまで書いたものでいちばん苦労したのは、『世界の終りとハードボイルド・ワンダーランド』の「世界の終り」のほうのあの壁の中の街をどのように描写するかということでした。僕にとっては大変な問題であって、まず最初に「文學界」で「街と、その不確かな壁」という中篇を書いて、どうしても納得できなくて、それは潰して、何年かかけてもう一度書いたわけです。あれを書く作業は僕にとっては一番大変な作業でした。

さらに、こうも語っています。

> 『世界の終り』は結末を、僕も、どうつけていいかよく分からないところがあった。（……）で、結局は「僕」が残って「影」が帰っていくという形になりますね。いまそれに関しては僕は別に全然後悔してなくて、それはたぶんそれで良かったんだろうと思っています。「僕」は森に行って住むんだろうと。そのときの僕にとってはそれが一番正直な結論だったんです。
>
> でもいま書くと違うものになると思うし、カフカ君は影を抱えたまま帰っていきます。現在の僕が物語を書くとしたらそういう風にしか書けないと思う。それはやっぱり僕自身の世界観というか小説観みたいなものがたぶん変わってきたからだと思うんです。責任感というと簡単な話になっちゃうんだけど、物語に対する責任感というのかな。社会的な責任感、人間的な倫理的責任感というよりは、物語性に対する責任感みたいなものがあるのかなというふうには思う。今回の結末に関してはまったく悩まなかったですね。
>
> 『世界の終り』に関しては、「僕」にはまだ帰ってくるだけの力がなかったというのかなあ、物語的にね。あのときは、たぶん「僕」は森の中に入っていきたかったんだと思う、影だけは帰しておいて。そこで影を失ったまま生きてもいいと思っていたんだと思う、個人的に。

ここに、『世界の終りとハードボイルド・ワンダーランド』の続編的な物語である『海辺のカフカ』を書こうとした際の、「僕」にとって「影」というものの大切さが、述べられています。つまり『海辺のカフカ』の側から、『世界の終りとハードボイルド・ワンダーランド』を考えてみることが、村上春樹作品の在り方を考える上で大切なのではないかと思います。

▼どういう風に悪を描けばいいのか

もう一つ、二つ、『海辺のカフカ』を巡るインタビューでは『世界の終りとハードボイルド・ワンダーランド』に関係した印象的な村上春樹の発言がありました。それは「悪」を巡る発言です。

> 悪ということについては、僕はずうっと考えていました。僕の小説が深みを持って広がりを持っていくためには、やはり、悪というものは不可欠だろうと、どういうわけかずうっと考えていたんです。どういう風に悪を描けばいいのかというようなことを考えているんです。そういう風にはっきり考え始めたのは、『世界の終り』を書いた後ですね。そこから悪というものが常に意識の中にあります。

『世界の終りとハードボイルド・ワンダーランド』では「悪」の描き方が難しかったということでしょうか……。または「悪」を書こうとして、十分に書けなかったということでしょうか……。「悪」の問題を十分に把握できなかったということでしょうか……。

ともかく、「悪」をどう描くかという村上春樹作品の重要な問題の出発点に、『世界の終りとハードボイルド・ワンダーランド』が位置しているのです。

▼物語と物語を重層的に重ねて話を創っていく

もう一つは、「重層的物語」の重要さということです。それについて、村上春樹はこんな発言をしていました。

> 僕がこれまでやってきたことは、どれだけ物語のドライブというのを引き出してその中に自分を乗っけて、どんどん、どんどん話を進めて、人物がどんな風に動いていくかというのが、命題だったわけです。それは『羊をめぐる冒険』に始まり、いろんな方法で書いて、たとえば『世界の終りとハードボイルド・ワンダーランド』では、観念的なところで話を進めて、『ノルウェイの森』では、完全なリアリズムで話を進めて、まあいろんな方法で試してきた。これから先は、やはり、物語自身を複合化させるしかないかなという気はしてるんですよ。そういうふうに一つの物語で物事をどんどん推し進めていくということだけでは収まらなくなってきたかなあと思う。物語と物語を重層的に重ねて話を創っていくしかないのではないか

この延長線上に、『海辺のカフカ』や『1Q84』(二〇〇九、一〇年)が描かれていくのでしょう。

▼長く続く暗闇の中を

そして、私(小山)が村上春樹と初対面の時に書いたインタビュー記事の「壁に囲まれた街」からの脱出についてのことです。

自己の二重否定を通しての脱出、「壁に囲まれた街」という負の世界(マイナス世界)。さらに、その負の世界から追放される「森」という負の世界。マイナス×マイナスという二重否定の力による、ポジティブな「僕」の世界が生まれていくという「脱出」と、最新長編である『騎士団長

殺し』（二〇一七年）の深くて暗い「穴」からの長い道を通っての「脱出」を考えてみると、『騎士団長殺し』での「脱出」は、マイナス×マイナスという二重否定の力という、いわば論理を反映したような力で物語を抜け出る形にはなっていないのです。長く続く暗闇の中をより深く、より格闘して、脱出するという形になっています。

ここで、村上春樹が「結果的にね。僕がいちばん考え込んでしまうのは、『世界の終りとハードボイルド・ワンダーランド』。今だったらもっとうまく書けたよなと思う。あれはもっとあとで書いたほうがよかったかもしれない」と語っていることの理由を、私（小山）は記そうとしているわけではありません。

そうではなくて、村上春樹の愛読者なら、そして『世界の終りとハードボイルド・ワンダーランド』という作品が好きなら、村上春樹が何を「いちばん考え込んでしまう」のかについて思いを巡らせてみるのは、価値あることではないか思っているのです。

つまり、村上春樹にとって、それほどこだわりのある重要な位置にある作品だということではないかと思います。

このコラムも今回で九十九回です。次は百回です。長く、長く書いてきたものだと思います。〈来月はこれを書こう〉と予定的に考えて書いた回は多くはないのですが、それでも書き続けられてきたことに、自分でも驚きを感じています。

2020

2月	雑誌「文學界」に「一人称単数（その7）」として「品川猿の告白」掲載
3月	『七番目の男』（スイッチ・パブリッシング）刊行
4月	『猫を棄てる　父親について語るとき』（文藝春秋）刊行
6月	『村上Ｔ　僕の愛したＴシャツたち』（マガジンハウス）刊行
7月	『一人称単数』（文藝春秋）刊行
8月	［翻訳］カーソン・マッカラーズ『心は孤独な狩人』（新潮社）刊行
9月	雑誌「波」に「いちばん最後までとっておいた翻訳作品」（カーソン・マッカラーズ／村上春樹訳『心は孤独な狩人』刊行記念特集）掲載
10月	［翻訳］ジョン・グリシャム『「グレート・ギャツビー」を追え』（中央公論新社）刊行
11月	雑誌「文學界」にインタビュー「村上春樹さんにスタン・ゲッツとジャズについて聞く」（聞き手：村井康司）掲載
12月	『眠り』（スイッチ・パブリッシング）刊行

100

動物が話せる日本人

「品川猿の告白」

2020.1

今年、二〇二〇年の「文學界」二月号に、村上春樹の短編「品川猿の告白」が掲載されています。連作短編「一人称単数」の「その7」とある作品です。

前回、本書で紹介した川上未映子さんによる村上春樹へのロングインタビュー『みみずくは黄昏《たそがれ》に飛びたつ　川上未映子 訊く／村上春樹 語る』の新潮文庫版の刊行を記念した「冬のみみずく朗読会」が昨年十二月十七日に開かれ、この「品川猿の告白」のショートバージョンというか、朗読のための版を村上春樹が読み、報道もされました。

私は、その朗読会を取材していませんが、それを取材した記者によりますと、村上春樹は、手ぶりや声色も使って朗読したそうです。「品川猿の告白」は「僕」が語り手となった小説ですが、「人間の言葉をしゃべる」猿も登場します。村上春樹は朗読会で、「僕」のパートと、「猿」のパートを、声色を変えて、朗読したそうです。事前に入念な用意をして、おそらく村上春樹自身も楽しんだ朗読だったのではないかと思います。

私は、その「品川猿の告白」をたいへん面白く、興味深く読みました。このコラムも百回目ですが、今回は「品川猿の告白」について考えてみたいと思います。

▼「人間」と「猿」が話し込む

村上春樹の愛読者なら、この作品の題名を知れば、短編集『東京奇譚集』（二〇〇五年）に収録されている「品川猿」と関係した作品ではないかと思うはずです。

その通りで、いくつか重なっている部分がありますが、でも設定が同じかというと、かなり「品川猿」と異なった部分もある短編です。

一人旅をしていた「僕」が、群馬県のＭ＊温泉の小さな旅館で、年老いた猿に出会います。五年前のことです。

夕食時間を過ぎていたので、夕食抜きで泊めてくれる宿が少なく、ようやく受け入れてくれる宿が見つかります。それは「木賃宿」という言葉が似合う寂寥感溢れる宿ですが、建物や設備の貧相さに比べると、温泉は思いのほか素晴らしい湯です。

そして「僕」が宿の温泉に入っていると、「猿」がガラス戸をがらがらと横に開けて風呂場に入ってきます。その猿が低い声で「失礼します」と言って、湯に入ってきたのです。そうやって「僕」と「猿」の会話がそのまま始まり、物語が進んでいきます。

一読して、これはたいへんなことだと思いました。「人間」と「猿」が話し込むという「相当に不思議な体験」なのに、一気にその会話の世界に、村上春樹が連れて行ってしまうのです。

「お湯の具合はいかがでしょうか？」と「猿」は「僕」に尋ねます。それに対して、「僕」は「とても良いよ。ありがとう」と言います。

「背中をお流ししましょうか？」と「猿」が「僕」に尋ね、「ありがとう」と「僕」は応じています。

これは、かなり奇妙なことですよね。何しろ「人間」と「猿」が話しているのですから。

そのあたり、村上春樹も「いや、ちょっと待ってくれ、どうして猿がこんなところにいて、人間の言葉を話しているんだ？」と「僕」の思いを記していますが、そんな疑問、自覚のほうに話は傾かず、「僕」と「猿」の会話が進展していきます。読者のほうも、「人間」と「猿」が話していることに躓いたりしません。

▼会話の進展の違和感の無さ

「猿」の声は、見かけには似合わず、ドゥワップ・コーラスグループのバリトンを思わせる艶《つや》のある声で、しゃべり方にも癖がなく〈目を閉じて聞いていたら、人が普通に話しているとしか思えない〉ようです。

猿はタオルを持ってきて、そこに石鹸をつけ、慣れた手つきで器用にごしごしと僕の背中を洗ってくれます。

「ずいぶんお寒うなりましたですね」と「猿」が言い、「そうだね」と「僕」が応えると「もう少ししますと、このへんはけっこう雪が積もります。そうなると、雪下ろしがなかなか大変でして」と「猿」が言います。

そこで会話に、少し間があいたので「僕」は思いきって尋ねてみます。

「君は人間の言葉がしゃべれるんだ？」

ここも、先ほど紹介した「いや、ちょっと待ってくれ、どうして猿がこんなところにいて、人間の言葉を話しているんだ？」という「僕」の内なる疑問、自覚を相手の「猿」に向けて、「思いきって尋ねた」場面なのですが、やはり疑問、自覚のほうに話は傾きません。

「猿」は「はい」と、はきはきと答え、さらに「小さい頃から人間に飼われておりまして、そのうちに言葉も覚えてしまいました」と言うのです。

「かなり長く、東京の品川区で暮らしておりました」と「猿」が言うので、「品川区のどのあたり？」と聞くと、「御殿山《ごてんやま》のあたりです」と答えるのです。

「いいところだね」と「僕」が言うと、「はい、ご存じのようにずいぶん住みやすいところであります。近くに御殿山庭園なんかもございまして、自然に親しむこともできました」と「猿」が語るのです。

このあたりで、「品川猿」という短編と関係し出すのですが、そのことは、また考えるとして、「僕」と「猿」の会話の進展の違和感の無さ、自然の流れについて考えてしまいます。いや、考えることも忘れて、どんどん「僕」と「猿」の会話に心を任せて、読み進めてしまう自分がいるのです。

▼「動物」がたくさん出てくる小説が多い

村上春樹は、そのデビュー作『風の歌を聴け』（一九七九年）の主人公「僕」の分身的な相棒の名前が「鼠」ですから、最初から「人間」と「動物」がたくさん出てくる小説が多い作家です。『羊をめぐる冒険』（一九八二年）、『ねじまき鳥クロニクル』（一九九四、九五年）、『海辺のカフカ』（二〇〇二年）という具合に動物が題名に含まれる物語がたくさんあります。『海辺のカフカ』の「カフカ」はチェコ語で「カラス」の意味です。

そう言えば『みみずくは黄昏《たそがれ》に飛びたつ　川上未映子訊く／村上春樹 語る』にも「みみずく」が含まれていますね。

いきなり、物語の中に動物が闖入《ちんにゅう》してくる作品では『神の子どもたちはみな踊る』（二〇〇〇年）の中の短編「かえるくん、東京を救う」の例があります。これも村上春樹自身が「かなり奇妙な筋の物語」と言っている作品です。

信用金庫に勤める、あまりぱっとしない中年の片桐がアパートの部屋に帰ると、巨大な蛙が待っています。二本の後ろ脚で立ちあがった背丈は二メートル以上ある蛙です。

その「かえるくん」と片桐が協力して、東京の巨大直下型地震を未然に防ぐという話ですが、かえるくんは片桐に「ぼくはつねづねあなたという人間に敬服してきました」と話したりしています。

でも、この「品川猿の告白」ほど、「人間」と「動物」が話せることに、自覚的でありながら、そのうえで「人間」と「動物」が話していくことを主動力として、物語がどんどん進んでいく小説は初めてではないかと思います。

例えば「かえるくん、東京を救う」では「かえるくん」の登場に、片桐は驚いていますが、でも「いや、ちょっと待ってくれ、どうしてかえるがこんなところにいて、人間の言葉を話しているんだ?」「君は人間の言葉がしゃべれるんだ?」というような、読者に「人間」と「動物」が話していることの自覚を意識的に促すような会話が繰り返されているわけではありません。

▼日本人の異界の在り方

また「人間」と「動物」が話せるということは、「人間」が「人間ならざる」ものと話せるということです。「人間」が「異界のもの」と話せるということです。

この「異界」と話せる「人間」の世界に、違和感を抱くことなく、気がつくとすぐに、物語の中に連れ込まれているわけです。

これは村上春樹の小説を書いていく力ゆえなのか……、

また村上春樹の小説世界に親しんでいるから、そこに違和感を抱かないのか……、あるいは村上春樹の物語世界を含んで、さらにそれを超えて、別な理由が存在するのか……、そのようなことを「品川猿の告白」を読んで、考えてしまいました。

そして、もちろん村上春樹の小説の力が大きいのですが、日本人の異界の在り方が、そこに反映しているのではないかと思うのです。そのことについて、別な角度から、少し考えてみたいと思います。

カズオ・イシグロへのインタビューが「文學界」二〇〇六年八月号に掲載されたのですが、その中で村上春樹作品の特徴として「リアリズム・モードをうまく破ることができる」ことをカズオ・イシグロが述べています。それゆえに国を超えて読まれると語っていました。そして「品川猿の告白」はリアリズム・モードをうまく破った作品です。

カズオ・イシグロによれば、村上春樹のように反リアリズムで成功した作家はここ百年でも「非常に稀有」で、他にカフカとベケット、ガルシア＝マルケスを挙げていました。

管見ゆえに、理解不足があるかもしれませんが、でもガルシア＝マルケスの異界の在り方と村上春樹の異界の在り方を比べてみると、そこにかなりの違いがあるように感じるのです。

▼段階的な通路を通って異界に入っていくマルケス

ガルシア＝マルケスの代表作『百年の孤独』も、マコンドという村での異界の物語です。私もこの作品が大好きですし、ガルシア＝マルケスを取材したこともありますが、でも異界の世界の在り方は、村上春樹の作品世界と異なっているように感じます。

同作の冒頭、ホセ・アルカディオは闘鶏の賭けに勝つのですが、侮辱的な言葉に怒って、負けた相手を投槍で殺してしまいます。その殺された男が幽霊となって現れるので、「とっとと消えろ！」とホセは叫びますが、幽霊は消えません。

そしてホセはよく眠れなくなってしまうのです。ホセは、その幽霊の男に「わかったよ」「おれたちはこの村を出ていく。できるだけ遠くへ行って二度と戻ってこないから、安心して消えてくれ」と言って、村を出て山を越え、マコンドを建設するのです。

幽霊が出てくると「とっとと消えろ！」と叫び、眠れなくなってしまうというホセを通して、その異界の在り方を考えると、『百年の孤独』では、現実の村での異界（幽霊）との遭遇、恐怖、忌避があって、その後に異界の新しき村の建設という段階があります。

異界に至るまでの段階的な通路、小径《こみち》があって、そこを通って異界に入っていきます。でも、村上春樹の作品世界には、その段階がありません。そこに至る段階的な通路、小路がないのです。

▼日常性の中でダイレクトに異界と自由に会話

長編の例を一つ挙げてみれば、『海辺のカフカ』がそうです。星野青年の前にケンタッキー・フライド・チキンの人形、カーネル・サンダーズが現れて、こんなことを言います。

『我今仮に化《かたち》をあらはして語《かた》るといへども、神にあらず仏にあらず、もと非情の物なれば人と異なる慮《こころ》あり』

これは『雨月物語』の「貧福論」に登場するお化けが話す言葉の引用ですが、その意味は「今私は仮に人間のかたちをしてここに現れているが、神でもない仏でもない。もともと感情のないものであるから、人間とは違う心の動きを持っている」ということです。

つまり自分は人間ならざるものだと言っているのですが、星野青年は、ケンタッキー・フライド・チキンの人形、カーネル・サンダーズという、異界の存在と出会っても、驚くことなく、恐怖も忌避もなく、普通の会話をしています。日常性の中でダイレクトに異界と自由に会話しているのです。

それと同じように「品川猿の告白」の「僕」と「猿」との会話があると思います。

「僕」が宿の温泉に入っていると、「猿」がガラス戸をがらがらと開けて風呂場に入ってきて、「失礼します」と「猿」が言い、湯に入ってくるのです。

「お湯の具合はいかがでしょうか?」と「猿」が尋ね、「とても良いよ。ありがとう」と「僕」は言います。「背中をお流ししましょうか?」「ありがとう」と、いきなり会話が進んでいくのです。

そこに、異界への通路や小径、異界への段階というものがありません。一気に「人間」と「猿」の会話が進んでいるのです。

これが、村上春樹の作品世界ですし、今回の「品川猿の告白」は最もその世界をダイレクトに、楽しく、深く実現していると思いました。

▼「象さん、元気に長生きして下さい」

でも、それは村上春樹の作品だけにある独特なものなのかという点を考えてみると、そうではなくて、日本人が広く持っている異界の世界ではないかと思います。

この「動物」と「人間」の会話という観点から、考えてみる例として、「象の消滅」という短編があります。

「象の消滅」は、老いた象と老飼育係の男がある日、象舎から忽然として消えてしまう話です(「品川猿の告白」の「猿」も紹介したように年老いた猿です)。

その年取った飼育係は象を動かす時に「何事かを囁きか

けるだけでよかった」。象も「簡単な人語を理解するのかもしれない」ように、飼育係が指定した場所に移動したと記されています。

そして、この「象の消滅」を巡るたいへん興味深いエピソードが『村上春樹全作品 1979-1989』⑧の月報に、村上春樹によって記されています。

村上春樹は一九九一年から一九九五年まで米国東海岸に滞在していました。「象の消滅」を読んだ米国の学生たちと、村上春樹が同作について話し合ったことがあるそうです。

アメリカの学生たちは、この「象の消滅」は「場所が日本でなくても成立する話である」と言うのです。でも、それを聞いた村上春樹が「日本の小説でないと思ったのか?」と、逆に質問して、議論となり、その結果、アメリカの学生たちも同作には米国ではあり得ないことがあると認めたという話です。

そのアメリカでは、あり得ず、日本でなくては成立しない点とは、こんなことでした。

「象の消滅」では、小さな動物園が経営難で閉鎖となり、動物たちがそれぞれ全国の動物園に引き取られていくのですが、年老いた象には引き受け手がないため、町が象を引き取ることになるのです。町は山林を切り開き、老朽化した小学校の体育館を象舎として移築します。その象舎の落成式の時に、象を前に小学生の代表が「象さん、元気に長生きして下さい」という作文を読みます。これがアメリカではあり得ないことなのです。

「日本人の読者ならそんなことはとくに不思議だとは思わないだろう」と村上春樹は書いています。でもアメリカの人たちは不思議だと思います。

ここでは、人間が「象さん、元気に長生きして下さい」と、象に話しかけているのです。日本人はどこかで動物と話せると思っているところがあるのでしょう。確かに現代の日本人は動物と自由に会話ができるとは考えていませんが、でも、この小学生の代表が「象さん、元気に長生きして下さい」という作文を読む行為を「おかしいから、やめろ」とは、日本人の誰も思っていません。いまでも、日本人は心のどこかで動物に語りかけて、それが動物に伝わることを感じているのです。

ここに、犬、猿、雉と話せる桃太郎の日本のおとぎ話を例に加えてもいいかと思います。そのような文化の中に日本人は生きているということです。

「象の消滅」を巡る『村上春樹全作品 1979-1989』⑧の月報を読めば、その日本人の異界の在り方に村上春樹は非常に自覚的であることがよくわかります。

▼「猿」の告白の切実さが崩れない

この動物と話せる日本人の世界を深く自覚しながら、最も深く、ダイレクトに描かれているのが、「品川猿の告白」だと思います。

ユーモアも満載です。「猿」が風呂に入ってきた時、「猿は服を着ていなかった。もちろん猿は通常服を着ていない。だからそのことをとくに奇異には感じなかった」とある部分でも少し笑ってしまいました。

「僕」と「猿」が風呂からあがって、「僕」の泊まる部屋にやってきた時には「猿」は服を着ていて、厚手の長袖シャツに、グレーのジャージのトレーニング・パンツというかっこうです。

一緒に壁に背中をもたせかけて、並んでビールを飲む場面があるのですが、そのビールを飲む「猿」の顔を「僕」は注意して見ています。「もともと赤い顔色がそれ以上赤くなるようなことはなかった。アルコールに強い猿なのかもしれない。それとも猿の場合、酔いは顔に出ないのかもしれない」と書かれていて、これには爆笑でした。

こんなユーモアが随所に記されているのですが、でも「猿」の告白の切実さというものが崩れないのです。たくさん笑っても、物語が壊れない。哀切さが失われないのです。村上春樹の小説を書く技術の巧みさに感心いたしました。

「私は考えるのですが、愛というのは、我々がこうして生き続けていくために欠かすことのできない燃料であります。その愛はいつか終わるかもしれません。あるいはうまく結実しないかもしれません。しかしたとえ愛は消えても、愛がかなわなくても、自分が誰かを愛した、誰かに恋したという記憶をそのまま抱き続けることはできます。それもまた、我々にとっての貴重な熱源となります。もしそのような熱源を持たなければ、人の心は――そしてまた猿の心も――酷寒の不毛の荒野となり果ててしまうでしょう」

そのように「猿」が自分の愛の経験について、「僕」に語ります。

「僕」は「いや、とても興味深い話だったよ」と「猿」に話します。

村上春樹が書いているように「現実と非現実があちこちででたらめに位置を交換するような」世界の話なのですが、「僕はその猿の告白の、痛々しいまでの正直さを認めてやりたかった」と村上春樹は書いています。その言葉が、作品を読む中で、私の中にしっかり伝わってきました。

▼未知なる世界との出会い、未知なる人たちとの出会い

今回、「品川猿の告白」のことを書いてみたいと思ったのは、「猿」と「人間」が話すという物語なのに、これをそれほど奇異なことと思わず、「猿」の言葉が「私」に届き、また「僕」と同じように「とても興味深い話」として、自分の中に入ってきたのはなぜなのかということを考えてみたかったからなのです。

異界と非常に近い日本人です。紹介したように、村上春

樹はそのことを深く自覚して、小説を書いている作家です。でも、その日本的な異界と広く交流する世界が村上春樹の小説を通して、世界中で読まれているわけですから、異界と近く、人間ならざる動物たちと自在に交流できるという力に現代的な意味があるということだと思います。

私たちの世界は、いま新しく編み直されなくてはなりません。そのような危機にあるかと思います。

私たちの世界は、いま未知なる世界、未知なる人たちと出会い、それに恐怖を抱いたり、忌避したりするのではなく、その未知なるものに、耳を傾け、興味を持ち、未知なるものから、大切なものを受け取って、世界を更新していく力に変えていかなくてなりません。

異質なものとの、精神の交流をすることが求められている現代、それに対応する広い世界（異界も含めて）を描いている村上春樹の作品の時代的な価値があるのではないかと思っています。

▼ビールとピーナッツと柿ピー

「品川猿の告白」について紹介するうちに、随分、遠くまで来てしまいました。このあたりで、お終いにしたいと思いますが、最後に一つだけ加えておくと、この短編は「一人称単数」という連作の中の作品で、「一人称」で書かれているということです。

例えば「かえるくん、東京を救う」は三人称小説です。「象の消滅」の老いた象と老飼育係の男は物語の語り手ではありません。

「品川猿の告白」では「僕」が「猿」と語るという点において、ダイレクトです。敢えて言えば、ユーモアも含めて過激に、繊細に「人間」と「動物」の会話の物語を一人称「僕」の視点から実現していることにも、たいへん驚きました。

「品川猿」と「品川猿の告白」の関係、また「猿」が抱える心の問題など、今回は紹介できませんでしたが、いずれ、連作「一人称単数」が短編集として刊行された時には「品川猿の告白」は大切な一編となるでしょうし、再び、この作品について、さらに考えてみたいと思います。

今回が、この「村上春樹を読む」の百回目ということなので、「品川猿の告白」を読みながら、村上春樹作品の中の他の「猿」について、動物についても思いを巡らせていました。

デビュー作『風の歌を聴け』で「僕」が「鼠」とフィアット600に乗って、酔っ払い運転で「猿の檻」のある公園の垣根を突き破り、石柱に車をぶつける場面があります。「突然眠りから叩き起こされた猿たちはひどく腹を立てていた」とあります。

その前には「ジェイズ・バー」のカウンターで「僕」と「鼠」がビールを飲み干す場面があります。「一夏中かけて、僕と鼠はまるで何かに取り憑かれたように25メートル・

プール一杯分ばかりのビールを飲み干し、「ジェイズ・バー」の床いっぱいに5センチの厚さにピーナツの殻をまきちらした」とあります。

今回の「品川猿の告白」で、「僕」と「猿」が横並びでビールを飲み、酒のつまみに、柿ピーがあるのは、この『風の歌を聴け』の「僕」と「鼠」の話の場面も意識されているのかと思いました。

そして「ジェイズ・バー」のカウンターには、一枚の版画がかかっていて、その図柄は「僕には向いあって座った二匹の緑色の猿が空気の抜けかけた二つのテニス・ボールを投げあっているように見えた」と記されています。

そして「何を象徴してるのかな?」と「僕」がジェイに問うと、「左の猿があんたで、右のがあたしだね」とジェイが答えるのです。そんな場面も「品川猿の告白」を読んで思い出しました。

101 『風の歌を聴け』を読み返す
フィッツジェラルドのエッセイ

2020.2

このコラムの連載も百一回目となりました。百回を過ぎて、新しくスタートするような気持ちになり、できたら村上春樹の愛読者たちと村上春樹作品を読み返していきたいとも考えているのですが、その手始めに村上春樹のデビュー作『風の歌を聴け』(一九七九年)を再読しました。

これまでも繰り返し読んできた作品ですが、じっくりと、自分に最も適したテンポで読み、改めて、この『風の歌を聴け』という作品が、その後のいろいろな村上春樹作品の原点なのだと思いました。村上春樹は『風の歌を聴け』という作品に込められた世界を、拡げ、深めながら、ずっと書き続けてきたのだと思います。

この『風の歌を聴け』は、群像新人文学賞の応募作品ですが、応募時のタイトルは『Happy Birthday and White Christmas』だったそうです。いまでも装丁の表紙の上のほうに『HAPPY BIRTHDAY AND WHITE CHRISTMAS』と、そのなごりのように書かれています。

でも『風の歌を聴け』と『Happy Birthday and White Christmas』とでは、タイトルの感じが随分、異なりますね。最初に、どうして『Happy Birthday and White Christmas』という題名にしたのか、また、造本にそれを含ませるほどの愛着はどのようなものなのか、いつも読み返すたびに疑問でした。

その疑問が解けたわけではないのですが、作中のかすかな繋がりから、もしかしたら……という妄想が湧いてきました。妄想というものは、根拠が盤石なものではまったくありませんが、今回はコラムの百一回目の再スタートとして、村上春樹のデビュー作の題名を巡る、私の妄想を記してみたいと思います。

まず、その前に「分身」についての話をしたいのです。

▼分身的な人物たち

「東京は楽しいかね」と「ジェイズ・バー」のバーテン「ジェイ」が、東京に帰る「僕」に話しかけます。物語の最終盤です。「どこだって同じさ」と「僕」は言います。「だろうね。あたしは東京オリンピックの年以来一度もこの街を出たことがないんだ」「この街は好き?」「あんたも言ったよ。どこでも同じじってさ」「うん」。そのような「ジェイ」と「僕」とのやり取りがあります。

二〇二〇年はまた東京オリンピックが予定されていましたので、こんな言葉も新たに迫ってきます。このことも、後で少し考えたいです。

この作品には「僕」の何人かの分身的な人物が出てきます。

一人はこの「ジェイ」です。東京オリンピックのことを「ジェイ」が述べる前に「あんたが居なくなると寂しいよ。猿のコンビも解消だね」と「ジェイ」が、バーのカウンターの上にかかった版画を指して言います。「鼠もきっと寂しがる」とも加えています。

前回も紹介しましたが「ジェイズ・バー」のカウンターには一枚の版画がかかっていて、その図柄は「僕には向いあって座った二匹の緑色の猿が空気の抜けかけた二つのテニス・ボールを投げあっているように見えた」とあります。その「左の猿があんたで、右のがあたしだね」と「ジェイ」が答えていますので、彼は「僕」の分身的な存在だと思います。

そして、最も分身的な存在と感じるのは「鼠もきっと寂しがる」と「ジェイ」が語る、「僕」の友人の「鼠」です。「金持ちなんて・みんな・糞くらえさ」。この作品の第3章は「鼠」がカウンターに両手をついたまま「僕」に向って憂鬱そうにどなった場面から始まっています。

その「鼠」は金持ちの息子です。「鼠は三階建ての家に住んでおり、屋上には温室までついている。斜面をくりぬいた地下はガレージになっていて、父親のベンツと鼠のトライアンフTRⅢが仲良く並んでいる」と書かれています。

「この話は1970年の8月8日に始まり、18日後、つまり同じ年の8月26日に終る」とありますので、一九七〇年に、このような生活をしている人はかなりの金持ちでしょう。その「鼠」と「僕」は三年前の春、大学に入った年に出会っています。
朝の四時過ぎに泥酔して、車で猿の檻のある公園に突っ込み、猿たちを眠りから叩き起こして、猿たちをひどく怒らせています。その時の「鼠」の車は「黒塗りのフィアット600」でした。ちなみに猿の檻のある公園は村上春樹が通った図書館（芦屋市立図書館打出分室）に隣接してあります。

その「鼠」は「小説を書こうと思う」と「僕」に話しています。「僕」も、その後「そんなわけで、僕は時の淀みの中ですぐに眠りこもうとする意識をビールと煙草で蹴とばしながらこの文章を書き続けて」います。この小説を書いているのです。

『風の歌を聴け』は「僕」が二十一歳の時の物語ですが、それから八年後、二十代最後の年を迎えて「今、僕は語ろうと思う」と第1章に記されていますし、最終盤の39章には「僕は29歳になり、鼠は30歳になった」とあります。

このように、お互いに「小説」を書いている「僕」と「鼠」は、ペアなる存在、分身的存在としてあるのだと思います。

▼左手の指が4本しかない女の子

もう一人「僕」の分身的な存在だと思うのは、この物語に登場する「左手の指が4本しかない女の子」です。

彼女と「僕」は八時に「ジェイズ・バー」で待ち合わせますが、「僕」は「用事があって少し遅れ」ます。「僕」の「親父は毎晩判で押したみたいに8時に家に帰ってくる」。「僕」の家では「子供はすべからく父親の靴を磨くべし」というのが家訓で「靴を磨いてたんだ」と言うのです。「僕は靴を磨いて、それからいつもビールを飲みに飛んで出るんだ」と話します。

それに対して「左手の指が4本しかない女の子」が「良い習慣ね」「きっと立派なお家なのね」と応えます。「僕」は「ああ、立派な上に金がないとくれば、嬉しくて涙が出るよ」と言います。

それに対して、彼女は「でも私の家の方がずっと貧乏だったわ」と言うのです。

「何故わかる」と問うと、「匂いよ。金持ちが金持ちを嗅ぎわけられるように、貧乏な人間には貧乏な人間を嗅ぎわけることができるのよ」と「左手の指が4本しかない女の子」が応じています。

「鼠」は「金持ち」を、「左手の指が4本しかない女の子」は「貧乏」の一面を表していて、「僕」はフィアット600やトライアンフTRⅢではないにしても、中古車は持っていますから、まあまあの「中流階級」に属しているということかもしれません。

この作品における「金持ち」「貧乏」「中流階級」の「鼠」「左手の指が4本しかない女の子」「僕」の三人の関係については、二〇一九年に亡くなった加藤典洋さんが

『村上春樹　イエローページ』や『村上春樹は、むずかしい』の中で考えていましたので、興味のある方は、それらを読まれたらと思います。

　ここでは、少し別な問題を、私は考えてみたいのです。「僕」と「鼠」、「僕」と「左手の指が４本しかない女の子」、そして「僕」と「ジェイ」らが、分身関係にあるのではないかと考えるところから、述べてみたいことがあるのです。

▼「山羊座ね」「同じよ」

　物語の終盤、「僕」と「左手の指が４本しかない女の子」が港の近くにある小さなレストランに入る場面があります。そして店を出て歩いていると、彼女が「指が５本ついた方の手で僕の手を」握り、「いつ東京に帰るの？」と尋ねます。「ジェイ」と「僕」との会話に先立つ場面です。

「来週だね。テストがあるんだ」と言いますが、彼女は黙ったままです。そして「あなたがいなくなると寂しくなりそうな気がするわ」と言っています。

「冬にはまた帰ってくるさ。クリスマスのころまでにはね。12月24日が誕生日なんだ」と「僕」は言います。

　彼女は「山羊座ね？」と言い、「そう、君は？」と問うと「同じよ。1月10日」と答えています。

「僕」は一九四八（昭和二十三）年十二月二十四日生まれと思われますが、村上春樹は一九四九（昭和二十四）年一月十二日生まれなので、やはり山羊座です。「左手が４本の指の女の子」が、一九四九（昭和二十四）年一月十日生まれなのか、それは知りませんが、ここに「左手の指が４本しかない女の子」が「僕」や村上春樹と分身的な関係であることが記されていると思います。

『風の歌を聴け』の群像新人文学賞応募時のタイトルは、紹介したように「Happy Birthday and White Christmas」でした。

　この『風の歌を聴け』の最後、「これで僕の話は終わるのだが、もちろん後日談はある」と記されて、「鼠」がまだ小説を書き続けていることが記されています。

「彼はその幾つかのコピーを毎年クリスマスに送ってくれる」とあります。「昨年のは精神病院の食堂に勤めるコックの話で、一昨年のは「カラマーゾフの兄弟」を下敷きにしたコミック・バンドの話だった」そうです。

　その原稿用紙の一枚目にはいつも、

「ハッピー・バースデイ、
　そして
ホワイト・クリスマス」

と書かれています。

「僕の誕生日が12月24日だからだ」とあって、一行空いて「左手の指が４本しかない女の子に、僕は二度と会えなかった」と続いています。ここにも「鼠」と「左手の指が4本しかない女の子」が「僕」の分身的存在として連続して記されていると思います。

さて、この主人公「僕」の誕生日が「12月24日」であることは作者が、そう設定したのだとすれば理解できるのですが、なぜ、そのことから「ハッピー・バースデイ、／そして／ホワイト・クリスマス」を応募の際の題名にしたのか、そのことをここで考えてみたいのです。

「左手の指が4本しかない女の子」が同じ山羊座であることを述べた後、「なんとなく損な星まわりらしいな。イエス・キリストと同じだ」と「僕」が話しています。それに対して「そうね」と彼女も同意しています。

つまり、イエス・キリストと同じ星まわりであることと関係した「ホワイト・クリスマス」を〈なぜ、応募する際にタイトルにしたのか〉ということです。『Happy Birthday and White Christmas』と『風の歌を聴け』とで、どちらの題名がいいかは問いませんが、やはり、随分、異なるタイトルだと思います。

▼**汝らは地の塩なり**

この作品で、キリストに関係していると思われる場面にこんなところがあります。一週間ばかり調子がひどく悪かった「鼠」と「僕」が会い、二人が話す、第31章です。

「翌日、僕は鼠を誘って山の手にあるホテルのプールにでかけ」ました。紹介したように「鼠」は「小説を書こうと思うんだ。どう思う」と「僕」に話します。「もちろん書けばいいさ」と「僕」も同意しています。

そして何年か前の夏に「鼠」は「女の子と二人で奈良に行った」ことがあるそうです。「文章を書くたびにね、俺はその夏の午後と木の生い繁った古墳を思い出すんだ。そしてこう思う。蟬や蛙や蜘蛛や、そして夏草や風のために何かが書けたらどんなに素敵だろうってね」と語ります。

その後、「鼠」は黙って空を眺めていますが、この「風のために何かが書けたら」は『風の歌を聴け』の題名に繋がるような言葉かと思います。

「それで、……何か書いてみたのかい?」と「僕」が問うと、「いや、一行も書いちゃいないよ。何も書けやしない」と答えます。「そう?」と、さらに「僕」が加えます。

すると「鼠」が「汝らは地の塩なり」と言います。「?」と「僕」が思うと、「塩もし効力失わば、何をもてか之に塩すべき」と「鼠」は言うのです。

これはマタイ伝5章13節にある言葉です。キリスト教に詳しくはありませんが、「地の塩」とは「広く社会の腐敗を防ぐのに役立つ者を塩にたとえていう語」と『広辞苑』にあります。『大辞林』には「塩が食物の腐るのを防ぐことから、少数派であっても批判的精神をもって生きる人をたとえていう語」とあります。

▼そこに隠された芯の強さ

二〇一九年六月『ある作家の夕刻――フィッツジェラルド後期作品集』が村上春樹編訳で刊行されました。その中に訳された「壊れる」というエッセイの末尾にフィッツジェラルドが引用しているのも、このマタイ伝5章13節の言葉でした。

「あなたは地の塩である。しかしもし塩がその味を失ったなら、何をもって塩とすればよいのだろう？」と村上春樹は訳しています。

そして各作品の前に、村上春樹による短い紹介が記されています。

「エスクァイア」誌の一九三六年二月号に「壊れる」、同三月号に「貼り合わせる」、同四月号に「取り扱い注意」と、連続して掲載されたエッセイが訳されています。

この三篇のエッセイを引き受けて掲載しただけでも、「エスクァイア」の編集長アーノルド・ギングリッチの功績は賞賛されるべきだ。僕はこの三篇のエッセイが個人的に大好きで、昔から何度も読み返してきた。自分でも訳したかったのだが、それはもっと年齢を重ねてからの方がいいだろうと思って、今まで手を出さずに大事にとってきた。でもまあそろそろ良い頃合いではないかと思いなし、本書のために訳出した。

そのように村上春樹は書いています。

村上春樹は、長いエッセイを書くときは、いつもこの「壊れる三部作」と、やはりエッセイの「私の失われた都市」（「マイ・ロスト・シティー」の新訳タイトル）を頭に浮かべることを記し、さらに「ヘミングウェイに「女々しい」と罵られたこのエッセイの美しさを、そしてそこに隠された芯の強さを、皆さんにも味わっていただければと思う」と加えています。アーノルド・ギングリッチが、フィッツジェラルドとヘミングウェイについて書いた文が村上春樹訳で『ザ・スコット・フィッツジェラルド・ブック』に収録されています。

▼絶望的だと知りつつも希望を捨てず道を探らねばならない

フィッツジェラルド「壊れる」の最後に引かれる言葉が、「鼠」の話す、マタイ伝5章13節と重なっているからといって、それをフィッツジェラルドのエッセイと関係づけて記すのには無理がありますが、でも『風の歌を聴け』の中の「鼠」と「僕」の会話には、さらにこんな言葉も記されていました。

「僕」が「ジェイズ・バー」に行くと「鼠」はカウンターに肘をつけて顔をしかめながら、電話帳ほどもあるヘンリー・ジェームズのおそろしく長い小説を読んでいました。

「面白いかい？」と「僕」が尋ねると、「鼠」は「でもね、ずいぶん本を読んだよ。この間あんたと話してからさ」と言います。これは第5章の冒頭に「鼠はおそろしく本を読まない」とあることを受けた言葉です。

そして読んだ本の言葉には「こんなのもあった。『優れた知性とは二つの対立する概念を同時に抱きながら、その機能を充分に発揮していくことができる、そういったものである。』」と「鼠」は言います。

「僕」が「誰だい、それは?」と問うと、「忘れたね。本当だと思う?」と、逆に「鼠」が「僕」に問うています。「鼠」のこの言葉は、フィッツジェラルドの言葉です。それも「壊れる」の冒頭近くにある言葉で、村上春樹は「第一級の知性の資格は、二つの対立する観念を同時に抱きつつ、その機能を十全に果たしていけることにある」と訳しています。

続く言葉は「たとえば人は、ものごとは絶望的だと知りつつも、希望を捨てず道を探らねばならない。その哲学は、成人してまだ間もない頃の私にぴったり即したものだった」とフィッツジェラルドは書いています。

『風の歌を聴け』での「汝らは地の塩なり」「塩もし効力失わば、何をもてか之に塩すべき」がマタイ伝にあることは知っていました。「優れた知性とは二つの対立する概念を同時に抱きながら、その機能を充分に発揮していくことができる」が、フィッツジェラルドの言葉であることも、後に知りました。

それらの関係を述べた本や研究、文章もあるかと思います。でも管見ゆえに、私(小山)は『ある作家の夕刻——フィッツジェラルド後期作品集』で「壊れる」を読み、今回、『風の歌を聴け』を読み返すまで、その二つを関係づけて考えたことがありませんでした。

▼『Happy Birthday and White Christmas』

そして、これらの言葉がフィッツジェラルドの作品からの言及や引用であっても、村上春樹が最も好きな作家なのですから、不思議でもないのですが、これが同じエッセイの冒頭近くと末尾にある言葉だとすると、この「二つ」の言葉がとても強く、深く結びついたものなのだろうという思いが自分の中に響いてきたのです。

「今まで手を出さず大事にとってきた。でもまあそろそろ良い頃合いではないかと思いなし、本書のために訳出した」という村上春樹の言葉が、響いてきたのです。

『風の歌を聴け』の群像新人文学賞応募時のタイトルが『Happy Birthday and White Christmas』であることと、「なんとなく損な星まわりらしいな。イエス・キリストと同じだ」と「僕」が「左手の指が4本しかない女の子」に話しかける、キリストに関する言葉が、フィッツジェラルドの言葉を媒介して、結びついて感じられてきたのです。

「優れた知性とは二つの対立する概念を同時に抱きながら、その機能を充分に発揮していくことができる」「汝らは地の塩なり」「塩もし効力失わば、何をもてか之に塩すべき」

と小説を書くことについて話す「鼠」も「僕」の分身的存在です。

「なんとなく損な星まわりらしいな。イエス・キリストと同じだ」と話す「僕」も「左手の指が4本しかない女の子」も「山羊座」で、分身的な関係です。

その「鼠」と「左手の指が4本しかない女の子」が「僕」の思いを分身的に表し、深く結びついているのではないかと思うのです。

イエス・キリストのように「なんとなく損な星まわりらしい」人間たち（「僕」と「左手の指が4本しかない女の子」）は、「汝らは地の塩なり」「塩もし効力失わば、何をもてか之に塩すべき」というキリスト教の言葉を記すフィッツジェラルドと、それをさらに引用する村上春樹とが深く結び付いているのではないかという考えが自分の中に湧いてきたのです。

つまり、そんなことから、最初のタイトルを『Happy Birthday and White Christmas』と、村上春樹が名づけたのか……という妄想が生まれてきたのです。

▼夜中の3時に目が覚めて

もう一つ例を挙げてみましょう。

「こんなのもあった。『優れた知性とは二つの対立する概念を同時に抱きながら、その機能を充分に発揮していくことができる、そういったものである。』」と「鼠」が言い、「僕」は「誰だい、それは？」と問うと、「忘れたね。本当だと思う？」と「鼠」が言います。

それに対して「僕」は「嘘だ」と答えます。「何故？」という「鼠」の問いに対して、「僕」はこう話しています。

「夜中の3時に目が覚めて、腹ペコだとする。冷蔵庫を開けても何も無い。どうすればいい？」と言うのです。

そのような状況で、いったいどうすれば、二つの対立する概念を同時に抱きながら、その機能を充分に発揮していくことができるのか？　そんなの「嘘」だと「僕」が言っているわけです。

村上春樹独特の記述法ですね。価値ある言葉をその後で、すぐ消していくのです。

この「夜中の3時に目が覚めて、腹ペコだとする。冷蔵庫を開けても何も無い」というのは『風の歌を聴け』の第1章の最後の次のような言葉の反映でしょう。

> **夜中の3時に寝静まった台所の冷蔵庫を漁るような人間には、それだけの文章しか書くことはできない。**
> **そして、それが僕だ。**

▼時刻は常に午前三時なのだ

さて『ある作家の夕刻――フィッツジェラルド後期作品集』で「エスクァイア」誌の一九三六年二月号に「壊れる」の次に、同誌三月号で訳されている「貼り合わせる」にはこんなことが記されています。

フィッツジェラルドは、この「貼り合わせる」の冒頭を「前回掲載の記事で筆者は、いま自分の前にあるのが、自らの四十代のために注文しておいたものとはちがう皿であることに気がついた、と語った」と書き出しています。

そして「ひびの入った皿も食器棚にとっておくと、ときどき何かの役に立つ」と記し、「それが客の前に出されることはないにせよ、夜遅くにクラッカーを盛られたり、食べ残しを冷蔵庫に入れるときに使われたりすることはあるだろう……」と書いています。

さらに「しかし夜更けの三時には、一個の忘れられた小包が死の宣告に負けぬ悲劇的重みを持つ。そこでは治癒法など無益だ。そして魂の漆黒の暗闇にあっては、来る日も来る日も時刻は常に午前三時なのだ」と書かれているのです。

『風の歌を聴け』の「夜中の3時に目が覚めて、腹ペコだとする。冷蔵庫を開けても何も無い」「夜中の3時に寝静まった台所の冷蔵庫を漁るような人間」の「冷蔵庫」と「夜中の3時」はフィッツジェラルドの「貼り合わせる」の「冷蔵庫」と「夜更けの三時」「午前三時」と関係して記されているのではないでしょうか。

なにしろ、「優れた知性とは二つの対立する概念を同時に抱きながら、その機能を充分に発揮していくことができる」というフィッツジェラルドの「壊れる」の中の言葉を巡る、「鼠」と「僕」の会話の続きなのですから。

「僕」の考えを聞いて「鼠はしばらく考えてから大声で笑った」とあります。その後、「僕はジェイを呼んでビールとフライド・ポテトを頼み、レコードの包みを取り出して鼠に渡した」と村上春樹は書いています。

「なんだい、これは?」と「鼠」が言うと「誕生日のプレゼントさ」と「僕」は言います。「でも来月だぜ」という「鼠」に、「僕」は「来月にはもう居ないからね」と話します。

「そうか、寂しいね、あんたが居なくなると」と言いながら、「鼠」は包みからレコードを取り出しています。

分身的存在である「鼠」は「ジェイ」や「左手の指が4本しかない女の子」と同じように、「僕」が去ることを「寂しく」思っているのです。

そして、このレコードは「左手の指が4本しかない女の子」が店員をしているレコード屋で買ったものです。「ハッピー・バースデイ」と「鼠」と「左手の指が4本しかない女の子」と「僕」とフィッツジェラルドが、わずか二ページの中に記されている『風の歌を聴け』の第16章なのです。

▼「『舵の曲ったボート』の歴史意識」

以前、「『舵の曲ったボート』の歴史意識――村上春樹、小説家40年を貫くもの」（「文學界」二〇一九年十二月号）という文でも記しましたが、村上春樹の物語は、相手に問う問題を、同時に自分にも問うという形で進んでいきます。

そんな認識を明確に持って出発した作家が村上春樹です。村上春樹は二つの話が並行して進んでいく物語が好きですが、これも相手を問い、同時に自らを問う、向こう側とこちら側の二つの両端を同時に叩く意識の反映だろうと、私は考えています。

「優れた知性とは二つの対立する概念を同時に抱きながら、その機能を充分に発揮していくことができる」ということを村上春樹は抱き続けて書いてきたのでしょう。

そのことと、もう一つ初期作品から貫かれているのは、村上春樹の歴史意識です。詳しくは『舵の曲ったボート』の歴史意識――村上春樹、小説家40年を貫くもの」を読んでいただけたらと思いますが、村上作品には、一貫して「8月15日」に対する強いこだわりがあります。

この日本の敗戦から「一週間」を意識して書かれた作品が『風の歌を聴け』ではないかと、私は考えています。「僕」の分身である「鼠」は「8月15日」あたりから「一週間」調子が悪く「ジェイズ・バー」に来ていませんし、やはり分身である「左手の指が4本しかない女の子」も堕胎手術のため同じ時期に「一週間」ほど「僕」に会っていません。

「ジェイ」が「東京オリンピックの年以来一度もこの街を出たことがない」ことを話した後、「でも何年か経ったら一度中国に帰ってみたいね。一度も行ったことはないけれど」と「僕」に話しています。ここで「日本」と「中国」のことが話されています。

この二つの「一度も」という「ジェイ」の言葉は関連呼応したものだと思いますが、これに対して「僕の叔父さんは中国で死んだんだ」と応えています。「そう……。いろんな人間が死んだものね。でもみんな兄弟さ」と「ジェイ」は話しています。

この会話が「ジェイズ・バー」の版画の「僕には向かいあって座った二匹の緑色の猿が空気の抜けかけた二つのテニス・ボールを投げあっているように見えた」ということに対応しているのだと思います。「二匹の猿」の「左の猿があんたで、右のがあたしだね」という分身的言葉と結びついています。「みんな兄弟」なのでしょう。

▼二つの対立する概念を同時に抱きながら

『風の歌を聴け』の第1章には「僕には全部で三人の叔父がいたが、一人は上海の郊外で死んだ。終戦の二日後に自分の埋めた地雷を踏んだのだ。ただ一人生き残った三番目の叔父は手品師になって全国の温泉地を巡っている」ことが書かれています。

そして、その直前には「僕」が文章についての多くを学んだという「デレク・ハートフィールド」の本を中学三年の時にくれた叔父が、その三年後に腸の癌で、苦しみ抜いて死んだことが書かれています。

「最後に会った時、彼はまるで狡猾な猿のようにひどく赤茶けて縮んでいた」と書かれています。この叔父の「猿」の姿が、「ジェイ」との「二匹の猿」の会話にも反映しているのでしょう。「鼠」と「僕」が車で突っ込んだ「猿」の檻のある公園の「猿」たちとも繋がっているのかもしれません。

文章についての多くを学んだ作家を教えてくれた叔父がなぜ苦しみ抜いて、「狡猾な猿」のようになって死ぬのか……つかみ難いですね。確かに一つの価値観から捉えようとすると、とてもつかみ難いですが、でもそれは「二つの対立する概念を同時に抱きながら」書かれている「猿」ということなのかもしれません。

「鼠」と「僕」が、山の手にあるホテルのプールに行った時、「港に巡洋艦が入ると、街中MPと水兵だらけになってね」と、日本の敗戦後の風景のことを話しています。

米軍の飛行機の話から「セイバーは本当に素敵な飛行機だったよ。ナパームさえ落とさなきゃね」と「鼠」が話しています。セイバーは戦後の米軍のジェット戦闘機です。「あと10年もたてばナパームでさえ懐しくなるかもしれない」と加えていますので、これはベトナム戦争のことでしょう。

「飛行機は好きなのかい?」と問う「僕」に「操縦士になりたいと思ったよ」「空が好きなんだ」と「鼠」は語っています。

「鼠」は戦後の風景を懐かしんでいるのか、あるいはひどく嫌っているのか……。ここも「二つの対立する概念を同時に抱きながら」書かれている部分だと思います。

村上春樹作品では、一見、反対の価値観が、同時に記されているため、意味がつかみ難い部分がありますが、それは「優れた知性とは二つの対立する概念を同時に抱きながら、その機能を充分に発揮していくことができる」という考えの反映なのでしょう。

紹介した、飛行機と戦争の話の後、「鼠」が「女の子と二人で奈良に行った」ことを話すのですが、その女の子と夏草の生え揃った斜面に腰を下ろして「気持ちの良い風に吹かれて」いると、向こう側に見える木の繁った小高い島のような古墳が見えます。昔の天皇の墓でした。

この話を「僕」にする時、「鼠」は「裸の胸に吊したケネディー・コインのペンダント」をいじくったりしています。天皇の墓とケネディー・コインのペンダントですから、日本と米国との関係も頭をよぎります。

その後に「文章を書くたびにね、俺はその夏の午後と木の生い繁った古墳を思い出すんだ」と言っています。そして「汝らは地の塩なり」「塩もし効力失わば、何をもてか之に塩すべき」とマタイ伝5章13節にある言葉を「鼠」は語るのです。

▼きっとやりきれないだろうな

『ある作家の夕刻——フィッツジェラルド後期作品集』の

「訳者あとがき」にも、エッセイ「壊れる」の三部作のことが触れられています。「全体のトーンは暗くはあるものの、独特の美しさをたたえたエッセイだ。衰えを感じさせない瑞々しい文章の力――彼は最後の最後までその優れた文章力を保持した――が、彼の心の奥底を精密に、ある種の矜持《きょうじ》をもって照らし出す」と記されています。

　そして、フィッツジェラルドは長編『ラスト・タイクーン』を書いている途中、一九四〇年十二月二十一日に四十四歳で急死するのですが、村上春樹は自分が四十四歳の時、フィッツジェラルドの母校・米国のプリンストン大学に在籍していて、『ねじまき鳥クロニクル』（一九九四、九五年）を執筆中でした。

「この作品を書き終えられず死んでしまったら、きっとやりきれないだろうな」と、痛感したそうです。

＊「猿の檻のある公園」（打出公園）の檻の撤去を二〇二二年に芦屋市が決めましたが、再考を求める市民の陳情書を市議会が採択するなど、地元が揺れています。

102 配電盤のお葬式
『1973年のピンボール』

2020.3

　今年の夏の東京オリンピックは、新型コロナウイルスによる新感染症の世界的な流行のため、一年ほど延期になりました。

　前回紹介したように、村上春樹のデビュー作『風の歌を聴け』（一九七九年）にも、一九六四年の東京オリンピックに関する記述が出てきます。

「ジェイズ・バー」のバーテン・ジェイ（中国人）が「あたしは東京オリンピックの年以来一度もこの街を出たことがないんだ」と話していました。

　村上春樹作品を最初から、もう一度読み返そうと思って、『1973年のピンボール』（一九八〇年）を再読したのですが、この第二作にも、東京オリンピックの頃のことが出てきます。その部分は、後で紹介しますが、この『1973年のピンボール』は、どのように受け取ったらいいのか、けっこう難しい作品だと思います。

▼本社のでかいコンピューターに接続されてるんですよ

　この長編には「直子」という女性が出てきます。村上春樹の初期作品には、ちゃんと名前を持った人物が少ないので、「直子」はとても印象的な女性です。そして、この「直子」は死んでしまう女性です。

『1973年のピンボール』の「直子」の父親は少しは名を知られた仏文学者でした。デビュー作『風の歌を聴け』に「僕」が付き合った「三人目の相手」の「仏文科の女子学生」が、翌年の春休みにテニス・コートの脇の雑木林の中で首を吊って死んでしまったことが書かれています。

そして、大ベストセラーとなった『ノルウェイの森』(一九八七年)には、京都のサナトリウムの森の中で首を吊って死んでしまう「直子」という女性が出てきます。東京にいた頃の直子の「机の上には辞書とフランス語の動詞表」がありました。

それゆえに、「直子」に繋がる女の子の系譜を探る論も多いのですが、でも今回はそのルートを探らずに、この作品に出てくる「配電盤」というものを通して、私に伝わってきた『1973年のピンボール』という小説の魅力について考えてみたいと思います。

今の携帯電話世代の若い人たちには、かなり理解しにくくなっているかもしれないですが、電話の配電盤とは「電話の回線を司る機械」のことです。

ある日曜日の朝、「僕」の部屋をノックする人がいて、ドアを開けるとグレーの作業服を着た四十ばかりの男が立っていました。「電話局のものです」「配電盤を取り替えるんです」と彼は言うのです。それは簡単な工事で、配電盤を取り出して、線を切って、新しいのに繋ぐ、それだけなので十分で済むと言います。

「今ので不自由ないんだ」と「僕」は断りますが、いまあるのは「旧式なんです」と男が言います。「旧式で構わないよ」と「僕」が言っても「そういった問題じゃないんですよ。みんながとても困るんだ」と応えるのです。

さらに「配電盤はみんな本社のでかいコンピューターに接続されてるんですよ。ところがお宅だけがみんなと違った信号を出すとするとね、これはとても困るんだ。わかりますか?」と加えます。

僕も「わかるよ。ハードウェアとソフトウェアの統一の問題だよね」と言います。

「わかったら入れてくれませんかね?」と男が言うので、「僕」はあきらめて、男を中に入れます。

「でも何故配電盤が僕の部屋にあるんだろう?」「管理人室か、どこかそういったところにあるもんでしょ?」と話しますが、それに対して、男は「普通はね」と言います。さらに「でもね、みんな配電盤をひどく邪魔物扱いするんですよ。普段は使わないもんだし、かさばるからね」と加えるのです。

▼画一的に近代的システムに繰り込まれた言葉

その配電盤は「僕」の部屋の「押入れの奥」にあることを、「僕」と一緒に暮らしている「208」と「209」

という「双子」の女の子が教えます。男が言ったように、十分ばかりで配電盤交換の工事は終わりますが、でも男は「古い配電盤を忘れていった」のです。そして「双子たちは一日中その配電盤で遊んでいた」。

これは、どんなことを意味しているのでしょうか。

「ハードウェアとソフトウェアの統一」ゆえ、本社のコンピューターと接続するために「電話の回線を司る機械」である配電盤を古いものから、新しいものに交換するのです。

電話の配電盤とは「言葉」と「言葉」を繋ぐ装置です。それが、本社のコンピューターにすべて接続されて「統一」されるということは、言葉が画一的に近代的システムに繰り込まれたものになってしまうということを表しているのだ思います。

そして、お宅だけがみんなと違った信号を出すと困るという「旧式の配電盤」は、近代化される前に、日本人が持っていた言語感覚を表しているのでしょう。

配電盤と遊んでいた双子の「２０８」が「弱ってるのよ」と言います。「何が?」と僕が問うと「配電盤よ」と答えます。「死にかけてるのよ」と言うのです。

古い配電盤は「死にかけてる」のです。新しい配電盤と交換された後にも、古い配電盤には魂のようなものがやどっていて、まだ死んではいないのです。ここには近代的な考えだけでは割り切れない霊的なものが存在しています。

▼言葉と言葉を繋ぐ配電盤的な人間

『１９７３年のピンボール』には印象的な場面がいくつかありますが、その一つに「僕」がアパートで電話を取り次いであげる髪の長い少女とのやり取りがあります。

その女の子は第5章に登場しますが、「僕」はアパートの一階の管理人室の隣の部屋に住んでいて、その女の子は二階の階段のわきに住んでいました。電話がかかってくる回数では、彼女はアパート内のチャンピオンでしたが、「僕」は階段を何千回も往復して「電話ですよ」と呼んであげたのです。

彼女がアパートに住んでいたのは半年ばかりのことですが、ある日、「僕」の部屋がノックされてドアを開けると彼女が立っています。

「入っていい? 寒くって死にそうなのよ」と彼女は言います。「僕」の部屋には何もないので、彼女が自分の部屋から運んできたポットで湯を沸かし、「僕」と「彼女」は「熱い紅茶」を飲むのです。

彼女は大学をやめて故郷《くに》に帰るために明日引っ越すので、ポットや食器類をすべてくれると言います。そして翌日、「僕」は「北の方」へ帰る彼女を送っていくのです。「初めて見た時から東京の景色って好きになれなかった」と、その彼女は話しています。

物語のストーリーとはあまり関係ない場面のようですが、たいへん印象深く心に残ります。『ノルウェイの森』の

「直子」も大学を休学してしまう女性ですので、『ノルウェイの森』を読んだ人ならば、「直子」にも重なってくる女性かもしれません。もちろん「直子」は「北の方」に帰る人ではありませんが……。

でも、ここに「配電盤」の視点を置いてみると、「僕」が配電盤の役割を果たしていることがわかります。かかって来た電話の話し手と、電話をかけられた女の子の間を繋ぎ続けた「僕」は「言葉と言葉を繋ぐ配電盤」です。

本来は「管理人室か、どこかそういったところにある」はずの配電盤が何故か「僕」の部屋にあるのは、「僕」が言葉と言葉を繋ぐ配電盤的な人間として存在しているということでしょう。

「東京」のように、すべてを「統一」して繋ぐ世界に生きられず、その女の子は故郷に帰って行きます。交換工事後、僕の家に、忘れ置かれていった「古い配電盤」が「死にかけてる」のと同じように「東京の景色って好きになれなかった」彼女は「寒くって死にそうなの」です。

▼何処まで行けば僕は僕自身の場所を

そして、その女の子のことが描かれる第5章の最後に、こんなことが記されています。

「双子がぐっすりと眠った後で僕は目覚めた。午前三時」とあります。「午前三時」は前回紹介した村上春樹訳の『ある作家の夕刻――フィッツジェラルド後期作品集』のエッセイ「貼り合わせる」に記されるように「夜更けの三時には、一個の忘れられた小包が死の宣告に負けぬ悲劇的重みを持つ。そこでは治癒法などは無益だ。そして魂の漆黒の暗闇にあっては、来る日も来る日も時刻は常に午前三時なのだ」とある時間です。

「優れた知性とは二つの対立する概念を同時に抱きながら、その機能を充分に発揮していくことができる」というフィッツジェラルドのエッセイ「壊れる」の中の言葉が『風の歌を聴け』にあることを前回紹介しましたが、『1973年のピンボール』では、双子の女の子の「208」が「二つの対立する考え方があるってわけね?」と「僕」に言う場面もあります。

さて、その「双子がぐっすりと眠った後で僕は目覚めた。午前三時」に、ですが、その「僕」は「台所の流しの端に腰をかけ水道水を二杯飲み、ガステーブルで煙草に火を点け」ますが、その時「僕は流しのわきに立てかけられた配電盤を手に取り、しげしげと眺めてみた」と記されています。そして「何処まで行けば僕は僕自身の場所をみつけることができるのか?」と考えるのです。

つまり、「配電盤」「言葉と言葉を繋ぐ存在」が「僕」にとってとても重要なものであることが、ここに記されているのです。

▼素晴らしいお祈りだったわ

第9章まで物語が進むと、「配電盤の話をしよう」と僕は、双子の二人に言います。「どうも気にかかるんだ」と。「何故死にかけてるんだろう」と言うのです。

双子は「もうどうしようもないのよ」「土に還るのよ」と言います。

そして『１９７３年のピンボール』の中で最も印象深い場面として、第11章に「配電盤のお葬式」というものが描かれるのです。

「僕」と双子の「２０８」と「２０９」は日曜日、貯水池へ配電盤のお葬式に行きます。車の中で「双子の一人は助手席に座り、もう一人はショッピング・バッグに入れた配電盤と魔法瓶を抱えたまま後部座席に座っていた。彼女たちは葬儀の日にふさわしく厳粛だった」とあります。「配電盤」の葬式に向かうのに「魔法瓶」が一緒というのが、霊的なものを感じて楽しいですね。

その日曜日はあいにく朝から細かい雨が降り続いていました。「雨は永遠に降り続くかのようだった。十月の雨はいつもこんな風に降る。何もかもを濡らすまで、いつまでも降り続ける」とあります。

「雨は休みなく貯水池の上に降り注いでいた。雨はひどく静かに降っていた。新聞紙を細かく引き裂いて厚いカーペットの上にまいたほどの音しかしなかった。クロード・ルルーシュの映画でよく降っている雨だ」ともあります。

そして貯水池に着き、双子の一人が紙袋から例の配電盤を取り出して「僕」に渡します。「何かお祈りの文句を言って」と双子の一人が言います。「なんだっていいの」「形式だけよ」

そして「僕」は頭から爪先までぐっしょり雨に濡れながら適当な文句を捜した。

そして「哲学の義務は」と「僕」はカントを引用して「誤解によって生じた幻想を除去することにある。……配電盤よ貯水地の底に安らかに眠れ」と祈ります。この「哲学の義務は」「誤解によって生じた幻想を除去することにある」というのはカント『純粋理性批判』の第一版序文の中にある言葉です。

「投げて」と双子に言われるので、「僕は右腕を思い切りバックスイングさせてから、配電盤を四十五度の角度で力いっぱい放り投げた。配電盤は雨の中を見事な弧を描いて飛び、水面を打った。そして波紋がゆっくりと広がり、僕たちの足もとにまでやってきた」。

双子は「素晴らしいお祈りだったわ」と言いました。

▼古い言葉を繋ぐ装置である旧式の配電盤

『１９７３年のピンボール』のこの雨の日の配電盤の葬式には、フィッツジェラルドの『グレート・ギャツビー』の「ギャツビー」の雨の日の葬儀のことも反映しているかもしれません。「雨に打たれる死者は幸いなるかな」とギャツビーの葬儀の参列者は言っています。

「もっとも配電盤の葬式にとってどのような天候がふさわ

しいのか僕には知るべくもない。双子は雨について一言も触れなかったので僕も黙っていた」と村上春樹は記しています。ひねくれ者の「私」（小山）は、配電盤の葬式には「雨」が最もふさわしいと村上春樹は考えているのではないだろうかと思ってしまいます。

ただここで、村上春樹作品とフィッツジェラルド作品の対応について述べたいわけではありません。

大切なのは配電盤のことです。取り出されて、線を切られて、中央と統一的に繋がる新しい配電盤と交換された後の古い配電盤にも、まだ生命というか、魂がやどっていて、お葬式をへて、土に還っていくという、霊的なものを尊重する儀式が印象深く描かれているという点が大切だと思うのです。

中央の統一的な言葉とは、簡単には繋がることができない古い言葉を繋ぐ装置である旧式の配電盤への哀惜が、村上春樹によって印象深く描かれているのです。

▼「象さん、元気に長生きして下さい」

このような村上春樹の言語に関する感覚は、幾つかの作品の中に繰り返し出てきます。一つだけ例を挙げれば、「象の消滅」がそうです。

本書の「１００」でも紹介しましたが、「象の消滅」では象舎の落成式の時に、象を前に小学生の代表が「象さん、元気に長生きして下さい」という作文を読み、象に話しかけています。日本人の読者ならそんなことはとくに不思議に思いません。つまり、日本人はどこかで動物と話せると思っているところがあるのです。日本人は心のどこかで動物に語りかけて、それが動物に伝わることを感じているのです。

さらに、年取った飼育係は象を動かす時に「何事かを囁きかけるだけでよかった」。象も「簡単な人語を理解するのかもしれない」ように、飼育係が指定した場所に移動したと「象の消滅」に書かれています。

▼近代的統一の前の力

ここに近代的に統一される前の、人と動物が話せる広い言語が日本人の中に生きていることがわかります。その「象」とその「飼育係」が消滅するというのは、『１９７３年のピンボール』の古い旧式な配電盤が切り捨てられ、本社のコンピューターに統一的に接続する近代的で新しい配電盤に切り替えられていくのと同じことが書かれているのだと思います。

そして、この「象の消滅」という短編には、後半、「僕」と女性との少し受け取りにくい会話が書かれています。

「僕が彼女に出会ったのは九月も終りに近づいた頃だった。その日は朝から晩まで雨が降りつづいていた。その季節によく降るような細くてやわらかで単調な雨だった」とあり、その日も雨でした。

「僕」は自分の会社が催したキャンペーンのためのパーティーで、彼女と顔を合わせました。「僕」はある大手の電機器具メーカーの広告部に勤めていて、台所の電化製品のプレス・パブリシティーを担当していたのです。いくつかの女性誌にタイアップ記事を載せてもらうように交渉するのが役目でした。彼女のほうは若い主婦向けの雑誌の編集者で、そのパブリシティーがらみの取材のためにパーティーにやってきたのです。

僕が彼女の相手をし、イタリア人の有名デザイナーがデザインしたカラフルな冷蔵庫やコーヒー・メーカーや電子レンジやジューサーの説明をします。

「いちばん大事なポイントは統一性なんです」と「僕」は言います。「どんな素晴しいデザインのものも、まわりとのバランスが悪ければ死んでしまいます。色の統一、デザインの統一、機能の統一——それが今のキッチンに最も必要なことなんです」と彼女に話します。

この説明について「ずいぶん台所のことにくわしいんですね」と彼女は言います。さらに「台所には本当に統一性が必要なのかしら?」と彼女は質問するのです。

「台所じゃなくてキッチンです」と「僕」は訂正します。「どうでもいいようなことだけど、会社がそう決めているものですから」と言うと、彼女は「ごめんなさい。でもそのキッチンには本当に統一性が必要なのかしら？　あなたの個人の意見として」と問います。

「僕の個人的な意見はネクタイを外さないと出てこないんです」と僕は笑いながら言います。「でも今日は特別に言っちゃいますけれど、台所にとって統一性以前に必要なものはいくつか存在するはずだと僕は思いますね。でもそういう要素はまず商品にはならなし、この便宜的な世界にあっては商品にならないファクターは殆んど何の意味も持たないんです」と「僕」は言いますが、「世界は本当に便宜的に成立しているの?」と、さらに彼女は聞くのです。

この後、二人は同じホテルのカクテルラウンジに行って、「僕」が象と飼育係の消滅を目撃したことを彼女に話すという展開です。

この「象の消滅」との話と「キッチン・台所の統一の話」がどのように繫がっているかということは、短編「象の消滅」の中だけでは摑み難いかもしれません。でもかつて皆が有していた動物と話せるような広く豊かな言語の世界が、近代的な統一で失われていくという点で繫がっているのです。

「ハードウェアとソフトウェアの統一」で本社のコンピューターに接続するために配電盤を古いものから、新しいものに交換することによって、消えていってしまうもの、旧型の配電盤（言葉と言葉を繫ぐ装置）を大切にするような心を持つ点で「象の消滅」の話と「キッチン・台所の統一」の話が繫がっているのでしょう。

つまり、古くからある豊かなものを、時代の都合で破壊して、画一的なものを造ろうという力に対抗した小説が『1973年のピンボール』なのだと思います。

▼東京オリンピックの前後だ

さて今回、最初に紹介した第二作『1973年のピンボール』にも出てくる東京オリンピックの頃のことについて最後に紹介しておきたいと思います。

「直子」は十二歳の一九六一年、この土地に移り住んできました。直子の一家が引っ越してきた当時、この土地に漠然とした形のコロニーが形成されたようです。彼らは駅に近い便利な平地を避け、わざわざ山の中腹を選んでそこに思い思いの家を建てたのです。

でも、時が移り、都心から急激に伸びた住宅化の波は僅かながらもこの土地に及んできました。「東京オリンピックの前後だ。山から見下ろすとまるで豊かな海のようにも見えた一面の桑畑はブルドーザーに黒く押し潰され、駅を中心とした平板な街並が少しずつ形作られていった」と村上春樹は書いています。

村上春樹は都会的な価値観の中で、お洒落な生活を書く作家だと思われて登場したように考えられていますが、『1973年のピンボール』や「象の消滅」を読むと、かつて日本人の中に生き生きとあった動物と話せるような言語の豊かさ、物みなすべてに魂がやどり、その霊的な魂と話せることの大切さ、よりわかりやすく言えば、日本人にあるアニミズムと言ってもいいような力を強く感じます。

『1973年のピンボール』は、3《スリー》フリッパーの「スペースシップ」というピンボール・マシーンを捜し求めて、再会を果たして「やあ」と僕が声をかけると「ずいぶん長く会わなかったような気がするわ」と彼女(「スペースシップ」)が応える話です。ここにも、物みなすべてに魂が宿る感覚が貫かれています。

直子が暮らした土地が「東京オリンピックの前後だ。山から見下ろすとまるで豊かな海のようにも見えた一面の桑畑はブルドーザーに黒く押し潰され、駅を中心とした平板な街並が少しずつ形作られていった」と記す村上春樹には、その土地の地霊に思いを寄せるような感覚が生きていると思います。「配電盤」も「土に還る」のですから。

103

象徴的暗号のような俳句

『猫を棄てる　父親について語るとき』

2020.4

この原稿を書いている時点では、新型コロナウイルス感染拡大で緊急事態宣言が全国に出されていました。

多くの感染者が出ているので、このコラムを読んでいる方の中にも、もしかしたらコロナウイルスに感染した人がいる場合もあるかと思います。

さて、村上春樹が自らのルーツについて初めて綴った特別寄稿として話題となった文章が『猫を棄てる　父親について語るとき』というタイトルで四月下旬に刊行されました。昨年の月刊「文藝春秋」二〇一九年六月号に掲載された時は「猫を棄てる――父親について語るときに僕の語ること」という題名でしたが、少しだけ短くなりました。

コロナウイルスの感染拡大による緊急事態宣言で、休業した書店もありましたが、予定通り刊行され、ベストセラーとなったようです。

▼不思議な懐かしさのようなもの

この単行本となった『猫を棄てる　父親について語るとき』には、台湾の若手女性漫画家でイラストレーター、高《ガオ》妍《イェン》さんの素敵な絵が表紙の装丁にも本文中にもたくさん使われています。高妍さんは一九九六年台湾・台北生まれ。台湾芸術大学卒。沖縄県立芸術大学に短期留学したこともあるそうです。『猫を棄てる　父親について語るとき』の「あとがき」で、村上春樹は「高妍さんの画風に心を惹かれ、彼女にすべてを任せることにした。彼女の絵にはどこかしら、不思議な懐かしさのようなものが感じられる」と書いています。

台湾・台北中央社の高妍さんへのインタビューによると、この本のデザイン担当者の目に高妍作品がとまり、複数の候補の中から村上春樹が選んだようです。高妍さんの自費出版漫画『緑の歌』は『ノルウェイの森』に出てくる「緑」という女性から名がとられているようですから、村上春樹作品のファンでもあるのでしょう。

絵を見ていると、空などの空間が高く、遠く描かれているので、本当に「不思議な懐かしさ」を感じます。高妍さんは日本の浮世絵の研究をしていた時期もあったそうで、その空間把握に浮世絵の影響があるのかもしれません。

▼俳句を詠み続けた父親

村上春樹が、自分の父親の中国従軍体験を詳しく調べて書いた、この『猫を棄てる　父親について語るとき』については、雑誌発表時に二回連続で紹介したので、今回は別な角度から、この作品を考えてみたいと思います。

村上春樹の父親は京都の「安養寺」という浄土宗のお寺

の次男として、一九一七（大正六）年十二月一日に生まれて、一九三六年には旧制東山中学校を卒業、十八歳で、仏教の学習を専門とする教育機関・西山専門学校に入っています。

その後、徴兵されて、中国戦線に従軍していますが、大学は京都大学に入学。戦後の一九四七（昭和二十二）年九月に学士試験に合格し、京都大学文学部の大学院に進みました。しかし、結婚もし、村上春樹が一九四九年の一月に生まれたこともあって、学業を途中で断念せざるを得なくなり、生活費を得るために、西宮市にある甲陽学院という学校の国語教師の職に就いたことが、『猫を棄てる　父親について語るとき』に記されています。

その村上春樹の父親が、唯一、創作的なことに関わっていたのは「俳句」のようです。

父は西山専門学校に入ってすぐに俳句に目覚め、同好会のようなところに入り、当時から多くの句を残している。今風にいえば俳句に「はまった」ようだ。兵隊の頃につくった句がいくつか、西山専門学校の俳句雑誌に掲載されている。たぶん戦地から学校に郵便で送ったのだろう。

とあります。

そして、『猫を棄てる　父親について語るとき』の中には、いくつかの数の父親が作った俳句が紹介されています。

例えばこんな二句です。

「鳥渡るあああの先に故国《くに》がある」
「兵にして僧なり月に合掌す」

この二句を挙げて、村上春樹は「僕は俳句の専門家ではないので、これらの句がどの程度の出来のものなのか、そういう判断は手に余る」としたうえで「しかしこのような句を詠んでいる二十歳の文学青年の姿を想像するのは、それほどむずかしい作業ではない。これらの句を支えているのは詩的な技巧ではなく、どこまでも率直な心情だからだ」と述べています。

京都の山中にある学校で僧になる勉強をしていた父親が、事務上の手違いから兵役にとられ、厳しい初年兵教育を受け、三八式歩兵銃を与えられ、輸送船に乗せられ、熾烈な戦いの続く中国戦線に送り込まれました。

「部隊は必死に抵抗する中国兵やゲリラを相手に、休む暇もなく転戦を繰り返している。平和な京都の山奥の寺とは何から何まで正反対の世界だ。そこには精神の大きな混乱があり、動揺があり、魂の激しい葛藤があったに違いない」ことを指摘した上で、

そんな中で、父はただ俳句を静かに詠むことに慰めを見出していたようだ。平文で手紙に書けばすぐ検閲《けんえつ》にひっかか

るようなことがらや心情も、俳句という形式――象徴的暗号と表現していいかもしれない――に託すことによって、より率直に正直に吐露することができる。それが彼にとっての唯一の、大切な逃げ場所になったのかもしれない。父はその後も長いあいだ俳句を詠み続けていた。

と記しています。

　この言葉のすぐ後に、『猫を棄てる　父親について語るとき』のひとつのハイライトとも言うべき、「一度だけ父は僕に打ち明けるように、自分の属していた部隊が、捕虜にした中国兵を処刑したことがあると語った」ことが記されているのです。

▼「鹿寄せて唄ひてヒトラユーゲント」

　父親の入営は一九三八年八月一日です。父親の部隊の上海上陸は同年十月六日です。南京戦はその前年の一九三七年十二月ですので、村上春樹の父親は南京戦には参加していないのですが、所属部隊は中国で熾烈な戦いを続けていたのです。

　この時、村上春樹の父親は二十～二十一歳。そして村上春樹の父親の部隊が中国から日本に引きあげてきたのは一九三九年八月二十日です。父親は、そのまま兵役を終え、西山専門学校に復学しています。その直後の一九三九年九月一日にはドイツ軍がポーランドに侵攻し、ヨーロッパで第二次世界大戦が勃発していて、世界は激動の時期を迎えます。

「鹿寄せて唄ひてヒトラユーゲント」（40年10月）

　この句のことを個人的には好きだと村上春樹が記していることを前に本書の中でも紹介しました。たぶんヒットラー・ユーゲントが日本を友好訪問したときのことを、句に詠んだのでしょう。

　その翌月には村上春樹の父親は、こんな句を作っています。

「一茶忌やかなしき句をばひろひ読む」（40年11月）

この句にも心惹かれるものがある。そこにあるのはどこまでも静謐《せいひつ》な、穏やかな世界だ。しかしその水面が鎮まるまでにはそれなりの時間が必要だったのだろう。そういうどことなく不穏な混乱の余韻のようなものが、句の背後にうかがえる。

　そのように村上春樹は、この句を鑑賞しています。「かなしき句をばひろひ読む」の中に、二十歳で熾烈な中国戦線に投入されて戦わざるを得なかった青年の戦争で受けた心の傷と混乱の余韻を受け取っているのです。なかなか深い鑑賞です。

この句を作った時、村上春樹の父親はまだ二十二歳です。

そのように『猫を棄てる　父親について語るとき』には父の戦争体験と父の俳句が交互に記されていく部分があります。

▼をのこわれ二たび御盾に国の秋　千秋

「一茶忌やかなしき句をばひろひ読む」の句の翌一九四一年三月、村上春樹の父親は西山専門学校を卒業しますが、その年の九月末には臨時召集を受けています。

そして十月三日より再び兵役に就き、歩兵第二十連隊に所属します。その後、輜重兵《しちょうへい》第五十三連隊に編入されます。輜重兵とは軍需品の輸送・補給にあたる兵です。この輜重兵第五十三連隊には、戦争末期、水上勉さんも属していたそうです。

輜重兵第五十三連隊は、戦争末期の一九四四年にビルマ・インド国境地帯での攻略戦、インパール作戦に帯同しているそうです。インパール作戦は日本軍の戦死・行方不明二万二〇〇〇人、戦病死八四〇〇人、戦傷者約三万人という壊滅的な戦いでした。

村上春樹の父親の俳句の師は俳人、鈴鹿野風呂《すずかのぶろ》（一八八七―一九七一）でしたが、その野風呂の「俳諧日誌」の一九四一年九月三十日の項に、次のようなことが記されているそうです。


〈戻りには、又降る雨にぬかるみを踏む（中略）。戻れば千秋軍事公用とのこと。

をのこわれ二たび御盾に国の秋　千秋

「千秋」は村上春樹の父親の名前です。「軍事公用」とは召集通知郵便を受け取ったことです。「をのこわれ二たび御盾に国の秋」の俳句の意味は「男子として私は、この国の大事にあたって、二度盾となる」ということです。

村上春樹は、そのようなことを紹介した後、「当時の状況として、このような愛国的な句を詠むしかなかったのだろうが、それでもそこには、とくに「二たび」という言葉の裏には、ある種のあきらめの心情がうかがえなくもない。本人はおそらく一学究として静かな生活を送りたかったのだろうが、時代の激しい流れはそのような贅沢を彼に許してはくれなかった」と書いています。

▼机の上にはいつも古い革装丁の季語集が

でも、村上春樹の父親は、召集から僅か二カ月後、一九四一年十一月三十日に召集解除になっています。長く従軍して、インパール作戦に関わったわけではありませんでした。同年の十一月三十日といえば、真珠湾奇襲攻撃の八日前のことで「もし開戦に至ったあとであれば、そのような寛大な措置がとられることはまずあり得なかっただろう」と村上春樹は書いています。

なぜ召集解除となったのか、それを巡る村上春樹の記憶が具体的に記されていますが、それは『猫を棄てる　父親について語るとき』を読んでください。

今回のコラムで紹介したいのは、村上春樹の父親の戦争体験が、父親が残した俳句を通して、その句に込められた心をまるで、暗号を解読するかのように鑑賞されているのが、とても印象的だったということでした。

村上春樹の父親が京都大学の文学科に入学したのは、戦争末期の一九四四（昭和十九）年十月のようですが「ちなみに京都大学の学生であった時代にも、父はやはり俳句に打ち込んでおり、「京大ホトトギス会」の同人として熱心に活動していたようだ。「京鹿子」という俳句の雑誌の発行にも関わっていたらしく、うちの押し入れに「京鹿子」のバックナンバーが山ほど入っていたことを覚えている」そうです。

さらに「教師になってもまだ、父は俳句に対する情熱を持ち続けていた。机の上にはいつも古い革装丁の季語集が置かれ、暇があるとそのページを丁寧に繰《く》っていた。父にとっての季語集は、キリスト教徒にとっての聖書のような大事な存在だったかもしれない。句集も何冊か出していたが、今は見当たらない」とも書いています。

つまり、たくさんの父親の俳句の中から、『猫を棄てる　父親について語るとき』では、村上春樹が、父親の戦争体験と、戦争中の父親の心を受け取れる俳句作品を選んで、紹介しているのだろうと思いました。

▼「京鹿子」と「京大俳句」事件

これは村上春樹の父親の俳句とは関係ないことかと思いますが、戦時下の俳句界の動向を少しだけ紹介しておきたいと思います。

戦争中の俳句弾圧事件として知られる「京大俳句」事件というものがあります。

「京大俳句」会は、神陵俳句会、京大三高俳句会をへて結成されました。神陵俳句会は一九一九（大正八）年、京都の旧制三高の出身者や学生で結成され、三高在学中の日野《ひの》草城《そうじょう》らが参加しています。これは村上春樹の父親が生まれた二年後のことです。

さらに翌、大正九年三月、名称を京大三高俳句会に改め、この年の夏、京都帝国大学文学部出身で、鹿児島の中学教師だった鈴鹿野風呂が、京都武道専門学校の国語教師として京都に戻って来ます。野風呂は、村上春樹の父親の俳句の師です。

野風呂を迎えた京大三高俳句会は、この年、つまりちょうど百年前の一九二〇（大正九）年十一月、作品の発表の場として「京鹿子《きょうかのこ》」を創刊します。創刊同人は草城、野風呂ら六人です。

「京鹿子」の発刊時、草城、野風呂らは、高浜虚子選の

「ホトトギス」雑詠欄で注目されています。この「京鹿子」が村上春樹の家の押し入れにバックナンバーが山ほど入っていたという俳句誌です。

京大三高俳句会の運営で注目されるのは、市井の人たちも参加したことだそうです。職種、学歴、地域にこだわらず、広く門戸を開放したことは、後の「京大俳句」にも引き継がれます。やがて「京鹿子」は関西のホトトギス系の俳誌として一大勢力になっていきます。「京鹿子」は今も続いています。

でも、一九三二（昭和七）年十月号で、「同人制の廃止」と「野風呂の個人経営の雑誌」となることが発表され、翌十一月号から「京鹿子」は野風呂の主宰誌となりました。

野風呂の主宰誌となる前に、「京鹿子」の同人たち、井上白文地、中村三山、平畑静塔らがそろって退会。翌昭和八年一月、それらの人たちをメンバーに「京大俳句」が創刊されるのです。

「京大俳句」創刊のメンバーはいずれも、「京鹿子」で育った人たちで、編集方針も踏襲していたようですし、編集兼発行人は平畑静塔でした。顧問には「京鹿子」主宰となったばかりの鈴鹿野風呂もなっています。

この「京鹿子」の野風呂主宰への移行と、「京大俳句」創刊との関係、また野風呂の「京大俳句」顧問の関係については、何冊かの本などを読みましたが、私（小山）には、はっきりした事情がわかりません。

そして「京大俳句」は次第に無季俳句容認の面が強くなり、有季定型の人たちが離れていくのですが、一九四〇（昭和十五）年二月に「京大俳句」の平畑静塔ら会員八人が、治安維持法違反で逮捕されるという事件が起きます。五七五、たった十七音の詩形表現が国家から弾圧される事件、「京大俳句」事件です。

翌、一九四一（昭和十六）年二月には東京の四俳句誌の俳人、嶋田青峰、東京三（秋元不死男）ら十三人が逮捕され、「京大俳句」の平畑静塔ら三人が有罪判決を受けています。そして、この年の十二月には、真珠湾攻撃があり、太平洋戦争が始まっていくわけです。

▼俳句という象徴的暗号表現に託す

今回のコラムで、「京大俳句」事件のことを述べたいわけではありません。有季定型がいいか、無季容認がいいか、無季自由律がいいかを述べたいわけでもありません。やはり俳句も作品が大切だと思います。

村上春樹が『猫を棄てる　父親について語るとき』の中で紹介する父親の俳句が作られた時代のことを近代俳句の歴史と重ねてみると、前に紹介したように、中国戦線従軍中の父親が「ただ俳句を静かに詠むことに慰めを見出していたようだ。平文で手紙に書けばすぐ検閲《けんえつ》にひっかかるようなことがらや心情も、俳句という形式――象徴的暗号として表現していいかもしれない――に託すことによって、より率直に正直に吐露することができる。それが彼にとっての唯一の、大切な逃げ場所になったのかもしれない。父はその後も長いあいだ俳句を詠み続けていた」と記したこともわかるような気がしてくるのです。

自由に文章が書けた時代ではなく、「俳句という形式――象徴的暗号」であっても、細心の言葉遣いがされていたと思います。ですから、そこには二重、三重の意味が込められていたと思いますが、それでも、俳句という形式を用いれば、より率直に正直に自分の心情を吐露できたということだと思います。

このように考えると、村上春樹が好きだという父の俳句「鹿寄せて唄ひてヒトラユーゲント」(一九四〇年十月)、「一茶忌やかなしき句をばひろひ読む」(同年十一月)も、村上春樹の句への鑑賞が、そこに込められた父親の思いを、まさに象徴的暗号を解読するように、二重性の広がり、深まりの中で読んでいることもよく伝わってくるのです。

▼三度の兵役を務めて

父の俳句の師である鈴鹿野風呂は高浜虚子に師事して、野風呂が主宰となったあとの「京鹿子」は「ホトトギス」系の俳人たちの拠点となったようですから、無季俳句容認の俳人たちとは異なって、弾圧の対象からは逃れられていたかもしれません。

村上春樹が引用する野風呂の「俳諧日誌」の一九四一年九月三十日の項の、〈戻りには、又降る雨にぬかるみを踏む(中略)。戻れば千秋軍事公用とのこと。／をのこわれ二たび御楯に国の秋　千秋〉を、前に紹介しましたが、この時、村上春樹の父・千秋が野風呂のもとに報告に来たということでしょうか。千秋からの文による召集の事実が届いていたということでしょうか。私(小山)には、この句にも、多くのことを述べず、「俳句」の中だけに、思いは凝縮されているようにも感じられてきます。それを記す野風呂の日誌の筆に、それ以外のことは記すまいという思いのようなものも感じてしまいます。

でも、その村上春樹の父親には、京都大学入学後の昭和二十年六月十二日、また召集が来ます。今度は国内勤務の部隊だったようですが、その二カ月後の八月十五日に終戦となり、十月二十八日に正式に兵役を解かれて、再び大学に戻ったそうです。その時には、村上春樹の父親は二十七歳になっていました。なんと、三度の兵役を務め、戦争の中を生き延びたのです。

▼石山寺の芭蕉の庵での体験

村上春樹の父親は勤務先の学校で、生徒たちを集めて、俳句の同好会のようなものを主宰し、俳句に興味を持つ生徒たちを指導し、句会を開いていたことも『猫を棄てる　父親について語るとき』の中に書かれています。

村上春樹が、まだ小学生の時、何度かそういうところに連れて行かれたことがあるそうで、「一度ハイキングがてら、滋賀の石山寺《いしやまでら》の山内にある、芭蕉がしばらく滞在していたと言われる山中の古い庵を借りて、句会を催したことがあった。どうしてかはわからないが、その昼下がりの情景を今でもくっきりとよく覚えている」と記しています。

この日のことは、村上春樹がデビューしてまもなく、雑誌「太陽」の一九八一年十月号の『方丈記』特集に寄せた「八月の庵　僕の「方丈記」体験」という文章に詳しく記されています。

それによると、十歳の頃のようですが、句会が開かれている間、少年の村上春樹は一人で縁側に座り、藪蚊を叩きながらぼんやりと外の景色を眺めていたようです。そして「人の死について思った」そうです。とても印象に残る場面です。

ちょっと長いですが、その後の村上春樹にとって、とても重要な内容ですので、そのまま引用してみます。

もちろん子供のことだから、それほど明確に概念としての死を捉えていたわけではない。ただそのような隔絶された場所に連れてこられたのははじめてだったので、そこにかつて隔絶されて存在した生というものを強く意識することになったのである。昔々ここにひとつの生が存在し、その生を断ち切った死が存在した。しかしその死は瞬間的なものではなく、生が終息した後もひとつの状況として小さな影のように、あるいはまるで手にしみこんだ粘土の匂いのように、そこに存続しているように思えた。

これは、短編「螢」（「中央公論」一九八三年一月号）や長編『ノルウェイの森』（一九八七年）で書かれる「死は生の対極としてではなく、その一部として存在している」という言葉と同じ認識ですね。

村上春樹が、デビュー以来、この『猫を棄てる　父親について語るとき』まで、同じ思いを抱いて書き続けてきたことをよく示していると思います。

村上春樹が個人的に好きだという「鹿寄せて唄ひてヒトラユーゲント」の句も、目の前で唄うヒットラー・ユーゲントの青年たちの「生」と、いっときの日本訪問を楽しんでいたヒットラー・ユーゲントの青年たちが、その後、厳冬の東部戦線で果てていったのかもしれない「死」が同時に存在していることが、村上春樹の句の鑑賞を通して伝わってくるのです。

▼村上春樹の母親と戦争

タイトルにあるように、父親の戦争体験がメインの『猫を棄てる　父親について語るとき』ですが、村上春樹の母親のことも少し書かれています。母親には結婚を念頭に置いている相手（音楽教師だった）がいたそうです。でもその相手は戦争で亡くなったということです。そして母親の父が持っていた大阪・船場の店は米軍の空襲でそっくり焼けてしまい、村上春樹の母親は米軍のグラマン艦載機から機銃掃射を受けて、大阪の街を逃げ回ったそうです。

この本の「あとがき」は「小さな歴史のかけら」と題されています。

村上春樹は、歴史と戦争のことにこだわって書き続けてきた作家です。〈現在は過去から直接来ていること、現在は過去と繋がっている〉という認識を抱いて書き続けてきた小説家だと思います。

この本の中で、村上春樹が書きたかったことのひとつは、戦争というものが一人の人間の生き方や精神をどれほど大きく深く変えてしまうかということであったそうです。そして、父親の運命がほんの僅かでも違う経路を辿っていたなら、村上春樹という人間がそもそも存在していなかったことを通して、「歴史は過去のものではない」ことを、小説ではない形でしっかり書いています。

村上春樹の作品を語る際に、とても大切な一冊ですし、村上春樹の作品を読んだことがなくても、深く、訴えてくるものがあると思います。一冊の本としては、原稿の分量的には短いものですが、村上春樹にとっては、大長編に相当する仕事でもあったと思います。デビュー以来、書かなくてはならないと思っていたことを、ようやく書くことができたのですから。

▼戦争の影響を受けて自分がある

このコラムは、私の個人的なことを記す場ではありませんが、少しだけ記すのを許してください。私は群馬県伊勢崎市という土地に、村上春樹と同年に生まれました。父親の仕事は伊勢崎銘仙《めいせん》の織物業でした。戦後、日本人が着物を普段着として着なくなると、事業は倒産。そして父は私が六歳の時に病に倒れ、私が十歳の時には亡くなってしまったので、村上春樹のような父との思い出は、ほとんどありません。異母兄姉は多いのですが、母親とは母一人、子一人の母子家庭でした。

そして、この本を読むうちに、私の母も戦争で、思い描いていた相手を失ったらしいことを思いだしました。私も戦争の影響を受けて、自分が在ることに気がついたのです。そんな力に満ちた作品です。

なお「京大俳句」と戦前戦中の俳句界の動きについては田島和生著『新興俳人の群像』（二〇〇五年）などに学びました。

104

思い出した幾つかのこと

『村上RADIO』特別番組の夜に

2020.5

皆さんは聴きましたか。五月二十二日夜の「村上RADIOステイホームスペシャル～明るいあしたを迎えるための音楽」。

村上春樹がパーソナリティーのラジオ番組「村上RADIO」の特別版で、二時間の放送でした。新型コロナウイルスの感染拡大で「もやもやと溜まっているコロナ関連の憂鬱な気分を、音楽の力で少しでも吹き飛ばせるといいのですが……」という趣旨での放送。東京FMのスタジオからではなく、自宅の書斎から、村上春樹が普段使っているプレーヤーで、自分が選んだ曲をかけていました。二時間のstay homeでのディスクジョッキーでした。

ラジオというものはいいもので、私は知り合いから来た数通のメールの返信を書きながら聴いていました。『雨に濡れても』『ヒア・カムズ・ザ・サン』『虹の彼方に』『この素晴らしき世界』『マイ・フェイヴァリット・シングス』『黄色いリボン』……。知っている曲がたくさんあったせいもあるかもしれないのですが、なんだか楽しかったです。

音楽の歌詞の好きな部分を村上春樹自身の言葉で紹介しながら、曲をかけていったのもわかりやすく、なぜその音楽を選んだのかがよく伝わってきました。

一番、よかったのは、村上春樹がリラックスして、楽しんでディスクジョッキーをやっていることが、聴いている者に伝わってきたことでした。そういうものって、ラジオを通しても、ちゃんと伝わってくるのだなぁ……と思いました。聴き終わって、何か、ゆったりとした気分になりました。

▼日常の小さな変化から

この放送での音楽以外のことを少し記しますと、コロナウイルスの問題が起きてから、村上春樹は二十年以上も使っていなかった万年筆を机の引き出しの奥から引っぱり出してきて、新しいインクを買って、字を書いているそうです。そんな日常生活の小さな変化の幾つかを見つめることの大切さ、その日常の小さな変化から、大きな変化の姿を考えていくことの意味を話していました。

万年筆に関しては『海辺のカフカ』(二〇〇二年)の「佐伯さん」は太いモンブランの万年筆を使っていましたし、『ねじまき鳥クロニクル』(一九九四、九五年)の「クミコ」はモンブランのブルー・ブラック・インクを愛用していますので、モンブランの万年筆と青いインクかな……と思いました。

また、ノーベル医学生理学賞を受けた山中伸弥さんから〈春樹さん。一生のお願いなんですが、僕にもラジオネームをいただけませんか？　山中〉というメールが来たそうで、山中伸弥さんへ「AB型の伊勢エビ」というラジオネームを村上春樹が贈っていました。

山中伸弥さんはコロナウイルス問題で、自分のサイトを作って、一般の人が必要とする情報を提供したり、メディアで発言したりと、たいへん頑張っていますが、今度、山中伸弥さんが、コロナウイルス問題で、テレビに登場する時には、その姿を観ながら「AB型の伊勢エビ」と思ってしまうかな……と、ラジオネームなのに、そんなことを考えました。

また、視覚障害者の伴走者として、十キロレースを走った体験も村上春樹は話していました。手と手を紐でつないで走るのですが、目の見えない人と一緒にレースを走るのは慣れないとむずかしいそうです。スピードも相手に合わせて調整しなくてはいけないし、路面の情報も正確に素早く伝えなくちゃいけないのでたいへんなのだそうです。

村上春樹がそのとき走ったのは、厚木の米軍飛行場だったようですが「飛行場って意外に路面が荒れていて、けっこう危ないんです。つまずいたりしないように注意を払いました」という言葉を聞いて、「えっ、厚木の米軍飛行場……！」と思い、ちょっと個人的なことを思い出したりしていました。

▼まだ暗いうちに硫黄島まで

まだ記者になって、四年目ぐらいの時（一九七六年から七七年頃）、神奈川県の厚木通信部というものの担当となり、一年間、厚木市で生活したことがあります。

米軍厚木基地は海上自衛隊厚木基地と共用使用基地で、海上自衛隊第4航空群司令部があります。まだ厚木の自衛隊を取材する記者が少ない時代でしたが、担当エリアにあるので、取材を申し込んで、何度か厚木基地に行きました。最初は、随分、煙たがられていましたが、繰り返し行くうちに司令官と話すようになり、戦争中の話を聞く機会などもありました（司令官は、戦争中、軍にいたことがある方でした）。まだ暗いうちに（夜が明けきらぬうちという意味かと思いますが）硫黄島まで、戦争中、飛行したことがあると話していました。当時は、戦争を知る人たちがたくさん生きている時代でした。

ですから、厚木基地の飛行場も何度も見る機会があったのです。でも飛行場を走ったり、歩いたりしたことはないので、そんなに凸凹があるとは知りませんでした。基地の飛行機による騒音への訴訟も起きる頃でしたので、基地のフェンスの外側からも飛行場を何度も見たことがあるのですが、私の中での同飛行場の滑走路は真っ平らなイメージでした。

そう言えば、厚木基地の飛行場は、一九四五（昭和二十）年八月三十日、ダグラス・マッカーサーが降り立った場所ですが、その日、厚木基地から横浜のホテルニューグランドまで、マッカーサーの乗った自動車を先導したという人の話を取材したこともありました。そんなことも思い出したのです。

▼児玉誉士夫を思わせる右翼の大物の「先生」

こんな調子で書いていくと、私の思い出だけで、今回のコラムが終わってしまいますね。

この連載も百回を超えたので、『風の歌を聴け』（一九七九年）から村上春樹作品を読み返していく、小さな読書会みたいなものも考えていたのですが、それもコロナウイルスの影響を受けて、少しだけ延期となってしまいました。

でも、読み返すことは自分なりに続けていて、今度は『羊をめぐる冒険』（一九八二年）について考えてみたいと思っていました。

この長編には「先生」と呼ばれる右翼の大物が出てきます。作中「名刺の人物は右翼の大物だよ。名前も顔も殆んど表に出さないから一般にはあまり知られてはいないが、この業界では知らないものはいない」と、「僕」の仕事の「相棒」が説明しています。

この「先生＝右翼の大物」は児玉誉士夫を思わせる人物ですが、『羊をめぐる冒険』に出てくると言っても、「先生」が直接出てくるわけではなく、「先生」の第一秘書で黒服を着た組織ナンバー・ツーの男（日系二世でスタンフォードを出て、十二年前から先生の下で働いている人）と、「先生」が脳の血瘤で倒れるまで、先生専用の車である「潜水艦みたいな」「金属製のクッキーの型を伏せたみたい」な巨大な自動車の運転手が登場するだけです。

「先生」は、戦後、占領軍にA級戦犯で逮捕されたものの「調査は途中で打ち切られて不起訴になった。理由は病気のためだが、このあたりはうやむやなんだ。おそらく米軍とのあいだに取り引きがあったんだろうな。マッカーサーは中国大陸を狙っていたからね」と「相棒」が話していますが、児玉誉士夫もA級戦犯の疑いで占領軍に逮捕されたことがあります。

でも「先生」と児玉誉士夫は生地が異なりますし、「先生」の名前は四文字のようです。児玉誉士夫は五文字なので、「先生」と児玉誉士夫とはイコールではありません。

▼ロッキード事件と「児玉番」

政界の闇の黒幕だった、その児玉誉士夫が、一般庶民の間に知られるようになるのはロッキード事件の時です。ロッキード事件で、児玉誉士夫が逮捕されるのではないかというので、マスコミ各社が東京都世田谷区等々力の児玉邸の周辺に二十四時間、毎日、記者を配置しました。

また私の話で恐縮ですが、厚木に転勤する前に、川崎・溝口近くに住んでいたので、たぶん家が近いからという理由だったと思いますが、この「児玉番」というものの担当を命じられました。

まだ薄暗く、夜が明けきらぬうちに、車が迎えにきて、児玉邸に到着する頃に、夜が明けてきます。私が到着すると、それまでの担当だった記者の車が移動して、そのスペースに、私の車が入っていくのです。長い時には、それから六時間、車の中で過ごしました。

　歴史に残る大事件での「児玉番」と言っても、車の中で、その時をただその場に留まって待っているだけで、異常がなければ、特に何もすることはなく、社内で、ラジオを聴き、新聞を読み、本を読む……という時間です。もちろん、車外に出て、伸びをしたり、知り合いの他社の記者と立ち話をしたりはしますが、基本的に、車のある場所に留まっていなくてはなりません。

　最初は、ただ車が並んでいるだけでしたが、次第に車の数が増え（おそらく近所から苦情が出たのかもしれませんが）臨時派出の警察官が整理に当たるようになりました。食事は、会社の人が各場所の張り番記者を車で巡回して弁当を配っていました。

　さらに、弁当にあきれば「児玉邸通用口から何台目の車ですが……」と頼むと、近くの中華料理店がラーメンの出前までしてくれるというようにもなりました（最初に、ラーメンの出前を頼むということを考えた記者は、何か、偉いと思いました……）。

　いやいや、今回は、ちょっと、私事にわたることで、脱線につぐ脱線で、恐縮です。

　でも、こんな経験があるので『羊をめぐる冒険』で「先生」のことが出てくる場面では、つい児玉誉士夫のことを考えてしまうのです。

▼小説家としての実質的な出発点

　この『羊をめぐる冒険』は、デビュー作『風の歌を聴け』、『1973年のピンボール』（一九八〇年）に続く、初期三部作（「僕」と、その分身的友人「鼠」が動かしていく物語）の最後の作品ですが、村上春樹自身が「この作品が小説家としての実質的な出発点だったと僕自身は考えている」（『走ることについて語るときに僕の語ること』二〇〇七年）、「「自分のやろうとしていることは、方向として間違っていない」という確かな手応《てごた》えを得ることもできました。そういう意味で『羊をめぐる冒険』こそが、長編小説作家としての僕にとっての、実質的な出発点であったわけです」（『職業としての小説家』二〇一五年）と書いている物語です。

　それまでの二作と、どのように異なっているのか。それは、村上春樹が、物語作家として、しっかりとした手応えを感じた作品ということだと思います。

『職業としての小説家』には（それまでの作品は）「その「すかし方」がたまたま目新しく新鮮であったということです」とありますし、『走ることについて語るときに僕の語ること』には、ジャズ喫茶の「店を経営しながら『風の歌を聴け』や『1973年のピンボール』みたいな感覚的な作品を書き続けていたら、早晩行き詰まって、何も書けなくなっていたかもしれない」と書かれています。

　私にとっては『風の歌を聴け』や『1973年のピンボール』もたいへん味わい深い作品ですし、そのことは本書の中でもさまざまな角度から書いてきていますが、「長編物語作家」という視点に立てば、村上春樹が述べている意味はよく伝わってきます。

▼亜細亜主義者たち

一九八四年一月十七日、児玉誉士夫は七十二歳で亡くなりますが、その時、私は社会部で新宿警察署を担当する事件記者でした。

そして『羊をめぐる冒険』は、その二年前、一九八二年の文芸誌「群像」の八月号に掲載されて、同年十月に刊行されています。つまり、まだ児玉誉士夫が生きている時に、書いた作品です。そのことは、とても大切なことだと思っています。

もちろん、これは「先生」＝「児玉誉士夫」であることを述べたいわけではありません。前述したように、生地も名前の文字数も異なるわけですから。「先生」はあくまで、『羊をめぐる冒険』の中で闇のように存在する登場人物です。深い闇ですが。

『羊をめぐる冒険』の終盤、「僕」が北海道の十二滝町の台地に建つ「アメリカの田舎家風の古い木造の二階建ての家」に至ります。四十年前に「羊博士」が建て、そして「鼠」の父親が買いとった建物です。僕の友人「鼠」が暮らし、自死した家です。

「僕」は、その家の書棚にあった一冊の古い本が、ごく最近に読まれたらしいことを発見します。「亜細亜主義の系譜」という戦争中に発行された本でした。「亜細亜主義者たちの氏名・生年・本籍が掲載された本で、この中に「先生」の名前があり、「僕をここまで連れてきた「羊つき」の先生だ。本籍は北海道――郡十二滝町」と書かれていました。このように「先生」は北海道の「十二滝町」の出身。黒服の秘書も「先生」は「北海道の貧農の三男坊に生まれ」たことを語っています。そして、児玉誉士夫は福島県の出身です。

「先生」との関係者としては、黒服の秘書と、紹介したように「先生」の専用車だった自動車の運転手が登場しますが、この運転手と「僕」との会話が、とても面白いものです。

例えば、この運転手はクリスチャンです。それを聞いて、「僕」は「しかしクリスチャンであることと右翼の大物の運転手であることは矛盾しないのかな？」と問います。

それに対して、運転手は「先生は立派な方です。私がこれまで会った中では神様についで立派な方です」と答えて、話が進んでいくのです。

今回は、この運転手と「僕」の興味深い会話を紹介し、考えてみたいと思ったのですが、ここまででも、随分と長い文章となってしまいましたので、次の回にそのことを記してみたいと思います。

105

名づけを巡る強いこだわり

再読『羊をめぐる冒険』

2020. 6

承前と記すべきでしょうか。

前回の最後に少しだけ書いた『羊をめぐる冒険』（一九八二年）の「先生」と呼ばれる右翼の大物の車の「運転手」と「僕」の会話について紹介したいと思います。

何しろ「第四章　羊をめぐる冒険Ｉ」に「車とその運転手⑴」との節があり、「第六章　羊をめぐる冒険Ⅱ」には「車とその運転手⑵」という節があります。これは、先生の車の「運転手」と「僕」の会話が、この作品にとって、たいへん重要であることを示していると思います。

村上春樹にとって、「猫」という動物はとても大切なものです。何しろ、小説家となる前に開いていたジャズ喫茶の店名が「ピーター・キャット」ですから。

「猫」は、初期三部作の『風の歌を聴け』（一九七九年）と『１９７３年のピンボール』（一九八〇年）、そして、この『羊をめぐる冒険』にも一貫して出てきます。「僕」の分身的な友人は「鼠」と呼ばれていますので、「僕」自身は「猫」に相当しているのかな……と思い、村上春樹のユーモア精神を感じてもいます。ルイス・キャロルの『不思議の国のアリス』にも「鼠」や「チェシャ猫」が出てきますね。

▼「なんだか天地創造みたいね」

そして、初期三部作の「僕」も、友人の「鼠」も、ちゃんとした名前がつけられていません。この三部作だけでなく、ある時期までの村上春樹の登場人物には「名前」がありませんでした。でも初期三部作に登場する人物にちゃんとした名前がないからと言って、村上春樹が「名づけ」に興味がないかというと、むしろ逆です。名づけに対して、強いこだわりと思考が、『羊をめぐる冒険』に記されているのです。

『羊をめぐる冒険』で「僕」が飼っている「猫」を「先生」の車の「運転手」に預けるのですが、その「猫」には名前がありません。

車の「運転手」が「なんていう名前なんですか？」と尋ねると、「名前はないんだ」と「僕」は答えます。

「じゃあいつもなんていって呼ぶんですか？」と「運転手」が聞くので「呼ばないんだ」「ただ存在してるんだよ」と「僕」は答えています。

「でもじっとしてるんじゃなくてある意志をもって動くわけでしょ？　意志を持って動くものに名前がないというのはどうも変な気がするな」と「運転手」は述べています。

かなり議論好きな「運転手」なんです。

「鰯《いわし》だって意志を持って動いてるけど、誰も名前なんてつけないよ」と「僕」は反論しますが、「だって鰯と人間とのあいだにはまず気持の交流はありませんし、だいいち自分の名前が呼ばれたって理解できませんよ。そりゃまあ、つけるのは勝手ですが」と「運転手」は再反論。

「ということは意志を持って動き、人間と気持が交流できてしかも聴覚を有する動物が名前をつけられる資格を持っているということになるのかな」と問うと、「そういうことですね」と「運転手」は何度か肯いて、この無名の「猫」について「どうでしょう、私が勝手に名前をつけちゃっていいでしょうか?」と申し出ます。

「全然構わないよ」と「僕」が応えると、「いわしなんてどうでしょう? つまりこれまでいわし同様に扱われていたわけですから」と提案するのです。

「悪くないな」と「僕」は同意、「そうでしょ」と「運転手」は得意そうに言います。

「僕」のガール・フレンドも「悪くないわ」と言います。

「なんだか天地創造みたいね」と彼女が述べると、「ここにいわしあれ」と「僕」と和して言うのです。

▼都バスにひとつひとつ名前がついていたら素敵

登場人物ではなく、登場動物への名づけですが、儀式的な議論の末での名づけのようにも感じます。

第六章「羊をめぐる冒険II」の、この節は「いわしの誕生」と名づけられています。文庫版の上巻の最後の節でもありますので、重要な名づけの場面です。

村上春樹が「猫」に名前をつける時、魚系の名前が多いことは、本書のBOOK1の中でも紹介してきました。

『ねじまき鳥クロニクル』では行方不明だった「ワタヤ・ノボル」という「猫」が家に帰ってきて、「サワラ（鰆）」と改名されています。『海辺のカフカ』（二〇〇二年）には「トロ」という鮨屋で飼われている黒猫が登場しました。

『ねじまき鳥クロニクル』では「サワラ」と「猫」が改名されたことが、最後に「僕」の妻クミコの帰還の予兆となっていますし、『羊をめぐる冒険』では無名時代の「猫」の「毛はすりきれたじゅうたんみたいにぱさぱさして、尻尾の先は六十度の角度にまがり、歯は黄色く、右眼は三年前に怪我したまま膿《うみ》がとまらず、今では殆んど視力を失いかけていた」のですが、その「猫」が「いわし」と名づけられると、物語の最後には「いわし」は元気になって、まるまると太っています。

これら村上春樹作品の中での「猫」への魚系の名づけには、再生への思いが込められているように思います。

「いわし」という「運転手」による「猫」への名づけが終わったあとにも、名づけに対する「運転手」と「僕」の会話は、さらに続いています。むしろ、深まっているとも言えます。

例えば、こんな話です。

「どうして船には名前があって、飛行機には名前がないんだろう?」と「僕」は「運転手」に訊ねます。面白い疑問ですね。

「どうして971便とか326便というだけで、『すずらん号』とか『ひなぎく号』とかいう個別の名前がついてないんだろう?」と「僕」は聞くのです。

それに対して「きっと船に比べて数が多すぎるんですよ。マス・プロダクトだし」と「運転手」は答えますが、「僕」は「そうかな? 船だって結構マス・プロダクトだし、数も飛行機より多いよ」と反論しています。

「しかし」と言って、「運転手」は何秒か黙ったあと、「現実問題として都バスにいちいち名前をつけるわけにもいきませんからねえ」と漏らすと、「都バスにひとつひとつ名前がついていたら素敵だと思うけどな」とガール・フレンドが加わってきます。

「しかしそうなると乗客が選り好みをするようになるのではないでしょうか? たとえば新宿から千駄ケ谷まで行くのに、『かもしか号』なら乗るけど『らば号』なら乗らないとか」と「運転手」が言います。

「たしかに『らば号』なら乗らないわね」とガール・フレンドが言います。

「でもそれじゃ『らば号』の運転手が可哀そうです」と「運転手」が運転手的な発言をしています。「『らば号』の運転手に罪はありません」と言うのです。

「そうね」とガール・フレンドは同意するのですが、「でも『かもしか号』に乗るわ」と述べています。

▼名前の根本が生命の意識交流作業にあるとしたら

「そういうことなんです。船に名前がついているのは、マス・プロダクトされる以前からそれに慣れ親しんできた名残りです。原理的には馬に名前をつけるのと同じですね。だから馬的に使われている飛行機にはちゃんと名前がついています。たとえば『スピリッツ・オブ・セントルイス』とか、『エノラ・ゲイ』とかね。ちゃんと意識の交流があるんです」と「運転手」は言うのです。

「スピリッツ・オブ・セントルイス」はリンドバーグがノンストップでの大西洋横断単独飛行に成功した飛行機の愛称ですし、「エノラ・ゲイ」は広島に原爆を投下した米軍の飛行機B－29の名前です。

この後も、名づけを巡る会話が続いていて、「意識の交流がある」と名づけがされるということは「生命というコンセプトが根本にあるということだね」「じゃあ目的性というのは名前にとっては二義的な要素なんだね?」と「僕」が問います。

それに対して「運転手」は「そうです。目的性だけなら番号で済みます。アウシュヴィッツでユダヤ人がやられたみたいにね」と答えています。

これで、名づけを巡る会話（対話?）は終わりではなく、「しかしさ、もし名前の根本が生命の意識交流作業にあるとしたらだよ。どうして駅や公園や野球場には名前がついているんだろう? 生命体じゃないのにさ」と「僕」が発言して、さらに、さらに続いていくのです。

それらのやり取りを紹介していると、それだけで、今回のコラムが終わってしまいますので、興味のある人は『羊をめぐる冒険』をぜひ読んでください。

ともかく、村上春樹が「名づけ」ということに、たいへん深いこだわりを抱いていることが伝わってくる「僕」と「運転手」の会話なのです。

▼太った醜いおばさんを思い出させる「747」

そして「名づけ」の行為以外に、この「僕」と「運転手」の会話を通して、今回の再読で伝わってきたことがあるので、そのことをいくつか記しておきたいと思います。

まず、「猫」への「いわし」の名づけや、名づけるということを巡る「運転手」と「僕」との会話は、「羊」を探すために北海道へ向かう「僕」と「ガール・フレンド」を「運転手」が飛行場まで送る間のやり取りです。

空港カウンターで搭乗券をもらった「僕」と「ガール・フレンド」は、そこまでついてきた「運転手」にさよならを言います。「運転手」は最後まで見送りたそうでしたが、出発までには、まだ一時間半もあったのであきらめてひきあげていきます。名づけを巡る会話を通して、「僕」たちと「運転手」は、ずいぶん親しくなったとも言えますね。

そして「僕」と「ガール・フレンド」が搭乗する飛行機は「747」なのです。

彼女は唇をかんで、しばらく747のずんぐりした機体を眺めていた。僕も一緒にそれを眺めた。747はいつも僕に昔近所に住んでいた太った醜いおばさんを思い出させる。はりのない巨大な乳房とむくんだ足、かさかさした首筋。空港は彼女たちの集会場みたいに見えた。何十人ものそういったおばさんたちが次々にやってきては去っていった。

そのように「747」のことが記されています。続けて、こうあります。

首筋をしゃんとのばして空港ロビーを行ったり来たりしているパイロットやスチュワーデスは、彼女たちに影をもぎとられたみたいに奇妙に平面的にみえた。DC7やフレンドシップの時代にはそんなことはなかったような気がしたが、本当にそうなのかどうかは僕には思い出せなかった。おそらく747が太った醜いおばさんに似てるせいで、ついそんな気がするのだろう。

この「747」を「太った醜いおばさんに似てる」と表現していることの意味はどんなことなのでしょう。そのことを少し考えてみたいと思います。

▼ボーイング社の「B-29」

村上春樹の小説で「747」が登場する最も有名な場面

は『ノルウェイの森』（一九八七年）の冒頭でしょう。それは次のように書き出されています。

僕は三十七歳で、そのときボーイング７４７のシートに座っていた。その巨大な飛行機はぶ厚い雨雲をくぐり抜けて降下し、ハンブルク空港に着陸しようとしているところだった。十一月の冷ややかな雨が大地を暗く染め、雨合羽を着た整備工たちや、のっぺりとした空港ビルの上に立った旗や、ＢＭＷの広告板やそんな何もかもをフランドル派の陰うつな絵の背景のように見せていた。やれやれ、またドイツか、と僕は思った。

『ノルウェイの森』の冒頭、「僕」が乗った飛行機がなぜハンブルク空港に着陸するのか。それは一つに、一九六〇年八月にドイツ・ハンブルクの巡業でビートルズがデビューしたからということがあるかと思います。

それと、もう一つは第二次世界大戦中に、英国空軍の指揮の下に、航空戦史上に残る激しい空襲をハンブルクが受けて、のちに英国政府が「ドイツのヒロシマ」と呼んだほどに破壊されたということと関係があるかと思います。

そのような考えも成り立つことを、以前、本書のＢＯＯＫ１の「０２４」でも紹介しました。

そして、広島へ原爆を投下した「エノラ・ゲイ」は「Ｂ－29」で、ボーイング社の飛行機です。「７４７」も同じ会社の飛行機です。原爆投下のイメージが『ノルウェイの森』の「ボーイング７４７」には重なっているのではないかと考えているのです。

▼影をもぎとられたみたいに奇妙に平面的

「ボーイング７４７」は五百五十を超える座席が装備可能という、一九七〇年代以降の大量輸送を支えたジャンボジェットで、効率性を追求した飛行機ですが、日本でも二〇一四年三月まで、四十年以上、運航されていました。

『羊をめぐる冒険』の中で「太った醜いおばさんに似てる」と女性に喩《たと》えられているのは、その愛称が「空の女王」とも呼ばれたことだからかと思います。

その「空の女王」を「太った醜いおばさんに似てる」と感じるという表現には、効率性を追求した大型飛行機であり、広島に原爆を投下した「エノラ・ゲイ」と同じ会社の飛行機という意味も込められているのでしょうか……。そのようにも感じられました。

紹介したように「首筋をしゃんとのばして空港ロビーを行ったり来たりしているパイロットやスチュワーデスは、彼女たちに影をもぎとられたみたいに奇妙に平面的にみえた」とありますが、ここにも原爆投下直後、高熱で、一瞬にして影をも、もぎとられてしまった被爆者たちの姿を受け取ってしまう私がいます。効率性の追求から個性を失い、奇妙に平面的にみえるパイロットやスチュワーデスたちというふうにも受け取れます。

『ノルウェイの森』の冒頭で、ハンブルク空港に着陸するボーイング747からは「BMWの広告板」が見えますが、BMWは第二次世界大戦中にドイツの戦闘機のエンジンを作っていたことがあります。だから「やれやれ、またドイツか、と僕は思った」のでしょう。ですから『羊をめぐる冒険』での愉快な「名づけ」を巡る「運転手」と「僕」の会話の中にも、村上春樹作品を貫く、このような「歴史意識」が反映しているのだと思います。

もちろん、戦争中は各国の航空機メーカーが、戦争のための飛行機を生産しているので、ボーイングやBMWばかりの問題ではないのですが。

▼ヒットラーや全体主義の問題への関心

村上春樹作品を貫く「歴史意識」の視点から考えると、「じゃあ目的性というのは名前にとっては二義的な要素なんだね?」「そうです。目的性だけなら番号で済みます。アウシュヴィッツでユダヤ人がやられたみたいにね」という「僕」と「運転手」の会話にも、変わらぬ「歴史意識」の反映を感じます。

『風の歌を聴け』の冒頭近く、「僕」が文章についての多くを学んだ、殆んど全部を学んだというべきかもしれない作家デレク・ハートフィールドが、一九三八年六月のある晴れた日曜日の朝、「右手にヒットラーの肖像画を抱え、左手に傘をさしたままエンパイア・ステート・ビルの屋上から飛び下り」て死んだことが記されていました。

このようにヒットラーや全体主義の問題への関心は、デビュー作以来続くものですが、「目的性だけなら番号で済みます。アウシュヴィッツでユダヤ人がやられたみたいにね」という言葉にも、名づけを巡る会話の中に、全体主義の問題を忘れぬ村上春樹の姿を見ることができると思うのです。

『騎士団長殺し』(二〇一七年)には「イデア」が「騎士団長」として形体化して登場しますが、その「騎士団長」「私」との会話の中で「$E = mc^2$」という概念は本来中立であるはずなのに、それは結果的に原子爆弾を生み出すことになった。そしてそれは広島と長崎に実際に投下された」ことが語られています。さらに、ナチス・ドイツによるオーストリア併合の話が出てきます。ナチズムも大きくなりすぎた「イデア」が人を支配する力を持つに至ったものであることが記されているのです。「原子力による爆弾」と「全体主義の問題」。この『騎士団長殺し』にも、変わらぬ一貫した「歴史意識」を持って書き続けてきた村上春樹の姿を受け取ることができると思うのです。

▼キリスト教的なものへの関心

今回『羊をめぐる冒険』を再読して伝わってきたものを、もう一つ加えておきたいと思います。それはキリスト教的なものへの村上春樹の関心の在り方です。

「いわし」という「猫」への名づけに対して、「僕」のガール・フレンドも「なんだか天地創造みたいね」と言っていました。

「猫」に「いわし」と名づけた「運転手」は、前回も紹介したように「クリスチャン」です。それを聞いて、「僕」は「クリスチャンであることと右翼の大物の運転手であることは矛盾しないのかな?」と問いかけていました。

このキリスト教的なものへの村上春樹の関心の在りようもデビュー作以来続くものかと思います。何しろ、群像新人文学賞に応募した際の作品名は『風の歌を聴け』ではなく、「ハッピー・バースデイ、/そして/ホワイト・クリスマス」(「Happy Birthday and White Christmas」)だったわけですから。

さらに『海辺のカフカ』にたくさんの魚が空から降ってくるシーンがありますが、その場面を巡るやりとりも興味深いものでした。東京都中野区のある一角にイワシとアジが空から降り注ぐのです。「何の前触れもなく、おおよそ2000匹に及ぶ数の魚が、雲のあいだからどっと落ちてきたのだ」と書かれていました。

映画『マグノリア』の最後に、空からたくさんのカエルが落ちてくる場面があり、『海辺のカフカ』が刊行された時、その関連の引用ではないかということが言われたりしました。

あまりにも、その関連への言及が多かったからかもしれませんが、「鰯とアジが降ってくることで「マグノリア」のシーンを思い出したという人が多いんだけど、空から生き物が降ってくるというのは、「マグノリア」以前から既に定型としてあったこと」「聖書からの引用でもありますし、また現実にも(不思議ですが)ちょくちょく起こっていることです」と同作刊行後の読者とのインターネットメールでの応答集『村上春樹編集長　少年カフカ』(二〇〇三年)で述べていました。きっと、村上春樹は『聖書』に詳しいのでしょう。今回、「鰯」との関連で、そんなことも思い出したのです。

106
再読、青い「トニー滝谷」
『村上T　僕の愛したTシャツたち』
2020.7

村上春樹の短編集『一人称単数』が七月十八日に刊行されました。小説作品の新作としては長編『騎士団長殺し』以来三年ぶり、短編集としては『女のいない男たち』以来六年ぶりの単行本です。

文芸誌「文學界」に「一人称単数」の通しタイトルをつけて、少しずつ発表してきた短編をまとめた本です。書籍化にあたり、表題作に相当するタイトルの作品が書き下ろしの形で加えられていて、全部で八作の短編が収録されています。早速、私も『一人称単数』を楽しみながら読みました。

ここで、この短編集を紹介することも考えましたが、でもまだ刊行された直後ですし、この短編集に収められたほとんどの作品について雑誌掲載時に紹介してきました。『一人称単数』については、次回の「村上春樹を読む」で取り上げてみたいと思います。

▼伝わるTシャツ愛

そして今回は、二〇二〇年六月に刊行された『村上T　僕の愛したTシャツたち』を紹介したいと思います。これは雑誌「ポパイ」の二〇一八年八月号から二〇二〇年一月号に連載された十八のエッセイと、村上春樹のTシャツコレクションから百八枚のTシャツのカラー写真が収録されている本です。この本のためのTシャツを巡るインタビューも付いています。

私は、とても楽しく読みました。気になるTシャツの写真が載っているところから、バラバラに読み出して、気がつくと、一回半ぐらい読んでしまいました。読者たちにも好評で、版を重ねているようです。

雑誌「カーサ　ブルータス」の音楽特集でレコード・コレクションについてインタビューされた時に「そういえば、Tシャツのコレクションみたいなこともやってるんですよ」と話したことから始まった企画のようです。その言葉を逃さずに企画に結びつけた編集者にも感心しました。

「まえがき」として巻頭に置かれた「つい集まってしまうものたち」という文には次のようにあります。ちょっと長いですが、この本を書いた村上春樹の気分がよく伝わってくる言葉なので引用してみます。

とくに貴重なTシャツみたいなのがあるわけでもなく、芸術性がどうこうというのでもなく、ただ僕が個人的に気に入っている古いTシャツを広げて写真を撮って、それについて短い文章をつける——というだけのもので、こんな本が誰かの何かのお役に立つとも思えないのだが（ましてや

日本が直面している現今の諸問題を解決する一助になるとも思えないのだが）、20世紀後半から21世紀前半にかけて、一人の小説家がこういう簡易な衣服を日常的に身にまとって、まずまず気楽に生活を送っていたということを示す、後世のためのひとつの風俗資料としての意味はあるかもしれない。ぜんぜんないかもしれない。まあ、僕としてはどっちでもいいんだけど、このささやかなコレクションをそれなりに楽しんでいただければと思います。

この一文の文体からも伝わってきますが、全文から村上春樹のTシャツ愛が読む者に、よく伝わってきます。何より、村上春樹も楽しそうで、村上春樹自身がこの連載を十分楽しみながら書いてきたことが、読む者に伝わってきて、それが心を弾ませるのです。

レコードのコレクション中毒である（「病気」という自己認識もあるようですが）村上春樹らしくレコードがプリントされたTシャツもありますし、ビール関係のTシャツ、マラソン関係のTシャツもあります。村上春樹作品がTシャツとなったものも多くあります（ただし、こういうものは、本人は着られないようですが）。フォルクスワーゲンのTシャツたちもあります。村上春樹が言うように、確かにTシャツに限って言えば、フォルクスワーゲンのTシャツはなかなかいい線をいっていると思いました。

名古屋名物のみそかつ店、矢場とんのショップTシャツも楽しいです。作家ポール・セローにもらったメキシコ製のトランプTシャツにはスペイン語で〝ドナルドはアホだ〟とあります。

インタビュー時にはなぜかちゃんとしたシャツを着ていたようですが、シャツの下にはTシャツを着ていて、それは吉本ばななさんにもらったものだそうです。村上春樹がハワイ大学にいる時に突然、吉本ばななさんが訪ねてきて、「お土産です」と言われてもらったもので、なかなか着やすいのでよく着ているそうです。

▼いったいどんな人なのだろう？

Tシャツのコレクションを通して、村上春樹の金銭感覚も伝わってきます。「1ドル99だと、大抵のものは買っちゃえと思って買うんだけれど、3ドル99は、ものによってはちょっとオーバープライスだと思うんですよね」とTシャツの購入価格幅について述べています。

レコード蒐集についても「レコードでも50ドル以上は出さないとおっしゃってましたよね」というインタビュアーの質問に「うん、そうですね、ゲームだから。ルールを作らないとゲームにならないですよね？　何でもお金を出しゃいいんだろうみたいな感じになってくるとつまらないです」と答えているのです。

そして、これらのTシャツコレクションの中で、村上春樹がいちばん大事にしているものは、それは、やはり「T

ONY TAKITANI」Tシャツだそうです。

村上春樹はハワイ・マウイ島の田舎町のスリフト・ショップ（安売りの古物ショップ）で、このTシャツを見つけ、1ドルくらいで買ったそうです。

そして「トニー滝谷とはいったいどんな人なのだろう?」と考え、勝手に想像力を巡らせ、彼を主人公にした短編小説を書いて、それは映画にまでなった。たった1ドルですよ! 僕が人生においておこなったあらゆる投資の中で、それは間違いなく最良のものだったと言えるだろう。

と村上春樹は書いています。

映画は市川準監督で、トニー滝谷と父親の滝谷省三郎をイッセー尾形さんが二役、トニー滝谷の妻とアルバイトに応募してくる女性を宮沢りえさんが二役で演じました。イッセー尾形さんは村上春樹作品のファンだそうです。宮沢りえさんが美しかったですね。

▼名づけ親はアメリカ軍の少佐

今回、この本を読んでから、「トニー滝谷」を読み返しました。そして「トニー滝谷」という短編がまた新しい姿をもって、自分に迫ってきたのです。

「トニー滝谷」は短編集『レキシントンの幽霊』（一九九六年）に収録された短編です。そのストーリーを紹介すると、こんなことです。

「トニー滝谷」は本名で、両親もれっきとした日本人でした。父親の滝谷省三郎は、戦前から少しは知られたジャズトロンボーン奏者で、中国に渡り、戦争中も彼は戦争とは関係ないような感じで暮らしていました。

省三郎が、帰国したのは昭和二十一（一九四六）年春。帰ってみると、東京の実家は前年三月の東京大空襲で焼け落ちて、両親はその時に亡くなっていました。兄はビルマの戦線で行方不明のまま。つまり滝谷省三郎はまったくの天涯孤独の身になったわけですが、彼はそのことをそれほど悲しいとも切ないとも感じなかったし、とくにショックも受けなかったようです。

そして、トニー滝谷の方の話です。省三郎は昭和二十二年に、母方の遠縁にあたる女性と出会い、一緒に暮らすようになります。

「滝谷省三郎がどれほど妻のことを愛していたのか、トニー滝谷にはわからない。綺麗で物静かな娘だったが、体があまり丈夫ではなかった、と父親は言った」とあります。そして結婚した翌年には男の子が生まれました。トニー滝谷です。でも子供が生まれた三日後に母親は死んでしまいます。

妻の死後、省三郎は一週間、ほとんど何ひとつものを考えずに過ごしました。病院に預けっぱなしになった子供のことさえ思い出さなかったくらいでした。

そんな省三郎を親身になって慰めてくれたのがアメリカ軍の「少佐」でした。彼らは毎日のように二人で基地のバーで酒を飲みましたが、少佐は「いいかお前はもっとしっかりしなくちゃならんぞ、何があっても子供だけはきちんと育てるんだぞ」と省三郎に強く言ったのです。

そして、少佐はふと思いついたように「もしよかったら自分がその子供の名付け親になってやろうと申し出た」のです。

▼悪くないじゃないか

ここまでの紹介でも物語のほんのとば口ですが、私が新しい興味を抱いて、この短編を読み出したことについて、一つ二つ、そのポイントを述べておきたいと思います。

「もしよかったら自分がその子供の名付け親になってやろうと申し出た」というのは、前回に書いた『羊をめぐる冒険』(一九八二年)で「先生」の「運転手」が、名前の無い「猫」について「どうでしょう、私が勝手に名前をつけちゃっていいでしょうか?」と申し出るのと同じですね。

それに対して、『羊をめぐる冒険』の「僕」は「全然構わないよ」と応えています。すると「いいわしなんてどうでしょう?」と「運転手」が提案するのです。

「トニー滝谷」ではアメリカ軍の少佐が「自分のファースト・ネームであるトニーという名前をその子につければいい」と言います。「トニー」という名前はどう考えても日本の子供の名前としてふさわしいものではなかったけれど、それがふさわしい名前かどうかなどという疑問は、少佐の頭には一瞬たりとも浮かばなかったようです。

『羊をめぐる冒険』の「運転手」の提案に「僕」は「悪くないな」と同意していますが、「トニー滝谷」の省三郎も「滝谷トニー、悪くないじゃないか」と思います。「これからはしばらくアメリカの時代が続くだろうし、息子にアメリカ風の名前をつけておくのも何かと便利であるかもしれない」と思うのです。このように「トニー滝谷」も「名づけ」への村上春樹のこだわりが反映した作品です。

そしてもちろん、息子のトニー滝谷から見た父・省三郎の姿も述べられています。今年刊行されて版を重ねている『猫を棄てる　父親について語るとき』(二〇二〇年)で、村上春樹と父親の関係が述べられていますが、この「トニー滝谷」も息子と父親の関係が描かれているのです。

▼「こんなに沢山の高価な服が必要なんだろうか」

さてさて、物語としての「トニー滝谷」は、まだこれからです。

父親の省三郎は、息子のトニー滝谷を育てることに興味がなく、息子を家政婦に預けて、食事の世話などをさせていました。孤独を抱えて育ったトニー滝谷は、絵を描くのが好きで、美術大学に進んで絵を学び、クラスメイトたちが「思想性のある」絵を描くことに熱心な中、「黙々と精密でメカニカルな絵」を描き続けました。
しかしいったん大学を卒業すると、周囲の事情はがらりと変わって、その極めて実戦的な技術と、現実的な有用性のおかげで、トニー滝谷はひっぱりだこのイラストレーターとなるのです。自動車雑誌の表紙の絵から、広告のイラストまで、彼はメカニズムに関する仕事なら何でも引き受けて、ちょっとした資産家にもなります。

そのトニー滝谷の前に魅力的な娘が登場します。

ある時、トニー滝谷のところにイラストを受け取りにきた若い娘の服の着こなしの美しさに感動して、その十五歳も年下の娘に恋をし、結婚して、平和な日々が訪れるのです。「トニー滝谷の人生の孤独な時期は終了した」と記されています。

でも、妻には一つだけ懸念されることがありました。それは「妻があまりにも多く服を買いすぎること」でした。「洋服を目の前にすると、彼女はまったくと言っていいくらい抑制がきかなくなってしまった。一瞬にして顔つきが変わり、声まで変わってしまった」のです。

特に新婚旅行でヨーロッパに行ったときには、妻は朝から晩まで憑《つ》かれたようにブティックを回り、ヴァレンティノ、ミッソーニ、サン・ローラン、ジヴァンシー、フェラガモ、アルマーニ、セルッティー、ジャン・フランコ・フエレ……、彼女はただ魅せられたような目つきでかたっぱしから洋服を買いまくるのです。

ついにトニー滝谷は「少し服を買うのを控えたらどうだろう」「こんなに沢山の高価な服が必要なんだろうか」と妻に告げるのです。

それに対して、妻はしばらく考えていました。「あなたの言うとおりだと思う、こんなに沢山の服は不必要だと思う、それは私にもよくわかっているのよ、でもわかっていてもどうしようもないの、と彼女は言った。目の前に綺麗な服があると、私はそれを買わないわけにいかないの。必要だとか不必要だとか、数が多いだとか少ないだとか、そんなことは問題ではなくなってしまうのよ」と言います。

それでも妻は、何とか、その状態を抜け出そうとし、行きつけのブティックに電話をかけて、十日前に買ったばかりでまだ袖を通していないコートとワンピースを返品できないだろうかと店長に伝えて、服を返しに行くのです。

そして、ブティックに車で服を返しに行った帰途、交差点で黄色の信号を無理に突っ切ろうとした大型トラックが彼女の運転する車にぶつかって、妻は亡くなってしまいます。

▼涙はあとからあとから出てきた

また「独り」となったトニーは、死んだ妻が残した大量の衣服を着てくれる、妻と体型の似た女性をアルバイトとして雇おうとします。

応募していた女性が、服のサイズを試してみるために衣装室に入り、服を何着か試しに着てみます。靴も履いてみましたが、服も靴も、まるで彼女のために作られたみたいにぴったりとサイズが合いました。

　彼女はそんな服をひとつひとつ手に取って眺め、指先で撫で、匂いを嗅いでみました。そして何百着という美しい服がそこにずらりとならんでいる服をみていると、

やがて彼女の目に涙が浮かんできた。泣かないわけにはいかなかったのだ。涙はあとからあとから出てきた。彼女はそれを押しとどめることができなかった。彼女は死んだ女の残した服を身にまとったまま、声を殺してじっとむせび泣いていた。


と書かれています。

　しばらくあとでトニー滝谷が様子を見にやってきて、どうして泣いているのかと彼女に尋ねます。「わかりません」と彼女は首を振って答え、「これまでこんなに沢山の綺麗な服を見たことがないので、それでたぶん混乱しちゃったんです、すみません、と女は言った。そして涙をハンカチで拭いた」のです。

　このアルバイトに応募してきた娘が、独り嗚咽する場面が、とても印象的です。

　長々、物語を紹介してきて、未読の読者にはもうしわけなく思います。ただし、この「トニー滝谷」という作品は、どれだけ詳しく紹介しても、作品の幅や深さが尽きることがありません。一つの読みとしての紹介はできますが、それはあくまで一つの読みに過ぎなくて、別のたくさんの読みを成立させる作品です。つまり名作短編だと言えます。これから記すことも、私の読みの一つです。

　嗚咽したアルバイト応募の娘が帰った後、トニー滝谷は、かつて妻が着ていた服を見て「生命の根を失って一刻一刻とひからびていくみすぼらしい影の群れに過ぎなかった」ことを感じ、「自分が今ではそんな服を憎んでいることにふと気づいた」りもします。

　そして、アルバイトに応募してきた女の子の家に電話をして「この仕事の話は忘れてほしい」と告げるのです。

　トニー滝谷は、古着屋を呼んで、妻の残していった服を全部引き取らせて、衣装室をからっぽにします。そして妻の死んだ二年後に滝谷省三郎が肝臓の癌で死にます。

　後に残されたものは形見の楽器と、古いジャズ・レコードの膨大なコレクションくらいでした。それらのレコードを宅配便会社の段ボール箱に入れたまま、からっぽの衣装室の床に積み上げておきましたが、一年後、そんなレコードの山を家の中に抱え込んでいることがだんだん煩わしくなってきて、トニー滝谷は中古レコード屋を呼んで売り払ってしまいます。

　「レコードの山がすっかり消えてしまうと、トニー滝谷は今度こそ本当にひとりぼっちになった」という言葉で、

「トニー滝谷」は終わっています。

▼「歴史」の問題の中で

さて、この小説をどのように受け取るのか。トニー滝谷の妻の、衣服への自分でも止められない衝動買い（衣装買い中毒）の心理と、妻の服のサイズと同じ女性を雇おうとするトニー滝谷の心理の側から、読んでいくという読み方があると思いますが、でも今回の再読で、「歴史」の問題の中での「トニー滝谷」という作品が自分に迫ってきました。その点から、「トニー滝谷」について考えてみたいと思います。

この「トニー滝谷」には『レキシントンの幽霊』に収録された版とは別にショート・バージョンがあります。雑誌「文藝春秋」の一九九〇年六月号に掲載されたものです。この短い版が最初に発表され、そのロング・バージョンが『村上春樹全作品　1979-1989』⑧（一九九一年）に収録され、その長い版を少し手直ししたものが『レキシントンの幽霊』に収録されたという経過です。

そして、短い版と長い版の大きな違いは、トニー滝谷の父親・滝谷省三郎が中国に渡った経緯と時期、場所の差異ではないかと思います。

最初に発表された短い版では、省三郎は「戦争の始まる三年前に、ちょっとした面倒を起こして東京を離れなくてはならなくなり、どうせ離れるならということで中国にわたった。そして日中戦争から真珠湾攻撃、そして原爆投下へと到る戦乱激動の時代を、上海や大連のナイトクラブで気楽にトロンボーンを吹いて過ごした」とありました。

これが長い『レキシントンの幽霊』版では「太平洋戦争の始まる四年ばかり前に、女の絡んだ面倒を起こして東京を離れなくてはならなくなり、どうせ離れるならということで楽器ひとつを持って中国にわたった。その当時、長崎から一日船に乗れば上海に着いた」「揚子江を遡る船のデッキに立ち朝の光に輝く上海の優美な街並を目にしたときから、滝谷省二郎はこの街がすっかり気に入ってしまった。その光は彼にひどく明るい何かを約束しているように見えた。彼はそのとき二十一歳だった」とあります。

さらに「そのようなわけで、日中戦争から真珠湾攻撃、そして原爆投下へと到る戦乱激動の時代を、彼は上海のナイトクラブで気楽にトロンボーンを吹いて過ごした。戦争は彼とはまったく関係のないところで行われていた。要するに、滝谷省三郎は歴史に対する意志とか省察とかいったようなものをまったくといっていいほど持ち合わせない人間だったのだ。好きにトロンボーンが吹けて、まずまずの食事が一日に三度食べられて、女が何人かまわりにいれば、それ以上はとくに何も望まなかった」と加えられています。

▼一九三七年に中国へ行く

つまり最初に発表された短い版では「戦争の始まる三年

前」とあった省三郎の中国渡航の時期が、長い版では「太平洋戦争の始まる四年ばかり前」、つまり一九三七年に変更されています。一九三七年は盧溝橋事件をきっかけに日中戦争が起こった年です。上海へ日本軍が進撃して占領して事変を起こしていますし、南京事件が起きた年です。

その時に、省三郎は上海に渡ったのです。短い版では「戦乱激動の時代を、上海や大連のナイトクラブで気楽にトロンボーンを吹いて過ごした」とありますが、それも長い版では、省三郎の行動は主に「上海」に限られていて「甘いそのトロンボーンの音色と、巨大にして活動的なそのペニスとによって、当時の上海の名物的存在にさえのしあがったのであった」と記されています。

上記したように、短い版にはない「要するに、滝谷省三郎は歴史に対する意志とか省察とかいったようなものをまったくといっていいほど持ち合わせない人間だったのだ」という言葉が書き込まれていて、戦争や歴史との関係をより、読者に意識させる表現となっているのです。

昭和二十一（一九四六）年の春、滝谷省三郎が日本に帰国した時、「彼はそのとき三十歳になっていた」ので、滝谷省三郎は一九一六（大正五）年生まれなのかもしれません。『猫を棄てる　父親について語るとき』によれば、村上春樹の父親は一九一七年、京都生まれなので、一年違い。もちろん滝谷省三郎とはまったく異なる人物像ですし、村上春樹の父親と滝谷省三郎を重ねて読む必要はありませんが、でもほぼ同年代の青年として、滝谷省三郎と村上春樹の父親は、戦争の中を生きて、戦後の日本を生きた一人だと言えます。

その滝谷省三郎の息子が、トニー滝谷です。省三郎は昭和二十二（一九四七）年に結婚。「翌年には男の子が生まれた」とありますので、トニー滝谷は昭和二十三（一九四八）年生まれです。昭和二十四（一九四九）年生まれの村上春樹と一年違いですが、やはりほぼ同年代と言えます。

▼大切な何かが足りない

トニー滝谷は美術大学で「まわりの青年たちが悩み、模索し、苦しんでいるあいだ、彼は何も考えることなく黙々と精密でメカニカルな絵を描き続けた。それは青年たちが権威や体制に対して切実に暴力的に反抗していた時代であったから、彼の描く極めて実際的な絵を評価するような人間は周囲にほとんど存在しなかった。美術大学の教師たちは彼の描いた絵を見ると苦笑した。クラスメイトたちはその無思想性を批判した。しかしトニー滝谷にはクラスメイトたちの描く「思想性のある」絵のどこに価値があるのかさっぱり理解できなかった。彼の目から見れば、それらはただ未熟で醜く、不正確なだけだった」と記されています。私も村上春樹と同年なので、ここで記されたことはよくわかります。

特に、母一人、子一人の母子家庭の貧しい家で、私が育ったためもあるかもしれませんし、個人的な資質の問題かもしれませんが、同世代の人たちの過剰な「思想性」についていけない部分もありました。

でも、一方で「何も考えることなく黙々と精密でメカニカルな絵を描き続けた」トニー滝谷のような価値観だけでは〈大切な何かが足りない〉ということも強く感じて学生時代を過ごしていました。

たとえ、彼らの「思想性」が未熟で醜く、不正確なだけであっても、青年たちが権威や体制に対して切実に反抗していた時代とその後の時代への生き方として、トニー滝谷のような在り方では〈大切な何かが足りない〉のです。

例えば、省三郎は同時代の青年たちが戦争にかりだされて、兵士として生きた時代の中を、トロンボーンとまずまずの食事と、何人かの女とともに過ごしました。

では「まわりの青年たちが悩み、模索し、苦しんでいるあいだ」「何も考えることなく黙々と精密でメカニカルな絵を描き続けた」トニー滝谷は「歴史に対する意志とか省察とかいったようなもの」を十分に持ち合わせている人間だと言えるでしょうか……。

▼「青」「ブルー」へのこだわり

何が足りないのか。それは人間というものに対する本当の認識と、その時代を生きる「歴史」というものへの認識だと思います。

村上春樹が「歴史意識」のことを書いていると思えるのは、トニー滝谷の妻が死ぬ場面とその直後の場面です。この妻が亡くなる場面や妻の代理のような服のサイズが同型の女性が登場する場面は、「青」の色に満ちています。

妻はいったん購入したコートとワンピースを車に積んで返しに行くのですが、ブティックは「青山」にあるようです。

交差点の一番前に停まって信号を待っているあいだ、彼女はずっとそのコートとワンピースのことを考えていました。それがどんな色をしてどんな恰好をしていたか、どんな手触りだったか、彼女ははっきりと記憶していて、それゆえに、額に汗が浮かんでくるのが感じられ、ハンドルの上に両肘をついたまま、大きく息を吸い込み、目を閉じ、目を開けたとき、信号が「青」に変わるのが見えて、はじかれたように思い切りアクセルを踏みこんで死んでいくのです。

その彼女の運転する車は「ブルー」のルノー・サンクと記されています。妻は「246号線を通ってそのまままっすぐ家に」帰る途中で事故に遭っていますが、国道246号線の東京都千代田区から渋谷区までの区間の通称は「青山通り」です。妻は「青山通り」で死んでいるのです。

さらに、トニー滝谷は、残された妻の服を着てもらうために妻の体型に近い女性を選ぶわけですが、その面接場所である彼の仕事場兼事務所は「南青山」にあります。そして、選ばれた「これといって特徴のない顔をした二十代半ばの女」は「飾り気のない白いブラウスを着て、ブルーのタイト・スカートをはいていた」と書かれています。面接が終わって、家に帰った彼女は面接のために着ていた服を脱いでハンガーにかけて「ブルージーンズとトレーナーシャツ」に着替えています。

ここには、明らかに「青」「ブルー」への村上春樹の意識的なこだわりが表れています。

▼「青山」で聞く「満州」の話

その村上春樹のこだわる「青」は、私は「歴史」について述べる際に使われる色ではないかと考えていて、何度か、本書の中で書いてきました。

一例を挙げると、『ねじまき鳥クロニクル』（一九九四、九五年）の第3部に赤坂ナツメグという女性と「僕」が、彼女の「歴史」について話す場面があります。一九四五年八月十五日、つまり終戦の日を含む夏に、彼女とその家族に何があったのかを赤坂ナツメグが「僕」に語る場面です。

それを語るために、彼女はタクシーで、新宿西口から「青山」に移動しています。「彼女は僕を近くのイタリア料理店に連れていった」と書かれていますし、「僕らはいつも同じレストランで、同じテーブルをはさんで話をした」と記されています。その「青山」にあるレストランで、「僕」は赤坂ナツメグから、彼女の「満州」でのことなどを聴くのです。

ですから、この妻が事故で死に、妻と同じ体型の女性が応募してくる「青」と「ブルー」に彩られた場面は、村上春樹が日本の「歴史」について記している場面ではないかと、私は考えています。

なお、『ねじまき鳥クロニクル』の単行本の第1部の冒頭部には「僕」の家の近くに、トニー滝谷という有名なイラストレーターが住んでいることが書かれています。「非常に克明なメカニズムのイラストレーションを専門とする人物」で「先日交通事故で奥さんをなくして、一人でその大きな家に住んでいる」のです。でも『ねじまき鳥クロニクル』の文庫版では「滝谷さん」は近くに住んでいますが、それが「トニー滝谷」なのか、有名なイラストレーターなのかは、なぜか記されていません。

▼高度経済成長とバブル経済

さて「トニー滝谷」の妻の死と、よく似た体型の女性の登場を、日本の「歴史」との関係で考えてみると、「トニー滝谷」がどのように私に迫ってきたかということを記してみたいと思います。

作品にも記されているように、戦争と関係がないように生きた「滝谷省三郎は歴史に対する意志とか省察とかいったようなものをまったくといっていいほど持ち合わせない人間だった」ことは明らかです。では、トニー滝谷はどうでしょう。

「何も考えることなく黙々と精密でメカニカルな絵を描き

続けた」トニー滝谷は、戦後黙々と精密機器を作り続けて、高度経済成長というものを作った日本人と重なってくるように思えるのです。

近年は中国人の〈爆買い〉が話題となりますが、かつて日本人も、トニー滝谷の妻が新婚旅行で、高級衣装を買いまくったように、本当に自分に必要かどうかわからないものを、高級なブランドというだけで〈爆買い〉をしていた時代があります。そんな戦後日本人の「歴史」とも重なってくるのです。

紹介したように、トニー滝谷は一九四八（昭和二十三）年生まれです。妻が青山通りで死んだ後、アルバイトに応募してきた女性は二十二歳で、トニー滝谷とは十五歳違いとあるので、彼は三十七歳です。ですから「トニー滝谷」の妻が死んだ時代の設定は一九八五（昭和六十）年ぐらいの時代ということになるのかと思います。

バブル経済に入っていく、ほんの少し前の時代です。まだ円高の影響もあった時期ですので、単純には語ることができませんが、ショート・バージョンの「トニー滝谷」が発表された一九九〇年六月号の刊行される頃には、バブル経済の翳りも見え始め、ロング・バージョンが『村上春樹全作品　1979-1989』⑧に収録された、一九九一年七月には、バブル経済は崩壊しています。

そのように、戦後の日本経済や日本社会の在り方とぴったりと重ねて読むと、小説があまりに味気ないものになってしまいます。でも、そんな視点を持って、この「トニー滝谷」という作品を受け取ることにも少し意味があるように、私は感じるのです。

そして「トニー滝谷」という主人公の奇妙な名前、アメリカと日本が合体したような名づけにも、この小説と戦後日本社会の「歴史」との関係が反映しているように思えてくるのです。

▼ただただ単純に我慢ができなくなってしまう

『猫を棄てる　父親について語るとき』を読んだ方には、よくわかるかと思いますが、村上春樹には、父親の「歴史」を引き受け、自分の生きた世代の「歴史」を語ることに、一つの使命感のようなものがあると思います。一つの繋がった「歴史」です。それに繋がる問題意識も「トニー滝谷」という作品に感じます。

その父親との関係で、もう一つ興味深い場面が長い版の「トニー滝谷」にあります。妻と一緒に父親の演奏を聴きに行く場面です。それを聴いて「父親のプレイはとても滑らかで、品が良くて、スイートだった。それは芸術ではなかった。しかしそれは一流のプロの手によって巧妙に作りだされ、聴衆を心地良い気分にさせる音楽だった」と記されています。

これは、トニー滝谷の描くイラストレーションに対する自己批評とも受け取れますね。「何も考えることなく黙々と精密でメカニカルな絵」を描き続けたトニー滝谷の作品も「それは芸術ではなかった」わけですが、そのことを自覚して、別な世界・芸術の方にいく可能性がトニー滝谷にあるということでもあると考えています。つまりトニー滝谷は、妻と出会い、妻に恋をして、そういう力に目覚めているのではないかと思うのです。

　そして、その愛する妻について、こんな言葉が作中に記されています。


時には妻の顔さえうまく思い出せなくなることがあった。しかし彼はときどき、かつてその部屋の中で妻の残していった服を見て涙を流した見知らぬ女のことを思い出した。その女の特徴のない顔や、くたびれたエナメルの靴のことを思い出した。そして彼女の静かな嗚咽が記憶の中に蘇ってきた。


　愛する妻の顔は思い出せなくなり、名前も覚えていない女が泣き、涙する姿だけが忘れられないのです。

　これが、この作品の最も謎のような言葉かと思います。でも村上春樹作品で、登場人物が涙するところ、泣くところは最も重要な場面です。登場人物の成長が記されている場面です。人間の生きる力の根源に触れているところだと思います。

　トニー滝谷の妻は「何事にも節度というものをわきまえていた」人間でした。そういう人間が何かに「抑制がきかなくなって」しまうのです。「**ただただ単純に我慢ができなかった**」という状態になってしまうと書かれています。

　こんなことがあるでしょうか……。でも例えば日本人の姿を振り返ってみれば、こういう姿があります。「日本人はとても優しい」という特徴があります。それは多くの国の人たちが言うようなので、そうかもしれません。でも一方で、戦争中の行動を見れば、とても残酷にもなれるということだと思います。もちろん、戦争の中での行動は、なにも日本だけのことではないかと思いますが、同じ民族で、そういう「ある時、とても優しい。ある時、とても残酷」ということがあり得るということです。

▼本当の繋がりを求めて、ハッとして泣ける力

　節度があるだけでは、大切な何かが足りないのです。「抑制がきかなくなって」しまうのです。そんな状態にならないのには、この世にしっかり生きる核心のようなものと繋がっていなくていけないのだと思います。今回考えたように、しっかり「歴史」と繋がって生きることが必要なのだと思います。

　そしてもう一つ大切なことは、自分としっかり繋がっていないものを前にして、ハッとして、泣ける力だと思います。本来、それは、どんな人間にも根源的に具わっている力です。本当の繋がりを求めて、泣ける力です。

衣装室で静かに嗚咽する女の記憶だけが蘇ってくるということには、トニー滝谷が、その大切な根源的な力に目覚め始めていることではないかと考えています。もちろん、その根源的な力は、亡くなった妻にもあったはずのものです。静かに嗚咽する同じ体型の女は妻の霊魂、幽霊の魂が泣いているようにも受け取ることができると思います。

この作品の最後は「トニー滝谷は今度こそ本当にひとりぼっちになった」という言葉ですが、本当にひとりとなることは、本当に大切なものを知った者にしか訪れないことだと思います。作中、父親・滝谷省三郎は「本当にひとりぼっちになった」ことはない人間として在ると思いますが、トニー滝谷は父親とは異なる人間になれる可能性を抱いているということだと思います。

▼「私がトニー滝谷です」

『村上T　僕の愛したTシャツたち』を読むうちに「トニー滝谷」を再読して、こんなにたくさん同作のことを記すとは思っていませんでした。

でも「Tシャツ」という安価で簡易な衣服から、高級衣装を買いまくる女性のことを考えていくという村上春樹の発想に触れることができて、「トニー滝谷」をとても味わい深く読むことができました。

そして、この『村上T　僕の愛したTシャツたち』のカバーを外してみると、「TONY　TAKITANI」Tシャツが表紙になっています。本文の最初に登場するTシャツも「TONY　TAKITANI」Tシャツです。村上春樹にとって、このTシャツがいかに大切であるか、また「トニー滝谷」が、いかに大切な作品であるかを物語っているように感じます。

ちなみに、実際の「トニー滝谷」さんはハワイ州下院議員の民主党候補で、その選挙用に作ったTシャツだったそうです。「トニー滝谷」を含めた小説が出版され、英語に翻訳されて、「私がトニー滝谷です」という手紙を滝谷さんが村上春樹にくれたそうです。

滝谷さんは、その時は落選。でも今では弁護士として成功していて「今度一緒にゴルフやらないか」と言われたけれど、村上春樹はゴルフをやらないので会っていないようです。

最後に加えておきますと、中国文学者・藤井省三さんの『村上春樹のなかの中国』（二〇〇七年）という本の第1章に秀逸な「トニー滝谷」論があります。「トニー滝谷」という作品に興味を抱いている読者には、お勧めです。

今回、私が記したことの中に、同書から学んだことも含まれていることを記しておきたいと思います。

107 深く、広く、重層的な世界

新短編集『一人称単数』について①

2020.8

正直、まとまって読むのは素敵だなと思いました。短編集『一人称単数』（二〇二〇年）を読みました。小説の新刊は長編『騎士団長殺し』以来三年ぶり、短編集としては『女のいない男たち』以来六年ぶりです。この原稿を書いている二〇二〇年八月下旬で、刷りも重ねて二十四万部のベストセラーとなっているようです。みなさんも読まれましたか。

装丁に若い女性の姿が描かれて、その女性の奥に見える植え込みの中に、「ウィズ・ザ・ビートルズ With the Beatles」と思われるLPレコードのジャケットが置かれています。そしてカバーを外してみると、LPレコードはありますが、若い女性の姿はありません。そんなところから「ウィズ・ザ・ビートルズ With the Beatles」という作品を読んでみるのも、楽しみ方の一つとしてあるかと思います。

▼「僕」「ぼく」「私」の一人称

『一人称単数』の表題作は、書き下ろしですが、それ以外は文芸誌「文學界」の掲載時に読んでいましたし、収録された多くの作品を発表時に、本書でも取り上げてきました。でも一冊となった作品集を読んでみると、各回をその都度読んできた時とは、また別な作品像が私の前に現れてきたのです。

中には、「エッ、もしかしたら、そういうこと……?!」という読みも、私にやってきました。まとめて短編集として読むことの楽しみを存分に味わうことができたのです。そして新しい姿をもって迫ってきた作品にある感銘を受け、もう一度読み返してしまいました。「感銘」なんていうと、ステレオタイプな評言のような感じもありますので、どんな感銘だったか、私の個人的な読みを具体的に記してみたいと思います。

この短編集『一人称単数』の各作品は主人公が「僕」あるいは「ぼく」「私」で語っていく小説です。中には「『ヤクルト・スワローズ詩集』」のように、「僕」がその「詩集」の著者として「村上春樹、村上春樹、村上春樹……」とサインをする場面もあるので、「僕」「ぼく」「私」＝「村上春樹」という感覚で読んだ人も多いかと思います。

著者本人がそう書いているわけですから、どこかが村上春樹自身と重なるように読んでも仕方ないと思います。でも、どこまでが村上春樹と同じなのか、どこから村上春樹の実人生とは異なるか、そのあたりが読んでいてもわからないように書いてある短編集かと思います。

例えば「品川猿の告白」では、一人旅をしていた「僕」が群馬県のM＊温泉の小さな旅館で、年老いた猿と出会い、猿の告白を聴く話です。

宿の温泉に「僕」が一人入っていると、「猿」がガラス戸をがらがらと開けて風呂場に入ってきます。その猿が「お湯の具合はいかがでしょうか?」と話しかけてきて、「とても良いよ。ありがとう」と「僕」が答えると、「背中をお流ししましょうか?」と「猿」が言い、また「ありがとう」と「僕」は応じていく話です。

こういうことは「村上春樹作品」の中ではありうることですが、これを「僕」=実際にこの世を生きている「村上春樹自身」とぴったり重ねて読むということは難しいでしょう。

このように「村上春樹」と自分の詩集にサインする「僕」も含めて、「村上春樹作品」の中の「僕」「ぼく」「私」とは重なっていますが、私小説作家のように「作家」の実人生=『一人称単数』と読むことができないような短編集となっているのです。

▼たいへん奇妙な詩集

この短編集『一人称単数』には、好きな作品がたくさんありますが、今回は冒頭の「石のまくらに」の中で書かれる短歌と「「ヤクルト・スワローズ詩集」」の中で書かれる詩について考えてみたいと思います。

まず「「ヤクルト・スワローズ詩集」」の方から、紹介しましょう。村上春樹がヤクルト・スワローズのファンであることは有名ですが、この作品の中の「村上春樹」はヤクルト・スワローズの試合を一人外野席で見ながら、暇つぶしに詩のようなものをノートに書き留めていたそうです。それが昂じて、一九八二年、長編『羊をめぐる冒険』を刊行する直前に半ば自費出版の形で、五百部ほどの『ヤクルト・スワローズ詩集』という詩集を出したという話です。

その詩が作中、幾つか引用されながら、作品が描かれています。

村上春樹ファンからの「えっ、ヤクルト・スワローズへの詩も書いちゃうの!」という感嘆の声も聞こえてきそうな作品ですが、その詩集が実在したものなのか、創作なのかは脇に置いても、この詩集はたいへん奇妙な詩集です。

本書の「095」でも紹介しましたが、タイトルが『ヤクルト・スワローズ詩集』なのに、たいへん印象的に描かれている野球選手が阪神タイガースの「マイク・ラインバック」という外野手だったりします。「外野手のお尻」という詩では「阪神のラインバックのお尻は/均整が取れていて、自然な好感が持てる」と記されています。

その「外野手のお尻」という詩が引用される前には「僕は彼がいわば脇役として登場する詩をひとつ書いた。ラインバックは僕と同い年で、一九八九年にアメリカで交通事故で亡くなった。一九八九年には、僕はローマで生活し、長篇小説を書いていた。だからラインバックが三十九歳の若さで死んだことも、長いあいだ知らなかった。当たり前のことだけれど、イタリアの新聞では、阪神タイガースの元外野手の死は報じられない」とラインバックのことが長々と紹介されています。

ですから、どうしてもラインバックが「脇役」としては、この詩が読めないのです。

▼「お父さんに聞いてくれたらわかると思うけど」

さらに、次に引用される「海流の中の島」という詩は、甲子園球場のヤクルト・スワローズの応援席で、阪神＝ヤクルト戦を観戦したという詩です。

甲子園球場でのヤクルトの応援席は「だいたい五メートル四方ほどの／大きさしかなかったから。／そのまわりはそっくり全部／タイガース・ファン」で「海流の中の小さな島みたいに／真ん中に勇敢な旗を一本立てて。」ということから「海流の中の島」という詩のタイトルが付けられています。

このように甲子園球場と阪神タイガースのことが何度も描かれるのは、村上春樹の父親が熱心な阪神タイガース・ファンであったことと関係があると思います。

「僕の父親は筋金入りの阪神タイガース・ファンだった。僕が子供の頃、阪神タイガースが負けると、父親はいつもひどく不機嫌になった。顔つきまで変わった。酒が入ると、その傾向は更にひどくなった」と記されています。父親ばかりでなく、まわり中、阪神ファンの土地なので、村上春樹も「阪神タイガース友の会」に入っていたそうです。

村上春樹が九歳の時には、父親と二人で甲子園球場に行って、セントルイス・カージナルズが来日した際の試合を見に行ったことも書かれています。

そんなことが記されている短編なのですが、果たして、そういう村上春樹のヤクルト・スワローズへの愛と、父親の阪神タイガース・ファンぶりが書かれているのか……というと、一冊の本となった『一人称単数』で、この作品を読み返してみると、どうも少し異なることが記されているのではないかと思えてきたのです。

この短編の中には、村上春樹の母親のことも書かれていて、「母親の記憶が次第にあやふやになり、一人暮らしが覚束なくなってきたとき、僕は彼女の住まいを整理するために関西に帰った」そうです。

家の物入れは「わけのわからない何やかやが、常識では推し量れないほど大量に買い込まれていた」ようで、「大きな菓子箱の中にはぎっしりとカードが詰まって」いて、「ほとんどがテレフォン・カードで、中に阪神・阪急電車のプリペイド・カードも混じって」おり、どのカードにも阪神タイガースの選手の写真がついていたそうです。

でも、母親は自分が阪神タイガースの選手のテレフォン・カードを大量に購入したことを真っ向から否定。「そんなもの私が買うわけないやないの」と言い、「お父さんに聞いてくれたらわかると思うけど」と言います。

「僕」は「そう言われても困る。父親はもう三年前に死んでいるのだから」と書いています。

▼世界の状況の中の日本、「海流の中の島」

村上春樹はエルサレム賞の受賞挨拶「壁と卵」（二〇〇九年二月）の中で「私の父は昨年の夏に九十歳で亡《な》くなりました」と述べています。その「三年後」の母親とのやり取りなので、これは東日本大震災があった二〇一一年のことです。

「常識では推し量れないほど大量に買い込まれていた」ものには、東日本大震災で顕わになった戦後日本の姿が込められてもいるのかもしれません。

阪神の外野手ラインバックが生まれた年、一九四九年は村上春樹の生年、私も同じ年ですが、ラインバックが亡くなった一九八九年はベルリンの壁が崩壊し、天安門事件が起き、日本で昭和天皇が亡くなった年でもあります。

ベルリンの壁崩壊後の世界の混乱を見れば、ベルリンの壁の崩壊と天安門事件は、その後の世界、今の世界と繋がっている大事件です。昭和の時代には、日本は中国やアジア、アメリカとの戦争など、第二次世界大戦に突入し、多くの人びとが亡くなりました。そして敗戦と、さらにその後の戦後復興や高度経済成長路線という激動の昭和時代が終わった年が一九八九年でした。

そのようなことが意識されて、ラインバックについての詳しいコメントがついた「外野手のお尻」という詩になっているのではないかと思いました。

こんな視点から読んでみると、「海流の中の島」という詩は「日本」のことを述べているのではないかと感じられてきたのです。

「海流の中の島」という言葉は、この詩の最後に少しだけ変形して「海流の中の小さな孤独な島で／僕の胸は静かにうずく。」と繰り返して記されています。

ここに、村上春樹の今の世界や日本への危機感のようなものが、静かに記されているような気がするのです。

「海流の中の島」という詩を生んだ甲子園球場での阪神＝ヤクルト戦ですが、そのときは野村克也監督時代で「古田や池山や宮本や稲葉が元気いっぱい活躍していた時代だ（考えてみれば幸福な時代だった）。だからもちろんこの詩はオリジナルの『ヤクルト・スワローズ詩集』には収録されていない。その詩集が出版されたあと、ずいぶん経ってから書かれたものだ」とあります。

古田、池山、宮本、稲葉は記されていますが、一九九四年末にFA宣言して、読売ジャイアンツに移籍した「広沢」の名前が挙げられていないので、「海流の中の島」は阪神大震災があった一九九五年以降の甲子園球場での阪神＝ヤクルト戦ではないかなと思います。

▼誰の目にも見えることは、それほど重要じゃない

私が、この「海流の中の島」という詩と阪神大震災を関

係づけて考えてしまうのは、この詩の中に、ヤクルトの応援席のまわりは全部、阪神タイガースのファンで埋められていることについて、次のように記されているからです。

ジョン・フォード監督の映画
『アパッチ砦』を思い出す。
頑迷なヘンリー・フォンダの率いる
小規模の騎兵隊が、大地を埋め尽くす
インディアンの大軍に包囲されている。
絶体絶命というか、

このようにあって、そして「海流の中の小さな島みたいに／真ん中に勇敢な旗を一本立てて。」と続いていくという連があるからです。

ジョン・フォード監督の映画『アパッチ砦』のことが出てくる村上春樹の小説に「文學界」一九九五年十一月号に掲載された「めくらやなぎと、眠る女」(『レキシントンの幽霊』一九九六年)があります。これは「めくらやなぎと眠る女」(「文學界」一九八三年十二月号＝『螢・納屋を焼く・その他の短編』)という短編のショート・バージョンです。

長い版の「めくらやなぎと眠る女」を四割ほど削減した版で、作品の長短を便宜的に区別するためにタイトルに読点「、」が短い版に加えられています。

村上春樹は、阪神大震災があった年の夏、当時はめったに日本では行わなかった朗読会を神戸と芦屋で催しました。阪神大震災に見舞われた土地、自分が育った土地で、この作品をどうしても朗読したいと思ったが、朗読には少し長すぎるので、約八十枚の作品を四十五枚に短くしたのです。どうしても朗読したいと思ったのは、作品の舞台が阪神大震災に襲われたところだったからのようです。

その結果、長い版とは「少し違った流れと意味あいを持つ作品になったので、違う版として、あるいは違ったかたちの作品」として収録したことが『レキシントンの幽霊』の中の〈めくらやなぎのためのイントロダクション〉に記されています。

長い版と短い版の違いを紹介すると、少し長くなるので省きますが、その短い版、つまり阪神大震災があった一九九五年の夏に神戸・芦屋で朗読した「めくらやなぎと、眠る女」に、ジョン・フォード監督の映画『アパッチ砦』のことが出てくるのです。

その『アパッチ砦』のことが出てくる場面で「誰の目にも見えることは、それほど重要なことじゃないっていう意味なのかな……」という「僕」の言葉が記されています。この言葉も印象的な作品です。

その『アパッチ砦』のことが出てくる詩の最後が「海流の中の小さな孤独な島で／僕の胸は静かにうずく。」と結ばれているのです。いま「誰の目にも見えることは、それほど重要なことじゃない」。目には見えないものを見ている「僕の胸は静かにうずく」というふうに、この言葉が、私には響いていました。

これは、やはり「日本」という国のこと、「阪神大震災」についてのことを語っているのではないでしょうか……。さらに妄想をたくましくすると、「阪神タイガース」の頻出ぶりには「阪神大震災」のことも、その言葉の陰に反映しながら語られているのではないかと思えるのです。

このように『一人称単数』には「僕」や「ぼく」「私」で語られる村上春樹に近い人物が語る短編が並んでいますが、そこには直接は描かれないが、大きな時代の事件や、その後、今ある世界の姿を反映した作品集だと感じられたのです。

▼歌集「石のまくらに」と父親の従軍体験

さて、以上のような「「ヤクルト・スワローズ詩集」」に対する読みが私に訪れたのは、村上春樹が自分の父親の中国戦線への従軍体験などを書いた『猫を棄てる　父親について語るとき』（二〇二〇年）を何度か読み返したことからやってきたものでした。

『猫を棄てる　父親について語るとき』でも、父親の阪神タイガース好きは記されていますが、「「ヤクルト・スワローズ詩集」」では、父親の従軍体験は記されていません。

それなら、父親の従軍体験は『一人称単数』には記されていないのか……と思っているうちに、そうではないことに気がついたのです。父親の従軍体験は『一人称単数』の巻頭に置かれた「石のまくらに」の歌の中に書かれているように迫ってきたのです。

「石のまくらに」は、「僕」が大学二年生で、まだ二十歳にもなっていない頃、同じ職場で、同じ時期にアルバイトをしていた二十代半ばくらいの女性に関する思い出です。僕は、その女性とふとした成り行きで一夜を共にすることになったのです。その女性は短歌を作っていて、一週間後に『石のまくらに』というタイトルの「歌集」を送ってきます。

それは「印刷した紙を凧糸《たこいと》みたいなもので綴《と》じて、簡単な表紙をつけただけのとてもシンプルな冊子で、自費出版とさえ言いがたい」歌集です。「最初のページには28という番号が、ナンバリングのスタンプで捺《お》して」ありました。

「「ヤクルト・スワローズ詩集」」によると、村上春樹が出版したという『ヤクルト・スワローズ詩集』も「半ば自費出版」の「簡素な造本、ナンバー入りの五百部」とありますので、『石のまくらに』と『ヤクルト・スワローズ詩集』は対応性を持って『一人称単数』の中にある歌集と詩集だと思います。

▼「石のまくらに」と『猫を棄てる』

短編「石のまくらに」も「「ヤクルト・スワローズ詩集」」と同じように歌集『石のまくらに』を紹介しながら、作品が進んでいくのですが、それにはこんな歌があります。

石のまくら／に耳をあてて／聞こえるは
流される血の／音のなさ、なさ
やまかぜに／首刎《は》ねられて／ことばなく
あじさいの根もとに／六月の水
午後をとおし／この降りしきる／雨にまぎれ
名もなき斧が／たそがれを斬首
たち切るも／たち切られるも／石のまくら
うなじつければ／ほら、塵となる

この短編「石のまくらに」が発表された時点（「文學界」二〇一八年七月号）では、まだ『猫を棄てる　父親について語るとき』の元となった「猫を棄てる――父親について語るとき僕の語ること」（「文藝春秋」二〇一九年六月号）は発表されていませんでした。

「石のまくらに」を含めた三作が同時に発表された時、たいへん評判となり、評価も高くありました。私もとても興味深く読み、発売と同じ月に、このコラムで取り上げて、紹介しています。

でも、その後もずっと「石のまくらに」を『猫を棄てる　父親について語るとき』と関連づけて読んでいませんでした。

今回、一冊になった『一人称単数』を読み、その間に『猫を棄てる　父親について語るとき』も読み返す機会があり、エッと驚きました。

▼首を斬られて死ぬ、死者の歌

紹介した歌は、いずれも首を斬られて死ぬ、死者のイメージに満ちています。首を斬られた者はもちろん、首を斬った者も、既に死んでいるようです。

村上春樹が父親のことを書いた『猫を棄てる　父親について語るとき』で、最も核心となる部分は父親の中国戦線従軍体験ですし、父親が所属していた部隊が、捕虜にした中国兵を斬首したことを父親が村上春樹に語る場面です。

中国の問題は『風の歌を聴け』の登場人物が集まる「ジェイズ・バー」のバーテンのジェイが中国人であるように、村上春樹にとってデビュー以来の中心的な問題ですが、その「自分が父親から引き継いだ歴史」を『猫を棄てる　父親について語るとき』でしっかり書いたことが、作家として、たいへん立派なことだと私は思っています。

でも、今回『一人称単数』を読んで、小説の中でもしっかり書いているのを知って、刮目して、さらにもう一度読んだのです。

このように『一人称単数』という短編集は、実に深く、広い世界を描いているのですが、言葉を削れるだけ削って書いたような作品群となっています。その削ぎ落とした文章ゆえに、幾つもの読みが可能な短編集だとも言えます。「石のまくらに」に対して、今回書いた父親の中国体験と響き合うという読みではなく、また別な読みも、私の中にやってきました。機会があったら、その別な読みも紹介してみたいと思います。

村上春樹の父親が短詩型文学の俳句が好きで、句集も出していることなどから、「石のまくらに」の中で紹介される短詩型の短歌と歌集が作品の中で深く響いてきたこともあります。

『猫を棄てる　父親について語るとき』には「ちなみに村上千秋《ちあき》というのが父の名前だ」とありますが、歌集『石のまくらに』の歌人は「ちほ」という名前であることも、私の中の響きを増しています。

他にも、私の中で、エッと思うような読みの転換が訪れた作品が、いくつもあります。そのくらい深く、広く、重層的な世界を描いた作品集です。

108 「今」で繋がった短編集

『一人称単数』②

2020.9

『一人称単数』（二〇二〇年）は村上春樹によく似たような「私」や「僕」「ぼく」を語り手にした短編集ですが、それらの作品に必ず登場する「今」という言葉が印象に残る作品集です。「今」が貫かれた短編集だと思います。

冒頭の「石のまくらに」で「僕」が一夜を過ごすことになった「ちほ」という女の子は短歌を作っていて、のちに『石をまくらに』と題された歌集を「僕」に送ってきます。「僕は短歌についてはほとんど何も知らなかった（今だって同じくらい何も知らないのだけれど）」と、ここにも「今」が記されていますが、それに続いて「彼女のつくる短歌のいくつかは――具体的に言えばそのうちの八首ほどは――僕の心の奥に届く何かしらの要素を持ち合わせていた。／たとえばこういう歌があった」とあります。

そうやって、最初に紹介されるのが「今のとき／ときが今なら／この今を／ぬきさしならぬ／今とするしか」という歌です。

この歌が「僕の心の奥に届く何かしらの要素を持ち合わせていた」歌の例として最初に紹介されているのです。

▼「今が大切なときなんや」

続く「クリーム」の「ぼく」は「十代の頃のぼくは何かと面倒な問題を抱えて」おり、時たまストレス性過呼吸のようなパニック状態に陥り、身体が思い通りに動かなくなってしまいます。そのときも年に一度か二度くらい発作に襲われて「四阿のベンチの上で両目を固く閉じ、身をかがめ、そのブロック状態から解放されるのを」待っています。

そして気がつくと「ぼく」の前に「四阿の向かい側のベンチにいつの間にか一人の老人が腰掛けて、まっすぐこちらを見て」います。

その老人が「中心がいくつもある円や」、それを「しっかりと智恵をしぼって思い浮かべるのや」と言うのです。そして老人は「さあ、考えなさい」と言う。

「もう一回目をつぶってな、とっくり考えるんや。中心がいくつもあって、しかも外周を持たない円のことを。きみの頭はな、むずかしいことを考えるためにある。わからんことをなんとかわかるようにするためにある。へいへいなと怠けてたらあかんぞ」と話した後、「今が大事なときなんや。脳味噌と心が固められ、つくられていく時期やからな」と言うのです。

この「今が大事なときなんや」という言葉は「今だけが大事」ということではないでしょう。なにしろ「中心がいくつもある円や」「中心がいくつもあって、しかも外周を持たない円」というむずかしいことを考えるには「今が大事なときなんや」という時が何度も、いつも巡ってくるように感じます。この日の体験を「ぼく」は年下の友人に語っているのですから。「今のとき／ときが今なら／この今を／ぬきさしならぬ／今とするしか」ないのです。

▼僕は今、バードが登場する夢を見ているのだ

「チャーリー・パーカー・プレイズ・ボサノヴァ」は「僕」が大学生の頃、大学の文芸誌に書いた架空のレコード批評を巡る話です。チャーリー・パーカーが一九六〇年代まで生き延びて、ボサノヴァに興味を持ち、もしそれを演奏していたら……という想定で書いたものです。

この作品は後日談がいくつか書かれています。それからおおよそ十五年後、仕事でニューヨークに滞在しているときに、時間が余ったので、小さな中古レコード店に入ってみた「僕」は「Charlie Parker Plays Bossa Nova」というタイトルのレコードを見つけることになるのです。「僕」が勝手に書いた架空のレコード評なのに、そのレコードが存在していたのです。

さらに後日談ですが「僕」はチャーリー・パーカーの夢を見ます。「そのときの僕にはそれが夢であることがわかった――僕は今、バードが登場する夢を見ているのだ」とあります。バードはチャーリー・パーカーの愛称です。

そして夢に出てきたバードが「君は私に今一度の生命を与えてくれた」と語っています。「僕」も「あなたは僕に

礼を言うために、今日ここに現れたのですか？」と尋ねています。

「今一度」や「今日」は「今」という語と繫がったものでしょう。創作的な批評が形となり、現実となって、今、ぐるっと回って「僕」に帰ってきているのです。

▼「サヨコはいないよ、今」

続く「ウィズ・ザ・ビートルズ With the Beatles」と「ヤクルト・スワローズ詩集」にも「今」に関する記述が次のようにあります。

「ウィズ・ザ・ビートルズ With the Beatles」の「僕」は神戸の山の上にあるかなり規模の大きな公立高校に通っています。「僕」の初めてのガールフレンドとなったその彼女も、同じ高校に通う小柄でチャーミングな少女です。一九六五年の秋の終わり頃の日曜日、「僕」が彼女の家に迎えに行くと、なぜか彼女は留守で、家にいません。

この話の「今」も深い印象を残します。彼女のお兄さんが出てきて、「サヨコはいないよ、今」と言います。「うちには今、誰もおらんみたいや」と彼は言います。

少し、家で待たせてもらっても、ガールフレンドは帰ってきません。「僕」は、バッグの中に入っていた「現代国語」の副読本を読みながら待っていたのですが、ガールフレンドのお兄さんが「それ、ちょっと見せてくれ」と言うので、その本を渡すと、両手で本を持ってページをぱらぱらと繰って、「で、今はここのどれを読んでいたの？」と聞いてきます。

そのやりとりの中で、ガールフレンドのお兄さんは自分の記憶がそっくりどこかに飛んでしまう病を抱えていることを「僕」に話します。「ひゅっと記憶が途切れているときに、もしぼくが大きな金槌を持ちだして、誰か気に入らんやつの頭を思いきり叩いたりしたら、それは『困ったことでした』みたいな話では済まされんよな、ぜんぜん？」と言うのです。

そして「僕」はガールフレンドのそのお兄さんの要望で芥川龍之介の『歯車』を朗読してあげたりしています。

▼「そのことが今となってはとてもつらい」

このガールフレンドのお兄さんと再会したのは、それから十八年くらいあとのことでした。「僕は修理に出した腕時計を受け取るために、夕方前に渋谷の坂道を上がっていた」のですが、そのときすれ違った男に、背後から声をかけられます。

それがガールフレンドの兄でした。兄の話によると、サヨコは亡くなったそうです。二十六の時に勤めていた損保会社の同僚と結婚して、子供を二人産んだが、それから自ら命を絶ってしまいました。まだ三十二歳やったとお兄さんは話しています。

印象深い「今」が語られるのは、この後です。

ガールフレンドの兄は「サヨコが自殺するかもしれんなんて、一度として考えたことがなかった」「今ではサヨコに悪いことをした」「何かを少しでもわかってやることはできたはずや。あいつを死に導くことになった何かをな。そのことが今となってはとてもつらい」と言うのです。

その悔恨の記憶が強く兄には残っているということです。つまり、ガールフレンドの兄の記憶が飛ぶ病気のほうは克服されているということなのでしょう。

「君と会って話をした少しあとくらいからかな、それ以来記憶の喪失はもう一度も経験していない」「今はなんとか人並みにやってるよ」とガールフレンドの兄は話していますし、「君はどうしている？　ずっと東京に住んでいるのか？」と聞くので「今はいちおうものを書いて生活している」と「僕」はガールフレンドの兄に報告しています。

▼今となってみれば、ちょっとした寄り道のような

「「ヤクルト・スワローズ詩集」」では母親の「記憶」があやふやになり、一人暮らしが覚束なくなると、「僕」は母親の住まいの整理のために関西へ帰ります。プリペイド・カードが箱に詰まっていて、ほとんどが電話のプリペイド・カードでした。「やれやれ、今どきいったいどこでテレフォン・カードなんて使えばいいんだ？」と「僕」は漏らしています。

この「「ヤクルト・スワローズ詩集」」の最後は神宮球場でのビールを飲みながらの観戦。

「でもまあ、それはいい。小説のことを考えるのはやめよう。そろそろ今夜の試合が始まろうとしている。さあ、チームが勝つことを祈ろうではないか。そしてそれと同時に（密かに）、敗れることに備えようではないか」と終わっています。この「今どき」や「今夜」も「今」の一部だろうと思って読みました。

興味深かったのは「謝肉祭（Carnaval）」の「今」です。「謝肉祭」は異様に顔が醜い女性と知り合い、彼女の家にシューマンの名盤を聴きに通い、シューマンについて語るという小説です。

「謝肉祭」について「悪霊の仮面の下には天使の素顔があり、天使の仮面の下には悪霊の素顔がある。どちらか一方だけということはあり得ない。それが私たちなのよ。それがカルナヴァル。そしてシューマンは、人々のそのような複数の顔を同時に目にすることができた——仮面と素顔の両方を。なぜなら彼自身が魂を深く分裂させた人間だったから。仮面と素顔との息詰まる狭間に生きた人だったから」と村上春樹は記しています。

でも親しく一緒に音楽を楽しんでいた彼女がしばらくして、資金運用詐欺で逮捕されてしまいました。この作品の最後には「今となってみれば、ちょっとした寄り道のようなエピソードだ。もしそんなことが起こらなかったとしても、僕の人生は今ここにあるものとたぶんほとんど変わりなかっただろう。しかしそれらの記憶はあるとき、おそらくは遠く長い通路を抜けて、僕のもとを訪れる。そして僕の心を不思議なほどの強さで揺さぶることになる。森の木の葉を巻き上げ、薄《すすき》の野原を一様にひれ伏させ、家々の扉を激しく叩いてまわる、秋の終わりの夜の風のように」。

　この言葉に「記憶の力」というものを強く感じるのです。

▼僕には今のところわからない

「品川猿の告白」は、五年前、一人旅をしていた「僕」が、群馬県のＭ＊温泉の小さな旅館で出会った年老いた猿から、好きな人間の女性の名前を盗んで、その名前を自分だけのものにしてしまうという宿痾を持っている身の上話を聞く話です。猿が名前を盗むのは品川あたりです。

　そして、その話を聞いて「それから五年が経過した今、そのときノートブックに書き残した覚え書きを元に、こうして品川猿の話を書き起こしているのは、つい最近いささか気がかりな出来事に遭遇したからだ」そうです。

　自分の名前がわからなくなってしまった旅行雑誌の美しい女性編集者に出会ったからです。彼女は運転免許証をなくしてから、「どうしてか、自分の名前が思い出せなくなったんです」。旅行雑誌の美しい女性編集者とは、それ以来一度も会っていないので、だから彼女の名前がその後のような運命を辿ったか、「僕には今のところわからない」そうですが。

▼そして私は今ここにいる

　最後に置かれた表題作「一人称単数」も「今」の連発です。

　普段スーツに身を纏わない「私」が、その夜は数年前に買ったポール・スミスのダーク・ブルーのスーツに合わせたネクタイとシャツを選んで、それを着て良い春の宵に街に出てビルの地下にあるバーに行きます。

　二杯目のウォッカ・ギムレットを注文して、読書をしていると「失礼ですが」と女性に声を掛けられる。随分熱心に本を読んでいらっしゃるみたいだけれど、「そんなことをしていて、なにか愉しい？」と尋ねられる。少なからず悪意のある敵対意識の込められた言葉です。

　その女性が「ネクタイもそのスーツに今ひとつ雰囲気がそぐわない」というので、「洋服にずいぶん詳しいんですね」と言うと「今さら何を言ってるの？　そんなこと当たり前でしょう」という。

「私」は、自分が今夜こうしてスーツを着て、ネクタイを結んでいる理由を彼女に説明しようかとも思ったが、思い直してやめます。この「今ひとつ」「今さら」「今夜」も「今」のことでしょう。

　でも女性は「一度だけあるところでお目にかかったことはあるけれど」「でも私はあなたのお友だちの、お友だちなの」「あなたのその親しいお友だちは、というかかつて親しかった、お友だちは、今ではあなたのことをとても不愉快に思っているし、私も彼女と同じくらいあなたのことを不愉快に思っている」と、心当たりもないままに糾弾されるのです。

「三年前に、どこかの水辺であったことを。そこでご自分がどんなにひどいことをなさったかを。恥を知りなさい」と女性が言う。

心当たりのない「私」にしてみれば、どう考えても身に覚えのない不当な糾弾なので、反論すべきだったのだろうが、でもなぜかそれができない。「私はたぶん怖れていたのだと思う。実際の私ではない私が、三年前に「どこかの水辺」で、ある女性――おそらくは私の知らない誰か――に対してなしたおぞましい行為の内容が明らかになることを」と村上春樹は書いている。

ここにあるのは漠然たる違和感。そこには微妙なずれの意識がある。「自分というコンテントが、今ある容れ物にうまく合っていない」という感覚のようです。

「私のこれまでの人生には――たいていの人の人生がおそらくそうであるように――いくつかの大事な分岐点があった。右と左、どちらにでも行くことができた。そして私はそのたびに右を選んだり、左を選んだりした」「そして私は今ここにいる。ここにこうして、一人称単数の私として実在する。もしひとつでも違う方向を選んでいたら、この私はたぶんここにいなかったはずだ。でもこの鏡に映っているのはいったい誰なのだろう？」と「一人称単数」の「私」は考えている。

ここに「ちほ」の歌集『石をまくらに』の「今のとき／ときが今なら／この今を／ぬきさしならぬ／今とするしか」を置いてみると、どこか響き合うものを、私は感じるのです。「今まで」で繋がった「今」の短編集『一人称単数』だと思います。

109 惑星直列「四ツ谷」「阿佐ヶ谷」「渋谷」

『一人称単数』③

2020.10

村上春樹作品が好きな人たちと、年に何回か読書会のようなものをやっているのですが、自分以外の人たちと読むことの楽しさに触れています。他の人の読み方を示されて、自分の読みが更新されていくのです。

例えば、こんなことがありました。

数字の「四」は「死」を意味する数というのは、私（小山）の村上春樹作品を読む際の大きな仮説です。

▼行く先は四国と決めている

一例を示せば『海辺のカフカ』（二〇〇二年）の冒頭部に、主人公である「僕」は「行く先は四国と決めている。四国でなくてはならないという理由はない。でも地図帳を眺めていると、四国はなぜか僕が向かうべき土地であるように思える」という場面があります。同作は登場人物が「四国」高松の甲村記念図書館に結集する小説ですが、これは「僕」が単に「四国」へ旅をするのではなく、「四国・死国」（冥界、異界、霊界）を巡る物語だろうと考えています。

この「四」＝「死」について考えるようになったのは、『ノルウェイの森』（一九八七年）を読みかえしていた時です。『ノルウェイの森』には京都のサナトリウム「阿美寮」の森の中で首を吊って死んでしまう「直子」という女性が登場します。その「直子」の死後、「阿美寮」で「直子」と同室だった「レイコさん」という女性が、東京の「僕」のところまで訪ねてきて、二人が関係するのですが、その場面では「結局その夜我々は四回交った。四回の性交のあとで、レイコさんは僕の腕の中で目を閉じて深いため息をつき」と記されています。

このように「レイコさん」と交わった場面で「四回」が強調されて、繰り返し記されているのですが、この「四回」は「死回」「死界」のことではないかと思ったのです。「死の世界」のセックス、つまり「レイコさん」は死んだ「直子」の「レイコン（霊魂）」で、「霊子（レイコ）さん」ではないかと思っているのです。

▼地下と地上が交わる「四ツ谷駅」

その場面は『ノルウェイの森』の最終盤ですが、同作の序盤には「僕」と「直子」が中央線の電車の中で一年ぶりに偶然出会って、「四ツ谷」駅で降りて、駒込まで二人で歩く場面があります。『ノルウェイの森』は短編「螢」を長編化したものですが、「螢」でも「僕」と「彼女」が中央線の電車の中で半年ぶりに偶然出会って、「四ツ谷」駅で降りて歩く場面があります。

私は、これは「直子」が「冥界」「死（四）の世界」を象徴する女性だから「四ツ谷」駅で降りて歩き出すのだろうと考えています。このような考えを記しながら、村上春樹作品を巡る本をいくつか書いたこともあります。

そして、今年『ノルウェイの森』をテーマにする読書会を催していたら（Zoomを利用した会です）、ある参加者から〈「四ツ谷」は地下鉄が地上に出てくるという駅でもありますが、そういうことと「四ツ谷」で「直子」と「僕」が電車から降りて歩き出すことと関係がありますか？〉という指摘を受けました。

「エッ」と、正直、驚きました。そのような視点から「四ツ谷」について考えたことがなかったからです。でも考えてみれば、村上春樹作品の多くは地下の冥界（自分の心の闇の底）に降りていって、そこで自分の心の闇（異界・死者の世界）と対話をして、成長して、また地上の現実の世界に戻ってくるという物語となっています。

ですから「地下」の闇の世界と「地上」の現実の世界が接する場所「四ツ谷」、「地上」の現実の世界から、「地下」の闇の異界の世界へと侵入していく入り口としての「四ツ谷」というものを考えると、これはとても大切な指摘ではないかと思ったのです。

四ツ谷駅は地上を走る中央線の駅でもありますが、地下鉄・丸ノ内線の駅でもあります。丸ノ内線は地下鉄なのに、四ツ谷駅でいったん地上に出ます。つまり四ツ谷駅は「地下」と「地上」を繋ぐ駅でもあるということです。単なる「四」（死）で繋がる「四ツ谷」という意味だけではないのでは……という指摘です。

▼今日きみのところに泊めてもらえないかな？

そんな指摘に接した後、『一人称単数』（二〇二〇年）を読み返していましたら、「四ツ谷」が新しい形で自分に迫ってきたのです。

冒頭の短編「石のまくらに」にも「四ツ谷」が出てきます。この作品が雑誌「文學界」の二〇一八年七月号に「三つの短い話」の一編として発表された時にも、「四ツ谷」が「死」と結び付いた場所なのだろうということを指摘して、このコラムで紹介しています。

「石のまくらに」は「僕」が大学二年生で、まだ二十歳にもなっていない頃、同じ職場で、同じ時期にアルバイトをしていた二十代半ばくらいの女性に関する思い出です。「僕」は、その女性とふとした成り行きで一夜を共にすることになったのです。そのあと一度も顔を合わせていません。

その「石のまくらに」で、「僕」が一夜を共にする「彼女」と一緒に働いていたのは「四ツ谷駅」近くの大衆向けのイタリア料理店です。そして「僕」と「彼女」が関係するのは「彼女が十二月の半ばでその店を辞めること」になって、ある日、閉店後に何人かで近所の（つまり「四ツ谷」ということ）居酒屋に飲みに行った夜のことです。

この「四ツ谷」を数字の「四」＝「死」の側から捉えて

いたのですが、それが間違いだということではありません。二年前にも詳しく紹介したように、この作品には多くの「四」＝「死」に満ちています。

でも、短編集『一人称単数』としてまとまった作品群を読み返していたら「四ツ谷」の「谷」のほうが、新しく迫ってきたのです。

「石のまくらに」の「僕」は、その頃「阿佐ヶ谷」に住んでいて、彼女の住まいは「小金井」でした。「だから四ツ谷の駅から一緒に中央線快速に乗って帰った。座席は二人で並んで腰掛けていた。時刻はもう十一時を過ぎていた」とあります。

そして電車が「阿佐ヶ谷」に近づいて、「僕」が席を立って降りようとしたとき、彼女が「ねえ、もしよかったら、今日きみのところに泊めてもらえないかな？」と小さな声で言うのです。

「いいけど、どうして？」と「僕」が聞くと、「小金井までは遠いから」と「彼女」は言います。

そうやって「阿佐ヶ谷」の「僕」のアパートで、二人は関係しています。

東京の中央線沿線に住んだ経験がある人ならわかるかと思いますが、快速電車に乗って、しかも座席にも座れていたら、「阿佐ヶ谷」から「小金井」まで、それほど「遠い」かというと微妙ですね。

「僕」と関係したい「彼女」がその口実として述べているだけで、そんな「遠い」か「近い」などを考えるのは、野暮というものかもしれませんが、ともかく「四ツ谷」で出会った二人が「阿佐ヶ谷」で関係しているのです。

▼月光を受けて僕の腕に抱かれている

そして「僕」のアパートで、二人で缶ビールを飲んだ後、「当り前のように彼女は僕の目の前でするすると服を脱いで、あっという間に裸になり、布団に入った」とあります。『ノルウェイの森』でも、「僕」が京都の「阿美寮」を訪ねると、「直子」が月あかりの下、「僕」の前で、自分から裸になって完全な肉体を見せる幻想的な場面があります。「直子」がガウンのボタンを外して「虫が脱皮するときのように腰の方にガウンをするりと下ろして脱ぎ捨て、裸になった」のです。「やわらかな月の光に照らされた直子の体はまだ生まれおちて間のない新しい肉体のようにつややかで痛々しかった」とあります。

短編集『一人称単数』の「石のまくらに」でも「彼女」（「ちほ」という名前のようです）が送ってくれた歌集を読んだ「僕」は「あの夜に目にした彼女の身体を、僕は脳裏《のうり》にそのまま再現することができた」とあって、それは「月光を受けて僕の腕に抱かれている、艶《つや》やかな肌に包まれた彼女の身体だった」と書かれています。

両作に月光と艶やかな身体が共通して書かれているので、「石のまくらに」の「ちほ」という名の「彼女」は『ノルウェイの森』の「直子」と重なる女性として描かれているのでしょう。

▼「死」と近い「谷」

次のようなこともあります。

「阿美寮」の森の中で縊死してしまう「直子」は「死の世界」を象徴する女性ですが、「石のまくらに」の「彼女」によって「詠まれた歌の多くは――少なくともその歌集に収められていた短歌の多くは――疑いの余地なく、死のイメージを追い求めていた」と書かれています。

『ノルウェイの森』の「直子」は、「僕」の親友の「キズキ」の恋人でした。同作は「キズキ」の死後、「直子」と「僕」が関係する小説ですが、「石のまくらに」の「彼女」にも「好きな人」がいて、「僕」と関係している最中にも「大声で男の名前を呼ぼう」としています。「彼女」が呼んだ男は「キズキ」かもしれないですね。

そのようなことを考えさせる「四ツ谷」と「阿佐ヶ谷」なのですが、短編集としてまとめられた『一人称単数』を読んでいると、さらに「渋谷」も重要な場所として出てきます。

それは「ウィズ・ザ・ビートルズ With the Beatles」の「僕」が高校時代に付き合っていたガールフレンドの兄と再会する場所です。この作品が二〇一九年の「文學界」八月号に掲載された時、「渋谷」でガールフレンドの兄と再会したことの意味にも触れて、本書「094」で書いているので、詳しくは、それを読んでほしいのですが、その兄は、妹である「僕」の昔のガールフレンドの「死」を、三十五歳となった「僕」に「渋谷」で伝えています。

つまり「四ツ谷」「阿佐ヶ谷」「渋谷」が、まるで「惑星直列」のように並んで、迫ってきたのです。村上春樹作品の中の「谷」は、「死」と近いところ、「異界」と接するところとして描かれているのではないか……という思いです。

▼世田ヶ谷にある芝刈りサービス会社

読み返してみれば『ノルウェイの森』で、「四ツ谷」駅に降りた場面は「僕と直子は四ツ谷駅で電車を降りて、線路わきの土手を市ケ谷の方に向けて歩いていた」とあります。「螢」にも同様に二人が「四ツ谷」から「市ケ谷」方向に歩きだすことが記されています。

さらに、例えば、『1Q84』（二〇〇九、一〇年）の女主人公で殺し屋の「青豆」が作品冒頭、首都高速道路の非常階段を使って、「1984」年の「現実の世界」から「1Q84」年の「異界の世界」に入るのですが、その「1Q84」年の「異界」での最初の殺人を「渋谷」のホテルで行っています。

そして『アフターダーク』（二〇〇四年）の主人公・マリが一夜を明かすのも「渋谷」の街です。この作品の舞台となる「ラブホテル」の場所を「新宿」と読む人もいましたが、マリの家は横浜の「日吉の方」にあると書かれているので、普通に読めば「渋谷」ではないかと思っていました。でもそれだけでは、舞台が「渋谷」とは特定できません。

しかし深夜の「ラブホテル」で一夜を明かす、マリが自分の心の暗闇と接し、そこを通って成長する物語ですので、「四ツ谷」「阿佐ヶ谷」「渋谷」の「惑星直列」の中にある作品ではないかと思いました。

長年、気になっていた好きな作品のある部分についても、この延長線上に考えることができました。

それは「午後の最後の芝生」(「宝島」一九八二年九月号)で「僕」がアルバイトをしている芝刈り会社のことです。その会社は小田急線の経堂駅の近くにあります。そして最後の芝刈りのアルバイト先は読売ランド近くの丘の中腹にある家でした。

「やれやれ。なんだって神奈川県の人間が世田ヶ谷の芝刈りサービスを呼ばなきゃいけないんだ?」と「僕」は思います。

「なんだって」というようなことを村上春樹が記す際、多くの場合、その理由を読者に考えてほしいという意味が反映した部分だと思いますので、ちょっと気になっていました。

でもこれも「四ツ谷」「市ヶ谷」「阿佐ヶ谷」「渋谷」と、「世田ヶ谷」という「惑星直列」の中にある作品なのかな……と思えてきたのです。

「午後の最後の芝生」という作品も、芝を刈る家の中の「暗闇」(異界)に、「僕」が入って、そこでの体験から、自分がガールフレンドから振られてしまった理由に気がつき、成長して、その「暗闇」から出てくるという話です。

「世田ヶ谷」にある芝刈りサービスの会社は、その「異界の暗闇」への侵入の起点となる会社だとも言えます。だから「世田ヶ谷」という「谷」なのかなと思えてきたのです。

▼高低を意識した物語

このように考えながら、『一人称単数』として一冊にまとめられた作品群を読んでみると、その表題作「一人称単数」の「私」が春の宵、満月の夜、ビルの「地下」にあるバーに一人で飲みに行く話であることも、「地下」が「異界に近い」ゆえなのかなと思えてきます。

さらに「クリーム」という作品は、かつて同じ先生にピアノを習っていたことがある女の子から、その女性が出るピアノのリサイタルに誘われる話ですが、リサイタル会場は神戸の山の上にあるので、「ぼく」が坂をどんどん上がっていく場面があります。

「ウィズ・ザ・ビートルズ With the Beatles」には、ガールフレンドの兄に「僕」が芥川龍之介の『歯車』の中の「飛行機」を朗読してあげる場面があります。「飛行士は高空の空気ばかり吸っているから、だんだんこの地上の空気に耐えられんようになる……」。そんな「飛行機病」の話が出てくる作品です。

短編集『一人称単数』には、「四ツ谷」「阿佐ヶ谷」「渋谷」の「惑星直列」ばかりでなく、このように、高い土地、高い場所についての記述もあって、作品全体が高い空間・低い空間の中にある人間たちの物語となっていると思います。

さらに考えてみると、村上春樹の作品全体が、登場人物たちがいる場所の高低の位置を意識した物語なのかなと思えてきたのです。

110 「嫉妬深いってね、ときにすごくきついことなの」
『一人称単数』④

2020.11

一冊の短編集になった『一人称単数』(二〇二〇年)について、既に三回ほど、このコラムで記しています。収録された作品が文芸誌「文學界」に発表された時にも、ほとんどを取り上げて記してきたので、自分としては、このコラムで書くべきことは書いたかな……と思いながら単行本を手にしていると、〝これは何だろう……〟という思いがやってくるのです。正直、不思議です。

▼ビートルズのLPレコードを胸に抱える女の子

短編集『一人称単数』の表紙の装丁には、若い女性の姿が描かれて、その女性の奥に見える植え込みの中に、「ウィズ・ザ・ビートルズ」と思われるLPレコードのジャケットが置かれています。このLPレコードのジャケットが装丁に使われるということには、短編集中、同短編が大切な作品であることを示していると思います。でも、この「ウィズ・ザ・ビートルズ With the Beatles」という作品は、ある屈折を含んだ作品となっていると思います。〝これは何だろう……〟と考えさせることが多いのです。

「一人の女の子のことを――かつて少女であった一人の女性のことを――今でもよく覚えている。でも彼女の名前は知らない」と記される女の子が、この作品の冒頭部に出てきます。「僕にわかっているのは、彼女が僕と同じ高校に通っており、同じ歳で（僕と同学年を表す色のバッジを胸につけていた）、おそらくはビートルズの音楽を大事に考えていたということぐらいだ」という女の子です。

時は一九六四年。ビートルズ旋風が世界中を吹き荒れていた時代。秋の初め、彼女は高校の廊下を一人で足早に、スカートの裾を翻しながら、どこかに向けて急いでいます。

僕は古い校舎の長く薄暗い廊下で、彼女とすれ違った。我々二人の他にはそこには誰もいなかった。彼女は一枚のレコードをとても大事そうに胸に抱えていた。「ウィズ・ザ・ビートルズ」というLPレコードだ。ビートルズのメンバー四人のモノクロ写真がハーフシャドウであしらわれた、あの印象的なジャケットだ。そのレコードは僕の記憶の中では、米国盤でもなく日本国内盤でもなく、英国のオリジナル盤だ。なぜかそのことはとてもはっきりしている。

そのように記されたLPレコードのジャケットが、単行本の短編集『一人称単数』全体の表紙に反映し、使われているわけです。

彼女は美しい少女だった。少なくともそのときの僕の目には、彼女は素晴らしく美しい少女として映った。それほど背は高くない。真っ黒な髪は長く、脚が細く、素敵な匂いがした（いや、それは僕のただの思い込みなのかもしれない。匂いなんてまったくしなかったのかもしれない。でもとにかく僕にはそう思えたのだ。すれ違ったときにすごく素敵な匂いがしたみたいに）。僕はそのとき彼女に強く心を惹かれた――LP「ウィズ・ザ・ビートルズ」を胸にしっかりと抱えた、その名も知らない美しい少女に。

そのようにあるのですから、主人公「僕」は、この「美しい少女」と付き合うことになるのかと思うと、それが、そうではないのです。

「神戸の山の上にあるかなり規模の大きな公立の高校」（村上春樹の母校・神戸高校のことかと思われます）で、この少女を目にしたのは、そのときだけで、毎日、頻繁に廊下を歩いて行き来したようですが、以来、その少女にはあっていないようです。

そして、「僕」の「初めてのガールフレンドは、小柄でチャーミングな少女だった。その年の夏休み、僕は彼女と週に一度はデートをした」と、冒頭部の女の子とは別な女性と付き合うようになります。彼女は物語の中で「サヨコ」と呼ばれる女性です。

「ウィズ・ザ・ビートルズ With the Beatles」という短編の大きな部分は、このサヨコと、その兄とを巡る「僕」の物語です。この短編を読んでの最初の印象は「ウィズ・ザ・ビートルズ」のLPを抱えた女の子と、サヨコという女の子（この二人の女の子は同じ公立高校の生徒です）とが「ウィズ・ザ・ビートルズ With the Beatles」という短編の中で、どのような関係にあるのだろうか……という点でした。

▼ビートルズにもジャズにも関心がないサヨコ

サヨコはビートルズにも、ジャズにも関心がなく、好んで聴くのは、マントヴァーニ楽団やパーシー・フェイス楽団、ロジャー・ウィリアムズとか、アンディー・ウィリアムズ、ナット・キング・コールとか、その手の穏やかな、いうなれば中産階級的な音楽だった。そのように記されています。

そして彼女の家にいくと、そういうイージーリスニング音楽をかけてくれて、「僕」はサヨコと肉体的な愛の戯れを楽しんでいるようです。

もう一つ重要な謎は、僕と別れたサヨコが、後年、自死していることです。

その死は、東京・渋谷で偶然再会したサヨコの兄から伝えられるのです。「二十六のときに、勤めていた損保会社の同僚と結婚して、子供を二人産んだんやけど、それから自ら命を絶ってね。そのときまだ三十二歳やった」とサヨコの兄が話すのです。

「誰にもその原因がわからんのです。その時期、とくに悩んでいたり、落ち込んでいたり、そういう素振りも見えんかった。健康にも問題なく、夫婦仲も悪くなかったと思うし、子供も可愛がっていた。そして遺書みたいなものも、まったく残されてなかった」ということです。

さらに「医者からもらった睡眠薬を貯めておいて、それをまとめてそっくり飲んだんです。だから自殺は計画的なものやったんやな。最初から死ぬつもりで、半年くらいかけて薬をちょっとずつ貯めていた。ひょっと思いついて、その場で衝動的にやったことではない」とサヨコの兄は「僕」に語っています。

▼何かを少しでもわかってやることはできたはずや

この「ウィズ・ザ・ビートルズ With the Beatles」には、「僕」がサヨコの兄に乞われて、芥川龍之介の『歯車』を朗読する場面がありますが、サヨコが大量の睡眠薬を飲んで自殺したことには、芥川龍之介の死と響き合う面があるかもしれません。

「僕」のガールフレンドの兄は「サヨコが自殺するかもしれんなんて、一度として考えたことがなかった。世界中の人間がみんな揃って自殺したとしても、あいつ一人だけはしっかり生き残るやろうと、たかをくくっていた。幻滅やら心の闇やらを、一人で抱え込むタイプとはどうしても思えなかった。はっきり言って、考えの浅い女やと思っていた」と語っています。

さらに「今ではサヨコに悪いことをしたと、心の底から悔やんでるよ。ぼくにはあいつのことがよくわかってなかったのかもしれん。何ひとつあいつのことを理解してなかったのかもしれん。ぼくは自分のことで頭がいっぱいになっていたのかもしれん。所詮ぼくみたいなものの力では、妹の命を救うことはできなかったかもしれんけど、何かを少しでもわかってやることはできたはずや。あいつを死に導くことになった何かをな。そのことが今となってはとてもつらい。自分の傲慢さ、身勝手さを思い出すと、たまらんほど胸が痛む」とサヨコの兄は「僕」に話すのです。

このかつてのガールフレンドの「兄」の言葉は、そのまま「僕」の中に響いてくる言葉ではないかと思います。村上春樹の小説の登場人物は、ある意味ですべてが分身的な存在ですから、「僕」の心の中をサヨコの兄の語る言葉が領してくると考えてもいいのではないかと思うのです。

サヨコの兄は再会した「僕」との別れ際に「それから、こんなことを言われたらあるいは負担になるかもしれんけど、ぼくの意見をあえて言わせてもらえば、サヨコは君のことがいちばん好きやったんやと思う」と言います。

続いて「僕は何も言わなかった。僕のガールフレンドのお兄さんもそれ以上は何も言わなかった」とあります。

この「ウィズ・ザ・ビートルズ With the Beatles」という短編が、とても深いものを抱いて書かれていることが伝わってくる場面だと思います。

▼「嫉妬深いってね、ときにすごくきついことなの」

サヨコはなぜ死んだのでしょうか。サヨコの兄の最後の言葉によれば、「サヨコは君のことがいちばん好きやった」からだろうということかもしれません。

考えてみると、この作品の中では、「僕」のチャーミングなガールフレンドであるサヨコの心の内側を示すような言葉は、ほとんど記されていません。ただ一カ所だけこんな場面があります。

「ねえ、知ってる？」と高校生のサヨコが自分の家のソファの上で、僕に打ち明けるように小さな声で話し出します。「わたしって、すごく嫉妬深いの」とサヨコが言うのです。「ふうん」と「僕」は応えていますが、「それだけは知っておいてほしかったから」と言うサヨコに、「僕」は「いいよ」と答えています。

「嫉妬深いってね、ときにはすごくきついことなの」と、さらにサヨコは話しています。

続いて「僕は黙って彼女の髪を撫でた。でも嫉妬深いというのが何を意味するのか、それがどのようなところからやって来て、どのような結果を生み出すのか、当時の僕にはまだうまく想像がつかなかった。そんなことより、自分の気持ちのことでとにかく頭がいっぱいだったのだ」とあります。

再読すると、このサヨコとのやりとりの部分は、サヨコの兄の「何ひとつあいつのことを理解してなかったのかもしれん。ぼくは自分のことで頭がいっぱいになっていたのかもしれん」と対応した言葉ではないかと思います。

つまり、サヨコの自殺の原因は「嫉妬深い」ということなのかもしれません。「嫉妬深いってね、ときにすごくきついことなの」とサヨコが話しているわけですから。

「嫉妬深い」というのが何を意味するのか、それがどのようなところからやって来て、どのような結果を生み出すのか」と村上春樹は書いていますが、「嫉妬深い」ゆえに自死した女性を村上春樹作品の中に探してみれば、『東京奇譚集』(二〇〇五年)の中の短編「品川猿」に出てくる「松中優子」という女性がいます。

「品川猿」の語り手は「みずき」という女性です。「みずき」の実家は名古屋ですが、中学・高校時代、横浜の私立の中高一貫校で寮生活をしています。そして高校三年の時、松中優子という二年生が「みずき」の部屋を訪ねてきます。

その松中優子が「みずきさんはこれまで、嫉妬《しっと》の感情というものを経験したことがありますか?」と質問します。「みずき」は「ないと思うよ」と答えています。

▼「小さな地獄を抱え込んでいるようなものです」

その「嫉妬」の感情について「たとえばみずきさんが本当に好きな人が、みずきさんではない別の誰かのことを好きになったとか、たとえばみずきさんがどうしても手に入れたいと思っているものを、誰か別の人が簡単に手に入れてしまったとか、たとえばみずきさんが『こんなことができればいいのに』と願っていることを、ほかの誰かが軽々となんの苦労もなくやってのけるとか……そういうようなことで」と松中優子は「みずき」に説明しています。

これは対して「そういうことって、私にはなかったような気がする」と「みずき」は言っています。逆に「ユッコにはそういうことがあるの?」と尋ねると「いっぱいあります」と松中優子は答えています。

さらに松中優子は「嫉妬の気持ちというのは、現実的な、客観的な条件みたいなものとはあまり関係ないんじゃないかという気がするんです。つまり恵まれているから誰かに嫉妬しないとか、恵まれていないから嫉妬するとか、そういうことでもないんです。それは肉体における腫瘍《しゅよう》みたいに、私たちの知らないところで勝手に生まれて、理屈なんかは抜きで、おかまいなくどんどん広がっていきます。わかっていても押し止《とど》めようがないんです。幸福な人に腫瘍が生まれないとか、不幸な人には腫瘍が生まれやすいとか、そういうことってありませんよね。それと同じです」と述べています。

「嫉妬の感情を経験したことのない人に、それを説明するのはとてもむずかしいんです。ただひとつ言えるのは、そういう心とともに日々を送るのは、まったく楽ではないってことです。それは実際のところ、小さな地獄を抱え込んでいるようなものです。みずきさんにもしそういう気持ちを持った経験がないのだとしたら、それは感謝すべきことだと思います」と話しているのです。

そうやって、「みずき」に嫉妬の感情について話した松中優子が、その直後に「どこかの森の奥で剃刀《かみそり》で手首を切って、血だらけになって死んでいた」のです。

「何が理由で自殺をしたのか、誰にもわかりません。遺書らしきものも見つかりませんでしたし、思い当たる動機もまったくありませんでした」と書かれていますが、「みずき」だけは「彼女の抱えこんでいた深い嫉妬の感情が、自殺の原因であったかもしれない」と考えている話となっています。

▼「サヨコは君のことがいちばん好きやったんやと思う」

「ウィズ・ザ・ビートルズ With the Beatles」でサヨコの自殺について、サヨコの兄は「誰にもその原因がわからんのです」と「僕」に述べています。紹介したように、サヨコの兄は、サヨコの自殺の話を伝えた後、「サヨコは君のことがいちばん好きやったんやと思う」と言っていますし、続いて「僕は何も言わなかった。僕のガールフレンドのお兄さんもそれ以上は何も言わなかった」とあるのですが、この物語を再読してみると、「僕」は「わたしって、すごく嫉妬深いの」というサヨコの言葉を聞いています。「僕」はそのサヨコの叫びのような言葉をどこかで思い出したはずです。

サヨコがなぜ自殺したのかという点に関する、私（小山）の考えは、そのような「嫉妬の感情」なのではないか……ということです。

短編集『一人称単数』には「品川猿」の続編的な短編である「品川猿の告白」という作品も入っていますので、サヨコの自殺と「品川猿」の松中優子の自殺の関係を考えてみることに、根拠がないというわけでもないと思います。

▼約束の場所と日時に間違いはなかった

「ウィズ・ザ・ビートルズ With the Beatles」はサヨコに会いに、彼女の家に「僕」が行くと不在だったという話ですが、不在の理由に、謎が残されています。

つまり、「僕」はその日の午前十一時にサヨコを迎えに、彼女の家に行くことを約束していたのですが、その時にサヨコは家を留守にしているのです。

「本当に今日の十一時に彼女をここに迎えに来る約束をしていたのかどうか、僕はもう一度記憶をさらってみた」と記された後、「しかしどれだけ考えても、約束の場所と日時に間違いはなかった。その前日の夜に僕らは電話で話をして、そのことを確認したばかりだ」とあるのです。

そして、彼女の家から帰ってきた後、午後二時過ぎに、サヨコから電話がかかってきて「うちに迎えに来ると約束したのは、次の週の日曜日だったでしょう」と言うのです。「もうひとつ納得できなかったが、彼女がはっきりそう言うのならたぶんそうなのだろう。こちらがうっかり予定を間違えたのだろう。日にちを一週間間違えて、彼女のうちまで迎えに行ったことを、僕は率直にあやまった」とあります。

▼サヨコも記憶をときどき喪失する疾患を……

これは、やはりチグハグなやりとりですね。以前にも、このコラムで記しましたが、仮に互いに「日にちを一週間間違えて」記憶していたとしたら、サヨコの方も「もしかしたら、自分が記憶違いだったかもしれない」ということを「僕」に伝えないといけないと思います。一方的な問題ではないからです。

そして、このことが記されたあと、「僕」がサヨコの兄に芥川龍之介の『歯車』を朗読して聞かせたことや、サヨコの兄が「記憶をときどき喪失する疾患を抱えているという話」を「僕」に伝えたことに触れる文章が書かれています。

もしかしたら……想像ですが、サヨコも「記憶をときどき喪失する疾患を抱えている」人なのかもしれないですね。それなら、日曜日の約束を一週間、間違っていることも理解できます。

サヨコの兄は「僕」から芥川龍之介の『歯車』を朗読してもらった頃から、「記憶をときどき喪失する疾患」から快復したようですが、サヨコの方も「記憶をときどき喪失する疾患」を抱えていて、それから快復することもなく、三十二歳で亡くなる頃には、その疾患への不安が深刻化していたということかもしれません。

「医者からもらった睡眠薬を貯めておいて」、それをまとめてそっくり飲んで死んだということですが、サヨコが、何かの原因で、不眠で、医師から長く投薬を受けていたということは事実のようですから。自殺の原因に「すごく嫉妬深い」ことだけではなく「記憶をときどき喪失する疾患」が加わっていたのかもしれません。

そして、「品川猿」の「みずき」も、ときどき自分の名前を忘れてしまう人間の物語です。短編集『一人称単数』に収められた「品川猿の告白」にも自分の名前を忘れてしまう女性が出てきます。そのような意味でも、「ウィズ・ザ・ビートルズ With the Beatles」は「品川猿」や「品川猿の告白」と響き合う作品なのではないかと思います。

▼毒をもって毒を制する、ということもあるやろう

「ウィズ・ザ・ビートルズ With the Beatles」の「僕」はサヨコの兄に芥川龍之介『歯車』の最後の第六章「飛行機」の部分を朗読しています。そして『歯車』について「その最後の一行は「誰か僕の眠っているうちにそっと絞め殺してくれるものはないか?」だった。それを書き終えてから、芥川は自殺したのだ」とあります。

その朗読の前、「僕」は「ずいぶん神経症的で、気が滅

入るような話ですよ」とサヨコの兄に伝えますが、彼は「たまにはそういう話も聞いてみたい。毒をもって毒を制する、ということもあるやろう」と言っています。

そして、その時、不在であるサヨコは「毒をもって毒を制する」話を聞いていないのです。「毒をもって毒を制する」部分を持たなかったことが、サヨコが、この世に留まることができず、自殺してしまったことに繫がっているかもしれません。

そして、サヨコの死と「ウィズ・ザ・ビートルズ」のLPを抱えて「薄暗い高校の廊下」を歩いていた女の子との関係です。それはサヨコのようにイージーリスニング音楽ばかりではない音楽を聴きながら、暗い道を歩いてみることの大切さについて「ウィズ・ザ・ビートルズ」のLPを抱いた女の子は表しているのかもしれません。そんなことを考えてしまう物語です。

111 爆破される日本近代

『羊をめぐる冒険』

2020.12

この作品が小説家としての実質的な出発点だったと僕自身は考えている。

『羊をめぐる冒険』こそが、長編小説作家としての僕にとっての、実質的な出発点であったわけです。

このように、まったく同じような村上春樹の言葉があります。前者は『走ることについて語るときに僕の語ること』（二〇〇七年）での、後者は『職業としての小説家』（二〇一五年）の中での、『羊をめぐる冒険』（一九八二年）について語る言葉です。

第一作『風の歌を聴け』（一九七九年）も第二作『1973年のピンボール』（一九八〇年）もたいへん素敵な小説で、多くの読者を持っていますが、作者自身は初めの二作を小説家としての出発点としては考えてはいないようです。

そのことは、前にも本書で少し紹介したことがありますが、事実、例えばこんなことがあります。

『風の歌を聴け』も『1973年のピンボール』も、一九八〇年代半ばにアルフレッド・バーンバウムによって英語に翻訳されたものが講談社英語文庫として日本で発売されていました。でもそれらの英訳版は英米圏では長く刊行されていませんでした。

▼「物語作家」としての力を確信した作品

一九八九年十月にアメリカで『A Wild Sheep Chase』というタイトルで『羊をめぐる冒険』が講談社インターナショナルから、アルフレッド・バーンバウム訳で刊行されたのが、村上春樹の英語圏デビューとなりました。『風の歌を聴け』でも『1973年のピンボール』でもなく、村上春樹は『羊をめぐる冒険』で英語圏へデビューしたかったのでしょう。

『風の歌を聴け』『1973年のピンボール』がテッド・グーセン訳で英語圏で刊行されたのは、実に二〇一五年八月のことでした。

なぜ『羊をめぐる冒険』が、作家としての出発点となる作品で、『風の歌を聴け』『1973年のピンボール』と、どう違うのか。

私なりの考えを記してみると、『風の歌を聴け』『1973年のピンボール』は、一度、ある形に奇麗に並べたトランプのカードを、もう一度シャッフルして並べ替えたような作品になっています。または幾つかの短いシーンを撮りためて、それを編集して作りあげた映画のような感じがあります。一方で、『羊をめぐる冒険』は、最初から最後まで、一つの物語をだんだんに展開していって、最後にクライマックスが訪れるという作品になっています。

つまり『羊をめぐる冒険』は、村上春樹自身が「物語作家」としての力を、しっかり確信した作品ということができるかと思います。

それと、もう一点。よく読んでみれば『風の歌を聴け』『1973年のピンボール』も日本近代への歴史意識が記された小説ですが、かなり意識的に読まないと、作品を貫く歴史意識が浮かびあがってこないように記されています。でも『羊をめぐる冒険』は、戦争を繰り返した近代日本の問題はどこにあるのかや、旧満州や中国との関係などを、かなりはっきりと、真っ正面から描いた小説となっているのです。

それらのことが『A Wild Sheep Chase』(『羊をめぐる冒険』)で欧米圏に勝負したいという村上春樹の選択へと繋がったのではないかと、私は考えています。

▼歴史意識を表す「羊」

二〇二〇年十二月十日に早稲田新書の創刊の一冊として、『村上春樹の動物誌』という本を出しました。

村上春樹作品には「動物」がたくさん登場します。それらの動物は何を象徴しているのか。「動物」に着目して、「動物」の側から、村上春樹作品を読んでいった本です。

私は、村上春樹という作家は、近代日本への歴史意識を書き続けている作家だと考えています。ですから『村上春樹の動物誌』の中でも村上春樹の歴史意識を象徴的に表す動物として「羊」を挙げて、本の最初に書きました。もちろん、それ以外の問題や楽しさを象徴する「動物」についても、たくさん記しています。

そして、本書でも何回か触れていますが、今年、二〇二〇年から、村上春樹作品に関心を抱く人たちと、オンラインでの読書会のようなものを開いています。参加者は研究者ではなくて、一般の読書家たち十数名です。

十一月末にも、そのオンライン読書会を開催したのですが、私の本が刊行されるということから、その読書会のテーマ作品として『羊をめぐる冒険』を選びました。そうやって、「村上春樹の歴史意識」を表す「羊」について読んでいったのですが、その読書会の中で、「えっ」と驚く指摘を参加者の方から受けました。

今回は、思ってもいなかった、その参加者からの指摘と、それへの私の驚きというものについて書いてみたいと思います。

▼「まあいわば、日本の近代そのものだよ」

『羊をめぐる冒険』は「毛は純白で背中に星の形に茶色い毛がはえていた」羊を探して、主人公「僕」が北海道の十二滝町の高台にある牧場まで旅する物語です。

十二支にも入っている「羊」は日本人にとって古くからなじみ深い動物の印象がありますが、でも明治頃までは、ほとんどの日本人が見たことのない動物でした。確かに、三世紀前半の日本の様子を記した「魏志倭人伝《ぎしわじんでん》」にも「其地無牛馬虎豹羊鵲」とあって、羊は日本にはいないと書かれています。

『羊をめぐる冒険』によると、日本に羊が輸入されたのは江戸末の安政年間で、幕末までは一頭も「羊」は存在していなかったのです。

同作では、北海道の十二滝地区に村営の緬羊《めんよう》牧場が一九〇二（明治三十五）年に作られ、道庁の役人がやってきて牧舎建設を指導し、政府からただ同然の値段で「羊」が払い下げられます。

それは日露戦争が迫りつつある時代。「大陸進出に備えて防寒用羊毛の自給を目指す軍部が政府をつっつき、政府が農商務省に緬羊飼育拡大を命じ、農商務省が道庁にそれを押しつけた」のです。

その後、羊の頭数はどんどん増加して、戦争が終わって間もない一九四七（昭和二十二）年には二十七万頭にも北海道ではなっていました。でも羊は、この作品の時代設定である一九七八年には五千頭に減ってしまっていたのです。

「羊」という動物は、幕末まで日本になく、明治期から国家レベルで輸入、育成され、戦争中にどんどん増加して、敗戦後まもなくは二十七万頭にもなっていました。戦後、羊肉羊毛が輸入自由化され、オーストラリア・ニュージーランドから輸入されたこともありましたが、その後は、見捨てられたように五千頭にまで減少してしまう動物です。「まあいわば、日本の近代そのものだよ」と同作にあります。

つまり「羊をめぐる冒険」という題にこめられた意味は「日本近代をめぐる冒険」ということなのです。このように「羊」は「日本近代」を象徴する動物で、だから満州と日本のことも『羊をめぐる冒険』の中で描かれるのだろうということを『村上春樹の動物誌』の冒頭に記しました。その考えを基に、読書会の中で、私も話していました。

▼頻出する「旭川」

さて「背中に星の形に茶色い毛がはえていた」羊を探して、「僕」と耳のモデルをしているガール・フレンドが十二滝町に向かう場面は、次のようにあります。

第八章の最初の「1　十二滝町の誕生と発展と転落」の項では「札幌から旭川に向う早朝の列車の中で、僕はビールを飲みながら「十二滝町の歴史」という箱入りのぶ厚い本を読んだ。十二滝町というのは羊博士の牧場のある町である」と書き出されています。

同章の次の項「2　十二滝町の更なる転落と羊たち」では「我々は旭川で列車を乗り継ぎ、北に向って塩狩峠を越えた。九十八年前にアイヌの青年と十八人の貧しい農民たちが辿ったのとほぼ同じ道のりである」と書かれています。『十二滝町の歴史』によると、明治十三年の初夏、十二滝地区に最初の開拓民である津軽の貧しい小作農十八人が移ってきました。その時、開拓民たちは、アイヌ語で「月の満ち欠け」という意味の名前を持つ青年を道案内に雇い、青年と開拓民たちは、現在の旭川を越え、塩狩峠を越えて北上し、地形・水質・土質を調べ、結構農耕に適した十二滝地区に定着するのです。札幌から、道のりにして二百六十キロも離れたところでした。

よく読むと、これらの文章に「旭川」が意識的に繰り返し書かれています。

僕とガールフレンドが宿泊した札幌の「いるかホテル」で「羊博士」が、羊のいる牧場の細かい地図を描いてくれるのですが、それは「旭川」の近くで支線に乗りかえ、三時間ばかり行ったところにふもとの町があるとのことです。その町から牧場までは車で三時間かかります。

そして、「鼠」が暮らしていた建物にあった新聞の切り抜きには「旭川の近くで駅伝大会が催された」記事が載っています。ですから、この頻出する「旭川」とは何かを考えることも『羊をめぐる冒険』で重要なことなのです。

▼戦争の歴史、戦争の死者と結びついた土地

『羊をめぐる冒険』には「羊男」という「羊の着ぐるみ」を着た者が登場します。その「羊男」には、日露戦争を羊の防寒具を着て戦って、戦死した、アイヌ青年の息子の姿が重なっていますし、さらに「羊男」は「僕」の友人で自

死してしまう「鼠」と重複して感じられてくる存在です。

そして「僕」が「どうしてここに隠れて住むようになったの?」と問うと「戦争に行きたくなかったからさ」と「羊男」は話しています。「羊男」は戦争忌避者なのです。

「十二滝町の生まれかい?」と聞くと「うん」と「羊男」は答えます。さらに「町は嫌い?」と聞くと「下の町かい?」と「羊男」が言った後、「兵隊でいっぱいだからね」と羊男は答えています。

この「兵隊でいっぱい」の「下の町」は、普通に読むと「十二滝町」かと思いますが、それは『羊をめぐる冒険』に頻出する「旭川」のことではないかと、私は思います。

この「旭川」は明治三十四(一九〇一)年から昭和二十(一九四五)年まで旧陸軍第七師団があった土地であり、軍都として栄えました。

私も取材で「旭川」を訪れた際、旧陸軍第七師団関係の資料などを展示している「北鎮記念館」を見学したことがあります。「北鎮記念館」には日露戦争や満州事変、ノモンハン事件、さらに太平洋戦争に参戦した同師団の関係者が残したものがたくさん置かれていて、中には日露戦争などを戦った際の羊の防寒具、『羊をめぐる冒険』で描かれる「羊男」とそっくりの防寒具が展示されていました。

ですから村上春樹作品の中での「旭川」は、「戦争の歴史」「戦争の死者」と結びついた土地だと私は考えています。その「旭川」の地名は『ノルウェイの森』(一九八七年)、『ダンス・ダンス・ダンス』(一九八八年)、『ねじまき鳥クロニクル』(一九九四、九五年)などに繰り返し登場する重要な場所となっているのです。

▼星の形の旭川の徽章

このような読みを展開しながら、読書会をしていたのです。でも参加者の一人から、その「旭川」は「背中に星の形に茶色い毛がはえていた」羊を探す物語と関係があるのでは……という指摘を受けました。なぜなら、旭川の市章が「☆のマークに真ん中が赤い〇」というデザインになっているからです。

旭川市のHPによると「本市の徽章は、明治44年6月29日に制定されたもので、北海道は北斗星をもって表象されているところから、北斗星の外形を持って北海道を表わし、これに赤色の日章を中心に配して、北海道の中心たる本市を表示したものです」とあります。

読書会の参加者の方が述べたのは、かつての軍都である「旭川」の市章と同じように「背中に星の形に茶色い毛がはえていた」羊を探す旅なのかもしれないという考えです。なるほど、もしかしたら……そうかもしれないと思わせる指摘でした。

さらに、一九三五年七月、「満州」にいた、若き「羊博士」は、その「羊」と出会い、羊と交霊をして羊が羊博士の中に入ってしまうのです。一九三六年二月、「羊博士」

は本国に戻されます。そして「羊は私の中から去ってしまった」「しかし、それはかつて私の中にいたのだ」と「羊博士」は語っています。

つまり「背中に星の形に茶色い毛がはえていた」羊は「満州」から「羊博士」とともに日本にやってきて、「羊博士」の身体を抜け出した後、今度は「羊が獄中の右翼青年の体内に入ったこと。彼が出獄してすぐに右翼の大物になったこと」が同作には記されています。さらに、その右翼の大物は「中国大陸に渡り、情報網と財産を築きあげたこと。戦後A級戦犯となったが、中国大陸における情報網と交換に釈放されたこと。大陸から持ち帰った財宝をもとに、戦後の政治・経済・情報の暗部を掌握《しょうあく》したこと」が書かれています。

そして、この中国と深い繋がりを持つ右翼の大物の第一秘書の黒服の男が、「僕」に「背中に星の形に茶色い毛がはえていた」羊の探索を依頼してくることから始まるのが『羊をめぐる冒険』なのです。

同作の最後、「僕」が見つけた羊のいる牧場にある建物を目指して、黒服の男が歩いて行くのですが、そこには「僕」が仕掛けた時限爆弾が置かれていました。

上り列車を待っている「僕」はチョコレートをかじりながら発車のベルを聞きました。「ベルが鳴り終り、列車ががたんと音を立てた時、遠い爆発音が聞こえた。僕は窓を思い切り押し上げ、首を外につきだした。爆発音は十秒間を置いて二度聞こえた。列車は走り出していた。三分ばかりあとで、円錐形の山のあたりから一筋の黒い煙が立ちのぼるのが見えた。／列車が右にカーブを切るまで、僕は三十分もその煙をみつめていた」と書かれています。「羊」も黒服の男も爆殺されたのです。

▼「張作霖」の爆殺

後に「エピローグ」がありますが、でも時限爆弾による爆殺というエンディングは村上春樹の長編の終わり方としては、かなり珍しい、劇的なものです。

この最後の場面は「張作霖」の爆殺と関係がありますか？　という指摘が、読書会の参加者からありました。正直「えっ」と驚きました。

張作霖（一八七五〜一九二八年）は、中国の軍人・政治家。馬賊の出身で、東三省を支配下に収め、奉天派総帥となり、一九二七年北京で大元帥。一九二八年国民政府の北伐軍が北京に迫ると東三省へ撤退、その際に関東軍の陰謀による列車爆破で死亡しています。なお、当時の日本政府は爆殺事件の真相を秘匿するため、満州某重大事件と呼んでいました。

満州と関係した『羊をめぐる冒険』の最後は、時限爆弾による爆殺で終わっているのですから、張作霖爆殺のことを連想してもおかしくはないのですが、私はこの指摘を受けるまで、まったく、そんなことを思い描けませんでした。

私の読みが、「羊」は戦争に繋がる日本近代の歴史を象徴する「動物」という観点から、読書会を進めていたので、その延長線上に、最後の爆殺の場面が「張作霖爆殺」と関係あるように読めてきたのでしょう。

現実の読書会でのいろいろな読みが重なって、そこから飛躍もあって、そのようなものが導き出されてくるのです。

張作霖は乗っていた列車が爆破されて殺されてしまいます。読み返してみれば『羊をめぐる冒険』の「僕」は列車に乗っていて、仕掛けた爆薬が爆発したことを確認しています。

列車と爆殺の関係は逆ですが、村上春樹らしい逆転と言えるかもしれないですね。

『羊をめぐる冒険』では、「僕」が北海道に入ってから、列車に乗る場面はかなり出てきますが、これも最後の場面との呼応として考えられていたのかもしれません。

読書会の参加者みなが驚いた指摘ですが、読書会に参加していない方々には、やや唐突に感じるかもしれません。でも読書会というものの楽しさが横溢する指摘でした。「他の読書家たちと読むのは楽しいなぁ」「いやぁ、在野に読書家ありだなぁ」と、つくづく思いました。

2021

1月	雑誌「週刊ダイヤモンド」にインタビュー「誰もが間違う世界を何が救うのだろうか?」掲載
6月	『古くて素敵なクラシック・レコードたち』（文藝春秋）刊行
8月	映画『ドライブ・マイ・カー』（村上春樹原作、濱口竜介監督）が公開
9月	『タイランド』（スイッチ・パブリッシング）刊行
10月	早稲田大学校内に、早稲田大学国際文学館（通称：村上春樹ライブラリー）がオープン

112

ゴリラを見習ってほしい

「ドーナツ」と「無」

2021.1

村上春樹のファンの人たちなら、二〇二〇年の大晦日から、元旦にかけて放送されたラジオ番組「村上RADIO」の「年越しスペシャル〜牛坂21〜」を聴きながら、新しい年を迎えた人も多かったのではないかと思います。

京都からの生放送。日ごろ、夜はとても早く寝るという村上春樹が、深夜、年をまたいで生放送するというのも驚きでした。

▼ゴリラ世界とサル世界

ゲストにはノーベル医学生理学賞を受けた京大教授の山中伸弥さんと、京大前総長・日本学術会議前会長の山極壽一さんの二人という豪華版でした。

その山極壽一さんのゴリラ世界とサル世界の違いについての話が面白かったです。

前回二人が会ったのは、昨年の九月三十日だそうで、その日が京大総長と日本学術会議の会長を辞めた日だったそうです。

その日の山極壽一さんの顔が、元気で若々しい顔になっていたように見えたので「よっぽど嫌だったんだなぁと思った」と村上春樹が話していました。

山極壽一さんは京大総長六年、日本学術会議会長三年だそうです。山極壽一さんは「まったく向いていなかった」そうですが、「両方ともゴリラになったつもりでやれば何とかなるか」と思って、務めてきたようです。

そのゴリラのリーダーになるべき素質には「背中で語る」「愛嬌がある」「運が良さそうに見える」……などがあるのだそうです。その魅力に雌と子供はついてくるのです。山極壽一さんは、そういうことをゴリラに学んだそうです。

山極壽一さんによると、今の政治はサル的になり、さらにチンパンジー的になっているそうです。つまりサルの世界は、俺は強いんだという力関係、ゴリラのように〝人格〟は関係ない社会だそうです。

でもゴリラはみんなから押しあげられる社会。だからリーダーも気をつかって、気を配って、子供の面倒も見なくてはいけない。そうでないとついてこない。サルは雌が生涯その集団で老いる。でもゴリラでは、嫌だったら、雌が出ていってしまう社会だそうです。

▼「作家もたぶん埋めちゃわられますね」

日本学術会議が半年をかけて選んだ新会員候補のうち六人を任命拒否した問題については、それを知って、山極壽一さんは「腰を抜かすほどびっくりした」そうです。

当時の菅義偉総理に「じゃ、理由は何ですか？　とお聞きしたわけですよ。「理由は言えない」という。〝問答無用〟だというわけでしょ、これが民主主義国家かと思いましたよ」と話していました。

それは、力で抑えるサルの政治になっているということだそうです。そして派閥政治になっていて、それはチンパンジーの政治で、もうちょっとゴリラを見習ってほしいと言う。ゴリラを見習えば、ちゃんと平和な政治に戻ると語っていました。

ゴリラが胸を掌で叩く、ドラミングの録音も山極壽一さんは披露。自己主張と、群れを率いて、前進するぞという合図だそうです。

「いまの民主主義はいい政治なんですよ。だから護らなくてはいけない。ゴリラのように、行くぞと、胸を叩いた後はみんなの様子をうかがって、みんなの言う通りに動くことをしないといけないんですよ」

村上春樹も、気に入らない意見を言う人を抹殺したスターリン、ヒットラー、そして本を焼いて、学者を埋めてしまった秦の始皇帝の「焚書坑儒」の例も出して、「作家もたぶん埋めちゃわられますね」と笑っていました。

山極壽一さんは「マイナーの意見、反対の意見も聞きながら、それこそ、菅総理がおっしゃるように、「総合的に俯瞰的に」世の中を判断する必要があると思う」とも語っていました。

私も反対意見も呑み込むぐらいの度量の深さ、大きさを政治家に望みます。そして、政治の世界ばかりではありませんが、日本人全体が反対意見に耳を貸さなくなっているように感じています。私も例外ではないと思うので、反対の考えの人の声に耳を傾けるようにしたいと考えています。

そして、山極壽一さんの話を聴きながら、村上春樹の文学世界にも響き合うものがあると思いました。

本来的に人間は個人的な感覚、個人的な価値観をそれぞれに持っているはずなのに、その一人一人の個性を許さず、一つの価値観から、全ての人びとを支配しようとしてきたのが、近代日本の姿でした。

そして、その一人一人の個性を許さない、一つの視点(価値観)から支配する体制が行き着いたところが、戦争でした。その近代日本の問題を書き続けてきたのが、村上春樹だと思います。村上春樹の小説は、人間が本来持っている個性を大切に、そこから社会の再生を願うものとして、書かれていると思います。

山極壽一さんと村上春樹のトークにも、そういう多様な価値観、個性的な生き方を認めるという社会の大切さの考えが語られているのだと思いました。単に社会的、時事的なことに対して、村上春樹が語っているのではなく、村上春樹がデビュー以来考えてきたことが反映しているトークだと思いました。

▼いろんな意味で、世界を癒やすドーナツ

さて、これでは「年越しスペシャル〜牛坂21〜」の紹介だけで終わってしまいますね。

半年間、このコラムの中で書いておきたいなぁと思っていることがあるので、そのことを書きたいと思います。

二〇二〇年十二月に『村上春樹の動物誌』を刊行したのですが、その中で『村上春樹の動物誌』より『村上春樹の食物誌』という本に収録したほうがいいかな……ということを考えた章もいくつかありました。

もちろん、村上春樹の愛読者はよく知っていることですが、村上春樹作品の中には食べ物の話、飲み物の話がたくさん出てきます。その食べ物が何を象徴しているのか。そんなことを考えたくなる食べ物があるのです。

その代表的な食べ物の一つが「ドーナツ」です。

二〇二〇年五月二十二日に「村上ＲＡＤＩＯ」で、コロナ時代を生きる人たちに向けた「ステイホームスペシャル〜明るいあしたを迎えるための音楽」が放送されましたが、そのホームページに番組のリスナーからのメッセージと、それに対する村上春樹のコメントが掲載されています。

この中のリスナーからの質問（50代・男性）にドーナツのことが出てくるのです。

休業要請のため、２週間ショッピングセンター内のドーナツ・ショップを休店していました。不要不急かといわれると、別に食べなくても、自粛生活には支障はないですよね、ドーナツは。ドーナツの穴だけでもショーケースに並べられたら、面白い「無」の陳列になったかもしれません。今は時間短縮ながら、営業を再開し、ドーナツ作って、仕事終わりにビールを飲んでいます。小確幸です。

それに対する〈村上さんのコメント〉は、

ドーナツ、たとえ何があろうと、何が起ころうと、世の中には絶対に必要なものですよね。ドーナツ本体ももちろん素敵ですけど、「ドーナツの穴」という無の比喩も社会には欠かせません。ドーナツはいろんな意味で、世界を癒やします。がんばってドーナツを作り続けて下さい。僕は常に、ドーナツ・ショップの味方です。

というものでした。

ちなみに「小確幸」とは「小さいけど、確かな幸福」を単語化した村上春樹の造語です。

▼この日は穴のあいた食物を食べてはいけない

この「村上ＲＡＤＩＯ」リスナーの人はドーナツ店で働いている人でしたが、『村上さんのところ』（二〇一五年）という読者とのメールのやりとりの本にも「33年間、仕事としてドーナツを作っています」という「瀬戸内海の羊男、男性、53歳、飲食業」との人が出てきます。

そのメールには「毎日ずいぶんたくさんのドーナツの穴

を作っておられるのでしょうね。そんなにたくさんの無（rien）を日々つくりだすって、どんな気持ちがするものなのでしょう？　ちょっと知りたいような気がします。お仕事がんばってください」と答えています。「rien」はフランス語で、英語のnothingに相当する言葉です。

今回はこの「ドーナツ」について考えてみたいと思います。「ドーナツ」が、村上春樹作品にとって非常に大切なものであることは、たくさんの作品に登場することからもわかります。

ドーナツ・ショップとの関係が出てくる村上春樹作品というと、佐々木マキさんの絵がたくさん入った『羊男のクリスマス』（一九八五年）があります。

この本に出てくる「羊男」の働き先は近所のドーナツ・ショップなのです。その「羊男」は作曲家でもあって、夏の盛りのある日、「羊男協会」からクリスマスのための音楽の作曲を依頼されます。依頼に来た男によると「毎年音楽的才能に恵まれた羊男さんを一人選んで、聖羊上人様《せいひつじしょうにん》をお慰めするための音楽を作曲していただき、それをクリスマスの日に演奏していただくことになっているのですが、今年はめでたくあなたが選ばれた」というのです。

デビュー作『風の歌を聴け』（一九七九年）の元々のタイトルが『Happy Birthday and White Christmas』だったそうですから、「クリスマスの日」に村上春樹はこだわりがあるのでしょう。

でも羊男の作曲はなかなか進みません。約束した音楽は一小節もできていないのです。困った羊男は「シナモン・ドーナツ」をおみやげに持って、羊博士の家に相談に行くと、羊博士は「呪《のろ》われておるんじゃよ」と言うのです。呪いの理由は昨年のクリスマス・イブにドーナツを食べたからなのだそうです。

クリスマス・イブは聖羊上人様が「穴に落ちて亡くなられたという神聖な日」でもあるので、この日は穴のあいた食物を食べてはいけないというのが羊男界の掟なんだそうです。その日、ドーナツを食べてしまった羊男は掟破りの呪いで作曲ができないのです。

その呪いをとくには「君自身も穴に落ちることだ」と羊博士は話します。

その穴はトネリコの木の柄《え》で作ったシャベルで掘らなくてはだめだとも言います。トネリコの木は『世界の終りとハードボイルド・ワンダーランド』（一九八五年）にも出てくる木で、北欧神話、ゲルマン神話では世界を支える世界樹でもあります。

このように『羊男のクリスマス』はクリスマス・イブの日、羊男がトネリコの木のシャベルで掘った穴に落ち、深い穴の世界を巡るとても楽しい物語です。ここに「ドーナツ」と「穴」の関係が典型的に描かれていると思います。

▼ドーナツの穴を空白と捉えるか、存在と捉えるか

そして、このドーナツのことは、本当にたくさんの村上

春樹作品に出てくるのです。

例えば『羊をめぐる冒険』（一九八二年）では冒険への出発点となる、羊の写真を見ていろいろ考える場面で「ドーナツの穴と同じことだ。ドーナツの穴を空白として捉えるか、あるいは存在として捉えるかはあくまで形而上的な問題であって、それでドーナツの味が少しなりとも変るわけではないのだ」と記されています。

『ダンス・ダンス・ダンス』（一九八八年）にも、何回か「ドーナツ」のことが出てきます。朝、宿泊している札幌の「ドルフィン・ホテル」から出て、新聞を買ってホテルの近くの「ダンキン・ドーナツに入り、プレイン・マフィンを二つ食べ、大きなカップにコーヒーを二杯飲んだ。ホテルの朝食なんて一日で飽きる。ダンキン・ドーナツがいちばんだ。安いし、コーヒーもおかわりできる。／次にタクシーを拾って図書館に行った。札幌でいちばん大きい図書館に行ってくれと言うとちゃんと連れていってくれた」とあります。

もう一つ例を挙げると、『ねじまき鳥クロニクル』（一九九四、九五年）です。その第2部終盤の17章に、主人公の「僕」が「ダンキン・ドーナツでドーナツとコーヒーを買い、それを昼食がわりにして」、新宿西口の広場のベンチに座って、通行人を何日も何日も何日も眺める場面があります。

そして第3部の4章には、「前と同じように近くのダンキン・ドーナツでコーヒーとドーナツを買い、広場のベンチに座って食べた。そして目の前を通り過ぎていく人々の顔をただじっと眺めた」とあります。

つまり『羊をめぐる冒険』『ダンス・ダンス・ダンス』『ねじまき鳥クロニクル』に出てくるドーナツはたまたまではなく、意味を持って書かれているということです。

▼「異界」への入り口

私の考えを簡単に書いてみたいのですが、まず第一の意味は、ドーナツの「穴」が「異界」への入り口となっていることだと思います。

『羊をめぐる冒険』では、「羊」の写真に導かれるように、「僕」は北海道へ〈背中に星の印を持つ羊〉を探しに旅立ちます。その「羊」について「ドーナツの穴と同じことだ」と「僕」は考えているのです。

『ダンス・ダンス・ダンス』では、ホテル近くの「ダンキン・ドーナツ」に入って、「プレイン・マフィンを二つ食べ、大きなカップにコーヒーを二杯飲んだ」後、タクシーで図書館に向かっています。

四国・高松の甲村記念図書館を舞台にした『海辺のカフカ』（二〇〇二年）や羊男やドーナツが登場する中編「図書館奇譚」がよく表していますが、「図書館」は村上春樹作品にとって「異界」の場所です。その「異界」＝「図書館」への入り口として、「ダンキン・ドーナツ」があるのだと思います。

さらに『ダンス・ダンス・ダンス』では、ドーナツを食べながら読んだ新聞の映画欄で、中学の同級生で俳優をしている「五反田君」の出演する映画「片思い」を知ったことから、「異界」の話が本格的に展開していきます。

『ねじまき鳥クロニクル』の「僕」も「ダンキン・ドーナツでドーナツとコーヒーを買い、それを昼食がわりにして」、新宿西口の広場のベンチに座って、通行人を何日も何日も何日も眺めることから、後に作中「赤坂ナツメグ」と名づけられる女性と出会っています。その「赤坂ナツメグ」と出会うことで、「僕」は「異界」に入り、闇の中で綿谷ノボルとの対決の場面に進んでいくのです。

「赤坂ナツメグ」の息子「赤坂シナモン」という名づけは、おそらくドーナツの「シナモン・リング」からではないかと、私は推察しています。

そして、主人公の「僕」が入っていく「異界」も単なるあの世、この世ならざる場所ということではなく、「歴史意識」や「時代認識」を表していることも大切かと思います。『羊をめぐる冒険』の「僕」が向かった北海道の「羊」は日露戦争や旧満州と繋がった動物でした。その『羊をめぐる冒険』の続編的な作品が『ダンス・ダンス・ダンス』ですし、『ねじまき鳥クロニクル』はノモンハン事件や日中戦争と繋がった物語です。

『ねじまき鳥クロニクル』(第3部)には「羊を数える、輪の中心にあるもの」という章がありますが、その章には「すべては輪のように繋《つな》がり、その輪の中心にあるのは戦前の満州であり、中国大陸であり、昭和十四年のノモンハンでの戦争だった」とあります。ここにも私は「ドーナツ」のシナモン・リングで繋がるようなものを感じます。その輪の中心にある歴史の「穴」に主人公が身を投じることと、「ドーナツの穴」とに繋がるものを感じるのです。

つまり『「ドーナツの穴」という無の比喩」「ドーナツの穴」の「無(rien)」とは、まず村上春樹の「歴史意識」や「時代認識」と繋がった「異界」として存在していると思います。

▼自我(エゴ)を限りなくゼロにする

そして、大橋歩さんの絵とともに書かれた村上春樹のエッセイ集『村上ラヂオ』(二〇〇一年)には「ドーナッツ」というエッセイがありますが、そこには「現代社会においてドーナッツというのは、ただ単に真ん中に穴のあいた一個の揚げ菓子であるに留まらず、「ドーナッツ的なる」諸要素を総合し、リング状に集結するひとつの構造にまでその存在性を止揚されているのではあるまいか…」と記されています。

ここにも、村上春樹のドーナツへの強いこだわりが表明されていますが、そこに「「ドーナッツ的なる」諸要素」とあるので、いくつかの要素がドーナツには込められていると村上春樹は考えているわけです。「歴史意識」「時代認識」を反映した「異界」という意味の他にも、ドーナツの意味が込められているということですね。

そこで、私が考える「「ドーナッツ的なる」諸要素」の他の一つは『若い読者のための短編小説案内』（一九九七年）で書かれたことに関係しています。

この本は村上春樹が「第三の新人」の作家らの作品を取り上げて、その作品世界の成り立ちの特徴を解説した本ですが、その吉行淳之介、小島信夫、安岡章太郎、庄野潤三らの作家の特徴を紹介する絵に「ドーナッツ形」の絵がついているのです。

同書の中で、人間的存在について「自己（セルフ）」は外界と自我（エゴ）に挟み込まれて、その両方からの力を常に等圧的に受けている。それが等圧であることによって、僕らはある意味では正気を保っている」と村上春樹は説明しています。

外界と内側の自我《エゴ》に挟み込まれて、等圧的にドーナッツ状になっているのが自己《セルフ》だ、としているのです。リングドーナッツを頭に描いてもらえればいいのですが、リングドーナツの部分が自己《セルフ》です。

そして、それらの作家たちの紹介を通して、伝わってくるのは、外界と自我《エゴ》を常に意識しながら、自己《セルフ》を考え続けてきた村上春樹という作家の姿です。村上春樹は「自我の表現」ということが嫌いな作家です。人間が各自持つエゴというものと闘ってきた作家だと思います。

そして、これをドーナツ形の文学論として眺めてみると、村上春樹は自我《エゴ》の部分が、ドーナツの「穴」のように「無」となっていることです。

『若い読者のための短編小説案内』にも、次のように書かれています。ちょっと長いですが、ドーナツ論としては大切な部分なので紹介してみます。

僕はこれらの作家が小説を作り上げる上で、自分の自我（エゴ）と自己（セルフ）の関係をどのように位置づけてやってきたか、ということを中心的な論題に据えて、それを縦糸に作品を読んでいくことにしました。それはある意味では僕自身の創作上の大きな命題でもあったからですし、またその「自我表現」の問題こそが、僕を日本文学から長い間遠ざけていたいちばんの要因ではあるまいかと、薄々ではあるけれど以前から感じていたからです。

できたら、『若い読者のための短編小説案内』を手にとって、その村上春樹が描いたドーナツ形の図解を見てほしいのですが、その「自我」の部分が、ドーナツの「穴」の部分となっています。

「僕らは――つまり小説家はということですが――自我というものに嫌でも向かい合わなくてはならない。それもできる限り誠実に向かい合わなくてはならない。それが文学の、あるいはブンガクの職務です」とも書かれているのですが、その「自我」の重要さも十分承知していたうえで、「自我」を「穴」に棄てるような小説を目指しているように感じるのです。「ブンガクの職務です」と記していることからも、「自我」と、そのまま向き合うという意味ではないと思います。

つまり、内側の自我《エゴ》を限りなくゼロにすることが、「「ドーナッツ的なる」諸要素」の一つなのではないかと、私は考えているのです。


「私たち人間存在の中心は無なのよ。何もない、ゼロなのよ。どうしてあなたはその空白をしっかり見据えようとしないの？　どうして周辺部分にばかり目がいくの？」


安西水丸さんの絵とコラボした『村上朝日堂超短篇小説夜のくもざる』（一九九五年）という本にも「ドーナツ化」と「ドーナツ、再び」という作品があり、その「ドーナツ化」にこのような言葉が記されています。

どこまでも「ドーナツ」と「無」について考える村上春樹がいると思います。

『羊男のクリスマス』『村上ラヂオ』には、佐々木マキさんや大橋歩さんによるドーナツの絵が描かれています。それと『若い読者のための短編小説案内』の村上春樹が描いたドーナツ形の図解を見比べながら、ドーナツに思いを馳せるのも面白いですよ。

たくさんのドーナツを紹介したので、今日はドーナツを食べたいと思います。

113

チョコレートを溶かさないように

地震と村上春樹作品①

2021.2

二月十三日深夜、福島、宮城両県で震度六強を観測した地震（震源・福島県沖、マグニチュード七・三）では、私の住む東京の多摩地区も大きく長く揺れて、玄関のドアをしばし開け、揺れが静まるのを待っていました。東日本大震災の余震とのこと。しばらくして震源に近い福島県の知り合いにメールをしたりしましたが、書棚や食器棚が倒れてたいへんだが、無事との返信をもらいました。

東日本大震災（二〇一一年三月十一日）と、それに伴う東京電力福島第一原子力発電所での爆発事故が起きてから十年です。今回は〈地震と村上春樹作品〉ということを考えたいのですが、その前に、少し記しておきたいことがあります。

二〇一一年は東日本大震災と原発事故が起きる前から、当時、大学のサバティカル中で、アメリカにいた加藤典洋さんと新しい企画を始める打ち合わせのために、頻繁にメールのやりとりをしていました。その間に、同大震災と原発事故が起きたので、このことを取り上げる連載のスタートを私は提案しました。加藤典洋さんも同じ考えでした。

▼忘れられない悲惨な光景

原発事故で放射性物質が拡散して、報道陣たちもいったん全員が避難しましたが、加藤典洋さんが同原発に近い南相馬市に住む知人を訪ねたいと希望して、同四月七日に加藤さんと二人で南相馬市に入ったのです。勤務先の共同通信社の記者としては、記者退避後、最も早い段階でした。

そこで見た悲惨な光景は忘れることができません。「第二宝栄丸」という船が海岸線からかなり離れた畑に打ち上げられ、さらに大きな船が道路脇に横倒しになっています。送電線の鉄塔が、恐竜か、巨大な怪物によって、ハリガネ細工のようにグシャッと押し倒され、押し潰されているかのようでした。三十人以上が亡くなった老人保健施設……。原発方向に通じる道には「通行止」「立入禁止」のガードが並んでいました。ちょうど警察の大型車両が、何台も縦に並んで、その「立入禁止」の地区に入っていくところでした。

そんな光景を見て、加藤典洋さんの新連載とは別に、文学担当記者として、このままではいけない、何かをしなくてはならない、自分は何ができるだろう……と考えて、震災二カ月後の五月十一日から「大変を生きる――災害と文学」という毎週一回、計五十回の連載を始めたのです。

その「大変を生きる――災害と文学」の連載原稿の第一回を書いている頃、文化部で親しかった小松美知雄君が、ウェブの「47NEWS」担当となり、「何か書きたいことはないか」と、私に尋ねてきました。「村上春樹のことなら書いてみたいことがある」と、私が応えて、同年の五月から始めた連載コラムが、本書の基になった「村上春樹を読む」です。

東日本大震災から十年となり、この「村上春樹を読む」のことを考えると、共同通信の社内もまだ騒然としたものがある中、同コラムを書き始めたことを思い出します。

当初一年ぐらいは書くつもりでしたが、十年間、毎月書き続けるとは、まったく考えてもいませんでした。そして連載も百回を遥かに超え、十年を迎えましたので、次回でひとまず完結としたいと、いま考えています。十年続いた連載の最後に、今回と次回で〈地震と村上春樹作品〉について考えてみたいと思います。

▼東日本大震災と『騎士団長殺し』

村上春樹作品にはたくさんの「地震」のことが出てきますが、東日本大震災のことがはっきりと出てくるのは『騎士団長殺し』（二〇一七年）です。

これは、三十六歳の肖像画家の「私」が、いったん妻と別れて、また妻との生活を取り戻すまでの物語です。そして、この長編を「地震」の観点から読んでいくと、重要な場所の多くが「地震」と繫がる形で描かれています。

東日本大震災の関連では『騎士団長殺し』の最後、「私が妻のもとに戻り、再び生活を共にするようになってから数年後、三月十一日に東日本一帯に大きな地震が起こった。私はテレビの前に座り、岩手県から宮城県にかけての海岸沿いの町が次々に壊滅していく様子を目にしていた」とあります。

逆に物語の冒頭部には、いったん妻と別れた「私」が、自動車で新潟、北海道、東北を巡る旅が描かれていますが、その後に被災地となる岩手県との県境に近い宮城県の海岸沿いの小さな町で、たまたま出会った若い女に誘われて、ラブホテルに行った体験が『騎士団長殺し』の中で重要な役割を担っています。

その「海岸沿いの小さな町」も「巨大な怪物のような津波によってなぎ倒され、ほとんどばらばらに解体されて」しまったのです。

『騎士団長殺し』は「私」が、冒頭、車で各地を移動した後、友人の父親で著名な日本画家・雨田具彦が使っていた小田原郊外の家に住み、そこが作品の主要な舞台となって展開していくのですが、物語の最後には「東北の地震の二ヶ月後に、私がかつて住んでいた小田原の家が火事で焼け落ちた」と記されているのです。

▼関東大震災と『騎士団長殺し』

さらに同作では、東日本大震災ばかりでなく、関東大震災のことも何度か記されています。

小田原の家の雑木林の石塚の地下を掘りかえして、そこに石室が発見され、中から昔の仏具のような、古代の楽器のような木製の柄がついた鈴が発見されます。即身仏となった人が、その石室の中で鈴を鳴らしながら入定《にゅうじょう》（入滅）したようですが、即身仏《ミイラ》の方は発見されません。

この深さ二メートル八十センチ、直径一メートル八十センチの円形の穴も『騎士団長殺し』の重要な場所です。近くに住む謎の資産家・免色渉《めんしきわたる》が知り合いの造園業者に頼んで、崩れた塚のように雑然と集積されていた石をとり除き、この穴を発掘するのですが、免色渉の推測によると「あるとき大きな地震があり、塚は崩れてただの石の山になってしまった。小田原近辺は場所によっては、一九二三年の関東大震災でかなりひどくやられましたから、あるいはそのときのことかもしれません」とのことです。

また、同作には身長六十センチぐらいの「騎士団長」が登場しますが、免色渉の家に潜む「まりえ」という十三歳の少女に対して、この「騎士団長」が免色渉家のメイド用の部屋に身を隠すようにとアドバイスしています。

その免色渉家のメイド用の「部屋には洗面所もついておるし、冷蔵庫もある。地震に備えてミネラル・ウォーターと食品が貯蔵庫に十分ストックされている。だから飢えることもあらない。諸君はここで比較的安心して日にちを送ることができる」と言うのです。

「あらない」は「騎士団長」が得意な言葉遣いです。「騎士団長」には二人称単数の呼びかけ語はなく、いつも相手に「諸君」と語っています。

そして「まりえ」が実際、貯蔵庫の中身を点検してみると「そこには騎士団長の言ったとおり、地震に備えた非常食がたっぷり蓄えられて」いました。

でも、その「まりえ」は「小田原のこの山間部は地盤が比較的しっかりしているので、地震の被害はそれほど多くないはずだ。一九二三年の関東大震災のときにも小田原市内は大きな被害を受けたものの、このあたりの被害は比較的軽微なものにとどまった」と考えています。「(彼女は小学校のときに夏休みの研究課題として、関東大震災のときの小田原近辺の被害状況を調査したことがあった)」からです。おそらく、これは村上春樹がどこかで、小田原の地盤と関東大震災の関係を知って記しているのでしょう。

そのように『騎士団長殺し』の重要な場所の多くが「東日本大震災」や「関東大震災」と関係するように描かれているのです。

▼「どこいったって同じだぞ」

こんな具合に「東日本大震災」のことを反映した『騎士団長殺し』だから「関東大震災」のことも出てくるのだろう……。そう考えがちかもしれませんが、でも村上春樹の「地震」への関心は、かなり以前の作品まで遡ることができます。

例えば『ノルウェイの森』に、こんな場面があります。

主人公の「僕」が大学の同級生である「緑」という女性の父親が入院する病院へ、一緒に行く場面です。「緑」の父親は脳腫瘍で死にそうになっているのですが、「緑」が病室を離れている間に、おいしい「キウリの海苔巻き」を作って「緑」の父親に「僕」が食べさせてあげます。

その時、「緑」の父親が意識混濁の中〈キップ〉〈ミドリ〉〈タノム〉〈ウエノ〉と「僕」に言います。その言葉を「切符・緑・頼む・上野駅」と「僕」は受けとり、病院に戻ってきた「緑」にこれを伝えます。

それに対して「緑」は自分の家出体験と関係しているのではないかと「僕」に話すのです。「緑」は小学校三年の時と五年の時に家出をして、上野から電車に乗り、福島の伯母の家に行ったのだそうです。「緑」の母親は福島出身です。

そうすると父親が福島まで来て、連れて帰ります。「二人で電車に乗ってお弁当を食べながら上野まで帰る」時に「お父さんはすごくボツボツとだけれど、私にいろんなこと話してくれるの。関東大震災のときの話だとか、戦争のときの話だとか、私が生まれた頃の話だとか、そういう普段あまりしたことないような話」をしたそうです。

それによると、「緑」の父親は関東大震災の時、東京のどまん中にいたのに地震のあったことすら気がつきませんでした。関東大震災の際「お父さんはそのとき自転車にリヤカーつけて小石川のあたり走ってたんだけど、何も感じなかったんですって。家に帰ったらそのへんの瓦がみんな落ちて、家族は柱にしがみついてガタガタ震えてたの。それでお父さんはわけわからなくて『何やってるんだ、いったい?』って訊いたんだって。それがお父さんの関東大震災の思い出話」だそうです。

『ノルウェイの森』は一九八七年の作品なのですが、「緑」の家出と関東大震災との関係は福島と上野を往復する話なので、東日本大震災後に読むとさらに印象的です。そして、福島から上野まで戻る時、最後に父親はいつもこう言うのだそうです。「どこいったって同じだぞ、ミドリって」。

これも謎のような言葉ですが、たいへん印象的ですね。「地震」は日本中どこでも起きるので「どこいったって同じだぞ、ミドリって」という意味にも受け取れますし、家出しても「どこいったって同じだぞ、ミドリって」という意味にも受け取れます。しかしそれだけでもない言葉として、不思議な印象を残しています。

ともかく、かなり前から村上春樹が「関東大震災」に、いや「地震」に、ある思いを抱いていたことは確かだと言えます。

▼一人で西宮から神戸まで歩いた

そして東日本大震災の後に、最初に書かれた長編である『色彩を持たない多崎つくると、彼の巡礼の年』(二〇一三年)にも、東日本大震災に関連した部分と思われる描写が出てきます。

同作は五人の名古屋の高校の親友同士の物語ですが、「多崎つくる」だけが東京の大学に進学。そして彼が十九歳から二十歳になる頃、ある日突然、「多崎つくる」が他の四人から、理由もわからないまま絶交されてしまいます。「多崎つくる」が深い傷を心に受けて、死の近くまで行く場面はこうあります。

死の淵で、自分の体を鏡で見詰めるのですが「彼は鏡に映った自分の裸身を、いつまでも飽きることなく凝視していた。巨大な地震か、すさまじい洪水に襲われた遠い地域の、悲惨な有様を伝えるテレビのニュース画像から目を離せなくなってしまった人のように」と描かれているのです。

でも〈地震と村上春樹作品〉といえば、やはり一九九五年一月十七日に起きた「阪神大震災」だと思います。村上春樹が育った土地を襲った、この大震災そのものをテーマにした連作短編集『神の子どもたちはみな踊る』(二〇〇〇年)が書かれていますし、その後の作品にも「阪神大震災」のことは出てきます。

例えば、昨夏(二〇二〇年)刊行された連作短編集『一人称単数』の「「ヤクルト・スワローズ詩集」」という作品にも「阪神大震災」が顔を覗かせています。

「「ヤクルト・スワローズ詩集」」の中で「僕」が甲子園球場の外野席で阪神・ヤクルト戦を観戦した時のことが書かれています。「用事があって一人で神戸を訪れていたとき、午後がそっくり暇になった。そして阪神三宮駅のホームに貼ってあったポスターで、たまたまその日に甲子園球場でデーゲームがあることを知り、「そうだ、久しぶりに甲子園に行ってみよう」と思いついた」とあるのですが、これは『辺境・近境』（一九九八年）の最後の「神戸まで歩く」というエッセイに書かれた日のことではないかと思います。

同エッセイは「阪神大震災」後の一九九七年五月「一人で西宮から神戸まで歩いた」体験を書いたものです。街には「地震罹災者《りさいしゃ》のための仮設住宅」がまだ建っていますし、阪神芦屋駅のポスターで、その日の二時から「阪神・ヤクルト」のデーゲームが甲子園球場であることを知って見にいったことが記されています。試合を知った駅名が異なりますが、「阪神大震災」の後に神戸まで歩いた、この日のことが反映されているのではないでしょうか。

「阪神大震災」を巡る連作『神の子どもたちはみな踊る』については、このコラムの中でも繰り返し考えてきたので、詳しくは触れませんが、一つだけ記したいと思います。

『神の子どもたちはみな踊る』の最後に書き下ろしの形で置かれた「蜂蜜パイ」に「神戸の地震のニュースを見すぎた」ためか、夜中に目を覚ますようになった「沙羅」という四歳の女の子が出てきます。そして『色彩を持たない多崎つくると、彼の巡礼の年』で、親友たちから絶交されて十六年後、三十六歳になった「多崎つくる」に対して、「そろそろ乗り越えてもいい時期に来ているんじゃないかしら？」と、そのつらい体験を乗り越えるための巡礼の旅を促す、二歳年上の恋人にも同名の「沙羅」と名づけられているのです。

「阪神大震災」と「東日本大震災」という「地震」が人びとにもたらした過酷な心の傷を乗り越えていく力がこの二人の名づけを結んでいると考えることができるかもしれません。

▼「阪神大震災」チャリティーの自作朗読会

そして、ここで考えてみたいのは、短編「めくらやなぎと眠る女」と、それを短くした「めくらやなぎと、眠る女」についてです。

村上春樹は「阪神大震災」が起きた時、アメリカにいました。村上春樹は四年半にもわたるアメリカ生活に区切りをつけて帰国。自らが育った神戸と芦屋で「阪神大震災」のチャリティーとして、自作の朗読会を開いたのです。

「めくらやなぎと、眠る女」には〈めくらやなぎのためのイントロダクション〉というものが付いています。この文章は「めくらやなぎと眠る女」から「めくらやなぎと、眠る女」が生まれたという事情がよくわかるので、まずそれを紹介してみましょう。

それによると、この「めくらやなぎと、眠る女」は一九八三年十二月号の「文學界」に掲載した「めくらやなぎと眠る女」を、ほぼ十年ぶりに手を入れたものです。約八十枚ばかりあったが「もう少し短く縮めたいと以前から考えていたのですが、九五年の夏にたまたま神戸と芦屋で朗読会を催す機会があり、そのときにどうしてもこの作品を読みたいと思ったので（この作品はその地域を念頭に置いて書かれたものだからです）、大きく改訂してみることにしました」とあります。

　オリジナル「めくらやなぎと眠る女」と区別するために、便宜的に「めくらやなぎと、眠る女」という題に変え、原稿量は約四割減らして、四十五枚ほどにダイエットしたことを村上春樹は記しています。

「内容も部分的に変わってきており、オリジナルとは少し違った流れと意味あいを持つ作品になったので、違う版として、あるいは違ったかたちの作品として、この短編集に収録することにしました」とあるのです。その短い版である「めくらやなぎと、眠る女」は短編集『レキシントンの幽霊』（一九九六年）に収められています。

　そして、さらに〈めくらやなぎのためのイントロダクション〉には、こんなことも記されています。

**　この作品は同じ短編集に収められた「蛍」という短編と対になったもので、あとになって『ノルウェイの森』という長編小説にまとまっていく系統のものですが、「蛍」の場合とは違って、この「めくらやなぎと眠る女」と『ノルウェイの森』のあいだにはストーリー上の直接的な関連性はありません。**

　その短編「螢」と同じ短編集『螢・納屋を焼く・その他の短編』（一九八四年）に入っているのが長い版の「めくらやなぎと眠る女」です。

　こうやって、自分が育った土地である「阪神大震災」の被災地での朗読会のために短い版「めくらやなぎと、眠る女」が生まれたわけですが、このような朗読会を村上春樹が日本で行うことは当時なかったので、大きな話題となりました。それだけ、自分が育った土地を襲った震災の被災者たちを励ましたいと思ったのでしょう。

▼関西弁を交えて

　その朗読会の様子を伝える共同通信の報道によると（私は、この朗読会を取材していません）、一日目の会場の神戸・兵庫県民会館のホールは、若者を中心に満席で、村上春樹は「本を読んでも役に立つわけではないですが、ささやかでも何かできればと思った」と切り出して、短編集『夜のくもざる』から関西弁を交えて数編を朗読。そして、新たに書き直したという小説「めくらやなぎと眠る女」を朗読したとあります。

　『村上朝日堂超短篇小説　夜のくもざる』（一九九五年）の中の「ことわざ」という作品が関西弁の作品なので、それを朗読したのかもしれません。

朗読会後のサイン会では握手を求めるファンの長い列ができたそうですし、両日の入場料全額と村上春樹自身の寄付が地元の図書館に贈られたそうです。

二日間、両方の朗読会に参加した川上未映子さん（まだ十九歳で書店員だった）の話が『みみずくは黄昏《たそがれ》に飛びたつ　川上未映子 訊く／村上春樹 語る』（二〇一七年）の冒頭にありますが、二日目の朗読会（芦屋大学）では、村上春樹が「昨日は、朗読が長過ぎたので、ダイエットしてきました」と言って、短い版を読んだそうです。

八十枚のものを一晩で一気に四割カットしたのか……、それとも書き直して、短くしたものをさらに短くしたということかもしれません。また現在、我々が読める版とその朗読版が同じものだったのか、これも不明です。

村上春樹は、それまで関西弁で小説を書く作家ではほとんどありませんでしたが、関西弁を交えて朗読したということには、被災を受けた自分が育った土地の言葉を使って、朗読したいという気持ちもあったのではないかと思います。

そして「めくらやなぎと、眠る女」を朗読したのは、村上春樹も記しているように、自分が育った神戸を舞台にした小説だからです。そのストーリーを簡単に紹介してみましょう。

久しぶりに帰郷した「僕」がある年の五月、右の耳が悪い「いとこ」が病院へ行くのに付き添っていきます。「僕」は二十五歳。「いとこ」は十一歳下の十四歳です。その病院へのバスの往路でのことや「いとこ」の診療を待つ間、かつて友だちと一緒に病院入院中の友だちのガールフレンドを見舞うためにチョコレートを持って行った八月の夏の日のことを思い出す話です。

▼不注意と傲慢さによって損なわれ、かたちを崩し

改稿では、短く削られただけでなく、長い版の途中にあったものが、物語の最後に移動して、新たに書き加えられた部分などもあります。その最終部分はこうです。

僕はそのとき、あの夏の午後にお見舞いに持っていったチョコレートの箱のことを考えていた。彼女が嬉しそうにチョコレートの箱のふたを開けたとき、その一ダースの小さなチョコレートは見る影もなく溶けて、しきりの紙や箱のふたにべっとりとくっついてしまっていた。

「僕」と友だちは病院に行く途中、海岸にバイクを停め、そして二人で砂浜に寝ころんでいろんな話をしていたのです。それを思い出した「僕」はベンチから立ち上がろうとしても「うまく立ち上がれなかった。まるで強い流れの真ん中にいるみたいに、手足を思い通りに動かすことができなかった」とも記されています。

そして、さらにこんなことを思うのです。

僕らはチョコレートの箱を、激しい八月の日差しの下に出

しっぱなしにしていた。そしてその菓子は、僕らの不注意と傲慢さによって損なわれ、かたちを崩し、失われていった。僕らはそのことについて何かを感じなくてはならなかったはずだ。誰でもいい、誰かが少しでも意味のあることを言わなくてはならなかったはずだ。

　この後、続いて「いとこが僕の右腕を強い力でつかん」で「大丈夫？」と尋ねると、「僕」が意識を現実に戻し、ベンチから立ちあがります。そして「僕」はいとこの肩に手を置いて、「大丈夫だよ」と言って、物語が終わっています。

▼十一歳も年下の「いとこ」に支えられる

　加藤典洋さんと「東日本大震災」と原発事故の際、二人で南相馬市に入ったことから今回のコラムを書き出したので、加藤典洋さんのこの場面への読みの一つをまず紹介してみましょう。

　加藤典洋さんは「いとこ」の付き添いで病院に行った「僕」が十一歳も年下の「いとこ」によって、腕をつかまれて「大丈夫？」と支えられていることに注目しています。「阪神大震災」後、最初に発表された長編は『スプートニクの恋人』（一九九九年）ですが、その主人公である小学校の教師の「ぼく」が「にんじん」と呼ばれる教え子の少年に支えられて、この世に繋ぎとめられることで、作品が成功しています。

　「ここから、やがて父と息子という縦の時間軸に沿った人間関係が村上の小説世界に入り込んでくるのを、われわれは見ます」（『村上春樹の短編を英語で読む　1979～2011』二〇一一年）と加藤典洋さんは書いて、連作短編集『神の子どもたちはみな踊る』、「父殺し」の物語である『海辺のカフカ』、「父」の主題を色濃くにじませる『１Ｑ８４』（二〇〇九、一〇年）まで展開していく関係を指摘しています。このことは大切な指摘だと思います。

▼ぐしゃぐしゃに溶けたチョコレートを持って

「阪神大震災」の被災地も私は取材していますが、ここでは「めくらやなぎと、眠る女」から、私が受け取ったことについて書きたいと思います。

　まず、「見る影もなく溶けて、しきりの紙や箱のふたにべっとりとくっついてしまっていた」一ダースの小さなチョコレートのことです。

　村上春樹が〈めくらやなぎのためのイントロダクション〉で書いているように「この作品は同じ短編集に収められた「蛍」という短編と対になったもので、あとになって『ノルウェイの森』という長編小説にまとまっていく系統」なのですが、その言葉通り、『ノルウェイの森』にも「チョコレート」の場面が出てきます。

　これは『ノルウェイの森』の「僕」が京都の森の中にあ

る療養所にいる「直子」を訪ねていく場面です。「直子」は「僕」の親友「キズキ」の恋人でした。かつて「キズキ」と「僕」とで、入院した「直子」を見舞いに行ったことがあるのです。「直子」に「僕」がこう話しかけます。

「昔キズキと二人で君を見舞いに行ったときのこと覚えてる？　海岸の病院に。高校二年生の夏だっけな」と。

それに応えて「胸の手術したときのことね」と直子はにっこり笑って言います。

「よく覚えているわよ。あなたとキズキ君がバイクに乗って来てくれたのよね。ぐしゃぐしゃに溶けたチョコレートを持って。あれ食べるの大変だったわよ。でもなんだかものすごく昔の話みたいな気がするわね」
「そうだね。その時、君はたしか長い詩を書いてたな」

そして、「あの年頃の女の子ってみんな詩を書くのよ」と直子はくすくす笑うのです。

▼目に見えないものが存在する場所

『ノルウェイの森』では「キズキ」は自殺していますし、「直子」も療養所の森の中で、縊死してしまいます。「めくらやなぎと眠る女」でも「僕」の友だちは、その後、死んでいますが、入院している「彼女」のその後の生死は不明です。

でも短い版の「めくらやなぎと、眠る女」は『ノルウェイの森』の後の改稿なので、「めくらやなぎと、眠る女」の詩を書く「彼女」がどうしても「直子」と重なってきて、その後の死の感覚が強く迫ってくるのです。

「めくらやなぎと、眠る女」の最後、「いとこ」に「大丈夫？」と尋ねられて、「大丈夫だよ」と「僕」が立ち上がるまでに、こんな文章が記されています。

今度はうまく立ち上がることができた。吹き過ぎてゆく五月の懐かしい風を、もう一度肌に感じることができた。僕はそれからほんの何秒かのあいだ、薄暗い奇妙な場所に立っていた。目に見えるものが存在せず、目に見えないものが存在する場所に。

この「薄暗い奇妙な場所に立っていた。目に見えるものが存在せず、目に見えないものが存在する場所」こそが、親しい者の死に近い世界に触れて、自分が大切にするべき「心」の姿にハッと気がついた時なのでしょう。

▼そのことについて何かを感じなくてはならなかった

『ノルウェイの森』の「直子」が書いていた詩は、短編「めくらやなぎと、眠る女」の彼女が書いていた詩と同じものかもしれませんが、それは「めくらやなぎ」が茂る丘の上にある小さな家に一人眠る女を書いたものです。その「めくらやなぎ」が女を眠りこませるのです。

僕らはチョコレートの箱を、激しい八月の日差しの下に出しっぱなしにしていた。そしてその菓子は、僕らの不注意と傲慢さによって損なわれ、かたちを崩し、失われていった。僕らはそのことについて何かを感じなくてはならなかったはずだ。誰でもいい、誰かが少しでも意味のあることを言わなくてはならなかったはずだ。

その「僕」たちは、チョコレートを溶かさないように、心をくばるべき、何かを感じなくてはならないはずだったのに、誰も何もしませんでした。

「でもその午後、僕らは何を感じることもなく、つまらない冗談を言いあってそのまま別れただけだった。そしてあの丘を、めくらやなぎのはびこるまま置きざりにしてしまったのだ」と村上春樹は書き加えています。

これが朗読を通して、村上春樹が伝えたいことだったのではないかと思います。

▼でもここにだけは、いるわけにはいかないんだ

「地震」の発生を私たちは防ぐことはできません。でも世界を災害からまもるためには、また災害から立ち直るためには、チョコレートの箱を八月の太陽の下に漫然とさらしているような傲慢な心のままであってはいけないのです。

朗読用に短く書き直された「めくらやなぎと、眠る女」には「やらなくちゃいけないことなんて、どこにもひとつもない。でもここにだけは、いるわけにはいかないんだ」と、すべての言葉に傍点が打たれた文章があります。

村上春樹の主人公は進んで悪をなすような人間ではありません。むしろ、穏やかで、好人物だと言えます。でも、それだけでは大切な何かが足りないのです。そこに留まっていてはいけないのです。「ここにだけは、いるわけにはいかない」のです。

ガールフレンドのお見舞いにチョコレートを持っていく心は決して悪いものではありません。でも、それだけでは不十分なのです。

チョコレートの箱を八月の太陽の下に漫然とさらしているような「心」の場所にだけは「いるわけにはいかない」のです。「僕」は「めくらやなぎと、眠る女」の「彼女」の死のような世界に触れて、そのことにハッと気づくことで、立ち上がることができます。

この「心」の闇の中の闘いを通して、「僕」は成長していますし、その力が世界を作り直す力ともなるのだと思います。もしかしたら、悲惨な「地震」の被害を未然に防ぐ力となるかもしれません。『神の子どもたちはみな踊る』の中の「かえるくん、東京を救う」で、かえるくんと片桐

が地下の闇の中で闘い、巨大地震を未然に防いだように。

「阪神大震災」に遭った、自分を育ててくれた地の人たちに伝えたかったことは、そのようなことではないでしょうか。私はそのように考えています。

▼はにかむような表情の加藤典洋さん

「東日本大震災」から十年。このコラム「村上春樹を読む」も十年続きました。毎月書いてきたので、長かったような、短かったような時間です。

十年前、東京と「東日本大震災」の被災地の間の往復をバスで移動しましたが、その間、加藤典洋さんと村上春樹作品について、何度か話しました。

二〇一一年四月七日、我々は福島県南相馬市からいったん仙台まで戻り、深夜バスで帰京しました。そして仙台駅前に停車した深夜バスの車内で発車を待っている時でしたが、同日の午後十一時半過ぎ、宮城県内を震度六強の地震（震源・宮城県沖、マグニチュード七・四）が襲いました。東日本大震災の余震としては、当時最大のもので、我々もバスの中で激しい揺れを体験しました。津波警報も発令され、バスは仙台駅では海側に位置する場所に停まっていたので、一瞬、津波のことも頭をよぎりました。

幸い、我々には何ごともなく、バスも出発がかなり遅れましたが、無事帰途につきました。でも地震の影響で、途中までバスが高速道路を走れず、長時間の旅となりましたので、村上春樹作品について、お互いの考えを述べ合いました。

休憩時間でバスの外に二人で出た時、『神の子どもたちはみな踊る』の中の「ＵＦＯが釧路に降りる」について、加藤典洋さんの読みの素晴らしさについて、私が述べると、加藤典洋さんが独特な、はにかむような表情を見せたことも忘れ難いです。

加藤典洋さんは『村上春樹 イエローページ』（一九九六、二〇〇四年）をはじめ、村上春樹作品解読の道を切り拓いた人だと言っていいと思います。その加藤典洋さんも二〇一九年に亡くなってしまいました。時は確実に流れているのだと感じています。

次の最終回では、私にとって村上春樹を初めてインタビューした『世界の終りとハードボイルド・ワンダーランド』（一九八五年）を通して〈地震と村上春樹作品〉について考えてみたいと思います。

114

予言的な『世界の終りとハードボイルド・ワンダーランド』
地震と村上春樹作品②

2021.3

三月二十日の午後六時すぎ、宮城県沖を震源とするマグニチュード六・九、最大震度五強の地震がありました。二月十三日午後十一時過ぎにもマグニチュード七・三、最大震度六強を観測した地震があり、そのことから前回を書き出しました。本当に地震が多いですね。二月十三日深夜の地震は、東北沖を震源とする最大震度六強の地震として、私が仙台で体験した二〇一一年四月七日深夜の地震以来、約十年ぶりのものでした。

前回は「地震」と「村上春樹作品」というテーマで書きましたが、今回もそれに続いて、「地震と村上春樹作品②」です。

▼随分前の作品まで遡ることができる

今月で東日本大震災二〇一一年三月十一日からまる十年が経ちました。村上春樹作品で「地震」の出てくるものは少なくないです。その「地震」への村上春樹の関心は、随分前の作品まで遡ることができます。

前回は『ノルウェイの森』（一九八七年）に登場する関東大震災についてのことなども紹介しました。同作に出てくる「緑」という女性が、小学校三年の時と五年の時に家出をして、福島の伯母の家に行くのですが、それを迎えに来た父親が、東京に帰るまでの電車の中で話してくれた関東大震災の体験についてでした。

そして「地震」を巡る話は『ノルウェイの森』の一つ前の長編『世界の終りとハードボイルド・ワンダーランド』（一九八五年）にも出てきます。

『世界の終りとハードボイルド・ワンダーランド』は、私（小山）が最初に村上春樹にインタビューした作品でもあり（同じ作品で二度インタビューしました）、とても印象深い物語です。その〈『世界の終りとハードボイルド・ワンダーランド』が村上春樹作品では一番好き〉という読者と話しても、「地震」と『世界の終りとハードボイルド・ワンダーランド』というと……？　との読者が多いのですが、でもとても重要な場所に出てきます。村上春樹作品全体を考えていくうえでも重要な意味を持っていると思います。

▼「地震よりずっとひどいものよ」

『世界の終りとハードボイルド・ワンダーランド』は「世界の終り」の話と「ハードボイルド・ワンダーランド」の話が交互に展開していく物語です。その「ハードボイルド・ワンダーランド」の方に「地震」について、こんな会話が書かれています。

「私」と博士の「太った孫娘」の二人が地底の闇の中を進

んでいくと、何か音が聞こえてくるのです。「太った娘」が「何か音が聞こえるわ。耳を澄ませて！」と言います。

暗闇の奥からの響きに耳を澄ませると、それは「かすかな地鳴りのようでもあり、何かどっしりとした重い金属がこすりあわされる音のよう」でもあります。「大きな虫がじわじわと背中をはいあがってくるような、不気味で冷ややかな感触のする音だった。人の耳の可聴範囲にやっと触れるほどの低い音の響きだ」と記されています。

何かが起りつつあるという予感のようなものがあたりに充ちる中、「私」が「地震でも起るのかな」と言うと、「地震なんかじゃないわ」「地震よりずっとひどいものよ」と「太った娘」が言うのです。

同作の第21章は、この「「地震なんかじゃないわ」と「太った娘」が言った。「地震よりずっとひどいものよ」」という言葉で終わっています。『世界の終りとハードボイルド・ワンダーランド』は、単行本では一冊本ですが、文庫版は上下二分冊となっています。そして、「太った娘」が言ったことは文庫版上巻の終わりの言葉でもあります。

この会話の中の「地震」が単なるレトリックでないことは、文庫版下巻の「ハードボイルド・ワンダーランド」の話の最初の言葉が「「地震なんかじゃないわ」と彼女は言った。「地震よりずっとひどいものよ」」というように反復されていることからも明らかです。

十年間にもわたった連載の最終回に、この『世界の終りとハードボイルド・ワンダーランド』の中の「地震」の言葉について考えておきたいのです。

その場面は、続けて以下のようにあります。


それは私がこれまでに耳にしたこともないほどの激しい悪意に充ちたおぞましい音だった。

私がその音についていちばんおぞましく思ったことは、それが我々二人を拒否するというよりは手招きしているようにように感じられたことだった。彼らは我々が近づいているこ とを知っていて、その喜びに邪悪な心を震わせているのだ。そう思うと、私は走りながら背筋が凍りついてしまうような恐怖を感じた。たしかにそれは地震なんかではなかった。彼女が言うように、地震よりもっとずっとおそろしいものなのだ。しかしそれが何であるのか私には見当もつかなかった。


そのような言葉が書かれているのです。

▼科学の純粋性がときとして多くの人々を傷つける

「地震」は確かに「おそろしい」ものだが、でもそれ以上に「おそろしく」「おぞましく」「邪悪な心を震わせている」ものが「私」と「太った娘」を手招きしているように感じると、村上春樹は記しているのです。

「おそろしく」「おぞましく」「邪悪な心を震わせている」

もの、それはどんなものでしょうか。

この場面の後、まもなく「私」と「太った娘」は地上に脱出するのですが、「太った娘」の祖父である「博士」がこんなことを「私」に言います。

「科学者というものは知の鉱脈を前にするとそれ以外の状況が眼中になくなってしまうきらいがあるです。またそれなればこそ科学も間断なき進歩を遂げてきたわけだ。科学というものは極言するならば、その純粋性の故《ゆえ》に増殖するのであって……」と話します。

続けて、「博士」はこう言います。

科学の純粋性というものがときとして多くの人々を傷つけることがあると言いたかっただけです。それはあらゆる純粋な自然現象がある場合に人々を傷つけるのと同じことです。火山の噴火が街を埋め、洪水《こうずい》が人々を押し流し、地震が地表の一切を叩《たた》き潰す――しからばそのような類《たぐ》いの自然現象が悪かと言えば……

「科学というものは極言するならば、その純粋性の故《ゆえ》に増殖する」「科学の純粋性というものがときとして多くの人々を傷つけることがある」とは、直接的には同作で「シャフリング」という仕事をしている「私」が受ける人体実験的な手術のことなどを述べているのかと思いますが、東日本大震災と東京電力福島第一原子力発電所の爆発事故の後に読んでみると、地震と原子力発電とその原発事故のことを述べているようにも感じられてくるのです。

なにしろ、科学の純粋性が多くの人々を傷つけることがあることと、洪水が人々を押し流し、地震が地表の一切を叩き潰すような自然現象のおそろしさとが並べて語られているのですから。村上春樹の頭の中には、原子力発電所の事故のことも考えられていたのではないかと思えてくるのです。原子爆弾のことも考えられていたのではないかと思うのです。

つまり、東日本大震災と原発事故のことを考えると、『世界の終りとハードボイルド・ワンダーランド』は予言的な作品なのです。それも、かなり村上春樹が考え続けていたことを記した作品なのではないかと思えるのです。

▼結果的に原子爆弾を生み出すことになった

例えば『騎士団長殺し』（二〇一七年）には「イデア」が「騎士団長」として形体化し登場しますが、その「騎士団長」と「私」との会話の中で「$E = mc^2$という概念は本来中立であるはずなのに、それは結果的に原子爆弾を生み出すことになった。そしてそれは広島と長崎に実際に投下された」ことが語られています。

そして、この『騎士団長殺し』の最後には、東日本大震災と原発事故のことも登場します。でも、そのようなことが、東日本大震災と原発事故を契機にして、初めて村上春樹が考えたことではないということがよくわかる『世界の終りとハードボイルド・ワンダーランド』の言葉なのです。

科学が、その純粋性の故に増殖するし、科学の純粋性というものがときとして多くの人々を傷つけることがあるという考えが、『騎士団長殺し』より三十年以上前の作品に記されているのです。

『世界の終りとハードボイルド・ワンダーランド』の「世界の終り」の街には「東の森」が出てきますが、その「東の森」の中にある発電所は「風力発電所」です。『海辺のカフカ』（二〇〇二年）に出てくる発電所も「風力発電所」です。

それが「風力発電所」であることは、原子力発電ではない力によって、この世界は維持されていかなくてはならないということを、『世界の終りとハードボイルド・ワンダーランド』を書いた時点で、村上春樹が考えていたということではないでしょうか。

▼極端にいえば『もうこれくらいしかないんじゃないか』

さらにエッセイ集『村上朝日堂はいかにして鍛えられたか』（一九九七年）の最後に置かれた「ウォークマンを悪く言うわけじゃないですが」という文章の中で「原子力発電所に代わる安全でクリーンな新しいエネルギー源を開発実現化すること」を村上春樹は提案しています。

「もちろんこれは生半可な目標ではない。時間もかかるし、金もかかるだろう。しかし日本がまともな国家として時代をまっとうする道は、極端にいえば「もうこれくらいしかないんじゃないか」と、五年間近く日本を離れて暮らしているあいだに、実感としてつくづく僕は思った」と村上春樹が書いていることも、東日本大震災と原発事故の後、注目されました。実に原発事故が起きる十四年も前の発言です。

このエッセイにある「五年間近く日本を離れて暮らしているあいだに」とは、一九九一年から一九九五年まで米国東海岸に村上春樹が住んだことですが、この間に書かれた長編が『ねじまき鳥クロニクル』（一九九四、九五年）です。

その『ねじまき鳥クロニクル』では、ノモンハンの「歴史」を「僕」に伝えにくる間宮中尉は広島出身であり、原爆で妹と父を失い、ショックで母も二年後に亡くなったという人です。そして「僕」が戦う相手である、日本を戦争に導いたような精神の持ち主・綿谷ノボルが「長崎」で倒れています。このように村上春樹作品は「広島」と「長崎」という日本が受けた二度の原爆による惨禍を意識して、書き続けられているのです。

▼長いあいだに吸引蓄積された様々な憎しみ

今回は「地震と村上春樹作品②」という形で書きたいと、このコラムの冒頭で述べました。

ですから「地震」について記さなくてはなりません。既に紹介した言葉ですが、以下の言葉から、「地震」についてもう少し考えてみたいと思います。二つとも少し長いですが、もう一度、引用します。

彼らは我々が近づいていることを知っていて、その喜びに邪悪な心を震わせているのだ。そう思うと、私は走りながら背筋が凍りついてしまうような恐怖を感じた。たしかにそれは地震なんかではなかった。彼女が言うように、地震よりもっとずっとおそろしいものなのだ。しかしそれが何であるのか私には見当もつかなかった。

科学の純粋性というものがときとして多くの人々を傷つけることがあると言いたかっただけです。それはあらゆる純粋な自然現象がある場合に人々を傷つけるのと同じことです。火山の噴火が街を埋め、洪水《こうずい》が人々を押し流し、地震が地表の一切を叩《たた》き潰す——しからばそのような類《たぐ》いの自然現象が悪かと言えば……

という言葉の意味を考えてみたいのです。

その入り口として、村上春樹が阪神大震災をテーマにして書いた連作短編集『神の子どもたちはみな踊る』（二〇〇〇年）の「かえるくん、東京を救う」のことを紹介したいと思います。

「これはあまりぱっとしない中年の銀行員のアパートを、ある日巨大な蛙が訪れるという、かなり奇妙な筋の物語です」。そのように村上春樹自身が『若い読者のための短編小説案内』（一九九七年）の文庫版（二〇〇四年）の冒頭に置かれた「僕にとっての短編小説」の中で書いています。

さらに「本を刊行したときには、とくにそういう印象もなかったのですが、時間が経つにつれて、『かえるくん、東京を救う』の存在意義が、この短編集の中で確実に重くなってきたようです」とありますし、その作品集の中で「どうやらそのときの波のてっぺんに到達した、中心的な作品である」とも加えています。

同作は、その「かえるくん」が東京安全信用金庫の新宿支店に勤務する「片桐」の力を借りて、三日後に起きる東京直下型の地震を未然に防ぐ物語です。

地震の原因は、地下五十メートルにすむ巨大な「みみずくん」の心と身体の中で「長いあいだに吸引蓄積された様々な憎しみ」の力です。その「みみずくん」と「かえるくん」が闘う際に、地下の暗闇の中は「かえるくん」に不利なので、「片桐」は「足踏みの発電器」を用いて「その場所に力のかぎり明るい光」を注いでいます。

『世界の終りとハードボイルド・ワンダーランド』や『海辺のカフカ』の発電所が「風力発電所」であったこと、この「片桐」の「足踏みの発電器」による「明るい光」に、同じような村上春樹の一貫したエネルギー観を受け取ることができます。

▼激しい悪意に充ちたおぞましい音

ただ、ここで考えてみたいのは、「地震」が地下五十メートルにすむ「みみずくん」の心と身体の中で「長いあいだに吸引蓄積された様々な憎しみ」の力で起きると村上春樹が記していることです。

普通に考えれば、地震は地下で起きる岩盤の「ずれ」により発生する現象です。もちろん、村上春樹はそんなことは十分わかっていますが、でも地下の闇にすむ「みみずくん」の心と身体の中で「長いあいだに吸引蓄積された様々な憎しみ」の力で起きると書いているのです。

ここに、私は『世界の終りとハードボイルド・ワンダーランド』で記された、地下の暗闇の中で「私がこれまでに耳にしたこともないほどの激しい悪意に充ちたおぞましい音」と響き合うものを感じるのです。

その音の源である「彼らは我々が近づいていることを知っていて、その喜びに邪悪な心を震わせているのだ。そう思うと、私は走りながら背筋が凍りついてしまうような恐怖を感じた。たしかにそれは地震なんかではなかった。彼女が言うように、地震よりもっとずっとおそろしいものなのだ」という言葉と響き合う考えです。

「科学の純粋性というものがときとして多くの人々を傷つけることがあると言いたかっただけです。それはあらゆる純粋な自然現象がある場合に人々を傷つけるのと同じことです。火山の噴火が街を埋め、洪水《こうずい》が人々を押し流し、地震が地表の一切を叩《たた》き潰す――しからばそのような類《たぐ》いの自然現象が悪かと言えば……」と村上春樹は書いていました。

これを語る「博士」によれば、「科学の純粋性というものがときとして多くの人々を傷つけることがある」のですが、「火山の噴火」や「洪水」や「地震」という自然現象が人々を傷つけるのと同じで、その自然現象を悪とは言えないように、「科学の純粋性というものがときとして多くの人々を傷つけること」が「悪とは言えないのではないか……」ということを博士は言いたいのかもしれません。

▼大切な「心」を自分以外の何かに預けて

でも村上春樹は、その自然現象である「地震」も「みみずくん」の心と身体の中で「長いあいだに吸引蓄積された様々な憎しみ」の力で起きると考えているのです。ですから「かえるくん、東京を救う」の「かえるくん」と「みみずくん」の地下の暗闇の闘いは、それぞれの「心」の闇の中の闘いなのだと思います。

そして『世界の終りとハードボイルド・ワンダーランド』という長編は、「心」という大切なものを取り戻す物語です。他人に預けてはいけない、自分の「心」という大切なものを取り戻す物語。他人には預けることができない大切な、自分の「心」というものを発見する物語です。

でも、私たちは自分の大切な「心」を自分以外の何かに預けて生きてはいないでしょうか。

例えば、効率性を追求する社会の集団性の中で、自分の「心」を「効率追求社会」の側に預けていないでしょうか。会社員ならば、会社組織に「心」を預けて生きてはいないでしょうか。一つの原理を信じて、その原理だけですべてを測り考えるような原理主義に「心」を預けていないでしょうか。「純粋性」ゆえに「ときとして多くの人々を傷つけることがある」「科学」というものに「心」を預けて生きていないでしょうか。

このように、自分の「心」という大切なものを〈他人に預けてしまう世界に誘い、手招きするもの〉こそが、あの地底で「私」と「太った娘」の二人が聞いた「音」の姿でもあるでしょう。「彼らは我々が近づいていることを知っていて、その喜びに邪悪な心を震わせている」のです。その先にあったものが原発事故だったのではないでしょうか……。

▼私たちの「心」の姿と〈関係がないことではない〉

本書の基になった連載の最初は、東日本大震災が起きた直後、同大震災の発生から二カ月後の二〇一一年五月から始まりました。

その東日本大震災、東京電力福島第一原子力発電所の爆発事故から三カ月後の二〇一一年六月九日。スペイン・バルセロナのカタルーニャ国際賞授賞式の受賞スピーチで、村上春樹は、歴史上唯一、広島と長崎に核爆弾を投下された経験を持つ日本人にとって、東京電力福島第一原子力発電所の事故は二度目の大きな核の被害であることを述べ、我々日本人は核に対する「ノー」を叫び続けるべきだったと語って、大きな話題となりました。

そしてなぜ「二度の原爆の惨禍を体験した日本社会から「核」への拒否感がどんな理由で消えてしまったのか」。それについて村上春樹は「答えは簡単です。「効率」です」と語っています。なんと六回も「効率」という言葉を使って、村上春樹は話していました。

それは「効率」というものに、自分の大切な「心」を預けてはいけないという村上春樹の発言でした。

その原発事故や核爆弾についての発言が、村上春樹にとって、唐突にあらわれてきたものではないことを『世界の終りとハードボイルド・ワンダーランド』は示しているのです。「科学の純粋性というものがときとして多くの人々を傷つけることがある」という言葉が示していると思います。ずっと以前から、深く考えられていたということです。

「地震」という自然災害を考える時、それが起きたことは自然の力で、人間の力は関係がないと考えがちです。でも紹介したように、その「地震」は地下にすむ巨大な「みみずくん」の心と身体の中で「長いあいだに吸引蓄積された様々な憎しみ」の力で起きると考えるのが、村上春樹です。

そして、東日本大震災による原発事故での「地震」災害が、私たちの「心」の姿と〈関係がないことではない〉ことが、明らかになったのです。

▼風と同じさ。君はその動きを感じるだけでいいんだよ

「喜びに邪悪な心を震わせている」暗闇の中の音との闘いは、我々自身の「心」の深いところでの闘いです。

カタルーニャ国際賞の受賞スピーチでも、村上春樹は、福島第一原発事故について「原子力発電所の安全対策を厳しく管理するはずの政府も、原子力政策を推し進めるために、その安全基準のレベルを下げていた節が」あることを述べると同時に「しかしそれと同時に私たちは、そのような歪んだ構造の存在をこれまで許してきた、あるいは黙認してきた我々自身をも、糾弾しなくてはならないはずです」と話しました。

原発事故は「日本が長年にわたって誇ってきた「技術力」神話の崩壊」であると同時に「そのような「すり替え」を許してきた、私たち日本人の倫理と規範の敗北」でもあったと語りました。原発事故も「私たち日本人自身がそのお膳立てをし、自らの手で過ちを犯し、自らの国土を汚し、自らの生活を破壊しているのです」とも語っていました。

これらはすべて、「我々」の「心」の闘いでもあるのです。そして、その闘いの場である「心」とはどういうものでしょうか。それを『世界の終りとハードボイルド・ワンダーランド』の中の言葉から紹介してみましょう。

『世界の終りとハードボイルド・ワンダーランド』の「世界の終り」の「僕」と「影」の対話の中で「心というものはそれ自体が行動原理を持っている。それがすなわち自己さ。自分の力を信じるんだ。そうしないと君は外部の力にひっぱられてわけのわからない場所につれていかれることになる」と「影」が「僕」に話しています。

その「世界の終り」の話に登場する図書館の司書の女の子が「私には心がどういうものなのかがよくわからないの」というと、「僕」は彼女に対して「心というものはただそこにあるものなんだ。風と同じさ。君はその動きを感じるだけでいいんだよ」と答えています。

デビュー作『風の歌を聴け』(一九七九年)のタイトルに繋がる言葉ですね。きっと、今回書いたことは、村上春樹がデビュー以来、考え続けてきたことなのではないかと思います。

今回で十年間、毎月連載してきたこのコラム「村上春樹を読む」は終了です。こんなに長く、よく書いてきたなぁ……と正直思います。長年愛読してくださった読者の方々にも深く感謝いたします。ありがとうございました。

＊二〇二二年三月十六日午後十一時半過ぎ、宮城、福島両県で震度六強の地震(震源・福島県沖、マグニチュード七・四)が発生、津波注意報が出されました。この地震で東北新幹線が脱線して運休となったほか、東京電力福島第一原子力発電所などで使用済み核燃料プールの冷却が一時停止しました。

「村上春樹の歴史意識」――「あとがき」に代えて

本書の基となったコラムを連載中、二〇一九年の月刊「文藝春秋」六月号に、村上春樹が自らのルーツを初めて綴った「猫を棄てる――父親について語るときに僕の語ること」が発表されました（単行本は『猫を棄てる　父親について語るとき』として二〇二〇年四月に刊行されています）。

タイトルにも反映しているように、この文章の中心部分は村上春樹の父親の日中戦争での中国従軍体験です。その中で、父親の属している部隊が中国人捕虜の首を刎ねて殺害したことが記されています。

その事実から逃げることなく、身を切るようにして、ノンフィクションの形で村上春樹は書いています。父親から受け継いだ歴史の事実を正直に書いて伝えていこうとする村上春樹の姿に、私は深く動かされました。しかも、その事実を含めたことがセンセーショナルなメッセージとして書かれているわけでなく、「ごく当たり前の名もなき市民」の「歴史の片隅にあるひとつの名もなき物語」として描かれているのです。そして、この「猫を棄てる」を読了し、「やはり、歴史への意識だったか……」という感慨も私の中にやってきたのです。

☆

村上春樹作品は楽しくて読みやすく、加えてたくさんの謎に満ちています。本書の中でもその多くの謎の解読に挑みました。その解読を楽しんでいただけたらうれしいのですが、私が最も関心を抱いて書いてきたのは、村上春樹という作家はどんな問題を持って登場し、その問題をどのように抱き続けているのか、つまり端的に言いますと、「村上春樹とは、どのような作家なのか」ということでした。

長く文学担当の記者をしていると、それぞれの作家は固有の問題を抱えて登場してきて、その問題を抱き続けて書いているように感じます。そして、私の考えによれば、村上春樹がデビュー作以来、最も大切にして書いていることは「歴史意識」だと思います。その「歴史意識」を抱いて、人びとと、この社会の再生を願って書かれているのが、村上春樹作品ではないかと思ってきたのです。

☆

連載中の二〇一七年には、『1Q84』（二〇〇九、一〇年）以来、七年ぶりの長編『騎士団長殺し』が刊行されました。その中で、ナチス・ドイツのオーストリア併合や日中戦争での日本軍の南京戦のことが出てきます。でもそのような戦争の場面は、村上春樹作品の中で唐突に出てきたことではないのです。デビュー作以来、抱いてきた歴史意識のあらわれでした。『風の歌を聴け』（一九七九年）の登場人物たちが集まる「ジェイズ・バー」のバーテンのジェイは中国人でしたし、最初の短編集の題名は『中国行きのスロウ・ボート』（一九八三年）です。『羊をめぐる冒険』（一九八二年）には日露戦争と満州のことが出てきます。『ねじまき鳥クロニクル』（一九九四、九五年）では、ノモンハン事件や満州の首都・新京（長春）の動物園での中国人への殺戮が描かれていますし、『アフターダーク』（二〇〇四年）の主人公・マリは中国語は学ぶ女子大学生です。『1Q84』の主人公・天吾の父親も満州帰りです。

このように、デビュー作以来の村上春樹作品には、「歴史意識」が貫かれていると考えていました。そのため、村上春樹自らが記した「猫を棄てる——父親について語るときに僕の語ること」を読んだ時、本書の連載当初から「歴史意識」について、私が中心的に書いてきたことも、それほど見当違いなものでもなかったと思えたのです。

☆

『騎士団長殺し』の単行本の第1部「顕《あらわ》れるイデア編」の帯には「旋回する物語／そして変装する言葉」とあり、第2部「遷《うつ》ろうメタファー編」の帯には「渇望する幻想／そして反転する眺望」とありました。この帯の言葉に記されたように、村上春樹の作品は「旋回」し「反転」して進んでいく物語です。このため、一つの読み方で村上春樹作品の魅力を伝えようとすると、ある時、読み手の中で、その読みが反転してしまうのです。そして、その反転した場から、また村上春樹作品を読んでいくと、再び、その読みが反転してしまいます。

『騎士団長殺し』には「雨」の場面がたくさん登場します。三十六歳の肖像画家である「私」もラジオの天気予報をよくを聴いていています。「天気予報もまずまずの気候を示唆《しさ》していた。素晴らしい日和《ひより》とも言えないが、それほどひどくもない。一日中うっすら曇ってはいるものの、雨が降るようなことはないだろう。たぶん」と「第2部　遷《うつ》ろうメタファー編」にあります。さらに続けて「でも役人たちは、あるいはメディアの人々は利口だから、「たぶん」というような曖昧《あいまい》な言葉は決して用いない。「降水確率」という便利な（誰も責任を負う必要のない）用語がそのために用意されている」と書いてあります。ここでの「降水確率」を使った天気予報は「誰も責任を負う必要のない」用語として、マイナスの意味で用いられているように思います。

しかし読み進めていくと「でもまったく正しいこととか、まったく正しくないことなんて、果たしてこの世界に存在するものだろうか？　我々の生きているこの世界では、雨は三十パーセント降ったり、七十パーセント降ったりする。たぶん真実だって同じようなものだろう。三十パーセント真実であったり、七十パーセント真実であったりする」と記されています。ここでは「降水確率」のことは真実の在り方を述べる際にプラスの意味に使われているようにも感じるのです。

このように相反する考え方を同時に記していくのが、村上春樹作品の特徴です。「二つの対立する概念を同時に抱きながら」（『風の歌を聴け』）書かれているために、その作品が両義的となり、単純に受け取ることができないのです。その「旋回」し「反転」し、「二つの対立する概念を同時に抱きながら」書かれている村上春樹作品を、十分に受け取るためには、他の村上春樹作品も含めて、同じような言葉やメタファー、考え方（その多くは二つが対立的に書かれています）をたくさんキャッチして、それらの集積の方向性を考えながら読んでいくことが重要な道ではないかと思っています。それを村上春樹作品の「惑星直列」と私は読んでいるわけですが、本書『村上春樹クロニクル』はそのような考えで書かれたものです。でも、これは難しいことを述べているわけではありません。私の読みに相当する具体的な例を、幾つも「惑星直列」的に並べながら読み取って、書いていくという方法です。

☆

そのような読み方で受け取った村上春樹作品の「歴史意識」の現代性についても考えてみたいと思います。『ねじまき鳥クロニクル』は村上春樹が欧米社会で認められて、世界的な作家となっていくきっかけとなった作品ですが、この『ねじまき鳥クロニクル』の最後には、日本を戦争に導いた精神を体現するような人物である綿谷ノボルと「僕」が対決し、野球のバットで叩き倒す有名な場面があります。でも綿谷ノボルは「僕」の妻・クミコの兄です。いくら戦争に導いた精神の体現者であっても、妻の兄をバットで叩き倒すというのは残酷ではないか……との意見があります。もっともなことですが、でもこれは「僕」の心の闇の中での戦いなのです。村上春樹の物語では

「向こう側」と「こちら側」は繋がっていて、「向こう側」の相手を打ち破るには、「こちら側」の自分も同時に打ち破らなくてはならないように書かれています。

つまり、どんな人間にも、よく考えてみれば、自分を戦争に導いてしまうような面が心の底にあります。『ねじまき鳥クロニクル』の綿谷ノボルとの戦いは、日本を戦争に導いた精神の体現者である「向こう側」の綿谷ノボルを打ち倒す戦いでもありますが、同時にその一方で「僕」が自分自身の心の底に下りて、自分を戦争に導いてしまうような「こちら側」の自らの心の暗部を徹底的にバットで打ち倒す戦いでもあるのです。闇の中で打ち倒されるのは、人びとを戦争に導いていく精神そのものなのだと思います。

村上春樹の「歴史意識」は、単なる「歴史」の認識に留まっているのではなく、どのようにしたら、この世界は再生されるのかという現実の問題を考えて書かれています。「効率」を追求し続けた近代日本の行き着いたところが戦争でしたが、その「効率」優先の社会に身を任せるのではなく、人間の一人ひとりが、個性ある自由な存在として、自分自身の人生を主体的に生きていくことを村上春樹の作品はいつも追求しています。

いま、この文章を書いている時、ロシアのウクライナへの侵攻が続いています。そのような中で、人間の中の暴力性の問題、人間の中にある悪の問題、戦争の問題を考え続けてきた村上春樹文学は、いまその意味をさらに深めていると感じています。広島、長崎への原爆投下のこと、科学の純粋性が我々の世界に大きな破壊をもたらすことへの問題意識など、『世界の終りとハードボイルド・ワンダーランド』（一九八五年）から『騎士団長殺し』まで、一貫したものを村上春樹作品は持ち続けていているからです。それらのことも、この『村上春樹クロニクル』の中で具体的に紹介しています。

☆

本書の連載を始めた時には、一年、二年は書きたいことがあるかなと思っていました。それが百回を超えて十年間、百十四回も続くとはとても考えていませんでした。百回を超えて書いている頃、自分でも連載の回数を数え間違って書いてしまったことがあり、村上春樹の事務所の人から連載の回数が間違っているという指摘をされて、訂正をしたこともありました。回数を数え間違うほど長く、かつ毎回、かなりの長い枚数を書いてきたので、連載を『村上春樹クロニクル』としてまとめる際にも「ＢＯＯＫ１」「ＢＯＯＫ２」の二分冊、しかも上下二段組で各四百ページ以上ある大部なものとなってしまいました。

でも読んだ方には理解していただけると思いますが、内容的には一般の読者向けに、何よりわかりやすく、より深く、より楽しく村上春樹作品が味わえることを願って書いたものです。取り上げた本も村上春樹の小説作品はもとより、エッセイ集や読者とのインターネットを通したやり取り集まで網羅していて、これほど多岐にわたって、村上春樹作品について論じたものは珍しいかと思っています。その全体を通して、「村上春樹とは、どのような作家なのか」という像に少しでも迫った論となっていればいいなと願っています。

☆

連載中、自分が刺激を受けた他の研究者の優れた論についても積極的に紹介してきました。文芸評論家の加藤典洋さん、中国文学者の藤井省三さん、言語学者の金水敏さんたちの論を紹介しています。特に加藤典洋さんとのことを少しだけ記しておきたいと思います。

これは昔から何人かの方に話していることですが、一九八四年に文学担当記者となった際、自分と世代の近い文学者で会ってみたいと思う中に、作家の村上春樹と文芸評論家の加藤典洋さんがいました。私の勤務先のビルが東京・虎ノ門にあった時代で、当時、加藤典洋さんが働いていた国立国会図書館までは徒歩圏内なので、しばしば歩いて加藤典洋さんに会いに行きました。まだ加藤典洋さんに著書がなかった時代でしたが、コラムの執筆を依頼したり、また一九八五年に刊行されたデビュー作『アメリカの影』でインタビューしたりしました。インタビュー時、ちょうど見本本ができた日だったので、その一冊をいただいたことも記憶に残ります。このインタビューの二カ月後、私は『世界の終りとハードボイルド・ワンダーランド』で、村上春樹に初めてのインタビューをしています。

そして、その頃から、しばしば村上春樹作品について、加藤典洋さんと話すようになりました。加藤典洋さんには『羊をめぐる冒険』についての評論が一九八三年にありますが、加藤典洋さんの村上春樹研究が本格的に始まるのは『世界の終りとハードボイルド・ワンダーランド』を読んでからだと思います。そして加藤典洋さんは、一九九六年に『村上春樹　イエローページ』を刊行、二〇〇四年に『村上春樹　イエローページ　ＰＡＲＴ２』を刊行します。私が本書の連載をスタートさせた頃にも、『村上春樹の短編を英語で読む　1979～2011』（二〇一一年）について、加藤典洋さんをインタビューしたりしています。

本書「１１３」でも記していますが、その加藤典洋さんと東日本大震災の発生から間もない頃、東京電力福島第一原子力発電所の爆発事故によって記者たちの退避が続く中、同原発からほど近い福島県南相馬市に入りました。その取材のためのバスでの往復の中で村上春樹作品について、二人でたくさん話したことも心に残ります。

私の村上春樹作品に対する読みを記した本書は、加藤典洋さんとは異なる視点から展開しているものが多いかと思いますが、でも加藤典洋さんの『イエローページ』シリーズは、村上春樹研究の道を切り拓いた作品でした。私も、この研究の恩恵を受けています。本書、連載中の二〇一九年に、加藤典洋さんは亡くなってしまいましたが、そのことを記しておきたいと思います。

☆

終わりに、本書の基になった連載コラム「村上春樹を読む」を「47ＮＥＷＳ」で担当してくれた小松美知雄、松本泰樹の両氏にお礼を述べておきたいと思います。プランを事前に立てて書くという連載ではなく、毎回、その時に一番書きたい村上春樹作品について、締切の直前から書き出すことが多く、原稿の完成が掲載当日の朝から昼頃になってしまうこともしばしばでしたが、両氏はいつも快く、対応してくれました。深く感謝しています。

また本書を書籍化してくれた春陽堂書店の堀郁夫さんにもたいへん感謝しております。村上春樹作品には文中に付された傍点などがたいへん多いのですが、それらすべてを原文に当たって、私の文章に反映させてくれました。『村上春樹クロニクル』という本のタイトルや読みやすいゴシック体の引用などのアイデア、便利な索引など、堀さんでなければ、このようないい本にはなりませんでした。ありがとうございます。素敵な装丁と表紙のイラストを描いてくださったイラストレーターの赤さんにも感謝いたします。

そして、本書では敬称を抜きで記してきましたが、同時代の文学担当記者として、村上春樹という素晴らしい作家と出会え、その作品をリアルタイムで読みながら、この連載を十年間書き続けていくことができたことに大きな喜びと幸せを感じています。

二〇二二年四月十日

小山鉄郎

［凡例］

・「村上春樹作品」に記載した項目のうち、村上春樹の著書、訳書は太字とした。
・「村上春樹作品」のうち、短篇集所収の作品は書名の下にまとめた。
・村上春樹以外の作家の作品名は、作家名の下に記載した。
・続けて言及されるページ数は「-」で繋げた。

村上春樹作品

【あ】

【か】

人名・作品名

事項

【さ】

【た】

【著者略歴】

小山鉄郎（こやま・てつろう）

1949年生まれ。群馬県出身。一橋大学経済学部卒。共同通信社編集委員・論説委員。村上春樹氏に注目し、85年から取材を続け、以降、村上氏へのインタビューは10回に及ぶ。その一部は、村上春樹のインタビュー集『夢を見るために毎朝僕は目覚めるのです』にも掲載されている。主な著書に、『白川静さんに学ぶ 漢字は楽しい』（新潮文庫）、『村上春樹を読みつくす』（講談社現代新書）、『あのとき、文学があった――「文学者追跡」完全版』（論創社）、『大変を生きる――日本の災害と文学』（作品社）、『村上春樹の動物誌』（早稲田新書）などがある。村上春樹文学の解読などで文芸ジャーナリズムの可能性を広げたとして、2013年度日本記者クラブ賞を受賞。

村上春樹クロニクル
BOOK2 2016―2021

二〇二二年 五月一〇日 初版第一刷 発行

著者 小山鉄郎
発行者 伊藤良則
発行所 株式会社 春陽堂書店
〒一〇四―〇〇六一
東京都中央区銀座三―一〇―九 KEC銀座ビル
電話 〇三―六二六四―〇八五五
装丁 赤
印刷・製本 ラン印刷社

乱丁本・落丁本はお取替えいたします。

ISBN978-4-394-19025-7 C0095